KNAUR

Von Ju Honisch ist bereits folgender Titel erschienen:
Seelenspalter

Über die Autorin:
Ju Honisch ist in Bayern aufgewachsen und hat Anglistik und Geschichte in München studiert. Vieles, was sie schreibt, gehört in den Bereich der Fantastik oder ist nicht weit entfernt davon angesiedelt. Ihr Debütroman *Das Obsidianherz* wurde 2009 mit dem Deutschen Phantastik Preis ausgezeichnet, für *Schwingen aus Stein* gewann sie 2014 den Phantastik-Preis »Seraph«. Ju Honisch lebt in Hessen.

JU HONISCH

DIE GEHEIMNISSE DER KLINGENWELT

BLUT FELSEN

ROMAN

KNAUR

Besuchen Sie uns im Internet:
www.knaur.de

Facebook: https://www.facebook.com/KnaurFantasy/

Instagram: @KnaurFantasy

FSC
www.fsc.org
MIX
Papier aus verantwortungsvollen Quellen
FSC® C083411

Originalausgabe Mai 2018
Knaur Taschenbuch

Ein Imprint der Verlagsgruppe
Droemer Knaur GmbH & Co. KG, München

Dieses Werk wurde vermittelt durch die AVA international GmbH
Autoren- und Verlagsagentur München
www.ava-international.de
Redaktion: Textmenschen/Oliver Hoffmann
Covergestaltung: Guter Punkt, München
Coverabbildung: Arman Akopian; istock/thinkstock
Karte: Computerkartographie Carrle
Satz: Adobe InDesign im Verlag
Druck und Bindung: CPI books GmbH, Leck
ISBN 978-3-426-52103-8

2 4 5 3 1

Ich danke Jela und Oliver für ihre Unterstützung.

2018 Ju Honisch

»Blutfelsen«

spielt ca. hundert Jahre vor

»Seelenspalter«.

Das Alte Reich ist längst untergegangen.
Krieg herrscht in den Acht Reichen.

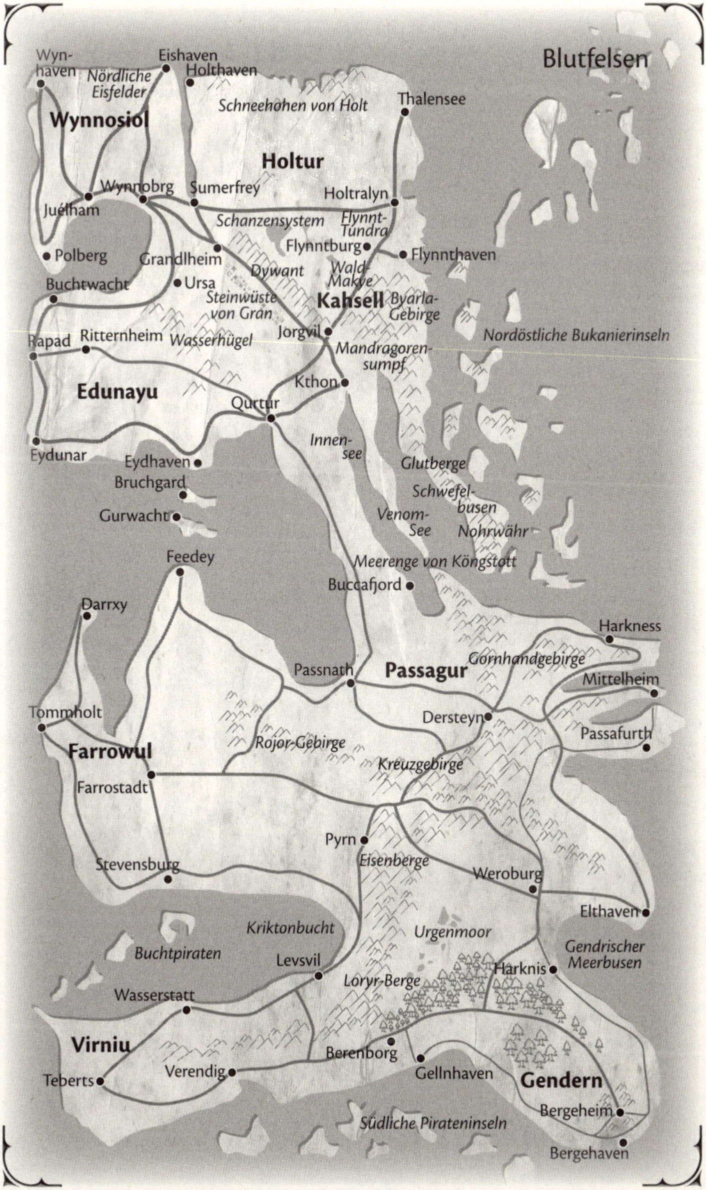

Blutfelsen
Wyn-
haven
Nördliche
Eisfelder
Eishaven
Holthaven
Schneehohen von Holt
Thalensee
Wynnosiol
Holtur
Wynnobrg
Sumerfrey
Holtralyn
Juélham
Schanzensystem
Flynnt-
Tundra
Flynntburg
Flynnthaven
Polberg
Grandlheim
Dywant
Wald-
Makye
Buchtwacht
Ursa
Steinwüste
von Gran
Kahsell
Byarla-
Gebirge
Rapad
Ritternheim
Wasserhügel
Jorgvil
Nordöstliche Bukanierinseln
Mandragoren-
sumpf
Kthon
Edunayu
Qurtur
Innen-
see
Eydunar
Eydhaven
Glutberge
Bruchgard
Schwefel-
busen
Gurwacht
Venom-
See
Nohrwähr
Feedey
Meerenge von Köngstott
Buccafjord
Darrxy
Harkness
Passnath
Passagur
Gornhandgebirge
Mittelheim
Tommholt
Dersteyn
Passafurth
Farrowul
Rojor-Gebirge
Kreuzgebirge
Farrostadt
Pyrn
Eisenberge
Stevensburg
Weroburg
Elthaven
Kriktonbucht
Urgenmoor
Gendrischer
Meerbusen
Buchtpiraten
Levsvil
Harknis
Loryr-Berge
Wasserstatt
Virniu
Berenborg
Verendig
Gellnhaven
Teberts
Gendern
Bergeheim
Südliche Pirateninseln
Bergehaven

1

Schade, dass er sterben musste. Er sah so bemerkenswert aus, so … anders.

Er hatte nur einmal kurz die Augen geöffnet. Sie waren dunkel. Nicht schwarz. Shernay hätte es irritierend gefunden, wären die Augen komplett schwarz gewesen. Sie wusste, keine Iris sollte je schwarz sein – außer vielleicht bei Wesen, deren Studium sie eben erst begonnen hatte. Die hatten, so hieß es, seltsame Augen. Aber, soweit sie wusste, keine schwarzen.

Nein. Diese Augen waren dunkelbraun, fast ein wenig so wie die dunklen Streifen in den geschmeidig glatten Kratyniennüssen, die im Herbst in faustgroßen Igelfrüchten von den großen Bäumen fielen. Das Mehl der Früchte war Grundnahrungsmittel im Tal.

Genau solche Augen hatte der Mann, groß, braun und dunkel schimmernd.

Sie betrachtete ihn weiter, besorgt, doch auch mit der klinisch analytischen Betrachtungsweise, der sie als lebenslange Lernerin von Reyalun alles Neue unterzog. Betrachten. Prüfen. Merken. Aufzeichnen. Bewahren.

Nun hatte der Mann die Augen wieder geschlossen. Dichte, schwarze Wimpern warfen Schatten auf das dunkle, wettergegerbte Gesicht. So wie sein linker Arm an seiner Seite lag, schien er ihn sich beim Sturz verletzt zu haben. Schwer?

Leicht? Sie würde es nachlesen müssen. Falls es noch relevant war.

Möglicherweise hatte er auch innere Verletzungen? Ein dünnes Rinnsal aus Blut aus einer Risswunde in der Kopfhaut lief zwischen seinen Locken hervor über das ausdrucksstarke, kantige Gesicht, das schwarze Bartstoppeln noch dunkler erscheinen ließen. Fremd wirkte es, so ganz anders als die gelassenen, weisen Gesichter der Talbewohner. Ein wenig verwittert, obgleich der Verletzte keinesfalls alt war. Er hatte sicher mehr erlebt, als nur in einem abgeschotteten Tal zu sitzen und zu studieren. Nicht, dass Shernay sich beklagte.

Die Haut des Mannes war viel braungebrannter als Shernays Teint. Niemand im Tal hatte solche Haut – wie dunkle Bronze. Alle waren sie hell, teigig fast, alle ähnlich in ihrer pastellenen Gleichförmigkeit.

Er hob sich ab. In Färbung und Typ. Sie versuchte, die Unterschiede analytisch zu erfassen. Die Analyse wich einer seltsamen Spannung, die sie zu ignorieren suchte.

Immerhin, bei dem Mann war trotz seiner Hautfarbe eine gewisse Blässe festzustellen. Wenn man die steilen Felsen herunterfiel, kam man nicht gesund an. Fallkraft – was oben war, fiel runter. Ein Grundsatz, auf den man sich getrost verlassen konnte.

Das war gut so. Denn Fremden war der Zugang zum Tal verwehrt. Sie durften es nicht finden, seine Existenz nicht erahnen, nicht einmal danach suchen wollen, und sollten sie sich dennoch nach Reyalun verirren, durften sie es nicht mehr verlassen.

Nicht lebend. Shernays Augenbraue zuckte.

Der Mann mit den schönen Augen würde also sterben. Von allein. Oder durch die Baumseidenschlinge der Bewahrer.

Vielleicht, so er gesund genug war, würde man manchen Frauen gestatten, ihn vorher noch für eine Schwangerschaft zu nutzen. Frisches Blut in dem abgelegenen Tal war wichtig. Die Mütter wachten über die Blutlinien und versuchten, keine allzu nah verwandten Paarungen zu gestatten. Ein schwieriges Unterfangen, denn das Tal beheimatete nicht so viele Reyalunis, als dass man einen gewissen Grad der Verwandtschaft ausschließen konnte. Manchmal hatte das Folgen.

Shernay streckte zögernd die vierfingerige, rechte Hand nach ihm aus und berührte seine Finger. Er besaß eine kräftige Hand, sehnig und muskulös. Ihre eigene war viel kleiner, ein blasses, schmales Ding auf dieser dunklen Menschenpranke. Sie strich darüber, zärtlich, tröstend und – wie immer – wissbegierig. Unter ihren Fingerspitzen spürte sie die schwarzen Härchen, die aus seinem Handrücken sprossen. Garru hatte so etwas nicht. Seine Hände waren schmal und blass, so wie die ihren.

Der Mann würde also sterben.

Ihr Blick flog hoch, von ihm fort, vorbei an der Felsnadel, hinter der er zu liegen gekommen war. Unter ihr erstreckte sich schüsselgleich das weite Tal, grün und harmlos, mit Gärten und Feldern und Kratynienbäumen, die mit ihren hohen, wuchtigen Kronen wie die alten Skizzen urbaner Architektur wirkten.

Reyalun war komplett umringt von Bergen, deren eisige, fast lotrechte Felsspitzen sich in den Wolken verloren. Sie zu erklimmen und zu bezwingen sollte unmöglich sein. Freilich gab es auch einen Tunnelausgang, doch der war nur den Ältesten und den Bewahrern bekannt. Und vermutlich jetzt diesem Mann, sofern er nicht über die Eishöhen geklettert war.

Doch das konnte nicht sein.

Oder doch?

Vereinzelt sah Shernay, wie ihre Talverwandten, denn als solche verstanden sich die Reyalunis, weit entfernt ihren Aufgaben nachgingen. Im Moment strebte niemand zielgerichtet auf die Felsen zu, die spitznadelig aus dem Tal der Bergwand entgegenwuchsen.

Die Bewahrer waren offenbar noch nicht auf dem Weg hierher. Vielleicht hatten sie den Sturz des Fremden und seine Ankunft nicht entdeckt, wussten nicht, dass er hier lag, etwas erhöht über der Talsohle und von den vorgelagerten Felsen verborgen: der seltsame, dunkle Eindringling, den es zu entfernen galt.

Eine eigenartige Angst beschlich Shernay. Das Gefühl war neu, denn bislang hatte sie noch nie Furcht vor den Bewahrern empfunden, deren Aufgaben sie verstand und guthieß. Reyalun musste geschützt werden. Was dazu nötig war, musste getan werden. Die Gemeinschaft von Reyalun hatte das Recht, sich auf ihre gesetzmäßige Art zu verteidigen und zu bewahren. Sie war gegründet, weil sie alle einen Zweck erfüllten. Der Zweck war untadelig und hehr. Die Gemeinschaft bestand noch, weil sie sich an ihre eigenen Gesetze hielt. Ausnahmslos.

Dennoch hoffte Shernay, die Bewahrer würden diesen hier nicht töten. Nicht vor ihren Augen – und schon gar nicht, während sie sich den feigen Luxus des Wegsehens gestattete.

Shernay streckte zögernd die Hand nach der Schulter des Mannes aus und berührte ihn erneut. Auch seine Kleidung war ganz anders als die locker fließenden Stoffgewänder der Reyalunis. Steif schien sie und dick. Panzerartig fügten sich harte, dunkle Lederschuppen aneinander und hüllten Torso und Arme bis zu den Ellenbogen ein. Ein wuchtiger Gürtel mit

Bandelier diente als Aufbewahrungsort unterschiedlicher Gegenstände, die meisten wohl Waffen. Es schien fast, als wären diese Teil von ihm und nicht so sehr transportiertes Beiwerk.

Nicht allzu weit entfernt sah Shernay einen Helm aus Leder und Metall liegen. Der Mann musste ihn beim Aufprall verloren haben.

Shernay prägte sich alles ein. Es war ihre Aufgabe, sich stets alles einzuprägen. Das war ihrer aller Aufgabe, Tag für Tag und Stunde um Stunde, von klein auf, denn sie waren die Lerner, die Ewigen Archivare von Reyalun. Sie lernten das Wissen der Welt und schrieben auf, schrieben ab und diskutierten über das Gelernte, damit es nicht der Zeit zum Opfer fiel oder den Feinden der Menschen. Das war es, was sie taten, von Jugend an, bis sie dereinst starben.

Freilich hatten sie auch Aufgaben, die das Überleben der Gemeinschaft sicherten. Diese waren streng reglementiert, ebenso wie die Verantwortlichkeiten und die Partner, mit denen man den Fortbestand der Reyalunis sichern sollte. Garru. Der blasse, schüchterne Garru, war ihr auserkoren. Nett und harmlos.

Dieser Mann war anders. Nicht harmlos. Ein Kämpe. Kräftig. Muskulös. Sehnig.

Sie hoffte, er würde gesund genug sein, um die Blutlinien zu erfrischen. Sie stellte sich etwas verschämt vor, wie dieser große, breite Mensch an den Stellen gebaut sein mochte, die man unter seiner Kleidung nicht sehen konnte, blickte auf den Ort, an dem ein lederner Genitalienschutz seine Teile beschirmte und doch betonte.

Sie grübelte, wie eine Nacht mit dem Fremden wohl wäre. Sie rief sich die Zeichnungen und Beschreibungen der medizinischen Archive ins Gedächtnis. Sie hatte noch mit niemandem geschlafen, denn es hatte sie bislang nicht gereizt.

Theoretisch wusste sie alles darüber. Praktisch stand ihr nur Garru zu. Garru – Garru war eben nur Garru. Eher so etwas wie ein hochgeschätzter Bruder als ein Liebhaber, nach dem man sich verzehrte.

Nicht, dass es angemessen war, sich zu verzehren. Sie waren die Hüter des Wissens, waren ihrer Intelligenz verpflichtet, nicht ihrer Geneigtheit oder gar ihrer Lust. Da verzehrte man sich nicht. Es geziemte sich nicht.

Sie zuckte zusammen, als die große Hand des Fremden mit einem Mal nach der ihren fasste und diese umschloss. Er hatte sie fest im Griff. Schwäche war nicht zu erkennen. Eben hatte er noch ausgesehen, als könnte er sterben. Nun schaute er sie direkt an.

Die braunen Augen blickten fordernd und so gar nicht ängstlich. Seine schmalen Lippen verzogen sich zu einem ganz leichten, etwas schmerzhaften Grinsen. Er hatte regelmäßige Zähne.

»Deruonn«, sagte er, und seine Stimme war tief wie die Höhlen im Berg. »Ich bin Deruonn. Wer bist du, Schöne?«

Garru hatte sie noch nie Schöne genannt, obgleich sie unter den jungen Frauen Reyaluns vermutlich eine der schöneren war. Nicht, dass das in irgendeiner Weise wichtig schien oder sie derlei Komplimente erwartet hätte. Körperliche Schönheit war Schall und Rauch.

Bei dem Gedanken an Schall und Rauch stellte sie fest, dass ihr die Sinne summten und sie kaum atmen konnte. Ein seltsamer Sinnesreiz in ihrem Magen schien ihr vorschreiben zu wollen, was sie zu fühlen hatte, ohne ihr allzu klare Anweisungen dazu zu geben. War er daran schuld? Nein, wohl eher sie selbst.

Sachlich betrachtet kam ihr das ausnehmend albern vor. Sachliche Betrachtung wurde vielleicht doch überschätzt.

»Shernay«, antwortete sie verhalten. Dann räusperte sie sich, versuchte sich zu fassen und eine gewisse Klarheit der Gedanken zu erreichen wie ein rettendes Ufer. »Mein Name ist Shernay. Ich bin Lernerin des dritten Grades. Du darfst hier nicht sein.«

Er nickte nahezu beiläufig. Als sei das Verbotene ihm alltäglich.

»Sehr geheim«, sagte er. »Ihr habt euch gut versteckt. »Kommt der Krieg nie zu euch?«

»Niemand kommt zu uns, und falls doch, so geht keiner wieder.«

»Weil es hier so friedlich und schön ist?«, fragte er, und kleine Lachfältchen bildeten sich um seine Augen.

»Weil … weil es so ist. Niemand darf über uns berichten. Deshalb geht keiner mehr.« Sie hielt kurz inne, ein wenig beschämt, dass sie weniger als die Wahrheit bot, wenngleich sie auch nicht gelogen hatte. »So heißt es wenigstens. Ich habe noch nie einen Fremden gesehen. Es ist lange her, dass der letzte uns gefunden hat.«

»Was ist mit ihm geschehen?«

Shernay wusste nicht, was sie darauf sagen sollte. Wahrheit, Teilwahrheit, Lüge? Gar nichts am besten. Jetzt war es an der Zeit, die Bewahrer zu holen und ihn zu übergeben. Dann würde sie den Braunäugigen vielleicht nie wiedersehen.

Seine Frage stand immer noch unbeantwortet zwischen ihnen. Was geschah mit Fremden?

»Er hat unsere Blutlinien bereichert und lebt in den nächsten Generationen fort.«

Seine Augenbraue zuckte.

»Ich finde das Leben in just dieser Generation durchaus reizvoll, schöne Shernay.«

Sie lächelte unwillkürlich und konstatierte sodann, dass sie keinen Grund dazu hatte. Schöne Shernay. Eine sachliche Bewertung? Ein höfliches Kompliment? Eine manipulative Schmeichelei? Es fehlte ihr an Übung, das zu bewerten. Nicht einmal die Liebesdichtungen des längst vergangenen Hofes von Cahersyg halfen dabei, und die konnte sie auswendig. Alles konnte sie auswendig.

Schöne Shernay. Worte wie Sonnenstrahlen im wolkenschattigen Tal.

Sie sah an sich herunter. Ihr weiter, knielanger Kaftan bedeckte und umspielte sie. Bauschige, knöchellange Strauchwollhosen reichten daraus hervor. Ihre Füße steckten in gestrickten Socken und darüber in groben Flechtsandalen. Draußen in der Welt trugen die Menschen vermutlich viel prächtigere Gewandungen. Draußen in der Welt herrschte freilich auch Krieg. Es war nur wichtig, angezogen zu sein und vor Kälte geschützt.

Alle Reyalunis – Männer wie Frauen, Junge wie Alte – trugen in etwa die gleiche Kleidung. Die Farben waren wie die Menschen pastellblass, denn es gab nicht viele Färbepflanzen im Tal. Zwiebelgelb. Wodblau. Grooblumenrötlich. Ansonsten gab es Naturweiß.

Deruonn hob plötzlich die Hand und griff in ihr Haar, das wie ein Schleier von ihrem Kopf strömte. Peinlich. Sie hatte es nicht geflochten und hochgesteckt. Manchmal erlaubte sie sich solche Eskapaden sinnloser Freiheit. Der Mütterrat belächelte sie, duldete sie aber.

»Heller als Weizen«, sagte er. »Wie die Strahlen des Mondes in der Nacht.«

Errötet war sie schon lange nicht mehr. Richtig heiß war ihr Gesicht.

»Deine Augen sind wie das Meer«, fuhr er fort. Shernay hatte das Meer nie gesehen. Doch sie hatte selbstverständlich darüber gelesen. Sie hatte Zeichnungen gesehen und Karten. Wegbeschreibungen und Wetterberichte. Sie wusste also, wie das Meer war.

Theoretisch.

Sie musste nun aufstehen und die Bewahrer holen. Sie war kein dummes Kind, das die Regeln nicht kannte oder nicht verstand. Sie sah den Mann an, fasziniert von seinen Augen und seiner fremden Art.

»Hier ist eine Höhle ganz in der Nähe. Wir lagern dort minderwichtige Dinge. Vielleicht kommt ein paar Tage niemand dorthin«, sagte sie, und Schuld überspülte sie wie eine kochende Welle. Sie wusste, sie tat gerade etwas Undenkbares. Sie hatte nicht ausreichend darüber nachgedacht, denn sonst wären ihr all die guten und logischen Gründe eingefallen, nicht so zu handeln.

Sie wollte keine logischen Gründe. Auch das war ein Novum.

»Meinst du, du kannst ein wenig gehen und klettern?«, fragte sie. Wenn er sich nicht bewegen konnte, war der Vorschlag hinfällig. Fast hoffte sie es. Dann wäre ihr die Entscheidung genommen.

Er schmunzelte etwas schmerzhaft.

»Es wird schon gehen. Hilfst du mir?«

Wenn sie jetzt Ja sagte, war das eine weitreichende Entscheidung. Sie blickte ihn noch einmal an. Seine braunen Augen waren – sachlich gesehen – nicht im Mindesten einen Verrat wert.

»Komm!«, sagte sie. »Siehst du den Schatten im Fels dort oben? Da müssen wir hin.«

»Vergiss den Helm nicht«, mahnte er, dann drehte er sich langsam um, unterdrückte ein Ächzen, stöhnte ganz leise, kroch los. Dabei blieb er lautlos, nur sein Gesichtsausdruck zeigte dann, dass ihn die Bewegung schmerzte.

Was immer er auch vorhatte, er würde wohl noch etwas warten müssen. Er brauchte Medizin, Essen und Trinken. Das musste sie organisieren.

Man würde sie erwischen – sie konnte ihn nicht lange verstecken. Das Tal war wirklich groß, aber doch zu klein, um längerfristig etwas zu verbergen, und sie konnte ihn nicht nach draußen in die Welt bringen. Sie kannte den Weg nicht. Das Wissen stand ihr nicht zu.

Zudem wäre es der ultimative Verrat, ihn durch den einzigen Weg zu schleusen, den es gab. Das würde sie nicht tun. Nie.

Vielleicht kannte er diesen Weg ohnehin besser als sie? Denn wie war er sonst hierhergekommen?

Sie musste die Bewahrer holen, ehe er den Krieg zu ihnen trug.

Später. Jetzt würde sie ihn erst einmal verstecken.

2

Garru mochte das Gesprächsthema nicht, doch es zeichnete sich kein Entrinnen ab, keine Möglichkeit, sich unauffällig abzusetzen – etwas, worin er ansonsten brillierte.

»Es ist an der Zeit, dass ihr euch erklärt!«, meinte Nuria, die Klügste der Mütter. Sie trug diesen Titel, weil sie ihn verdiente. Sie war auch die Sturste und die Unnachgiebigste der Mütter. Meist hatte sie zudem auch noch recht, was die Sache nicht besser machte.

»Shernay ist noch nicht so weit«, murmelte er und schraubte sanft und behutsam an den Stimmknöpfen seiner Harfe. Es war leichter, über Shernays mangelnde Bereitschaft zu sprechen, als über sich selbst.

»Ihr seid einander versprochen, seid beide volljährig, und Reyalun braucht Nachwuchs.«

»Reyalun braucht immer Nachwuchs.« Er sagte es leichthin, als würde es damit weniger relevant.

»Reyalun wird aufhören zu existieren, sollte kein Nachwuchs mehr geboren werden! Wir sind das Wissen der Welt. Du kannst nicht wollen, dass das Wissen der Welt ausstirbt.«

Er strich etwas unwirsch über die Saiten. Das Instrument sang. Das Gute an Harfen war, sie klangen auch noch schön, wenn man sie gerade nicht mit Hingabe und Talent spielte. Dudelsäcke teilten diese erfreuliche Eigenschaft nicht, weshalb er lieber Harfe spielte, obgleich er auch noch andere Instrumente perfekt beherrschte, Flöten, Psalter und Leiern. Manchmal baute er sogar neue. Das irritierte hier alle, denn Neues war im Grunde nicht vorgesehen. In Reyalun wurde die Überlieferung des Dagewesenen zelebriert.

»Niemand will, dass das Wissen ausstirbt, Klügste«, beschwichtigte er. »Und wenn wir aussterben, gibt es immer noch die Bücher. Höhlen um Höhlen voller Bücher. Berge voller Wissen, Gang um Gang ins Byarla-Gebirge getrieben. Und die Bibliothek der Abschriften hier im Zentrum des Tals. In allen Acht Reichen zusammen gibt es vermutlich nicht so viele Bücher und Schriftrollen wie hier in diesem Tal – immer vorausgesetzt, es gibt nur dieses eine Archiv.«

Es war eine weitverbreitete Theorie, dass Reyalun nicht das einzige Wissensarchiv der Welt sein mochte. Doch wenn Reyalun darauf Wert legte, für die Außenwelt nicht existent oder zumindest unauffindbar zu sein, mochte es ein weiterer Wissenshort durchaus genauso halten.

»Deine Antwort ist patzig und deiner nicht würdig, Barde!«, mahnte Nuria.

»Verzeih mir, Klügste.« Wie oft hatte er diesen Satz schon gesagt? Bedeutete er noch etwas? Er sollte ein Lied darüber schreiben.

Verzeih mir, Klügste, dass ich der Dummheit fröne,
Verzeih, dass ich mich wenig würdig wähne,
Verzeih mir, dass ich mit dem Herzen denke,
Um dann mit Denken wieder jenes Herz zu lenken.

Ja. Das könnte ein Lied werden. Es verlangte ihn danach, die Zeilen aufzuschreiben.

»Du kennst unsere Gesetze.« Nurias Stimme riss ihn zurück ins Gespräch. »Sie haben sich bewährt. Paare, die vom Stammbaum her zusammenpassen, fügen sich zusammen. Niemand zwingt euch, ein Leben lang in holder Zweisamkeit zuzubringen, wenn ihr euch zu wenig versteht, aber es ist doch wohl nicht so, dass du Shernay nicht magst.«

Warum seine Finger just einen Moll-Akkord griffen und noch dazu einen verminderten, vermochte Garru nicht zu sagen. Er mochte Shernay. Durchaus. Sehr. Sie war, wie er ganz sachlich fand, die schönste Frau des Tales. Ihre Augen waren ausdrucksvoll und groß, blau wie der Himmel im Sommer, der sich wie ein Zelt über die abgeschlossene Welt des Tales spannte, während Wolkennebel in weitem Kreis von den das Tal umgebenden Berggiganten flossen. Sie strahlten, diese Augen, und bargen mindestens ein Geheimnis, auch wenn er nicht wusste, welches.

Shernays Gestalt war schlank wie die eines Byrchenbaums im Wind. Garru wusste nicht, wie es sein konnte, dass die lockeren Stoffe der pastellenen Gewänder, die sie alle in ähnlicher Form trugen, just an ihr so besonders schön aussahen. Sie verbargen ihren Körper auf eine Weise, die ihn grübeln ließ, was unter den losen Stoffen sein mochte. Er musste dabei nicht einmal raten. Viele Geheimnisse gab es nicht im Tal, wo sich alle kannten und alle sich stets nahe waren. Eine der warmen Quellen im Zentrum war Badegelegenheit für alle. Dünne Kanäle leiteten das Wasser durch das gesamte Tal, von den Wasserfällen im Osten, durch die Gebäude bis hin zum Sickergrund, wo das Wasser wieder in den moosüberzogenen Fels verschwand, als wäre es nie da gewesen.

Shernay. Wenn sie lächelte, musste er keine Schriften darüber lesen, wie schimmernde Perlen des Meeres aussahen.

Unwillkürlich ertappte er sich dabei, wie er ein Liebeslied angestimmt hatte. Nuria sah ihn beinahe mitleidig an.

»Sie mag deine Musik, Garru.«

»Jeder mag meine Musik.« Er sagte es ganz sachlich, ohne Überheblichkeit. Er war nicht der erfahrenste Musiker des Tales, doch schon jetzt der beste. Sein Studium der alten Schriften war auf alles konzentriert, was mit Musik und Dichtung zu tun hatte. Und obgleich es primär seine Aufgabe war, das Althergebrachte darzustellen, war es ihm ein besonderes Anliegen, Neues daraus zu erdenken.

Die Ältesten waren durchaus gespalten in der Beurteilung der Frage, ob das schlecht war oder vielleicht sogar gut. Ihre Aufgabe war es, das Bestehende zu bewahren. Doch manche waren der Meinung, dass das Überlieferte ein eigenes Leben erhielt, so man es in Neues wandelte – dass das Weitergeben der Flamme so wichtig war wie das Bewahren der Asche.

Aber darüber dachte Garru nicht nach. Er hörte auf zu spielen und blickte auf die blasse, etwas runzelige Hand dieser Mutter, wie sie sich auf seine Schulter legte. Die Hand hatte, wie Shernays, nur vier Finger. Garru hoffte, seine eigenen Kinder würden genug Finger haben, um Instrumente spielen zu können – wenn er denn je Kinder haben würde. Ein irgendwie ferner Gedanke, wie die unbekannte Welt jenseits des Bergrunds.

»Zeig ihr, dass du sie magst!«

»Das weiß sie.«

»Hast du es ihr gesagt? In Worten? In mehr als nur Noten?«

Er schüttelte ihre Hand ab.

»Ich bin nicht gut mit Worten.«

»Wir Frauen mögen Worte.«

»Dieses Tal ist randvoll mit Worten. Unsere Köpfe bersten fast unter ihrem Ansturm. Wir fressen sie in uns hinein, schreiben sie ab, diskutieren sie und legen sie jeder nachkommenden Generation ans Herz, in der Hoffnung, dass dieses Wissen ihnen die Gemüter nicht verstopft, bis sie platzen.«

Ihre Hand krallte sich einen Augenblick lang fest in seine Schulter.

»Du bist verwirrt, und das macht dich ungerecht.«

Er nahm seine Hände in einer bewussten Geste vom Instrument.

»Ich will Wanderer sein, für drei Sommer und drei Winter – so, wie es gestattet ist«, verkündete er und wusste, man würde seine Absicht im Moment nur als Flucht verstehen.

Vielleicht war sie das. Doch das Recht stand ihm zu. Wanderer – Lernende ab dem vierten Grad – durften das Tal verlassen. Sie durften in der Welt draußen, im Krieg und in der rauen Wirklichkeit, ihr Können darstellen, ihr Wissen behutsam verteilen und neues Wissen ansammeln.

Nicht alle versuchten es. Das Leben war sicherer und bequemer in Reyalun als in den kriegsgebeutelten Acht Reichen. Das berichteten alle, die – oft genug krank oder verkrüppelt an Leib und Seele – zurückkamen. Es gab auch welche, die gar nicht zurückkamen. Niemand glaubte, dass diese einfach fortblieben. Es war wahrscheinlicher, dass sie dem endlosen Krieg draußen zum Opfer fielen.

Nuria musterte ihn.

»Du willst aufbrechen, bevor du dich Shernay näherst?«

»Wäre das nicht sinnvoll?«

»Nein. Es wäre feige, und das weißt du auch.«

Er senkte den Kopf, wusste nichts darauf zu sagen. Das bedeutete mit ziemlicher Sicherheit, dass Nuria recht hatte. Sie fuhr fort: »Du darfst gehen – nachdem ihr Reyalun bereichert habt. Die Welt wird sich freuen, einen begnadeten Musiker wie dich zu hören. Du wirst dich freuen, neue Lieder zu lernen und dabei Wissen zu streuen wie ein heimlicher Sämann. Ich hoffe, die Welt bringt dich nicht um. Es ist eine furchtbare Welt dort draußen.«

»Mein Wissen über die Welt ist so groß wie das über ihre Lieder«, sagte er.

»Ja. Doch dein Wissen über die Lieder ist nicht nur theoretisch.«

»Ich habe auch gelernt zu kämpfen.«

»Unsere Verteidigungskunst ist eine sanfte. Ein Trupp bewaffneter Söldner wird dich dennoch besiegen. Sie brauchen sich nicht auf Armeslänge zu nähern, und sie kennen keine Ehre.«

»Nuria, Klügste der Mütter! Willst du mir verwehren, die Welt zu sehen, um mein Wissen – und ihres – zu bereichern?«

»Nein. Aber nicht, bevor du hier fertig bist. Du schuldest es deiner Begabung, etwas von dir zurückzulassen, das weiterlebt.«

Er seufzte.

»Ich weiß.«

»Geh zu ihr. Jetzt. Weißt du, wo sie im Moment ist?«

Er nickte.

»Ungefähr.« Es war, als könne er das Band zu Shernay spüren. Irgendwie war er meist imstande, sie zu finden. Nun, das Tal war groß, aber nicht endlos.

Vielleicht war das das Schlimmste, was man über das behütete Leben hier sagen konnte. Die stete Grenze, die einen nicht nur schützte, sondern auch immer das Ende der Möglichkeiten aufzeigte. Die Wand in den Himmel, die einen umschloss.

Er setzte die Harfe ab und stand auf.

»Ich gehe sie suchen«, sagte er, damit endlich Ruhe war. Wenn er sie gefunden hatte, würden sie über das Wetter reden. Über den Regen, der die gelben Großwayzfelder begoss, und über den blauen Himmel, der so aussah wie Shernays Augen. Danach würden sie sich wieder ihren Aufgaben zuwenden, sie mit einem leicht abgelenkten und er mit einem unsicheren Lächeln.

Er musste hier weg.

3

Orstyn trug gerne kräftige Farben. Purpur stand ihm nicht zu, doch leuchtend Dunkelblau durfte er anziehen. Er war alt genug und zudem wichtig.

Seine weiten Ärmel waren geschlitzt, wie es der neuesten Mode der Soldaten entsprach, nur feiner. Hier hatte kein zufälliger Schwerthieb einen kecken Schlitz in das Gewand geschlagen. Alles war akribisch zusammengestellt und ordentlich vom besten Schneider zu Jorgvil, der Hauptstadt Kahsells, genäht. Orstyn erfreute sich daran. Die Eleganz seines Auftretens war einer der Vorteile seines Lebens bei Hof.

Es gab auch mannigfaltige Nachteile. Diese konnten einen umbringen.

Er jedoch lebte. Mit Anfang Fünfzig war er noch kein Greis, doch in einer Welt, in der die Mehrheit der Menschen an den Schlachten, den politischen Verstrickungen oder den Entbehrungen des endlosen Krieges schon jung verstarb, galt auch dieses Alter schon als Errungenschaft. Wenn man ihn also nicht ermordete, so sollte er noch einige gute Jahre haben. Er war kräftig und gesund, auch wenn er sich beim Gehen auf einen Stock stützte. Weite Wanderungen machte er nicht mehr. Vom Nordturm, in dem sich seine Wirkungsstätte befand, bis zum Ratssaal war die Strecke, die er zumeist zurücklegte, und diese Strecke war nicht kurz, einerlei ob er einen allgemein bekannten oder einen geheimen Weg nahm.

Die Burg zu Jorgvil war sein Terrain. Sie war wahrlich groß genug, gigantisch beinahe, und für weitere Strecken hatte er ohnehin – seine Leute. Er lächelte geheimnisvoll.

Er gehörte nicht zum Adel, hatte aber dennoch die Stelle eines Beraters und obersten Wissensverwalters am fyrsthlichen Hofe zu Kahsell inne. Weil er weise war, hatte er diese Position er- und gehalten – bis jetzt über ein Vierteljahrhundert lang. Als weise zu gelten war schwieriger, als einfach nur adlig zu sein – der übliche Hauptgrund für viele der anderen Positionen in der Fyrsthenei Kahsell. Adel war einem in die Wiege gelegt. Man musste ihn nicht beweisen.

Weisheit hingegen musste stets aufs Neue bewiesen werden. Weise war man, solange dem Herrscher das gefiel, was man sagte, und es sich nicht hinterher als Fehler erwies. In dem Fall mochte es einerlei sein, ob es vorher dem Herrscher gefallen hatte.

Orstyn hatte einen Titel. Ein Titel war etwas Feines. Doch selbst sein Titel war kein Geburtsrecht und nicht vererbbar. Er war »Großmeister der Historien, Denker des Reichsherrn und Sinne des Fyrsthen«. Seine Anrede war »Weisester«. Das war nicht nur ein Lob, sondern auch erheblich kürzer als der Rest. Abgesehen davon, dass der längere Titel nicht viel bedeutete, wenn man ihn in seine Bestandteile zerlegte: Ein Großmeister stand gemeinhin anderen Menschen vor und nicht geschichtlich relevanten Schriftrollen und alten Büchern. Reichsherr war eine Bezeichnung, die nach dem Untergang des Reiches keinem der acht Fyrsthen, die stetig um die Vorherrschaft Krieg führten, zustand, und die Sinne des Fyrsthen zu sein kam ihm angesichts der ausgeprägten Sinnlichkeit des Mannes als nicht erstrebenswert vor.

Er sah auf, als jemand an der Tür kratzte.

»Tretet ein!«

Früher hätte er zunächst nachgefragt, wer auf der anderen Seite der schweren dunklen Kassettentür etwas von ihm wollte. Heute tat er das nicht mehr. Als Sicherheitsvorkehrung hatte es sich nicht bewährt. Wer lügen wollte, log. Wer kommen wollte, ihn zu töten, würde nicht ankratzen. Vielleicht nicht einmal durch diese Tür kommen, sondern über die Balustrade des Turmbalkons oder aus den dunklen Gängen, die die verworrene Architektur dieses uralten Gebäudeflügels durchzogen und unerwartet hier und dort Öffnungen in Räume brachten wie plötzlich sich auftuende Wunden.

Er hob den Kopf, als die Tür sich öffnete. Zum einen wollte er bereit sein, sich sofort zu erheben, falls tatsächlich ein Höhergestellter eintrat. Zum anderen lohnte es sich immer, auf der Hut zu sein, selbst wenn es unter den Höflingen in letzter Zeit kaum unerklärliche Todesfälle gegeben hatte. Eine gewisse Ruhe war eingekehrt, die manche beruhigte, Orstyn jedoch nervös machte. Er wartete auf den Sturm.

Er lebte nun schon so lange hier. Sein Amt war ehrenvoll, aber vielleicht nicht gar so lukrativ wie andere Posten. Zudem hatte es den Nachteil, dass es Belesenheit, emsigen Fleiß und kundiges Wissen in vielen Bereichen voraussetzte. Sich zu einem der höheren Posten des Militärs hochzubrüllen war da einfacher.

Die Edle Nimry trat ein, ein Bild in Weiß und Seidenbronze. Der Faltenwurf ihres Gewandes umschmeichelte ihre freundlich runden Formen. Ihr goldbraunes Haar war mit Bronzefäden geflochten und fiel in einem dicken Zopf über eine Schulter. Ihre Augen schienen von der gleichen hellen

Goldbronze wie ihr Haarschmuck. Orstyn erstarrte für den Bruchteil einer Sekunde.

Sie war vermutlich zu jung, um nach seinem Posten zu gieren. Als Nichte dritten oder vierten Grades des Fyrsthen war sie auch zu hochgestellt, um sich eine Aufgabe zu suchen, die sie die meiste Zeit ihres Lebens in Papieren herumsuchen lassen würde, um dann wohldurchdachte Ratschläge zu erteilen, auf die Fyrsth Ryckden vermutlich weit weniger geben würde als auf die Orstyns.

Man konnte Fyrsth Ryckden nicht vorwerfen, er konsultiere vor seinen Entscheidungen niemanden. Er sammelte Meinungen und Ratschläge wie eine Küchenmagd Kräuter. Und dann tat er meist das, was er vermutlich vorher schon für sich beschlossen hatte. Daraufhin verneigten sie sich alle und schritten halb rückwärts aus dem Ratssaal. Es ziemte sich nicht, bei solchen Gelegenheiten noch einmal auf der eigenen Meinung zu beharren oder den Fyrsthen nachträglich umstimmen zu wollen.

Es war auch nicht sonderlich angebracht, hinterher zu sagen, man hätte wohl doch recht gehabt. Das Kriegsglück war eine launische Hure, hellsehen konnte niemand, und der Satz »Das habe ich doch gleich gesagt« mochte einem im Hals stecken bleiben wie ein vergiftetes Stück Kuchen; eine Analogie, die keine war.

Immerhin, Orstyn konnte loben, schmeicheln und Andeutungen machen, die in zunehmendem Maße zielführend waren. Die hohe Kunst der Verständigung. Er beherrschte sie gut.

»Hochgemeite Nimry«, grüßte er. Er stand. Seine Verbeugung war langsam, würdevoll und von eher knapp bemessenem Winkel. Ehre, wem Ehre gebührte – und ihm selbst gebührte nicht wenig davon. Mehr als ihr, deren Geburtsrecht den Makel elterlichen Versagens trug. Orstyn konnte sich noch daran erinnern, wie die Köpfe ihrer Mutter und ihres Vaters vor ungefähr vierzehn Jahren auf Spießen über dem Burgtor gesteckt hatten. »Wie kann ich helfen?«

»Weisester Kahsells.« Das Mädchen klang unschlüssig. Möglicherweise kaute sie noch an dem Wort »hochgemeit« herum, das Orstyn aus den alten Gedichten des Vergangenen Reiches kannte und am Hof eingeführt hatte. Nur zwei Menschen hatten ihn je gefragt, was es hieß. Alle anderen hatten sich lediglich darüber gefreut, eine neue Anredeform zur Verfügung zu haben, die das Wort »hoch« enthielt und nicht direkt einen bestimmten Rang ausdrückte. Ränge waren heikel, da kam es bisweilen zu peinlichen Fehlern. Doch hochgemeit konnte man einfach so sein, ohne weitere Rangfestlegung.

»Ja, mein Kind?« Er fühlte sich nicht im Mindesten väterlich, doch die Anrede legte eine Rangfolge fest, die ihm mehr behagte als die der noblen Geburt.

»Euer Bibliokant – ich habe ihn schon länger nicht gesehen.« Sie versuchte herablassend zu klingen. Es gelang ihr nicht. Sie war zu jung, zu unbedarft und möglicherweise tatsächlich zu nett.

Orstyn hatte mehr als einen Bibliokanten. Die emsigen Aspiranten auf spätere Weisheit – und hoffentlich ein geregeltes Einkommen innerhalb sicherer Mauern – entstaubten, räumten und lasen. Ihr Curriculum zusammenzustellen oblag Orstyn, dem die Kahsellsche Bibliothek unterstand, und er tat es mit zielgerichteter Akribie. Jeder forschte zu einem anderen Gebiet. Putzen und räumen konnten sie freilich alle.

»Welchen Bibliokanten, Kind?«

»Der …« Sie verstummte und errötete. Etwas verschämt senkte sie den Blick, als habe eine Eigenheit im sternförmigen Bodenmosaik plötzlich ihre Aufmerksamkeit erregt.

Orstyn wusste, die kunstvoll bunten Keramiksteinchen hatten nicht zu Nimrys Verstummen geführt. Ihm war klar, wen sie suchte – den letzten, der zu Orstyns Gruppe von Nachwuchsbücherwürmern hinzugestoßen war: Gemryn. Eine untypische Wahl für einen Gelehrtenanwärter. Die anderen Bibliokanten hatten es nicht verstanden. Niemand hatte das. Mit mindestens Ende zwanzig war er viel zu alt. Er wusste ein Schwert weit besser zu führen als ein Archivregister. Er war in den Kriegen gewesen. Er hatte sie überlebt.

Fyrsth Ryckden hatte eine Art Hybriden schaffen wollen: einen Kämpfer, der die Weisheit der Schriften verstand. Orstyn hatte das für eine gute Idee gehalten. Es mangelte der Fyrsthenei an übergreifendem Wissen. Jeder war nur in seinem eigenen kleinen Bereich versiert.

Allerdings erforderten beide Berufungen eine Lebenszeit an Lernen. Zwei Lebenszeiten, um genau zu sein. Insofern mochte der neue Bibliokant nie besonders hoch im Rang der Gelehrten aufsteigen, sofern er sich Konkurrenten nicht mit der Klinge vom Hals schaffte. Doch vermutlich hatte Gemryn auch nicht vor, den Weisesten in seiner Position zu beerben.

»Er ist nicht da«, sagte er Nimry.

»Wo ist er?«

Es ziemte sich nicht, dass sie das fragte. Sie war längst einem Graaven versprochen – eine gute Partie. Einem Bibliokanten mit mehr als zweifelhafter Vorgeschichte sollte sie gewiss kein Interesse entgegenbringen. Orstyn hob tadelnd eine Augenbraue, ein Zugeständnis an die väterliche Rolle, die er sich angemaßt hatte. Tatsächlich war es ihm einerlei, welches hübsche Fyrsthinchen sich mit welchem gut bestückten Kämpen vergnügte.

»Er wollte mir etwas beibringen!«, verteidigte sich die junge Frau und setzte Worte gegen gehobene Augenbraue.

»Gewiss.« Orstyn konnte sich gut vorstellen, was genau das Lernziel gewesen sein mochte. »Doch er ist nicht – präsent. Man hat ihn mit einem diplomatischen Auftrag entsandt.« Das war beinahe wahr. »Es gibt Verhandlungen mit Passagur.« Das war allbekannt.

Helle Augen wurden feucht.

»Wann kommt er wieder?«

»Vielleicht nie.« Orstyn zuckte mit den Schultern.

»Aber …«

»Auf ihn zu warten wäre töricht, Kind. Doch wenn Ihr kamt, etwas zu lernen, so können ich oder einer der anderen Bibliokanten Euch gerne unterweisen. Welches Fach interessiert Euch?«

Einen Augenblick lang wechselten sich Panik und Verzweiflung in den schönen Augen ab. Dann war es, als legte sich ein plötzlicher Schleier darüber. Ihr Blick wurde seltsam neutral.

»Gift«, sagte sie. »Ich wüsste gerne mehr über Gift.«

4

Das Byarla-Gebirge war riesig. Es erstreckte sich aus dem Süden von der Asche spuckenden Nohrwähr-Landzunge bis fast nach Holtur, der Fyrsthenei, die nördlich an Kahsell grenzte. Östlich fielen die Berge steil zum Meer hin ab. Jorgvil lag an den südlichen Ausläufern des Gebirges. Westlich senkte sich das Land abrupt in Richtung Wald-Makye ab, einer Art Stacheldschungel, in dem trockene Dornenbäume und -gestrüpp sich zu einem beinahe undurchlässigen Gespinst verwoben hatten und so dem Gebirge einen passenden tödlichen Rahmen gaben.

Auf ganz Predorenn gab es nur ein Gebirge, das noch höher war und noch unüberwindlicher: die Loryr-Berge weit entfernt im Südwesten. Doch das Byarla-Gebirge war hoch genug und schwierig genug, einsam genug – und wirklich groß. Es führten keine Straßen hindurch, bestenfalls Saumpfade. In den kluftigen Höhen konnte man nichts anbauen. Es gab keine Städte, keine Märkte, keine Felder oder Wiesen. Eine Handvoll Ansiedlungen befanden sich am südwestlichen Rand des Gebirges. Danach waren Reisende auf sich selbst gestellt. Doch wozu sollte man weiter in die unwirtliche Felsenzone? Um Edelsteine im Gestein zu finden? Und dabei zu verhungern? Oder von der ansässigen Fauna verspeist zu werden?

Shernay wusste das alles. Ihr Kopf war angefüllt mit Fakten. Sie saß mitten in diesen Bergen in einem unzugänglichen Tal. Sie lebte. Sie war versorgt und umsorgt. Gehegt, gepflegt und über alle Maßen zivilisiert. Allerdings auch eingeschlossen in ihre Heimat, die sie liebte, bis zum Rund der sie umschließenden Berge und Wolken und – zumindest in Gedanken – auch darüber hinaus.

Sie kannte die gesamte Topografie ihrer Welt, hatte sie auf Karten studiert und verinnerlicht. Sie wusste, wo die alten Reichsstraßen verliefen, die niemand mehr instand hielt, wo die Häfen sich befanden und wo die Städte, die wie alles dem Zerfall preisgegeben waren, weil die acht Fyrstheneien sich nun schon seit Jahrhunderten in wechselnden Bündnissen bekriegten, während die Kenntnisse und Kunstfertigkeiten des Alten Reiches zusehends in Vergessenheit gerieten.

Reyalun war keine hundert Jahre nach der Erschaffung der Acht Reiche Predorenns entstanden. Cahersyg, die Hauptstadt der Welt, wie man sie kannte, war kaum mehr als ein halbes Jahrhundert errichtet gewesen. Die Räte Predorenns waren sich keinesfalls einig gewesen, ob es eine gute Idee war, Wissen aus dem Zentrum der Macht auszulagern – gewissermaßen zu verstecken.

Doch es war geschehen. Und es war gut so. Irgendwann war das Alte Reich untergegangen und Cahersyg zur Legende verkommen. Irgendwann hatte sich Reyalun abgeschottet. Nun war es vergessen. Kein Fremder durfte hinein. Um hinauszugelangen, bedurfte es eines Geheimrituals, eines Blutschwurs und mindestens der Erlangung des vierten Grades der Gelehrsamkeit.

Nichts davon hatte Shernay bislang erreicht. Mit ihren zwanzig Jahren war sie noch zu jung. Die Rechte der Reyalunis wuchsen mit deren Wissensgrad. Wissen erlangen zu wollen, das einem noch nicht zustand, galt als Frevel.

Shernay wusste das. Die schiere Ungeheuerlichkeit ihres Fehltritts brannte in ihrem Magen und ließ ihre Hände und Knie zittern.

Sie sah sich vorsichtig um.

In diesem besonderen, in den Felsen getriebenen Stollen hatte sie absolut nichts zu suchen. Es würde sie vermutlich nicht das Leben kosten, wenn man sie hier fand. Doch was es sie letztlich kosten würde, wusste sie nicht. Trotz der ehernen Regeln war die Rechtsprechung Reyaluns eher subjektiv ausgerichtet. Einem Dummen mochte man eine Verfehlung eher verzeihen als jemandem, der die Entschuldigung, in Unkenntnis gehandelt zu haben, nicht hatte.

Viele Gänge des Alten Archivs erstreckten sich direkt in den Fels. Vielleicht hätte sie noch nicht einmal wissen sollen, wo dieser hier sich befand. Ein weniger wissensdurstiger Mensch hätte es möglicherweise nicht herausgefunden, bevor ihm das Wissen nicht zustand.

Doch Shernay hatte immer mehr wissen wollen als das, was das Curriculum für ihren Grad hergab. Es war, als wäre sie ein offenes Buch, in das Wissen nur so einströmte und in dem Erkenntnis sich von fast allein bildete. Unter den Lernenden tat sie sich durch die Geschwindigkeit hervor, mit der sie sich neue Themen erschloss, neue Texte behielt und Schlussfolgerungen ziehen konnte. Menschen lernten unterschiedlich schnell, und selbst hier in Reyalun waren nicht alle gleichermaßen begabt.

Wieder sah sie sich nervös um. Sie lauschte. Wie tiefer, steter Atem strich ein Luftzug durch den Stollen, streichelte die Härchen in ihrem Nacken, als bliese ein Verfolger darauf.

Ein naher Verfolger?

Glühsteine erleuchteten den Weg. Man musste sie regelmäßig in die Sonne legen, deren Schein sie in sich aufnahmen und dann in der Dunkelheit wieder abgaben. Es war untersagt, sich mit offenen Flammen den geheimsten und wertvollsten Schriften zu nähern.

Die Steine beleuchteten den Boden des Ganges, entlang dem sie in festen Abständen gelegt waren. Sie saßen auch in den Felsnischen, in denen die Schriftstücke archiviert waren. Sie waren in einer Reihe auf Holzpulten angeordnet, an denen Lernende arbeiten würden, wenn sie tatsächlich dazu hierherkamen anstatt in die wohlbewachte Abschriften-Sammlung im Zentrum des Tales.

Doch es war früh am Morgen. Die Sonne war noch nicht einmal aufgegangen. Die Regelmäßigkeit der Tagesabläufe im Tal legte die Hoffnung nahe, hier würde jetzt niemand sein.

Sicher konnte Shernay sich freilich nicht sein, denn da es in den Höhlen stets gleich dunkel war, mochte es einem Lernenden höheren Grades durchaus einerlei sein, zu welcher Tages- oder Nachtzeit er hierherkam. Sie konnte jeden Moment entdeckt werden.

Shernay versuchte, kein Geräusch zu machen. In ihrem Nacken kitzelte etwas wie Gefahr und Schuld. Ihr schlechtes Gewissen schien sie bremsen zu wollen, doch ihre Füße wurden von ihrem Willen getragen, und der sagte ihr, sie müsste herausfinden, wie Deruonn das Tal ungesehen verlassen konnte.

Sie hatte ihn verbunden, ihm Wasser gebracht, eine Decke, etwas zu essen. Sie hatte ihm geholfen, sich aus seiner Rüstung zu schälen, hatte sein Untergewand gewaschen – heimlich bei Nacht. Da hatte er sich nur mit Schmerzen bewegen können, und die prächtigen Muskeln seines narbenbedeckten und mit Blutergüssen dunkelfleckigen Körpers hatten bei mancher Bewegung gezittert.

Doch keine seiner Verwundungen war schwer gewesen. Er erholte sich schnell. Alsbald würde er wieder gerüstet und bereit sein – sie wusste nicht wozu. Zu tun, was nötig war, vielleicht. Er machte den Eindruck, als täte er immer das, was nötig war, mit der Zielstrebigkeit eines felsenharten Recken.

Doch da war mehr.

Er hatte ihre Hand genommen und sie mit seiner schwieligen Pranke festgehalten. Seine Haut war warm gewesen und seine Berührung von ungekannter Präsenz. Seine Zärtlichkeit war die wohlproportionierte Kraft. Es schien, als wäre er wirklicher als all die Menschen, die sie kannte. Opak in einer Welt diffuser Schemen. Sein Händedruck war ihr durch den ganzen Körper gefahren. Der Mann hatte sich angefühlt, als wäre er ein Teil von ihr.

Oder umgekehrt.

»Du hast mich nicht verraten«, hatte er verwundert gesagt und sie mit diesen unglaublichen dunklen Augen angesehen.

»Nein. Habe ich nicht.« Ihre Stimme hatte selbst in ihren Ohren resigniert geklungen. Es war die Resignation des besseren Wissens, gegen das sie das hier getan hatte. Sie hatte keine Zweifel, dass es im Licht der Gesetze Reyaluns falsch war. Doch sie zweifelte auch nicht daran, dass es nicht richtig war, diesen Mann einfach auszulöschen. Nur weil er das Tal gefunden hatte. Weil er sie gefunden hatte – und sie ihn.

Nun ging es ihm schon recht gut. Wenn er nicht doch noch sterben sollte, war es an ihr, ihm zur Flucht zu verhelfen. Entscheidungen brachten immer Verantwortung mit sich – selbst die fragwürdigen.

Sie erstarrte. Ein Geräusch aus einem Seitenstollen gefror sie gleichermaßen zu Eis. Da war jemand. Sie lauschte angestrengt. Nun hörte sie nichts mehr. Hatte sie sich getäuscht?

Minutenlang rührte sie sich nicht, bat nur die Schatten, sie einzuhüllen und zu verbergen. Ein unsinniger Wunsch, beinahe religiös. Sie war nicht gläubig. Niemand im Tal war es. Sie sammelten Götter und Religionen, Aberglauben und Legenden, wussten vielleicht mehr von ihnen als die jeweiligen Priester draußen in der Welt, doch sie glaubten nicht daran. Es war nur weiteres Wissen über die Abläufe in dieser Welt und deren vielschichtige Hintergründe.

Zum ersten Mal verstand sie, wie beruhigend es sein könnte, sich einer höheren Macht anzuvertrauen, die dann für einen agierte – oder nicht. Fast fühlte sie sich leer, da sie es nicht konnte. Reyalunis halfen einander. Sie überließen ihr Gemeinwohl nicht mythischen Größen und unsichtbaren Mächten. Sie fuhren gut damit.

Zumeist. Doch jetzt hatte Shernay Angst. Wie sie es gelernt hatte, versuchte sie, die Angst wie alles Neue in die Bestandteile zu zerlegen. Wovor hatte sie Angst? Entdeckung? Darauf folgend Strafe? Oder doch eher die Peinlichkeit und Scham, die auf das Aufspüren ihres Fehlverhaltens folgten? Wie mochte die Strafe aussehen?

Sie listete Strafen in ihrem Kopf auf. Der Tod. Denkbar. Der Entzug der Lernerlaubnis. Das würde sie zur reinen Fronkraft machen. Pflanzen, ernten, kochen, putzen, pflegen – und sonst nichts. Keine Diskussion mehr über hochgeistige Themen. Kein Meinungsaustausch zu Fragen, die einem auf den Nägeln brannten. Keine Antworten.

Nie mehr lesen. Gewiss war das schlimmer als der Tod.

Für wen tat sie das alles? Für einen Mann, der sich bewegte wie ein Tänzer. Für einen Fremden, der ihr außer seinem Namen noch nicht viel von sich verraten hatte. Edelsteine hatte er gesucht. Die Byarla-Berge bargen Edelsteine, doch nicht überall und nicht offen greifbar. Dennoch waren Edelsteine einer der wenigen Gründe, sich überhaupt in die bergige Wildnis zu begeben, den harten Witterungsbedingungen ausgeliefert und fernab von Nachschub. Edelsteine waren ein Wert dort draußen in der Welt.

»Edelsteine?«, hatte sie gefragt. »Hast du welche gefunden?«

»Ich habe dich gefunden«, hatte er geantwortet.

So stand sie nun im dunklen Gang des Alten Archivs und riskierte alles, was sie hatte. Es gab keinen philosophischen Ansatz, der das sinnreich heißen könnte.

Sie war nicht allein. Sie wusste es nun genau. Ganz nah war noch jemand.

5

Es war nicht des Weisesten Orstyn Aufgabe zu beurteilen, was ein Mensch lernen wollte. Natürlich konnte er sich seine Gedanken darüber machen, wozu sie mehr über Gift zu erfahren suchte. Doch die Edle Nimry wusste, er würde nicht fragen. So viel Neugier stand ihm nicht zu.

Er tat, was man tat: Er verneigte sich und geleitete sie zu einem jener jugendlichen Bibliokanten, die Nimry nicht einmal voneinander unterscheiden konnte oder wollte. Sie alle hatten Tinte an den Fingern, waren ungepflegt, und selbst wenn man sich Mühe gab, würde man diesen nicht besonders aufregend finden. Er sah aus, als hätten zu viele Zahlen und Buchstaben ihm den Weg zur Realität verstellt.

Es gab nur einen unter Orstyns Männern, der die Bezeichnung Mann tatsächlich verdiente, und der war nicht da.

Warum nicht? Sie brauchte ihn!

Mit ein wenig Unbehagen stellte Nimry fest, dass die Strümpfe von Orstyns angeblich belesenstem, jungem Akolythen Löcher hatten, was umso deutlicher auszumachen war, als er sich der Geckenmode verschrieben hatte und die Pumphosen, die er trug, nur schenkellang waren. Dieses Kleidungsstück mochte sich unter den jungen Adligen als schick durchgesetzt haben, doch um es tragen zu können, sollte der Träger über gerade und möglichst muskulöse Beine verfügen – und über lochfreie Strümpfe, die um die Knöchel keine Falten schlugen. Nichts davon konnte dieser dürre … Junge für sich in Anspruch nehmen.

Nimry hörte Orstyn unterdrückt seufzen. Er selbst wirkte nie wie eine rohe Pastete, in die man zu viel Wissen hineingepresst hatte. Vielleicht war es das Alter. Oder es lag daran, dass er tatsächlich der Weiseste war. Außerdem war er Ratsmitglied. Da musste er repräsentieren und repräsentabel sein.

»Dies ist Bibliokant Berstel, Edle Nimry«, stellte er ihr den jungen Mann vor. »Er wird Euch eine Liste lesenswerter Literatur zum Thema Eurer Wahl zusammenstellen und Euch die Schriften an jenes Pult bringen. Dort könnt Ihr Euch entsprechend bilden.«

»Kann ich sie nicht mitnehmen?« Nimry hatte wenig Lust, ihre Zeit im abgelegenen Nordturm zu verbringen – im Staub der Schriften, zusammen mit irgendwelchen unbeholfenen Hilfsgelehrten. Zumindest dieser hier konnte ihr nicht einmal in die Augen sehen und peilte stattdessen stetig ihre Brüste an. Es gelang ihr nicht, dies als Kompliment zu sehen.

»Nein, Edle. Kein Schriftstück oder Buch verlässt die Bibliothek.«

Nimrys Muhme hatte einmal gesagt, dass es früher ganz normal gewesen war, seinen Lesestoff mit sich in seine Gemächer zu nehmen und dass in ihren Gemächern vermutlich irgendwo noch das eine oder andere Buch herumlag, das sie schon längst hätte zurückgeben sollen.

Also war anzunehmen, dass Orstyn diese Regel selbst eingeführt hatte, als ihm klar geworden war, dass die Kahsellsche Bibliothek über die Jahre nicht an Büchern zugenommen hatte, sondern vielmehr immer wieder welche verschwanden. Bücher waren alt. Viele neue wurden nicht geschrieben. Also musste man mit dem haushalten, was man hatte.

Lediglich der Fyrsth genoss Sonderrechte. Dafür war er Fyrsth.

Der Weiseste Orstyn warf Nimry noch einen Blick zu. Vielleicht versuchte er, ihren Rang einzuordnen. Ihr ganzer Name lautete Edle Nimry aus Kahsell. Edle bezeichnete den Adelstitel. Mit dem Namen der Fyrsthenei durften sich nur Adlige des Hofes, die mit der Fyrsthenfamilie verwandt waren, schmücken. Dann gab es auch noch den »kleinen Unterschied«: Die eigentliche Fyrsthenfamilie trug den Titel »von Kahsell«. Die weiter entfernten Vettern und Basen der Seitenlinien, die keinen Anspruch auf das Thronerbe hatten, waren »aus Kahsell«.

Dennoch stand sie im Rang höher als der Weiseste und reckte energisch ihr Kinn in die Höhe. Sie wusste, er war erstaunlich unbeeindruckt von Adelsrängen, als wäre das Wissen, über das er verfügte, eine stetig in die Höhe wachsende Stufe, mit der er alsbald alle überragen würde.

Nimry hatte man beigebracht, das anders zu sehen. Der Weiseste mochte über Wissen verfügen, doch die Herrschenden von Kahsell verfügten über den Weisesten. Er leistete gute Dienste, doch auch Pferdeknechte leisteten Dienste und waren bisweilen gut darin. Natürlich hob seine Ratsmitgliedschaft seinen Rang und machte diesen somit schwer einzuschätzen.

Nimry fragte nicht noch einmal nach Gemryn. Dabei hätte sie ihn dringend sprechen wollen. Seine Andeutungen waren zu vage gewesen, um ihr Einsicht zu vermitteln, gleichzeitig aber zu aufwühlend, um nichts zu tun. Warum hatte er sich bemüßigt gefühlt, sie zu warnen? Niemand sonst hatte das. Nicht einer.

Der Graav von Flynnt, hatte Gemryn gesagt, hatte bereits vier Frauen gehabt. Alle waren sie an seltsamen Krankheiten verstorben. Gift, hatte er geargwöhnt.

Sie würde an ihrem achtzehnten Geburtstag des Graaven fünfte Frau werden. Es war so besprochen. Natürlich nicht mit ihr. Ihr hatte man das nur mitgeteilt.

Der Graav war ein einflussreicher Mann, zumal er in den letzten Jahren durch Erbschaft seine Pfründe hatte erweitern können.

»Der arme Mann«, hatte ihre Muhme gesagt. »Er hat so ein Pech mit seinen Ehefrauen. Aber du bist ja gesund. Du wirst ihm Erben schenken.«

Nimry hatte den Graaven von Flynnt vor Jahren bei Hofe gesehen. Von Weitem. Da war sie noch viel jünger gewesen. Er hatte ihr nicht gefallen, und sie wollte ihm nichts schenken. Schon gar nicht Erben.

Außerdem verfügte er schon über Erben. Die vier Ehefrauen waren immer erst verblichen, nachdem sie ihre Pflicht erfüllt hatten. Doch Kinder konnten sterben. Erfahrungsgemäß starb mindestens die Hälfte vor dem zwölften Lebensjahr. Man konnte zwar davon ausgehen, dass der Graav von Flynnt besser auf seine Nachkommen als auf seine Frauen achtgab, denn Frauen waren leichter zu ersetzen, doch die Gesundheit von einflussreichen Sprösslingen war eine zarte Sache.

Niemand hatte Nimry je gefragt, ob sie Graavessa von Flynnt werden wollte. Überhaupt fragte sie niemand, was sie wollte. Die Muhme, die sie nach dem sehr frühen und reichlich gewaltsamen Tode ihrer Eltern aufgezogen hatte, war streng und durchweg der Meinung zu wissen, was Nimry zu wollen hatte. Diskussionen halfen da wenig, und Aufmüpfigkeit wurde geahndet. Mädchen, fand der Fyrsth, hatten zu gehorchen. Nun, von Männern dachte er das Gleiche, und die Muhme war ihm ergeben. Äußerst ergeben. Sie tat nichts, was ihm je missfallen könnte, und alles, ihm zu gefallen.

Einen widerwärtigen Graaven heiraten, ihm Kinder schenken und dann durch Gift sterben. Nimry konnte nicht aufhören, daran zu denken. Hatte Gemryn gewusst, wovon er sprach? Hatte er geraten? Geargwöhnt? Oder sich einfach vor ihr, der Edlen, wichtigmachen wollen?

Wie ein Wichtigtuer hatte er nicht gewirkt. Eher intelligent und informiert. Selbstsicher, stark und elegant. Gar nicht wie ein Bücherwurm.

Sie hatte der Muhme noch nichts von dem Verdacht erzählt, denn dann hätte sie die Quelle preisgeben müssen. Das wäre schlecht für Gemryn gewesen – und für sie, denn obgleich es kein Frevel war, mit einem angehenden Gelehrten zu sprechen, so war dieser doch anders als die anderen. Seine kriegerische Männlichkeit unterschied ihn – zum Beispiel von dem Jungen mit den löchrigen Strümpfen, der ihr just eine kurze Liste unter die Nase hielt. Er hatte sie fertig aus dem Fach unter seinem Schreibpult gezogen.

»Hier, Edle Nimry.« Er verneigte sich linkisch. Dabei bemerkte er den Zustand seiner Strümpfe und versuchte, den linken mit einer Hand in Kniehöhe zu fassen und nach oben zu ziehen, während er das rechte Bein hinter dem linken zu verbergen suchte. Er wankte leicht. Es war ein unmögliches Betragen.

»Was ist das?«, fragte sie und wies auf das Blatt Papier.

»Die Literaturliste, die Ihr erbatet.«

Nimry blickte sich nach dem Weisesten um, sah ihn jedoch nirgends.

»Ich dachte, du müsstest sie erst schreiben!«

»Ihr seid nicht die Erste, die eine solche Frage hat. Gift interessiert viele.«

Natürlich. Ein Schauer rann ihr über den Rücken. Wie viele – und vor allem wer – hatte sich hier schon informiert? Wer hatte was gegen wen angewendet?

Sie versuchte, sich zu erinnern, woran in den letzten Jahren Menschen gestorben waren. Doch Menschen starben an so vielen Dingen. Wer konnte schon wissen, was eine Krankheit und was auf ein Pülverchen im Wein zurückzuführen war? Oder warum sich manch ein Kratzer entzündete, bis das Fleisch faulte, und andere Verletzungen einfach nur verheilten?

Nimry kämpfte einen Augenblick lang mit den Tränen, erlangte jedoch sofort ihre Fassung zurück. Nichts zeigen. Keiner Schwäche nachgeben. Der Bibliokant war wie ein Hündchen. Er sah sie treuherzig an, machte Männchen, wenn man es ihm sagte – und vielleicht biss er ihr in die Waden, wenn sie auch nur einen Augenblick in der Zurschaustellung ihrer Überlegenheit schwankte.

»Was wollt Ihr zuerst lesen?«, fragte er. Sie blickte ratlos auf die Liste. »Schnelle Gifte, langsame Gifte, Pflanzen und Gewürze? Unauffällige …«

»Wie man sich davor schützt«, herrschte sie ihn an.

Er nickte und legte die Liste wieder ab.

»Dann fangen wir hiermit an. Obwohl – sich vor Gift schützen, das geht im Grunde gar nicht.«

Er sah sie betreten an, merkte, dass er sie mit der Aussage tief getroffen hatte, und suchte mit den Augen nach einem anderen Ziel als ihrem Gesicht.

Sie zwinkerte die aufsteigenden Tränen fort.

»Obwohl …«, begann er erneut. »Wenn man weiß, was kommt … ist das schon besser. Gegen manches gibt es Antidote. Vielleicht hat der fyrsthliche Alchemist eines. Manches Gift hat auch einen spezifischen Geschmack.«

Er kannte sich aus. Vielleicht sollte sie ihn in ihrer Entourage mitnehmen, wenn sie nach Flynnt ging. Hatte die Graavenburg überhaupt eine Bibliothek, die es rechtfertigen würde, dass sie einen Bibliokanten mitnahm?

Er würde es nicht mögen. Sie mochte es ja auch nicht. Niemand fragte sie. Die Graavschaft Flynnt war strategisch wichtig an der Nordgrenze zu Holtur. Den Graaven mit einer guten Heirat zu binden, war ein ganz normaler Vorgang. Der Graav brauchte gerade wieder eine Frau, und Nimry war jung, hübsch und dynastisch verfügbar.

Alles andere war dem Fyrsthen einerlei. Ihr Leben war ihm so unwichtig wie ihr Tod.

Vielleicht hätten ihre Eltern damals nicht gegen ihn intrigieren sollen. Dann hätte sie jetzt noch Eltern mit Einfluss und nicht nur zwei Schädel, die man ihr vermacht hatte, als sie fünf war, und nicht nur die Muhme, deren Verwandtschaftsgrad verworren war und deren Loyalität nur dem Fyrsthen galt, weil sie ihn möglicherweise aus der Ferne mit einiger Verzweiflung liebte.

Oder vielleicht hätten ihre Eltern einfach klüger und erfolgreicher sein müssen. Dann wäre sie jetzt möglicherweise Fyrsthentochter und nicht Nichte vierten Grades.

Ob das etwas an ihrer derzeitigen Situation geändert hätte, war freilich ungewiss.

6

Es war mehr als nur Glück, dass sie gefunden hatte, was sie suchte. Man hatte sie nicht entdeckt, und das war noch viel größeres Glück. Dabei war Shernay sicher, dass sie nicht allein im Stollen war. Sie hörte keine Schritte, aber es schien ihr, als könnte sie Atem spüren. Direkt hinter ihr. Er hob ihr die Härchen im Nacken hoch und beugte sie wie Halme im Wind.

Doch wenn sie sich umwandte, war da niemand. Nur die weißen Steinlichter, die gleichmäßig ohne zu flackern leuchteten. Angst sollte ihr das nicht machen. Sie fürchtete sich dennoch. Es war ein durchaus neues Gefühl – zumindest in dieser Intensität. In der Gemeinschaft der Archivare von Reyalun gab es wenig, das man fürchten musste. Solange man sich an die Regeln hielt.

Bis jetzt hatte sie das stets getan, doch nun war Deruonn in ihr Leben getreten wie eine plötzliche Sternschnuppe, die scharf glühend und Neues verheißend vom Himmel gefallen war. Regeln waren nur noch Hindernis. Shernay musste die Information finden, die ihr nicht zustand. Dann konnte sie immer noch entscheiden, ob sie das Wissen wirklich verwenden wollte.

Alle Archivteile – in den Archivhöhlen wie in der Abschriften-Bibliothek – waren nach dem gleichen Schema organisiert. Es ging darum, etwas möglichst einfach wiederzufinden, nicht darum, etwas zu verstecken. Das ganze Tal war verborgen, da musste man nicht zusätzlich noch die Schriften durcheinanderbringen.

Sie machte sich keine Notizen. Sie hielt nur die brüchig aussehende Schriftrolle und mühte sich, deren Inhalt direkt in ihren Kopf zu klemmen wie Wäschestücke an die Leine. Eins nach dem anderen. Beschreibung, Zeichnung, Plan. Alles sank in ihren Sinn und verblieb dort. Es war eine Technik, die man ihr beigebracht hatte und die sie mit ihrem besonderen Talent, sich Dinge bildlich genau einzuprägen, Texte und Zeichnungen schnell verinnerlichen ließ.

Nun wusste sie, wie man aus dem Tal kam. Geografisch zumindest. Ihr war auch klar, dass der Ausgang bewacht wurde. Seltsam, dass ihr das noch nie aufgefallen war. Nichts war im Tal so abgelegen, dass man nicht schon viele Male einmal daran vorbeigegangen war.

Dass der Zugang zum Tal von außen versteckt war, leuchtete ihr ein. Von innen war er jedoch genauso gut verborgen. Was erwartete man? Flucht? Verrat?

Zu Recht, denn beides hatte sie vor: Verrat hatte sie begangen, indem sie einen Fremden nicht gemeldet hatte. Flucht – wenngleich nicht die eigene – würde sie diesem Fremden ermöglichen.

Er durfte nie darüber reden. Sie fragte sich, ob sie ihm das klarmachen konnte. Würde er ihr das schwören? Und – viel wichtiger – würde er den Schwur treu halten, oder würde ein solches Gelöbnis ihm nichts gelten als lediglich die Möglichkeit zu entkommen?

War sie nur naiv?

Sie schüttelte den Gedanken ab, und ihr ungeflochtenes, langes Haar bewegte sich um sie wie ein Schleier. Deruonn mochte ihr Haar. Seidengespinst hatte er es genannt. Wenn sie bei ihm war, griff er immer wieder in die vollen, mondhellen Strähnen, ließ sie durch seine sehnigen Finger rieseln wie Goldstaub. Dann überdeckte ein anderes Gefühl ihr schlechtes Gewissen. Sie mochte es nicht einmal definieren.

In Reyalun war immer alles bis ins Kleinste definiert. Gegenüber der Aufgabe und der in Generationen bewährten, stets gleichen Umsetzung waren persönliche Gefühle etwas, das zwar nicht an sich verpönt war, jedoch zumindest im Wohl und Wehe der Gesamtheit und der Gemeinschaft keine Priorität hatte. Nur für Deruonn war sie wichtig. Lebenswichtig.

Unerheblich jetzt.

Leise machte sie sich zum Ausgang des Alten Archivs auf. An den Schriftstücken und Büchern vorbei, an den gleichförmigen Lichtern, an den Stützbalken, die den Stollen hielten, der aus einer ursprünglich natürlichen Höhle ausgebaut worden war. Immer war da das Gefühl, sie würde beobachtet.

Sie merkte, dass sie zitterte. Sie biss sich auf die Lippen. Jetzt, genau jetzt sollte sie zu den Bewahrern gehen. Noch war es nicht zu spät. Deruonn ruhte in der Höhle, in die sie ihn gebracht hatte. Jeden Tag heilte er. Er heilte schnell. Seine Verletzungen waren nicht annähernd so schlimm, wie sie zunächst angenommen hatte.

Sie meinte, seinen dunklen Blick zu spüren, wenngleich der Mann nicht einmal in der Nähe war. Seine Augen hielten sie fest, machten sie unaufmerksam auf den letzten Schritten zum Ausgang des Tunnels. Draußen wurde es langsam hell.

»Was tust du nur, Shernay?«, fragte eine Stimme direkt neben ihr.

Es durchfuhr sie wie ein eiskalter Blitz. Fast schmerzhaft war der Schreck, der ihr im Herzen steckenblieb, sodass es fast bersten wollte.

Garru. Wieso war Garru schon so früh auf, und was machte er hier?

»Ich …«, begann sie und wusste dann nicht weiter.

»Du bist Grad drei. Du darfst hier nicht sein.« Er stand neben ihr und sah sie nicht einmal an, versenkte seinen Blick nur in den Boden, so wie er seine schmalen Hände in den Taschen seines weiten, hellen Gewandes verbarg. Seine melodiöse Stimme klang fast ein wenig verzweifelt. »Die Weisen würden dich nicht lassen, so du sie fragtest. Noch dazu zu dieser Zeit! Was tust du, Shernay, und aus welchem nicht fassbaren Grund?«

Sie wusste nicht, wie sie das beantworten sollte. »Wirst du mich verraten?«, fragte sie nur und versuchte, nicht unsicher zu klingen.

Er zuckte mit den Schultern.

»Wenn ich wüsste, dass du einen guten Grund hast, fiele es mir leichter, nichts zu sagen. Menschen sind nicht perfekt. Wir alle begehen Fehltritte. Nicht jeder dieser Fehltritte betrifft die Gemeinschaft oder muss von ihr wahrgenommen werden.«

Sie sagte nichts, schielte ihn nur von der Seite an, wie er da stand, blond und blass. Er war gerade mal so groß wie sie selbst und schmal. Sein feines Haar hing ihm halb in das etwas zu lange Gesicht, mittelgescheitelt und brav. Seine Augen waren grau und groß und seine Wimpern so hell, dass man sie kaum sah.

Unwillkürlich verglich Shernay den Mann, dem sie versprochen war, mit dem, der verbotenerweise in einer Höhle ihrer harrte. Sie mochte Garru. Wirklich. Sie hatte ihn immer gemocht, schon als sie noch gemeinsam gespielt und gemeinsam zu lernen begonnen hatten. Auch als ihre Spezialisierung sie unterschiedlichen Lernstoffen zutrug, hatten sie einander stets gut verstanden. Sie hatten gemeinsam in den Wasserfällen gebadet. Sie hatten gemeinsam jene allgemeinen Arbeiten verrichtet, die neben dem Lernen auch erledigt werden mussten, hatten für die Gemeinschaft gekocht, geputzt und gewaschen. Jeder war irgendwann einmal dran.

Immer häufiger hatte sie seiner Musik gelauscht. Viele Reyalunis spielten Instrumente oder sangen die alten Balladen. Keiner tat es wie Garru. Wenn er spielte und sang, war es, als wüchsen ihm Flügel. Wie ein Schein umflorte ihn die Schönheit seiner Musik.

Doch wenn er redete, biss er sich wie jetzt auf die Lippen, blickte unsicher an ihr vorbei, als wollte er sie nicht wahrnehmen. Als sie klein gewesen waren, war das nicht so gewesen.

Deruonns Augen trafen sie immer direkt. Wie Pfeile.

»Ich musste etwas eruieren.«

»War das Abschriften-Archiv dafür nicht gut genug? Alles, was in den alten Stollen ist, ist auch dort.«

»Aber man muss …« Sie sprach nicht weiter.

»Man muss sich eintragen und den richtigen Grad nachweisen können«, ergänzte er und nickte. »Es wird nicht mehr lange dauern, bis du den vierten Grad erreicht hast. Konntest du nicht warten?«

Sie antwortete nicht, zuckte nur mit den Achseln.

»Oder«, argwöhnte er jetzt, »hätte auch Grad vier nicht gereicht? Was um des Tales Willen hast du lernen wollen?« Er sah nun noch besorgter aus als vorher.

Shernay wandte sich ihm zu, nahm ihn bei den schmalen Schultern und drehte ihn zu sich.

»Was soll das alles?«, fragte sie ärgerlich. Es war schwierig, vor Garru Angst zu haben. Sie hatten einander stets vertraut.

Er sah sie irritiert, aber nicht verunsichert an.

»Jeder im Tal hat ein Recht, dir diese Fragen zu stellen, Shernay. Ich vielleicht sogar mehr als andere.« Ein fast flehentlicher Ausdruck kam in seinen Blick. »Ich … Shernay … du weißt doch …«

Nun war er es, der seinen Satz nicht fertigsprechen konnte. Die Worte versagten ihm, dem Barden und Dichter, und er schielte schon wieder um sie herum. Dann streckte er die Hand nach ihr aus, wie Deruonn, doch ungleich jenem berührte er sie nicht, ließ sie nicht die Kraft seiner Hand spüren, sondern zog die Hand zurück, als hätte er Angst, sich zu verbrennen.

»Das meine ich nicht«, antwortete Shernay. »Jedenfalls nicht ausschließlich. Wir sind hier in Reyalun. Das Bergrund umgibt uns. Die Wolken sind die Grenze. Wir lernen, bis wir sterben. Dann lernt die nächste Generation, bis sie stirbt. Dann die nächste. Es fällt mir bisweilen schwer, den tieferen Sinn zu sehen.«

Sie erwartete Entsetzen, doch er nickte nur nachdenklich.

»Es hat seinen Sinn, und das weißt du. Doch ich weiß auch, dass langfristiges Denken und Handeln der Spontaneität des Augenblicks gegenüber im Nachteil ist. So ein Augenblick ist eine mächtige Sache.« Er lächelte schüchtern. »Ich habe einmal ein Lied darüber geschrieben.«

Sie nickte.

»Damals habe ich es nicht verstanden. Heute schon.«

Er sah sie einen Moment lang nachdenklich an.

»Shernay … wir können alle dieses Tal verlassen und die Welt kennenlernen – innerhalb der geltenden Regeln.«

»Und? Hast du deine Wanderschaft schon geplant?«

»Ich darf gehen, wenn … wenn wir …« Er lief dunkelrot an.

»Wenn wir Nachwuchs produziert haben?«

»Nuria findet, es wäre an der Zeit.«

»Nuria! Siehst du das auch so?«

»Nun …«

»Wenn du es eilig hast mit deiner Wanderschaft, dann sollten wir uns ranhalten. Der Morgen ist frisch, und das Gras ist weich. Gleich hier?«, fragte sie zynisch und schämte sich dann.

Er starrte sie entsetzt an.

»Es steht uns frei, wo … aber ich dachte an einen festlicheren Anlass.«

»Mit Ze-re-mo-nie.«

»Ja.«

»Du hast mich nie gefragt, ob ich das will«, sagte sie ganz sanft.

Er schluckte.

»Nun – ich hoffte …«

»… Nuria würde es schon richten. Schließlich haben wir ja nicht gerade große Auswahl.«

Er hob nun doch den Blick zu ihr und sah sie unglücklich an.

»Shernay, ich würde nie etwas gegen deinen Willen tun. Das müsstest du doch wissen.«

Sie zuckte die Achseln.

»Ich weiß so vieles.«

»Ich auch. Aber offenbar wissen wir beide nicht genug.«

Sie fuhren herum, als Schritte sich näherten. Beide starrten schuldbewusst auf den Felsvorsprung, der die Sicht auf den Kommenden verdeckte. Die Zeit schien langsamer zu verrinnen, und Shernay wurde eiskalt. Sie hätten nicht just hier stehen bleiben sollen, genau vor dem Alten Archiv, in das sie beide noch nicht durften.

Brouden bog um die Ecke. Er war Bewahrer. Alt genug für mindestens den sechsten Grad. Dazu breit gebaut und stark. Er hatte sein Leben der Sicherheit Reyaluns verschrieben und der Sicherheit aller Reyalunis.

Im Tal kannten sich alle. Cousins und Cousinen, dachte Shernay eisern. Talvettern und -basen. Sie waren alle irgendwie verwandt. Shernay gehörte inzwischen zu den vernünftigen Erwachsenen. Sie merkte, wie ihr das Blut in die Wangen stieg. Wo war ihre abgeklärte Gelassenheit?

»Was tut ihr hier?«, fragte Brouden.

Aus den Augenwinkeln beobachtete Shernay Garru, der dunkelrot angelaufen war. Würde er sie jetzt verraten?

»Wir wollten allein sein«, murmelte er. Seine Gesichtsröte hätte genauso gut von Scham wie von Lüge sprechen können.

»Ausgerechnet hier?«

»Hier kommt selten jemand vorbei«, verteidigte Shernay ihr Tun. »Das Tal ist groß, aber wir sind viele. Wie oft ist man schon allein?«

»Ihr seid zu zweit.«

»Eben.«

»Wir wollten den Sonnenaufgang sehen«, erklärte Garru. »Zu zweit.«

»Den Sonnenaufgang?« Broudens Stimme klang sarkastisch. »Und? War der Sonnenaufgang zufriedenstellend? An just dieser Stelle der Ringberge?«

»Weiter westlich wäre er schöner gewesen«, nickte Garru.

»Na ja, und vielleicht, wenn es nicht so bewölkt ist«, fügte Shernay an. »Aber Nuria hatte gemeint …« Sie beendete den Satz nicht, wollte Nuria keine Worte in den Mund legen, die diese später ableugnen könnte.

Brouden schaute einen Augenblick finster drein.

»Nuria also«, kommentierte er trocken. »Nun – wenn Nuria meint, ihr braucht einen Sonnenaufgang … aber nicht hier.«

»Wir gehen ja schon.«

Sie stiegen weiter hinunter ins Tal. Erst nach ein paar Augenblicken bemerkte Shernay, dass Garru und sie sich an den Händen hielten wie früher als Kinder. Sie beließ es dabei. Es würde helfen, Brouden denken zu lassen, was er denken sollte.

Gleichzeitig sann sie bereits nach, wie sie Deruonn dahin bringen konnte, wo er hinmusste. Vorbei an Bewahrern, die nicht mehr mit Sonnenaufgängen abzulenken sein würden.

»Wir müssen trotzdem noch einmal reden«, flüsterte Garru.

Shernay nickte geistesabwesend.

»Aber nicht jetzt.«

DER LAUERNDE

Er existierte. Er oder sie oder es. Ab der ersten Sekunde seiner Existenz hatte er um diese gewusst. Ein Bewusstsein, das fast noch vor einem physischen Dasein der Zeit entsprossen war. Er wusste, woher er kam, doch sonst wusste das niemand. Auch wusste niemand, wohin er unterwegs war – niemand außer ihm selbst. Dennoch – er war da. Hätte er lächeln können, er hätte es getan. Lächeln war allerdings nicht eine seiner beinahe unendlichen Begabungen. Er lächelte innerlich, der Schlangenwurm.

7

Deine Augen«, flüsterte Deruonn. Er stand im Schatten der Lagerhöhle, hielt sie an den Oberarmen und blickte zu ihr hinunter. Wie groß er war! Seine sehnigen Hände verrieten seine Kraft.

Krank und schwach war er nicht mehr.

Shernay versuchte, ihre intellektuelle Kühle zu wahren. Ihr Körper war jedoch anderer Meinung und spaltete ihr Gemüt in das ihm anerzogene logische Denken und eine neue Art von Verarbeitung des Erlebten. Letztere lieferte ihr aus der Gesamtheit ihrer Intelligenz einen exzellenten Grund nach dem anderen, genau das Falsche zu tun.

Sie wusste das. Doch es nützte nichts.

Wenn man intelligent war, war man nicht notwendigerweise auch klug. Auch das war eine interessante Erkenntnis.

»Deine Augen«, fuhr er fort. »Sie sind so ganz anders. Natürlich gibt es überall blaue Augen. Blaue, graue, grüne, braune. Aber deine sind … besonders.«

Sie nickte.

»Manche von uns haben sie«, sagte sie. »Diese Augen. Es ist ein altes Erbe.« Sie verstummte. Sie wusste selbst längst nicht alles darüber. In den letzten Tagen hatte sie ihre Studien vernachlässigt, sonst hätte sie vielleicht schon mehr über die unheimliche Hinterlassenschaft zu sagen gewusst, die sie in sich trug. »Wir stammen von den Räten des Alten Reiches ab, heißt es. Da hatten viele solche Augen.«

»Das Alte Reich ist tot. Es ging unter, und alle Räte starben. Schon vor Jahrhunderten«, widersprach Deruonn mit seiner leisen und intensiven, tiefen Stimme. »Dass sie irgendwie besonders gewesen sein sollten, ist nur ein Mythos. Sonst hätte man sie nicht so einfach auslöschen können. Vielleicht ist das Alte Reich selbst auch nur ein Mythos. Es gibt Acht Reiche – nicht eins. Predorenn – ein fast vergessener Name mit einer erfundenen Geschichte.«

»Manche Mythen beruhen auf Wahrheit«, gab Shernay zu bedenken. Sie wusste, wie viel Wahrheit in Mythen steckte. Doch das konnte sie ihm nicht sagen.

»Die meisten sind nichts als Politik«, wandte er abwertend ein. »Erfundene Gründe, warum etwas so oder anders ist. Acht Reiche kämpfen um die Vorherrschaft. Jedes hat sich die passende glorreiche Vergangenheit erfunden, die ihm das Recht gibt, über die sieben anderen zu herrschen. Götter oder Ungeheuer – irgendwas passt immer.«

»Du bist zynisch, Deruonn.« Sie war weder eine Göttin noch ein Ungeheuer. Ihre blauen Augen besagten möglicherweise nichts. Überhaupt hatte er sie gar nicht gemeint.

»Zynismus ist die Betrachtung der banalen Wahrheit aus dem Blickwinkel des Wissenden«, gab er zurück.

Sie sah ihn an. Daraus ließe sich ein trefflicher Diskurs entwickeln. Stundenlang würden ihre Talverwandten über einen solchen Satz diskutieren können. Noch vor ein, zwei Wochen hätte ihr das Spaß gemacht. Jetzt empfand sie derlei Geplänkel als Zeitverschwendung. So wenig Zeit – es machte sie ärgerlich.

»Wenn du alles weißt, was hat dich hierher verschlagen,

Deruonn, der durch die Felsen kam? Warum bist du nicht längst wieder fort? Du kennst doch nur die Wahrheit deiner Kriegswelt, und die ist – wie du selbst sagst – nichts als Politik.«

Er strich mit den Fingern durch ihr Haar und zog sie näher an sich heran. Er roch nach der Lederrüstung, die seinen Torso umgab. Die knarrende Härte seines so geschützten Körpers stimulierte sie. Sie war bereit für einen großen Themenwechsel, doch er verharrte, wo er war. Reglos beinahe. Wie ein Stein gewordener Schatten.

»Ich wollte dich nicht kränken, Schöne.«

Sie atmete tief ein.

»Ich kenne den Unterschied zwischen Legenden und Wahrheit, Deruonn! Wenn wir etwas hier lernen, dann ist es das.«

Sie schmiegte sich an ihn, weiches Fleisch an gekochtem Leder und Metall, an Muskeln und Sehnen. Bald würde er fort sein. Aber vorher wollte sie ihn in seiner ganzen Männlichkeit erleben. Nuria wollte Nachwuchs von ihr? Konnte sie haben. Vielleicht würde der Nachwuchs Garru nicht allzu ähnlich sehen. Natürlich würde sie auch mit Garru schlafen müssen, um eine Schwangerschaft plausibel zu machen. Von nichts, da konnte man sicher sein, kam nichts.

Ein Geräusch ließ sie aus ihren Träumen auffahren.

»Duck dich!«, zischte sie, doch er war schon in die Schatten abgetaucht und so vollkommen verschwunden, als wäre er nie da gewesen.

Schon wieder Garru. Lief er ihr hinterher? Spionierte er ihr nach und wenn ja, mit welchem Ziel?

Gleich würde er fragen, was sie hier tat, denn es war schon wieder spät. Sie hatte die gemeinsame Stunde ihres

Hauses verpasst, war nicht bei ihren Studien gesehen worden, hatte mit Mühe gerade einmal ihre sonstigen Pflichten erledigt.

Da stand er. Er, der nicht ihr Bruder war und ihr doch so erschien. Den sie mochte wie warmes Wetter im Sommer – weil es eben da war. Mit einem Feuersturm konnte er nicht konkurrieren.

Er fragte sie nicht, was sie an diesem Ort tat. Warum eigentlich nicht? Es wäre eine angemessene Frage gewesen.

»Sie suchen dich«, sagte er nur. »Du solltest dein Gesicht unten zeigen. Bevor sie sich Sorgen machen.«

»Geh nur«, sagte sie und nickte. »Ich komme nach. Ich habe noch etwas zu erledigen.«

»Ich werde dir ein Lied schreiben«, sagte er unvermittelt und klang bitter. »Ein Lied über den blauen Himmel, der hinter den Wolken liegt, und über den eisigen Hagel, der in diesen Wolken dräut.«

»Danke«, sagte sie mechanisch und versuchte gar nicht erst, seine Bildsprache zu deuten. »Es wird sicher ein schönes Lied.« Hässliche Lieder schrieb er nicht.

»Nein«, widersprach er. »Das wird es nicht.« Dann drehte er sich um. »Lass uns nicht warten!«, mahnte er. »Nicht alle von unseren Talverwandten schreiben nur Lieder.«

Schon war er verschwunden.

»Weiß er etwas?«

Deruonns leise Stimme erklang dicht hinter ihr an ihrem Ohr. Sie hatte ihn nicht kommen hören. Wie konnte er nur so völlig geräuschlos sein?

Sie zuckte die Achseln.

»Wissen kann er nichts. Aber er ist nicht dumm. Das sind wir alle nicht. Garru der Reimer reimt sich etwas zusammen.« Sie wandte sich ihm zu. »Wir können nicht mehr warten. Du musst fort. Jetzt.«

Das hatte sie anders geplant. Sie seufzte. Doch mit jedem Augenblick, den er blieb, wurde es gefährlicher für sie beide.

»Ich hatte mir das anders vorgestellt«, flüsterte sie, wandte sich ab und griff nach den Dingen, die sie ihm nach und nach gebracht hatte – Decken, Essen, eine Flasche mit Wasser. Sie packte ohne allzu viel Eile methodisch zusammen, alles in einen Sack. Dies war eine Lagerhöhle. Man würde den Sack nicht vermissen.

»Ich bringe dich zum Ausgang. Doch ich brauche deinen Schwur. Schwöre bei deinem Leben, dass du Reyalun nie verraten wirst!«

Sie nahm ihn bei den Händen, baute auf die Verbindung, die sie so mit ihm spürte.

»Schwöre!«, wiederholte sie eindringlich.

»Keine Angst!«, sagte er. »Bei meiner Heimat Kahsell – niemand soll es wissen, der es nicht schon weiß.«

Dann beugte er sich zu ihr herunter und küsste sie.

8

Es war nicht das erste Mal, dass Deruonn einen Eid geleistet hatte. Lehnstreue und Gehorsam hatte er schon vorher geschworen. Dem Fyrsthen von Kahsell zum Beispiel.

In einer Welt, in der alle einander ohne Unterlass betrogen und bekriegten, schien es ihm eigenartig, welchen Stellenwert ein Schwur immer noch hatte. Wer ihn brach, verwirkte sein Leben – so man ihn ertappte.

Der Legende nach hatten jene Räte, an deren Existenz Deruonn nicht so recht glauben mochte, Mittel und Wege gehabt, einen Menschen dergestalt an seinen Schwur zu binden, dass wer ihn brach sterben musste.

Shernay glaubte, sie stamme von den Räten des Alten Reiches ab. Einen Augenblick lang hatte ihn die Aussage irritiert. Doch es war nur ein weiteres Berechtigungsmärchen, wie er schon so viele gehört hatte. Alle acht Fyrsthen verbreiteten und glaubten, sie stammten von irgendjemand Besonderem ab: von den alten Räten, oder von denen, die die Räte besiegt und ausgelöscht hatten, oder jenen, die vor den Räten da gewesen sein mussten – wer immer das auch gewesen sein mochte. Jeder besaß unbezwingbare Halbgotthelden in der Ahnenreihe und geheime, ererbte Schriftstücke, dümmliche Prophezeiungen, mündlich tradierte Weissagungen oder ingeniös interpretierte Muster von Birbelteeblättern, die die Vorherrschaft auf ewig garantierten. Jeder zog aus seinem persönlichen Familienmärchen die Berechtigung, so zu handeln, wie er es tat.

Die Menschen dieses friedlichen Tales waren der Meinung, sie hätten das Recht, unbehelligt zu leben, weil sie sich als Nachfolger erfundener mythischer Regenten der grauen Vorzeit sahen.

Deruonn zweifelte nicht, dass eine Horde bewaffneter Feinde die friedlichen Reyalunis in ihrer pastellenen Zartheit in kürzester Zeit auslöschen könnte, einerlei ob die sich für etwas Besonderes hielten oder nicht.

Die junge Frau hatte ihren Kopf voll mit Wissen und ihr Herz angefüllt mit dem, wofür sie ihn hielt – ihn, Deruonn, den sie ansah, als wäre er die Antwort auf alle Fragen der Welt. Er war sicher, dass er dem Bild, das sie sich von ihm machte, nicht standhalten konnte. Vermutlich konnte das niemand.

Sie war wunderschön. Ihr Vertrauen und ihre offenkundige Bewunderung schmeichelten ihm, und er wünschte, er hätte längst getan, was sie beide wollten und wozu er zunächst noch zu wenig Kraft und sie keine Zeit gehabt hatte. Dennoch: Jede Hofdame mit weitaus weniger Intelligenz wäre vorsichtiger und tunlichst weniger durchschaubar vorgegangen als die seidenhaarige Schöne in ihrem unförmigen, flatterigen Kaftan.

Es konnte Shernay den Kopf kosten, ihn zu retten. Das rührte ihn auf seltsame Weise. In einer Welt, in der jeder stets nur damit beschäftigt war zu überleben – und möglichst dabei den nächsten Feind ins Verderben zu stürzen, trug ihre Haltung eine eigentümliche Unschuld in sich.

Schön und unschuldig. Dabei meinte er nicht ihren Körper. Das Böse der Welt war ihr nichts als Theorie.

Ihr Wesen war somit bemerkenswert wohltuend, wie ein Heiltrank in seinem Leben, das er – gemessen an ihr – auf einmal wie eine lange Kette von Verwundungen empfand, die ihn zu dem gemacht hatten, was er war.

Dabei war es gut, dass er war, wie er war. Genau das erhielt ihn am Leben. Die Mahnung, das zu bedenken, schoss ihm durch die Seele, und er wusste, auch er unterlag Gesetzen. So wie sie. Diese zu übertreten war nicht minder tödlich.

Theoretisch wusste sie, dass sie ihre Gesetze brach. Doch vermutlich hatte sie in ihrem ehrwürdigen Wissenshain nie gesehen, was einem Gesetzesbrecher geschah. Vielleicht gab es hier auch keine? Erlerntes Wissen war jedenfalls alles, worauf sie zugreifen konnte, und da mochte die grause Realität ihr durchaus abstrakt erscheinen. Vermutlich kannte sie jeden Schergen im Tal persönlich und hatte schon mit ihm gegessen und getrunken, vielleicht sogar als Kind auf seinen Knien gesessen. So war es leicht, die Gefahr zu unterschätzen.

Deruonn unterschätzte nie eine Gefahr. Er hatte als kleines Kind mit niemandem friedlich gefeiert, wusste, was es hieß, ein Sklave zu sein, und konnte sich an kaum einen Augenblick seines Lebens erinnern, in dem er nicht entweder auf der Flucht oder im Einsatz gewesen war.

Er hoffte, niemand würde ihre Grundhaltung je zerstören. Doch seine Hoffnung war nicht groß, denn die Welt war hinterhältig, brutal und nicht von hehrer Moral. Dementsprechend waren auch die Menschen der Welt nicht so. Sie waren es nicht außerhalb des Tales, und Deruonn glaubte nicht, dass die Archivare in ihren windwallenden, mönchischen Kaftan-Roben besser waren als andere. Wenn sie sich bedroht sahen, würden sie nicht zögern zu handeln.

Alle Menschen waren gleich. Gleich dumm, gleich grausam und gleich verwundbar.

Shernay hatte ihn vermutlich gerettet. Er hatte vergorrntes Glück gehabt, dass sie es gewesen war, die ihn gefunden hatte, und nicht jene Männer und Frauen, die sie Bewahrer nannte und die er ohne Zögern als Schergen und Henker erkannt hatte. Feinde. Feinde waren überall identisch, einerlei ob sie Pastell-Laken trugen oder Rüstungen. Man musste kein Meister des Schwertes sein, um töten zu können. Ein Becher Gift oder eine Stoffschlinge um den Hals taten es auch.

Er hatte wahrlich seine Zweifel gehabt, dass es dieses legendäre Tal wirklich gab. Noch weniger hatte er geglaubt, er könnte es finden. Doch es war ihm gelungen.

Die Karte, die er besaß, war mehr als unpräzise. Eine Skizze mit ein paar Bergen, ein Gedächtnisprotokoll von jemandem, der es selbst nicht so genau wusste. Der Mann war zu alt, um eigenständig das wilde Gebirge nach dem zu durchforsten, was ihm als real galt. So war Deruonn losgezogen. Dafür hatte es gute Gründe gegeben. Gründe waren wie Leitern, eine Sprosse über der anderen.

Durch die nächtlichen Schatten stieg er jetzt Shernay hinterher. Er trug was immer noch auf seinem Weg zu gebrauchen war in dem Sack, den er sich auf den Rücken gebunden hatte. Sein kurz geschorenes, schwarzes Haar hatte er unter seinen verbeulten Helm geschoben. Seine Waffen hatte er stets bei sich. Sein sonnendunkler Teint und seine düstere Kleidung verschmolzen mit den Schatten.

Shernay ging voran. Wenigstens hatte sie sich einen dunklen Umhang übergeworfen, sodass ihre pastellene Kleidung nicht das Mondlicht einfing. Sie war dennoch viel zu gut sichtbar. Sie huschte.

»Nicht huschen!«, flüsterte er zum wiederholten Mal. »Das macht dich nur auffällig. Geh ganz normal. Du darfst hier gehen. Du wohnst hier.«

Sie konnte es nicht. Ihm war, als könnte er ihr Herz rasen hören. Sie hatte Angst.

Sie hatte Grund dazu.

Es war schwierig, im Dunkeln den Weg durch die Felsen zu finden. War das weite Tal in der Mitte erstaunlich plan, so ragten am Rand der Ringberge Steine wie Nadeln aus dem Boden. Gleich dem Ring eines riesigen Nestes wirkte der Innenkreis des sie umgebenden Gebirgsrundes. Mit diesen nach außen hin größer und höher werdenden Felsnadeln wurde es rasch steiler, bis die Einzelfelsen plötzlich Teil der gen Himmel strebenden Steinwand wurden. Von da an war die Grenze zwischen Reyalun und dem Rest der Welt nicht mehr nur steil, sondern lotrecht, an manchen Stellen sogar überhängend.

Der Fels war glatt – innen wie außen. Deruonn wusste immer noch nicht genau, was ihn vor Tagen just dieses Bergmassiv hatte erklimmen lassen. Berge mitten im Gebirge sahen alle verflucht gleich aus. Bisweilen unterschieden sich die Farbe oder Struktur des Steins. Dieser hier war besonders glatt. Mehr oder weniger grau waren sie alle, doch je länger man sich im Gebirge aufhielt, desto mehr konnte man unterscheiden. Es gab dunkles Grau und welches, das von weißen Adern durchzogen war. Manches hatte beinahe einen rötlichen Schimmer.

Vielleicht hatte er bei seiner Suche auf der anderen Seite just diesen Teil des Gebirges gewählt, weil er ihm als so besonders unzugänglich vorgekommen war. Wenn man etwas suchte, was nie einer fand, dann war »unzugänglich« ein Kriterium, mit dem man sich abfinden musste.

Mit dem Vogel hatte er nicht gerechnet. Nicht, dass es in den Bergen keine Vögel gab, doch dieser hier war außergewöhnlich. Ein Buzzard. Deruonn kannte die Spezies. Auf der ganzen Welt gab es nicht viele von ihnen, und – so man nicht wusste, wie man mit ihnen umging – sah man einen nur selten und meist von fern. Einen so riesigen hatte er freilich noch nie gesehen. Größer als ein Mensch. Größer als Deruonn.

Buzzarde waren federlose, grau-beige Tiere mit langen, spitzen Schnäbeln und Schwingen aus gespannter Haut. Sie waren hässlich. Er wusste, man konnte sie abrichten. Doch dieser war wild und erschreckend und gewiss nicht von Menschen erzogen.

Das Tier hatte ihn angegriffen, als er in der Felswand hing. Er war noch nicht sehr hoch gekommen, und in der Tat hatte er just entschieden, das gefährliche Abenteuer abzubrechen. Das Gebirgsmassiv schien sich unendlich in die Wolken zu erstrecken und darin vollständig zu verschwinden. Selbst wenn er die Kraft und das Geschick gehabt hätte, noch sehr viel weiter zu klettern, so wäre das im Nebel nicht möglich gewesen.

Die riesigen, scharfen Klauen des Vogels hatten sich in seine Kleidung gekrallt und in sein Fleisch gebohrt. Er hatte kurz aufgeschrien, doch das Geräusch hatte den gigantischen Vogel nicht abgeschreckt. Nur ein Gedanke war Deruonn durch den Kopf gegangen: Nur den Fels nicht loslassen! Sonst würde er tief fallen.

Er hatte es bis dahin vermieden, allzu genau nach unten zu blicken. Wer nach oben strebte, tat gut daran, nicht zurückzublicken, denn Abgründe besaßen ihre eigene Anziehungskraft. Er kletterte gut, doch die Wand war von Augenblick zu Augenblick steiler und glatter geworden. Nun hing er mit Zehen und Fingern an schmalen Felsnasen.

Es war, als hätte der vergorrnte Vogel darauf gewartet, dass Deruonn keine Hand frei hatte, sich zu wehren. Kaum hatten sich die Krallen in Deruonn geschlagen, stieß sich der Buzzard mit einem knatternden Flügelschlag ab.

Wie wenig Halt Deruonn an der Wand gehabt hatte, war in diesem Moment klar geworden, denn seine Finger rutschten sofort vom Fels. Er hing in den Klauen des Vogels und blickte hinunter in eine Felslandschaft, die so weit unter ihm zu sein schien, dass er vermutlich während des Sturzes noch eine Ballade hätte singen können – so ihm danach gewesen wäre.

Zu schreien hatte er sofort aufgehört. Die ungebrüllten Schreie steckten ihm noch im Hals, doch er unterdrückte sie, wie er es gelernt hatte. Still. Schreien machte alles nur schlimmer. Wenn der Vogel jetzt losließ …

Er hatte nicht losgelassen, zumindest nicht gleich. Flügelschlag um Flügelschlag war es einmal aufwärts, einmal abwärts gegangen. Mühsam und angestrengt. Hatte der Vogel einen Horst weiter oben am Gipfel? War Deruonn vielleicht als Nahrungsergänzung für ein Nest unerheblich kleinerer Riesenbuzzarde gedacht?

Aus der verdrehten Position einer Beute hatte Deruonn nach oben in das hässliche Gesicht des unnatürlich großen, fliegenden Räubers geschielt. Blaue, vertikal geschlitzte Augen hatten zurückgestarrt. Eine gewisse Frustration schien darin auszumachen zu sein, beinahe menschlich. Das widerwärtige Tier hatte sich übernommen. Deruonn war schwerer als gedacht. Vielleicht roch er auch nicht mehr so lecker, weil ihm der Angstschweiß über die Haut rann.

Dann war Deruonn seitwärts geflogen. Krallen hatten ihn losgelassen, und er hatte gewusst, nun ging es bergab. Freier Fall. Nichts um ihn herum als Luft. Außer Flüchen war ihm nichts eingefallen, und mit denen hatten er sich nicht den Abschied vom Leben versüßen wollen. Zu fluchen hatte er sich schon lange abgewöhnt. Alles war viel zu schnell gegangen.

Er war seitwärts aufgeschlagen, hatte sich unwillkürlich an was immer ihm in die Quere kam festgekrallt. Alles war gut, sofern es keine Luft war.

Fels. Zu keinem Zeitpunkt hatte er die Augen geschlossen, denn man hatte ihm beigebracht, dem Tod mit offenem Blick zu begegnen. Doch der Tod war nicht in sein Blickfeld getreten. Noch nicht.

Er hatte einen Augenblick gebraucht, um sich zu sammeln, hatte gleichsam Erkenntnisse über sich und alles, was ihn umgab, eingesogen. Tief einatmen.

Ein erster Blick hatte dem Feind gegolten. Das graue-beige Ungetüm war elegant außer Sicht geglitten. Fast hatte es auf arrogante Weise beleidigt gewirkt. Deruonn hatte Fels unter sich gespürt. Nicht viel, doch genug, um ihn zu halten. Seine Finger hatten immer noch irgendwelchen Stein umkrallt gehalten, als brächte dieser das Heil. Ein weiterer Blick hatte ihm gezeigt, dass dieser Stein von bunten Einschlüssen durchschossen war. Hier gab es Edelsteine.

Nun war er reich. Unrettbar verloren, aber reich. Das schmale Sims, auf dem er durch eine unerklärliche Schicksalsfügung zu liegen gekommen war, stand an der Wand über. Der Berg darunter neigte sich feuersteinglatt und überhängend dem Abgrund zu. Kein einziger Halt für Finger oder Füße. Über ihm Wolken, beinahe greifbar. Unter ihm der Tod.

Noch einmal hatte er tief durchgeatmet. Er war kein Mann, der schnell aufgab. Da hatte er ihn gesehen. Einen dunklen Spalt im Fels. Eine Öffnung. In den Berg. Wohin sie führte? Niemand konnte es wissen. Doch solange er nicht fliegen konnte, ging es nur dort weiter.

Deruonns Reminiszenzen über seine Ankunft in diesem Tal wurden jäh unterbrochen, als Shernay stehen blieb und auf just einen solch dunklen Spalt im Fels deutete, an den er gerade gedacht hatte.

»Dort geht es raus«, sagte sie. »Sieht aus wie eine Lagerhöhle, aber hinten geht es weiter. Ich habe den Plan gesehen.«

»Bring mich hin!«, bat er und schenkte ihr ein Lächeln.

Sie war solche Geschenke nicht gewöhnt und zuckte ein wenig zusammen. Sie hatte gehofft, ihn einfach von hier aus allein lassen zu können. Doch er brauchte ihr Wissen. Wenn etwas geheim war, war es sicher gut versteckt. Abgesehen davon hatten sich ihr Anblick und ihr Wesen irgendwie in ihm festgezurrt. Ihre Nähe war ihm wertvoll geworden. Ihr Wissen war es ohnehin.

»Bitte hilf mir, Schöne«, sagte er. Sie sollten besser nicht länger hier stehen bleiben. Selbst im Halbdunkel des Abends mochten sie hier gesehen werden.

Zögerlich setzte sie ihre Schritte fort. Sie hatte gesagt, dort würden Wächter sein. Bewahrer, wie sie sie nannte.

Er lockerte den Dolch in seiner Kleidung. Er hatte fest vor, aus diesem vergorrnten Tal lebend herauszukommen. Egal wie und egal mit wem.

9

Nimry hatte nun schon einige Tage in der Bibliothek der fyrsthlichen Burg zu Jorgvil zugebracht. Sie wohnte zwar in der weitläufigen Burganlage, doch in den wuchtigen, spiralig konischen Nordturm hatte es sie vorher nur selten verschlagen.

Schriftrollen zu lesen war anstrengend. Nimry war es nicht gewöhnt. Jungen Frauen stand die Wissenserweiterung zwar grundsätzlich zu, doch gemeinhin fand der Fyrsth, ein Curriculum, das gutes Benehmen, anmutiges Herumtänzeln und Haushaltsführung umfasste, reiche für weibliche Wesen aus. So wie er auch der Meinung war, dass Fechten, Bogenschießen und Nahkampf für die meisten männlichen Wesen ausreichte, denn mehr brauchte man nicht, um im Krieg zu kämpfen und zu sterben. Für die feineren Aspekte von Bildung hatte er schließlich seine Leute – Orstyn und seine Bibliokanten.

Zwischen dem, was üblich, und dem, was gestattet war, gab es eine feine Unterscheidung. Erst langsam erschloss sich Nimry die Erkenntnis, dass sie nur Übliches gelernt hatte und es ihr im Grunde völlig freistand, sich auch mit Unüblichem zu befassen.

Die Edle Abanya, ihre Muhme, befasste sich grundsätzlich nur mit dem Üblichen und ging allem anderen aus dem Weg – aus einem Bedürfnis nach Sicherheit. Zu derselben

Haltung hatte sie auch Nimry erzogen, die immer gespürt hatte, dass die Grenzen um sie herum eng waren wie ein Schnürleib, die aber bislang nicht verstanden hatte, dass – selbst wenn es vielleicht nicht ganz so sicher war – es nur an ihr lag, diese Grenzen weiter zu fassen.

Solange sie noch nicht verheiratet war – und vergiftet.

Sie hatte beinahe alles über Gift gelesen. Viel gab es nicht. Die wenigen Bücher und Schriften deuteten Wissen eher an, als Fakten einfach und klar darzustellen. Nirgends stand »Schluck dies, dann kann man dich nicht vergiften«.

Immerhin war sie zum fyrsthlichen Alchemisten gegangen. Sie mochte ihn nicht. Er war ein Wichtigtuer, der ihr – vom scharfen Geruch einmal abgesehen – schon deshalb nicht gefiel, weil er linkisch und irgendwie dumm wirkte. Sicher trog der Eindruck, denn wie konnte ein Mann in einer solchen Position dumm sein? Der Weiseste Orstyn war nicht dumm, und das merkte man deutlich. Der Meister der Elemente – der unverdiente Ehrentitel des Alchemisten – blickte ihr während des ganzen Gesprächs in den Ausschnitt, versicherte ihr dann zunächst auch, dass es kein allgemeines Gegengift gäbe, und gab ihr dann doch ein Fläschchen, das er in ihre Hand legte, diese mit einer umschloss und schließlich an ihren Busen drückte. Nimry hatte erst das Fläschchen, dann Reißaus genommen und sich wieder den Büchern zugewandt. Hier griff ihr wenigstens keiner an die Brüste. Sie hatte das Pulver in ein Amulett gefüllt und dann wieder ihr Studium aufgenommen. Bücher.

Ein Band befasste sich nur mit der Ethik von Gift. Ein anderer mit berühmten, wenngleich auch unbewiesenen Vorfällen in den Fyrsthenhäusern. Grundsätzlich unterschieden die Autoren Pflanzengift, Tiergift oder solches, das Alchemisten aus Mineralien gewinnen konnten.

»Die Bücher widersprechen sich«, beklagte sie sich diesen Morgen bei Berstel. Der zuckte nur mit den Achseln. Ihre ständige Anwesenheit in den letzten Tagen hatte seine Scheu vertrieben und seinen Respekt auf ein für ihn bequemes Maß reduziert.

»Bücher werden von Menschen geschrieben. Menschen widersprechen sich auch«, meinte er nur trocken. »Dauernd.«

»Aber wenn etwas geschrieben steht, muss es doch stimmen!«

»Warum?«

»Na, eben weil es geschrieben steht! Wann immer jemand einen Satz mit ›Es steht geschrieben, dass …‹ einleitet, erwartet man eine unbedingte Wahrheit.«

Er nickte grinsend.

»Aber, Edle Nimry, was ist eine unbedingte Wahrheit?«

Sie blickte ihn böse an. Sie konnte es nicht leiden, wenn er Gegenfragen stellte. Sie kam sich dann dumm vor. Er war gewiss nicht klüger. Wesentlich älter auch nicht. Er war nur schon länger hier bei den Büchern.

»Nun, hier …«, sie blätterte in einem uralten Folio, »… steht zum Beispiel, es gäbe hochgiftige Tiere, die von den Urgorrn stammen, und hier steht«, sie nahm ein anderes Buch auf, »dass es die Urgorrn nie gegeben hat. Dass sie eine Erfindung sind, ein Märchen.«

Er nickte erneut.

»Es hat sie auch nie gegeben.« Er klang sehr überzeugt.

»Wie können dann andere Tiere von ihnen abstammen?«

»Die Urgorrn sind das Symbol für alles Böse und Schlechte in der Welt. Mythische Ungeheuer, die für alles herhalten mussten, was in der menschlichen Geschichte nicht geklappt hat. Jemand verliert einen Krieg? – Die Urgorrn waren schuld. Eine Seuche löscht eine Stadt aus? Da steckten gewiss die Urgorrn dahinter. Schließlich lieferten sie den sogenannten Räten des Alten Reichs auch noch den Vorwand ihrer Herrschaft über ganz Predorenn, indem sie sich darauf beriefen, sie wären etwas Besonderes, denn sie hatten ja die Urgorrn besiegt.«

Wenn er so redete, sah er auf einmal fast erwachsen aus. Erwachsener als sie. Wo war sein Respekt? Nimry senkte den Blick zu seinen Knöcheln. Dort ringelten sich immer noch die ausgebeulten Strümpfe. Immerhin, es waren Stopfspuren zu sehen. Er hatte versucht, etwas gegen die Löcher zu tun.

Ihr Blick hob sich wieder, und fast hatte sie das Gefühl, die Überprüfung seiner Kleidung hätte ihre Rangfolge wiederhergestellt.

»Also gab es keine Urgorrn?«, fragte sie sicherheitshalber noch einmal nach.

»Nein. Gab es nicht. Wo sollten die auf einmal auch alle hingekommen sein?«

»Nun, die Räte ...«

»Die Räte waren Menschen. Wie sollten sie allmächtige Ungeheuer umgebracht haben? Alle auf der ganzen Welt – oder doch soweit wir diese kennen? Ich lese nach und nach alles, was über die Urgorrn geschrieben steht. Es ist vage und widerspricht sich. Aberglaube.«

»Du bist also Spezialist für Kreaturen, die es nicht gibt? Nie gab?«

»Die ganze Welt sollen sie beherrscht haben, um dann restlos ausgelöscht zu werden. Humbug.«

Jetzt hatte er schon wieder etwas gesagt, an dem sie kleben blieb, obgleich das letzte Thema noch nicht fertig diskutiert war.

»Die ganze Welt? Ich kenne die Karte von Predorenn«, sagte Nimry. »Nordteil: vier Reiche, Südteil: vier Reiche und rundum Inseln, um die sich die Bukanier raufen.«

»Manche sagen, es gäbe mehr als einen Kontinent.«

»Aber niemand weiß es sicher. Wüsste man es nicht sicher, wenn es noch einen Kontinent gäbe?«

Er seufzte.

»Nicht unbedingt. Seit der Zeit des Alten Reiches ist viel an Wissen verloren gegangen.«

»Hat man damals mehr gewusst als heute?« Nimry hatte Schwierigkeiten, sich das vorzustellen. Doch offenbar hatte sie etwas Dummes gesagt, denn das Erstaunen, das sich in Berstels Gesicht widerspiegelte, hatte etwas Herablassendes.

»Diese Stadt stammt aus der Zeit der Räte. Diese Burg auch. Manche Teile sind nicht mehr sicher. Wir haben kaum noch das Wissen, das zu reparieren, was entzweigeht. Niemand könnte mehr ein solches Gebäude bauen, so riesig, so weitverzweigt, vielstöckig und so wahnwitzig verziert, dass man manchmal nur durchs Hinschauen die Perspektive verliert. So prächtig und so voller Geheimnisse ist die Burg von Jorgvil. Und denke nur an das Straßennetz! Es geht langsam kaputt, aber es hat Jahrhunderte überdauert. Ich kann dir … Euch Karten zeigen.«

Sie hätte seinen Lapsus beinahe nicht bemerkt und war schon dabei, ihn zu ignorieren, da öffnete sich die Tür. Sie erschrak zutiefst und musste sich selbst noch einmal ins Gedächtnis rufen, dass sie hier nichts Verbotenes tat.

Ihre Muhme trat ein.

»Da bist du, Kind! Wo treibst du dich nur rum? Ganz staubig …« Nun hatte sie Berstel erblickt. »Wer ist er?«, herrschte sie ihn an.

»Das ist Berstel, Bibliokant und Akolyth des Weisesten. Er …« Nimry verstummte, als sie merkte, dass sie nicht über Bücher über Gift reden wollte. Berstel war inzwischen fast zusammengeklappt vor lauter Verbeugen. Was ihm eben noch an Respekt gefehlt hatte, machte er nun durch eine Unterwürfigkeit wett, die Nimry genauso wenig gefiel. Doch der Blick der Muhme hatte ihn schon wieder verlassen und war zurück zu Nimry gekehrt.

»Dein Bräutigam ist eingetroffen. Vorgestern schon! Niemand hat uns informiert!« Sie klang erbost. »Du musst ihn jetzt begrüßen. Offiziell.«

Unwillkürlich war Nimry aufgesprungen. Er war da. Viel zu früh! Sie hatte noch längst nicht genug gelernt, um sich vor dem Mann zu schützen. Überhaupt – kam er etwa schon, um sie zu holen? Sie war noch keine achtzehn!

»Nein!«, flüsterte sie nur.

»Nun stell dich nicht so an! Er ist eine gute Partie. Außerdem sieht er gut aus. Mannhaft. Also sei dankbar und beeile dich! Die Dienerschaft hat dein Verlobungsgewand in dein Zimmer gelegt und wartet auf dich. Du kannst ihm ja so nicht unter die Augen treten. – Was ist das? Bücherstaub?«

Die Muhme rümpfte die Nase.

Nimry überprüfte ihr Gewand nicht mehr. Sie rannte bereits. Auch das würde ihr als Fehlverhalten ausgelegt. Edle Damen rannten nicht.

Doch sie konnte nicht anders. Am liebsten wäre sie direkt aus der Burg hinausgerannt und immer weiter, ohne anzuhalten. Dabei wusste sich nicht einmal, wohin. Sie würde nicht weit kommen. Wenn der Fyrsth sie nicht wieder einsammeln ließ, würde der nächste Räuber sie finden. Die ach so alten Straßen Predorenns waren nicht sicher.

Also rannte sie nur zu ihrem Zimmer. Es war ein weiter Weg, die Treppen hinab, die Gänge entlang. Ihre Goldriemchensandalen knallten auf dem unebenen Stein. Sie umging den gesamten inneren Teil mit den fyrsthlichen Gemächern und Amtsräumen, hielt sich im Außengebäude auf den Gesindekorridoren, immer die verschlungenen Pfade jener Architektur entlang, die der Bibliokant so bewundert hatte. Es war, als würde ihr zum ersten Mal bewusst, wie seltsam diese verschachtelte Burg tatsächlich war. Sie hatte sie kaum je verlassen, und es war ihr vorher nie aufgefallen.

Ihr schien es, als seien Stunden vergangen, als sie endlich in den weniger spektakulären Räumlichkeiten ankam, die ihr persönliches Reich waren: ihr Zimmer und angrenzend das größere der Muhme. Sie flüchtete hinein und schlug die Türe hinter sich zu.

Da lag das Kleid ausgebreitet auf dem Bett. Rosa. Nimry hasste Rosa. Niemand hatte sie gefragt. Niemand hatte Maß genommen, die Gewandschneiderinnen des Hofes hatten ihre Maße, und die Muhme hatte es in Auftrag gegeben, ohne Nimrys Wünsche einzuholen. Damit hatte Abanya sich eine Menge Diskussionen erspart, denn Nimry fand das Kleid scheußlich. Stickereien aus bunten Blümchen auf dem Rosa. Ein viel zu weiter Ausschnitt. Bislang hatte man sie so etwas nicht tragen lassen.

Ein Gutes hatte es allerdings: Es schien kein Hochzeitskleid zu sein. Ein Verlobungskleid. Das hieß, dass sie nicht mit ihm mitmusste – mit dem Giftgraaven. Ihr blieb noch eine Frist. Vielleicht ließ sich noch etwas ändern?

Eine der Mägde, die der Muhme und ihr als Helferinnen zur Verfügung standen, trat ein. Ihr Gewand war grau und braun und hochgeschlossen. Eine Haube bedeckte ihren Hinterkopf. Einen Moment lang beneidete Nimry die Frau.

»Freut Ihr Euch?«, fragte Terla, die schon seit Jahren hier bediente, sie. »So ein schönes Kleid! Und so ein schöner Mann!«

Nimry schnaubte verächtlich.

»Kannst du beides haben. Würdest du tauschen?«, antwortete sie patzig.

Die Frau, die vielleicht zehn Jahre älter war als Nimry, sah sie fassungslos an.

»Ja, Edle Nimry«, sagte sie dann sachlich und half dabei Nimry aus dem Gewand. »Ich würde tauschen. Magd in der Burg zu sein ist besser, als auf der Straße zu verhungern. Aber ich denke schon, dass Euch, mit Verlaub, das Schicksal das angenehmere Los zugeteilt hat.«

Nimry wurde rot.

»Er ist nicht … nett«, murmelte sie dann ganz leise.

»Viele Männer sind nicht nett«, antwortete Terla. »Der ewige Krieg verdirbt sie. Kampf und Blut und Tod. Alles verroht in dieser Welt.«

Nimry sah die Magd erstaunt an. Terla war sonst eher schweigsam.

»Aber«, fuhr Terla fort, »er ist ein stattlicher Mann. Gut aussehend. Seine Graavenburg hat strategische Bedeutung, und er hat …« Sie verstummte und lächelte versonnen.

»Was hat er?«

»Die schönsten Augen, die ich je gesehen habe.«

Nimry konnte sich nicht daran erinnern. Sie hatte ihn das eine Mal, dass sie ihn gesehen hatte, nur einschüchternd gefunden. Seine Haut war irgendwie fleckig gewesen, seine Nase scharf wie ein Krummsäbel, und seine Lippen waren dünn. Sie hatte sein Lächeln nicht gemocht, obgleich ihr damals noch das richtige Wort dafür gefehlt hatte: sardonisch.

»Arme hoch!«, befahl Terla.

Gehorsam ließ sich Nimry das hässliche Kleid über die Arme stülpen. Terla zupfte es dann nach unten und zog hinten die Schnürung fest. Es bauschte sich weit um ihre Beine, doch was an Stoff unten zu viel war, schien oben herum zu fehlen.

»Bauch einziehen!«, befahl Terla. »Sehr hübsch.«

Nimry verfügte über eine große Scheibe Steinglas, die sie als Spiegel nutzte. Echte Silberspiegel in dieser Größe waren unerschwinglich.

»Vielleicht mag er mich ja nicht«, murmelte sie hoffnungsvoll. Doch dann sah sie ihr Bild im Spiegel. Ihr hellbraunes Haar war teilweise mit Bronze zusammengefasst und strömte in Locken seitlich über eine Schulter. Terla klemmte eben noch Stoffblümchen daran, die zum Kleid passten. Das Kleid selbst präsentierte ihre Brüste wie auf einem Tablett und ließ sie ansonsten reif und jung zugleich aussehen.

»Das bin ich nicht!«, wehrte sie sich. Doch das war sie. Die Wahrscheinlichkeit, dass der Graav von Flynnt sie wegen Hässlichkeit ablehnen würde, war soeben geschrumpft.

»Vergorrnter Mist!«, flüsterte sie. »Dreifach vergorrnter Mist!«

»Aber Ihr seht doch wunderschön aus!«, widersprach Terla verständnislos.

10

Die Höhle war nicht viel anders als die, in die Shernay Deruonn vor – wie es ihr schien – viel zu vielen Tagen zur Heilung gebracht hatte. Am Anfang war er nur sporadisch wach gewesen, war immer wieder weggedämmert. Über Kopfschmerzen hatte er geklagt. Darüber, dass es ihm schien, als tauche er darin ein, und er war besorgt gewesen, einer der Reyalunis würde ihn bewusstlos und hilflos finden. Warum das schlimmer war, als wenn man ihn wach fand, hatte Shernay nicht verstanden.

Seine Verletzungen waren erstaunlich schnell geheilt, ganz so, als triebe eine innere Kraft seine Heilung voran. Das war gut. Denn je länger er verweilte, desto größer die Gefahr, dass man ihn entdeckte – und natürlich ihren Verrat.

Diese Gefahr war nun präsenter als je zuvor. Shernay schlich dicht neben ihm, spürte seine Körperwärme. Er konnte umgekehrt sicher ihr Zittern spüren. Es war ihr, als begreife sie zum ersten Mal, dass dies keine intellektuelle Übung in anders definierter Ethik war.

Ganz plötzlich legte er ihr die Linke auf den Kopf und drückte sie schnell und gewaltsam nach unten hinter einen Stapel großer Tongefäße. Was sollte das? Fast hätte sie sich beschwert. Doch dann verstand sie.

Er musste ein Geräusch gehört haben, das ihr selbst entgangen war. Reglos verharrte er im Schatten, kaum dass sie ihn selbst noch wahrnehmen konnte. Sicher lernte man so etwas, wenn man draußen im Krieg war.

Shernay hatte gewusst, hier würden Wachen sein. Sie hatte gehofft, man könne sie mit ein wenig Mut und Geschick einfach umgehen. Doch wie konnte sie etwas umgehen, das sie nicht einmal kommen hörte? Auch war es hier zudem noch eng, denn Säcke, Tongefäße und Riesenkalebassen waren kunstvoll gestapelt. Sie sah nur Dinge, keinen Weg nach draußen, den sie Deruonn weisen konnte.

Was würden sie tun, wenn jetzt Wachen kamen? Wellen von Hitze und Kälte fuhren Shernay durch den Körper. Sie wollte hier weg. Sofort. Zurück in ihr Gemeinschaftshaus. Sie musste hier verschwunden sein, wenn man ihn fand, und man würde ihn finden.

Seine Handkante schoss aus dem Schatten hervor und traf eine Kehle. Was immer an Laut die Getroffene hatte von sich geben wollen, blieb ihr im Hals stecken. Sie stand einen Augenblick lang reglos, dann knickten ihre Knie ein. Eine Schwester. Was hatte er mit ihrer Talschwester gemacht?

Deruonn fing sie, hob sie an und ließ sie hinter irgendwelchen prall gefüllten Säcken lautlos zu Boden gleiten. Von einem Stapel ungebrauchter Säcke zog er einen und stülpte ihn seinem Opfer über Kopf und Torso. Nun unterschied es sich auf den ersten Blick nicht mehr vom Rest der Säcke. Monyane, die Bewahrerin.

Shernay krallte panisch ihre vierfingrigen Hände in seinen Arm.

»Ist sie …«

Er hielt ihr nicht gerade sanft den Mund zu.

»Sch!«, flüsterte er leise.

Monyane war sicher nicht der einzige Wächter gewesen.

Das Zittern Shernays war zu einem wahren Flattern geworden. Sie drehte sich um und wäre ihm davongelaufen, hätte er sie nicht festgehalten. Er wusste wohl, dass sie ihn in ihrem panischen Zustand zu leicht verraten hätte.

»Weiter!«, wisperte er und zog sie dem hinteren Teil der Höhle entgegen. Sie hatte den Plan gesehen. Sie versuchte sich zu erinnern, doch ein Plan war immer Theorie.

Dies war Wirklichkeit. Viel mehr Wirklichkeit, als sie je gewollt hatte.

Ihr Atem ging zu laut. Doch das ließ sich nicht abstellen.

»Ganz ruhig!«, tröstete er beinahe lautlos und strich ihr zärtlich über die Wange. Seine Hände waren schwielig und kampfhart. Noch vor ein paar Stunden hätte sie das zum Schmelzen gebracht. Jetzt fand sie es nur noch erschreckend. Sie hatte einen richtigen Kerl gewollt. Er war ein richtiger Kerl.

Wo war Garru, wenn man ihn brauchte? – Hoffentlich weit weg, dachte sie dann. Und sicher.

Nun konnte sie einen dunklen Spalt im Fels sehen, ganz hinten in der Höhle. Dort musste es sein.

»Halt!«, ertönte eine Männerstimme. Shernay konnte auch diese zuordnen: Cryso. Sie wusste, wer ihr da eben einen Befehl gegeben hatte, auch wenn sie ihn noch nicht sah. Sah er sie? Hatte er sie erkannt? Hatte er Deruonn schon wahrgenommen?

Wo war Deruonn?

»Was tust du hier, Shernay?«, fragte die Stimme ungehalten.

»Ich …« Ihr fiel keine gute Ausrede ein. Doch dann war keine mehr nötig.

»Ich …«, wiederholte sie, da sank auch dieser Bruder bereits in sich zusammen. Etwas Dunkles tropfte auf den Boden. Blut. Er blutete.

Es war Shernay, als wäre die Welt kälter geworden. Die Hand, die sie so bewundert hatte, packte sie am Handgelenk und zog sie weiter.

»Da vorn!«, wisperte sie. »Ich gehe jetzt zurück.«

»Du kannst nicht zurück«, widersprach er kaum hörbar direkt an ihrem Ohr. »Sie werden dir dies anlasten. Komm mit. Ich beschütze dich. Das wolltest du doch.«

Die Einladung hatte kaum noch dieselbe Verlockung wie der Gedanke an seine Flucht. Sie konnte nicht einmal genau sagen, ob er recht hatte. Vermutlich. Sie hatte sich zu seltsam benommen in den letzten Tagen, als dass man das hier nicht ihr zuschreiben würde.

Waren ihre beiden Talverwandten tot? Bewusstlos? Schwer verletzt? Hoffentlich waren sie nicht tot. Der Gedanke lastete wie ein Felsbrocken auf ihr.

Widerstrebend ließ sie sich ein paar Schritte mitziehen, sah sich dann um. Ein kleiner, dunkler Fleck hatte sich neben dem Kopf des Bruders gebildet, der immer noch auf dem Boden lag. Was hatte Deruonn ihm angetan?

Er schob sie in einen engen Gang. Das also war der Ausgang. Sie wollte hier nicht sein. Sie wollte im Tal bleiben. Lernen. Bücher sortieren. Abwaschen. Was auch immer. Langweilig sollte es sein. Langweilig wäre schön.

Sie ging dennoch voran, weil es ein Ausweg war und ein Umkehren ihr unmöglich erschien. Zwei Angehörige ihrer Talsippe lagen in jener Höhle – verletzt oder tot. Sie war schuld.

11

Der Thronsaal war nicht viereckig. Die Alten Räte – wie Nimry jetzt wusste – hatten ihn achteckig gebaut. Eine Art steinernes Zelt bildeten die Deckendreiecke, wie schräge Tortenstücke. Ihre Spitzen waren jäh abgeschnitten, um einem Glasmosaik-Oktogon Raum zu geben, das buntkristallenes Morgenlicht auf den Mittelpunkt des Saales warf.

Dort saß Seine Gnaden, der Fyrsth von Kahsell, eher klein, so dünngliedrig wie dünnlippig, das lange, lockige Haar offen bis zur Brust. Böse Zungen behaupteten, es wäre eine Perücke. Böse Zungen wurden manchmal auch entfernt. Am besten schwieg man vorher schon.

Auf einem erhöhten Podest saß er, auf einem Thron, der einem Weltenherrscher zur Ehre gereicht hätte. Doch er war nur ein Fyrsth. Einer von acht. – Das ewige Ärgernis.

Nimry hielt den Blick gesenkt, denn sie hatte Angst, ihre Augen wären so verräterisch wie manche Zungen. Sie stand gebückt in einer formellen Verneigung, für die man die Knie in einer Art Hofknicks gebeugt halten musste, während man den Kopf sozusagen vom oberen Rücken aus gen Boden neigte. Das hatte sie geübt. Das konnte sie. Erst ältere Mitglieder des Hofes hatten Probleme mit dieser Haltung.

Sie war am äußeren Rand des achteckigen gold-schwarzweißen Mosaiks stehen geblieben, dessen Ecken sich jeweils in einer Art zweidimensionaler Hornwerke ausstülpten und schließlich in Arabesken verschnörkelten. Nimry war noch nicht oft im Thronsaal gewesen. Sie fand ihn so beeindruckend, dass sie nur einen winzigen Blick auf jenen Mann hatte erhaschen können, der beim Fyrsthen stand, bevor sie sich in ihre Ehrerbietungspose gefaltet hatte.

So gebückt, wie sie stand, sah sie nicht gleich, dass der Fyrsth ihr bedeutete, sich zu nähern. Ein Schubs von ihrer Muhme ließ sie nach vorne stolpern.

»Nicht so schüchtern!«, rief der Mann auf dem Thron betont leutselig und lachte, als habe er einen besonders guten Witz gemacht. Die Muhme hinter ihr lachte mit. Der Mann, der neben ihm stand und sich Nimry zuwandte, schmunzelte ebenfalls. Nur Nimry ging der Humor ab. Sie fand gerade nichts lustig.

Gesenkten Hauptes schritt sie vor, langsam, jeden Augenblick bereit stehen zu bleiben. Sicher gab es eine Grenze, wie weit man nach vorne durfte. Nicht sicher war, ob ihr jemand bedeuten würde, wann es so weit war und jeder weitere Schritt eine Übertretung im wahrsten Sinne des Wortes war.

»Nun komm schon!«, befahl der Fyrsth erneut, und diesmal klang Ungeduld in seiner Stimme. Nimry hastete nach vorn. Die Baumseide ihres weiten Rockes schwang um sie, als hätte das Kleidungsstück ein Eigenleben.

»Näher!«

Sie wollte nicht näher. Doch ihre Füße hatten gelernt, jenseits ihrer Wünsche zu gehorchen.

Nun stand sie vor der Stufe, auf der der Thron sich befand. Sollte sie diese etwa ersteigen? Sicher wäre das ein Frevel!

Der Fyrsth kam zu ihr. Das war mindestens genauso furchtbar. Von so nah hatte sie ihn noch nie gesehen. Er musste einmal ein schöner Mann gewesen sein, doch nun passten die hängenden Falten in seinem Gesicht nicht zu dem lockigen Haar, in dem keine einzige weiße Strähne zu sehen war.

Eine braunfleckige, schrumpelige Hand fasste sie am Kinn, hob ihr Gesicht, schob es in die eine, dann wieder in die andere Richtung. Nimry wurde begutachtet. Fast erwartete sie, man würde ihr wie einem Pferd ins Maul blicken, um die Zähne zu überprüfen.

»Graav, ich habe Euch nicht zu viel versprochen. Sie ist doch wirklich hübsch.«

Nimry spürte, wie der andere Mann nun auch hinzutrat.

»Ihr habt recht«, bestätigte er. »Euer Gnaden haben einen erlesenen Geschmack.« Es klang, als lobe er den Fyrsthen für Nimrys Liebreiz. Nimry war sich sicher, dass der Fyrsth nicht ursächlich für ihr Aussehen war. Bei vielen Sprösslingen adliger Damen schon. Bei ihr nicht. Er nickte dennoch zufrieden.

»Ich gebe Euch eine hübsche Frau, Graav von Flynnt. Passt besser auf sie auf als auf die anderen.«

Der Mann verneigte sich tief. Das blieb seine Antwort.

Nimry hätte gerne zu dem Mann, den sie für einen Mörder hielt, hinübergeschielt, doch sie wagte nicht, ihren Blick vom Gesicht des Fyrsthen zu nehmen, der sie immer noch unverwandt anstarrte.

»Fast denke ich, ich bin zu großmütig«, fuhr der Fyrsth in einer gönnerhaften Weise fort, die andeutete, dass er wohl erneut einen Witz machte. Dann ließ er Nimrys Kopf los, die mit einem Mal – und völlig zur Unzeit – begriff, wie sehr sie ihn hasste. Ihn und den Mann neben ihm – und überhaupt all diese überheblichen Kerle, die nichts konnten, als Krieg zu führen, Befehle hin- und herzuschieben und sich dabei ein schönes Leben zu gestalten. Muhmen hasste sie auch. Erfüllungsgehilfinnen für den Aberwitz der Welt.

Ihr Lächeln war eingefroren, und sie spürte Kritik im Blick des Fyrsthen.

»Na, schöne Maid, sie wird doch keine Angst haben?«, fragte er spöttisch. Er, der sich aus Angst vor Gift jeden Bissen und jeden Schluck vorkosten ließ und der sie nun diesem Giftmischer antrug.

Mühsam schüttelte sie den Kopf.

»Na also.« Fyrsth Ryckden griff nach ihrer Hand und nach der des Graaven. Einen Moment hielt er sie beide in je einer seiner eigenen ringglitzernden Hände, dann legte er sie ineinander.

»Nun seid ihr einander versprochen!«, gab er feierlich von sich. Die Hand des Graaven umfasste die ihre und hielt sie fest. Seine Haut war rau und schwielig. Nimry unterdrückte mühsam ein Schauern.

Versprochen. Noch nicht verbunden. Sie hatte noch Zeit. Ein wenig immerhin. Bis dahin konnten Dinge geschehen. Sie konnte lernen, sich zu schützen. Er konnte einem feindlichen Angriff zum Opfer fallen. Graaven hatten die Grenzen zu schützen. Ihre Aufgabe war gefährlich. Vielleicht konnte er sogar in Ungnade fallen. Dann würde eine Edle aus Kahsell ihm als Braut nicht mehr zustehen.

»Seht mich an, schöne Nimry aus Kahsell!«, sagte der Graav nun. Seine Stimme war befehlsgewohnt und so rau wie seine Hände. Sicher gefiel der Mann vielen. Sogar der Fyrsth gefiel Frauen, etwas das Nimry nicht annähernd verstehen konnte, wirkte er auf sie doch eher wie eine lauernde Schrumpelechse.

Sie sah hoch. Weinen würde nichts helfen. Bitten würde nichts ändern. Beides würde nur den Zorn der beiden Männer auf sie ziehen. Diesen Zorn konnte sie nicht gebrauchen.

Stolz. Sie brauchte Stolz. Er war das Einzige, was ihr helfen mochte.

»Durchlaucht«, sprach sie ihn an, distanziert und bis aufs Äußerste konzentriert. Sie knickste leicht. Nur ganz leicht.

Er drückte freundlich lächelnd ihre Hand. Er hatte ausnehmend gute Zähne, fiel ihr auf. Nicht einer fehlte. Weiß und spitz waren sie. Sein Haar war braun und weitaus kürzer als am Hof Mode. Beginnende Geheimratsecken ließen das Haar in der Mitte dreieckig in die Stirn laufen. Seine Haut war stoppelig in einer Art, die im Feld und im Krieg wohl als glatt rasiert durchging, aber hier am Hofe nicht den Anforderungen entsprach. Immerhin war er nicht mehr fleckig. Diese Erinnerung musste wohl falsch sein. Von seinen Augen ging fast etwas Magnetisches aus. So blau. So unerhört blau unter den geschwungenen, dunklen Brauen.

Kein Wunder, dass er der Magd gefallen hatte.

Der Mann sah ihr in die Augen, und sie hielt dem Blick nur mit Mühe stand.

Dann wandte der Graav sich dem Fyrsthen zu, ohne ihre Hand loszulassen.

»Ist eine lange Verlobungszeit wirklich sinnvoll?«, fragte er. »Mit Verlaub, Euer Gnaden, wir können uns eine ganze Reise sparen, wenn wir diesen Schritt abkürzen. Kein zusätzliches Hin und Her. Was spricht dagegen, dass Ihr uns gleich vermählt?«

DER LAUERNDE

Der Schlangenwurm war keine Schlange und kein Wurm. Er war unendlich viel mehr. Er sah sich auch weder als Schlange noch als Wurm, nicht als weiblich, nicht als männlich. Er konnte beides sein. Er konnte vieles sein. Er war ein kreatürliches Wesen. Eine Person – so einen der Besitz einer Persönlichkeit zur Person definierte.

Er war weiß wie Gletschereis, mit gletscherblauen Augen und schuppenlos glatt bis auf ein paar erste Borsten, die sich gerade erst ausbildeten, und kaum sichtbaren Leibringen wie bei einem Wurm.

Er hatte Pläne.

12

Shernay schlich gebeugt. Der Gang war niedrig, nicht nachbearbeitet, wie die meisten anderen Höhlengänge, sondern nur ein natürlicher Spalt im Fels, schief, krumm, unregelmäßig. Immer wieder sah es so aus, als würde er einfach aufhören, doch hinter dem einen oder anderen Vorsprung ging es dann wieder weiter, mal nach oben, mal nach unten, mal rechts oder links. Manchmal mussten sie kriechen, um weiterzukommen.

Sie versuchte, nicht daran zu denken, wie viel Berg sich über ihr türmte. Sonst tat sie das auch nicht, sie war schließlich an Höhlen gewöhnt. Doch nun schien es ihr, als drücke das gesamte Gewicht der Felsen auf sie hinunter. Fast konnte sie schon spüren, wie es ihre Knochen und ihre Seele zermalmte. Ihr Herz flatterte in einem Käfig aus Stein.

Ab und zu beschien ein Glühstein einen winzigen Abschnitt, sodass sie wenigstens etwas sehen konnte. Doch es war zu dunkel, um sich sicher zu fühlen. Auch verbergen konnte man sich nicht. Es gab keine Verstecke. Wenn weitere Bewahrer von vor ihnen oder von hinter ihnen auf sie zukamen, würde Deruonn wieder kämpfen müssen.

Bitte nicht. Die beiden letzten Kämpfe tobten noch in ihrem Sinn. Die seltsamen, blitzschnellen Duelle, die Shernay gesehen hatte, schienen jetzt erst in ihrer ganzen Unglaublichkeit in ihrem Denken anzukommen. Der Mann, den sie gerettet hatte, kämpfte besser als die Bewahrer. Schneller, rücksichtsloser und lautlos.

So wurde man also, wenn man draußen in den Kriegen aufwuchs. Dass ihr das neu war, lag nur daran, dass sie in Frieden gelebt hatte. Sie hatte das zu wenig zu schätzen gewusst. Sie wollte zurück. Zurück ins Tal. Zurück zu jenem Tag, an dem sie Deruonn gefunden hatte. Doch sie wusste, sie hätte nie anders gehandelt, als sie es getan hatte. Der erste Blick aus seinen dunklen Augen hatte sie gefangen wie eine Gerdel-Falle. Sie sollte Angst vor ihm haben. Doch tatsächlich hatte sie immer noch mehr Angst *um* ihn – und um sich selbst.

Deruonn trieb sie an, wenn sie zu langsam wurde. Er war dicht hinter ihr oder dicht vor ihr, bisweilen spürte sie seinen Atem in ihrem Nacken. Sie fühlte seine Nähe. Ein merkwürdiges Sirren durchzitterte ihren Körper, während sie lief. Angst. Schuld. Ärger auf sich selbst, und doch auch mehr.

Er hatte ihr in den letzten Tagen nur kurz erzählt, was ihm geschehen war. Nach Edelsteinen hatte er gesucht, war hoch gestiegen – viel zu hoch. Und dann hatte ihn ein riesiger Buzzard gepackt und weiter emporgetragen, als ein Mensch klettern konnte. Dort hatte Deruonn einen Gang entdeckt und – einer anderen Möglichkeit beraubt – war er ihn entlanggekrochen, in der vagen Hoffnung, er möge irgendwo hinführen. Das hatte er getan.

Das Gute daran für Reyalun war, dass man jenen Gang offenbar nicht erreichen konnte, solange einen ein Riesenbuzzard nicht persönlich beförderte. Shernay wusste, was Buzzarde waren. Die normalen waren schon größer als Schwäne. Sehr selten sah man über dem Tal auch mal einen etwas größeren kreisen. Dann brachten die Reyalunis die kleineren Kinder in Sicherheit. Sie hatte aber noch nie gehört, dass sich ein solches Tier einen ausgewachsenen Kerl als Beute erjagte.

Nun hingegen schien Deruonn mehr der Jäger zu sein als der Gejagte. Dabei waren sie noch nicht in Sicherheit. Sie wussten nicht, wie weit dieser Gang sich durchs Gebirge zog. Auch nicht, was auf der anderen Seite auf sie wartete. Denn es musste etwas warten. Wenn Wanderer, die für drei Sommer und drei Winter auszogen, um zu lernen und zu lehren, zurückkamen, mussten sie auf der anderen Seite eine Anlaufstelle haben. Anders konnte es nicht organisiert sein.

Sie hatte darüber keine Aufzeichnungen gefunden – und auch nicht gesucht. Nur den Weg hatte sie wissen wollen. Für mehr war gar keine Zeit gewesen.

Deruonn schob sie plötzlich in eine Felsnische und bedeutete ihr, still zu sein. Hatte er etwas gehört? Würde man sie erwischen?

Sie hatte beinahe aufgehört, sich zu fragen, was dann mit ihr geschehen mochte. Sie wollte es nicht wissen, konzentrierte sich auf den Moment, der an Schrecken genug bot. Der kalte Fels drückte ihr spitzzackig in den Rücken. Ihr eigener Atem schien ihr überlaut. Ihre Augen konnten in der Dunkelheit fast nichts erkennen.

Sie lauschte. Nichts.

Er stand dicht vor ihr, beschirmte sie mit seinem Körper, war der dunkle Schild vor ihrer Helligkeit. Sie spürte seine Schenkel an den ihren. Er war größer als sie. Sein Genitalienschutz drückte gegen ihren Unterbauch. Seine Lederrüstung presste sich gegen ihre Brüste. Sein Kopf neigte sich. In der Finsternis war seine dunkel gebräunte Haut wie Mimikry. Nur das Weiße in seinen Augen war noch zu erkennen.

Sie hatte seine Lippen nicht erwartet. Sie fanden ihre erst sanft, dann härter. Eine Zunge drang vor. Sie öffnete ihm ihren Mund ganz, wusste wieder, warum sie all dies tat, und wusste im nächsten Augenblick schon sehr viel weniger. Es war, als hätte er die Macht, ihrem anerzogenen analytischen Denken Einhalt zu gebieten wie ein Wehr, mit dem man sprudelndes Wasser anhielt. Seine Hand war in ihrem Haar, krallte sich darin fest, beinahe schmerzhaft. Wie war es möglich, dass er ihr eben noch näherkam? Sie spürte seinen muskelharten, lederbewehrten Körper. Machtvoll und unnachgiebig wie der Fels.

Dann war er schon zurückgetreten, hielt nur noch ihr Handgelenk fest in seiner Hand.

»Keine Angst!«, flüsterte er leise. »Du hast mich gerettet, und so rette ich dich. Ich bin für dich da.«

Schon zog er sie weiter durch die Dunkelheit. Er schien gar nicht müde zu werden. Zielstrebig fand er einen Weg, der keiner war. Manchmal stolperte sie, und er hielt sie fest. Warum stolperte er nicht?

Sie wusste nicht, wie lang sie weitergegangen war, ohne auf ihre wachsende Müdigkeit zu achten. Sie spürte immer noch seinen Kuss. Es war, als hätte der Augenblick sich in ihrem Gemüt festgebrannt und schwelte noch. Ihre Sinne hatten sich bei der intensiven Berührung regelrecht umgestülpt.

Im Versteck hatte er sie einmal auf die Stirn geküsst und einmal geradezu flüchtig auf die Wange. Den ersten Kuss hatte sie als Dank und Ehrerbietung verstanden, eine Huldigung an ihren Mut, den zweiten als Bekenntnis zu einer Freundschaft, die ihr anzeigte, dass er ihr vertraute. Der Dritte später hatte seinen Schwur besiegelt.

Vielleicht waren ihre Interpretationen falsch, doch sie hatten sie unbeirrbar auf dem Pfad weitermachen lassen, den sie eingeschlagen hatte. Sie waren das Pfand dafür, dass sie das, was richtig war, neu definiert hatte. Jede Berührung hatte sie ihm nähergebracht, und doch hatte er bislang Abstand gehalten. Sie war diejenige gewesen, die mehr wollte.

Dieser Kuss jedoch … einen Augenblick lang hatte sie gedacht, er würde sie hier und jetzt lieben, in Dunkelheit und Gefahr, mit der Angst als verzweifeltem Aphrodisiakum. Doch so schnell er sich ihr genähert hatte, so schnell war er auch schon wieder von ihr gewichen. Er hatte ein Feuer in ihr entzündet und ließ es einfach brennen.

Ihre Füße taten weh. Für diesen Weg trug sie die falschen Schuhe. Sie hatte nie geplant, mit ihm mitzugehen. Das hatte sie tatsächlich nicht gewollt. Nun gab es kein Zurück mehr.

Sie merkte erst mit Verspätung, dass ihr Tränen über die Wangen rannen. Sie wischte sie ab, als sie meinte, er könnte die Bewegung nicht sehen. Dann hatte sie das Gefühl, dass er sogar das sah, was hinter ihm geschah. Doch es war nur ein Eindruck. Er kommentierte ihre Tränen nicht. Er schritt nur weiter voran.

Einen Augenblick später fuhr seine Faust nach vorn. Shernay hatte nicht einmal gesehen, auf was die Hand zuschoss. Aber das Geräusch eines Knackens, eines Röchelns, das nicht von Deruonn kam, machte ihr klar, sie hatten den nächsten Feind getroffen.

Nicht Feind. Talvetter. Nein. Talbase.

»Ewah!«, konstatierte Shernay tonlos. Sie mochte Ewah, die jetzt reglos vor ihnen auf dem Fels lag.

»Ist sie tot …?« Diese Frage hatte sie schon einmal gestellt. Auch da hatte sie keine Antwort erhalten.

Sie zuckte, als die gleiche Hand, die eben Ewah niedergestreckt hatte, ihr durchs wirre Haar fuhr und sie einen bangen Augenblick am Genick festhielt, als wollte sie dieses in zwei Teile brechen. Dann ebbte die Intensität des Mannes ab. Ein Lächeln fand sich auf seinen Lippen, wo eben noch keines zu erahnen gewesen war.

»Keine Angst! Alles wird gut. Du bist sicher bei mir.«

Es war Shernay, als wolle sich ihr Herz in zwei Teile reißen. Sie sank auf die Knie, ebenso aus Verzweiflung wie Erschöpfung.

»Weiter!«, sagte er nur.

Doch Shernay war schon weiter gegangen, als sie je hatte gehen wollen.

13

Die Edle Abanya packte. Die Edle Nimry aus Kahsell weinte.

Die Edle Abanya schimpfte. Die Edle Nimry weinte nicht weniger.

»Du wirst völlig verquollen aussehen! An deinem Ehrentag! Peinlich ist das! Als hätte ich dir nichts beigebracht!« Abanya erging sich in ärgerlichen Ausrufen, die verdeutlichten, dass sie Nimrys Kummer lediglich als Affront gegen sie selbst verstand.

Nimry sagte nichts dazu. Dies war der Tag, an dem man sie an einen Mörder verhökerte. Ihn als Ehrentag zu bezeichnen, empfand sie als Hohn.

»Nun zieh endlich die Robe an!« Abanya sprach wie zu einem kleinen Kind.

»Die gehört mir nicht!« Nimry wiederum antwortete wie ein kleines Kind. Es schien ihr, als schüfe die Welt eine Wirklichkeit um sie herum, in der sie auf allgemeines Geheiß klein, dumm und machtlos zu sein hatte, und genau das war sie dann auch.

»Es ist die Hochzeitsrobe der Mutter des Fyrsthen«, fuhr Abanya ehrfurchtsvoll fort. »Sie tragen zu dürfen ist eine besondere Ehre. Andere Mädchen wären hocherfreut.«

Definitiv zu viel der Ehre. Erst der Tag. Dann das Kleid.

»Andere Mädchen bekommen ihr eigenes Hochzeitskleid«, beschwerte Nimry sich und merkte, wie sie klang: immer noch klein, dumm und machtlos.

Warum stritt sie über Gewänder, die ihr doch gänzlich einerlei waren? Über Mörder sollte sie streiten. Was sie sagen sollte, war: »Er hat schon vier Frauen überlebt. Die sind sicher nicht alle von allein gestorben. Ich will eine Audienz mit dem Fyrsthen. Und mit den Verwandten jener zur Unzeit verblichenen Ehefrauen. Ich will diesen Mann nicht!«

Stattdessen sagte sie: »Der Fyrsth hatte versprochen zu warten, bis ich achtzehn bin!« All diese Einwände waren sinnlos und am Thema vorbei. Wenn dem Fyrsthen eine Entscheidung politisch-dynastisch sinnvoll erschien, würde er auch eine Elfjährige verkuppeln. Wenn er etwas wollte, geschah es. Das hatte Nimry immer gewusst, und die Schädel ihrer Eltern machten es zusätzlich deutlich.

»Papperlapapp. Er hat schon jüngere Frauen verheiratet.«

»Eben. Zum Beispiel an den Graaven von Flynnt – und wo sind die jetzt?«

Nun hatte sie es gesagt.

Die Muhme richtete sich auf und starrte Nimry konsterniert an.

»Sei nicht albern, Kind. Wir alle sind sterblich. Manche sterben früher und manche später. Das haben die Götter so gefügt.«

Die Muhme bemühte in ihrer Rede häufiger die Götter, wobei sie nie spezifizierte, an welche genau sie glaubte. Möglicherweise immer an die, die gerade opportun waren. Wenn schon Götter, so sollten sie wenigstens nützlich sein.

»Terla!«, herrschte Abanya jetzt die Magd an. »Hilf der Edlen in die Robe. Eil dich, und dann pack fertig. Die Aussteuer. Alles, was ihr gehört.« Sie blickte ein wenig giftig auf Nimry. »Die kleine Truhe mit den Schädeln pack auch ein.

Die will hier niemand mehr, und die Edle will sie sicher nicht missen in ihrer neuen Heimat. Sie kann dann immer einen heilenden Blick darauf werfen, wenn sie sich gerade besonders halsstarrig fühlt.«

Nimry merkte, wie sie vor Zorn erbleichte. Sie atmete tief ein, dann wieder aus, suchte nach Stille in sich und um sich herum.

Dann wandte sie sich der Magd und der Robe zu. Nicht aus Angst. Vielmehr aus Mut. Ändern konnte sie ohnehin nichts – und was Gift anging, so waren die Worte Abanyas vielleicht nicht lebensgefährlich, aber doch von der Art, dass Nimry die Muhme in ihrer »neuen Heimat« nicht vermissen würde.

Der steife Brokatstoff war unangenehm auf der Haut. Gold und schwarz, wie das Mosaik des Thronsaals. Die Schleppe war so lang und schwer, dass sie Nimry beinahe nach hinten zog. Terla zerrte an der Taillenschnürung. Fyrsth Ryckdens Mutter war dünner gewesen als Nimry, deren Formen eher weich und griffig waren und deren Brüste auf peinliche Weise beinahe über den Ausschnitt quollen. Nur nicht bewegen!

»Eine ungewöhnliche Farbzusammenstellung! Was nimmt man nur an Schmuck dazu?«, grübelte Abanya, die sich längst wieder den für sie wirklich wichtigen Dingen zugewandt hatte. »Dass du aber auch keinen vernünftigen Schmuck hast!«

Letzteres lag daran, dass das Eigentum von Nimrys Eltern damals konfisziert worden war. Die Edle Nimry aus Kahsell besaß nicht viel – nur das, was man ihr nach und nach zugestanden hatte, und die Mitgift, gesponsert vom Fyrsthen selbst, die verschlossen in großen Holztruhen lag. Nimry wusste nicht einmal, was sie enthielten. Beim Auspacken auf der Graavenburg zu Flynnt würde sie es sehen. Vorher nicht.

»Das Kleid ist zu eng!«, beklagte Nimry sich.

»Ach was. Es wird keine lange Vermählungsfeier. Kurz und bündig. Das geht schon«, fuhr Abanya über ihren Einwand hinweg. Sie hatte recht. Die Hochzeit war noch nicht geplant gewesen. Es würde keine große Feier geben. Nur die Übergabe mit der Handweihe durch irgendeinen Priester, dessen Religion sich beim Fyrsthen gerade modischer Beliebtheit erfreute. Nimry hoffte, es würde nicht Kyrros, der Todesgott sein. Lieber Tjölp, der Meeresgott. Am besten Annowen, die Göttin der Verzweifelten und Verwirrten.

Terla nestelte an Nimrys Haaren und steckte frische Duftrosen in ihr Haar. Statt Tiara. Die Farbe der Rosen passte nicht zu Schwarzgold. Nichts passte zu Schwarzgold.

Einerlei.

Nur Minuten später eilten sie die Gänge entlang. Die Schleppe des Gewandes hing wie Blei an Nimry.

»Ich kann nicht so schnell in dem Kleid!«, wehrte sie sich atemlos. »Ich werde völlig verschwitzt dort ankommen!«

Die Gefahr, das Brautkleid der Fyrsthenmutter zu verschwitzen, brachte Abanya dazu, ihr Tempo etwas zu drosseln.

Schließlich stand Nimry da, schwarzgolden auf ebensolchem Boden, und fühlte sich wie eine Auswölbung des Mosaiks unter ihr, ebenso steinern.

Ein paar Höflinge hatten sich eingefunden, wohl eher wegen des Graaven als ihretwegen. Mit hastig gesammelten Zeremonienblumen in den Händen standen sie im weiten Kreis um sie herum, um Nimry und den Graaven, der nicht festlich gekleidet war, sondern einen Harnisch mit Wappen, ein Schwert und den Blutdolch trug.

Er war Graav. Das machte ihn zum Verteidiger von Kahsell. Bewaffnet vor seinem Fyrsthen zu stehen war ein Sonderrecht, das er besaß – und das er zeigte.

Mit einem blauen Band umwickelte Fyrsth Ryckden locker ihre Handgelenke, ihr rechtes, sein linkes. Der Fyrsth tat es selbst. Die herbeigerufene Priesterin begann nun, ihr Sprüchlein zu singen.

»Die Frau dem Mann und dem Mann die Frau!«, intonierte sie. Sie hatte eine schöne Stimme und ein Gewand, auf dem alle Götter der Acht Reiche abgebildet waren. Das machte sie zur Reformerin, einer Anhängerin jener neuen Religion, die nicht jeweils einen bestimmten Gott, sondern sie alle als Gruppe verehrte. Den Anhängern der Einzelgötter galten Reformer als Häretiker.

»Mann und Frau, den Göttern der Welt geweiht. Ihnen allen gleichermaßen!«

Die Reformer vertraten die Meinung, es könne erst Frieden werden, wenn die Menschen auch noch die letzte Gottheit auf der Welt gefunden hatten und ehrten, da der Unfrieden eine Folge der Unausgewogenheit der spirituellen Mächte sei.

»Die Göttinnen und Götter seien mit Euch! Lasst das Blut der Liebe fließen!«

Der Graav war so schnell, dass Nimry kaum mitbekam, wie er mit der Rechten den Blutdolch zog. Die Zeremonie sah vor, dass der Bräutigam der Braut und sich selbst damit in den Finger ritzte, um ihr Blut zu vereinigen.

Der Dolch schnitt quer über Nimrys Hand. Nicht tief, aber doch so, dass Blut floss. Ein kurzer Schrei gellte von den Wänden des Thronsaales wider, und Nimry merkte zu ihrem Schrecken, dass er aus ihrer Kehle entkommen war. Entsetzt blickte sie hoch in das kantige Gesicht, die stahlblauen Augen, und dann wieder auf das Messer. Der Dolch schnitt auch in seine Hand, so tief wie in ihre. Dann griff er ihre blutende Hand, hielt sie fest in seiner, drückte sie. Es tat weh. Sie unterdrückte einen weiteren Schmerzenslaut, blickte panisch wieder hoch. In seinem Gesicht war keine Regung zu erkennen.

»Blut für Blut«, rezitierte er nun die Hochzeitszeilen. »Wir sind eins und füreinander da. Morrgjar, Graav von Flynnt, für Nimry aus Kahsell.«

Sie merkte, dass ihr der Mund offen stand, wusste, nun war es an ihr, die Worte zu sprechen, doch es schien ihr, als hätten die Ereignisse ihr die Stimme verschlagen.

Er sah sie streng von oben an. Der stählerne Blick bohrte sich in ihr Sein. Seine Lippen bewegten sich in einem stummen Wort. Sollte sie das verstehen? War es »Blut«?

Nein. Es war Mut.

Sie versuchte sich zu fassen.

»Blut für Blut«, wiederholte sie heiser. »Wir sind eins und füreinander da. Nimry aus Kahsell für Morrgjar, Graav von Flynnt.«

Sie war froh, dass sie sich den Vornamen gemerkt hatte. Bis eben hatte sie nichts von dem Mann gewusst, der nun ihr Gatte war, außer dass seine Frauen schnell starben.

»Ihr seid eins«, wiederholte der Fyrsth zufrieden. »Lebt Euer Leben in Treue zu Kahsell und zueinander.«

Wie ein Kaninchen die Schlange starrte Nimry hoch in seine Augen in dem Gesicht, das ihrem nun immer näher kam. Eine blutverschmierte Hand nahm sie beim Kinn und legte sich dann an ihre Wange. Er würde sie nun küssen. Ihr würde gewiss schlecht werden – und das in der Robe der Fyrsthenmutter!

14

Orstyn schritt zurück zur Bibliothek. Ein weiter Weg. Die Blumenspende hatte er, wie es der Brauch war, mit einer Verneigung zum Brautpaar hin am Gabentisch abgelegt. Er dachte über die Zeremonie nach, deren Zeuge er eben gewesen war. Die niedliche Nimry war nun Graavessa geworden. Für den übrig gebliebenen Spross verräterischer Fyrsthenverwandten keine schlechte Partie. Glücklich hatte sie allerdings nicht ausgesehen.

Orstyn versuchte, die offenkundig überstürzte Heirat zu verstehen. Der Graav von Flynnt bewachte die nördliche Grenze. In den letzten Jahren hatte der Krieg dort bis auf die üblichen Grenzscharmützel und Übergriffe aus Holtur pausiert. Frieden mochte Orstyn es nicht nennen. Frieden war etwas anderes, das wusste er. Der Graav von Flynnt hatte gewiss gut damit zu tun, diese kleinen, nagenden militärischen Unverfrorenheiten niederzuhalten, eben damit sie sich nicht zu einem Krieg entwickelten.

Die nördlich angrenzende Fyrsthenei Holtur war jedoch bislang zu schwach oder zu beschäftigt gewesen, um Ernst zu machen. Womit genau, vermochte Orstyn nicht zu sagen – er wünschte, er wüsste es. Sicher waren es auch Überfälle der benachbarten Fyrstheneien Edunayu, Wynnosiol und eben Kahsell. Doch Kahsell hatte sich nach Süden ausgerichtet und kein Interesse an einem Zweifrontenkrieg gehabt.

Fyrsth Ryckdens Vorstoß nach Süden war von Anfang an eine wenig brillante Idee gewesen. Die geografischen Gegebenheiten machten einen Krieg mit Passagur unpraktisch. Die schmalen, lang gestreckten Landzungen, die den nördlichen Teil des Kontinents mit dem südlichen verbanden, taugten weder für Truppentransporte noch für Schlachten, und am anderen Ende dieser sogenannten Währzungen ließen sich einfallende Feinde hervorragend aufhalten.

Fyrsthliche Ideen mochten ungeschickt sein, doch sie blieben weitestgehend unkritisiert. Ryckden verheizte seine Truppen im Süden, während der Feind im Norden leichter zu fassen gewesen wäre.

Natürlich gab es auch noch die Dauerkämpfe mit Edunayu an der westlichen Grenze. Auch die hörten nie ganz auf, und die Grenze verlief einmal hier und einmal da.

Was also hatte im politischen Zusammenhang die eilige Vermählung einer fyrsthlichen Verwandten mit dem Graaven von Flynnt zu bedeuten? Plante Fyrsth Ryckden nun doch einen Krieg im Norden und wollte den Graaven enger an das Fyrsthenhaus binden? In der mörderischen Vergangenheit der Acht Reiche hatten Graaven bisweilen auch schon einmal die Seiten gewechselt. Das konnte passieren.

Ob eine Ehe mit einem hübschen Mädchen das freilich verhindern würde, da war sich Orstyn nicht sicher. Der Graav schien nicht eben pfleglich mit seinen Gattinnen umzugehen, und dass diese hier jünger war, hieß nicht, dass sie länger halten würde.

Im Nachhinein war Orstyn klar, warum die junge Frau sich ein so seltsames Thema als Lesestoff ausgesucht hatte. Sie wollte überleben. Orstyn wünschte ihr Glück.

Er hatte den Graaven erst zum zweiten Mal gesehen. Dieser kam nur selten in die Hauptstadt, nahm er doch seine Aufgabe der Grenzsicherung sehr ernst. Gerüchteweise war er nur angereist, um seine Zukünftige zu inspizieren und, da er offenbar Gefallen an dem hübschen Mädchen fand, gleich einzupacken und mitzunehmen. Der gewaltige Wagentreck, den der Graav mit sich gen Norden führte, machte allerdings deutlich, dass er mehr mitnahm als nur eine frische Gattin. Neue Waffen, hieß es, und Ausrüstung. Orstyn gab sich Mühe, diese Flüstereien niederzuhalten, wenn er ihrer gewahr wurde. Er wusste genau, was Graav von Flynnt in seinem Wagenzug mit sich führte. Die Edle Nimry war da nur eine hübsche Dreingabe.

Orstyn konnte den Blick der jungen Frau verstehen. Sie hatte versucht, so neutral wie möglich auszusehen. Also keinesfalls beglückt. Auch die angestrebte Abgeklärtheit war ihr als Ausdruck nicht zur Gänze gelungen. Das Kind hatte Angst.

Orstyn war sich sicher, dass es Gründe gab, vor dem Graaven von Flynnt Angst zu haben. Er schien ein sehr entschlossener Mensch zu sein, der nicht lange fackelte. Genau die richtigen Eigenschaften für einen Grenzwächter.

Sonst wusste Orstyn nicht viel, außer dass die Flynntburg eine kleine Bibliothek ihr Eigen nannte. Er hatte versucht den Fyrsthen dazu zu motivieren, diese Bibliothek zur Sicherheit nach Jorgvil schaffen zu lassen, doch der Graav war der Aufforderung nicht nachgekommen, mit der Begründung, das Wissen würde für die Verteidigung der Grenze gebraucht.

Ryckden hatte nicht darauf bestanden – vermutlich, weil es ihm im Gegensatz zu Orstyn einerlei war, an welchem Ort irgendwelche alten Bücher standen. Orstyn wiederum war nicht daran gelegen, den Streit – falls es einer war – voranzutreiben. Er hätte nur gerne gewusst, welches Wissen sich an der Grenze zu Holtur noch befand, auch wenn seine Hoffnung nicht groß war, dort das zu finden, was er in den letzten fünfundzwanzig Jahren in Jorgvil nicht gefunden hatte.

Er hatte die großen Flügeltüren zum Nordturm eben erst erreicht, als ein Schlossbote angerannt kam. Die Anlage zu Jorgvil war so gigantisch, dass man zur Kommunikation eigens eine kleine Schar jugendlicher Läufer engagierte, welche Nachrichten in halbwegs akzeptabler Zeit an den richtigen Adressaten brachten. Der Fyrsth wartete nicht gern. Das Resultat war, dass man stets irgendwo einen Jüngling rennen und keuchen sah.

»Weisester!«, schnaufte nun auch dieser, der die gelben Botenstrümpfe der Schlossläufer trug. »Seine Gnaden, der Fyrsth, hat verfügt, Ihr sollt Ihrer Erlaucht der Graavessa von Flynnt einen Eurer Bibliokanten mitgeben. Die Bibliothek zu Flynnt verfügt nicht über einen solchen. Seine Gnaden Fyrsth Ryckden möchte ihn als Hochzeitsgeschenk dem jungen Paar angedeihen lassen. Der Bibliokant soll sich mit Gepäck alsbald im Hof beim Tross des Graaven einfinden. Seine Durchlaucht der Graav von Flynnt wünscht heute noch zu reisen.«

Wie großzügig vom Fyrsthen, der Graavessa einen von Orstyns eigenen Bibliokanten zu schenken! Manchmal funktionierte das Einflüstern vager Ideen und Andeutungen in das Ohr des Fyrsthen tatsächlich, und jener würde sehr sicher sein, auf diese grandiose Idee von ganz allein verfallen zu sein. Orstyns Laune hob sich, doch sein Gesichtsausdruck verriet nichts. Darauf achtete er stets.

»Ich werde mich darum kümmern.«

Orstyn verneigte sich knapp und würdig – nicht vor dem Jungen, sondern vor dem fyrsthlichen Willen, den dieser ausgerichtet hatte. Dann betrat er seinen Turm und schloss die Türe hinter sich. Einen Moment lang genoss er die Stille der Bücher, dann rief er:

»Berstel! Pack deine Sachen! Beeil dich!«

Der Junge kam angerannt. Die Pumphosen schlackerten ihm um die Oberschenkel.

»Weisester!«, grüßte er, wie es sich geziemte, und neigte sein Haupt.

»Seine Gnaden, der Fyrsth, hat dich verschenkt.«

»Verschenkt?« Panik zog sich über das sommersprossige Gesicht. Es gab keine Sklaverei in Kahsell. Doch wenn einen der Fyrsth hinschicken konnte, wohin er wollte, war der Unterschied marginal.

»Verschenkt. Du gehörst seit eben zum Haushalt Ihrer Erlaucht der Graavessa von Flynnt und wirst für den Graaven dessen Bibliothek führen. Sieh es als Ehre an.«

»Die Graa… die kenne ich doch gar nicht!«, empörte sich Berstel. »Den Graaven auch nicht. Wieso ich?«

»Weil Seine Gnaden es so verfügt hat. Du bist gewissermaßen ein Hochzeitsgeschenk. Die Graavessa war bis vor zwei Stunden noch die Edle Nimry aus Kahsell.«

Berstel sah Orstyn fassungslos an.

»Was soll ich denn auf der Flynntburg?«, fragte er verzweifelt.

»Dort gibt es eine Bibliothek. Ob sie drei Bücher enthält oder dreitausend, weiß ich nicht zu sagen. Du wirst sie katalogisieren. Du wirst mir eine Liste mit allen Titeln und Inhaltsverzeichnissen schicken – und zwar so, dass der Graav es nicht merkt, und wenn du damit fertig bist, wirst du anfangen, die Bände abzuschreiben.«

»Alle?«

»Alle.« Orstyn sah den Jungen streng an. »Du wirst der Graavessa ebensolchen Respekt entgegenbringen wie dem Graaven. Wenn sie dort niemanden kennt, wird sie vielleicht dich als Verbündeten ansehen. Das ist gut – solange du Abstand hältst. Es sollte nicht der Eindruck entstehen, sie fände deine ungehobelte Gegenwart angenehmer als die ihres Gemahls. Das würde der Gemahl nicht mögen. Nun geh packen. Der Tross des Graaven wartet schon auf dich.«

»Aber ich will nicht …«

»Niemand fragt dich. Berichte mir regelmäßig über die Vorgänge in Flynnt. Über alles. Absolut alles.« Bücher waren nicht alles. Grenzgraaven hatten Truppen. Wer Truppen hatte, mochte auch auf dumme Ideen kommen, zum Beispiel, sich für einen besseren Fyrsthen halten als den, der auf dem Thron saß.

Berstel starrte ihn an, und Orstyn nutzte die Zeit, den Jungen eingehend zu mustern. Sein rotblondes Haar war unordentlich und stand ab. Sein sommersprossiger Teint unterstrich den Eindruck, er wäre irgendwie fleckig. Seine Kleidung zumindest war es. Hoffentlich sah Seine Gnaden nicht, was er da als Hochzeitsgeschenk offerierte – obgleich Seine Gnaden natürlich selbst schuld war, denn wenn seine Bibliokanten so üppig entlohnt würden wie seine Generäle, müssten Erstere nicht so bettelarm aussehen.

»Hast du nicht ein einziges Paar Strümpfe ohne Löcher oder Stopfstellen?«

»Ich glaube nicht, Weisester.«

»Du erhältst doch wöchentlich Lesegeld. Was tust du damit?«

Der Junge blickte peinlich berührt zur Seite. Orstyn beschloss, es nicht so genau wissen zu wollen.

»Benimm dich anständig und kleide dich vernünftig. Mach mir keine Schande.«

»Bekomme ich dort auch Lesegeld?«, fragte Berstel besorgt.

»Das wird sich weisen!«, sagte der Weiseste, Großmeister der Historien, Denker des Reichsherrn und Sinne des Fyrsthen. Er mochte nichts versprechen, was er nicht wusste, und er wusste nichts. Er hatte ebenso wenig Zeit gehabt, sich auf die neuen Möglichkeiten vorzubereiten, wie die Edle Nimry, die so überaus plötzlich die Graavessa von Flynnt geworden war.

»Bekomme ich wenigstens einen Titel?«, fragte der junge Mann.

»Wenn du ihn dir verdienst. Alles in dieser Welt muss man sich verdienen. Nun geh schon!«

Berstel setzte sich in Bewegung. Nach ein paar Schritten wandte er sich noch einmal um.

»Aus welchem Grund hat die Edle Nimry – ich meine Ihre Erlaucht die Graavessa von Flynnt – so viel über Gift wissen wollen?«

Orstyn lächelte grimmig.

»Hast du die Bücher gelesen?«, fragte er.

»Ja, Weisester. Alle.«

»Gut.«

15

Deruonn hatte Shernay wieder hochgezogen und einen kurzen Moment in den Armen gehalten, vorsichtig, als hätte er Angst, er könnte sie ganz aus Versehen zerbrechen. Sie spürte seinen Atem an ihrem Ohr und wünschte sich, er würde etwas sagen, doch das tat er nicht. Keine Worte. Nur dieses Atmen. Es klang, als kämpfte er mit etwas. Oder gegen etwas. Er musste mindestens so müde sein wie sie, und sie kannte ihn schließlich nicht gut genug, um seine Gefühle zu erahnen.

Im Grunde kannte sie ihn gar nicht.

Sie waren immer weiter gelaufen. Der Spalt im Berg, der ihr Weg war, blieb unübersichtlich und forderte ihre ganze Konzentration. Gewiss ein Dutzend Mal hatte sie sich schon den Kopf oder die Extremitäten angestoßen. Sie war zerkratzt. Vermutlich blutig. Jeder Muskel brannte. Die Dunkelheit ließ ihre Augen müde werden.

»Hört das nie auf?«, seufzte sie nach einer ganzen Weile leise.

»Doch«, erwiderte er ebenso leise, und dann wurde seine Stimme plötzlich intensiv und nahm eine fast feindselige Schärfe an, die zuvor nicht da gewesen war. »Wir wissen, dass der Gang am anderen Ende der Berge ins Freie führt. In der Gewissheit, dass dies hier endet, lässt es sich trefflich weitergehen.«

Sie sagte nichts dazu. Er fuhr fort: »Als ich in jenem Tunnel steckte, zu dem mich der Vogel gebracht hatte, hatte ich diese Gewissheit nicht. Ich kroch auf dem Bauch. Der Spalt im Fels war sehr viel niedriger als dieser hier. Auch schmaler. Keine Umkehr möglich. Er war außerdem abschüssig. Ich wusste zu jedem Zeitpunkt, dass ich nie rückwärts kriechend zurückkonnte, sollte der Gang einfach enden. Ich kroch und erwartete von Sekunde zu Sekunde die Wand, die meinen Vorstoß auf immer beenden würde.«

Nun klang die Stimme hart wie der Fels, der sie umgab.

»Ich verlor meinen Rückensack, als ich mit ihm nicht mehr durch eine Wegenge passte. Er enthielt meinen Proviant und das zusätzliche Wasser. Ich kämpfte weiter, weil das stets und überall meine Bestimmung ist.«

Shernay hatte sich schon gefragt, wie er ohne Gepäck durch das weite, wilde Gebirge gekommen war. Nun wusste sie es. Irgendwo in den Ringbergen steckte das, was ihm gehörte, im Fels und würde ewig dort bleiben.

»Es tut mir leid, dass du so hast leiden müssen«, bedauerte sie ihn. »Dass du nicht vor Angst gestorben bist, ist ein Wunder.«

Sie griff nach seiner Hand, doch er zuckte vor der Berührung zurück und wandte sich ab.

»Angst ist ein Feind. Es gilt, diesen Feind zu besiegen. Wer vor Angst stirbt, dem steht das Leben nicht zu.«

Das war ein Vorwurf. Sie fand nicht, dass sie ihn verdient hatte.

»Ich habe meine Angst überwunden, um dir zu helfen«, sagte sie ganz sachlich und ohne Vorwurf. Er drehte sich wieder um. Ein paar Augenblicke stand er nur da, als müsste er Einzelteile von sich selbst zusammensammeln, die ihm auseinanderzubrechen drohten. Als er wieder sprach, klang seine Stimme geduldiger.

»Ich verstehe deine Angst, Shernay. Ich begreife auch deinen Mut. Wenn ich in diesem Leben nie mehr durch einen dunklen Felsentunnel gehen muss, soll mir das mehr als recht sein. Ich hasse diesen Weg mehr als du.«

Das glaubte sie nicht. Ihn brachte dieser Weg vielleicht hinaus in die Freiheit. Für sie war es ein Weg in die Schmach. Er wollte nicht zurück ins Tal. Auch für sie gab es kein Zurück.

Sie überlegte, wie sie ihm das klarmachen konnte, doch er hatte sich schon wieder abgewandt und marschierte einfach weiter. Er wollte dringender hier heraus als sie. Einen Augenblick lang schien es ihr, als könnte sie die Angst fühlen, der er sich zu unterwerfen weigerte: Aberhunderte von Längen schwerer Fels, der auf sie beide niederdrückte, um sie auf immer im Dunkel zu begraben, bis sie darin verdursteten oder verhungerten und zu brüchigen Knochenskeletten verdorrten. Stein – ein Feind, den man nicht mit List und nicht mit Kraft besiegen konnte.

Sie schaltete all die Gedanken aus, die ihr mit Macht durch den Sinn strömten. Zurücklaufen. Um Gnade winseln. Auf Verschonung hoffen. Strafe akzeptieren. Alles war besser als dies.

Wirklich?

Sie hatte vor Schande und Strafe ebenso viel Angst wie vor dem, was vor ihr lag. Die Welt auf der anderen Seite. Reyalunis, die Wanderer wurden, bereitete man darauf vor. Sie wussten um Anlaufstellen, bekamen Geld mit, damit sie nicht verhungerten, eine Karte, damit sie sich nicht im Gebirge verirrten. Es war ein sehr großes Gebirge.

Shernay hatte nichts von alldem. Sie hatte nur diesen Mann. Sie hatte noch nicht einmal darüber nachgedacht, ob sie ihn liebte oder ob ihre Bewunderung an nichts anderem lag, als dass er ein ansehnlicher Kerl mit Muskeln an den richtigen Stellen war und sie eine geschlechtsreife Frau mit wenig Auswahl. Ihre analytische Deutung machte ihr Angst.

Ob sie ihn liebte, so dachte sie jetzt, war gänzlich unerheblich. Er war das, was sie dort im Krieg am Leben erhalten würde – sie, die ohne Ausrüstung und ohne Planung in die Welt stolperte wie eine Frühgeburt. So war es viel wichtiger zu wissen, ob Deruonn sie liebte. Oder immerhin mochte. Er hatte ihr seinen Schutz versprochen. Das hatte er doch ernst gemeint?

Ein kalter Schauer rieselte Shernay über den Rücken, als sie darüber nachdachte, wie schnell und nachhaltig er mit den Bewahrern fertig geworden war. Hätte er Shernay zurücklassen wollen, sie läge längst irgendwo hier auf den Steinen.

Er hielt inne und bedeutete ihr, sich nicht zu rühren. Kam wieder ein Bewahrer?

Reglos standen sie eine Weile. Dann ging er vorsichtig weiter. Der Gang bog um eine Ecke – und endete.

Fassungslos starrte Shernay auf das dunkle Ende vor ihnen. Sie hörte Deruonn tief einatmen. Es klang, als söge er die Luft zwischen seinen Zähnen ein, ein schmerzhaftes Geräusch. Schließlich streckte er die Hände aus und berührte das Ende ihres Weges. Seine großen Pranken zitterten beinahe, wurden dann ruhig, während er über die Wand strich wie bei einer Liebkosung. Schließlich klopfte er leise daran.

»Künstlich«, flüsterte er. »Das ist gemauert und bemalt. Dies ist der Ausgang.«

»Aber er ist zu!«, flüsterte Shernay zurück.

Er sagte nichts darauf, ließ die Hände nur weiter über die Wand gleiten, bewegte sie nach links, nach rechts, fuhr mit den Fingern nach unten und nach oben.

Etwas klickte. Vorsichtig schob Deruonn etwas beiseite, das eben noch ausgesehen hatte wie eine Wand. Ein schmaler Lichtstrahl erhellte die tiefe Dunkelheit des Berges. Fast blendete die plötzliche Helligkeit ihre Augen, die sich an die Finsternis gewöhnt hatten.

»Komm!«, flüsterte Deruonn und schlüpfte durch den Spalt. Shernay folgte ihm.

Noch waren sie im Berg, doch wie am anderen Ende in Reyalun sah es hier aus wie in einer Lagerhöhle. Dinge waren gestapelt und blockierten teilweise die Sicht. Weiter vorn fiel etwas Sonnenlicht in die Kaverne, seitlich, durch einen schmalen Spalt.

Deruonn sah sich um. Dann hielt er auf die Lichtquelle zu, lautlos und mit federndem Schritt. Shernay zog die Füße nur müde über den Boden. Draußen war Tag. Sie waren vermutlich am Abend zuvor im Tal losgegangen. Länger als eine Nacht konnte dies nicht gedauert haben, doch es kam ihr vor, als wären sie tagelang gelaufen.

Er hatte den schmalen Ausgang erreicht und lugte vorsichtig hinaus.

»Tag«, sagte er nur. Sie versuchte, an ihm vorbeizuschielen, doch die natürliche Öffnung im Fels war kaum breit genug für zwei Personen, und er nahm viel Platz ein.

»Da unten, auf halber Höhe zum Tal«, sagte er. »Sieh genau hin! Da ist eine Herberge.« Er spähte hinab und schirmte seine Augen mit der Hand gegen das Sonnenlicht. »Ich glaube, ich bin dort sogar vorbeigekommen. Es gibt kaum

Herbergen mitten im Gebirge. Die wenigen sind für die Edelsteinsucher da.«

»Eine Taverne?«

»Eher eine Versorgungseinheit. Ganz sicher von deinen Leuten bemannt. Dort können sie sehen, wer kommt. Sie können sich um die kümmern, die harmlos sind, und die verschwinden lassen, die es nicht sind, und jene zurück ins Tal lassen, die du Wanderer nennst. Eine praktische Einrichtung.« Er klang bewundernd.

Shernay schwieg eine Weile.

»Können wir sie umgehen?«, fragte sie schließlich.

»Nein«, sagte er. »Es gibt hier nur einen gangbaren Weg nach unten. Er führt direkt dorthin.«

Noch mehr Feinde – und alle Familie.

»Ich will nicht, dass noch jemand verletzt wird«, sagte sie.

Er sah sie nur kurz an.

»Mich bringen sie um, wenn sie mich erwischen«, sagte er und wandte sich schon wieder ab, »und dich auch, möglicherweise nach einem Prozess, doch das Ergebnis bleibt gleich. Wenn du überleben willst, musst du in Kauf nehmen, dass getan werden muss, was getan werden muss. Du bist eine kluge Frau. Wie nanntest du es noch: Betrachten. Prüfen. Merken. Aufzeichnen. Bewahren. Das hat sich jetzt geändert: Betrachten. Prüfen. Richtig reagieren.«

Ihr fiel nichts darauf ein.

Ohne den Blick von dem zu wenden, was sie dort unten erwartete, fuhr er fort: »Du musst dich davon lösen, Shernay, dass das Leben ein theoretisches Abenteuer ist, bei dem man zurückblättern und eine Passage noch einmal lesen kann, wenn man etwas nicht gleich richtig verstanden hat. In den Acht Reichen verzeiht einem das Schicksal keine

Fehlentscheidungen. Und Kyrros sorgt für den Rest, ob man an ihn glaubt oder nicht.«

Sie schluckte. Einen Augenblick lang überfiel sie der schreckliche Gedanke, ihn an die Brüder und Schwestern zu verraten, die dort unten die Grenze zwischen Frieden und Krieg darstellten. Vielleicht könnte sie behaupten, er habe sie gezwungen mitzugehen?

Er musste ihren Blick gespürt haben, denn er wandte sich um. Ein seltsam fremder Gesichtsausdruck lag auf seinen Zügen. Sie begriff mit einem Mal, dass er vielleicht ähnliche Gedanken hatte, weniger aus der Angst geboren als aus einem praktischen Denken heraus. Wenn er sie jetzt umbrachte, musste er sich nicht mehr mit ihr belasten, auch nicht mit ihrer Angst oder ihrem potenziellen Verrat. Sie war sein Hemmschuh. Sie würde man suchen. Sie konnte man beschreiben. Ihn hatte keiner gesehen.

Sie schaute auf seine Hand, wusste, er konnte sie damit töten, ohne auch nur sein Messer zu ziehen. Wie wehrte man sich noch? Die Reyalunis lernten alle einen waffenlosen Verteidigungskampf. Sie nannten ihn Patangol. Sie hatte die Kunst so gelernt wie alle anderen.

Es würde nichts nützen.

»Nein!«, sagte sie deshalb nur, als würde das irgendetwas aussagen. Seine Kratynienaugen sahen sie unverwandt an. Sie waren an ihrer Misere schuld.

»Nein«, sagte sie erneut, diesmal zu sich selbst. Nicht seine Augen waren schuld. Sie selbst hatte sich in diese Lage gebracht.

Sie starrten einander an. Plötzlich zog er sie in seine Arme und hielt sie fest.

»Ist gut«, sagte er. »Ist schon gut.« Seine Hand strich ihr

durchs Haar, verweilte an ihrem – zerbrechlichen – Nacken. Es war ganz still. Shernay hielt den Atem an. Ihre Gedanken waren wie Schneetreiben, flogen wild umher, um dann im Nichts zu vergehen. Wie der Fels des Berges lag etwas Schweres, Kantiges in ihrem Magen. Schuld oder Angst? Beides.

»Ich wünschte, es wäre dunkel«, sagte er schließlich und schob sie von sich, um wieder seinen Beobachtungsposten am Höhleneingang aufzunehmen. »Aber wir haben nicht die Zeit, auf die nächste Nacht zu warten.«

Sie wusste, was er meinte. Drei Menschen hatte er besiegt und liegen gelassen. Man würde sie finden. Oder sie würden erwachen und Alarm schlagen. Falls sie noch lebten.

Sie schauderte.

»Du weißt sicher nicht, wie viele von euch da unten sind?«

Sie zuckte die Achseln.

»Nein. Weiß ich nicht. Es war schwer genug herauszufinden, wo der Ausgang ist.«

»Wir gehen jetzt dort hinunter!«, sagte er. »Es wird sicher nicht ohne einen Kampf abgehen. Nun behalte im Kopf: Die wollen uns umbringen. Sie wollen nicht mit dir diskutieren. Es gibt keine alternative Darstellungsform der Situation. Es ist kein philosophisches Problem. Also sei dir sicher, auf welcher Seite du stehst.«

Auf der falschen Seite der Berge, dachte sie nur. Aber sie sagte nichts.

Sie hatte Reyalun verlassen. Für immer. Dieses Immer mochte allerdings sehr kurz sein.

16

Der Treck versammelte sich im inneren Burghof, und Nimry, die nicht sehr oft außerhalb der großen Burganlage gewesen war, erfüllte eine irritierende Unruhe. Sie sah sich um. Die hohen, rötlichen Hartsteinmauern wiesen Scharten des Alters auf, doch sie hielten. Ganz Jorgvil verließ sich darauf, dass die wuchtigen, hohen Mauern und Zinnen uneinnehmbar waren. Sie warfen Schatten auf den mit großsteinigem Mosaik gepflasterten Innenhof. Auch dies wies schon Beschädigungen auf, doch die Schönheit und Pracht waren immer noch erkennbar.

Wie mochte es in Flynnt sein, in einer Festung an der nördlichen Grenze, einem Bollwerk gegen den Feind? Sicher nicht so ästhetisch. Erst jetzt, da sie gehen musste, betrachtete sie ihr bisheriges Heim mit einem neuen Bewusstsein, einem Verständnis für Vollkommenheit.

Im Moment saß sie auf einem braven Pferd – noch ein Geschenk ihres so freundlichen Fyrsthen. Die Dankbarkeit, die man von ihr erwartete, war so qualvoll wie die ganze Situation.

»Ich danke Euch, Euer Gnaden!«, hatte sie gesagt, als sie in Reisekleidung noch einmal vor ihm erschienen war, diesmal nicht im Thronsaal, sondern im Ratszimmer. Die Muhme hatte sie unauffällig gekniffen, um anzudeuten, der Satz sei zu sparsam für das ganze Ausmaß an fyrsthlicher Güte, das Nimry erfahren hatte. Es war Abanyas letzte Amtshandlung als Erzieherin von Nimry. »Von ganzem Herzen danke ich Euch, Euer Gnaden, für Euren Großmut – und die Geschenke«, sagte Nimry.

Und den Mörder.

Seine Gnaden hatten nur genickt. Ihr Fall war abgehandelt, und vermutlich würde er sie in dem Moment vergessen haben, in dem sie den Raum verließ. In seinem Gedächtnis würde nur haften: Graav von Flynnt mit neuer Frau versehen. Bund gestärkt. Nordfront gesichert.

Das Hochzeitskleid hatte sie zurückgegeben. Sich noch vom Hof oder jenen, die ihr mehr bedeuteten als nun gerade ihre Muhme, zu verabschieden, war der Eile zum Opfer gefallen. Ihr Gemahl – das Wort verursachte ihr Panik – wollte unbedingt noch das restliche Tageslicht für den Beginn der Reise nutzen. Vermutlich ließ er sein Grenzgebiet nicht gerne allein. Tatsächlich würden sie viele Tage unterwegs sein. Wie viele, das wusste Nimry nicht. Wochen vielleicht. Es war ein großes Reich und ein weiter Weg.

Sie fragte sich, ob dem – Gemahl – bewusst war, dass sie nicht eben eine gute Reiterin war. Sie hatte es ihm nicht gesagt. Sie hatten kein Wort gewechselt seit jener verstörenden Zeremonie. Er war beschäftigt gewesen. Mit seinen Dienstmannen hatte er das Beladen der Karren überwacht. Es waren derer einige. Allerdings hatte der Graav auch eine ganze Einheit Grenzsoldaten mitgebracht. Raue Gesellen, schwer bewaffnet und unflätig in der Ausdrucksweise. Doch Nimry wusste, vor denen musste sie keine Angst haben. Als Gemahlin des Graaven war sie vor ihnen sicher. Nicht allerdings vor ihren Blicken. Bisweilen sah Nimry an sich hinunter, um noch einmal zu überprüfen, ob sie nicht etwa irgendein wichtiges Kleidungsstück vergessen hatte anzuziehen.

Die Menge an Gütern und Waffen, die verladen wurden, und an wehrhaften Streitern ließ Nimry vermuten, dass entweder die Graavschaft selbst nicht gut versorgt war oder ein Anstieg der Feindseligkeiten mit Holtur bevorstand. Vielleicht auch mit Edunayu oder Wynnosiol. Die Soldaten trugen Hemden oder Wappenröcke in den Wappenfarben von Flynnt, einem kühlen Eisblau, das Nimry an die Augen ihres Mannes erinnerte. Uniformiert waren sie darüber hinaus nicht, nicht so wie die Palastgarde in ihren farbenprächtigen, zerhauenen Ärmeln und Beinkleidern. Den Kampfern von Flynnt schien es wichtiger zu sein, praktisch gekleidet zu sein als modisch. Sie waren gut bewaffnet. Alle waren bewaffnet, auch die Kutscherinnen und Kutscher, die die Wagen führten. Jene waren freilich weit weniger gut ausgestattet und nicht flynntblau. Bei all den Waffen, die Nimry sah, sollte sie sich sicher fühlen.

Doch noch waren sie nicht an der Grenze. Der lange Weg entlang des wolkenhohen Byarla-Gebirges und dann weiter Richtung Flynnt-Tundra würde auch ohne feindliche Soldaten gefährlich genug sein. Marodierende Horden gab es überall, Wegelagerer und Fahnenflüchtige, die die strenge Disziplin des Heeres gegen die trügerische Freiheit eines wilden Lebens auf Kosten Reisender eingetauscht hatten. Vermutlich sahen sie keinen Unterschied darin, nach wessen Plan sie töteten, und wenn ihre Lehenstreue ihrem Fyrsthen gegenüber sie verließ, konnten sie ihre erworbenen Kampfkenntnisse genauso gut für sich selbst anwenden.

Nimry sah, wie Berstel mit einem nicht eben prall gefüllten Sack Besitztümer auf einen Wagen stieg. Er blickte sie nicht an. Vermutlich hielt er sie für schuld an seiner Versetzung. Das war sie nicht. Sie wusste nicht, was den Fyrsthen dazu bewogen hatte, ihr einen Bibliokanten zu vermachen. Doch es war schön, wenigstens einen Menschen hier zu kennen.

Sie versuchte, die Zeremonie aus ihrem Kopf zu verdrängen. Doch es gelang ihr nicht. Ihr tat die Hand weh, obgleich man ihre Schnittwunde versorgt hatte. Über dem Verband trug sie Reithandschuhe. Die Zügel ihres Pferdes zogen jedes Mal an der Wunde, wenn es den Kopf bewegte.

Sie dachte darüber nach, was der Mann mit dieser besonderen Geste jenseits des üblichen Maßes an symbolhaftem Kratzer hatte ausdrücken wollen. Ihr Schmerz zuzufügen allein konnte es nicht sein, denn er hatte sich selbst nicht geschont. Wollte er ihr damit irgendetwas sagen? Wenn ja, dann verstand sie es nicht.

Er hatte sie geküsst. Das wiederum war seltsam gewesen. Fast zart, auf die Stirn. Dann, nach einer Sekunde, in der er ihr ein schiefes Grinsen geschenkt hatte, hatte er sich noch einmal vorgebeugt und ihre Nasenspitze mit einem Kuss bedacht.

»Wir reisen noch heute«, hatte er dann gesagt. »Sieh zu, dass deine Sachen fertig gepackt sind und du alles hast, was du brauchst.«

Damit war die Zeremonie vorbei gewesen, und die Versammlung im Thronsaal hatte sich aufgelöst. Manche der Zuschauer hatten ihr zugenickt. Alle hatten ihre Blumen regelkonform als Glückwunsch abgelegt. Keiner war gekommen und hatte sie in den Arm genommen und getröstet. Bräute tröstete man nicht. Bräute sollten von allein glücklich sein. Warum eigentlich? Warum so tun, als hätte man irgendeinen Anteil an der Entscheidung? Es schien ihr wie ein Hohn, dass sie obendrein noch hätte glücklich sein sollen.

Die Muhme hatte sie durch den Rest der Planung gehetzt. Alles war abgelaufen wie ein seltsamer Nebeltraum, in dem Ungeheuer sie verfolgten und in dem sie sich nicht schnell genug bewegen konnte.

Jetzt saß sie auf dem Pferd. Es war früher Nachmittag. Weit würden sie an diesem Tag nicht mehr kommen.

Sie zuckte zusammen, als ein Reiter direkt neben ihr auftauchte. Ihr Pferd tänzelte nervös, und ein Stallbursche griff nach ihren Zügeln.

»Du reitest wohl nicht oft«, sagte der Graav kritisch. Seine blauen Augen musterten sie scharf.

Sie schluckte.

»Nein«, gab sie zu und fühlte sich schuldig, obwohl sie auf das, was man sie hatte lernen lassen, keinen Einfluss gehabt hatte.

»Nun. Dann wirst du jetzt Gelegenheit haben, es zu üben. Vermutlich wird dir dein hübscher Hintern bald wehtun – oder genauer: Dein vermutlich hübscher Hintern wird dir bald wehtun.« Er lachte. Er fand das witzig. Tatsächlich zwinkerte er ihr mit einem Auge zu. Sie war entsetzt.

»Aber ich habe eine gute Salbe dabei«, ergänzte er. Nun lachte auch einer seiner Mannen. Der Graav blickte sich um, und das Lachen erstarb. Ganz still war es auf dem Hof – für einen winzigen Moment.

Er ritt zur Spitze des Zuges und winkte. Seine Hände steckten in langen Stulpenhandschuhen. Metall blitzte auf dunklem Leder.

»Vorwärts!«

Nimry sah sich noch einmal um. Der innere Burghof umschloss den Palas, in dem die Gemächer der fyrsthlichen Familie sowie alle offiziellen Räume lagen. Dieser innere Hof wurde von einem weiteren sechseckigen Gebäudering eingefasst, in dem Kasernen und Unterbringungen von Dienerschaft und minderwichtigen Vasallen sich befanden – ihr eigenes Gemach und das der Muhme waren dort untergebracht gewesen.

Daran schloss ein äußerer Burghof, der in sechs Parzellen abgeteilt war, um Angreifern, die die äußere Befestigung durchbrechen sollten, nicht die Möglichkeit zu geben, hier den Innenring komplett zu umzingeln. Im Innenring befanden sich die Türme, zum Beispiel der der Bibliothek.

Danach gab es noch einmal eine hohe, breite Befestigungsmauer mit Hornwerken und Wachtürmen. Diese wiederum war umgeben von einem weiten, tiefen Burggraben. In ihm, so hieß es, schwamm giftiges Getier.

Nach dem Burggraben folgte eine freie Fläche rund um die gesamte Anlage. Erst danach standen die ersten Häuser der Stadt Jorgvil, die wiederum mit einer Stadtmauer umgeben war. In den letzten Jahrhunderten war Jorgvil von dem einen oder anderen Feind belagert worden, doch die Festung war nie gefallen. Die Einwohner schon.

Im Außenring warteten weitere Karren und Reiter. Der Zug war doch sehr viel größer, als sie angenommen hatte. Sie fragte sich, warum sie die Ankunft des Graaven am Tag zuvor nicht mitbekommen hatte, doch vielleicht war sein Tross auf dem Herweg ja kleiner gewesen.

Das Geräusch der Pferde und Karren auf der hölzernen Zugbrücke klang wie wildes Gewitter. Nimry hatte Angst, das Gebälk könnte einstürzen. Einen Augenblick lang hoffte sie es sogar. Wenn ihr Gemahl in den Burggraben stürzte, dann würde sie Witwe sein, noch bevor irgendetwas Schlimmes geschehen konnte. Das Witwendasein mochte Vorteile haben.

Doch die Brücke tat ihr den Gefallen nicht. Sie donnerte und dröhnte, doch sie hielt.

Den Ritt durch die Stadt nahm Nimry kaum wahr. Das Einzige, was sie bemerkt hatte, waren weitere Wagen und Reiter, die außerhalb der Burg auf diesen Treck gewartet hatten und sich ihm nun anschlossen. Die Stadtbewohner drückten sich an die Hauswände, um nicht im Weg zu sein. Katzen und Hunde flüchteten in Seitengassen, und aus irgendeinem Fenster flog eine weiße Taube mit so großer Zielstrebigkeit, dass Nimry ihr am liebsten gefolgt wäre.

Als sie das Stadttor durchritt, durchfuhr sie ganz unerwartet Abschiedsschmerz. Sie spürte, sie würde Jorgvil nie wiedersehen. Sie sah sich nicht danach um, starrte nur stur geradeaus und konzentrierte sich auf ihre kläglichen Reitkünste.

Der Zug an Reitern und Wagen kam nur langsam voran. Dies war keine Jagdgesellschaft. Die Geschwindigkeit richtete sich nach den Karren. Die Rösser gingen Schritt. Kein Trab, kein Galopp. Sie würden ewig brauchen bis in den Norden der Fyrsthenei.

Nimry war froh, nicht in einem Seitensattel zu sitzen, in dem sie noch weitaus weniger Halt gehabt hätte. Links und rechts neben ihr ritten Soldaten, die schweigsam ihr Fortkommen beobachteten. Vielleicht waren sie zu ihrem Schutz abgestellt. Oder als Wachen?

Die Straße führte zunächst grob nach Norden. Es war eine alte Straße, eine jener Hauptstraßen, die vor Hunderten von Jahren im Alten Reich gebaut worden waren. Sie waren stabil, doch ihr Alter hatte sie brüchig werden lassen. Die Wagen klapperten mühselig über die Schlaglöcher. Die Planen wehten, wo sie nicht richtig befestigt waren. Das Rattern der Räder war laut und eintönig.

Nimry wandte sich an den Reiter links von ihr.

»Wie lange werden wir bis Flynnt brauchen?«, fragte sie. Er blickte sie überrascht an, als habe er nicht erwartet, dass sie tatsächlich sprechen könnte.

Er verneigte sich im Sitzen und antwortete nach einer kurzen Denkpause: »Vielleicht vier Wochen. Oder fünf. Es kommt darauf an, wie wir vorankommen. Die Straße ist nicht ungefährlich, und Wagenzüge sind langsam.«

»Welche Gefahren lauern denn auf uns?«

Vielleicht würde ihr endlich irgendjemand irgendetwas erklären.

»Fahnenflüchtige Marodeure hauptsächlich. So nah an den Bergen gibt es immer viele. Das Byarla-Gebirge bietet mannigfache Verstecke für die übelsten Halsabschneider.«

»Ist das da vorne rechts in der Ferne das Byarla-Gebirge?«

»Das sind nur die ersten südlichen Ausläufer, Erlaucht. Je weiter wir nach Nordosten kommen, desto höher und wilder werden die Berge. Die Menschen auch. Edelsteinsucher sind die Einzigen, die sich da gelegentlich allein hinwagen. Doch selbst die gehen meist in Gruppen, um sich vor Überfällen und vor Getier zu schützen.«

Plötzlich sah er sich unruhig um, als erwartete er Unbill. Dann nickte er ihr zu und entfernte sich etwas von ihr. Das Gespräch war beendet.

Wer er war, hatte Nimry nicht erfahren. Vorgestellt hatte sie einander niemand. Vielleicht war das auch nicht vorgesehen, ebenso wenig wie eine Unterhaltung.

Es war Frühsommer, und es würde lange hell bleiben. Nimry fragte sich, ob sie irgendwann in einem Gasthof einkehren würden. Natürlich nicht alle. Es waren viel zu viele Menschen und Tiere.

Immer wieder starrte Nimry in Richtung Sonne, deren Untergang sie einer Pause wegen ebenso herbeisehnte wie ihres Gatten wegen fürchtete. Sie versuchte, sich an die Lektionen zu erinnern, die die am Hofe befindliche Brautunterweiserin ihr erteilt hatte, kurz nachdem man Nimry erstmals die Verlobung kundgetan hatte. Sie war so gut oder schlecht vorbereitet wie jede andere Braut auch. Man hatte ihr die Zusammenhänge zwischen Liebe, Lust und Nachwuchs erklärt und ihr zumindest theoretisch beigebracht, wie man einen Mann befriedigte.

»Es hilft natürlich, wenn man ihn mag«, hatte die Brautunterweiserin gemeint. »Aber Damen von Stand haben gemeinhin wenig Wahl, da die Verbindungen dynastisch passen müssen. Nichts ist so peinlich wie eine unpassende Verbindung. Man muss es passend machen. Da hilft bisweilen nur, die Augen zu schließen und an den Sternenhimmel zu denken. An den richtigen Stellen seufzen und dem Mann zu seiner Liebeskunst gratulieren ist eine vernünftige Taktik. Sollte der Gatte Neigungen haben, die allzu aufwendig sind, so tut man gut daran, alsbald für eine Konkubine niederen Standes zu sorgen, die die nächtlichen Pflichten zum Großteil übernimmt. Wichtig ist, dass man sich keine Konkurrenz innerhalb des eigenen Standes schafft, sonst züchtet man sich eventuell eine Nachfolgerin. Das geht nie gut aus.«

So instruiert ritt Nimry auf die Nacht zu. Auf diese und auf alle weiteren.

17

Jetzt«, sagte Garru. »Es muss jetzt sein.« Diesmal wich er Nuria, der Klügsten der Mütter, nicht aus. Er stand neben dem Fenster im großen Gemeinschaftsraum ihrer Sippengruppe. Noch brannte eine Strauchwachskerze auf dem Pilztisch, doch über den östlichen Bergen wurde es bereits heller. Bis die Sonne aber über den Rand der Felsen scheinen und den Nebel durchdringen würde, würde es noch eine Weile dauern.

Nuria hielt mit beiden Händen eine Tasse Voo, ein Aufgussgetränk aus aromatischen Höhlenpilzen, das munter machte. Sie schielte Garru kurzsichtig an.

Ihr langes, weißes Haar war noch nicht geflochten, und der weite Kaftan war ihr Nachtgewand. Er hatte sie vor der Zeit geweckt. Sie war ungehalten, doch auch einigermaßen verstört. Sie wusste, er hätte dies nicht ohne einen triftigen Grund getan.

»Was ist geschehen?«, fragte sie, und es klang, als würde sie wenig begeistert sein, wenn das Geschehnis nicht das frühe Wecken rechtfertigte.

Am liebsten hätte Garru sich weggedreht, doch er hielt Blickkontakt.

»Shernay ist nicht da. Sie ist in Schwierigkeiten.«

Nuria setzte die Tasse ab.

»In welchen Schwierigkeiten?«

»Ich weiß es nicht genau. Ich weiß es deshalb nicht genau, weil ich es nicht genau wissen wollte. Ich habe weggeschaut. Es war vergorrnt noch mal nicht einfach.«

»Wegschauen hat noch nie Probleme gelöst.« Nuria klang strafend.

»Ich weiß.«

»Wo ist sie?«

»Ich sage doch, ich habe keine Ahnung. Ich suche schon die ganze Nacht.«

»Das Tal ist groß. Es hat so viele Höhlen. Dazu kommen die Gemeinschaftshäuser. Du könntest hier wochenlang …«

»Ich glaube …« Er konnte nun doch nicht weiterreden, ohne seinem Blick eine Flucht zu gönnen, und spähte hinaus ins dunkelgraue Nichts. Ein Tal, umgeben von Bergen. Ein Leben, eingefasst in eine steinerne Grenze. »Ich glaube, sie ist nicht mehr im Tal.«

Nuria starrte ihn an.

»Wie meinst du das?«

»Sie hat Reyalun verlassen.«

»Das ist nicht möglich. Sie weiß doch gar nicht, wie.«

»Nuria! Wir reden von Shernay. Von der Frau, die schneller als andere lernt und deren Wissen mitunter von allein in ihren Kopf findet. Das war immer schon so. Grovatter Gernet hat es einmal magisch genannt. Damals dachte ich, er meinte das symbolisch.«

Nurias Blick wurde scharf.

»Grovatter Gernet ist tot. Grovatter Hunybert ist wie die anderen Grovattern ›magischen‹ Erklärungen … nun, eher … abhold. Er und der Mütterrat sind sich nicht immer eins.«

»Erzähl mir nichts, Nuria! Ich bin nicht dumm genug, um zu glauben, dass das, was man vom neunten Grad aufwärts lernt, noch sehr viel mit faktischem Wissen zu tun hat. Zumal offenbar nicht jeder diesen Grad erreichen kann.«

Nuria schwieg und griff beinahe verlegen wieder nach der Tasse.

»Stimmt«, sagte sie schließlich, als gäbe sie es auf, länger um den heißen Brei herumzureden. Dieses eine Wort bedeutete eine Initiation. Garru begriff, dass ihm diese Information als Lerner des vierten Grades nicht zustand. Er war gerade inoffiziell aufgestiegen.

»Es gehört eine gewisse Grundbegabung dazu«, erklärte Nuria zögernd. »Nicht jeder hat die. Ein Erbe der …« Sie verstummte, nahm wieder einen Schluck. »Wir sind zuversichtlich, dass du eine solche Gabe hast. Auch bei Shernay haben wir mit einer späteren Manifestation gerechnet.«

»Magie?«

»Talent. Normalerweise *ein* Talent, eine einzige besondere Fähigkeit, die einen von dem, was andere können, abhebt. Hunybert leugnet die Existenz spezieller Fähigkeiten nicht, er misst ihnen lediglich keine besondere Relevanz bei. Nur wenige unter uns haben so ein – Talent oder können es nutzbringend einsetzen.«

»Ein Erbe der Räte?«, fragte Garru neugierig.

Zunächst nickte Nuria. Dann wackelte sie mit dem Kopf.

»Auch. Aber noch älter. Das Wissen …«

»… steht mir noch nicht zu. Einerlei. Ich kann eins und eins zusammenzählen. Außerdem gibt es entsprechende Lieder. Was machen wir wegen Shernay?«

»Warum hat sie uns deiner Meinung nach verlassen? Habt ihr euch gestritten?«

Garru verstand die Frage.

»Gelegentlich streiten wir, aber das war es nicht. Sie hatte sich seit Tagen mit etwas anderem beschäftigt. Intensiv.«

»Ich habe sie in letzter Zeit kaum gesehen«, kommentierte Nuria und nickte. »Ich dachte, sie hätte sich in irgendein selbstgewähltes Lernprojekt versenkt, so wie sie das bisweilen tut.«

»Sie hat Essen und Verbandszeug verschwinden lassen, war dauernd unterwegs. Mal hier, mal da – und nicht beim Lernen. Ich habe sie aus dem Alten Archiv kommen sehen. Dort … hätte sie nicht hineingedurft. Sie wäre sicher auch nicht hineingegangen, wenn sie nicht etwas gesucht hätte, das ihr nicht zustand.«

»Wie den Weg nach draußen?«

»Zum Beispiel.«

»Hast du sie gefragt, was sie dort wollte?«

»Ja. Doch ich habe keine vernünftige Antwort bekommen. Schließlich ist sie ein erwachsener Mensch, und ich habe keine Autorität über sie.«

»Du bist älter und einen Grad höher.«

»Ich bin kaum älter, und der Grad sagt nicht viel aus.«

»Du hast ihn nicht unverdient erhalten.«

»Das ist doch jetzt nebensächlich, Klügste der Mütter.« Er merkte, wie frustriert er klang, dabei hatte er so sachlich sein wollen. Nur war dies nichts, bei dem man sachlich bleiben konnte. Sein Argwohn und sein Sinn für Unheil lagen wie Steine in seinem Magen, unterstützt nur noch von seinem schlechten Gewissen, das sich in zwei Hälften aufteilte, der, die ihm sagte, er hätte es längst melden müssen, und der, die ihn einen Verräter hieß.

Eine Weile war es still. Er warf die langen, glatten Haare zurück, kratzte sich am Kopf, krallte sich in seinen Schopf.

»Ich versuche zu verstehen, was du mir sagen willst, Garru.«

Er hob erneut hilflos die Hände und schwieg.

»Ich gehe davon aus«, fuhr sie fort, »du hättest gar nichts gesagt, wenn du dir nicht große Sorgen machen würdest.«

»Es lag nie in meiner Absicht, Shernay in Schwierigkeiten zu bringen.«

»Ich weiß, Garru. Ihr seid zwar nur ein drittklassiges Liebespaar, aber als Unfug machendes Zweigespann wart ihr einander immer sehr eng verbunden. Doch dies hier ist kein Streich, oder?«

»Nein. Es ist ernst.«

»Also was befürchtest du? Dass sie es nicht hat abwarten können und ohne Zeremonie und ohne den fünften Grad erreicht zu haben in die Welt hinausgegangen ist? Ohne Anleitung?«

Er sagte nichts.

»Oder«, fuhr sie fort, »dass sie den Gedanken, mit dir zusammen zu sein, nicht ertragen und deshalb das Weite gesucht hat?«

»Das mag dazu beigetragen haben«, flüsterte er bitter. »Ich glaube nicht, dass ich das bin, was Shernay gesucht hat. Ich glaube – doch ich weiß es nicht genau –, dass sie gefunden hat, was sie gesucht hat.«

»Du meinst, sie ist mit einem anderen durchgebrannt? Einem Reyaluni, den sie lieber mochte als dich, der ihr aber nicht zustand? Das wäre töricht. Sie kann sich doch als Partner raussuchen, wen sie will, solange sie ihre Kinder mit dir hat. Die Blutlinien müssen rein gehalten werden.«

»Ich glaube tatsächlich, dass sie durchgebrannt ist. Aber …« Er stockte. Es fiel ihm schwer weiterzusprechen. »Aber nicht mit einem Reyaluni.«

Garru gelang es nicht, Nuria ins Gesicht zu sehen. Was er ausgesprochen hatte, war ein solch furchtbarer Verdacht, dass er sich schämen müsste, ihn zu denken. Doch war er einmal gedacht, so musste er sich genauso schämen, ihn nicht früher ausgesprochen zu haben. Schweigen bedeutete Mittäterschaft.

Nuria war aufgestanden. Ganz aufgebracht war sie.

»Mit wem sonst, Garru Harfenspieler? Hier ist sonst niemand!«

»Jetzt nicht mehr.«

»Du hast einen Fremden im Tal gesehen?« Nuria schrie beinahe.

»Nein.«

»Aber du glaubst, es war einer da?«

»Die Schlussfolgerung drängt sich mir auf.«

»Du hattest einen Verdacht.«

»Ja.«

»Warum hast du das nicht gemeldet? Garru!«

»Ich habe keinen Fremden gesehen. Zu keinem Zeitpunkt!«

»Weil du weggeschaut hast. Hättest du einen Fremden gesehen, wenn du hingeschaut hättest?« Nuria klang mehr als wütend. Sie war außer sich.

»Wie hätte denn ein Fremder hier hereinkommen sollen? Der Gedanke ist ganz und gar abwegig.«

»Aber er ist dir gekommen!«

Garru machte einen Schritt auf die Tür zu, fing sich dann und wandte sich wieder der Klügsten der Mütter zu.

»Shernay ist fort. Das ist das Problem, weswegen ich zu dir kam.«

»Die Bewahrer werden sie suchen und finden.« Nurias Stimme klang kalt.

»Ich will sie selbst finden. Ich will sie zurückbringen.«

»Weswegen? Wenn sie uns verraten hat, ist ihr Schicksal besiegelt. Unsere Gesetze gelten seit Anbeginn unserer Aufgabe in diesem Tal.«

»Ich denke, sie ist nicht schuld.«

»Du … magst sie.«

»Das ist unerheblich. Ich will sie suchen.«

»Was, wenn du sie findest?«

»Ich weiß es nicht.« Er zuckte die Achseln. »Jedenfalls ist es besser, ich finde sie, als die Bewahrer. Die würden sie umbringen.«

»Sollte sie getan haben, was du befürchtest, wäre das auch deine Aufgabe. Es wäre die Aufgabe eines jeden von uns.«

»Ich würde ihr nicht wehtun – dabei.«

»Du würdest es gar nicht tun.«

»Vermutlich nicht.«

Sie schwiegen eine Weile.

»Was hast du jetzt vor?«, fragte Nuria.

»Ich will die Zeremonie der Wanderschaft. Ich will das Tal offiziell verlassen dürfen. So schnell wie möglich. Noch bevor die Bewahrer Verdacht schöpfen. Am besten also gleich.«

»Vielleicht ist sie gar nicht fort?«, gab Nuria zu bedenken. »Vielleicht stöbert sie nur irgendwo herum, wo sie nicht sein soll.«

»Auch das ist möglich. Das Tal ist groß.« Garru merkte selbst, dass seine Stimme nicht eben hoffnungsvoll klang.

»Aber du glaubst es nicht?«

»Sie könnte auch bei den Wasserfällen verschwunden sein. Oder ein Pantheiger hat sie geholt.«

»Ein Pantheiger? Wo soll der herkommen?«

»Wildtiere schaffen es schon mal ins Tal.«

»In den letzten Generationen gab es hier keine Pantheiger, Garru.«

»Vielleicht haben ja neue Ungeheuer das Tal gefunden?«

»Ein Fremder? Oder ein Ungeheuer auf zwei Beinen?«

Garru antwortete nicht darauf. Stattdessen fragte er: »Bist du bereit, mich durch die Zeremonie zu führen und den Mütterrat und die Grovattern darum zu bitten, mich vorzubereiten auf die Welt draußen?«

»Das dauert eine Weile.«

»Es muss schnell gehen.«

»Vielleicht taucht Shernay einfach wieder auf, und du hast dich getäuscht?«

»Möglich. Aber was, wenn nicht?«

18

Shernay musterte skeptisch das seltsame Haus, das unter ihnen am Ende des steilen Abstiegs lag. Es war komplett aus Felsgestein zusammengebaut und setzte sich farblich nicht von den aufragenden Felsen der Landschaft ab. Auch schien es fast, als habe man das Gebäude der Umgebung anpassen wollen, denn die Wände waren nicht lotrecht, und die Ecken und Kanten wiesen eine Vielzahl unterschiedlicher Winkel auf. Nichts war richtig gerade.

Dabei wirkte es nicht, als würde es umfallen. Vielmehr war es Bestandteil der Berge, wie organisch gewachsen, hoch über der Talsohle, festgewurzelt im Stein. Die wenigen Menschen, die es bis in diese ferne Gegend schafften, würden es vielleicht sogar vom Tal aus übersehen und das, obgleich es Fenster hatte. Von oben her konnte man eine Hintertür erkennen.

»Deruonn! Bitte töte niemanden!«, raunte sie über die Schulter hinter sich. Er hatte sie vorgehen lassen, war dicht hinter ihr. Sie roch Leder und Eisen, so nah war er.

Ihre Sandalen waren für das Laufen im dichten Gras des Tales gemacht. Zum Klettern waren sie nicht geeignet. Shernay hatte nicht vorgehabt zu klettern, und Deruonn hatte sie nicht vorgewarnt, dass er sie mitnehmen wollte.

Immer wieder rutschte Shernay, suchte verzweifelt nach etwas, woran sie sich festhalten konnte – doch am Berg gab es keine Haltegriffe und kein Geländer. Manche Passagen kroch sie auf allen vieren oder rutschte auf dem Allerwertesten Stück für Stück abwärts.

Deruonn mit seinen schweren Stiefeln schien weitaus weniger Probleme zu haben. Manchmal hielt er sie am Arm fest, wenn sie zu stürzen drohte.

»Vorsicht!«, mahnte er. »Pass auf, wo du hintrittst, anstatt dauernd nur auf das Gebäude zu starren. Du wirst es nie erreichen, wenn du vorher schon abstürzt.«

Sie sah sich besorgt nach ihm um. Wieder fasste er ihren Arm, hielt ihn mit einiger Kraft.

»Ich will dich nicht verlieren!«, ergänzte er, und dann strich er ihr mit einem Mal sanft mit dem Finger über die linke Augenbraue. »Wir gehören jetzt zusammen.«

Es war ein seltsamer Augenblick, so etwas zu sagen. Doch sie war dankbar. Sie hatte nur noch ihn. Die Erkenntnis ließ den Abgrund vor ihren Füßen mit einem Mal noch tiefer erscheinen.

Sie starrte das Haus an und verstand, dass kein Weg daran vorbeiführte. An den Seiten des Gebäudes fiel der Fels fast senkrecht ab. Sicher gab es einen Ausgang auf der anderen Seite. Doch um ihn zu erreichen, musste man hindurch. Ungesehen vorbeischleichen ging nicht. Eine gute Taktik, die verhinderte, dass der Weg nach oben von irgendeinem Gast durch Zufall entdeckt wurde.

Sie sah sich um, aber von unten konnte man den Pfad zur Höhle gar nicht ausmachen. Er verschwand in der Übermacht der grauen Felsen.

»Ich habe Angst!«, gestand sie. Er nickte. Sie war sich nicht sicher, ob er ihre Furcht begriff. Er wirkte so furchtlos. Das war bewundernswert – oder auch nicht. Furcht schien

Shernay eine durchaus vernünftige Reaktion auf die Situation.

Wieder ging es weiter. Es brannte Shernay auf der Seele zu wissen, ob man sie von jenen schmalen Fenstern aus, die wie dunkle Augen nach oben blickten, schon erspäht hatte. Warteten schon alle auf sie? Wie würde sie erklären, was sie hier tat? Ganz sicher würden sie ihr nicht glauben, dass sie nun offizielle Wanderin war, instruiert und losgeschickt von den Ältesten des Tales – ohne Ausrüstung, in unpassender Kleidung. Außerdem würden sie fragen, wer Deruonn war und wo er herkam.

Sicher hatten sie schon beobachtet, dass er mit ihr vom Höhleneingang herkam, den man jetzt schon nicht mehr sehen konnte. Dass er ein Fremder war, würden sie wissen. Reyalun war nicht allzu klein, doch klein genug, dass man jeden anderen Reyaluni kannte, manche besser, manche schlechter.

Außerdem sah Deruonn nicht aus wie ein Ewiger Archivar von Reyalun. Er sah aus wie ein Streiter, ein Kämpfer, vielleicht ein Söldner. Wieso wusste sie nur nicht, ob er das war? Edelsteinsucher hatte sie sich anders vorgestellt.

Ihr wurde erneut bewusst, wie wenig sie wusste. Mit so wenig Wissen hätte sie niemals eine wissenschaftliche Schlussfolgerung gestellt oder eine Theorie zu einem Thema entworfen. Doch es hatte ihr gereicht, um mit diesem Mann zu gehen.

Sie kamen dem seltsamen Gebäude näher, und ihr Herz schlug wie die Mittsommertrommeln ihres Tals. Sie konnte nicht glauben, dass man sie immer noch nicht entdeckt hatte. Jeden Moment erwartete sie eine Reaktion. Doch das Haus stand nur da. Keine Tür, kein Fenster öffnete sich. Niemand fragte sie, was sie hier machte und wer ihr Begleiter war.

Kurz vor dem Haus blieb sie unvermittelt stehen, und Deruonn wäre beinahe in sie hineingelaufen. Sie drehte sich zu ihm um. Sein Gesichtsausdruck war ihr fremd, er konzentrierte sich offenbar schon auf die kommende Auseinandersetzung. Es war erstaunlich, wie unterschiedlich dieser Mann wirken konnte. Es war, als umgäbe ihn eine unsichtbare Hülle an sich aufbauender Strategie.

»Ich bitte dich noch einmal: Töte niemanden! Auch wenn ich nie zurück kann …« Sie stockte kurz und focht gegen den Kloß in ihrem Hals an. »Ich will das Blut meiner Talsippe nicht an den Händen haben!«

Er kämpfte um eine Antwort. Seine Augenbrauen zuckten. Sein Atem zischte – nur eine Sekunde lang.

»Geh voran!«, befahl er dann tonlos. »Wir werden sehen, was zu tun ist.«

Seine dunklen Augen glitzerten wie mit Eis überzogen.

Er hatte recht. Für eine Diskussion war es zu spät.

Shernay streckte ihre Hand nach der Holzklinke aus und drückte sie herunter. Es schien ihr, als habe sie nie etwas Schwierigeres getan. Vorsichtig schob sie die dicke Holztür einen Spalt weit auf, und diese kratzte über einen ausgetretenen Boden. Etwas schmierte dunkel. Sie starrte es verständnislos an.

Deruonn schob sie zur Seite. Sie öffnete den Mund, um ihn zu fragen, was nun zu tun sei. Doch sein Blick ließ sie verstummen.

Er stand vor ihr, drängte sie mit der Masse seines Körpers zurück, setzte einen Fuß in den Türspalt, hielt einen Dolch in der Hand. Wieder hatte sie ihn die Waffe nicht ziehen sehen.

Er lugte vorsichtig um die Ecke. Jede Faser seines Körpers schien darauf geeicht, falls nötig sofort zurückzuspringen.

Einige Sekunden lang geschah nichts, dann bedeutete er ihr noch einmal, still zu sein. Sie unterdrückte ihre brennenden Fragen. Er wusste, was er tat. Sie nicht.

Im nächsten Augenblick hatte er sich unhörbar durch den Türspalt ins Haus geschoben. Dann war er aus ihrem Blickfeld verschwunden, und sie stand da, ohne noch zu wissen, ob sie ihm folgen sollte.

Sie lauschte. Doch es war nichts zu hören außer ihrem eigenen Atem, immer noch zu schnell und zu laut von der Kletterpartie. Kein Geschrei, kein Kampflärm, nichts.

Shernay entschloss sich, ihm hinterherzuschleichen. Vorsichtig setzte sie Schritt um Schritt, quetschte sich durch die Öffnung, wunderte sich, wie er, der so viel breiter und aufwendiger gekleidet war als sie, so einfach hier hindurchgepasst hatte.

Ihre Sandale klebte auf dem dunkelfleckigen Boden. Erst mit Verspätung wurde ihr der Grund dafür bewusst. In einem kleinen Nebenraum, der der Herberge offenbar als Lager diente, lag ein Bruder. Sein Gewand war dunkel vor Blut und seine Augen starrten blind an die Decke.

Er war tot.

Shernay fuhr der Schreck durch alle Glieder. Hatte Deruonn ihn umgebracht? Nein. Der Bewahrer musste schon länger hier liegen. Außerdem hatte sie sein Blut ja schon gesehen, als Deruonn noch hinter ihr gestanden hatte. Sie hatte es lediglich nicht als Blut erkannt.

Er schon.

Sie bückte sich und schloss dem Talvetter die Augen.

»Lerne auf ewig!«, flüsterte sie ihm zu, den Wunsch, der in Reyalun jeden Toten in ein Jenseits begleitete, das niemand definieren mochte. Ohne Götter war es schwer vorstellbar, und das Nichts galt Menschen, die ihr Leben lang lernten, als Feind.

Nun war dieser Bruder aber genau dort – im Nichts. Kalt fühlte er sich an und klamm, und Shernay schauderte. Doch sie hielt sich nicht weiter mit ihm auf. Am anderen Ende des kleinen Raumes befand sich noch eine Tür. Sie schlich darauf zu, da öffnete sie sich.

Erschrocken sprang sie zurück. Doch es war nur Deruonn.

»Sie sind alle tot. Drei Menschen. Waren hier drei von euren Leuten stationiert oder mehr?«

»Ich weiß es nicht.« Shernay wurde eiskalt.

»Es sieht aus, als hätten ihre letzten Gäste sie umgebracht. Sie haben ziemlich gehaust. Ich hatte gehofft, mich hier mit Vorräten eindecken zu können. Doch es ist kaum etwas da.«

»Aber wer …«

»Irgendeine Gruppe, die vermutlich in der Überzahl war. In den Bergen gibt es nicht nur Edelsteinsucher, sondern auch Marodeure, Fahnenflüchtige und Räuber. Sie sind nicht mehr da. Ich habe nachgesehen. Aber ich denke, sie sind noch nicht lange fort. Das heißt, sie sind noch in der Nähe. Wenn es ihnen nach einem Dach über dem Kopf ist, werden sie wiederkommen.«

Shernay merkte, dass sie am ganzen Körper zitterte.

»Ich … wir …« Sie hätte beinahe gesagt, sie müsse dieses Ereignis ihrer Talsippe melden. Doch das konnte sie nicht. Sie musste die Toten einfach liegen lassen. Ein noch schlimmerer Verdacht keimte in ihr.

»Die werden denken, wir waren das.«

»Wir waren es nicht.« Er klang kalt.

»Aber sie werden denken, ich hätte meine Talverwandten umgebracht!«

Er sah sie an, sein Blick war unergründlich.

»Willst du damit sagen«, fragte er, »sie hetzen uns Verfolger auf den Hals?«

»Das hätten sie ohnehin getan.«

»Aber jetzt werden es mehr, und sie werden unerbittlicher sein?«

»Vermutlich. Ich weiß es nicht.«

»Vergorrnter Mist!«, zischte er fast lautlos. Es war das erste Mal, dass sie ihn fluchen hörte. Bislang hatte er jede Unbill mit Geduld, schweigend und mit einer gewissen sarkastischen Gelassenheit ertragen.

»Ich schreibe ihnen einen Brief«, schlug sie vor. »Dass wir – dass ich das nicht war und dass sie eine größere Besatzung hier einsetzen müssen, weil die Mörder noch in der Nähe sind.«

»Meinst du, sie glauben dir?« Er klang zynisch. »Weil du dich als so verlässlich erwiesen hast?« Wieder war dieses eisige Funkeln in seinen Augen.

»Ich …«, begann sie, und dann drehte sich plötzlich alles um sie. Der vollgestellte Raum wirbelte in ihrem Sinn wie eine Windhose, und das Blut des Bruders schien ihr von außen ins Gesichtsfeld zu dringen, bis nur noch ein schmaler Tunnel Licht in ihre Sinne drang. In ihren Ohren toste ein Orkan.

Die Welt fiel zur Seite wie ein altes Brett. Sie meinte noch, den Aufprall zu hören, doch da war nichts. Nur graue Stille.

»Hier, trink das«, sagte eine Stimme aus weiter Ferne, und Shernay brauchte eine Weile, um die Laute in Wörter zu gliedern. Sie schlug die Augen auf. Sie lag auf einer Ofenbank. Deruonn kniete neben ihr. Seine Linke hielt ihren Kopf, seine Rechte einen Becher.

»Was …«

»Wasser«, erklärte er knapp. »Eine Quelle entspringt vor dem Haus. Trink, Shernay!«

Sie gehorchte.

»Was ist passiert?«, fragte sie dann.

»Du bist zusammengebrochen. Kein Schlaf, nichts zu essen und zu viel Aufregung. Ich hatte gehofft, du wärst etwas stabiler.« Es klang nicht wie ein Vorwurf, doch sie verstand es so.

»Es tut mir leid. Ich …«

»Ich kann dich hier zurücklassen, wenn du das willst.« Er stellte den Becher ab, hob sie an den Schultern an und zog sie in seine Arme. Seine Bartstoppeln kratzten an ihrer Wange. »Doch ich möchte dich mitnehmen. Bitte – komm mit mir.« Eine Hand strich durch ihr Haar, zwischen ihren Schultern hinunter und blieb dann warm auf ihrem unteren Rücken liegen. »Du hast gesagt, deine Leute töten Eindringlinge und Verräter. Das müssen sie auch in ihrer Situation. Ihr lebt, wie ihr lebt, weil ihr euch eine Nische geschaffen habt, die – würde sie entdeckt – sofort zerstört würde. Alle Acht Reiche würden euer Wissen besitzen wollen und darum kämpfen, in der Hoffnung, sich einen Vorteil zu schaffen. Von euch würde nichts übrigbleiben. Eure Obrigkeit weiß das.«

»Die Grovattern und der Mütterrat«, warf sie ein, als würde das irgendetwas erklären.

»Wir müssen uns jetzt sputen. Bald werden deine Leute kommen. Dann müssen wir hier weg sein. Ich habe, was ich noch an Nutzbringendem finden konnte, eingepackt. Hier sind Stiefel für dich. Sie werden dir zu groß sein, aber das ist besser als zu klein. Und hier Hosen und ein Wams und eine

Mütze. Schieb dein Haar darunter. Es ist zu auffällig. Jetzt eil dich. Ich helfe dir beim Umziehen.« Er ließ sie los.

»Aber ich weiß doch gar nicht, wo ich hinsoll!«, rief sie. Wenn sie nicht nachdenken konnte, machte sie Fehler.

»Ich schon«, versicherte er ihr. »Ich weiß einen Ort, wo du sicher und gern gesehen sein wirst.« Ein eigentümliches Lächeln glitt über seine Züge und machte diese einen Augenblick lang süßlich hart. »Zwei sogar. Zwei wunderbare Orte.« Er atmete tief ein, als müsste er sich fangen. »Ich werde dich dort hinbringen. Du kannst nicht allein durch den Krieg ziehen.«

Sie sah ihn an, doch er begann bereits, an ihrer Kleidung zu nesteln. Tagelang hatte sie sich vorgestellt, wie es sein würde, wenn er sie entkleidete. Jetzt trat ihr die Schamesröte ins Gesicht. Nichts war mehr wie in ihrer Vorstellung.

»Nicht!«

»Du musst dich umziehen. In deinem Flatterkaftan und den Sandalen kannst du nicht durchs Gebirge. Außerhalb eures Tales ist das Land hart und unerbittlich. Steil, steinig und gnadenlos.« Er hatte ihre Gewandbänder aufgezogen und das lockere Oberteil fiel ihr von den Schultern. Die dünne Chemise, die sie darunter trug, bedeckte sie nur sehr unvollkommen.

Er schaute auf ihre Brüste und atmete tief ein. Ganz sanft strich er ihr über die Haut, vom Schlüsselbein bis zum Rand der Brustwarze.

Dann wandte er ihr den Rücken zu und packte Gegenstände ein.

»Keine Zeit. Vergorrnt noch mal keine Zeit. Zieh dich um! Mach schon, Shernay!«

DER LAUERNDE

Der Schlangenwurm war jung. Geboren mit dem gesamten Wissen seiner Art, geschlüpft aus dem Innern der Erde, wo sein vor Äonen ausgesätes Sein Jahrhunderte zur Entwicklung gebraucht hatte. Teil der Welt und auch wieder nicht. Einzeln und doch in der Gesamtheit der Zeit keine Einzelheit. Kein Weichtier, kein Kriechtier, kein Raubtier, obgleich alle drei Aspekte Teile von ihm beschrieben. Gar kein Tier.

Er war auch kein Mensch. Absolut kein Mensch. Nicht einmal rudimentär. Seine emotionalen Bedürfnisse waren nicht menschlich und sein Verstand weit überlegen. Daran zweifelte er nicht. Wie sonst wäre es möglich, dass ihn niemand als seinesgleichen erkannte?

19

Es wurde schon dunkel, als der Treck aus Reitern und Wagen endlich haltmachte. Ein dickwandiges Haus mit Stallungen und Koppeln stand an der Straße. Nimry fragte sich, ob das eine der wenigen noch übrigen alten Herbergsstationen war. Manche waren so alt, dass sie bis in die legendäre Rätezeit zurückreichten. Alt sah das Gebäude tatsächlich aus und verwittert.

Sie starrte es an. Es schien Unheil zu verbreiten wie Nebel. Aber wahrscheinlich war sie nur müde. Der Tag war entschieden zu lang gewesen. Am Morgen hatte sie noch in der Bibliothek gesessen und Bücher über Gift gelesen. Nun hatte das Gift sie eingeholt und mitgenommen.

Er würde sie nicht gleich vergiften. Sie hatte noch Zeit. Wie viel, wusste sie nicht.

Plötzlich stand er neben ihrem Pferd und hielt dessen Zügel. Blaue Augen sahen zu ihr hoch. Selbst in der schattigen Dämmerung konnte sie die intensive, helle Farbe noch wahrnehmen.

»Willst du nicht absteigen, Gemahlin?«

Sie wusste nicht, wie. Sie schien mit dem Pferd verwachsen zu sein, und jede neue Bewegung war ein Feind. Er hatte ihr prophezeit, dass das Reiten ihrem Gesäß Schmerzen bereiten würde. Er hatte recht behalten.

Er schien dasselbe zu denken, denn er schmunzelte in sich hinein.

»Ganz langsam«, riet er. »Füße aus den Steigbügeln. Hoch das Bein. Jetzt rüber.«

Sie rutschte. Er fing sie. Hielt sie einen Augenblick lang ganz fest. Dann setzte er sie ab.

Ihre Knie knickten ein. Sie hatte nicht bemerkt, dass ihre unteren Gliedmaßen steif und wie eingeschlafen waren. Wieder fing er sie, hielt sie am Arm fest. Diesmal bedachte er sie mit einem kritischen Blick.

»Bist du nie zur Jagd geritten?«, fragte er.

»Nein. Die Muhme wollte es nicht.«

»Deine Muhme ist eine dumme Gans.«

Nimry sagte nichts dazu. Ganz sicher war sie die Letzte, die ihre Muhme verteidigen würde. Er fuhr fort: »Auf dieser Welt gibt es wenige Orte, an denen man sich ausschließlich faul und sicher in seinem Gemach aufs Federbett legen kann. Wenn irgendwann einmal Frieden ist, dann können wir uns darüber unterhalten. Vorher nicht. Was kannst du sonst noch alles nicht?«

Sie sah ihn erbost an.

»Was sollte ich denn können, Gemahl?«

Er wurde wieder ernst.

»Nun, ich finde, Frauen sollten kämpfen und reiten können. Sich verteidigen, damit nicht der nächstbeste siegreiche Feind sie sich zur Hure machen kann.«

Sie zuckte zusammen.

»Das hat man nicht als mädchenhafte Bildung gesehen«, antwortete sie ihm spitz. »Und ich versichere Euch – dir …« Er hatte sie geduzt, da stand ihr das umgekehrt auch zu. Man duzte Menschen niederer Ränge, nahe Menschen gleichen Ranges und sagte »Ihr« zu denen, die über einem standen oder denen man freiwillig besonderen Respekt zollte. Sie starrte ihn giftig an. »… man hat mich nicht nach meiner Meinung gefragt. Zu keinem einzigen Thema.«

Nun sah er sie erstaunt an. Vielleicht hatte er so viel Widerborstigkeit nicht erwartet. Frauen sollten kämpfen können – aber möglichst nicht seine Frau gegen ihn.

Sein stahlblauer Blick war wie eine Waffe. Sie weigerte sich, darunter zu schrumpfen. Doch es war schwierig. Er war so viel größer. Und breiter. Und stärker. Alle Gewalt hatte er auf seiner Seite.

Doch dann nickte er.

»Ich verstehe«, sagte er. »Seine Gnaden hat die Verräterstochter als Faustpfand behalten, als er deine Eltern hingerichtet hat. Er hat darauf gesetzt, dass du noch nützlich werden kannst, als Spross einer fyrsthlichen Seitenlinie. Spare in der Zeit, dann hast du in der Not.« Er lächelte zynisch. »Aber er hat dich nicht zur Fyrsthentochter erzogen. Und nun hat er dich wie eine Schachfigur günstig platziert. Meine kleine, junge Gemahlin.« Er zog eine Augenbraue hoch. »Hübsch bist du ja. Sehr niedlich. Wie alt bist du?«

»Siebzehn.«

»Vergorrnt jung.« Er klang verärgert.

»Mein Gemahl wollte nicht länger warten.«

Er ließ sie los, und wieder fiel sie beinahe. Eisern zwang sie ihre Muskeln dazu zu gehorchen. Sie wollte vor ihm nicht in den Dreck fallen.

Weinen wollte sie auch nicht vor ihm.

Er betrachtete sie lange. Dann übergab er das Pferd einem Knecht, bot ihr höflich seinen Arm und steuerte auf das Haus zu.

»Meine Leute werden auf dem Freiplatz kampieren. Für uns, denke ich, wird ein Zimmer mit einem richtigen Bett besser sein. Wir werden so bald keines mehr gekommen. An der Straße nach Flynnt gibt es kaum noch Herbergen.«

Nimry sah ihn rasch aus dem Augenwinkel an und senkte dann den Blick wieder auf den Boden vor ihr. Ganz normal. Es war ganz normal. Sie war seine Gemahlin.

Erwartete er irgendetwas? Sollte sie ihm sagen, wie sehr sie sich freute? Die Brautunterweiserin hatte das angeraten. Doch es fehlte Nimry an Falschheit. Sie freute sich einfach nicht. Nach dem Ritt war sie nicht einmal mehr neugierig.

»Man hat dir deine Dienerin nicht mitgegeben. Doch die Wirtin kann dir gewiss helfen. Oder ich.«

Wobei? Oh. Beim Auskleiden. Nimry stolperte, doch sie fiel nicht.

»Ich teilte meine Dienerin mit der Muhme«, sagte sie nur, als würde das etwas erklären.

»Ah ja. Das dünnlippige Haubenungeheuer, das die ganze Zeit Seine Gnaden angestarrt hat, als wolle es ihn anbeißen. Sie hat dich also deiner Dienerin beraubt. Nun, dafür hast du ja einen eigenen Bibliokanten erhalten.« Er klang ironisch. »Das war sicher notwendiger.«

»Ich weiß nicht, wie ich zu dem gekommen bin«, murmelte Nimry.

»Es ist mir schon klar, dass du dir diesen schmucken, jungen Mann nicht eigens gewünscht hast, Gemahlin. Wenn man ihm ins Gesicht schaut, kann man deutlich feststellen, dass auch er sich sein weiteres Leben anders vorgestellt hat. Mal sehen, ob man ihn wenigstens zu einem Kämpfer ausbilden kann. Falls wir großes Glück haben, kann er ja vielleicht kochen. Oder singen.«

Armer Berstel, dachte Nimry und fand dann, sie selbst verdiene vielleicht mehr Mitleid. Berstel würde jetzt nicht seinen Körper diesem Mann geben müssen. Es sah nicht so aus, als würde ihr Gemahl Knaben Mädchen vorziehen. Schade.

Sie hatten das Haus erreicht und traten über eine ausgetretene Steinschwelle.

»Durchlaucht!« Ein einfach gekleideter, älterer Mann mit großer Schürze und runder, flacher Wirtskappe verneigte sich so tief, dass Nimry ihm auf den speckigen Nacken blicken konnte. »Wir haben das Mahl für Euch und Eure Gemahlin im hinteren Zimmer serviert. Das Schlafgemach ist auch alsbald bereit.«

Der Graav nickte ihm dankend zu und geleitete Nimry durch eine weitere Tür. Er führte sie zu einem wackligen Holzstuhl, und sie glitt vorsichtig auf den Sitz. Es tat dennoch weh.

Er grinste.

»Reitschmerzen«, sagte er nur. »Das geht vorbei. In ein paar Tagen.«

Er selbst setzte sich breitbeinig auf den anderen Stuhl, schaute zur Tür, und der Wirt stürzte herbei und goss Wein in zwei irdene Becher.

»Etwas Wildbret, Erlaucht?«, fragte er, und Nimry verstand erst nach einem Moment, dass sie mit diesem Titel gemeint war. Wäre ihr Ehrgeiz größer gewesen, sie hätte sich über ihren Aufstieg in der Welt freuen können.

Sie nickte, und der Wirt legte ihr und dem Graaven Fleischscheiben auf den Teller, goss rote Beerensoße darüber und deutete unterwürfig auf einige Brotscheiben, die auf einem Zinnteller angeordnet waren, sowie auf einen Korb mit Obst.

Der Graav nickte dankend.

»Er kann uns allein lassen«, verfügte er, und der Mann verschwand mit einer Verbeugung rückwärts aus der Tür und schloss diese hinter sich.

Nimry war zum ersten Mal allein mit diesem Mann. Aus einem unerfindlichen Grund lief sie dunkelrot an. Sie senkte ihren Blick auf den Teller und musterte das Essen. Sie müsste Hunger haben. Seit dem Frühstück kurz nach Sonnenaufgang hatte sie nichts zu sich genommen. Doch tatsächlich war ihr fast etwas übel. Die Soße roch intensiv süßsäuerlich. Das Brot sah dunkel und körnig aus.

»Iss«, sagte er. »Es ist vermutlich nicht so elegant wie das, was du gewohnt bist. Aber es ist das Beste, was es hier gibt. – Nimry.« Es klang, als müsste er sich an den Namen erst gewöhnen.

»Ich glaube, du überschätzt den Luxus, in dem ich – als Verräterstochter – gelebt habe – Morrgjar.« Beinahe war ihr der Vorname des eigenen Gatten nicht mehr eingefallen. Wie peinlich, wenn sie ihn danach hätte fragen müssen.

Er nickte und grinste spöttisch.

»Wahrscheinlich tue ich das.«

Sie aß, obgleich sie fürchtete, ihr Magen würde sie hinterrücks verraten. Auch ihr Gatte kämpfte sich mit einer gewissen Zielstrebigkeit durch das Mahl. Sie nippte an ihrem Wein. Er trank einen Becher, dann noch einen.

»Trink den Wein aus!«, befahl er, »und dann trink noch einen zweiten Becher! Wein lockert die Sinne. Ich mag lockere Sinne.«

Einen Augenblick lang sah sie ihn panisch an. Er würde sie doch nicht schon jetzt vergiften?

Alberner Gedanke.

Doch ihr Blick fing sich in seinem, und seine Mundwinkel zuckten ärgerlich nach unten. Die Narbe an der Seite seines Gesichtes verfärbte sich rot.

Er hatte ihre Reaktion verstanden. Das hatte sie nicht gewollt. Sie musste lernen, besser auf ihren Gesichtsausdruck zu achten. Dieser Mann verstand es, Mienen zu lesen.

Einen Moment lang starrte er sie an, den Becher reglos in der Hand. Dann setzte er das Trinkgefäß mit einem Knall ab und stand langsam auf. Er zog sie von ihrem Stuhl hoch und drehte sie zu sich her, hielt sie an den Armen fest.

»Du hast Angst vor mir!« Es war eher ein Vorwurf als eine Frage.

»Ich …« Ihr fiel keine adäquate Antwort ein. Sie stand einfach nur da. Ihre Knie zitterten, doch das kam bestimmt vom Reiten.

Eine kurze Weile war es viel zu still.

»Ich werde dir nicht sagen, du hättest keinen Grund dazu. Du würdest mir ohnehin nicht glauben«, sagte er dann mit kalter Bitterkeit. »Von allen Gefahren, die dich jetzt umgeben, bin ich jedoch nur eine mindere. Ich brauche dich. Ich habe vier Kinder. Die brauchen eine Mutter, und ich brauche eine Frau. Vergorrnt! Ich brauche wirklich eine Frau.«

Er drehte sie zum Tisch.

»Jetzt trink aus, meine schöne Braut. Dann gehen wir – ruhen.«

Sie nahm den Becher auf und leerte ihn in einem Zug. Er geleitete sie aus dem Raum, bis an die Treppe. Dort schwang er sie hoch in seine Arme und trug sie die Stufen hoch. Wie eine Beute.

20

Orstyn hatte die Frau nicht kommen gehört. Sie hatte sich aus den Schatten gelöst, als wäre sie ein Teil von ihnen. Erst hatte er sie für einen kleinen Mann gehalten. Man sah nicht viele Frauen in Männerkleidung – zumindest nicht am Kahsellschen Hof. Draußen im Krieg gab es sie freilich schon, die Kämpferinnen, die überlebenden Kriegswitwen, die Wagenlenkerinnen. Die Trossfrauen und bisweilen auch die Rächerinnen.

Diese hier war unmöglich einzuschätzen. In der abendlichen Düsternis des Bibliotheksturms war sie auf einmal da. Die Lampe auf seinem Tisch erhellte seine Schriftrolle, aber nicht sie.

»Du bist Orstyn«, sagte sie leise. Die Nackenhaare stellten sich ihm hoch. Er wusste unvermittelt, dass er schon lange keinem gefährlicheren Wesen mehr begegnet war. Das war immerhin eine reife Leistung für eine kleine Frau an einem Hof, der von Fyrsth Ryckden und seiner menschlichen Geierschar regiert wurde.

»Ja«, antwortete Orstyn so nonchalant wie möglich und suchte in seiner eigenen Bibliothek nach Auswegen. Doch er saß ungünstig hinter seinem breiten, wuchtigen Schreibtisch, einem Zugeständnis an seinen Stand. Das schwere Holzmöbelstück versperrte ihm den Weg. Sie stand strategisch genau an der Stelle, an der er vorbeimusste. »Ich bin

Orstyn, Großmeister der Historien, Denker des Reichsherrn und Sinne des Fyrsthen«, fuhr er fort, um wenigstens eine Rangordnung herzustellen.

»Weisester!«, sagte sie etwas zynisch.

Er nickte.

»Das ist mein Titel.«

»Du bist Bibliokant.«

»Ich bin Schriftenmeister. Meine Untergebenen sind Bibliokanten.«

»Du bist stolz, und du bist alt.« Sie klang verächtlich.

»Mein Stolz bezieht sich auf das, was ich aus eigener Kraft erreicht habe, und ich bin noch kein Greis.« Nutzloser Dünkel.

Sie nickte und verlagerte geringfügig ihr Gewicht. Er versuchte auszumachen, ob sie nun noch gefährlicher aussah oder nicht. Dann fragte er sich, was ihn überhaupt veranlasste, sie für gefährlich zu halten. Eine eher kleine Frau in unauffälligen Männerkleidern wäre nichts gewesen, was irgendwem sonst in Jorgvil solches Unbehagen bereitet hätte. Die Damen wären lediglich sittlich entrüstet, die noblen Herren desinteressiert gewesen. Nur die sauflustigen Soldaten hätten gemeint, sie wäre ein absonderliches Spielzeug, und würden versuchen, ihre Spielchen mit ihr zu treiben.

Orstyn mochte keine Spielchen. Er wusste, dass Frauen und Männer sich in weit weniger unterschieden, als es den gern überlegen scheinenden Männern lieb gewesen wäre. Die Rollenverteilung bei Hof war dem Krieg geschuldet und dem Selbstbetrug beider Geschlechter. In manchen Gegenden war es anders. Wo Orstyn herkam, war es anders gewesen.

Genau deshalb unterschätzte er diese Frau nicht, auch wenn er keine Waffe sah. Er wusste, sie würde nicht unbewaffnet sein. Man kam nicht unbewaffnet an allen Wachen vorbei bis in den Nordturm, ohne dass einen jemand sah oder aufhielt.

»Wer bist du?«, fragte er jetzt fordernd, während er sorgfältig darauf bedacht war, keine Bewegung zu machen, die man etwa missdeuten konnte.

»Das tut nichts zur Sache.«

»Ich spreche nicht mit Menschen, die sich mir nicht vorstellen.«

Sie lachte glucksend auf. »Dann nenn mich Keyt.«

»Heißt du so?«

»Manchmal.«

Seine Brauen zuckten.

»Wie heißt du denn, wenn du nicht Keyt heißt?«

Nun war es an ihr, mit den Brauen zu zucken. Irgendwie war sie näher geglitten, wie eine Schlange im Gras.

»Ist das wichtig?«

Er lachte ein wenig nervös.

»Nein. Was willst du? Bist du gekommen, um dir Weisheit anzueignen? Suchst du ein Buch? Eine Auskunft?«

Sie lächelte. Ihre Zähne waren schlecht, zackig gebrochen. Ein Andenken an mindestens einen Kampf, den sie überlebt hatte.

»Eine Auskunft, Orstyn, Großmeister der Historien, Denker des Reichsherrn und Sinne des Fyrsthen.«

»Was willst du wissen, Keyt?«

»Ich suche einen deiner Bibliokanten.«

»Welchen? Normalerweise habe ich acht.«

»Und jetzt?«

»Sechs. Berstel ist mit der Graavessa nach Flynnt gezogen. Seine Gnaden haben das so verfügt.«

»Berstel?«

»Ein guter Junge. Brav und belesen.«

Sie suchte nicht Berstel. Er wusste, wen sie suchte, wen schon die Edle Nimry gesucht hatte. Würde es reichen, der brüsken Keyt die gleiche Lüge zu erzählen?

»Ich suche Gemryn«, sagte sie nun auch schon. »Ich habe gehört, er ist hier Bibliokant.«

»Seine Gnaden hielten das für einen guten Gedanken.« Je weiter Orstyn die Sache von sich wegschieben konnte, desto lieber war ihm das. »Seine Gnaden wollten einen guten Krieger, der die Weisheit der Bücher kennt. Er hat sich einen strategischen Vorteil davon versprochen.« Es hatte wirklich vieler Einflüsterungen und Nebensätze bedurft, bis Fyrsth Ryckden sich endlich einen strategischen Vorteil davon versprochen hatte. »Ein neuer Ansatz im immerwährenden Krieg sozusagen.«

Er sollte nichts erklären. Wer zu viel erklärte, gab sich selbst preis.

»So?«, fragte sie denn auch. »Wie erfindungsreich.«

»Er ist ein guter Kämpfer, heißt es«, verteidigte Orstyn die Entscheidung. Deshalb hatte Orstyn ihn ja haben wollen – wenigstens einen guten Kämpfer auf seiner Seite. Aber auch weil der Mann Kontakte oder immerhin ein seltenes Talent hatte, an Informationen zu kommen.

»Zweifelsfrei«, antwortete die Frau süßlich. »Und wo ist er?«

»Er ist unterwegs. Er hat einen Auftrag.«

Das Wort Auftrag ließ sie lächeln.

»Welchen Auftrag? Er sollte hier sein. Hier in Jorgvil.«

Warum es ausgerechnet der letzte Satz war, der Orstyn davon überzeugte, dass die Frau nicht vorhatte, ihn lebend entkommen zu lassen, wusste er zunächst nicht. Und dann doch. Sie hatte zu viel gesagt. Ganz sicher hätte er nicht wissen sollen, dass sie Gemryn suchte, noch weniger, wo er ihrer Meinung nach zu sein hatte. Was sagte das über den Mann? Und was sagte es über sie?

»Ein diplomatischer Sonderauftrag des Fyrsthen«, log er, in der Hoffnung, von sich abzulenken. »Sehr plötzlich. In ein paar Wochen ist er wieder da.« Oder auch nicht.

Mit der Rechten krallte Orstyn sich nervös um die Seitenlehne seines geschnitzten Stuhls. Ein schweres Ding, das man nicht schnell verschieben konnte. Wie in einem Thron war er sich darin vorgekommen. Jetzt wünschte er sich, er säße auf einem Hocker. Von dem konnte man aufspringen und notfalls noch damit zuschlagen.

Mit der Linken hielt er seinen Gehstock umklammert. Die schmucke Gehhilfe war ihm zum Amtszeichen geworden, Teil von ihm.

Er war seltsam sicher, wen er da vor sich sah, oder vielleicht nicht wen, sondern was. Gleichzeitig kämpfte er gegen die Überzeugung, dass es so jemanden wie sie gar nicht gab. Sie war Legende. Schauermärchen am Lagerfeuer der kämpfenden Truppe.

Was wollte sie von Gemryn? Woher kannte sie ihn überhaupt? Was galt es ihr, wo er war und wo nicht? Wollte sie ihn gar töten?

Er ließ sie nicht aus den Augen, verglich ihre sprungbereite Reglosigkeit mit seiner eigenen, die ihm von den Grenzen seiner Möglichkeiten vorgegeben war.

Sie bewegten sich gleichzeitig. Wie ein Pantheiger sprang sie völlig lautlos unglaublich hoch und weit. Mit den Zehen berührte sie den Schreibtisch und stürzte ihm entgegen, in jeder Hand ein Stilett.

Wo waren die hergekommen?

Sie war ganz still, als die schmale Klinge sich mit einem Schmatzen aus dem Fleisch löste. Sie blickte ihn nur an. Ungläubig. Die an einer Feder fortspringende Stockhülle seiner Waffe hatte sie an der Stirn getroffen und für den Bruchteil einer Sekunde abgelenkt. Das schmale Schwert in seinem Stock war von Pyrnschem Stahl, tausendmal gefaltetes Bergeisen, durchzogen von einem Muster an Adern.

Orstyn war erleichtert. Er hatte noch nicht alles verlernt. Dann kam ihm ein Gedanke, der ihn beunruhigte. War sie vielleicht die Quelle für Gemryns Informationsreichtum gewesen? Das wäre schlecht. Das wäre sogar vergorrnt schlecht. Aus mehr als einem Grund.

Jedenfalls musste er nun den leblosen Körper und das Blut loswerden. Unordentlich viel Blut. Sie verklebte ihm gerade ein paar wichtige Schriften. Die musste er zuerst retten. Er war Großmeister der Historien, Denker des Reichsherrn und Sinne des Fyrsthen. Er hatte seine Prioritäten.

21

Als Wege konnte man die Strecken, die Shernay und Deruonn zurückgelegt hatten, nicht bezeichnen. Manchmal sah es aus, als gäbe es einen fußbreiten Saumpfad. Dann wieder gab es nur Steine, Geröll und aufwendiges Klettern, und sie konnte nur hoffen, eine Richtung wenigstens in einem von der Natur bestimmten Zickzackkurs irgendwie einzuhalten. Die Natur nahm auf Ziele keine Rücksicht.

»Wohin gehen wir?«, hatte Shernay gefragt.

»Das kommt darauf an, wo wir aus diesem vergorrnten Gebirge herauskommen. Ich weiß, dass Westen die richtige Richtung ist, um auf die Ebenen von Kahsell zu kommen. Doch ich kann nicht sagen, wie weit südlich oder nördlich wir jetzt sind. Sollten wir zu weit nördlich sein, wäre eine östliche Richtung auch denkbar, denn sie führt zum Meer. Dort ist irgendwo Flynnthaven, der Seehafen von Kahsell. Du siehst ja, es gibt keine geraden Pfade. Die Berge sind stets im Weg. Ich hatte mich im Grunde schon verirrt, bevor ich Euer Tal gefunden hatte.«

Er hatte ärgerlich geklungen, als wäre so etwas für ihn undenkbar.

»Ich kenne die Karte unserer Welt, Deruonn. Meine Frage war weniger geografisch gedacht. Was haben wir vor? Was hast *du* vor?«

»Erst mal müssen wir hier raus. Sag mir, ob wir uns nordöstlich oder westlich halten müssen!«

»Ich weiß es nicht. Die Wege und Pässe der Berge lernt man erst im vierten Grad.«

Er sah sie an und grinste dann ein bisschen.

»Habe ich mir die falsche Schöne ausgesucht? Eine ältere Dame hätte jetzt genau gewusst, in welcher Richtung wir schneller aus diesen Bergen kommen?«

»Es ist einerlei, Deruonn. Reyalun ist inmitten der Berge. Alles ist gleich weit.«

Es wurde steiler und anstrengender. Während sie beharrlich die mühsame Strecke entlangwanderten, sprachen sie wenig. Es ging bergauf und bergab, oft genug musste man an steilen, scharfen Steinen emporklimmen oder sich hinunterlassen, und es wurde gefährlich. Alle Konzentration war auf die Bewältigung des nächsten Schrittes gerichtet.

Wenigstens regnete es nicht. Die Sommersonne schien auf die Berge herunter, und die Felsen dankten ihr mit tiefen, dunklen Schatten.

Nicht abstürzen, betete Shernay sich immer wieder vor. Sie war eine geübte Kletterin. In Reyalun kam man nicht ohne diese Kunst aus. Die Höhlenschächte waren unterschiedlich hoch in den Rundbergen und wurden laufend genutzt, nicht nur als Archiv, sondern auch als Lager oder zur Pilzzucht. Riesige Höhlenpilze bildeten einen Großteil der Ernährung des Tales.

Shernay konnte zwar klettern, aber die Wildnis war ihr dennoch fremd. Alles war anders.

Als die erste Nacht anbrach, rasteten sie in einer Höhle. Shernay hatte sie mit geübtem Auge im Fels über ihnen ausgemacht. Zu dem Zeitpunkt taten ihr nicht mehr nur die

Füße in den fremden Stiefeln weh, sondern eine bleierne Schwere hatte sich ihres ganzen Körpers bemächtigt. Sie hatte nicht gedacht, dass sie die Flucht so anstrengend finden würde. In ihrem Tal saß sie auch nicht nur untätig herum, sondern lief von hier nach da, felsauf, felsab.

Skeptisch war er gewesen, als sie ihm die kleine Höhle gezeigt hatte. Mit gezogener Waffe hatte er schließlich die kurze Kletterpartie hinter sich gebracht und in den Schatten der Felsen gelugt.

»Gut!«, hatte er gemeint. »Keiner da.«

»Wen hattest du erwartet?«

»Pantheiger, Graubären, Schlangennester oder Menschen. Alle gefährlich.«

Theoretisch wusste Shernay das. Doch ihr angeborenes Gefühl von Sicherheit – so trügerisch es auch sein mochte – ließ sie immer wieder vergessen, dass die Welt außerhalb des Tales eine andere war. Nun, vielleicht nicht vergessen. Sie wusste es. Es war ihr jedoch nicht in Fleisch und Blut übergegangen, hatte ihre Reflexe nicht gestählt.

»Es muss das Erste sein, woran du stets denkst«, hatte Deruonn sie getadelt, als sie wieder einmal an einer unübersichtlichen Stelle besonders laut gewesen war. »Es muss immer in deinen Gedanken sein: Wo kann hier ein Feind lauern? Hört er mich schon? Kann ich ihn überraschen? Ist er vor mir, hinter mir oder über mir im Fels? Kann er von der Seite kommen? Ist es ein Mensch oder ein Raubtier? In jedem Augenblick deines Seins musst du so denken!«

»Denkst du so?«

»Ja«, sagte er kurz. »Sonst wäre ich längst tot.«

Sie fand den Gedanken furchtbar. Nur langsam machte sich in ihr die Erkenntnis breit, dass die ganze Welt ein feindlicher Ort war. Mit Ausnahme von Reyalun, das sie nie mehr betreten würde.

»Hast du immer schon so gedacht?«, fragte sie traurig.

»Man lernt es. Übung macht den Meister – oder bringt einen um. Überleben ist eine hehre Kunst. Sie beinhaltet alle Sinne und die Bereitschaft, alles – absolut alles – für dieses Überleben zu tun. Denn Überleben ist Teil der Pflicht.«

Das gab ihr zu denken.

Er reichte ihr die Hand und zog sie hinauf zum Eingang der Höhle. Dort breitete er eine Decke auf dem Boden aus. Sie ließ sich darauf nieder. Der Boden war hart und uneben. Deruonn holte etwas Proviant hervor. Erst da merkte sie, wie hungrig sie war. Sie biss in irgendwas, ohne auch nur auszumachen, was genau es war. Sie trank aus der ledernen Wasserflasche, reichte ihm diese, streckte sich auf der Decke aus.

Seine dunklen Augen betrachteten sie mit neuer Intensität. Sie horchte in sich hinein, ob da noch irgendein Wunsch war außer dem, einfach nur zu schlafen.

Als sie erwachte, war es vollständig dunkel. Ein kalter Wind strich ihr übers Gesicht. Dass es kalt war in der Nacht, war ihr nicht neu. Reyalun lag hoch in den Bergen. Doch da gab es Feuerstellen und gemütliche Betten.

Einen Augenblick lang war sie irritiert. Ihre Vorderseite fror. Ihre Rückseite war warm.

Dann spürte sie ihn. Er hatte sich an ihren Rücken geschmiegt wie eine Decke. Sein Atem blies ihr in den Nacken, seine Knie waren in ihren Kniekehlen. Sein Genitalienschutz presste ihr gegen das Gesäß.

Sie versuchte, ganz still zu sein. Doch irgendetwas musste er wahrgenommen haben. Er war sofort wach. Nicht mal einen einzigen Atemzug dauerte es, da zuckte sein Arm, der eben noch beschützend um sie geschlungen gewesen war, nach oben, und seine Hand packte sie an der Kehle und drückte zu.

Er ließ sofort wieder los, als er begriff, wer sie war. Sie hustete, zitterte. Er drückte sie von hinten an sich.

»Tut mir leid«, sagte er. »Ich wusste nicht gleich …«

»Du kämpfst schneller, als du dich erinnerst!«, flüsterte sie, wagte nicht, laut zu sprechen.

»Ich habe gelernt, ohne Schrecksekunde zu reagieren. Etwas in mir ist schnell. Mein – Instinkt. Hat mir oft das Leben gerettet.«

»Hat er auch andere das Leben gekostet?«

»Ja, Shernay. Das ist so. In einer Welt des Kampfes lebt nur der auch noch am nächsten Tag, der besser mordet. Du bist kalt.« Seine Hand, eben noch bereit, sie zu erwürgen, strich ihr über die Vorderseite, blieb auf ihrer Brust liegen. »Dreh dich um. Lass dich wärmen.«

»Wir könnten Feuer machen.«

»Selbst ein kleines würde man zu weit sehen.«

»Wir haben noch keinen anderen Menschen gesehen!«

»Das heißt nicht, dass niemand in der Nähe ist.«

»Ein Feuer würde Raubtiere abhalten.«

»Das gefährlichste Raubtier ist der Mensch.«

»Aber ein Pantheiger …«

»Ein Pantheiger tötet aus Hunger, wenn er glaubt, der Beute leicht habhaft zu werden. Menschen töten aus Rachsucht, Gier, Angst, Blutdurst, Machtliebe, Gemeinheit, Gelegenheit oder weil es Spaß macht.«

»Spaß?«

»Siegen ist ein schönes Gefühl. Manchen reicht das als Motivation zum Töten.«

Die Aussage war ihr wie eine neue, umstrittene Theorie: ungewohnt, sperrig und vielleicht doch richtig.

»Wie ist es mit dir?«

Er schwieg einen Augenblick.

»Ich töte, wenn man mir den Feind nennt – wie alle Soldaten. Und wenn ich überleben will. Wie alle Menschen.«

Sie schauderte.

»Jetzt hast du Angst. Dabei lebst du noch. Tatsächlich stehst du unter meinem Schutz. Du hast einen Beschützer, der besser ist als viele andere. Effizienter. Dreh dich um, Shernay.«

Er zog an ihrer Schulter. »Ich stehe für mein Leben in deiner Schuld, Schöne«, sagte er.

Sie schwieg einen Augenblick lang. Starrte in die Dunkelheit, in der nichts zu erkennen war, nicht einmal Schemen.

»Ich habe dich gefunden«, sagte sie. »Deine Augen haben mich gefangen, Deruonn. Ich habe dich gesehen und …«

Er lachte leise.

»Du wolltest mich.« Das hätte überheblich klingen können, doch es war nur eine sachliche Feststellung.

»Ja.« Warum es leugnen? Unehrlichkeit war so unangemessen wie Koketterie.

»Willst du mich noch? Du hast mich jetzt.« Seine Stimme klang tief und warm.

»Ja.« Sie tastete nach seiner Hand. »Vernünftig ist das nicht.«

»Menschen sind nicht vernünftig, Shernay. Vernunft ist eine Illusion.«

Mit sanfter Kraft drehte er sie auf den Rücken.

Plötzlich war er auf ihr, schwer, mit ganzem Gewicht und bekleidet. Sie spürte den harten Lederpanzer, Waffen, Stiefel, die ihre Beine auseinanderschoben. Noch tat er nichts weiter, konnte gar nichts weiter tun, solange sie beide bekleidet waren. Dennoch war er von einer heftigen überwältigenden Präsenz, die ihr beinahe hörbar durch die Adern und die Knochen strömte. Sie keuchte einmal kurz.

Shernay spürte ihn, doch sie sah ihn nicht. Es war zu dunkel. Sein Gewicht drückte sie nieder. Sie begriff, dass sie in einer Pose der Unterwerfung unter einem Menschen lag, der schneller tötete, als er denken konnte. Sie hätte Angst haben sollen, doch andere Gefühle waren weitaus stärker. Er hatte recht. Vernunft war eine Illusion.

Sein Mund fand den ihren in einem langen Kuss. Alles war neu, und für sehr lange Zeit würde alles auf der Welt ihr neu sein. Neues zu lernen war ihre Lebensaufgabe. Sie hatte immer gern gelernt, und dies würde sie auch gern lernen, auch wenn ihr das Herz bis in den Hals schlug. Konnte er das hören?

Er lehnte die kratzige Wange an ihre.

»Immer noch Angst?«, fragte er.

»Vor der ganzen Welt. Vor der Zukunft.«

»Vor mir auch?«

»Auch vor dir, Deruonn, der du so beiläufig töten kannst, wie du Wasser trinkst. Auch vor dir.«

»Das ist gut«, antwortete er. »Dein Sinn für Realismus erwacht.«

Sie schwieg.

»Wirst du mich töten?«, fragte sie schließlich ebenfalls ganz sachlich.

»Wozu? Wenn ich das wollte, wärst du längst tot. Ich will dich nicht töten, ich will dich lieben. Du bist mir wertvoll. Lieben, meine Schöne.«

»Es ist kalt, und wir sind angezogen.«

»Willst du mich nicht?«

»Doch.« Es war ihr nicht einmal peinlich, ihr Verlangen zuzugeben. »Sehr.«

Er verlagerte sein Gewicht und nestelte an ihrer Kleidung herum. Sah er mehr als sie? Wenn ja, warum?

Die Wolltunika, die sie trug, war für einen großen, breiten Mann gemacht, doch nun war das einerlei. Deruonns Hand fand ihre nackte Brust. Dann folgten seine Lippen, saugten, bissen sanft, während seine Hand weiter ihre Kleidung inspizierte und alles öffnete, was nötig war.

Sie wusste nun, warum sie mit ihm gegangen war. Reue, falls sie je existiert hatte, verschwand hinter einer Flut neuer Gefühle. Sehnen durchzog sie wie Glut. Sie war, wo sie sein wollte.

Er ließ nur kurz von ihr ab, um sich seiner eigenen Kleidung zu widmen. Trotz der Dunkelheit stellte sie fest, dass er sich nicht auszog, nicht einmal die Waffen ablegte. Ein seltsames Kribbeln durchfuhr sie. Sie spürte, welche Körperteile er als einzige entblößen würde. Sie tastete danach, brannte darauf, wenigstens mit den Händen zu erkunden, was sie nicht sehen konnte.

Plötzlich konnte sie sehen.

22

Der Mütterrat war versammelt. Die Grovattern ebenfalls.

»Ein schlechter Zeitpunkt«, wetterte Grovatter Hunybert, der zwar nicht den Vorsitz hatte, aber die lauteste Stimme. »Wir müssen das verschieben.«

»Nein«, erwiderte Garru mit einer Insistenz, die seine Talverwandten erstaunte. Von dem sanften Harfenspieler hatten sie einen solchen Starrsinn nicht erwartet. »Genau jetzt muss ich gehen. Genau jetzt.«

Frustration, Zorn und Ungeduld standen in seinen Zügen. Auch.

Die Versammlung hatte sich auf dem erhöhten Freiplatz neben den Wasserfällen eingefunden. Es war Tradition, dort Versammlungen abzuhalten, die nicht für alle gleichermaßen zugänglich waren. Zu den meisten durfte jeder kommen.

»Du willst Shernay hinterherlaufen, um was genau zu tun?«, fragte Grovatter Hunybert. Monyane, die Bewahrerin, fasste sich an die Kehle und wisperte:

»Das war nicht Shernay, die mich niedergestreckt hat. Da bin ich sicher.«

»Ich auch!«, pflichtete Garru bei. »So etwas tut Shernay nicht.«

»Könnte sie gar nicht!«, zischte Monyane erneut. Der Schlag gegen ihre Kehle hatte einen Bluterguss dort hinterlassen, und ihre Stimme klang wie nach einer schweren Grippe. »So etwas haben wir ihr nicht beigebracht.«

»Was sagt Cryso?«

»Er hat den Angreifer nicht gesehen. Cryso liegt mit einer Gehirnerschütterung in seinem Gemeinschaftshaus. Er hat Shernay gesehen, meint aber, sie hätte ihn nicht angegriffen. Der Feind sei von hinten gekommen.«

»Shernay hat …«

»Shernay hat gar nichts!«, unterbrach Garru den Grovatter unhöflich und mit geschult lauter Sängerstimme. »Shernay ist das Opfer. Jemand hat sie verschleppt.«

Garru verstand durchaus, warum alle ihn mitleidig ansahen. Sie dachten, aus ihm spräche die Verwirrung eines seiner Intelligenz beraubten, verliebten Narren.

Vielleicht war das ja so. Doch tatsächlich fühlte Garru sich in diesem Moment nicht sehr verliebt. Nur ärgerlich. Shernay mochte getan haben, was sie wollte, aber sie hätte nicht ihre eigenen Leute angegriffen.

Er hätte nicht wegsehen dürfen. Er hatte gewusst, dass irgendetwas vor sich ging. Vielleicht war er sogar eifersüchtig gewesen, obwohl er keinen Anlass gehabt hatte zu glauben, es gäbe jemanden, für den Shernay sich interessierte. Wenn er darüber nachgedacht hätte, hätte ihm klar sei müssen, dass da niemand war – unter den Talbrüdern. Das ließ nur einen Schluss zu. Doch genau diesen Schluss hatte er nicht zugelassen. Es war ja auch ein unmöglicher Gedanke. Ein Fremder! Wo sollte der hergekommen sein?

Garru fühlte sich schuldig. Er hatte versagt. Er war sich nicht einmal sicher, wem gegenüber er sich schuldiger fühlte – den Talbewohnern oder Shernay. Seine Loyalität war da seltsam geteilt, und wenn er das schon fühlte, dieses Bestreben, Dinge differenzierter zu sehen als Regel und Konsequenz für die Nichtbefolgung, wie viel mehr mochte Shernay das gesehen haben, das ihren Anforderungen entsprach – oder sie einfach nur zu bezaubern wusste.

Entschuldbar war es freilich nicht. Doch der Gedanke, dass sie in der Seidenschlinge enden oder in einem der Sumpflöcher dem Tal übergeben werden sollte, war ihm abgrundtief zuwider.

»Ich frage dich noch einmal, Garru: Was würdest du tun, so du sie fändest?«

»Sie für ein faires Verfahren nach Reyalun zurückbringen.«

Das mochte ihr nicht helfen. Die Gesetze waren eindeutig und ließen wenig bis keine Schlupflöcher zu.

»Was, wenn sie nicht mitkommen will?«

»Ich werde sie zu überzeugen wissen.«

»Weil sie dir traut? Hätte sie dir vertraut, wäre das nicht geschehen.«

»Sie hat keinen Grund, mir nicht zu trauen«, widersprach Garru und wusste, dass er Unsinn redete.

»Was ist mit dem Mann, mit dem sie unterwegs ist?«

Garrus Augenbraue zuckte.

»Er muss sterben. So ist es Gesetz.«

»Er hat zwei Bewahrer ausgeschaltet, und was jenseits der Ringberge geschehen sein mag, wird derzeit noch untersucht. Seine Schuld mag noch größer sein, als wir bislang wissen.«

»Ihre auch«, sagte Nuria, die bis jetzt geschwiegen hatte. Garru sah sie verzweifelt an. Er hatte sie nicht auf seiner Seite gewähnt, doch er hatte auch nicht erwartetet, dass sie ihm in den Rücken fallen würde.

Er brach die Debatte ab.

»Es ist mein Recht, auf Wanderschaft zu gehen. Ich habe den nötigen Grad erreicht, habe die geheime Vorbereitung durchlaufen und erfülle alle Voraussetzungen.«

»Deine Vorbereitung könnte noch ein wenig mehr an Wissen vertragen, und du hast noch kein Kind gezeugt«, gab Nuria zu bedenken.

»Meine vom Mütterrat Erwählte ist derzeit nicht greifbar. Das eben will ich ja ändern.« Er versuchte, nicht zynisch zu klingen. Es gelang ihm nicht.

»Nun, schwanger würden wir sie nicht töten. Nur falls du meinst, du könntest das Problem auf diese Weise lösen. Doch niemand bleibt ewig schwanger.«

»Grovatter! Ist es nicht ein wenig verfrüht, über die Schwangerschaft einer Frau zu reden, die man in die Außenwelt verschleppt hat und die ich erst finden muss?« Der Klang seiner Stimme zeugte nicht vom nötigen Respekt.

Alle starrten ihn an. Es war ganz still.

»Lasst ihn gehen«, meinte schließlich Nuria. »Es ist sein Recht, und er wird vorher keine Ruhe geben.«

Die fünf alten Männer und die fünf alten Frauen sahen einander an – Mütterrat und Grovattern. Garru fand einmal mehr, es müsste auch eine Abordnung der Jungen mit bei solchen Versammlungen sein, doch jetzt war nicht der Zeitpunkt, das einzubringen.

»Nun«, sprach Hunybert. »Wenn er gehen will, soll er gehen. Es ändert unsere Gesetze nicht. Auch nicht, dass eine Gruppe von Bewahrern nach ihr suchen wird. Diese sind nicht als deine Begleitung gedacht, Garru. Du bist auf Wanderjahr. Deine Aufgabe ist das Sammeln und Streuen von Wissen. Auch das Wiederkommen. Mit oder ohne Shernay.

Auch wird Shernays Fehlverhalten nicht geringer dadurch, dass du sie zurückbringst. Ihre Strafe erhält sie entweder hier oder wenn die Bewahrer sie finden – wo immer sie dann ist.«

Es hätte noch viel zu sagen gegeben, doch Garru verkniff es sich.

»Dann will ich die Zeremonie«, sagte er. »Jetzt. Gepackt habe ich bereits.«

Ganz genau wusste niemand, was die Zeremonie war, bevor man sie nicht selbst durchlaufen hatte. Dem scheidenden Wanderer gab man einen Trank. Was genau darin enthalten war, wusste nur ein ausgewählter Kreis der ältesten Bewahrer. Doch kurze Zeit, nachdem man den Becher geleert hatte, trübten sich die Sinne. Dann ging man mit den Bewahrern, während sich die Abschied nehmenden Freunde mit dem Rücken zum scheidenden Wanderer stellten und das Wiedersehenslied sangen. Es war ein langes Lied, dauerte Stunden.

Nuria nickte.

»Wir werden die Zeremonie am Versammlungsplatz beim Abschriftenarchiv durchführen. Hol deine Sachen. Informiere deine Freunde, dass sie Abschied nehmen und dir gute Rückkehr wünschen können. Versage ihnen nicht diese Stunde des Beisammenseins. Niemand weiß, ob ein Wanderer draußen überlebt. Niemand weiß, ob wir dich wiedersehen.«

»Ich komme zurück!«, versprach er.

»Die Welt jenseits von Reyalun hat ihre eigene Meinung zum Überleben der Menschen«, sagte Nuria.

Ein Murmeln ging durch die Gruppe, aber niemand sprach aus, dass Garru vielleicht mit Shernay ein Leben außerhalb des Tales wählen würde, so er sie fand. Da es niemand sagte, erwähnte auch Garru diese Möglichkeit nicht.

Er stand auf und verneigte sich.

»Ich mache mich bereit«, sagte er, doch die Versammlung sah ihn nicht mehr an. Vielmehr schaute sie an ihm vorbei, bestürzt und voll banger Erwartung.

Eine Bewahrerin kam angelaufen. Ihr Kopf war hochrot von der Anstrengung.

»Sie sind tot«, rief sie keuchend, noch ehe sie den Kreis erreicht hatte. »Sie sind alle tot. Jemand hat sie umgebracht.«

Eine Weile hörte Garru nur das Rauschen der Wasserfälle.

23

Orstyns Gemächer waren direkt im Nordturm. Ganz oben über der Bibliothek hatte er einen Studier- und einen Schlafraum. Sie hatten den Nachteil, dass man ausnehmend viele Treppen erklimmen musste, um sie zu erreichen. Sie hatten den Vorteil, dass man durch eine Klappe in der Decke oben auf den Turm konnte, von wo aus man eine perfekte Sicht über die Burg, die Stadt und die Umgebung hatte.

Kurz hatte Orstyn überlegt, die blutende Angreiferin einfach dort oben zu deponieren, die Klappe zu schließen und alles Weitere zu ignorieren. Doch das hätte alsbald Aasvögel und Ungeziefer in großen Mengen angezogen. Letzteres mochte den Weg in seine Räume finden. Ersteres würde von außen ausnehmend sichtbar sein.

So hatte er aus seinem Zimmer nur flugs eine Decke geholt und rasch den eher zierlichen Körper darin eingerollt. Mit einem Lappen wischte er das meiste des verströmten Blutes fort, schnell und panisch, denn man konnte nicht wissen, wann der nächste Bibliokant oder unvorhergesehene Leser seinen Weg in den Hauptraum der Bibliothek finden würde.

Hinter dem Regal mit den großen Folianten gab es eine Geheimtür. Sie war gut verborgen, doch Orstyn hatte sie irgendwann einmal entdeckt. Er glaubte nicht, dass außer ihm noch jemand von ihrer Existenz wusste. Sicher sein konnte er sich allerdings nicht.

Im riesigen Gebäudekomplex der Burg von Jorgvil gab es viele geheime Gänge und Treppen. Als das Gebäude vor Hunderten von Jahren erbaut worden war, hatte man es geradezu verschwenderisch mit Schlupflöchern ausgestattet. Über die Jahrhunderte war das Wissen weitgehend verloren gegangen, und Orstyn hatte die Pläne, die es in einer verstaubten Ecke der Bibliothek gegeben hatte, inzwischen gut versteckt. Er war sich stets sicher gewesen, dass Wissen, das man nicht teilte, ein wertvolles Gut war. Diese Grundhaltung vertraute er anderen jedoch nicht an, da sie seinem Pflichtenkanon zuwiderlief. Schließlich war die Vermittlung von Kenntnissen eine seiner Daseinsberechtigungen.

Die junge Frau war nicht schwer. Er hatte sie, so wie sie war, »blutdicht verpackt«, ohne sie zu durchsuchen. Keine Zeit.

Schon hörte er jemanden nahen, konnte die Geräusche einem Bibliokanten zuordnen, denn er erkannte sie alle am Klang ihrer Schritte. Es gelang ihm gerade noch, die Geheimtür hinter sich ins Schloss zu ziehen. Nun stand er in der Dunkelheit. Gedämpft hörte er von draußen: »Weisester?«

Er lächelte, wartete eine Weile und legte schließlich das tote Gewicht vorsichtig und leise ab. Dann tastete er nach der Laterne und dem Stahlstein-Feuerzeug und machte Licht. Es empfahl sich nicht, die enge Wendeltreppe im Dunkeln hinunterzuschleichen – schon gar nicht mit einer nicht unerheblichen Last.

Als durch das geschlossene Wandpanel kein Geräusch mehr drang, nahm er die Lampe, schulterte seine Last und stieg vorsichtig die steilen, alten Stufen hinunter. Er konnte problemlos ohne Stock gehen. Das hatte er immer gekonnt. Der Gehstock war wie er. Beide konnten und waren sie mehr, als man ihnen ansah.

Immer tiefer stieg er hinab. Es gab noch zwei weitere Ausgänge in andere Turmebenen, doch Orstyn ignorierte sie. Er stieg hinab in die Tiefen unter der Burg. Dort gab es Katakomben, die auch nur noch zum Teil bekannt waren. Der Staubschicht nach war außer ihm selbst schon sehr lange keiner mehr hier gewesen.

Ganz unten angekommen legte er das Deckenbündel auf dem Boden ab und kniete sich daneben. Vorsichtig schlug er die Decke zurück, vermochte nicht, die Bedenken zu unterdrücken, er hätte sich getäuscht und die Frau könnte noch leben und ihn erneut angreifen.

Doch das war eine unnütze Angst. Er mochte ihr Herz verfehlt haben, doch seine Klinge war mit einem guten, schnell wirkenden Gift bestrichen. Es lähmte die Glieder und stieg dann zum Herzen. Über einen Umweg traf er es somit doch.

Es war kein sexuelles Interesse, das ihn sie teilweise entkleiden ließ. Vielmehr suchte er ihre Kleidung, ihre Stiefel, alles, was sie anhatte, nach Hinweisen ab. Was genau er suchte, wusste er selbst nicht zu sagen.

Eine Flöte hatte sie dabei. War sie Musikerin gewesen? Er drehte den Doppelschaft des Holzrohres, und es schloss die Fingerlöcher dicht. Er wusste nun, was er noch finden würde, und ging umso vorsichtiger vor.

In den Stiefeln, in den Hosenbeinen, in den Ärmeln, im Hemd, in der Jacke – überall waren dünne, kaum sichtbare Futterale eingenäht. Klingen holte er daraus hervor, kleine

Messer, schmale Stilette, größere Dolche. Der Hemdsaum war schwer. Er riss ihn auf und fand eine dünne Metallkette mit Schlingen an den Enden – eine Notgarotte, wenn man meinte, sie schon entwaffnet zu haben.

Ein Kästchen fand er und öffnete es so, dass es von ihm fortzeigte. Hier waren die befiederten Blaspfeile, die er erwartet hatte. Er gab acht, die Spitzen nicht zu berühren, denn gewiss waren sie sehr giftig. Mehrere Beutelchen fand er noch. Sie enthielten Geld und winzige, unbeschriftete Flakons unterschiedlicher Form. Sie alle enthielten irgendwelche Flüssigkeiten verschiedener Farbe und Viskosität. Mehr Gift vermutlich.

Es war erstaunlich, wie viele todbringende Gegenstände die kleine Frau bei sich getragen hatte, alle gut versteckt. Hatte er alle gefunden?

Er besah sich gefühllos ihren Körper. Spuren von Narben zeugten von vielen Kämpfen, die nicht einfach zu gewinnen gewesen waren. Sicher hatte sie viele Männer und Frauen erlegt, im Auftrag der Xyi.

Eine Schemenjägerin der Xyi hatte er aufgespießt. Das war in mehr als nur einer Hinsicht beachtlich. Und gefährlich. Denn sie war nicht die Einzige, und er konnte nicht wissen, wem sie von ihrem geplanten Besuch bei ihm berichtet hatte. Er würde in Zukunft noch vorsichtiger sein müssen. Vielleicht sollte er sich einen Leibwächter zulegen. Vielleicht würde der Leibwächter ein Schemenjäger sein. Vielleicht war bereits die nächste Suppe, die er essen würde, vergiftet, denn wer konnte wissen, ob es am Hofe zu Jorgvil nicht auch in der Küche Schemenjäger der Xyi gab.

Die Xyi gab es nicht. So lautete die einhellig vorherrschende Meinung. Sie waren ein Mythos. Eine erfundene

Geheimgesellschaft von Assassinen, von denen niemand wusste, woher sie kamen, wer sie lenkte oder wie man sie dingte. Ihnen schrieb man alle seltsamen Todesfälle und nicht aufzuklärenden Morde zu. Gerne gab Orstyn die vorherrschende Meinung wieder: Sie waren ein Mythos derer, die eine billige Erklärung für einen Mord brauchten.

Es gab sie aber doch. Kämpferinnen und Kämpfer, die besser ausgebildet waren als jeder Soldat, leiser als Raubtiere, und so unsichtbar wie Schatten bei Neumond. Angeblich sollten einige sogar fliegen können. Letzteres hielt Orstyn für unwahrscheinlich.

Eine von ihnen hatte er besiegt, und sein Staunen darüber überlagerte sowohl seine Angst als auch sein Entsetzen. Schuldig fühlte er sich ohnehin nicht. Sie hatte angefangen. Er oder sie.

Warum hatte sie ihn aufgesucht? Was hatte sie von Gemryn gewollt? Woher war sie gekommen?

Er kleidete sie wieder an, da es ihm widerstrebte, sie nackt liegen zu lassen, und schob sie in eine dunkle Ecke. Zwar glaubte er nicht, dass jemand sich hierherverirren würde, doch wissen konnte man das nicht.

Mit einem der Messer schnitt er einen Teil der Decke ab und verstaute alle konfiszierten Gegenstände darin. Zunächst wollte er sie mitnehmen, doch dann hatte er Angst, man könne sie bei ihm finden. Das allein wäre nicht schlimm gewesen, solange niemand sie dem Orden der Xyi zuordnen konnte.

Doch wo es einen Schemenjäger der Xyi gab, mochte es mehrere geben. Jeder konnte dazugehören.

Also bettete er ihren Kopf auf die in dem Deckenstück eingeschlagenen Waffen. Nicht einmal die Gifte nahm er mit, schließlich wusste er nicht, welche es waren oder wie sie wirkten. Mit etwas Pech würde er vielleicht gar jemandem, dessen Ableben er irgendwann vielleicht begrüßen mochte, ein Aphrodisiakum verabreichen.

Ein letztes Mal berührte er die Tote, legte ihr eine Hand auf die Stirn.

»Viele hier beten zu Kyrros. Ich selbst habe nicht gelernt, an Götter zu glauben, doch den Tod kann man nicht leugnen. Möge dich der Gott des Todes dahin geleiten, wohin du andere geschickt hast. Ich wünschte, du wärest nicht gekommen. Und ich wünschte, ich hätte dich nicht töten müssen.«

Das war feierlich genug gewesen. Er ließ sie los, zog die Decke über sie und stand auf.

»Ich wünschte außerdem, du hättest mir gesagt, was du von Gemryn wolltest und woher er dich kannte. Falls er das tat und nicht auch nur ein weiteres Opfer auf deiner Liste war.«

Er machte eine kurze Pause.

»Vielleicht habe ich einen Fehler begangen«, murmelte er und nahm seine Lampe auf. »Einen großen Fehler.«

Keyt schwieg. Etwas anderes hatte Orstyn auch nicht erwartet. An Geister glaubte er ebenso wenig wie an Götter.

24

Nimry sah sich in dem kleinen, schäbigen Raum um. Ein Leuchter mit fünf Kerzen erhellte das Gemach. Durch das Fensterchen drang helles Mondlicht.

Das Bett war schmal. Auf ihm waren zwei Nachtgewänder drapiert. Einen Spiegel gab es nicht. Ein Stuhl stand am Fenster, daneben ein wackeliges Tischchen mit Waschschüssel und Wasserkrug. Unter dem Bett stand ein Nachttopf. Der Gedanke, ihn vor einem fremden Menschen zu benutzen, entsetzte Nimry fast noch mehr als der daran, wie die Nacht ansonsten verlaufen würde.

Erschreckend und peinlich war das alles.

Da stand sie, im staubigen Reisegewand, unendlich müde und ein wenig wirr vom Alkohol. Er hatte ihr die Klarheit der Gedanken geraubt, ohne ihr innere Ruhe zu gewähren. Vielleicht hätte sie mehr trinken sollen. Vielleicht hatte der Graav recht gehabt. Er kannte sich ja offenbar bezüglich der Bedürfnisse von Bräuten aus. Volltrunken sollte sie sein.

Es klopfte an der Tür. Morrgjar war schneller dort, als sie reagieren konnte. Er öffnete mit einer Hand, während er in der anderen auf einmal einen Dolch hielt. Nimry schauderte.

Es war die alte Wirtin, die sich erbot, Zofendienste zu leisten.

»Nein danke«, sagte er ein wenig zu barsch. »Wir kommen allein zurecht.« Er schloss die Tür und wandte sich zu ihr um. Sie merkte, dass sie immer noch genau an dem gleichen Fleck im Raum stand, auf dem er sie abgesetzt hatte. Sie hatte sich nicht gerührt. Ausgezogen hatte sie sich auch nicht. Das Überkleid ihres Reitkleides war vorne geknöpft. Das Unterkleid hinten geschnürt. Da kam sie ohne Hilfe nicht dran.

»Ich hätte eine Zofe gebrauchen können«, sagte sie etwas säuerlich.

»Du bist nicht die erste Frau, die ich ausziehe«, antwortete er. Ein Schauer durchlief ihren Körper, und sie fragte sich, ob er das sah. Er starrte sie unverwandt an. Ein wenig kam sie sich vor wie das Kaninchen vor der Schlange. Sie betrachtete ihn auch, doch ihr eigener Blick wich immer wieder aus. Es war, als fehlte es ihr an Stärke, diesen Mann in seiner Gesamtheit zu erfassen.

Er kam auf sie zu.

»Hut«, sagte er nur und zog ihr die Scheußlichkeit vom Kopf, die man als Dame auf Reittouren trug. Das Konglomerat aus Weidengeflecht und Filz, geschmückt mit Stoffblumen und Federn, sollte dazu dienen, den Kopf zu schützen, falls man vom Pferd fiel.

»Hast du den selbst ausgesucht?«, fragte er spöttisch und drehte das hässliche Ding in seinen Händen.

»Die Muhme …«

»Die Muhme wird mir zunehmend unsympathischer. Was hat sie dir denn über mich erzählt?«

Er machte Konversation. Während sie nicht weiterwusste, redete er über ihre Muhme. Das war absonderlich, aber auch nicht gänzlich unwillkommen. Schließlich kannte sie den

Mann nicht. Kaum. Wenn er sich ohne ein weiteres Wort auf sie gestürzt hätte – etwas, das die Brautunterweiserin als wahrscheinliche Möglichkeit in Aussicht gestellt hatte –, hätte Nimry das als noch viel schlimmer empfunden.

Allerdings wartete sie nun darauf, dass er sich auf sie stürzte. Das Warten war auch nicht angenehm.

»Hat deine dumme Muhme dir erklärt, was dein Mann von dir will?« Er warf den Hut auf das Tischchen und fuhr ihr mit den Händen ins Haar. Würde er daran ziehen? Nein. Er löste nur ihre Haarspangen und zog mit seinen Fingern ihre langen Zöpfe auf.

Nimry versagte sich eisern, vor ihm zurückzuweichen. Es wäre mit seinen Händen in ihrem Haar auch gar nicht möglich gewesen. Stattdessen beantwortete sie seine Frage.

»Meine Muhme mahnte mich zum Gehorsam.« Sie sah ihn trotzig an. »Stets.«

Er blickte erstaunt, hatte vielleicht eine andere Antwort erwartet, etwas weitaus Spezifischeres. Vielleicht hatte sie die Frage nicht richtig verstanden. Dann nickte er und lächelte schief. Ganz nah war er. Sie konnte ihn riechen. Er roch nach Pferd und ein wenig nach Schweiß und Staub und Eisen. Zum ersten Mal sah sie, dass manche Linien um sein linkes Auge keine Falten waren, sondern weitere Narben. Die eine, die an der Seite des Gesichts bis zum Hals entlang lief, lenkte von den anderen ab.

»Schönes Haar hast du, kleine Nimry.«

Sie war tatsächlich viel kleiner als er.

»Danke.«

»Unser Fyrsth erwartet Gehorsam von uns allen. Von mir, von dir und von jedem seiner Untertanen. Deine Muhme hat dir also Gehorsam eingepaukt.«

Sie nickte.

»Ja. Schon weil ich …«

»… weil du ein Verräterkind bist.«

»Brut. Sie nannte es Verräterbrut.« Das hatte sie noch nie jemandem gesagt, und die Worte brachen viel zu heftig aus ihr hervor. Das musste der Wein sein.

»Brut«, wiederholte er und nickte spöttisch. »Da habe ich ja was Schönes an Land gezogen.« Sie versuchte zu begreifen, warum sein linker Mundwinkel zuckte, doch die Vielzahl der neuen Eindrücke machte alles unscharf, und sie kam zu keinem Ergebnis. Hasste er sie? Er hatte doch sicher vorher gewusst, wessen Kind sie war.

Nun öffnete er ihre Knöpfe. Sie spürte seine Hände an ihrem Körper, dann plötzlich einen Finger an ihrer Wange, rau und doch irgendwie zärtlich.

»Ganz ruhig, Mädchen.«

In diesem Augenblick klopfte es erneut. Er fluchte, wandte sich wieder zur Tür, öffnete sie mit weitaus weniger Vorsicht als zuvor. Einer seiner Soldaten stand im Türrahmen und blickte starr in das Schlafgemach. Nimry wandte ihm schnell den Rücken zu, doch nicht schnell genug, um nicht noch den riesigsten Kerl zu erspähen, den sie je gesehen hatte. Er stand gebückt da und war so breit wie die Türöffnung.

»Braucht Ihr mich noch, Marejal?«

»Nein!« Fast hätte er die Tür zugeschlagen. »Doch. Zieh mir die Stiefel aus! Mach. Schnell.«

Nimry blieb abgewandt stehen, betreten und verlegen. Was für ein Glück, dass sie noch nicht ausgezogen war.

Etwas polterte, einmal, zweimal. Dann hörte man die Tür. Sie waren wieder allein.

Jetzt stand ihr Gatte hinter ihr, zog sie am Becken zu sich. Sie spürte seinen Körper an ihrem Rücken.

»Er ist fort. Er wird vor unserer Tür Wache halten«, sagte er. »Keine Angst. Das war Darso, mein persönlicher Leibdiener und Beschützer. Er ist auch dazu da, dich zu schützen, falls ich einmal nicht da bin. Er ist zuverlässig.«

Schon waren seine Hände wieder an ihrer Kleidung, dann an seiner eigenen, öffneten Knöpfe, zogen ihr das Überkleid von den Schultern. Banden die Schnürung am Rücken auf, zogen Stoffschicht um Stoffschicht von ihr, ohne Eile, doch mit einer gewissen lässigen Eleganz. Zwischendrin fielen auch Kleidungsstücke von ihm.

Irgendwie musste ihr ein Laut über die Lippen geglitten sein, dabei hatte sie sich so zusammengenommen. Er hielt inne, zog sie an sich und schlang die Arme um sie. Jetzt, da er keine Panzerung mehr trug, spürte sie seine Muskeln. Sie schienen nicht weicher als sein Harnisch.

»Was hat sie dir noch gesagt, deine dumme Muhme? Über diese Nacht und weitere Nächte?«

Nimry schluckte. Darüber zu reden war nicht leichter, als darauf zu warten.

»Sie hat mich zur Brautunterweiserin geschickt.«

Er wiegte sie hin und her. Sein Atem ging in ihr Haar. Er war heiß.

»Welchen guten Rat hat die dir denn gegeben – außer Gehorsam?«

Nimry schluckte.

»Augen schließen und an den Sternenhimmel denken.«

Er lachte schallend auf, ließ sie dabei los.

»Ich werde Seiner Gnaden dem Fyrsthen eine Depesche schicken, dass er den jungen Damen seines Hofes eine bessere Beratung angedeihen lässt. An den Sternenhimmel denken! Etwas mehr erwarte ich schon. Deine Brautunterweiserin war wohl nicht sehr … versiert.«

»Sie ist eine Witwe. Mit der nötigen Erfahrung und dem hohen Adel, der eine solche Vertrauensstellung rechtfertigt!«, verteidigte Nimry die Dame, die ihr tatsächlich einiges mehr erzählt hatte als Sternenhimmel. Doch nicht alle Einzelheiten waren für die Ohren eines Gatten bestimmt, beinhalteten sie doch auch Selbstschutz und die Winkelzüge, die man dazu als Frau gegebenenfalls anwenden musste.

»Von hohem Adel«, spöttelte er. »Als wäre das von Relevanz! Seine Gnaden täten besser daran, eine führende Jorgvilsche Puffmutter für einen solchen Dienst abzustellen. Mit der nötigen Erfahrung in allen … Lebenslagen.«

Sie starrte ihn empört an.

»Das ist …«, zischte sie und wusste nicht weiter.

»Oh. Du weißt tatsächlich, was eine Puffmutter ist?«

»Theoretisch.«

»Du weißt auch, dass man die Kinder nicht unter Eierbäumen findet?«

»Auch das ist mir bekannt.«

»Theoretisch«, spöttelte er und fuhr dann fort: »Setz dich!« Er zeigte aufs Bett.

Ganz vorsichtig bewegte sie sich rückwärts auf das Möbel zu, ohne ihn aus den Augen zu lassen.

»Stiefel!«, sagte er nur.

»Wie?«

»Setz dich, damit ich dir die Stiefel ausziehen kann.«

Er schubste sie, und sie plumpste auf die harte Liege.

»Aua!« Ihr Gesäß tat immer noch weh.

»Fuß!«

Er hatte sich auf ein Knie niedergelassen, zog ihr die Stiefel von den Beinen und warf sie achtlos hinter sich, wo sie über die Holzdielen polterten. Dann hatte er ihre Füße in den Händen. Darauf war sie nicht gefasst gewesen. Sie wünschte, sie hätte nach dem anstrengenden Ritt wenigstens ein Bad nehmen können.

Er hielt sich nicht auf. Seine Hände glitten an ihren Knöcheln hoch, über die Schienbeine bis zu den Knien. Dann zu ihren Schenkeln. Dort wanderten seine Hände auf die Innenseite und kamen nun nur noch langsam voran. Die dünne Strauchwoll-Chemise und die Unterbeinkleider, die sie noch trug, schob er ganz langsam hoch.

Dann hielt er inne und grinste ihr von unten ins Gesicht.

»Siebzehn, sagst du, bist du? Wann wirst du achtzehn?«

»In einem halben Jahr.«

Sein Blick wurde beinahe treuherzig.

»So lange, fürchte ich, kann ich nicht warten, schöne Nimry.«

Unwillkürlich glitt ihr Blick von seinem kantigen, schiefgrinsenden Gesicht nach unten, um dann panisch wieder nach oben zu fliegen und sich an seinen Augen festzuhalten. Die blauen Pupillen strahlten sonderbar. In den Augenwinkeln hatten sich die Fältchen vertieft. Lachfältchen, stellte sie fest. Ihr Gatte fand das lustig.

In diesem Moment wünschte sie, sie könnte mit ihm lachen. Wenigstens einmal wollte sie mit ihm lachen können, bevor er sie bestieg.

Dann hatten sich ihre Blicke ineinander verfangen. Reglos starrten sie einander an, wie hypnotisiert.

Er hob eine Hand, legte sie an ihre Wange, fuhr ihr durchs offene Haar und zog ihren Kopf zu sich.

»Keine Angst, Verräterkind«, flüsterte er. Seine Lippen glitten über ihr Gesicht.

Es klopfte.

Er fuhr keuchend zurück. Der plötzliche Zorn in seinem Gesicht erschreckte sie.

»Was?«, brüllte er durch die geschlossene Tür.

»Eine eilige Depesche, Marejal«, erklang eine Stimme von draußen. Marejal war der militärische Rang eines Heerführers. Also keine private Unterbrechung. »Ich würde sonst nicht stören. Es tut mir leid, Durchlaucht.«

Etwas mühsam stand er auf, behielt sie dabei im Blick, sah an sich hinunter. Die Reste dessen, was er noch anhatte, machten durchaus deutlich, dass er nicht gestört werden wollte. Nimry, die den Augenkontakt von ihm verloren hatte, blickte nur auf jene Stelle seines Körpers und konnte sich nicht davon lösen. Sie konnte nicht einmal sagen, ob es Furcht war oder Faszination, die sie lähmten.

Er warf sich seinen Reitumhang um, ging zur Tür und öffnete sie. Ein gesiegelter Umschlag wurde hereingereicht.

Nimry zog blitzschnell das Deckbett über ihre Blöße, schielte aus der Deckung des Federplumeaus zum Eingang. Ein Mann stand dort, jünger als ihr Gatte und um einiges schöner. Wie eine Marmorstatue sah er aus, wohlgestalt und edel, hell und klar. Sein blondes Haar fiel ihm offen über die Schultern. Er trug das Flynntwappen auf seinem altmodischen Wappenrock, aus dem eine ebenso altmodische Kettenrüstung hervorlugte, und wirkte wie ein Heldenstandbild aus vergangener Zeit.

Wenn man sie schon an einen fremden Menschen hatte verkuppeln müssen, warum nicht an diesen? Dann sah sie seine Augen. Sie waren gerade so blau wie die seines Herrn. Beinahe identisch.

Ein Verwandter?

Er sah zu Nimry hinüber und lächelte. Die zog sich die Decke über den Kopf. Sie wusste nicht, warum – Scham, Hilflosigkeit, Verwirrung?

Eine Hand zupfte ihr die Decke vom Gesicht. Ihr Gatte, ärgerlich. Mit zuckendem Wangenmuskel. Die Narbe war noch röter als sonst. Eisiges Feuer glomm in den hellen Augen. Beängstigend. Wütend.

»Es ist etwas geschehen. Schlaf erst mal. Du wirst den Schlaf brauchen.«

Das war also ihre Hochzeitsnacht.

25

Das Licht leuchtete Shernay ins Gesicht, und sie versuchte zu begreifen, woher es so plötzlich kam. Quelle und Lichtstrahl schwankten, stammten von einer Laterne. Es war kein jäher Sternenschein, der ihr den Wunsch nach Helligkeit erfüllte.

Schreck und Angst fuhren ihr bis in die Fingerspitzen, siedeten dort wie Säure im Blut. Man hatte sie gefunden. Wer hatte sie gefunden? Die Bewahrer? Warum gerade jetzt?

Sicher hatte ihr Gedanke keine zwei Augenblicke gedauert. Doch es waren Augenblicke, die sie nicht hatte. Deruonn war von ihr fortgeschnellt. Sie spürte ihn nicht mehr. Eben war er noch so ungeheuer nah gewesen. Nun fühlte sie nicht einmal seine Anwesenheit, hörte und sah ihn nicht.

Blitzschnell rollte sie sich zur Seite, über den unebenen, kantigen Grund hinweg – keinen Augenblick zu früh. Etwas schlug hart auf dem Boden ein, wo eben noch ihr Brustkorb gelegen hatte. Sie sah es aus den Augenwinkeln. Eine Keule.

Keulen waren keine Waffen, die die Bewahrer verwendeten. Soweit sie wusste. Aber was wusste sie schon? War es wirklich besser, wenn dies keine Bewahrer waren?

Sie versuchte, alle Gedanken, die nicht den nächsten Bewegungen und der Abwehr galten, beiseite zu schieben, wie sie es im Übungskampf gelernt hatte. Übungen in der Kunst des Patangol begannen mit Meditation und Sammlung.

Nicht mit einem unterbrochenen Liebesakt. Ihr Gemüt zuckte noch in verflogenem Lodern, doch die Angst hatte jede Begierde gelöscht wie Eiswasser.

Schon rollte sie weiter über den Boden. Die Höhle war nicht groß, nur ein geschütztes Halbrund im Fels. Hier gab es keine Gänge, in die man hätte fliehen können. Wenn sie sich an die Wand manövrierte, würde sie dem Angriff hilflos ausgeliefert sein.

Wie viele Sekunden waren vergangen? Die Maßeinheit schien sich geändert zu haben. Die Zeit verrann wie zähe Melasse. Shernay sah immer noch nicht genau, wer da aufgetaucht war. Wirre Bewegungen nahm sie wahr. Der Schein dieser einen Laterne war unstet, offenbar eine Klappenlaterne, die immer nur in eine Richtung leuchtete.

Ein Grunzen und Brüllen vernahm sie, doch zunächst konnte sie den Silben keinen Sinn entlocken. Mehrere Angreifer. Sie in den tiefen Flackerschatten einzeln zu erkennen war unmöglich. Auch hatte Shernay keine Zeit, sie zu zählen. Sie musste in Bewegung bleiben, und ihre Gegner blieben ebenfalls in Bewegung. Ein Reigen von mörderischem Angriff und viel zu knappem Ausweichen.

Sie merkte, dass sie sie anschrie. Ihr eigenes Gebrüll war so wenig von Wortsinn erfüllt wie das der Feinde. Shernay katapultierte sich rückwärts, drehte sich in der Luft, kam auf die Füße. Jetzt schien ihre Ausbildung zu greifen – mit Verspätung.

Ihre gelockerte Kleidung rutschte um sie herum und behinderte sie, gab nacktes Fleisch preis, das für Deruonn bestimmt gewesen war – und für sonst niemanden. Ein plötzliches Aufleuchten der Laterne zeigte ihr einen großen, immens breiten Kerl, der auf sie zustürzte. Fettig-strähniges

Haar hing ihm über sein schmutzdunkles Gesicht. Der Vollbart schien zottlig, vielleicht angereichert von Resten mehrerer Mahlzeiten. Der Mann griff nach ihr.

»Halt still!«, brüllte er. »Mach die Beine breit!«

Sie wich ihm mit einer Pirouette aus, die sie ganz tief am Boden von ihm fortdrehte. Nur war kein Platz zur Flucht. Doch immerhin griffen seine schenkeldicken Arme erst einmal ins Leere.

»Warte!«, brüllte er wütend. Sie wartete nicht. Aus der Hocke heraus schnellte sie wie eine Feder nach oben, balancierte dazu auf einem Bein, während das andere seitlich hoch stach und in sein Gesicht trat.

Augenblicke zogen sich in die Länge. Schon war sie wieder klein. Einen Moment lang fürchtete sie, er hätte ihren Fuß in seinen Händen gefangen. Finger streiften ihn, waren jedoch zu ungelenk, um zuzugreifen, und seine Hände flogen zu seinem Gesicht. Sie hatte gut getroffen.

Sie vollendete ihre Drehung und trat noch einmal zu, diesmal gegen sein Knie. Sie hörte etwas knacken, hoffte inständig, es möge die Kniescheibe sein.

Ihr Triumph wäre größer ausgefallen, wäre er der einzige Angreifer gewesen. Doch das war er nicht. Eine Hand griff ihr brutal ins Haar und zog sie rückwärts. Sie verlor das Gleichgewicht, hing in seinem Griff, sah ein Messer. Es spiegelte im Lampenschein und war dann bereits nicht mehr genau zu erkennen.

Irgendjemand zog von hinten an ihrem Beinkleid, das nur noch lose an ihren Hüften hing. Es ließ sich leicht herunterziehen, und sie haderte mit der Situation. In weniger als einer Sekunde verstand sie, dass sie mit heruntergelassenen Hosen nicht kämpfen konnte, dass sie nun untenherum nackt war und dass die Angreifer sie nicht einmal mehr ausziehen mussten, um sie zu benutzen, bevor sie sie umbrachten.

Eine Hand griff ihr zwischen die Beine.

Von vorn blitzte ein Messer.

Warmes Blut spritzte ihr in Gesicht und Augen. Es wurde wieder dunkel, als die Laterne in eine andere Richtung geschwenkt wurde. Sie spürte das Blut an sich herunterlaufen. Sie ächzte, suchte in Gedanken ihren Körper nach Schmerzen ab. Sie fühlte Ekel. Ihr Fuß tat weh. Doch von dort konnte das Blut nicht spritzen – oder doch?

Sie fiel unsanft auf den Rücken, als der Griff in ihrem Haar sich löste. Ihre Wirbelsäule dröhnte vom Aufschlag auf den scharfkantigen Fels. In der Position hatte man sie haben wollen. Sie wollte sich erneut fortdrehen, doch sie war nicht schnell genug, da sie gleichzeitig versuchte, ihre Hose hochzuziehen. Schon stürzte sich ein schwerer Körper auf sie, und sie schrie. Ihre Schreie gellten noch über das Gebrüll, das langsam leiser zu werden schien.

Sie versuchte sich gegen den schweren Leib zu wehren, der sie niederdrückte. Was, wenn er … sie wagte den Gedanken nicht fertig zu denken. Was, wenn er …

Er tat es nicht. Er lag nur auf ihr und drückte sie mit seinem Gewicht nieder.

Hoffnung keimte in ihr auf. Dann begriff sie eine Möglichkeit, konnte sie jedoch nicht glauben.

Doch es war sein Blut, das ihr übers Gesicht lief. Nicht ihres.

Ächzen und Brüllen drangen an ihr Ohr. Flüche in unterschiedlichen Dialekten. Dann war es plötzlich ganz still.

Jemand hob den Körper auf ihr unsanft an und räumte ihn zur Seite. Dann fiel das Licht der Laterne auf sie. Shernay versuchte hochzuschnellen.

»Beweg dich nicht!«, befahl eine Stimme. Wer war übrig geblieben? Noch liegend holte sie aus, um nach dem Feind im Dunkel zu schlagen.

»Nicht! Shernay! Rühr dich nicht!« Wie schnell er war! Die Stimme kam schon aus einer anderen Richtung.

Es war Deruonns Stimme – und doch auch wieder nicht. Der Kampf schien sie verändert zu haben, sie war glatt und hart wie eine Messerschneide.

Shernay lauschte. Er war nicht mal außer Atem.

»Deruonn?« Sie klang ein wenig kläglich.

Jetzt keuchte er. Kämpfte er noch in der Dunkelheit? Mit wem? Außer dem Keuchen vernahm sie nichts.

»Ganz ruhig!«, sagte er dann, hatte die Position schon wieder gewechselt. »Ganz ruhig!« Shernay kam der dumme Gedanke, dass er vielleicht gar nicht sie meinte. Doch wer außer ihm selbst war noch übrig?

Augenblicke später kniete er neben ihr.

»Bist du verletzt?«, fragte er.

»Nein. Das ist nicht mein Blut.«

Sie sah ihn nur schemenhaft. Die Laterne gab nicht viel Licht, und er schien Teil der Schatten zu sein.

»Gut gekämpft«, lobte er dann. »Jemandem, der größer und stärker ist, die Nase und das Knie zu brechen – das ist eine Leistung.«

»Sind die … Angreifer fort?«

»Sie sind tot.«

Er hatte sie getötet. Alle.

»Wie viele waren es?«

»Sechs. Widerliche, verlauste Marodeure.«

Sie sah sich um, erkannte liegende Schatten, aber keine Einzelheiten.

»Sie wollten mich …«

»Ja. Das hätten sie wohl getan, wenn du allein gewesen wärst.«

»Und dann hätten sie mich umgebracht.«

»Sicher nicht gleich. Hier in den Bergen gibt es nicht viele Frauen. Vielleicht hätten sie dich eine Weile mitgeschleift.«

Nun keuchte sie.

»Wie hast du es geschafft, sie alle …«

»Ich bin ein guter Kämpfer, Shernay, und ich bin dein Beschützer.«

Sie versuchte, ihn anzusehen, doch er war zu weit in den Schatten, als dass sie seine Gesichtszüge ausmachen könnte.

»Als du auf einmal fort warst, habe ich gedacht …«

»… ich hätte dich allein gelassen?«

»… sie hätten dich umgebracht.«

»Nein und nein. Ich musste nur eine bessere Kampfposition finden.«

»Wie? Wo?«

Er lachte hart auf.

»Hinter ihnen, Shernay. Sechs kampferprobte Mörder kann man nicht im fairen Zweikampf nach sportlichen Regeln erledigen.«

Sie schwieg eine Weile. Die Marodeure taten ihr nicht leid. Doch seine eigene Kampfkraft gab ihr Rätsel auf.

»Wie?«

»Hauptsächlich mit dem Dolch. Einem habe ich das Genick gebrochen. Deinen Angreifer habe ich mir erlaubt längs aufzuschlitzen – bis zu seinen freihängenden Genitalien. Ich fürchte, seine Anmaßung dir gegenüber hat mir den klaren Sinn vernebelt.« Er räusperte sich. »Schlecht. Unordentlich. So etwas darf nicht passieren. Töten ist eine Kunst, die der Finesse bedarf.«

Sie setzte sich auf.

»Manchmal machst du mir Angst, Deruonn. Selbst deine Stimme klang fremd. Warum sollte ich mich nicht rühren?«

»Ich dachte, du seist verletzt. Auch wollte ich nicht, dass deine Bewegungen mich ablenken, während ich nach weiteren Bewegungen hier Ausschau hielt. Weil …« Er hielt einen Augenblick inne. »… weil meine Kämpferseele schneller tötet als denkt.«

Sie begriff, dass sie in Gefahr gewesen war.

»Du hättest mich getötet?« Sie merkte, dass sie panisch klang.

»Nicht mit Absicht. Aber jede Bewegung im Dunkeln konnte eine Gefahr darstellen. Ich sehe sehr gut im Dunkeln. Wo ich aufgewachsen bin, herrschte viel Dunkelheit. Aber es gibt Grenzen. Es war wichtig, alle Feinde auszuschalten. So schnell wie nur möglich.«

»Deine Kämpferseele. Du sprichst, als sei sie jemand anders.«

Einen Augenblick war sie ganz still. Dann sagte er: »Dein Kampfstil – auch der braucht Konzentration und Sammlung. Du wirst eins mit dem Kampf. Wo ist dann die Shernay, die gerne Bücher liest und schwierige Themen diskutiert?«

Irgendetwas verschwieg er. Es klang so leichthin gesprochen. Er hatte recht, doch er sagte nicht alles. Das verstand sie. Dann meinte sie zu begreifen.

»Alle Feinde, sagst du. Meinst du, es gibt noch mehr?«

Er wandte sich nach draußen und starrte in die Nacht.

»Grundsätzlich ist die Welt voller Feinde. Es gibt *immer* mehr Feinde. Die, die uns angegriffen haben, sind alle tot. Das heißt nicht, dass es nicht noch andere geben könnte, die vielleicht bei den Reittieren warten – falls sie welche haben.«

»Was, wenn es wirklich noch welche gibt?«

»Dann werden wir auch die töten.« Er klang sehr sicher.

»Aber was tun wir jetzt?«

»Wir schlafen abwechselnd. Ich nehme die erste Wache. Mach die Augen zu und schlafe. Du willst morgen nicht müde sein.«

»Ich bin zu aufgewühlt.« Alles in ihr vibrierte. Auch nur die Augen zu schließen war ein Akt der Willenskraft. Sie schienen krampfhaft offen sein zu wollen.

»Du hast nicht viel Zeit. Ich wecke dich, bevor es Tag wird. Damit ich auch noch etwas Schlaf bekomme.«

Sie sah sich in der dunklen Höhle um, sah liegende Gestalten. Es roch nach Blut und Exkrementen.

»Können wir nicht woanders …«, fragte sie zaghaft. Sie wollte nicht neben sechs blutigen Leichnamen liegen.

»Im Dunkeln können wir nicht klettern.«

»Sind sie auch wirklich alle tot?«

»Ja. Sie sind wirklich alle tot. Wenn es Tag wird, werden wir sie nach Besitztümern durchsuchen, die wir brauchen können. Jetzt schlaf!«

Sie krümmte sich zusammen wie ein Säugling und versuchte, das Summen ihres eigenen Blutes nicht zu hören, die Toten nicht zu riechen. Am besten auch nichts zu sehen.

Er sprach erneut, direkt neben ihr. Sie hatte ihn nicht kommen hören.

»Hier. Das habe ich aus eurer Taverne mitgenommen. Trink.«

Er legte ihr eine Lederflasche an die Lippen und kippte ihr Feuer in den Mund. Zumindest fühlte es sich so an.

»Schlucken. So ist's gut. Noch ein Schluck. Du wirst die Wärme brauchen, denn du wirst frieren.«

Ihr war schon kalt. Sie merkte, dass sie zitterte. Er breitete eine Decke über sie.

»Tut mir leid«, sagte er nach einer Weile, da stand er schon wieder weiter entfernt. »Ich würde dich gerne mit meinem ganzen Körper wärmen, dich lieben und dein Innerstes singen lassen. Doch ich denke, es ist besser, ich halte Wache.«

Sie nickte, obgleich er es nicht sah.

»Ich habe Angst«, murmelte sie.

»Ich weiß. Aber du warst nicht schlecht für eine ungeübte junge Frau. Das nächste Mal brichst du deinem Feind nicht die Nase, sondern das Genick.«

»Vielleicht gibt es kein nächstes Mal.«

»Es gibt immer ein nächstes Mal. Bis auf das letzte Mal.«

26

Nimry hatte tatsächlich geschlafen. Sie hatte nicht geglaubt, dass sie das könnte, doch sie war zu müde gewesen, um wach zu bleiben. Ihr Gatte war wiedergekommen, da war die Sonne noch nicht aufgegangen, doch die erste Helligkeit brach schon graugriesig durchs Fenster.

Er hatte sich an ihr Bett gesetzt und war ihr durchs schlafwirre Haar gefahren.

»So, Gemahlin mein«, sagte er, und der harte Klang seiner Stimme weckte sie wie ein Eimer kaltes Wasser. »Ich muss gen Nordost. Dort gibt es Probleme. Du bleibst beim Treck. Ich lasse dir Darso und Griðyon da. Darso wird dein Leibdiener und Beschützer sein und Griðyon wird den Treck leiten. Gehorche ihm. Er ist jung, aber er ist klug. Du hast ihn gestern gesehen: der blonde, junge Mann. Ich lasse euch ein paar Soldaten als Begleitschutz. Mit dem größeren Teil der Männer geht es nach Norden. Wenn ihr uns einholt, habe ich das Problem vielleicht schon gelöst.«

Sie sah ihn an. Sein Gesichtsausdruck war wie in Stein gemeißelt. Am Abend zuvor hatte sein Antlitz viel mehr Emotionen gezeigt. Nun war es wieder die starre Maske aus eisblauen Augen, Hakennase und schmalen Lippen, die sich zu einem sarkastischen Lächeln kräuselten.

»Was ist, wenn …« Sie verstummte sogleich wieder.

Er sah sie zynisch an.

»Du meinst, wenn ich den Kampf, in den ich ziehe, nicht überlebe? Nun, meine Süße, dann bist du eine extrem junge Witwe. Du wirst dich um meine Kinder kümmern, und Seine Gnaden der Fyrsth wird dich an einen neuen Mann verschachern. Ich würde nicht darauf bauen, dass der hübscher und netter ist als ich.«

Er knirschte und klirrte vor Stahl und Leder, als er sich über sie beugte.

»Küss mich, schöne Nimry«, befahl er, »und bete um meine Sicherheit – falls du irgendeiner Gottheit frönst. Ich versichere dir, so ein Witwendasein ist in diesen Zeiten nicht erstrebenswert. Eine – wenngleich nur weitläufige – Verwandte des Fyrsthen ist für viele begehrenswert.«

Er blickte sie an und küsste sie. Seine behandschuhte Hand hielt ihren Kopf. Seine Zunge drang in ihren Mund. Es war ein harter Kuss, fast mehr eine Besitzergreifung, und der Mann hielt sie mit einiger Kraft fest.

Dann war er fort.

Sie zitterte, als sie aufstand, wusste nicht, ob sie erleichtert oder ängstlich sein sollte. Es war ihr, als spüre sie ihn noch immer, röche ihn noch, fühle noch das kratzige Gesicht an ihrem.

Das Leben hätte sie auf all dies vorbereiten sollen, doch sie wusste im Grunde nur, wie man höflich war, sich unauffällig in eine Ecke drückte und Monogramme stickte. Oder Blümchen.

Die Wirtin half ihr beim Ankleiden und packte ihre wenigen Sachen. Sie war weder rund noch gemütlich, sondern wirkte eher wie eine gut gealterte Viper, ledrig und biegsam. Nimry fiel auf, dass die Frau ihr nicht ein einziges Mal den Rücken zudrehte. War das Höflichkeit, oder hatte die Wirtsfrau Angst vor ihr? Gewiss nicht. Sie sah nicht aus, als hätte sie vor vielen Dingen Angst.

»Frühstück ist unten serviert, Erlaucht.«

Nimry nahm das Frühstück auf dem gleichen Stuhl ein, auf dem sie zu Abend gespeist hatte, nur eben allein. Es gab anregenden Gurvensaft und Hirsebrei mit einem Löffel Apfelmus.

»Fertig, Erlaucht?«, fragte ganz nah eine melodische Stimme. Der gut aussehende junge Mann, der am Abend zuvor die Nachricht gebracht hatte, stand neben ihr. Er verneigte sich, als sie zu ihm aufblickte. Eine lange, blonde Haarsträhne fiel nach vorne. »Ich bin Griðyon, Erlaucht, Adjutant des Graaven zu Euren Diensten. Der Treck wäre dann abmarschbereit. Euer Pferd ist gesattelt. Ihr wollt doch lieber reiten als auf einem der Wagen fahren?« Er lächelte sie an, und es schien ihr, was würde es im Raum heller werden. Es war ein erstaunliches Lächeln. »Ich empfehle Reiten. Wirklich«, fuhr er treuherzig fort. »Die Karren sind hart, und man reist darauf wie auf einem wandernden Erdbeben. Das schüttelt einem die Knochen durcheinander, dass einem nach einem halben Tag die Zähne wackeln.«

Nimry lächelte zurück.

»Reiten ist auch nicht angenehm, wenn man es nicht gewohnt ist.«

Sie war dankbar, dass er den Zustand ihres Hinterns nicht kommentierte. Dann wurde ihr klar, dass er das keinesfalls tun würde. Ihre Sitzfläche – schmerzend oder nicht – gehörte dem Gesetz nach nun dem Graaven. Dieser wirklich schmucke, junge Mann durfte nicht einmal träumen, ob sie eine Sitzfläche besaß oder nicht.

Sie lief dunkelrot an.

»Reiten ist besser, wenn ich Erlaucht raten darf«, wiederholte er und musterte sie mit einer Neugier, die ihr Angst machte. Konnte er etwa Gedanken lesen? Oder Sinne? »Sollten wir angegriffen werden, kann Darso mit Euch davonreiten. Karren sind nicht schnell.«

Sie nickte. Das klang vernünftig. Aber wer sollte schon einen so großen, militärisch bewachten Treck angreifen? Sie waren in keinem Grenzgebiet.

»Wo ist der Gr… – wo ist mein Gemahl?«

»Wir erhielten Nachricht von Scharmützeln in Flynnthaven. Bisweilen schickt die Fyrsthenei Holtur als Marodeure getarnte Einheiten über die Grenze, um auszuloten, ob wir auch noch gut achtgeben. Doch ein Angriff von der östlichen See aus ist neu und bedenklich. In Holtur ist es kalt, und es wächst nicht viel. Sie sind stets darauf aus, ihr Gebiet nach Süden zu erweitern. Ihre Hauptstadt Holtralyn liegt so nah an unserer Grenze, dass man rüberspuck… dass wir diesen Grenzabschnitt besonders gut gesichert haben. Da sich die Holturer aber nicht sofort auf einen richtigen Krieg einlassen möchten, gibt es immer wieder Zusammenstöße, die nicht eindeutig auf die Holturer zurückzuführen sind. Wir – ich meine, Seine Durchlaucht, der Graav, und ich – sind uns jedoch sicher, dass Holtur sofort mit Truppen anrücken würde, wenn wir es versäumten, diese Überfälle zu ahnden. Mit der notwendigen Härte.«

Er half ihr galant auf und behielt dann ihre Hand in der seinen. Die war warm und nicht so schwielig wie die ihres Gatten. Warum nicht? Kämpfte er nicht gerade so viel wie jener? Oder lag es daran, dass er so viel jünger war?

»Es tut mir übrigens sehr leid, dass ich gestern stören musste.« Er schaute geradeaus, ohne ihr in die Augen zu sehen.

Sie errötete schon wieder. Sie konnte ihm ja nicht gut sagen, dass sie dankbar für die Unterbrechung gewesen war. Ihre Loyalität gehörte nun ihrem Gatten, und ihre Diskretion war selbstverständlich.

Er reichte ihr Handschuhe und Umhang und geleitete sie zur Tür hinaus. Davor stand ihr Ross, gehalten von dem Riesen, der Morrgjar die Stiefel ausgezogen hatten. Sein Haar war so kurz, dass man kaum eine Farbe erkennen konnte, und sein breites Gesicht war voller Narben. Unter dem freien Arm klemmte ein schmuckloser Eisenhelm.

»Das ist Darso, Erlaucht«, stellte Griðyon den in Kette und Teilplatte gewandeten Kerl vor. Ein Mann aus Eisen. Nimry versuchte, die Waffen zu zählen, die an ihm hingen, und gab dann auf. »Er ist für Eure Sicherheit abgestellt. Bitte folgt seinem Rat.«

Nun lächelte der Blonde fast ein wenig überlegen, während der Riese ihr ungelenk eine Verbeugung bot und sie dabei mit schiefen und zerschlagenen Zähnen angrinste.

»Erlaucht«, grüßte er und klang, als habe er das Wort üben müssen. Dann drehte er ihr Pferd so, dass der Steigbügel zu ihr zeigte. Es gab keine Aufsteighilfe in Form einer Stufe. Stattdessen griff der grobe Kerl sie und warf sie beinahe in den Sattel.

»Aua!«

»Verzeiht!« Wieder neigte er sein Haupt eher seitlich als in einer angemessenen Verbeugung.

Nimry sah sich um. Alle waren aufgesessen und bereit. Die Sonne war eben über den Bergen aufgegangen. Goldene Strahlen formten lange Schatten. Es versprach ein schöner Tag zu werden. Ein Tag im Sattel.

»Reisen wir jetzt weiter nach Norden?«

»Nordosten, Erlaucht!«, antwortete Griðyon, dessen Pferd neben dem ihren tänzelte und es nervös machte. Die Morgensonne spiegelte sich auf seinem Kürass. Seine Hände steckten nun in schweren Handschuhen.

Darso, inzwischen auf ihrer anderen Seite auf einem Schlachtross, das die Größe eines überdimensionierten Kaltblüters hatte, griff nach ihren Zügeln und patschte ihrem Pferd beruhigend auf den Hals.

»Ruhig, Rosi. Reite nach vorn, Griðyon, du machst immer alle Gäule scheu.«

Griðyon zog die Mundwinkel herunter, als wolle er sagen, dass ihm solcherart Kommunikation nicht behagte, doch er sagte nichts dazu. Nimry verstand, dass beide Männer im Ansehen ihres Gatten gleich hoch standen, auch wenn der eine ein geschliffener, intelligenter junger Mann war und der andere bestenfalls als ungeschliffener Edelstein durchgehen konnte.

Sehr ungeschliffen. Außerdem roch er.

Tatsächlich roch der ganze Treck. Pferde, Dung, Menschen. Dies war keine höfische Gesellschaft.

Nimry sah sich um. Viele Blicke lasteten auf ihr. Man hatte auf sie gewartet. Doch es schien ihr Vorrecht zu sein, als Letzte zu kommen. Sie war die Graavessa. Sie hatte trotzdem nichts zu sagen – Griðyon hatte das militärische Kommando. Der zivile Treckführer hatte vermutlich auch noch etwas zu entscheiden. Jeder Einzelne hier wusste mehr als sie. Sie konnte sich nicht verteidigen und würde sich auf einen stinkenden Riesen mit mangelnden Kommunikationsfähigkeiten verlassen müssen.

Aber sie war die Graavessa und hatte Vorrechte.

Der Treck setzte sich beinahe ruckartig in Bewegung. Hufe und Räder machten dieselben Geräusche wie am Vortag. Quietschen und Rattern vermischte sich mit Hufgetrappel und einzelnen Rufen. Sie sah sich nach dem Gasthaus um. Wirt und Wirtin standen am Eingang, höflich und schweigend. Sie wirkten fremd und wenig zugehörig, und Nimry fragte sich einen Augenblick lang, warum das so war. Mussten Wirtsleute nicht alle herzlich und gemütlich sein? Oder waren sie nur zu ihr nicht herzlich und gemütlich?

Griðyon war auf seinem nervösen Gaul tatsächlich nach vorne geritten, um den Zug anzuführen. Darso blieb treu immer genau neben ihr. Er sah aus, als kaue er an etwas. Er kaute lange daran. Im Gegensatz zu einem Stück Kautabak, das Nimry erwartet hatte, waren es jedoch wohl Worte gewesen, die ihm schwer über die Lippen kamen.

»Er ist ein guter Mann!«, sagte er schließlich und schaute dabei stur geradeaus.

»Griðyon?«

Erstaunt ruckte sein Kopf in ihre Richtung.

»Der? Nein. Doch. Der Graav. Ein guter Mann.«

Was sagte man darauf?

»Es freut mich, dass er seinem Herrn eine solche Wertschätzung entgegenbringt.« Sie war sich sicher, das richtig formuliert zu haben.

Er sah sie eine Weile an und nickte dann.

»Ein guter Mann. Mutig. Kämpft wie ein Pantheiger. Verteidigt die Grenze.«

Vielleicht war Darso nicht der ideale Gesprächspartner, doch er war der einzige, den sie hatte. Am Vortag hatte beinahe niemand mit ihr gesprochen. Doch sie fühlte den Unterschied. Gestern war sie eine kleine, dumme Braut gewesen, die man aus einer Burg mitgeschleppt hatte, wie ein überzähliges Gepäckstück. Heute war sie die Graavessa. Was für einen Unterschied machte diese eine Nacht – Anerkennung durch pflichtgemäßen Liebesakt. Was für eine dumme Art, zu Respekt zu kommen. Zumal Nimry heute so jungfräulich war wie gestern. Nun, das konnten sie nicht wissen. Oder doch? Hatte Darso nicht vor dem Zimmer Wache gehalten?

Einerlei. Wenn Darso zu einem Gespräch aufgelegt war, konnte sie vielleicht etwas mehr erfahren.

»Wie sind denn seine Kinder so?«

Diesmal sah der große Mann sie lange irritiert an, als könne er nicht fassen, dass man ihn nach Kindern fragte.

»Gesund«, meinte er schließlich. »Meist.«

»Wer ist jetzt bei ihnen?«

»Keyt passt auf sie auf. Keyt lehrt sie leben, lesen und kämpfen.«

»Ist Keyt ein Verwandter?«

»Nein. Keyt ist Keyt. Sie ist – Keyt.«

»Eine Kinderfrau?«

Er zuckte die gewaltigen Schultern.

»Keyt kam, als die Graavessa starb. Die erste.«

»Eine Frau, die kämpft?«

Er nickte nur und schaute düster.

»Woran ist die Graavessa denn gestorben?«

»Sie wurde krank.«

»Was war mit den anderen?«

»Die wurden auch krank.«

»Wie …«

Er unterbrach sie.

»Erlaucht sind jetzt die Graavessa.«

Nimry starrte geradeaus.

Sie war jetzt die Graavessa. Sie hatte einen Gatten, vier meist gesunde Kinder, eine kämpfende Kinderfrau und einen Riesen.

Sie dachte an die letzte Nacht zurück, versuchte sie einzuordnen.

»Mag der Graav kämpfende Frauen?«, fragte sie Darso.

Der nickte nachdenklich.

»Schon. Die gehen nicht so leicht kaputt.«

27

Shernay hatte gewacht, als Deruonn geschlafen hatte. Sie hatte müde in den dunkelgrauen Morgen gestarrt und versucht, etwas zu sehen. Doch das Licht reichte noch nicht aus, um weit zu blicken. Es dauerte lange, bis die Sonne es in die tiefen Schluchten des Gebirges schaffte. Die Dämmerung zog sich hin.

Nach und nach sah sie die steilen, grauen Berge durch den Morgennebel dringen. Wie riesige Zähne. So nah.

Die Canyons waren schmal und dunkel. Die Welt war vertikale Grenze, wohin man sah. Manche der steinernen Hauer ragten bis in die Wolken, von anderen sah man die spitzen Gipfel, die sich scheinbar mühten, den Himmel auch noch zu erreichen. Unendlich klein und verloren kam man sich unten vor, konnte nach oben blicken, aber nicht nach oben reisen und hatte nur die schmalen Spalten zwischen den Felsgiganten, um in irgendeine vorgegebene Richtung voranzukommen. Ein verlorener menschlicher Punkt zwischen sich türmendem Stein, der bis zu einer gewissen Höhe mit farbenprächtigen Flechten überzogen war und das Verderben bunt und hübsch verbrämte: lila, rosa, goldgelb, moosgrün.

Von ihrer leicht erhöhten Position aus hätte Shernay einen guten Überblick über die Schlucht haben müssen, doch die Felsnasen und Steinblöcke verwehrten ihr die Sicht. Ein

Feind mochte nah sein oder fern. Es konnte ein Marodeur sein oder ihre eigenen Leute, die sicher bereits losgezogen waren, um sie zu suchen und ihren Verrat zu ahnden. Die Bewahrer kannten die Pfade im Gebirge. Sie waren Shernay und Deruonn überlegen, was das anging.

Deruonn konnte dafür vielleicht besser töten. Vielleicht auch nicht. Bewahrer vermochten Dinge, die Shernay nicht einmal genau wusste.

Sie versuchte, sich nicht mehr zu fragen, ob es richtig oder falsch gewesen war, diesen Mann zu retten. Sie hatte es getan. Sie stand zu der Entscheidung. Jetzt zu hadern wäre nur grausam gegen sie selbst gewesen.

Einen gefährlichen Mann hatte sie sich ausgesucht. Nun, einen harmlosen hatte sie nicht gewollt. Armer Garru.

Ihm gegenüber hatte sie ein schlechtes Gewissen, genau wie gegenüber jenen Menschen im Tal, die sie wirklich liebte. Doch seltsamerweise erschütterte sie der Regelbruch nicht mehr so sehr. All die Geheimniskrämerei war ihr lästig geworden. Die gestaffelte Zuordnung, wer wann was wissen durfte. Wer auf Wanderschaft gehen durfte und wer nicht. Es hieß, es stand allen zu, doch manche verließen Reyalun nie, wurden Jahr um Jahr vertröstet.

Vielleicht hatte es erst angefangen, sie zu stören, als sie einen Grund brauchte, um sich loszusagen. Sie hatte ihr Leben in Reyalun nie groß hinterfragt – zumindest nicht, bevor Deruonn gekommen war. Es war gewesen, wie es war, und sie war sich des Privilegs, in Frieden und mit kaum fassbaren Möglichkeiten zur Bildung zu leben, stets bewusst gewesen. Nichts, was sie dort getan hatte, hatte sie ungern getan. Allein das war schon ein Privileg. Das – und dass man keine Angst haben musste. Angst war schlimmer als gedacht.

Es hätte noch so viel zu lernen gegeben, das sie nun nie mehr lernen würde. Am meisten vermisste sie das Wissen, das man ihr im vierten Grad für die Wanderschaft eröffnet hätte.

Ob man sie überhaupt hätte gehen lassen, wusste sie nicht. Sie hatte einmal heimlich den Mütterrat belauscht, als er über sie sprach. Ganz stolz war sie gewesen, dass man sie als etwas Besonderes bezeichnet hatte. Ein Wesen mit einer Gabe oder einem speziellen Erbe. Wertvoll. Tatsächlich hatte eine der Mütter gemeint, zu wertvoll, um Reyalun zu verlassen.

Nur hatten sie nicht gewusst, was Shernays wertvolle Gabe sein könnte. Shernay hatte damals angenommen, es handle sich um ihre besondere Auffassungsgabe. Nun war sie sich nicht mehr so sicher. Vielleicht würde sie ein Talent entwickeln, von dem sie nichts ahnte. Sie hatte nicht fragen können, ohne ihr Lauschen preiszugeben.

Shernay hatte sich an den Rand der Höhle gekauert, in der Hoffnung, der Fels würde sie noch verbergen. Sie sah nach links und dann wieder nach rechts, die Berge hoch und das geröllreiche Tal entlang, dessen enge Sohle kein Pfad war und dennoch der einzige Weg und in dem manche Brocken so groß waren, das man gut und gerne Mensch und Tier dahinter verbergen konnte. Sie sah keinen Feind.

Der Schrei fuhr ihr durch Mark und Bein. Er kam von oben. Sie konnte die Stimme erst zuordnen, nachdem ihr Blut ihr wie kochend heiß durch die Adern geschossen war. Automatisch sprang sie auf und wich etwas zurück ins Höhlendunkel.

Ihr Blick ging dabei gen Himmel. Da kreiste er, der Riesenbuzzard. Sie waren so selten. Sie klangen, so hieß es, wie

Menschen. Shernay hatte noch nie einen gehört oder gesehen. Doch sie hatte gewusst, dass ihre Stimmen einen narren konnten, zumindest die der großen. Theoretisches Wissen, wie stets.

Der grau-beige Vogel zirkelte ganz in der Nähe. Ein seltsames Gefühl überkam Shernay, so als sähe sie auf sich selbst herunter und erblickte sich am Eingang der Höhle. Der irreale Eindruck verflog sofort. Shernay zog sich noch etwas weiter in die Höhle zurück. Dass diese Vögel gefährlich sein konnten, hatte Deruonn am eigenen Leib erfahren, und sein Leib war schwerer als der ihre.

Unverwandt starrte sie weiter den Vogel an, während ihre Vernunft ihr sagte, dass die Gefahr, die von ihm ausging, geringer war, als die von menschlichen Feinden, die irgendwo lauern mochten.

Mühsam riss sie ihren Blick von dem fliegenden Wesen los. Wie es da kreiste, war es beeindruckend, ein riesiger, hässlicher Herrscher der Lüfte. Sie hätte gerne mehr über seine Spezies gewusst, war sich wieder einmal sicher, dass irgendwo in den Archiven ein Wissen vorhanden war, das sie jetzt gut brauchen könnte.

Sie würde es niemals mehr lernen. Der Schmerz über den Verlust dieser Möglichkeit durchschnitt sie wie eine Klinge. Sie musste ein Geräusch gemacht haben, denn von hinter ihr wisperte eine Stimme: »Was ist?« Deruonn war erwacht.

»Ein Riesenbuzzard.«

»Vergorrnte Viecher!«

»Er …« Sie schluckte. Sie wusste keine Worte, um zu beschreiben, welch ein Gefühl das Tier in ihr auslöste.

Sie senkte den Blick auf das Tal unter ihr. Ein riesiger Felsbrocken, größer als ein Haus, lag dort.

»Da ist jemand«, sagte sie.

»Wo?«

»Hinter dem großen Felsen dort. Da ist jemand. Ein Mann und zwei Tragtiere.«

Deruonn war von hinten aus den Schatten an sie herangetreten und legte ihr die Hände auf die Schultern.

»Ich sehe nichts. Nur den Fels.«

»Ich sehe ihn auch nicht mehr.«

»Woher weißt du dann …«

»Ich bin mir sicher, Deruonn. Ich habe keine Zweifel. Ich könnte ihn dir sogar beschreiben.«

Er schwieg, schlang von hinten die Arme um ihren Körper und zog sie an sich. Einen Augenblick lang verweilte er in dieser Position, und sie spürte seine Stärke auf ihrer Haut.

»Pass weiter auf!«, sagte er schließlich. »Ich packe und sehe, was unsere Angreifer uns an Nützlichem mitgeben können. Sag sofort Bescheid, wenn sich etwas tut.«

Es tat sich nichts. Shernay starrte auf den Felsen und wusste, was dahinter war. Das konnte nicht sein. Der Stein war nicht durchsichtig. Sie konnte es nicht wissen. Nur – woher kam diese absolute Sicherheit? Sie konnte es beinahe sehen.

Sie zwang sich, auch in andere Richtungen zu schauen, doch da war nichts. Hinter sich hörte sie Geräusche. Sie drehte sich nicht um, wollte die Leichen nicht sehen und auch nicht, was Deruonn mit ihnen machte.

Einer gegen sechs. Es war nicht wahrscheinlich, dass ein Mann allein so viele Gegner ausschaltete. In so kurzer Zeit und ohne Vorbereitung.

»Du warst nie Edelsteinsucher«, sagte sie über die Schulter nach hinten.

»Nein«, gab er nach einer Weile zu. »Ich hatte einen Forschungsauftrag.«

»Was hast du gesucht?«

»Das alte Cahersyg. Fyrsth Ryckden von Kahsell hoffte, die Geheimnisse der verschwundenen Stadt des Alten Rates von Predorenn würden ihm einen Vorteil verschaffen.«

»Ich wüsste nicht, dass Cahersyg hier irgendwo sein sollte. Aber es kann natürlich sein, dass mir das Wissen einfach noch nicht zustand, und die verschollene Stadt befindet sich gleich hinter der nächsten Felsenecke, versteckt in den Nebeln der Berge.«

»Du weißt es also nicht?«

»Nein.«

»Aber in deinem Tal wird man es wissen?«

»Vermutlich. Ich könnte mir vorstellen, dass man es erst erfährt, wenn man von der Wanderschaft wiederkommt, sodass niemand es in der Außenwelt verraten kann.«

Es würde ein klarer Tag werden. Sie konnten jetzt weiterwandern. Sie mussten unbedingt weiterkommen. Die Bewahrer waren ihnen auf den Fersen.

»Bist du immer noch sicher, dass hinter dem großen Felsen ein Feind lauert?«, fragte er.

»Ja. Frag mich nicht warum. Es ist, als wäre sein Anblick von irgendwoher in mein Gehirn gesickert. Als hätten meine Augen ein zweite Perspektive. Ist das sehr albern?«

»Nein. Besondere Kampfinstinkte gibt es. Manches ist bis zu einem gewissen Grad lernbar, eine Art Gefahrenanalyse, die sich darauf stützt, dass man selbst weiß, wie man vorgehen würde, und ebenso, wie Menschen mit weniger Erfahrung es täten. Aus dem und all dem, was man unbewusst sieht und hört, ergibt sich dann ein Gesamtbild. Nur hast du keine Erfahrungen, aus denen du ein solches Verständnis der Lage ziehen könntest. Ich glaube dir dennoch.«

»Aber was tun wir nun? Wir können hier nicht warten, bis uns die Bewahrer finden.«

»Wir müssen weiter, stimmt.« Er dachte kurz nach. »Ein einzelner Kämpfer sollte kein Problem darstellen. Wenn er zu unseren Angreifern gehört, hat er mehr Grund zur Furcht als wir. Er wartet vermutlich darauf, dass seine Kumpane zurückkommen, wenn es hell wird. Es ist fast hell. Sicher ist er schon misstrauisch. Wenn er eine Fernkampfwaffe hat, ist es allerdings schwierig, ihn zu erreichen. Wir sind gut sichtbar, wenn wir jetzt hier ins Tal steigen. Wenn wir lebend kommen und seine sechs Freunde nicht, wird er wissen, dass er diese nicht mehr erwarten kann.«

»Was willst du tun?«

»Nun, wir können hier nicht warten. Also werden wir gehen. Wir schulden es deinem Instinkt, nachzusehen, ob dort jemand ist.«

»Was ist, wenn …«

»Kein Wenn nimmt uns den Weg ab.«

Sie luden sich ihr Gepäck auf. Es war umfangreicher geworden. Shernay wollte nicht wissen, welche erbeuteten Gegenstände den Weg in ihren Rückensack gefunden hatten. Sie sah sich auch nicht nach den Toten um. Man konnte riechen, dass sie da waren. Gestern hatten sie noch gelebt. Hätten sie sie in Frieden gelassen, würden sie immer noch leben.

Sie traten aus dem Schatten des Höhleneingangs. Vorsichtig suchten sie sich den Weg nach unten. Shernay schaute nervös zu dem Felsblock.

»Sieh nicht dauernd hin. Es ist besser, er glaubt, wir ahnen nichts.«

Weiter ging es.

»Deckung!«, flüsterte Deruonn und schubste Shernay auf den Boden. Sie fiel hart. Den Bolzen, der über sie hinwegflog, hörte sie erst, als er hinter ihr am Berg zersplitterte.

Sie lugte um die Gesteinsbrocken, hinter denen sie eine eher schlechte Deckung gefunden hatte. Wo war Deruonn?

Er war eine unglaubliche Strecke weiter, schon fast am Felsbrocken. Er musste sofort losgerannt sein, als der Bolzen geflogen kam, darauf bauend, dass der Schütze länger als ein paar Sekunden brauchen würde, um die Armbrust wieder zu spannen.

Er hatte recht gehabt. Kein weiterer Schuss war abgefeuert worden, und doch ertönte ein Schrei. Shernay zuckte zusammen.

Doch es war wieder nur der Riesenbuzzard.

»Links«, wisperte Shernay. »Er kommt linksrum.« Sie versuchte, gerade so laut zu sein, dass Deruonn sie hören würde, der andere aber nicht. Ein aussichtsloses Unterfangen.

Schon duckte Deruonn sich weg, verharrte dann einen Moment so reglos, als wäre er selbst zum Fels geworden. Dann schoss er nach rechts, und Shernay wusste, jener unsichtbare Feind hatte sie gehört und die Richtung gewechselt.

Erneut ertönte ein Schrei, diesmal aber nicht von oben.

»Deruonn!« Besorgt sprang sie auf, um sofort zu begreifen, dass dies eine schlechte Idee war. Denn sollte ihr Krieger nicht siegreich sein, so bot sie dem Sieger nun ein gutes Ziel. Wieder hinwerfen? Oder Deruonn helfen? Oder sich vor dem Feind verstecken? Shernay stand unschlüssig herum. Das dauerte alles viel zu lange.

Da kam er. Für einen Augenblick meinte sie, der Feind näherte sich. Doch es war Deruonn mit jenem fremden Gesichtsausdruck auf den Zügen, den er schon in der Nacht zuvor gezeigt hatte. Seine Miene war glatt und ausdruckslos.

Ein kalter Schauer rann Shernay über den Rücken, und sie starrte den Mann unverwandt an. Er starrte zurück.

Dann blickte er zu Boden, säuberte seine triefende Klinge sorgsam und mit Bedacht am trockenen Berggras, sah wieder hoch. Sein Lächeln war zurück.

»Du kannst kommen, Lernerin von Reyalun, die du durch Felsen sehen kannst!«, sagte er leichthin. »Wir haben jetzt zwei Mulis. Sie sind gut bepackt. Proviant. Waffen. Leider ist die Armbrust zerbrochen.«

Shernay bekam kaum mit, wie sie das letzte Stück des Weges nach unten schaffte. Schon stand sie vor ihm. In seinen dunklen Augen loderte etwas. Manchmal spürte sie eine Angst vor ihm, die sie nicht erklären konnte.

Er neigte sich ihr entgegen und küsste sie. Ihr Argwohn schwand.

Der Kuss dauerte eine Weile. Sie löste sich widerwillig von dem lederharten Mann. Die Glätte war ihm vom Gesicht geglitten, und um die Augen hatten sich verschmitzte Fältchen gebildet.

»Lass uns gehen«, sagte er. »Hier zu warten ist nicht gut.«

»Weißt du denn, in welche Richtung?«

»Nun, die, aus der wir gekommen sind, ist sicher keine gute Idee, und in einem schmalen Tal gibt es immer nur zwei Richtungen. Oder steil die Felsen hoch.«

Er holte die Mulis und gab ihr einen Zügel in die Hand.

»Wir reiten nur auf ihnen, wenn es nicht anders geht«,

verfügte er. »Irgendwann werden wir sie laufenlassen müssen, damit man sie verfolgt und nicht uns.«

Sie liefen los und zogen die Tiere hinter sich her. Einen Weg gab es immer noch nicht, nur Einschnitte zwischen den Felsen, Gabelungen, die bergauf oder bergab führen konnten – oder einfach im Nichts enden. Dann müssten sie zurück und würden den Bewahrern in die Arme laufen.

»Links oder rechts, hellsichtige Shernay?«

Woher sollte sie das wissen? Sie war hier noch nie gewesen.

Von Weitem ertönte ein Schrei. Deruonn sah sich irritiert um. Shernay wandte sich den Wolken zu. Ja, da vorn war er, der Riesenbuzzard.

»Da entlang!«, entschied sie, ohne zu wissen, warum.

»Sicher?«

»Nein. Hast du einen besseren Vorschlag?«

»Nein.«

»Dann …«, sie lächelte ihn an, »da entlang.«

28

Tagelang waren sie schon unterwegs. Nimry hatte den Überblick verloren, wie viele es waren. Viel zu viele, fand sie. Sie reihten sich aneinander wie Glasperlen auf einer Schnur. Einmal gab es eine kleine Herberge, doch der Treck verweilte nicht länger dort, pausierte nur auf der Straße, trank etwas anderes als in Lederflaschen abgestandenes Quellwasser. Dann ging es weiter. Die alte Straße bot nicht mehr viele Herbergen, so sagte man ihr. Früher war das anders gewesen.

Nimry nahm eine Veränderung der Landschaft wahr. Die Burg zu Jorgvil selbst lag in einem Tal zwischen zwei Gebirgen, den südlichen Ausläufern des Byarla-Gebirges im Osten und der Südostspitze des Dywant, das sich als sehr schmaler Berggrat wie eine schräge Linie nach Nordwesten zog und die natürliche Grenze zwischen den Fyrstheneien Kahsell und Edunayu darstellte. Freilich konnte man auch um natürliche Grenzen kämpfen, und der Treck wurde sicher nicht ohne Grund vorne und hinten bewacht. Die Straße war gefährlich. Alle Straßen waren gefährlich und Feinde nie besonders fern.

Der Dywant war hoch und lang gestreckt, aber nicht breit. So verschwanden die Berge links von Nimry, von denen sie nur die schmalen Endausläufer sah, alsbald, während rechts das Byarla-Gebirge an Höhe und Masse zusehends gewann.

Links der Straße begann sich eine gelbgrüne Ebene zu erstrecken, wild und herb, unwirtlich und doch trügerisch lockend. Rechts der alten Straße ragten die aufstrebenden Gipfel in Nebel und Wolken, und die Welt schien in östlicher Richtung zu Ende zu sein, als wäre sie mit einer himmelshohen Mauer eingefasst.

Nimry wusste, dass nur Abenteurer in diesem Gebirgsmassiv ihr Glück suchten. Jenseits davon gab es nicht viel. Es fiel steil zur Küste hin ab, doch eine schmale Küste ohne gangbares Hinterland war auch für Ansiedlungen und Hafenstädte unattraktiv. Fischerdörfer mochte es geben und weiter im Norden Flynnthaven, das durch eine Straße entlang des Byarla-Grabens mit der Flynntburg verbunden war. Kahsell war, was Häfen und Zugang zum Meer anging, eindeutig benachteiligt. Eben um das zu ändern, führte der Fyrsth Krieg gegen Passagur.

Der Treck war langsam und mühte sich allzu gemächlich die löcherige ehemalige Reichsstraße entlang.

Sie war nicht das einzige weibliche Wesen im Treck. Das hatte sie inzwischen herausgefunden. Auf den Wagen gab es noch ein paar vierschrötige Frauen in Männerkleidung, die nach anfänglicher Scheu vor der Graavessa inzwischen die Aufgabe übernommen hatten, sich um Nimry zu kümmern, vor allem drei von ihnen. Sie machten ihr abends ein Lager in einem der Wagen bereit, und eine der Frauen blieb dann stets auch des Nachts bei ihr.

Ob es wirklich nötig war, ihre Tugend derart entschlossen zu schützen, vermochte Nimry nicht zu sagen, doch tatsächlich fühlte sie sich sicherer, seit sie wusste, dass sie nicht die einzige Frau im Umkreis von Dutzenden, vielleicht Hunderten von Meilen war.

Greda, Pruri und Mandelle hießen die Frauen, die sich ihrer angenommen hatten. Um sie als Frauen zu identifizieren, musste man schon genauer hinschauen. Sie trugen ihr Haar kurz, ihre Kleidung unterschied sich in nichts von der der anderen Kutscher. Sie waren bewaffnet. Auch wirkten sie nicht ein bisschen schwach, gehorsam oder schüchtern. Nimry beneidete sie um ihre Stärke und Festigkeit – und um ihre Unabhängigkeit.

Sie hatte es Mandelle gesagt. Die hatte nur gegrinst.

»Alles lernbar«, sagte sie. »Und wenn Ihr es nicht lernen müsst, vielleicht ist das ja gut.« Dann dachte sie einen Augenblick lang nach. »Trotzdem wäre es gut, etwas zu lernen. Man weiß ja nie!«

Mandelles Sätze endeten oft mit »Man weiß ja nie«, eine Aussage, die Nimry redundant fand, dann aber zusehends für zutreffend hielt. Man wusste tatsächlich nie.

Das Reisen im Treck unterlag einer strikten Ordnung. Jeder Handgriff saß, ein sich täglich wiederholendes Ritual von festgelegten Abläufen und verteilten Verantwortungen. Essen gab es morgens und abends, wer zwischendurch Appetit bekam, musste sich mit einem Stück Brot im Sattel oder auf dem Wagen zufriedengeben. Das hieß nicht, dass es keine Pausen gab. Den Pferden gönnte man Pausen. Man holte Wasser, wenn man an einer Quelle vorbeikam. Man vertrat sich dann ganz kurz die Beine, und die Männer drifteten auf der einen, die Frauen auf der anderen Seite ins Gebüsch.

Darso half ihr immer aufs Pferd und wieder herunter. Nimry schien für den riesigen Kerl überhaupt kein Gewicht zu haben. Manchmal überkam sie die schleichende Furcht, was geschehen würde, wenn er sich gegen sie wandte. Sie hätte keine Möglichkeit, ihn abzuwehren. Ihr blieb nichts anderes, als ihm zu vertrauen.

Griðyon benahm sich stets höflich, ja beinahe höfisch. Sein Lächeln war ungewohnt offen. Manchmal kam er ihr vor wie ein verwunschener Prinz. Seine Augen funkelten bisweilen geheimnisvoll, als trügen sie ein Mysterium, das er beinahe – aber eben nur beinahe – mit ihr teilte. Tatsächlich teilte er nichts, dennoch fühlte sich Nimry in solchen Momenten zugehörig zu einer verschworenen Gemeinschaft, von der sie nur nichts wusste.

Manchmal wieder schien er ihr zuzuzwinkern, doch niemals so, dass man es genau sagen konnte oder es für irgendeinen anderen sichtbar war. Dann schien sich ein Band plötzlichen Verständnisses zwischen ihnen beiden zu spannen, das Nimry erst ermutigte und dann wieder verunsicherte. Mochte er sie gar? Mochte sie ihn? Es war leicht, ihn zu mögen.

Doch er hielt Abstand. Seine Loyalität galt Nimrys Gatten und schloss Nimry mit ein. Manchmal beobachtete sie ihn heimlich, denn er war nett anzusehen, und seine Bewegungen waren so fließend und elegant wie die eines Tänzers. Er schien zu spüren, wenn sie ihn ansah. Dann wandte er sich unvermittelt nach ihr um und lächelte sie an. Sie lief dunkelrot an und drehte sich fort. Ihr war das peinlich. Aber es geschah dennoch immer wieder. Es schien, als besäße er auch im Rücken Augen. Vermutlich musste man solch gute Instinkte haben, wenn man zu Kriegszeiten so jung schon so hoch gestiegen war.

Darso zuzusehen war auf ganz andere Weise faszinierend. Er war wie eine Naturgewalt, wie das Gebirge, so schroff, so riesig, so undurchdringlich. Elegant konnte man ihn wahrlich nicht nennen. Vermutlich hätte er auch keinen Wert darauf gelegt.

»Ein stattlicher Mann, der Herr Graav«, sagte Mandelle eines Nachts im Wagen, während sie auf dem Rücken lag und ihre Hände unter ihrem Kopf gefaltet hatte. Sie kaute auf einem streng riechenden Blatt und schien ein wenig verträumt. »Ihr seid eine glückliche Frau … äh … Erlaucht. – Also wenn man eines Mannes Frau sein will.«

Nimry wusste nicht, was sie darauf sagen sollte, denn zum einen war der Gedanke, etwa nicht eines Mannes Frau sein zu wollen, in ihrer Erziehung nicht vorgekommen und erschloss sich ihr erst jetzt. Zum anderen waren dies alles Morrgjars Leute, und es geziemte sich nicht, ihnen gegenüber zu klagen oder ihren Herrn irgendwelcher Verbrechen zu bezichtigen.

»Ja«, sagte sie deshalb nur, doch sie hatte wohl zu lange gezögert, denn Mandelle kicherte rau.

»Er ist natürlich älter als Ihr und wahrscheinlich auch ein wenig erschreckend in seiner verwegenen Art. Ein richtiger Kerl eben.«

»Er … wartet ungern.«

Warum die Kutscherin losprustete, wusste Nimry nicht.

»Da wirst du ihn erziehen müssen«, sagte sie und merkte nicht einmal, dass sie Nimry duzte. »Er muss warten, bis du so weit bist.«

»Ein halbes Jahr war ihm zu lang.«

Mandelle zitterte vor prustender Fröhlichkeit.

»Ein halbes Jahr ist ja auch … sehr … lang«, sagte sie schließlich. Nimry beschlich das Gefühl, dass sie nicht über die gleiche Sache redeten.

»Seine Gnaden Fyrsth Ryckden hatte mir versprochen, er würde mich nicht verheiraten, bevor ich achtzehn wäre. Aber der Graav wollte nicht warten.«

»Ah«, sagte Mandelle schließlich. »Nun ja. Der Graav entfernt sich nur ungern von der Nordgrenze und kann Jorgvil nicht leiden, und achtzehn könnt Ihr auch auf Flynnt werden.« Sie machte eine kleine Pause. »Achtzehn. Sehr niedlich.«

Niedlich. Da war es wieder. Menschen fanden sie niedlich. Nimry wusste nicht so recht, was sie von diesem Kompliment halten sollte. Es schien ihr, als würdigte es sie zu einem Spielzeug herab. Je länger sie unterwegs und von der Edlen Abanya entfernt war, desto sicherer war sie, dass sie kein Spielzeug sein wollte.

»Bringst du mir Kämpfen bei, Mandelle?«, fragte sie.

Mandelle grunzte. Vielleicht versuchte sie, etwas zu sagen, aber die Silben kamen nur verschwommen über ihre Lippen. Es mussten diese Blätter sein.

Am Tag zuvor waren sie an einem Busch vorbeigekommen, der den ganzen Treck fasziniert hatte. Ohne Anweisung war der Wagenzug zum Halten gekommen, und während Griðyon und der Wagenmeister wüste Beschimpfungen gebrüllt hatten, hatte sich ein Teil der Reisenden auf diesen Busch gestürzt, ihm Blätter ausgerissen und sie sich in die Taschen gesteckt. Seither ging es noch langsamer voran als in den Tagen zuvor. Manchmal fiel einer vom Kutschbock, ein Phänomen, das Nimry zunächst der anstrengenden Reise zugeordnet hatte. Doch es schien mehr dahinterzustecken.

Sie hatte Darso gefragt, was es damit auf sich hatte.

»Gurnbusch«, hatte der in seiner einsilbigen Art erklärt.

»Dornbusch?«, hatte Nimry gefragt, die meinte, sich verhört zu haben.

»Dornen hat er auch. Aber Menschen mögen die Blätter. Sie bringen Glück.«

Die verschiedensten Dinge brachten Glück. Amulette der Göttin Annowen zum Beispiel. Nimry besaß eines. Die Tempel der Annowen-Gläubigen verkauften diese Schmuckstücke an die Verzweifelten und Verwirrten – so hießen alle Gläubigen Annowens – um eben Verzweiflung und Verwirrung abzuwenden und die Gründe dafür.

»Gurnbusch«, wiederholte Darso. »Der Saft in den Blättern macht glücklich, dumm und müde. Man bekommt einen vergorrnten Kater davon. Menschen kauen trotzdem drauf herum. Alle Sorgen gehen fort. Aber es ist Trug. Sorgen gehen nicht fort. Man wird nur dumm und sieht sie nicht.«

»Für immer?«

»Nein.«

»Also so wie bei zu viel Wein?«

»Schlimmer.«

Nimry hatte dann noch erfahren, dass diese Pflanzen nicht nur selten, sondern auch Tieren ähnlich waren, denn sie konnten ihre Wurzeln aus dem Boden ziehen und sich von allein schlängelnd an ein neues Ziel begeben.

»Böser Busch«, hatte Darso noch gesagt und war dann in dumpfes Schweigen verfallen.

Nun hatte also Mandelle von dem bösen Busch genascht. Sie wachte nicht über Nimry. Sie schnarchte. Das Geräusch hielt Nimry wach. Sie dachte über den »bösen« Busch nach.

Vielleicht sollte man sie züchten, wenn sie glücklich und friedlich machten. Vielleicht würde der Krieg aufhören, wenn alle genug von diesen Blättern bekämen.

Ein Blatt war Mandelle aus der Hand gefallen, jungfräulich und unangeknabbert. Es lag wie eine stumme Aufforderung zwischen der vierschrötigen Frau und der Erlauchten

Graavessa von Flynnt. Als Graavessa hatte Nimry sicher das Recht, alles zu probieren. Wer wollte es ihr verwehren?

Sie nahm das Blatt und musterte es. Vielleicht würde sie dann endlich schlafen können. Bei Mandelle schien es immerhin zu funktionieren.

Ganz vorsichtig hob sie das Blatt an ihre Lippen und knabberte an der äußersten Spitze. Eine scharfsüße Flüssigkeit spritzte ihr auf die Zunge und schien sich dort einbrennen zu wollen. Nimry unterdrückte einen Schrei. Schreien wäre schlecht. Wenn sie schrie, würde Darso kommen, um sie zu retten. Vielleicht würde er Mandelle etwas antun, weil sie nicht achtgegeben hatte. Das wäre nicht gut. Nimry mochte Mandelle. Nimry wollte so sein wie Mandelle. Sie wollte ein Kurzschwert an der Seite und eine Reihe kleiner Wurfmesser in einem Bandelier tragen, und jeden, der sie zu etwas zwingen wollte, was sie nicht mochte, würde sie aufspießen.

Ganz unwillkürlich stellte sie fest, dass sie weiter an dem Blatt geknabbert hatte. Das hatte sie gar nicht vorgehabt. Sie hatte ja nur einmal probieren wollen. Probieren konnte nicht falsch sein. Es war auch gar nicht mehr so scharf. Eher süß. Sie kicherte leise.

Es war seltsam hell im Wagen. Sie hätte wirklich nicht gedacht, dass das Mondlicht durch den dicken Stoff der Plane dringen könnte. Eben hatte es das doch auch noch nicht getan – oder?

Stehen konnte man in dem Planwagen nicht. Doch Nimry war klein genug, um darin zu knien. Sie sah ihre Hände an, die immer noch das Blatt hielten. Hatte sie es nicht schon längst losgelassen? Sie meinte es noch fallen zu sehen. Es fiel unendlich langsam. Trudelnd. Tanzend. Doch es war noch in ihrer Hand.

Vor ihr lag das Bandelier ihrer Begleiterin. Nimry zog es sich über ihr dickes Schlafhemd. Es war seltsam, wie viel sicherer sie sich damit fühlte, dabei wusste sie mit den Klingen nicht einmal umzugehen.

Sie würde es lernen müssen. Man wusste ja nie.

In ihrem Gepäck gab es zarte Nachtgewänder. Doch hier in der Wildnis trug Nimry nachts nicht wesentlich weniger als tagsüber. Ihre Stiefel hatte sie ausgezogen. Ihr Reisekleid auch. Dafür trug sie jetzt grobe Beinkleider und hatte ein Bandelier. Klingen. So viele Klingen.

Sie kroch an den hinteren Rand des Wagens und spähte hinaus. Sie spürte ihre Finger an ihren Lippen, doch das Blatt war nicht mehr da. Ob Mandelle noch mehr davon hatte? Sie schaute über die Schulter nach hinten. Etwas in ihr brannte vor Verlangen nach einem weiteren Blatt. Nur einem. Gewiss nur einem.

Doch dann war sie abgelenkt. Durch den Spalt in der Plane linste sie nach draußen in die ungewohnt helle Nacht. Wie ein Wildtier fühlte sie sich, nachtaktiv und im Dunkeln sehend.

Die Wagen waren zu einer Wagenburg zusammengezogen. Im Inneren des Kreises brannte ein freundliches Feuer. Dort hatte man gekocht. Nun lagen Schläfer in Decken ums Feuer verteilt. Schnarchen war auch von dort zu hören. Die Geräusche fügten sich zu einer seltsamen Melodie. Es war Nimry, als könnte sie die Sterne klagen hören, schwermütig und ärgerlich.

Um den Wagenkreis zogen Schatten. Sie waberten, kaum greifbar. Eine Myriade Sterne funkelte vom nachtblauen Firmament, heller, als Nimry das je gesehen hatte. Der große Halbmond hing goldrot und riesig am Himmel, so nah, als könnte man ihn mit den Fingern berühren. Eine lächelnde Laterne.

Sie stand auf dem kalten Boden, ihre nackten Füße spürten eisiges Gras, Halm für Halm. Die Welt wackelte. Wie ein Pudding zunächst, dann wie ein brodelnder Brei. Nichts mehr war, wie es sein sollte. All die Fremden um sie herum, und doch war sie ganz allein. Sie würde sterben.

Ihr Schrei weckte das Lager. Sie selbst hörte nur den Nachhall des gellenden Lärms. Ihr eigener Schrei. Es kam Bewegung in das Gewaber.

Darso. Nein. Ein Riese mit einem schiefen Maul voller Zähne. Sie ging ihm nur bis zum Knie. Er wuchs so schnell, wurde breiter, höher, mächtiger. Hob sie hoch. Wollte sie fressen. Alle wollten sie fressen. Sie war niedlich.

Sie wehrte sich vergebens gegen das Monstrum, das sie gefangen hatte und festhielt. Es war aus Stein und Eisenholz, unbrechbar. Sie wollte wieder schreien, doch sie fand ihre Stimme nicht mehr.

Dann kam der Nachtprinz. Sein blondes Haar schlängelte sich in zischenden Strähnen um sein Haupt.

»Erlaucht!«, sagt er, und es klang wie Hohn. »Erlaucht! Was ist Euch geschehen?«

»Gurnbusch!«, sagte der Riese wütend. »Sie muss den ersten Tropfen genossen haben.«

Nimry verstand die Worte und wusste doch nichts damit anzufangen. Sie merkte nur, wie ihr die seltsame Klarheit und Helligkeit langsam entwich und einer Hilflosigkeit Platz machte, die noch nie größer gewesen war. Dutzende von astdicken Armen schienen um sie gewunden zu sein und sie zu halten. Nichts mehr stimmte. Kein Eindruck ließ sich ihrem Erfahrungshorizont zuordnen.

Sie begann zu weinen.

»Nicht weinen, Kleines«, sagte der Riese.

»Erlaucht! Sie ist die Graavessa«, korrigierte der Blonde kalt.

»Ist fast noch ein Kind.«

»Dero Erlaucht ist unpässlich. Leg sie in den Wagen, Darso. Wir können nichts für sie tun. Und hole mir das Weibsbild raus, das auf sie aufpassen sollte!«, zischten die Schlangenhaare. Blaue Augen glühten im Zentrum wie feurige Aquamarine.

Jetzt hörte Nimry es deutlicher. Ungeheuer näherten sich. Im Klangschatten der Stimmen schlichen sie sich an, an die Wagenburg, an die eigenen Wabermonster, die zwischen Wachen und Schlafen gefangen waren.

»Sie kommen!«, brüllte Nimry. »Sie kommen! Zu den Waffen! Zu den Waffen!«

29

Die Dunkelheit war ein Sumpf ohne Richtung. Doch langsam lichtete sich die klebrige Finsternis, die über seinem Geist gelegen hatte wie eine Augenbinde.

Garru fand sich mitten in der Herberge am Berg wieder. Draußen. Er war draußen. Er hatte seine umfriedete Welt verlassen. Nun würde alles anders werden. Eventuell jedoch nicht gut.

Das Blut, das er roch, hatte bereits den Gestank von Fäulnis angenommen. Es drängte ihn, die Herberge zu verlassen, doch noch ließ er das Grauen auf sich wirken, als helfe es, die neue Wirklichkeit zu erfassen. Er war nun in der Welt des Krieges. Hier war nichts und niemand sicher. Der Odem des Todes war lediglich ein Indiz dafür.

Fühlten sich alle Wanderer so verloren, wenn sie den Schutz des Tales verließen?

Er war nicht allein. Eine ganze Gruppe Bewahrer war ihm und seinem Begleiter vorausgegangen. Er hatte nicht durchsetzen können, dass er zuerst ging. Wie auch? Es waren immer die Bewahrer, die einen Wanderer nach draußen führten, während dessen Sinne im Nebel schwammen.

Vier dieser Bewahrer waren schon unterwegs, um Shernay und den Fremden aufzuspüren. Die anderen hatten begonnen aufzuräumen, um die Herberge wieder in den Urzustand zurückzuversetzen. Ohne Blut, ohne Unordnung.

Ohne Tote. Letztere würden nach Reyalun gebracht und dort rituell verbrannt werden, so wie es üblich war. Er würde ihnen nicht das Lied des Abschieds singen können.

Ohne sich vom Fleck zu rühren, sah er sich um. Eine harmlose Herberge für Reisende. So oder so ähnlich sahen sie vermutlich überall aus, Gastraum, Hocker, Bänke die Wand entlang, Kochstelle, Vorratsraum, Schlafraum. Die doppelte Wachbesatzung war neu. Die verborgenen Waffen waren aufgestockt.

Garru hielt ein Holztäfelchen in der Hand. Seine Finger umkrallten es, und er hätte es den Bewahrern gerne immer wieder unter die Nase gehalten. »Das war ich nicht. Shernay«, stand darauf geschrieben.

Gewiss war sie es nicht gewesen. Ihr Begleiter jedoch vielleicht schon.

Konnte das sein? Hätte er die Besatzung der Herberge einfach so niederstrecken können? Allein? Ohne dass Shernay versucht hätte, es zu verhindern? Garru glaubte das nicht.

Die anderen waren sich auch nicht sicher.

»Mehr als zwei. Es waren mehr als zwei.«

»Vielleicht hatte der Fremde Komplizen.«

»Warum waren die nicht in Reyalun?«

»Wie ist er überhaupt dort hineingekommen, und was wollte er? Oder sie alle?«

Während die Bewahrer aufräumten und die Spuren von Tod und Zerstörung beseitigten, stellten sie diese Fragen. Leider wussten sie auch keine Antworten. Die Fragen allein brachten sie weiter.

Schließlich wandte sich einer der älteren Bewahrer an Garru.

»Du kannst hier nichts tun. Also geh. Es ist deine Wanderschaft. Hast du die Karten und die Wege verinnerlicht?«

»Ja.«

»Steig erst hinunter bis zur Steinrinne. Dort musst du dich entscheiden: Süden oder Norden. Oder ganz hinunter zur Talsohle. Dort lautet die Entscheidung nicht anders.«

»Wohin sind die Brüder und Schwestern Bewahrer gegangen?«

»Wohin die Spuren sie geführt haben.«

»Und wo …«

»Du sollst die Welt kennenlernen. Du sollst deine Musik spielen und neue lernen. Du sollst das Erlernte hierher zurückbringen, um uns alle zu bereichern. Hast du dich von der Durchquerung erholt?«

Der Bewahrer meinte die Droge, die Garru mit dem Abschiedstrank zu sich genommen hatte und die ihn hier in diesem Ort hatte zu sich kommen lassen, mitten im Raum, stehend und verwirrt.

Er erinnerte sich an den Abschied, an schulterklopfende Hände, an züchtige Küsse, an gute Wünsche. Er erinnerte sich an die bittere Süße des Getränks. Er erinnerte sich an den Satz, der immer und immer wieder durch seinen vernebelten Schädel zog: Shernay konnte nichts dafür. Ob – und wie oft – er das seinen Begleitern gesagt hatte, daran konnte er sich nicht erinnern. Vermutlich mehr als einmal.

»Hier. Trink noch etwas Wasser. Dann geh. Wenn sonst Reisende hier waren, sind Wanderer manchmal mit ihnen gezogen. Das erleichtert das Eintauchen in diese Welt, wenn man mit deren Bewohnern unterwegs ist. Kann einen aber auch das Leben kosten. Hier in den Bergen gibt es wenig nette Menschen.«

»Alles kann einen das Leben kosten«, mahnte ein anderer.

»Am Ende sterben wir alle«, fügte Garru hinzu. Er schulterte sein Pack. Kleidung. Waffen. Proviant. Wasserflasche. Flöten und die kleinste Harfe, die er besaß.

Ein Bewahrer trat zur Seite und ließ ihn zur Tür hinaus. Von dort aus führte ein steiler, kaum wahrnehmbarer Pfad talwärts, neben ihm plätscherte ein Bach, der sich immer wieder in kleinen, sprudelnden Wasserfällen ergoss. Manchmal floss der Bach über den Weg und verbarg ihn vor den Augen jener, die auf dem Weg nach oben schauten und nichts sahen als Wasser.

Garru zwang sich zum ersten Schritt. Dann zum zweiten. Zum nächsten und nächsten. Er hatte nicht gedacht, dass ihm das Verlassen seiner Heimat so schwerfallen würde. Er hatte auch nicht mit dem Unbehagen gerechnet, das ihn durchdrang und die Musik in ihm verstummen ließ. Wäre das auch so gewesen, wenn er einfach nur gegangen wäre – ohne die Sache mit Shernay?

Es war müßig, darüber nachzugrübeln. Stoisch ging er weiter, langsam, den Blick auf den tückischen Pfad gesenkt. Eine Lektion war gewesen, nie die Natur zu unterschätzen. Sie konnte einen so schnell umbringen wie das Schwert eines Feindes.

Er zählte die Schritte nicht. Doch die Minuten zogen sich in die Länge. Ein Blick zum Himmel deutete ihm schließlich an, dass er schon länger als eine Stunde unterwegs war. Seine Knie waren der Belastung des steilen Abstiegs zwar gewachsen, doch er würde achtgeben müssen, sich nicht zu übernehmen. Was immer er tat, er musste stets noch Kraft genug haben, einen plötzlichen Angriff abzuwehren.

Minute um Minute drängte es ihn danach, sich umzudrehen und zurückzusehen, doch er versagte es sich. Erst wenn er auf halber Höhe zum Tal angekommen war, wollte er sich den Anblick noch einmal gut einprägen, damit er diese Herberge wiederfinden konnte. In drei Jahren. Oder irgendwann.

Denn er wollte zurückkommen. Er war noch kaum fort, da sehnte er sich bereits nach dem Frieden, den er verlassen hatte. Auch das wäre ohne Shernays Verfehlung sicher anders gewesen. Ihm war klar, dass sein Sehnen mehr einer unkomplizierten Vergangenheit galt als der stets gleichen Ruhe in Reyalun. Hätte er die Zeit zurückdrehen können, er hätte es getan.

Nun hatte er eine Art schmalen Sims erreicht, das am Berg entlanglief wie ein Weg. Noch lange war er nicht ganz unten im Tal angekommen. Stunden um Stunden mochte das noch dauern. Doch auch von hier ging es in die eine oder andere Richtung, nach Norden oder Süden, wie im ganzen Gebirge. Aufgetürmte Felskämme erstreckten sich alle mehr oder weniger parallel. Wollte man nach Ost oder West, so musste man Bergpässe finden. In seinem Kopf befand sich das Wissen, wo diese waren.

Er wandte sich um. Er sah hoch.

Erstaunlich weit war er gekommen, und in der Tat war schon mehr Zeit verstrichen, als er geglaubt hatte. Ganz klein war das Steinhaus dort oben auszumachen, mitten im Fels. Man sah es nur, wenn man wusste, wonach man suchte.

Ob die Bewahrer zu ihm heruntersahen? Er unterdrückte den Impuls zu winken. Bewahrer schützten sein Tal. Doch im Moment schienen sie nicht auf seiner Seite zu sein. Oder er nicht auf ihrer. Er musste Shernay finden.

Er wandte sich zurück und versuchte, irgendwelche Spuren auszumachen. Die Theorie dazu hatte man ihm beigebracht. Nun musste er seine Kenntnisse an der Realität messen.

Auf Fels gab es nicht viel, das eine Spur sein konnte. Er lief ein wenig rechts. Dann ein wenig links. Hier gab es kaum Gras, nicht wie in Reyalun, dessen besonderes Kesselklima alles anders aussehen ließ als im Rest des Gebirges.

Moos gab es und Flechten, die sich auf dem steinigen Grund festgeklammert hatten. Das Moos war dunkelgrün mit kleinen, orangen Blüten. Die Flechten hatten die aberwitzigsten Farben, Rot, Violett und sogar Blau. Manche Steine waren farblich überzogen wie mit Zufallsbildern, manche Berge bunt wie bemalt. Die Schönheit dieser Naturkunstwerke beeindruckte ihn.

Dann sah er sie: eine Spur. Sein Instinkt kam mit seinem erlernten Wissen überein, dachte das Gleiche: Das hier war etwas.

Natürlich konnte ein Tier die Spur in den Flechten hinterlassen haben. Es gab Tiere in den Bergen, kleine und große, solche, die – so man ihrer habhaft wurde – einem einen Braten generieren konnten, und solche, die – so sie seiner habhaft wurden – ihn reißen und auffressen mochten.

Er schritt weiter in die Richtung. Eine ganze Weile sah er nichts, dann wieder gab es eine Stelle, in der Flechten und Moos irgendwie nicht gleichmäßig verteilt waren, als habe ein Fuß sie achtlos abgekratzt.

Die Bewahrer? Sie mussten doch wissen, wie man keine Spuren hinterließ. Doch sicher hatten auch sie die Zeichen gedeutet und waren in diese Richtung ihrer Beute gefolgt. Viel Vorsprung hatten sie nicht, Shernay und ihr geheimnisvoller Mann.

Der es bis nach Reyalun geschafft hatte.

Dem es gelungen war, eine der klügsten Frauen dort zu betören.

Der gewiss ein widerwärtiger Kerl war und Shernay nicht verdiente.

Der sich den Weg nach draußen erkämpft hatte.

Den keiner – außer Shernay – je zu Gesicht bekommen hatte.

Garru drehte sich um und marschierte in die andere Richtung. Fort von den Spuren, die sogar er als Anfänger lesen konnte.

Vielleicht war das falsch. Es würde sich weisen. Wenn er Shernay nicht fand, hatte er verloren und sie auch. Denn dann würden die Bewahrer sie finden.

»Ach, Shernay. War das wirklich nötig?«, murmelte er und teilte seinen Zorn und seine Frustration gleichermaßen zwischen ihr und ihm auf. Sie hatte einen Fehler gemacht, und er hatte ihr nicht beigestanden.

Was würde der geheimnisvolle Fremde tun, wenn Garru sie erreichte?

Garru duckte sich blitzschnell zwischen die Felsen, als ein riesiger Schatten ihn streifte. Er sah nach oben. Ein Riesenbuzzard zog gemächlich seine Kreise in den Lüften. Auch das noch. Die Viecher waren gefährlich.

»Vögelchen!«, brummte er. »Vergorrntes Vögelchen. Komm mir nicht zu nah, sonst muss ich dich erschießen.« Er hatte eine kleine Armbrust. Ob er damit irgendetwas treffen würde, das keine wehrlos dastehende Zielscheibe mit rot markiertem Mittelpunkt war, würde sich zeigen.

Vielleicht war dies alles zu früh gekommen.

DER LAUERNDE

Der Schlangenwurm war noch nicht mächtig. Macht brauchte Tausende Jahre, um zur Perfektion reifen. Man musste sie hegen und pflegen, diese Macht, wie ein zartes Pflänzchen, das zu einem Mammuteisenbaum wachsen sollte.

Man musste planen und jedes Wesen, das sich eignete, nutzen. Menschen eigneten sich gut. Sie waren zumeist so von den eigenen Zielen durchdrungen, dass sie außerhalb ihres beschränkten Erfahrungsrahmens wenig erwarteten. Es war so leicht, ihnen zu suggerieren, was sie für ihre eigenen Ziele hielten. Ihr rationales Denken war von Grund auf schadhaft. Zwar waren sie fähig, Fakten zu sammeln und zu beurteilen, doch letztlich entschieden sie dann zumeist nicht logisch, sondern gemäß ihren dummen, kleinen Vorlieben in ihren kurzen, kleinen Leben. Das ließ sich trefflich verwerten.

30

Morrgjar Graav von Flynnt hatte nun schon tagelang zu wenig Schlaf bekommen. Sommertage waren lange hell, und er und seine Soldaten waren schon vor dem Sonnenaufgang auf, ritten beim ersten Licht auf der Alten Straße los und machten erst halt, wenn der zerfallene Weg im abendlichen Dunkel nicht mehr auszumachen war. Waren Mond- und Sternenlicht hell genug, ritten sie auch dann noch weiter.

Freilich war er es gewohnt, zu wenig zu schlafen. Er war verantwortlich für die Nordgrenze Kahsells, von Flynnthaven an der Ostküste, bis kurz vor Sumerfrey an der Westgrenze. Von dort aus oblag es dem Graaven von Sumerfrey, jenes eher kleine Stück Ebene zwischen seiner Hafenstadt im Norden, am südlichen Ende des Langen Fjords, bis hin zur Dywant-Bergkette zu sichern.

Die Aufgabe des Graaven von Sumerfrey war trotz des kleineren Gebiets nicht einfacher als die Morrgjars, denn alle vier Fyrstheneien des nördlichen Kontinents beanspruchten die Stadt und den Landstrich für sich, da die Stadt Zugang zu einer sehr langen, schmalen Bucht oder einem Isthmus bot, der bis zum Nordmeer führte.

Von Sumerfrey war also keine Hilfe zu erwarten.

Morrgjar musste für seinen Fyrsthen ein riesiges Gebiet schützen, und an irgendeiner Ecke versuchte immer gerade jemand, seinen Einflussbereich zu erweitern. Wenn dies auf

Kosten Kahsells geschah, so griff Morrgjar ein. Bislang hatte er stets gesiegt. Er wusste, verlieren würde er nur einmal. Dann gäbe es einen neuen Graaven von Flynnt.

Er brauchte dringend mehr Kämpfer, mehr Waffen und bessere Versorgung. Der Treck mit Ausrüstung beinhaltete nur einen ärmlichen Teil dessen, was er von seinem Fyrsthen gefordert hatte. Man hatte ihn abgespeist. Mit Waffen, einer ungetesteten Wundersubstanz, an die er nicht glaubte, Gebrauchsgegenständen und einer hübschen, viel zu jungen Gattin. Er hatte von allem etwas bekommen, und nichts war genau so, wie er es hätte haben wollen.

Zumindest bei der Gemahlin war er freilich selbst schuld gewesen. Die niedliche, wohlproportionierte Maid hatte ihn mit einem Körperteil entscheiden lassen, der nicht sein Kopf gewesen war. Es wäre vernünftiger gewesen, sie noch ein wenig »reifen« zu lassen und dafür zu sorgen, dass sie ein paar vernünftige Dinge lernte, die über Gehorsam und Taschentücherbesticken hinausgingen. Kämpfen und Heilkunde wären sinnvoll gewesen. Morrgjar hatte kein Verständnis dafür, dass man das Potenzial fähiger Frauen in Kahsell so vernachlässigte.

Das Resultat seiner Reise zum Fyrsthen war also nur bedingt als Erfolg zu verzeichnen. Das Mädchen hatte Angst vor ihm. Zusätzliche Truppen hatte man ihm für »später« versprochen – was in der Ausdrucksweise des Fyrsthen auch »nie« heißen konnte, und die Waffen und Werkzeuge waren ein Tropfen auf den heißen Stein. Er würde weiter auf Eisenlieferungen angewiesen sein, um sich in den Schmieden von Flynnt selbst zu versorgen. Das beste Eisen gab es in Pyrn. Pyrn lag in der Fyrsthenei Farrowul, jenseits von Passagur. Gegen Passagur führte Morrgjars Fyrsth, Stubenhocker mit einem Rat aus Stubenhockern, einen geografisch gänzlich sinnfreien Krieg.

Morrgjar war deshalb auf die Lieferungen von Schmugglern und Bukaniern nach Flynnthaven angewiesen. Das hieß, er war auf Flynnthaven angewiesen. Ausgerechnet diesen Hafen hatten nun die Feinde aus dem Norden besetzt und würden von dort aus Richtung Osten – zur Flynntburg vordringen. Es gab dort eine alte Straße, die durch den Byarla-Graben führte, der die nördlichen Ausläufer des Byarla-Gebirges durchschnitt wie ein gigantischer Schwerthieb. Ansonsten schirmte das gewaltige Byarla-Massiv Kahsell vor Angriffen aus dem Osten vom Meer her gut ab.

Morrgjar hatte Brieftauben zur Flynntburg und zu den Schanzen an der Nordost-Grenze entsandt, doch man konnte sich nie sicher sein, ob sie ihr Ziel auch erreichten. Es gab Raubvögel, die sie schlugen, und Feinde, die sie schossen.

Er brauchte dringend mehr Kämpfer, um den Vormarsch der Feinde vom Osten her aufzuhalten und Flynnthaven wieder unter seine Kontrolle zu bekommen. Teile seines Heeres waren in der Flynntburg stationiert, andere in Schanzstellungen entlang der sich immer wieder verändernden Grenzlinie zu Holtur. Wieder andere hatten Flynnthaven bewacht. Diese würde er ersetzen müssen, denn vermutlich lebten sie nicht mehr.

Manchmal war er unendlich müde. Es schien ihm, als wollten die Feinde Kahsells ihm und seinem Land unablässig Gebiete abringen. Wieder und wieder. Er stand zwischen der Grenze und dem Hof zu Jorgvil, und der Hof befasste sich mit anderen Dingen.

Er hatte dem Fyrsthen Treue geschworen und würde diesen Schwur halten. Es nicht zu tun, wäre ihm gegen die Ehre gegangen. Manchmal, nur manchmal dachte er, er könnte für mehr Frieden sorgen, wenn er selbst die Macht Fyrsth Ryckdens hätte. Andere dachten das auch, sagten es jedoch genauso wenig deutlich, wie er es dachte.

Griðyon dachte eventuell so. Sagte nichts, schwieg nur beredt. Das konnte er gut. Er war auch nicht damit einverstanden gewesen, beim Treck zu bleiben, um auf die Ausrüstung und die Graavessa aufzupassen, doch er hatte es klaglos getan. Ein Blick aus den blauen Augen, die Morrgjars so ähnlich waren, dass manche annahmen, der junge Mann wäre sein Bastard, hatte ihm gezeigt, dass er nichts davon hielt, Kindermädchen für eine Braut zu sein.

Griðyon war gewissenhaft und ihm treu ergeben, war Morrgjars Auge und sein rechter Arm. Morrgjar verließ sich stets auf ihn. Ein so junger Mann und doch so klug. Kein Adliger. Ein Findelkind. Der Beweis, dass Intelligenz und Mut nicht adligen Blutlinien vorbehalten waren. Immer vorausgesetzt, man hatte das Kind nicht vor seinem Schloss ausgesetzt, weil man damit andeuten wollte, Morrgjar wäre der Vater. Es war ja nicht so, dass er nicht gelegentlich mit Frauen schlief, die nicht seine Gattinnen waren. Möglich war alles.

Morrgjar hätte Griðyon jetzt gerne bei sich gehabt. Darso auch, der ihn auf fast schon aufopfernde Art schätzte und so manchen Hieb für ihn eingesteckt hatte. Ohne ihn wäre Morrgjar längst tot.

Er durfte nicht sterben, bevor sein ältester Sohn bereit war, die Nachfolge anzutreten. Alle seine Kinder waren noch zu jung dafür. Lorion war dreizehn, die anderen jünger.

Es fiel ihm mit einem Mal auf, dass Nimry nur vier Jahre älter war als Lorion. Seine Frau hätte fast seine Tochter sein können. Doch es war üblich, dass Frauen jünger waren als Männer, so wie es üblich war, zu junge Mädchen an um einiges ältere Männer zu verheiraten. Er beklagte sich auch nicht. Sie war sehr süß, und er hätte die vergorrnte Situation besser handhaben müssen. Geduld wäre vonnöten gewesen. Mit seinen Kindern hatte er Geduld. Warum also nicht mit diesem Kind?

Griðyon und Darso würden auf sie aufpassen. Dabei hätte er beide gut bei sich gebrauchen können. Doch er hatte Nimry nicht allein und unbeschützt beim Treck lassen wollen. Es war ohnehin ein Unding, dass der Fyrsth ihr keine eigene Dienerschaft mitgegeben hatte – außer einem Bibliokanten. Das beleidigte Morrgjar so sehr wie Nimry, denn es stellte deutlich dar, wie unwichtig die junge Frau dem Fyrsthen von Kahsell war, und das wiederum … er versuchte, nicht daran zu denken.

Zu wenige Waffen, zu wenig Mannen und zu wenig Gattin hatte er bekommen, und sein Nachschub aus Flynnt war auch noch nicht eingetroffen.

Mit der Truppe, die er bei sich hatte, konnte er keine großen Schlachten schlagen, geschweige denn gewinnen. Er konnte nur hoffen, dass die Streitmacht, die auf ihn zukam, auch nicht besonders groß war. Sie waren auf Schiffen gekommen. Holtur besaß nicht viele Schiffe. Aber Holtralyn, die Hauptstadt jener Fyrsthenei, war eine Hafenstadt und nicht weit von der Kahsellschen Grenze entfernt, und mit den Bukaniern ließen sich treffliche Verträge aushandeln. Wäre Morrgjar der Fyrsth von Holtur, er würde von beiden Richtungen gleichzeitig angreifen.

Vielleicht hätte er das längst selbst tun sollen. Eine Einheit mit Griðyon über die Grenze schicken und selbst von

Flynnthaven aus Holtralyn vom Meer aus angreifen. Tatsächlich war dies nicht einmal eine neue Idee, sondern war in den Jahrhunderten, die dieser Krieg schon anhielt, schon mehr als einmal sowohl hin als auch her praktiziert worden.

Doch Morrgjar war nie an einem Eroberungsfeldzug interessiert gewesen. Ihm war die Grenzsicherung als Maßnahme der Friedenssicherung wichtig. Wer wie er andauernd kämpfte, empfand Eroberungsfeldzüge nicht als romantisch. Die Romantik des Krieges war etwas für Sesselfurzer.

Er sah sich müde um. Sie hatten nach langen Tagen die Kreuzung erreicht. Folgte man der Alten Straße geradeaus, kam man an die Grenze nach Holtur. Bog man nach rechts ab, ging es an die Küste zu Flynnthaven. Wenn er jetzt links abbog, würde er nach Hause zur Flynntburg kommen. Dort wäre er jetzt gern. Von dort erwartete er Nachschub. Er spähte die Straße hinab. Nichts war zu sehen.

Er lenkte seinen Blick nach vorn, Richtung Holtur. Auch hier war, so weit das Auge reichte, nichts von einer feindlichen Armee zu sehen. Doch das Auge reichte nicht weit, und er war sich sicher, dass sie kommen würden. Auf just dieser Straße. Es gab keinen besseren Weg als die alten Straßen aus der legendären Rätezeit. Viele glaubten nicht an die Existenz der Räte, doch irgendwer musste die Straßen ja gebaut haben in jener nicht so grauen Vorzeit, in der angeblich alles besser gewesen war.

Das zumindest glaubte er nicht. Menschen waren, wie sie waren. Immer gleich. Immer aggressiv. Immer auf einen Vorteil aus, den sie mit Waffengewalt erstreiten wollten, und weil Menschen so waren, würde es auch nicht anders werden.

Er sah sich erneut um. Zwischen den Felsen Richtung Osten konnte man noch Ruinen erkennen. Eine Wachtstation hatte es hier einmal gegeben, die eben diese Straßenkreuzung bewachte. Er hätte sie längst wiederaufbauen sollen, doch im Moment bestand sie nur aus zerfallenen Mauern, die an die Hänge der Gebirgsausläufer geklebt waren. Eine große Streitmacht konnte man hier nicht unterbringen.

Aber er hatte ja auch keine. Nur ein Häuflein Kämpfer.

Von dort oben würde er die Armbrustschützen gut einsetzen können, und er würde nicht gar so in der Zange sitzen, wenn von Flynnthaven eine große Streitmacht auf ihn zukam und eine ihm von Holtralyn im Rücken saß.

»Das schauen wir uns mal genauer an«, sagte er und hielt sein Pferd an.

Vielleicht eignete sich diese Stelle ja für einen Hinterhalt. Vielleicht würde er aber auch nur in der Falle sitzen.

31

Sie wollten nach Westen. Doch das Gebirge ließ sie meist nur nach Norden oder nach Süden, da sich seine Gipfelketten in Nord-Süd-Richtung ausrichteten. Sie hatten sich gegen Süden entschieden. Shernay wusste nicht genau, warum. Doch es schien mit dem Riesenbuzzard zusammenzuhängen, den sie manchmal sah und der jedes Mal eine eigenartige Beklemmung in ihr auslöste. In Reyalun hätte sie das nachlesen oder einen der älteren und weiseren Lerner fragen können. Hier konnte sie nur darüber grübeln, warum es ihr richtig erschien, einem gefährlichen Vogel zu folgen. Ihre Unwissenheit zusammen mit der Unmöglichkeit, diese zu beheben, machte sie ganz kirre.

Sie kannte die Karten ihrer Welt. Doch der Maßstab stimmte nicht. Eine Zeichnung von der Welt mit Straßen und Städten half einem nicht von diesem Felsabsatz zum nächsten. Die genauen Kenntnisse über das Byarla-Gebirge lernte man erst, wenn man sich auf die Wanderschaft vorbereitete. Garru hätte wahrscheinlich gewusst, wohin sie liefen. Doch Garru war in Reyalun und sang Balladen.

Sie vermisste seine schöne Stimme.

»Nicht träumen!«, befahl Deruonn harsch und fasste sie am Arm, noch bevor sie ins Leere treten konnte. Klaftertief wäre sie gefallen und hätte als Haufen Knochen- und Fleischbrei geendet. Sie schauderte.

So lange waren sie schon unterwegs. Nachts teilten sie sich die Wache. Tagsüber ging es weiter und weiter. Bergauf, bergab. Über Stock über Stein, über Felsklippen und durch Schluchten. Ohne wirklichen Weg, ohne echte Pfade. Es war ermüdend. Abends konnte sie sich kaum noch rühren. Jeder Muskel schmerzte, jedes Gelenk hatte etwas zu sagen. Und Kratzer und blaue Flecken sammelten sich an. Ihre Hände und Knie waren voll davon.

Möglicherweise hätte sie die gleiche Strecke hinter sich bringen müssen, wenn sie offiziell auf Wanderschaft gegangen wäre. Das Gebirge war nicht freundlicher zu Reyalunis, die mit dem Segen der Gemeinschaft in die Welt hinausgingen.

Dieser Segen fehlte ihr zusammen mit dem notwendigen Wissen. Doch sie hatte Deruonn. Sein Wissen war vielleicht nicht spezifisch für dieses Gebirge nutzbar, doch von so großem Allgemeinwert, dass sie sich manchmal fragte, wie gut die Ausbildung in den Acht Reichen war.

»Woher stammst du, Deruonn?«, fragte sie. Sie fragte ihn vieles, doch seine Antworten gaben ihr selten ein ganzes Bild. Er sprach nicht gerne über sich. Er sagte das, was für das Weiterkommen notwendig war. Das war schon viel.

»Geboren bin ich in den Wasserhügeln von Edunayu.«

»Feinde von Kahsell.«

»Alle sind Feinde von Kahsell. Alle Acht Reiche sind einander Feind. Jedenfalls wachsen in Zentral-Edunayu die runden Hügel wie Warzen aus einer wässrigen Ebene, in der Langreis angebaut wird. Auf den Hügeln sind die Gehöfte und Dörfer der Reisbauern. Es gibt keine Straßen, aber viele Flüsse nehmen dort ihren Anfang. Mit etwas Geduld und einem Boot kann man bis an die Küste kommen. In Edunayu findet viel auf Booten statt. Jeder lernt schwimmen.«

»Und kämpfen?«

»Das Leben lehrt einen kämpfen.«

Sie wandte sich ihm zu, ein wenig ärgerlich ob der Plattitüde.

»Meiner Erfahrung nach bringt das Leben einem nichts bei außer der Erkenntnis, dass man beizeiten wohl besser dies oder jenes gelernt hätte. Man hat Lehrer, man hat Bücher. Und wenn das Leben einem ein Bein stellt, ist es an einem selbst, eine Lösung zu finden.«

»Sehr viele Bücher habe ich nicht gelesen.«

»Aber du kannst lesen?«

»Natürlich kann ich lesen.«

»Entschuldige. Ich wusste nicht, dass die Langreisbauern der Wasserhügel ein Schulsystem haben.«

»Das gibt es nicht. Wissen wird eher hügelweise vermittelt. Hauptsächlich lernt man, wie man Langreis anbaut und erntet, ohne zu ertrinken. Und wie man Langreis lagert, verkauft und kocht. Langreis wächst in Gewässern, die einem gut und gern bis zur Brust gehen können. Gib mir ein Boot, und ich tanze damit über jeden Wasserlauf.«

»Und warum bist du nicht dortgeblieben? Auf dem Gehöft deiner Langreisbauern?«

»Marodeure kamen und raubten unsere Vorräte. Sie brachten alle Erwachsenen unseres Hügels um und verkauften alle Kinder. Ich war ein Kind.«

»Verkauft? Sie haben dich verkauft? Aber …«

Er sah sie scharf an. Die dunkeln Augen glitzerten.

»Ich will nicht darüber reden«, sagte er bestimmt.

Wie furchtbar musste es gewesen sein, wenn er jetzt noch nicht darüber reden konnte? Shernay hatte nicht vor, ihn weiter zu quälen, aber langfristig wollte sie doch mehr darüber herausfinden.

Sie liefen weiter, und Shernay achtete nun wieder sorgsam auf den Boden. Unachtsamkeit würde einen das Leben kosten. Doch es fiel ihr schwer, immer und in jedem Moment die gleiche Achtsamkeit walten zu lassen. Je eintöniger ihr Fortkommen war, desto mehr schweiften ihre Gedanken vom Weg ab. Sie hatte viele Gedanken, und sie drifteten gerne weit umher.

Deruonn hatte dieses Problem nicht. Er war stets fokussiert. Es war, als wachte etwas in ihm über jeden seiner Schritte.

Die Mulis schienen auch keine Schwierigkeiten zu haben. Sie waren erstaunlich trittsicher und weit weniger störrisch, als Shernay erwartet hatte. In Reyalun gab es keine Mulis. Sie hatte bislang nur Zeichnungen von ihnen gesehen und über sie gelesen. Immerhin, die Mulis trugen ihren Proviant, die warme Kleidung, die Decken und die Waffen. All das gehörte nun Deruonn und ihr. Beute. Zum ersten Mal in ihrem Leben hatte Shernay Beute gemacht. Sie dachte lieber nicht an die toten Leiber, denen all das bislang gehört hatte.

Vermutlich hatten auch sie es schon gestohlen.

Dieser Tag war besonders anstrengend gewesen. Was kurze Zeit wie ein Pfad ausgesehen hatte, entpuppte sich zusehends als Bergtour. Höher und höher ging es. Steil fiel der Abgrund zur Seite ab, und Shernay argwöhnte, dass sie sich auf dem Weg zu einem Gipfel befanden, den sie eventuell genauso wieder hinabsteigen mussten, ohne irgendetwas gewonnen zu haben.

»Das kann sein«, antwortete Deruonn auf ihre Bedenken. »Doch wir wissen es nicht, bevor wir nicht angekommen sind, und vorher schon aufzugeben scheint mir nicht sinnvoll. Wenn wir jedes Mal umdrehen, ohne zu wissen, was vor uns ist, werden wir nirgendwo ankommen.«

Da hatte er recht. Dennoch brannten ihre Beinmuskeln, und die Knie zitterten.

Sie erreichten eine kleine Plattform unter einem überhängenden Fels. Er führte die Lasttiere zur Seite. Dann stellte er sich an den Abgrund und sah hinab.

»Hier hat man eine gute Sicht«, sagte er. »Weit. Einen schöneren Spähposten könnte man sich nicht denken. Hier kann man jeden sehen, der von Ferne naht.«

Er ließ seinen Blick weit schweifen.

»Tatsächlich kommt niemand.«

Er wandte sich um, trat in den Schatten des Überhangs. Dort hatte Shernay begonnen, die Mulis abzusatteln, die Decken auf dem scharfkantigen Fels auszubreiten und Trockenfleisch, Dörrbrot und die Wasserflasche hinzustellen.

»Shernay!« Seine Stimme hatte einen seltsamen Klang.

Sie sah auf. Seine Augen funkelten, doch es war nicht jenes kalte, abwehrende Funkeln, das sie bisweilen schon gesehen hatte und das sie immer fühlen ließ, wie fremd er letztlich war, der Mann, für den sie eine solche irrationale Flut an Gefühlen hegte.

Drei Schritte, und er stand bei ihr, schnell und lautlos. Sie stand zwischen den beiden Decken. Nur einen Augenblick lang missdeutete sie das Wilde in seinem Blick. Nein. Es kamen keine Feinde. Er hatte es gesagt. Er war sich sicher gewesen.

Seine Hände umfassten ihre Oberarme. Sie wurde sich der Unzulänglichkeit ihrer dünnen Gliedmaßen im Vergleich zu seinem muskelgestählten, sehnigen Körper seltsam bewusst. Shernay sah in seine dunklen Augen, und ihr Blick fing sich, verhakte sich beinahe.

»Du hast die schönsten Augen der Welt«, sagte er. »Sie erinnern mich an etwas, doch ich weiß nicht woran. Ich weiß nur, dass es wichtig war. Und – wunderbar. Vielleicht auch schrecklich. Ich wüsste gerne, woran mein Gemüt denkt, wenn es deine Augen erfasst. Ich weiß aber, was mein Körper denkt.«

Er zog sie an sich, hielt sie immer noch in gleicher Weise umklammert. Seine Lippen berührten ihr Ohr.

»Ich habe viele Dinge getan, die du als friedvolle Lernerin von Reyalun nicht gutheißen würdest, Schöne mein, aber ich habe nie eine Frau genommen, ohne zu fragen. Als die Marodeure auf unseren Hügel kamen, lernte ich für mein ganzes Leben, dass es Dinge gibt, die nicht recht sind.«

Er hielt inne.

»Ich will dich so sehr«, fuhr er fort.

Sie hob ihr Gesicht, wanderte mit den Lippen über seines, fand seinen Mund.

Der Kuss wurde stürmisch. Sie griff nach seinen Schultern, fand nur hartes Leder, zog daran, ohne irgendetwas zu bewerkstelligen.

Ihre Lippen lösten sich.

»Ich sehe deine Kraft und Anmut, Deruonn, und ich weiß, dass ich sie spüren will.« Sie merkte, dass sie zitterte, und versuchte, die Erinnerung an den Überfall in jener Höhle aus ihren Gedanken zu verbannen. Deruonn war nicht so wie jene Kerle.

Seine dunklen Augen betrachteten sie eingehend. Es schien, als könne er in ihr lesen.

»Angst?«, fragte er.

Sie lächelte reumütig. »Vor vielem. Doch ich werde mich nicht der Angst hingeben.«

»Dann schon lieber mir?« Er grinste verschmitzt. Sie merkte, wie sie rot anlief. Er drängte sich näher an ihren Körper.

»Das – scheint mir angeraten«, murmelte sie.

Er lachte ob ihrer Wortwahl. Dann wurde er ernst. »Meine mutige Lernerin.«

»Mein … alles, was ich jetzt will.«

Diesmal sprachen sie nicht über Vernunft. Sie war längst kein Thema mehr. Wieder zog er sich nicht ganz aus, legte nicht alle Waffen ab, was sie merkwürdig fand, jedoch auch irgendwie erregend. Sie hingegen trug keine störenden Kleider mehr. Zu zweit hatten sie sie von ihrer Haut gezogen. Ihre Nacktheit schien sie noch verwundbarer zu machen – ein irriger Eindruck, denn verwundbar war sie zu jeder Zeit. Doch sie zeigte auch das Ausmaß von Vertrauen, das sie Deruonn entgegenbrachte. Sie ergab sich ihm ganz.

Seine sehnigen Hände erforschten sie. Er, der stets zu wissen schien, was er tat, war auch hier gründlich, zielstrebig und von gerade noch sanfter Kraft.

Irgendwann sagte er: »Schreien darfst du nicht, Shernay. Schreie tragen weit.«

Dann stieß er in sie, und beinahe hätte sie genau das getan, geschrien, denn das Gefühl war unbeschreiblich, mächtig, szintillierend und betörend zugleich. Sie keuchte nur mit jedem Vorstoß seiner Männlichkeit auf. Etwas sang in ihr, flog, gipfelte in Reaktionen, die sie tatsächlich mit lauter Stimme gegen das Firmament geworfen hätte, nur um den Widerhall bis in ihr Innerstes zu spüren. Doch ihr Innerstes war besetzt, angefüllt von ihm und seiner Kraft und seiner Liebeskunst, seiner kämpferischen Eleganz. Vielleicht auch seiner Liebe.

Er war leise. Er war stets leise, so auch hierbei. Shernay, der die Klänge der physischen Liebe nicht fremd waren –

dazu lebten Reyalunis zu nah beieinander und hatten zu wenige Hemmungen voreinander –, staunte über so viel Körperbeherrschung. Doch angesichts all dessen, was in ihr selbst ablief, war dies nur ein flüchtiger Augenblicksgedanke. Schon war nichts mehr wichtig, als den Mann auf ihr und in ihr zu spüren.

Ihr Seufzen ging in einem leisen, rhythmischen Stöhnen auf. Sie fühlte nur ihn, sah nur ihn und den Fels über ihr – und einen Schatten.

»Deruonn!«

Wieder fuhren sie auseinander. Diesmal nach vollzogenem Akt, doch nicht minder erschrocken und panisch. In Shernay mischten sich Entsetzen mit der Erfüllung, die sie eben noch gespürt hatte, und Verlust mit Angst.

Der graue Riese kauerte auf seinen Krallenfüßen direkt am Abgrund und starrte sie aus blauen Menschenaugen an. Jetzt fühlte sie seine Anwesenheit. Eben noch war ihr Geist viel zu beschäftigt mit ihrem Körper gewesen, um ihn wahrzunehmen.

Wie er da hockte, war er größer als Deruonn, blickte herunter auf ihn, der sich in einer einzigen Bewegung hatte hochschnellen lassen und seinen langen Dolch in der Hand hielt. Sehnsucht lag in dem in dem Blick des Tieres, das so menschlich schauen konnte.

Es hatte sie beobachtet. Es müsste Shernay einerlei sein, ob irgendein Vogel ihr beim Liebesspiel zusah. Doch der Riesenbuzzard war keine süß zwitschernde Nachtiglunne.

»Sei vorsichtig!«, sagte Deruonn. Doch nicht Deruonn hatte diese Worte in ihrem Denken gesprochen. Es waren nicht einmal Worte. Sie verstand etwas und verstand nicht, warum. Selbst die Worte hatte ihr eigener Sinn ergänzt.

Deruonn schnellte mit der Waffe vor, zielsicher, doch auch argwöhnisch. So ein Tier konnte ihn greifen und fortschleppen.

Doch das Tier fiel nur rückwärts, breitete dabei unglaubliche lederne Schwingen aus, vollführte einen gemächlichen Salto und glitt davon.

»Sei vorsichtig!«, klang es erneut in Shernays Gehirn. Dann verschwand der Eindruck, etwas kommuniziere mit ihr, dem sie selbst die Worte lieh. Vielleicht auch nur ihre Interpretation.

Nicht schreien, hatte Deruonn gesagt. Shernay schrie nicht. Sie hatte sich in die Faust gebissen und schmeckte Blut.

»Das vergorrnte Vieh ist weg!«, zischte Deruonn schließlich. Seine Augen glitzerten wieder voller Gefährlichkeit, seine Bewegungen waren knapp und fließend, seine Stimme war flach wie eine Klinge. Liebe war in seinem Blick nicht zu erkennen. »Wir müssen vorsichtiger sein.«

»Das hat es auch gesagt«, flüsterte Shernay und merkte, dass sie zitterte. »Das hat es auch gesagt.«

Er wandte sich misstrauisch um, die Waffe immer noch in der Hand.

»Es hat geredet?«, fragte er argwöhnisch.

»Ich habe es verstanden«, sagte sie. »Ich weiß nicht, warum.«

»Wovor hat es gewarnt?«

Sie dachte einen Moment nach. Das, was sie an Botschaft aufgefangen hatte, war nicht sehr klar gewesen.

»Ich denke, vor dir.«

Seine Hand zitterte vor Anstrengung, als er seine Waffe wegsteckte, als habe sie noch anderes vor, das er nicht zulassen wollte. Es fiel ihm schwer.

»Wenn ich das Vieh noch einmal beim Spannen erwische, hacke ich ihm die hässlichen Beine ab und schiebe sie ihm …«

»Das muss es wohl gespürt haben.«

Er starrte sie an, befremdet und doch neugierig.

»Ihr habt die gleichen Augen«, sagte er schließlich spekulierend.

»Die schönsten Augen der Welt?«, fragte Shernay ironisch.

»Dir stehen sie besser.«

»Danke.«

»Habt ihr Reyalunis euch mit Buzzarden gepaart?«

»Nein. Ich denke, das Erbe ist älter.«

Sie sah, dass er nachdachte, grübelte, sich das Gehirn zermarterte danach, wo er solche Augen schon gesehen hatte.

Sie liebte ihn. Doch etwas fürchtete sie ihn auch, und das schien ihr nicht unvernünftig.

32

Nimry war zu langsam für die Welt. Oder die Welt war zu schnell. Dabei wirkte sie nicht schnell, diese bizarr verzerrte Welt. Die Abläufe waren klebrig wie Melasse, und zwischen dem einen und dem anderen Geschehnis fehlten immer Stücke der Wahrnehmung, als wäre die Zeit in Einzelteile zerbrochen wie ein Spiegel.

Es kämpfte um sie herum. Manchmal erkannte sie einen Soldaten oder einen Wagenlenker – nicht, dass sie deren Namen wusste, doch sie hatte sie schon irgendwann gesehen. Hieß das, sie gehörten zu Flynnts Wagentreck?

Dann waren da Menschen, die sie nicht kannte. Sie trugen kein Wappen, aber viele Waffen und dunkle Rüstung. Sie waren Feinde. Das ließ vermuten, dass es keine Kahsellschen Soldaten waren. Auf dieser Hälfte der Welt gab es noch: Holtur, Wynnosiol und Edunayu. Nimry zählte sie auf wie ein Kleinkind im Unterricht. Alles Feinde.

Oder vielleicht waren es gar keine Soldaten. Räuber. Viele, viele Räuber.

Mörder. Nimry hätte Angst haben müssen. Doch ihre Gefühle perlten silbrig an ihr ab.

Nimry hockte in ihrem Wagen, die Arme um die Knie geschlungen. Der Riese hatte sie dorthinein bugsiert. Sie erinnerte sich nicht genau daran, wie das geschehen war, nur dass sie geflogen war wie ein Vogel. Er stand nun mit dem

Rücken zu ihr vor dem Wagen und kämpfte. Er schien eine sehr große Menge an Armen und Waffen zu besitzen, die wie Mühlenflügel die Luft und alles, was sich vor ihm in dieser Luft befand, teilten. Blut spritzte weit. Schreie drangen von fern an Nimrys Ohr.

Das Mondlicht beschien die seltsame Szenerie. Der Mond war viel heller als sonst und die Nacht immer noch von einer unverständlichen Klarheit. Eine Hand fasste sie von hinten an der Schulter und zog sie zurück.

»Was …?«, fragte Mandelle und drängte sie im Wagen beiseite.

»Feinde«, sang Nimry und schaukelte mit dem Oberkörper vor und zurück, was die Welt noch weiter zum Wirbeln brachte. Dass ihre Aussprache nicht sehr genau war, merkte sie selbst. »Feinde«, wiederholte sie. »Feiiiiiiin-de.«

Sie schaute Mandelle an und sah, wie deren Augen im Mondlicht leuchteten wie die eines Nachtjägers. Mit unerwarteter Einsicht verstand sie, dass ihre eigenen Augen genauso aussehen würden.

»Oh, ihr Götter!«, murmelte Mandelle ängstlich. »Du … Ihr … Erlaucht haben doch nicht von den Gurnbuschblättern genascht?«

Nimry nickte bedächtig, während ihr Blick wieder nach draußen auf das fast bühnenreife Gemetzel fiel.

»Erlaucht haben.« Nimry kicherte. »Alle sterben. Werden wir auch sterben?«

»Weiß Griðyon … eh, Erlaucht, weiß der Adjutant …«

Nimrys Wahrnehmung wurde langsam klarer. Ihr Blick erhaschte Griðyon, wie er mit zwei Schwertern fremde Kämpfer abzuwehren suchte. Selbst hierbei waren seine Bewegungen elegant. Es war eine Freude, ihm zuzusehen, und

Nimry musste sich mit Gewalt daran erinnern, dass er hier sterben konnte – und sie auch. Alle konnten sie sterben.

Aber bis dahin war das Schauspiel atemberaubend. Er war schön.

»Er kämpft so gut«, murmelte sie. »Doch er hat Schlangen in den Haaren. Die sind hässlich.«

»Erlaucht träumen!«, sagte Mandelle barsch. »Hier gibt's keine Schlangen.« Sie hatte unrecht, denn hier gab es überall Schlangen. Arme, Beine, Waffen, Wurzeln im Boden, alles wand sich und würmelte durcheinander.

Mandelle sprang aus dem Wagen mitten in das Gewühl und hatte ihre Waffe gezogen. Beinahe zierlich wirkte sie neben Darso, der ihre Ankunft mit wütendem Geschnaube kommentierte.

Die Szenerie erhielt erst mit Verspätung Bedeutung. Menschen starben schreiend. Gliedmaßen wurden abgeschlagen. Das Geschrei und Gebrüll gellte von den Felsen im Osten wider. Was wollten die Angreifer? Die Waffen, die Ausrüstung des Trecks? Vielleicht auch sie, Nimry?

Ein Moment eisiger Klarheit durchschnitt Nimry. Es war, als zerfiele die Welt in Einzelstücke. Konnte irgendein Angreifer so schnell erfahren haben, dass der Graav von Flynnt eine neue Gemahlin hatte? Und wer hätte etwas von ihrem Tod?

Niemand. Weder ihr Leben noch ihr Tod bedeuteten irgendetwas. Aber das machte sie nicht sicherer. Sie sollte sich bewaffnen. Morrgjar hatte recht gehabt. Sie hätte kämpfen lernen sollen.

Irgendwoher hatte sie ein Messer gezogen. Es gehörte Mandelle und hatte im Banderolier gesteckt. Sie hielt es in der Hand, unschlüssig, was sie damit tun sollte, sogar unschlüssig, ob all das, was sie sah, nicht ein bitterer Traum war und sie gleich wieder aufwachen würde. Dann wäre die Nacht wieder dunkler, der Mond hätte die richtige Farbe, Griðyon hätte keine Schlangen auf dem Kopf, Darso wäre kein Baumwipfel überragender Riese, die Feinde nicht wabernde, schwarze Schatten, die sich ineinander und auseinander gossen, und Mandelle läge nicht vor ihrem Wagen im Blut und würde sterben.

Sie blickte auf das Bild, das Sekunde um Sekunde verstörender in ihre Seele drang.

»Mandelle!«, flüsterte sie.

Wie war das geschehen? Doch ihr blieb keine Zeit, darüber nachzudenken. Eine dunkle Gestalt sprang an Darso vorbei direkt in den Wagen auf sie zu. Nun war es einerlei, ob man eigens gekommen war, sie zu töten, oder ob sie dem Angriff eher zufällig zum Opfer fallen würde.

Wenn sie nur nicht so langsam und die Welt nicht so ungeheuer schnell gewesen wäre! Ihre Arme hoben sich, als wären sie gefesselt, unendlich gemächlich. Jeder Fingerbreit Bewegung kostete Willenskraft, doch ihr Wille war wie Pudding.

Sie sah Stahl blitzen. Aus den Augenwinkeln nahm sie Darso wahr, der gegen vier Gegner gleichzeitig kämpfte. Vielleicht würde er siegen. Doch helfen konnte er ihr nicht. Ihr Leibwächter war beschäftigt, und sie würde gleich tot sein.

Gebrüll rauschte in ihren Ohren, und das Gewicht des Angreifers warf sie rückwärts um. Er war schwer. Lag auf ihr. Gurgelte ihr etwas Unverständliches ins Ohr. Sie begriff ihn nicht. Versuchte, sich zu wehren. Doch er war wie Blei – und klebrig. Schmierig. Alles war nass.

Verblutete sie gerade? Oder ertrank sie?

Sie wollte nicht sterben. Wer wollte das schon? Niemand. Doch es schien ihr unfair, jetzt zu sterben, wo sie doch so viel Angst davor gehabt hatte, vergiftet zu werden.

Das Brüllen wurde lauter, mehrstimmig. Sie machte ihre eigene schrille Stimme darin aus. Der Riese war da. Sie wusste nicht mehr, vor wem sie mehr Angst haben sollte.

Das Gewicht löste sich von ihrem Körper. Ein Blut spritzender Menschenkörper wurde von ihr gepflückt und flog aus dem Wagen.

»Darso!«, wimmerte Nimry.

»Alles gut, Kleines – Erlaucht. Alles gut.«

Schon sprang er wieder aus dem Wagen. Nimry untersuchte sich mit zitternden Händen. Sie war unverletzt. Mit Verzögerung begriff sie, dass sie den Angreifer, der sich auf sie gestürzt hatte, wohl aufgespießt hatte. Ganz unabsichtlich.

Wo war das Messer?

Sie kroch zum Rand des Wagens und lugte hinunter. Da war es. Er stak noch in dem Angreifer, der dort lag.

Ein seltsames Gefühl durchdrang sie, ein Konglomerat aus Erleichterung, Triumph und Verlust.

»Bleib…t unten!«, brüllte Darso, als sie aus dem Wagen klettern wollte. Sie gehorchte, warf sich flach auf den Boden. Ein hölzerner Knall war zu hören, direkt über ihr. Ein Armbrustpfeil steckte splitternd, zitternd in der Holzwand.

Vielleicht war es dieses Geräusch, das Krachen, das Brechen, das Singen des wabernden Pfeils und ganz weit weg – und vielleicht auch nur in ihrer Fantasie existent – das trockene Geräusch des abgefeuerten Schusses. Nein, das konnte sie nicht gehört haben. Dennoch schien es Nimry, als habe man ihre Wahrnehmung gerade in ein Eisbad getaucht. Etwas Nebel verschwand aus ihrem Denken. Es wurde zunehmend klarer.

Als sie noch in diesem seltsamen Rauschzustand gewesen war, war ihre Angst diffus gewesen. Dies änderte sich nun. Todesangst überkam sie. Der Lärm des nächtlichen Scharmützels gellte in ihren Ohren. Es war keine Klangkulisse mehr, sondern zerfaserte sich in Schreie, Gebrüll, das Schlagen von Metall auf Metall.

Auch war Darso kein Riese. So groß er auch war, hatte er doch seine liebe Not, die Flut der Angreifer abzuwehren. Und Griðyons blondes Haar wehte in dem präzisen Tanz, den er mit seinen Klingen durch die Feinde schnitt.

So viele Feinde.

Dann auf einmal verschwanden die Kämpfer in der Dunkelheit. Was an Schreien übrigblieb, war das der Verwundeten. Das Kampfgebrüll war fort.

»Umgebung sichern!« Griðyons Stimme war nicht laut und gellte dennoch über den Lärm hinweg.

Nimry blieb flach liegen, späht nur über die hintere Wagenklappe hinweg. Langsam wurde die Nacht dunkler. Auch der Mond würde bald versinken, die helle Lichtquelle der Nacht, die dafür sorgte, dass man – je nach Phase und Mondstand – auch des Nachts noch einigermaßen gut sah. Mordmond nannten manche den Halbmond. Das hatte gestimmt. Man hatte sie alle ermorden wollen.

Schmerzenslaute und Stöhnen erfüllten den Platz zwischen den Wagen. Nicht alle waren tot. Manche bewegten sich, manchen krochen. Ob sie zur einen oder anderen Fraktion gehörten, war in dem wenigen Licht nicht mehr zu erkennen. Manchmal hörte man einen kurzen Schrei.

»Wer von den Feinden noch lebt: leben lassen!«, tönte wieder Griðyons Stimme. »Ich will noch mit ihnen reden.« Das klang nicht nach einem anstehenden gemütlichen Plausch. »Fesselt die Gefangenen!«, fuhr er fort. Doch die Stimme kam schon wieder von einer anderen Seite des Camps. Er war unermüdlich.

Darso tauchte plötzlich vor ihrem Wagen auf. Er war blutverschmiert und hinkte.

»Alles in Ordnung, Erlaucht?«

Was sollte sie darauf sagen?

»Ich bin unverletzt.« Doch sie hatte Kopfschmerzen, die von Minute zu Minute schlimmer wurden.

»Warum habt Ihr nur von den Gurnbuschblättern genascht?«, fragte er. »Das war – nicht klug.«

»Ich wusste doch nicht …«

»Schon gut«, unterbrach Griðyon, der eben auch am Wagen erschienen war und seine Waffe an der Plane abwischte. »Ihr Schreien hatte tatsächlich etwas Gutes – wir waren alle schon wach und bewaffnet, als die Feinde über uns herfielen. Sonst wäre das hier anders ausgegangen … und sie hat es überlebt. Das wird den Graaven freuen.«

»Hätte man daran sterben können?«, fragte Nimry schwach und mit dröhnendem Schädel.

»Oh ja. Das Geheimnis bei Gurnbuschblättern ist, dass man nie den Tropfen an der Blattspitze trinken darf.« Griðyon klang gehetzt. Er hatte Besseres zu tun, als ihr Dinge zu erklären. »So mancher ist dabei schon dem Wahnsinn verfallen und umgekommen. Es ist Gift. Nur an den Blätterseiten ist es so verdünnt, dass man es einigermaßen gefahrlos zu sich nehmen kann. Habt Ihr das nicht gewusst? Hat Mandelle das nicht erklärt?«

»Sie hat geschlafen, als ich das Blatt … fand.«

Griðyon nickte verstehend und blickte zu Boden.

»Sie hat gekämpft und verloren. Vielleicht hätte sie gesiegt, wenn sie die verfluchten Blätter nicht gelutscht hätte. Sie war eine gute Kämpferin.«

Nimry blickte von Griðyon zu Darso.

»Werden die – Feinde – wiederkommen?«

»Weiß nicht«, sagte Darso. »Vielleicht.«

»Wer waren die?«

»Das gilt es herauszufinden«, sagte Griðyon mit eisiger Stimme. »Ein paar leben ja noch. Die werden reden.«

»Was, wenn nicht?«

»Erlaucht, steckt euch Stoff in die Ohren und hört weg. Die werden reden. Schlaft!«

33

Es gab nicht viel Muße für Liebe. Der Weg war hart und die Gefahr zu jeder Zeit präsent.

Shernay und Deruonn brauchten ihre Kraft für die Überwindung des Gebirges und der Erschöpfung, für Schlaf und Nachtwachen. Keine Zeit für Romantik. Dennoch gelang es ihnen manchmal, sich in schattigen Nischen, die so aussahen, als könnten sie vor Blicken geschützt sein, einander zuzuwenden. Unvermittelt plötzlich mochte das geschehen. Nicht verzweifelt, aber dennoch stets in dem Wissen, dass sie nutzen mussten, was ihnen die Umstände boten, bevor – ja, bevor sie vielleicht beide tot sein würden.

Dann sahen sie einander fragend an, gewährten sich Zustimmung in einem Ritual, das von Leidenschaft getrieben, aber doch von gewisser akribischer Distanz getragen war. Sie gewährten sich einander.

Shernay lebte für diese intensiven Augenblicke der Zweisamkeit. Sie waren ihr intimste Bestätigung dafür, dass ihre Liebe ihre Handlungen rechtfertigte. Dabei schien es ihr, als sähe umgekehrt Deruonn seine Zuneigung nicht als Rechtfertigung, sondern als Übertretung.

Dennoch war er schnell erregt. Es kam selten vor, doch kaum, dass er eine Gelegenheit erspähte, näherte er sich ihr auf seine hungrige, sinnliche und dennoch stets achtsame Art. Seine braunen Augen leuchteten, seine starken Hände strebten ihr entgegen. Er war erfüllt von dem Wunsch nach ihr.

Ebenso schnell konnte er ganz anders sein. Immer mehr kam es Shernay vor, als wäre er zwei unterschiedliche Personen. Eine davon liebte sie. Eine war kalt und beängstigend. Beide waren sie präzise, zielgerichtet und elegant. Beide waren sie Deruonn.

Sie fragte ihn direkt, nach einem kurzen und heftigen Liebesakt, in dem sie stehend in einer Felsnische zueinander gefunden hatten, während ihre Beine seinen Körper umschlangen. Noch war sie außer Atem, voller warmem Verlangen nach mehr von seiner Liebeskunst, da zog er sich bereits zurück, drehte sich fort mit jenem anderen Blick, der sein ganzes Antlitz fremd werden ließ.

Shernay keuchte. Ihr war es, als spüre sie ihn noch in sich, und schon war er so weit entfernt, wie ein Fremder nur sein konnte. Auf der anderen Seite eines unsichtbaren Abgrundes.

»Wer bist du?«, fragte sie.

Sein Kopf fuhr herum. Er starrte sie an, ein Blick voller kalkulierender Arroganz.

»Du kennst die Antwort«, zischte er mühsam, die Hände so still, als warteten sie darauf, nach einer Waffe zu greifen.

Sie starrte zurück, glitt in die Hocke, erschöpft von seiner Leidenschaft, der endlosen Wanderung und all dem, was ihr stets durch den Sinn flog wie Fetzen und Trümmer im Sturmwind.

»Nein. Ich kenne Deruonn. Du bist nicht Deruonn.«

»Rede keinen Unsinn!«

Er hatte recht. Sie redete Unsinn.

»Manchmal«, versuchte sie zu erklären, »wirkst du so anders. Dann habe ich fast Angst vor dir, obgleich ich dich eben noch geliebt habe.«

Es kämpfte in ihm. Diesen merkwürdigen Kampf in seinem Gesicht hatte sie nun schon mehr als einmal gesehen. Als er schließlich reumütig lächelte, war es ihr, als erkenne sie ihn wieder.

»Meine kluge Shernay«, sagte er. Er trat an sie heran und nahm ihr Gesicht in die großen Hände. Er küsste sie. Dann legte er seine Wange an ihre.

»Ganz unrecht hast du nicht«, sagte er, und seine Hände krallten sich beinahe schmerzhaft in ihre Oberarme. »Wo ich kämpfen lernte, da hat man mich gelehrt, die gefährlichen Situationen einem inneren Kämpfer zu überlassen. Das bin schon auch ich, nur fokussierter, schneller und weniger emotional. Wer überleben will, braucht Fertigkeiten, die mit Präzision arbeiten und sich von nichts ablenken lassen. Von nichts und niemandem, auch nicht einer Frau, die man liebt.«

Sie atmete tief durch, hörte zunächst nur das Wort »liebt«, das er selten gebrauchte, und versuchte dann, die Aussage zu werten. Sie war gewiss wahr. Aber Shernay hatte das Gefühl, dass sie nicht vollständig war.

»Dieser innere Kämpfer – hat der auch einen Namen?«

Deruonn stutzte, trat einen Schritt zurück und sah sie missbilligend an. Es schien, als fiele ihm nicht gleich ein, was er darauf sagen sollte.

»Ja.« Bei dem Zugeständnis schüttelte er unwirsch den Kopf.

»Auch einen eigenen Willen?«

»So viel Willen, wie er braucht – wie wir brauchen –, um zu siegen. Dennoch sind wir eins.«

»Aber dein innerer Kämpfer missbilligt deine Liebe?«

»Nein. Er findet sie lästig. Unberechenbar und gefährlich. Aber wir sind eins.«

»Deruonn – der Unberechenbare bist du, nicht ich. Ich bin berechenbar.«

»Du sprichst mit Riesenbuzzarden – und nennst dich berechenbar?«

»Ich wusste nicht, dass ich das kann. Und ›sprechen‹ ist wohl auch nicht wirklich das, was ich tue.«

»Die großen Damen der Fyrsthenhöfe halten sich manchmal kleine Nachtiglunnen in Käfigen, damit die für sie singen. Sie singen ausnehmend schön. Und es gibt Menschen, sehr wenige Menschen, die normal kleine Buzzarde abrichten können, damit sie Botschaften überbringen – ans Vogelbein gebundene, geschriebene Botschaften – die der Empfänger lesen kann. Zuverlässiger als Brieftauben. Aber das, was du kannst, davon habe ich noch nie gehört.«

»Ich auch nicht.«

»Dabei weißt du so viel!«

»Aber ich bin erst Lernerin des dritten Grades. Die großen Geheimnisse werden einem erst nach dem vierten Grad anvertraut – nachdem man von der Wanderschaft wiedergekommen ist.«

Er grinste schief. »Ich hätte mich also wirklich von jemand Älterem retten lassen sollen.«

»Ich kann mir nicht vorstellen, dass der Mütterrat dich wieder fortgelassen hätte, nur weil die Mütter deinen kratynienbraunen Augen verfallen wären.«

»Sie hätten mich umgebracht. Ich weiß. Es wäre vielleicht nicht gar so einfach gewesen.«

Sie nickte und versuchte, es sich nicht vorzustellen.

»Aber du hättest einige meiner weiblichen Talverwandten schwängern dürfen. Nicht nur mich.«

»Bist du schwanger?« Er klang überrascht, als hätte er über diese Möglichkeit noch gar nicht nachgedacht.

»Nicht, dass ich wüsste.«

Er spähte ins Tal hinab, so weit er sehen konnte.

»Ganz dort hinten im Süden fliegen Vögel auf. Da kommen vermutlich Menschen«, stellte er sachlich fest, ohne weiter auf das letzte Thema einzugehen.

»Unsere Verfolger?«

»Oder andere Feinde.«

»Keine Freunde?«

»Es gibt nur Feinde. Die Welt besteht aus nichts anderem. Dort vorne gabelt sich der Weg.«

Sie sah keinen Weg. Das Vorankommen im Gebirge war eher zufällig. Was wie ein Weg aussah, endete allzu schnell an einer Felswand.

»Wir nehmen die Sachen, die wir tragen können, von den Mulis und schicken sie in nordöstliche Richtung den breiteren Pfad entlang«, sagte er. »Wir selbst klettern in Richtung Nordwest.«

Shernay seufzte. Sie hatte sich an die Tiere gewöhnt. Auch an die Ausrüstung, die sie trugen. Sie würden jetzt mit weit weniger auskommen müssen, und das würden sie selbst schleppen müssen, bergauf und bergab. Doch wenn die List gelang, konnten sie die Verfolger vielleicht eine Weile in die Irre führen.

»Weißt du, wie viele es sein werden?«, fragte Deruonn.

»Nein. Die Geheimnisse der Bewahrer waren nie allen geläufig. Du hast zwei von ihnen im Tunnel besiegt, und vielleicht denken sie, die Herbergsbesatzung hätten wir ermordet. Sie werden nicht zu wenige schicken. Wirst du sie töten?«

»Was sonst?«, fragte die kalte Stimme, die sie schon kannte, auch wenn sie den Namen nicht wusste. »Wenn sie überleben, verfolgen sie uns weiter. Bis sie uns kriegen. Also müssen sie sterben.«

Shernay schwieg einen Augenblick. Ihre Schuld drückte sie nieder. Doch es war zu spät, etwas zu ändern. Weder er noch sie würden überleben, wenn die Bewahrer sie fanden. Manchmal stellte sie sich vor, sie würde sie mit Worten überzeugen. Doch das war noch nie geschehen.

»Ich habe alles verraten, was mir einst heilig war«, sagte sie. »Du könntest mir wenigstens sagen, was du vorhast.«

»Wir gehen nach Flynnt. Dort habe ich eine Verbündete.«

»Nur eine? Bist du nicht Kämpfer für Kahsell? Musst du dort nicht viele Verbündete haben?«

»Mit Verbündeten ist das so eine Sache. In einem verschlungenen Gefüge kann man sich nur weniger Bündnisse wirklich sicher sein. Flynnt hat strategische Bedeutung. Und vielleicht hat Kahsell bald einen neuen Fyrsthen. Ryckden von Kahsell ist nicht sehr klug.«

»Ich dachte, du gehörst zu seinen Mannen?«

»Ich habe für ihn gekämpft und für andere. Zuletzt habe ich für den Fyrsthen von Kahsell geforscht, wie du weißt.«

»Nach der verschollenen Stadt Cahersyg im Byarla-Gebirge.« Sie sah ihn kritisch an. »Ich weiß nicht, warum irgendwer annehmen sollte, Cahersyg läge im Byarla-Gebirge. Cahersyg war Hauptstadt eines Weltreiches. Da kann es nicht völlig abgelegen und unzugänglich gelegen haben.«

Er schwieg, und ihr Verdacht erhärtete sich.

»Du hast gar nicht nach Cahersyg gesucht«, sagte sie sachlich und versuchte ihren Zorn aus der Stimme zu halten. »Du hast nach einem Ort gesucht, wo man weiß, wo Cahersyg liegt. Du hast nach Reyalun gesucht!«

Er schwieg noch immer.

»Das Interessante ist, dass du es tatsächlich gefunden hast.«

»Zufall.«

»Du warst schon in der richtigen Gegend, als dich der Riesenbuzzard verschleppte. Ganz nah dran. Du hast also gewusst, wo in etwa du suchen musstest.«

Er wollte etwas sagen, doch sie unterbrach ihn sofort.

»Kein Zufall. Jemand hat es dir gesagt.« Sie sah ihn herausfordernd an.

»Niemand weiß, dass es euch gibt«, widersprach er.

»Das ist so nicht richtig. Reyalunis wissen, dass es uns gibt. Jedes Jahr gehen einige auf Wanderschaft in die Welt. Nicht alle kommen zurück. Die gängige Interpretation für ihr Verschwinden ist, dass sie in den Kriegen gefallen sind. Doch es ist natürlich auch möglich, dass der eine oder andere gar nicht zurückwill. Es ist eng in Reyalun, und die Welt ist weit.«

Sein Lächeln wurde schneidend.

»Du hast mich belogen«, fuhr sie frustriert fort.

»Nein. Ich habe dir nur nicht alles gesagt.«

»Das wirst du auch nie.«

»Es ist nicht meine Art, Geheimnisse auszuplaudern.«

»Wenn ich gewusst hätte, was du wirklich bist, wäre ich nicht mitgekommen.«

»Du bist mitgekommen, weil du mich liebst«, sagte er und klang dabei nicht sonderlich romantisch.

»Und du hast mich mitgenommen, weil du dachtest, ich wüsste, wo Cahersyg liegt.« Sie versuchte, so sachlich zu klingen wie er, doch es gelang ihr nicht. Ein tiefer Schmerz schnitt in ihr Gemüt.

Er hatte es wohl gespürt, denn er trat an sie heran und zog sie in seine Arme.

»Ich habe dich bei mir, weil auch ich dich … liebe. Soweit es mir möglich ist, zu lieben.«

Sie begriff die Einschränkung, und sie machte ihr Angst.

»Du und deine Halbwahrheiten. Wie kann ich dir noch glauben?«

»Ich habe dir meine Liebe bewiesen«, sagte er.

»Deine Liebeskunst ist beeindruckend, Deruonn, aber sie beweist nichts. Vielleicht bereitest du jeder Tavernendirne genauso viel Vergnügen.«

»Meine Liebeskunst ist nicht der Beweis. Wir sind seit Tagen unterwegs, du weißt nicht, wo Cahersyg ist, und du …« Er hielt inne, als hätte er schon zu viel gesagt.

»… und ich lebe noch«, ergänzte sie. »Obgleich ich deinem inneren Kämpfer lästig, unberechenbar und gefährlich erscheine.« Sie krallte sich in seinen Lederharnisch, unfähig weiterzureden.

»Keine Angst, meine Schöne, ich werde dich stets beschützen.«

»Vor dir selbst.«

»Vor allem, was ich bin.«

Er strich ihr übers Haar und küsste ihren Kopf.

34

Dass er so hinterhältig sein könnte, hatte Garru nicht geahnt. Er wusste, er musste damit aufhören, bevor man ihn ertappte.

Dennoch war es ihm gelungen, die Gruppe der Bewahrer nicht nur einzuholen, sondern auch vom Weg abzubringen. Ein Haarband Shernays, das sich mit ein paar anderen – leichten – Besitztümern von ihr wundersam in seinem Gepäck gefunden hatte, hatte wie zufällig an einem dürren Ast hinter einer Weggabelung geflattert und die Verfolger aus Reyalun veranlasst, erst einmal nach Süden weiterzugehen.

Wie lange es dauern würde, bis sie ihren Irrtum einsahen und umkehrten, konnte niemand wissen. Auch konnte er sie, nachdem sie an seinem Versteck vorbei waren, nicht gut überholen, um ein ähnliches Ablenkungsmanöver noch einmal durchzuführen. Denn dafür hätte er weit vor ihnen das Terrain sondieren müssen. Da er nicht fliegen konnte, war das unmöglich.

Immerhin, es war ihm gelungen, Shernay einen kleinen Vorsprung zu verschaffen – vorausgesetzt, er hatte die Absicht der Flüchtenden richtig gedeutet. Falls nicht, dann hatte er Shernay und ihrem Verführer keinen guten Dienst erwiesen.

Seinen Weg wieder zu finden hatte sich dann als mehr als schwierig herausgestellt. Er hatte seine einstudierte Route vollständig verlassen, um die Bewahrer in die Irre zu führen. Er war sich sicher gewesen, er würde zurückfinden auf den Kurs, den er verinnerlicht hatte und der ihn aus dem Gebirge bringen sollte.

Jetzt stand er in einer Felsnische etwas oberhalb der Talsohle eines der abertausend schmalen Täler und versuchte sich einen Überblick zu verschaffen. Doch es sah überall ungefähr gleich aus, und die Berge waren nah und hoch, begrenzten den Blick und verloren sich in den Wolken. Sie bis zum Gipfel zu ersteigen, schien ihm nicht ratsam. Schon gar nicht mit all dem Gepäck, das er auf dem Rücken trug.

Es war leicht, in diesem Gebirge zu sterben, allein und ohne je einen Weg hinaus zu finden. Er hoffte, dass Shernays Entführer wenigstens wusste, wie man hier herauskam.

Entführer. Verführer. Beides traf vermutlich zu. Es hatte keinen Hinweis gegeben, dass der geheimnisvolle Mann Shernay mit Gewalt verschleppt hatte. Doch es gab nicht nur die Gewalt der Waffen, sondern auch die der Lügen und des Betrugs. Ihnen zum Opfer zu fallen mochte nicht weniger drastisch sein, als in einem Kampf zu unterliegen. Lüge und Betrug waren nichts anderes als Gewalt.

Er kannte Shernay. Er kannte sie wie seine Instrumente, wie seine Melodien, wie alles, was ihm nahe war. Bei klarem Verstand hätte Shernay nicht Verrat begangen. Niemals. Er wusste es einfach. Man hatte sie überredet, überrumpelt und verblendet. Mit irgendetwas gefügig gemacht. Shernay war noch nie gefügig gewesen. Doch etwas hatte ihre Sinne betört.

Vermutlich bereute sie ihr Handeln längst. Doch zurück konnte sie nicht. Also blieb ihr keine andere Wahl, als mit dem Fremden zu gehen und das Beste daraus zu machen. Sie war in ihrer überfliegenden Intelligenz so klug und so zerbrechlich. Sie würde es hassen, zerbrechlich genannt zu werden. Hoffentlich gab dieser Mann wenigstens auf sie acht.

Nicht, dass Garru wollte, dass der Kerl auf sie achtgab. Er fühlte eine Woge von Verzweiflung und Eifersucht in sich aufsteigen. Seine Gedanken flüsterten ihm die unterschiedlichsten Ratschläge ein: Lass sie gehen. Sie hat dich nicht gewollt. Du stehst nicht in ihrer Schuld. Oder: Lass sie nicht untergehen. Hilf ihr. Vielleicht schätzt sie dich dann mehr, und selbst wenn nicht, dein Handeln sollte von deiner Liebe getragen werden, nicht von ihrer. Liebe ist kein Tauschobjekt. Oder: Kümmere dich erst einmal darum, dass du nicht selbst hier draufgehst.

Sein Proviant würde nicht ewig vorhalten. Er war müde. Seine Beinmuskeln brannten, und seine Schultern waren mit roten Striemen markiert, wo sein Rückensack ins Fleisch geschnitten hatte.

Bald würde es dunkel werden. Er würde hier übernachten. Die Nische bot etwas Schutz vor schlechtem Wetter, mehr jedoch nicht.

Er packte seine kleine Harfe aus und schmiegte sich an sie. Marva hatte er sie genannt. Alle seine Harfen hatten Namen und waren ihm wie Freunde.

Er stimmte das Instrument vorsichtig. Marva mochte die Herumwanderei in den Bergen so wenig wie er. Sie war verstimmt.

Schließlich begann er, leise zu spielen. Er wusste nicht, wie weit der Klang dieses zierlichen Instruments reichen würde und ob die Felshänge ihn weitertragen würden. Vermutlich wäre es gut, wenn ihn niemand hörte. Die Bewahrer wollte er nicht treffen, und wer sonst noch in den Bergen unterwegs war, mochte gefährlicher sein als ein einzelner Barde. Er dachte an die Leute, die die Herbergsbesatzung ermordet hatte. Sie mochten in der Nähe sein.

Er spielte dennoch. Zart schwebten die Noten in die Welt. Das Spielen hatte ihm gefehlt. Er war es nicht gewöhnt, auch nur einen Tag in seinem musikalischen Tun nachzulassen. Tatsächlich waren die Tage in den Bergen jenseits von Reyalun die ersten ohne Musik, an die er sich überhaupt erinnern konnte.

Also spielte er. Seine Finger waren steif vom Klettern, seine Hände müde davon, dass er sich auf seinem Weg immer wieder abstützen musste. Seine Muskeln schmerzten. Dass man so viele Muskeln in den Händen hatte, war ihm nicht bewusst gewesen.

Er fing mit etwas Langsamem an, wurde dann schneller. Er forderte seine Finger heraus, seinem Willen zu folgen. Nach einiger Zeit ging es besser. Vermutlich hätte ein Außenstehender den Unterschied gar nicht bemerkt, doch er selbst schon.

Er schloss die Augen und ließ sich von seiner Musik treiben. Er würde an diesem Tag nicht mehr weiterklettern. Er würde spielen. Vielleicht war das dumm, aber er war, wer er war, ein Barde, ein Spielmann, ein Troubadour.

Die Musik reinigte seine gepeinigte Seele. Der Druck auf seinen Magen ließ nach. Die Müdigkeit seines Körpers verlor ihren bedrückenden Aspekt. Er spielte ohne Pause, wob eine Weise in die nächste, improvisierte um seine Melodien herum, verinnerlichte Klang wie in einem Kreislauf aus ihm hinaus und wieder in ihn hinein.

Er hielt die Augen geschlossen.

Dann riss er sie auf, noch ohne zu wissen warum, starrte entsetzt auf die Gestalt am Rand seiner Nische. Riesig. Graubeige. Nackt. Die weiten Flügel auf dem Rücken gefaltet, ihre Spitzen höher als der Kopf des Wesens. Eine Kralle war an jeder Spitze, so lang wie Garrus Holzflöte.

Ein krallenbewehrter Fuß tappte, der große Körper wiegte leise hin und her. Dann erstarrte jede Bewegung. Halb geschlossene Augen öffneten sich weit und starrten Garru an. Blau. Unendlich blau – und ungehalten.

Garru blickte auf den langen spitzen Schnabel, der fast schon einem Schwert glich. Er hatte keine Zweifel, dass der Riesenbuzzard damit zuhacken konnte wie mit einer Waffe.

Ein Riesenbuzzard. Beinahe ein Fabelwesen.

Wo war seine Waffe? Ein Schwert hatte er nicht, nur einen Langdolch. Den musste er jetzt ziehen, doch erst musste er die Harfe loslassen. Marva stand zwischen seinen Beinen, an seinen Körper gelehnt. Er würde sie werfen müssen, um schnell genug zu sein.

Das hätte er nie getan.

Die Hände am Instrument verharrte er reglos. Der Vogel tat es auch. Sie blickten einander in die Augen. Erst jetzt fiel Garru auf, dass es keine Vogelaugen waren. Ihr Blick war tief und verständig, und im Moment sah das Tier fast enttäuscht aus. Verärgert? Sollte man einen solchen Gegner verärgern? Garru hatte eine klare Vorstellung davon, wie ein Kampf gegen das Ungeheuer enden würde. Bardenmus. Vogelfutter.

Ohne sich sonst zu rühren, griff er wieder in die Saiten und spielte. Etwas Sanftes. Ein Schlaflied. Einschlafen würde das riesige Vieh nicht, aber vielleicht würde es wenigstens nicht so ungehalten schauen.

Und da war es. Der Buzzard tappte mit dem Fuß. Im Rhythmus. Das konnte nicht stimmen. Garru spielte etwas Schnelleres. Der Fuß blieb im Rhythmus.

Fünf lange Zehen. Erst jetzt fiel es ihm auf. Es waren Vogelkrallen, doch sie waren fünfzehig, vier vorne, einer seitlich wie ein Daumen. Ein kalter Schauer lief Garru über den Rücken. Er hatte schon mal die normal große Variante der Tiere gesehen, die einem bis etwas übers Knie reichte. Die hatten ganz normale Vogelfüße. Doch diese hier sahen anders aus.

Fast erwartete man Arme an dem federlosen Torso, der ebenfalls nicht sehr vogelartig war. Die Brust war breit und muskulös, und aus den Schultern wuchsen die ledrigen Flügel.

Der Kopf mit dem langen Schwertschnabel war vogelartig. Die Augen wiederum … er mochte es nicht zugeben, aber sie erinnerten ihn an die Shernays.

In den Schriften hieß es, die Urgorrn hätten Kreaturen geschaffen oder verändert. Garru wusste, in der Welt draußen glaubte kaum mehr jemand an die Urgorrn. In Reyalun schon. Im Tal gab es noch genug schriftliche Zeugnisse, die die Existenz jener Kreaturen belegten, die den Menschen so grundlegend überlegen und dabei so feindlich gesinnt gewesen waren. Wesenheiten, denen andere Lebewesen nichts als Spielbälle waren. Wer an ihrer Existenz zweifelte, musste auch an all dem anderen Wissen zweifeln, das in Reyalun vermittelt wurde.

Dass die Riesenbuzzarde solche Wesen waren, hatte freilich keiner vermutet, und es musste auch gar nicht stimmen. Ganz sicher würde Garru es nicht herausfinden. Schon gar nicht würde er herausfinden, wozu es diese Geschöpfe gab und was ihr Ziel war, so sie eins hatten.

Im Moment schien es Musik hören zu wollen. Also spielte er.

Er spielte lange. Der riesige Vogel blieb. Er kam nicht näher. Er flog auch nicht weg. Hatte er schon jemals Musik gehört? Jedenfalls schien er sie zu mögen. Manchmal sah er Garru so intensiv an, dass dieser fast glaubte, das Tier wollte ihm etwas sagen. Doch es sagte nichts. Kein Wort kam über seinen Schnabel, nur einmal ein Pfeifen.

Garru wurde müde. Er überlegte sich, wie lange er noch durchhalten würde. Inzwischen war es dunkel.

Ganz vorsichtig setzte er Marva ab. Er stand nicht auf, wollte nicht den Eindruck vermitteln, er würde angreifen. Er packte Marva sorgfältig in einen Sack, und dabei sprach er, auch wenn ihm klar war, dass eine Kommunikation mit einem Vogel, egal wie groß er war, unmöglich war.

»Du magst Musik, nicht wahr? Ich bin Garru. Ich kann dir morgen wieder etwas vorspielen. Aber heute bin ich müde. Wirklich sehr müde.«

Er rollte bedächtig seine Decke aus und beobachtete seinen Zuhörer aus dem Augenwinkel, argwöhnisch, wie dieser reagieren würde. Jeden Augenblick erwartete er einen Angriff. Doch der blieb aus. Der Vogel blickte ihn noch einmal lange an, stieß dann ab und verschwand im Dunkeln. Ein, zwei ledrige Flügelschläge hörte man noch. Dann war er fort.

Erst jetzt merkte Garru, dass er zitterte. Ganz steif war er. Er hüllte sich in die Decke und erwartete, noch lange grübelnd wach zu liegen. Doch als er aufwachte, war es bereits Morgen. Die Sonne war aufgegangen, auch wenn man sie in der engen Schlucht noch nicht sehen konnte. Dennoch war der Himmel hellgrau. Langsam packte er zusammen.

Dann hörte er es. Stimmen. Sie waren zu weit entfernt, als dass man sie hätte verstehen oder gar erkennen können. Doch da kamen Menschen. Mehr als einer.

Es mochten die Bewahrer sein. Oder andere. Sie schienen den gleichen steilen Pfad eingeschlagen zu haben wie er. Viel Auswahl gab es in diesem Tal schließlich nicht. Bald würden sie ihn erreichen. Dann würde es gefährlich werden.

Jetzt loszustürmen war sinnlos. Sie würden ihn sehen. So schnell konnte er nicht verschwinden.

Ein neuerliches Geräusch ließ ihn zusammenfahren. Ein Knallen, das er zunächst nicht deuten konnte. Dann begriff er. Buzzardschwingen.

Da stand er, der Riesenvogel, am Rand der Nische, den Rücken zu Garru gewandt. Er breitete die Flügel weit aus und ließ sie stehend in der Luft knattern. Dann hob er den Kopf, reckte den Schnabel gen Himmel und schrie. Sein Schrei klang wie der eines Menschen. Eines sehr ärgerlichen Menschen.

Einen Moment war es ganz still. Dann wurden die Stimmen der Reisenden panischer und schließlich leiser.

Garru legte sich auf den Boden und kroch vorsichtig auf den Rand der Felsnische zu. Von dort lugte er nach unten.

Da liefen sie, so schnell der steile Weg es zuließ, dorthin zurück, woher sie kamen. Bisweilen sahen sie sich angstvoll um, doch der Vogel stand immer noch am Rand der Nische und hielt seine Flügel so ausgebreitet, dass sie Garru fast vollständig verdeckten.

Als die Männer weit genug entfernt waren, stand Garru auf.

»Danke«, sagte er. »Vielen Dank. Das war sehr hilfreich.«

Er unterhielt sich mit einem Vogel.

Dieser nickte mit seinem Schnabel, stieß sich dann ab und glitt kraftvoll nach oben gen Gipfel. Bald verlor er sich im Grau der Wolken.

Garru blieb eine ganze Weile stehen und suchte nach Worten, die passen könnten.

»Unglaublich«, murmelte er schließlich. »Unglaublich trifft es nicht einmal näherungsweise. Unfassbar. Unerklärlich. Un-soziemlichalles.«

Er packte seine Sachen zusammen und schulterte sein Gepäck.

»Sicher gibt es noch bessere Worte«, murmelte er. Worte waren ihm wichtig.

Dann wurde ihm klar, dass er das erste Konzert außerhalb von Reyalun gespielt hatte, und sein Publikum war ihm wohlgesonnen.

Nicht schlecht für den Anfang.

DER LAUERNDE

Es half, dass der Schlangenwurm nicht existierte. Nicht im Bewusstsein der Menschen, die ihn längst als alten Mythos abgetan hatten. Menschen waren einander so gefährlich, dass sie sich um Gefährdungen, die nichts als Märchen waren, keine Gedanken machten. Der Schlangenwurm hatte zumindest noch keinen Menschen getroffen, bei dem das anders gewesen wäre. Er behielt die grundsätzliche Möglichkeit allerdings ganz hinten im Kopf. Sein Geist war so umfassend gewaltig, dass er nie etwas vergaß. Er ordnete es lediglich in unterschiedlichen Zugriffslagen an, in einem System von Kenntnissen, Erinnerungen und Schlussfolgerungen von akut über relevant bis zu ferner liefen.

35

Die Verwundeten waren verbunden. Die Toten hatte man in einem Graben unter die Erde gebracht, Feind und Freund friedvoll vereint. Mandelle war unter ihnen. Pruri und Greda weinten. Die beiden Frauen hatten Mandelle sehr nahegestanden, ein wehrhaftes Dreigestirn, das aufeinander achtgab und füreinander da war. Hier, wo es so viel mehr Männer gab als Frauen, war das sicher wichtig.

Geliebt hatten sie einander außerdem. Das wurde Nimry erst jetzt klar. Sie sprach den beiden ihr Beileid aus. Sie versuchte, nicht zu weinen. Es war schwierig, aber weinen, fand sie, stand ihr nicht zu.

»Erlaucht, es war nicht Eure Schuld. Vielmehr hat Eure …« Griðyon suchte nach einem unverfänglichen Wort, »… kleine Eskapade alle rechtzeitig geweckt. Hätten uns die Angreifer im Schlaf überrascht, wir wären alle tot.« Er versuchte, tröstend zu klingen, doch er klang eher, als hätte er sich irgendwann so eisern zusammengenommen, dass er sich nun nicht mehr aus der eigenen ehernen Hülle aus Pflicht und Verantwortung befreien konnte.

»Trotzdem: so was nicht noch mal machen«, brummte Darso. »Das Zeug ist Gift.«

»Gewiss nicht«, versicherte Nimry. »Man bekommt Albträume, obwohl man wach ist, und man sieht alles anders, viel heller und deutlicher und trotzdem verzogen und verschoben.« Sie überlegte einen Augenblick, ob sie erzählen sollte, dass Darso ein hässlicher Riese war und Griðyon Schlangen auf dem Kopf hatte, doch sie ließ es. Es war kaum schmeichelhaft. Zu den höfischen Umgangsformen gehörte, nichts zu sagen, das nicht schmeichelhaft war, so man nicht etwas ganz Bestimmtes damit bezweckte. »Sehr erschreckend«, fügte sie nur noch hinzu und fand, dass das Wort nicht annähernd die intensive Grauenhaftigkeit der Erfahrung beschrieb.

»Wer hat uns überfallen?«, fragte sie deshalb.

»Schwierig. Der größte Teil war aus Edunayu. Aber ein paar scheinen auch aus Holtur zu sein. Wenn das so ist, dann ist es ein neues Bündnis. Und es hat uns in der Zange.«

»Aber wenn Edunayu angreift, wieso uns? Wieso nicht Jorgvil oder Kthon? Kthon hat ja immerhin einen Hafen«, fragte Nimry.

»Wir wissen nicht, ob Jorgvil oder Kthon angegriffen wurden. Doch Jorgvil ist gegen Angriffe gut gewappnet. Und um Kthon auf dem Seeweg von Holtur her zu erreichen, müsste man durch die Meerenge von Köngstott. Das gelingt nur kleinen Schiffen, die auf die Strudel und Strömungen dieser Meerenge spezialisiert sind. Es ist lebensgefährlich.«

Nimry wusste das. Kahsell hatte nur zwei gute Häfen, Flynnthaven im Norden an der Ostküste und Kthon, im Süden, das an der Venom-See lag, einem riesigen, fast vollkommen geschlossenen Binnenmeergraben, verbunden mit dem eigentlichen Ostmeer nur durch eine schmale, klippenumtoste Durchfahrt, die Meerenge von Köngstott. Neubog, auf der anderen Seite und unbehelligt von Köngstott, wurde derzeit aus dem Nichts aufgebaut, eine künstliche Hafenstadt am Schwefelbusen, die vielleicht irgendwann einmal Bedeutung erlangen würde, derzeit aber keine hatte.

Der Graav von Flynnt – Morrgjar, ersetzte sie in Gedanken – war in Richtung Flynnthaven aufgebrochen.

»Es ist also Krieg?«, fragte sie betreten. Daran immerhin konnte sie nicht schuld sein. Griðyon schaute an ihr vorbei, und sie verstand, dass er müde und im Grunde zu erschöpft war, um einer Siebzehnjährigen mit sehr eingeschränktem Erfahrungshorizont irgendetwas zu erklären, was die raue Wirklichkeit anging. Er hatte andere Aufgaben. Ihr Überleben, zum Beispiel.

»Es ist immer Krieg«, brummte Darso.

»Aber ich habe noch nie …«

»In Jorgvil waren Erlaucht sicher«, erklärte Griðyon fein geduldig. »Die Menschen in Jorgvil denken, Krieg sei etwas, das anderswo stattfindet. Aus der Sicherheit der Etappe heraus lässt es sich immer tapfer Krieg führen. Das Kämpfen und Sterben übernehmen andere.« Wieder schweifte sein Blick in die Ferne. Dann lächelte er sie plötzlich kurz an. Es war ein schönes Lächeln. Etwas matt vielleicht.

Nimry wandte den Blick ab und dachte eine Weile nach.

»Aber die Angreifer müssen vorher gewusst haben, dass wir hier unterwegs sind.«

»Spione gibt es immer und überall. Unsere eigenen Spione hatten uns über den Angriff auf Flynnthaven informiert.«

»Aber warum wir?«

»Erlaucht, wir transportieren die neusten Waffen nach Flynnt. Kugelschnäpper und Präzisionsarmbrüste. Außerdem Flugfeuer – etwas ganz Neues. Das kann man in kleinen Einheiten auf den Feind schießen und ihn so mit Feuer überziehen. Schwer zu löschen. Euer Gatte wollte es ausprobieren. Man hat erst vor Kurzem die Rezeptur wiedergefunden.«

»Das konnten die Angreifer doch nicht wissen! Oder doch?«

Darso zuckte die Achseln. Griðyons blaue Augen schienen noch blauer zu werden, als er wortlos wieder über die flacher werdende Landschaft im Westen hinwegsah. Nimry starrte auf seine blonden Haare. Keine Schlangen. Einfach nur Haar. Dennoch konnte sie die Erinnerung kaum unterdrücken.

»Alles in Ordnung?«, fragte Darso.

Was für eine Frage!

»Mit mir schon. Was tun wir jetzt?«

»Wir ziehen weiter«, erklärte Griðyon. »Mit weniger Mannen. Mit weniger Pausen. Die Nachhut wird verstärkt. Wir werden alle achtsamer sein. Mehr Nachtwachen. Und den Nächsten, den ich beim Kauen von Gurnbuschblättern erwische, hänge ich eigenhändig am nächsten Baum auf und lasse ihn dort mit abgeschnittenen …« Er räusperte sich. »… für die Krähen baumeln.«

Nimry sah den jungen Mann erschrocken an. Er wirkte, als hätte er jetzt schon gerne jemanden aufgeknüpft. Sie hatte gesehen, wie er zusammen mit anderen die feindlichen Verwundeten nach der Befragung exekutiert hatte. Schnell und präzise. Er hatte nicht erfreut dabei ausgesehen, allerdings auch nicht wütend. Er hatte es lediglich als Pflicht angesehen: Gefangene konnten sie nicht mitnehmen, und zurücklassen konnten sie sie auch nicht. Griðyons schönes Aussehen war Fassade für einen Mann, der nicht nur lächeln, sondern auch rasch entscheiden und gut töten konnte.

Doch das konnte ihr Gatte ebenso. Alle, die im Krieg waren, schienen das gelernt zu haben.

»Erlaucht werden mit Greda und Pruri auf einem Wagen fahren. Was wir nicht unbedingt brauchen, laden wir aus. Was geht, packen wir auf weniger Wagen zusammen. Alle Pferde haben überlebt. Das heißt, wir können die Wagen schwerer machen und öfter Pferde wechseln. Wir werden eng zusammenbleiben.«

Griðyon bellte Befehle, da hatte Nimry noch nicht einmal fertig gedacht.

»Meine Aussteuer!«, murmelte sie dann ängstlich. Ihre Aussteuer war mickrig für eine Graavessa. Sie sollte nicht noch mickriger werden! »Meine Aussteuer kommt mit!«, rief sie Griðyon hinterher. Es klang eher trotzig als befehlsgewohnt.

Er war schon weitergeschritten, um seine Befehle zu erteilen, und wandte sich um. Streng sah er aus, fast wie der Graav selber. Einmal mehr fragte sich Nimry, was an dem Gerücht dran war, er sei Morrgjars Bastard. Sie starrten einander an.

»Ich bitte Erlaucht, das Wichtigste zusammenzupacken. Der Rest bleibt hier.«

»Aber …«

»Ich ersuche Erlaucht, mit gutem Beispiel voranzugehen.«

Sie war die Graavessa. Sie hatte vergorrnt noch einmal Sonderrechte – und Pflichten.

»Ich schicke Euch Euren Bibliokanten«, fuhr Griðyon fort. »Er hat überlebt. Er kann auf Eurem Pferd neben dem Wagen reiten.«

»Der Bibliokant …«

Schon war er weitergegangen. Er nahm sich keine Zeit für ihre Einwände. Diese würden vermutlich auch nicht kriegsentscheidend sein.

Mit Pruris Hilfe packte sie um. Viel ließ sie nicht zurück, verteilte eher ihre mageren Besitztümer so um, dass sie weniger Platz einnahmen. Sie war kaum fertig, da knallten schon die Peitschen, und der Wagenzug fuhr knirschend los.

Pruri und Greda wechselten sich auf dem Kutschbock ab, damit Nimry dort sitzen konnte und nicht hinten zwischen der Ladung Platz nehmen musste. Die Frauen waren sehr still. Nimry sah zur Seite und erblickte Berstels unglückliches Gesicht. Der Bibliokant war kein Reiter. Er hüpfte und rutschte auf dem Pferd herum.

»Nicht runterfallen!«, raunte sie ihm zu. »Die … wir werden nicht anhalten, um zu warten.«

»Vielleicht sollten Erlaucht sich unauffälliger kleiden«, meinte Pruri. »So, dass man sie nicht gleich als Erlaucht erkennt.«

»Aber möglicherweise ist es gut, wenn man sie erkennt. Dann lässt man sie vielleicht als Geisel leben, anstatt sie abzuschlachten«, sagte Greda.

»Sterben ist besser, als so einer Horde in die Hände zu fallen.«

Nimry verstand mit einem Mal, dass Pruri wusste, wovon sie sprach. Das Eis, das ihre Stimme vom Zittern abhielt, verriet persönliche Erfahrung. Dann verstand Nimry, dass die kriegserprobten Frauen sich sicher waren, dass die Gefahr noch nicht vorüber war.

»Ihr meint, die kommen wieder?«, fragte Nimry und versuchte, nicht ängstlich zu klingen.

»Die waren noch nicht fertig!«, sagte Puri.

»Aber sie hatten große Verluste!«

»Wir auch.«

»Die wissen vielleicht gar nicht, dass ich hier bin.«

»Die wussten, was wir geladen haben, Erlaucht.«

Nimry fühlte sich wie ein Gepäckstück.

Pruris Blick blieb auf Berstel haften. »Ob der dünne Junge in eines Eurer Kleider passt?«, fragte sie.

Nimry sah sie entsetzt an. Langsam schwante ihr, was Pruri vorhatte.

»Es wird ihn nicht schöner machen«, meinte sie, »und er mag bestimmt nicht in Frauenkleidern rumlaufen.«

»Er ist Euer Bibliokant. Er muss tun, was Ihr sagt.«

Das wäre dann wenigstens einer, dachte Nimry.

Nimry drehte sich auf dem Kutschbock um und lugte nach hinten an der Plane vorbei. Die Eile, mit der die Gefährte unterwegs waren, hatte so viel Staub aufgewirbelt, dass man nicht viel erkennen konnte. Rechts stieg das Gebirge rasch an. Große Felsen ragten aus dem Boden, und knorrige Bäume versperrten auch hier den Blick darauf, was sich jenseits der Straße befand. Manchmal sah man Bewegung. Tiere vielleicht oder der Wind. Oder der Feind.

Oder sie würden von links der Straße kommen. Da war die Gegend flacher, jedoch war das farbenprächtige Gebiet der Wald-Makye so ineinander verstrickt, dass man sich mit etwas Mühe auch dort verbergen konnte. Die Angreifer konnten überall sein. Vielleicht hatten sie sich geteilt und würden an irgendeiner unübersichtlichen Stelle von vorne und von hinten gleichzeitig angreifen.

Man hörte nichts als das Geräusch der Pferde und das Rasseln und Klappern der Fuhrwerke auf dem Boden. Sie waren nicht leise, und dennoch hing eine beklemmende Stille über dem Wagenzug. Niemand lachte. Niemand rief sich Dinge zu. Keiner sang. In den letzten Tagen hatten manche immer wieder mal gesungen, eigentümliche Kutschermusik, einfach, doch berückend.

Möglicherweise waren die Sänger alle tot.

Vielleicht würden sie das bald alle sein.

36

Nach Norden hin fiel das Gebirge steil zu einer tiefen Schlucht ab. Keine hundert Schritt weiter ragten die grauen Felsen fast genauso hoch wieder empor. Es war ein gigantischer Anblick, als hätte eine Gottheit das Land mit einer Axt gespalten. Weit, weit unten am Grund dieses Spalts lief ein blaues Würmchen entlang – ein kleiner Fluss. Daneben verlief kaum erkennbar eine Straße.

»Hier kommen wir nicht runter«, sagte Shernay und schaute frustriert auf die lotrechten, fast glatten Felsen, die sich vor ihren Füßen nach unten erstreckten. Hier gab es keinen Pfad, nicht einmal eine Möglichkeit zum Klettern.

Auch hätte niemand je so lange Seile gehabt.

Der Byarla-Graben. Sie hatte darüber gelesen. Es gab eine Sage, nach der sich ein riesiger Urgorrn hier quer durch die Berge zum Ostmeer durchgefressen hätte. Doch das war Unsinn. Es musste der Fluss gewesen sein, der sich immer tiefer in den Fels geschnitten hatte. Er musste damals breiter gewesen sein.

Später, in der Zeit des Alten Reiches, hatten die Räte von Predorenn auch hier eine ihrer Straßen gebaut. Eine nützliche Straße, von Ost nach West. Sie verband Flynnthaven mit der Hauptstraße westlich des Gebirges und verlieh so dem Hafen eine Bedeutung, die er – eingekeilt zwischen Meer und Hochgebirge – sonst nicht gehabt hätte.

»Es ist schön!«, sagte Shernay ehrfurchtsvoll.

»Die Frommen machen jeweils wechselnde Gottheiten für die Entstehung dieses Grabens verantwortlich«, antwortete Deruonn spöttisch.

»Warum nur des Grabens?«, fragte Shernay. »Wenn man an Gottheiten glaubt, müsste man ihnen dann nicht die gesamte Weltenschöpfung zuerkennen? Nicht nur eine Schlucht – so beeindruckend sie auch sein mag?«

Er schmunzelte.

»Du bist nicht religiös, was? Nun, die Gottheiten dieser Welt haben ja alle ihre Ressorts. Nur die Reformer, diese neue Religion, glauben nicht jeweils an einen bestimmten Gott, sondern verehren sie alle als Gruppe. Diese mag dann die Weltenschöpfung arbeitsteilig bewerkstelligt haben.«

»Eine neue Religion! Wie interessant! Das weiß man in Reyalun noch nicht.« Nun, sie würde es auch nicht berichten können.

»Ja, und so praktisch! Man glaubt einfach vorsichtshalber mal an alles.«

Sie blickte ihn skeptisch an.

»Du bist auch nicht religiös, Deruonn.«

»Ich glaube an den Tod.«

»Ein Kyrros-Anhänger?«

»Nein. Ich verehre ihn nicht als Gottheit und bitte nicht um seine Gnade. Ich glaube lediglich an seine Existenz. Ganz ohne Gott. Der Tod ist beweisbarer Fakt und unausweichlich.«

Sie nickte.

»Es gibt noch eine weitere Theorie für den Byarla-Graben. Die Urgorrn sollen ihn geschaffen haben.«

Er lachte hell auf.

»Es ist da schon fast schade, dass es die nie gegeben hat.«

»Es hat sie gegeben.«

»Steht das in euren Schriften?«

»Ja.«

»Weißt du viel darüber?«

»Nicht allzu viel. Du bist dummerweise zu früh erschienen«, zischte sie ärgerlich. »Ein Jahr später, und ich hätte dir viel mehr sagen können.«

Er küsste sie ganz plötzlich auf die Stirn.

»Du bist besonders begehrenswert, wenn du die Stacheln ausgefahren hast, Lernerin von Reyalun.« Er zog sie an sich.

»Umgekehrt nicht, forscher Forscher von Kahsell.«

»Du magst mich nicht, wenn du die Stacheln ausgefahren hast?«

»Ich mag dich immer. Was vermutlich nicht klug ist.«

»Der Moment, an dem du hättest klug sein können, liegt viele, viele Tage zurück, meine Schöne.«

Sie schluckte, überging dann aber den Einwand.

»Was ich meine, ist, dass ich dich, wenn *du* die Stacheln ausgefahren hast, weitaus weniger attraktiv finde.«

Er lachte leise, küsste ihre Stirn, dann ihre Kehle, dann fuhr er mit seinen Lippen an ihrem Hals herunter.

»Nicht hier!«, tönte die Stimme in Shernays Kopf. Sie fuhr zurück.

»Willst du nicht?«, fragte Deruonn.

»Nicht hier!« Sie blickte suchend gen Himmel. Da, etwas weiter entfernt kreiste der Riesenbuzzard. Er blickte auf sie herunter.

Deruonn folgte ihrem Blick und fluchte.

»Einmal, nur einmal soll der nahe genug an mich herankommen!«, zischte er böse. »Dann gibt es Geflügelpastete!«

»Er hat gesagt ›nicht hier‹«, erklärte Shernay, die den Gedanken, bei dem riesigen Wesen könnte es sich um Geflügel handeln, nicht nur abwegig, sondern auch ekelhaft fand. »Er sieht weiter als wir von da oben. Wenn er diesen Ort für gefährlich hält …«

»Frag ihn, welche Gefahr droht.« Deruonns Blick wurde lauernd. Seine Finger umkrallten ihre Oberarme. Sein Blick bohrte sich in den ihren.

»Ich weiß nicht, ob er mich hört. Er ist sehr weit weg.«

»Aber du hörst ihn doch auch.«

»Er spricht direkt in meinen Gedanken.«

»Welche Gefahr droht uns?«, fragte Deruonn noch einmal bohrend.

»Er ist die Gefahr«, tönte es in Shernays Kopf. »Geh vom Abgrund fort.«

Shernay schielte nach unten. Keinen halben Schritt waren sie vom Graben entfernt. Ein Schubs, und sie würde fallen wie ein Stein. Dann wäre jener andere Mann, der in Deruonn lauerte, seine lästige Begleiterin mit all den Geheimnissen, die sie nie hätte erfahren dürfen, los. Denn jener andere Mann liebte sie nicht.

»Gehen wir etwas vom Abgrund weg«, sagte sie denn auch. »Er ist sehr tief.«

»Bis jetzt hattest du keine Probleme mit Höhenangst.«

»In Reyalun muss man dauernd in den Felsen klettern. Da wäre Höhenangst hinderlich.«

Sie starrte ihm in die Augen, die sie so liebte. Er starrte zurück. Dann ergriff er sie plötzlich. Sie erschrak, doch er zog sie nur vom Abgrund fort.

Shernay blickte gen Himmel. Der Buzzard war verschwunden.

»Er ist weg«, sagte sie.

»Er ist nur nicht zu sehen«, antwortete Deruonn mürrisch. »Ich bin auch oft nicht zu sehen und bin doch da.«

Sie nahmen ihr Gepäck auf, ohne weiter zu pausieren. Shernay war zwiegespalten. Zum einen wäre sie einer zärtlichen Pause nicht abhold gewesen. Zum anderen tobte in ihr eine Unruhe, die sich immer weniger unterdrücken ließ. Jener andere Mann in Deruonn irritierte sie. Sie dachte immer wieder, fast stetig über ihn nach. Doch sie kam zu keinem Ergebnis. Deruonn hatte ihr nicht alles erzählt. Das würde er nie.

Ihr Leben war spannend geworden, und sie mochte es nicht. Langeweile hatte etwas für sich.

Sie liefen am Rand der Schlucht entlang nach Westen. Deruonn misstraute dem Gebiet. Hier gab es fast nichts, hinter dem man in Deckung gehen konnte. Sie hatten den nackten Kamm eines Gebirgsausläufers erreicht, und von da an ging es nur noch senkrecht in die Tiefe. Sie waren sichtbarer als zwischen den hohen Felsen.

Die Rolle des Riesenbuzzards hatte sie noch nicht verstanden. Wie ein schützender Geist blieb er in der Nähe oder erschien wieder plötzlich am Himmel. Manchmal meinte sie, unterschwellig seine Nähe zu spüren, doch meist bemerkte sie ihn erst, wenn sie ihn dann direkt sah oder hörte und im Nachhinein wahrnahm, dass sie ihn bereits vorher gefühlt hatte.

Sie verstand, dass er auf ihrer Seite war und sie in Schwierigkeiten wähnte. Sie wusste sehr wohl, warum er das dachte. Warum er auf ihrer Seite war, wusste sie nicht. Vielleicht einfach nur, weil sie verstand, was er sagte. Deruonn konnte das nicht. Tatsächlich hatte sie noch nie von Menschen gehört, die sich mit wirklicher Sprache mit Tieren verständigen konnten.

Die Mütter hatten einst über ihr besonderes Talent gesprochen, das sie haben oder entwickeln mochte. Konnte dies diese Gabe sein? Mit Tieren zu sprechen? Oder nur mit Buzzarden? Oder gar nur mit Riesenbuzzarden? Das würde die Kommunikation auf dieser Ebene nachhaltig einschränken, denn es gab so gut wie keine.

Es gab Tiere in Reyalun. Sie hatte noch nie mit einem gesprochen, und es hatte auch keines je den Dialog mit ihr gesucht.

Woher kam das Talent?

Ihre Nackenhaare stellten sich auf. Ganz plötzlich. Eiskalt rieselte es ihr über den Rücken. Das Gefühl war so überwältigend und von solch intensiver Grausamkeit, dass sie einen Augenblick wie versteinert stehen blieb. Sie rang nach Atem, als hätte man ihr diesen genommen. Ein Blick auf das Gesicht ihres Begleiters und Liebsten stellte sicher, dass er es war und nicht sein innerer Zwilling. Nicht, dass sie jemals zuvor so auf dessen Erscheinen reagiert hätte.

Sie rannte los, so schnell sie konnte. Mit all dem Gepäck war das nicht sehr schnell.

»Lauf!«, schrie sie. »Nun mach schon!«

»Warum?«, erklang es hinter ihr. »Sprichst du wieder mit Geflügel?«

War es das?

»Nein. Aber hier ist etwas. Hier ist … Tod.« Besser erklären konnte sie es nicht. »Nun renn schon!«

Er rannte. Er hatte sie schnell eingeholt. Sie liefen nebeneinander, sie voller Panik, er voller Fragen, die er nicht stellte. Vermutlich hielt er sie für vollkommen närrisch. Vielleicht war sie das ja auch.

Sie warf hastig einen Blick über die Schulter zurück. Er auch. Sie hatten schon ein ganzes Stück zurückgelegt. Wo sie eben noch gewesen waren, rührte sich etwas. Es waberte. Dann schnellte aus dem Boden direkt am Abgrund etwas hervor. Lange, grauweißliche Würmer schossen, die Schwerkraft verachtend, nach oben und wanden sich dabei wie Schlangen. Vielleicht waren es Schlangen? Sie waren schlangengroß. Schlangenlang. Und tödlich. Lautlos waren sie, und doch registrierte Shernays Denken sie wie ein fernes Zischen und Rauschen, das sie mit den Ohren nicht hörte. Geballte Bösartigkeit.

Sie wusste, was es war, aber nicht, woher.

»Gift!«, flüsterte sie, dabei war ihr eher zum Schreien zumute. »Traumschlangen.«

Sie erklärte nichts, rannte nur weiter, sparte sich den Atem fürs Rennen. Sie überlegte, ihr Gepäck abzuwerfen, doch sie würden es brauchen, wenn sie überlebten. Auf der anderen Seite: Sollten sie nicht überleben, nur weil sie nicht schnell genug waren, dann war das eine schlechte Entscheidung.

Deruonn war immer noch neben ihr, dabei wäre es ihm sicher ein Leichtes gewesen, sie zu überholen und zurückzulassen. Sie sah panisch zu ihm hinüber. Er lief mit weiten, federnden Schritten, und es gelang ihm, sich dabei umzudrehen, seitlich, ja rückwärts zu rennen, ohne seinen Lauf zu unterbrechen. Wie ein Tänzer drehte er sich in der Vorwärtsbewegung, ohne aus der Richtung zu kommen oder über die eigenen Füße zu fallen.

Sie versuchte es auch – und fiel. Das schwere Gepäck verhinderte, dass sie sich wieder fangen konnte. Sie knallte hart auf den felsigen Boden, unterdrückte einen Schrei, als würde ihr Schweigen das Gewürm hinter ihnen davon überzeugen, dass hier niemand war.

Konnte es überhaupt hören?

Traumschlangen. Aus der Entfernung konnte sie sie kaum genau ausmachen, doch sie wusste, wie sie aussahen. Sie hatte Zeichnungen gesehen. Steingraue Schuppenhaut mit gelben Streifen. Dünne Hautkragen, aufgestellt wie eine Verzierung, umgaben dreieckige Schlangenköpfe. Gespaltene Zungen erinnerten an Schlangen, doch die Segmentierung der Körper sah eher nach Würmern aus. Sehen konnte sie das nicht – ihr Gedächtnis ergänzte das Bild.

Sie waren tödlich. Unnatürliche Kreaturen, deren Gift einen in hochverdünnter Form sein Leben träumen ließ. Kyrros-Priester hatten vor langer Zeit solche Tränke zu sich genommen, um klarsichtig der Vergangenheit und der Zukunft, dem Leben und dem Tod entgegenzusehen. Wenn sie Glück hatten, überlebten sie es. Da der Tod alles war, was die Biester schlussendlich zu bieten hatten, war der Brauch weitgehend ausgestorben.

Hastig versuchte Shernay, sich aufzurappeln. Das Gepäck drückte sie zu Boden. Wie ein Käfer auf dem Rücken lag sie da. Kamen die Tiere schon? Durch das Gestrüpp konnte man sie nicht sehen, schon gar nicht, wenn man selbst auf dem Boden lag.

Wo war Deruonn? Sie verdrehte sich fast den Hals, um ihn zu sehen. Er war schon weitergeeilt, hatte sie liegen lassen. Nun sah er sich um. Ihre Blicke trafen sich. Seiner war kalt und berechnend. Der Kampfzwilling war da.

»Renn!«, rief sie ihm zu. Einerlei, wer er war, an ihrer Langsamkeit sollte er nicht zugrunde gehen.

Sie zwang sich zurück auf die Füße. Keine Zeit, das Gepäck abzunehmen, das sie mit geradezu hinterhältiger Macht nach unten drückte. Gleichzeitig las sie weitere Informationen aus ihrem Gedächtnis.

Traumschlangen waren Urgorrn-Geschöpfe. Niemand hatte sie je genau untersucht – oder es überlebt, um davon zu berichten. Doch es hieß, sie lebten in großen Gruppen in Fels- oder Erdspalten und kamen nur hervor, wenn ein Opfer nah genug war. Sie wanderten nicht weit in ihrer Jagd, sodass man ihnen theoretisch entgehen konnte. Sie blieben gern bei ihren Höhlen.

Man konnte ihnen also vielleicht entkommen, wenn man schnell genug war. Sie zwang ihre Beine zum Laufen, spürte förmlich, wie jeder einzelne Muskel einen Widerstand überwinden musste. Jede Sekunde kam ihr unendlich langsam vor, jede Bewegung schien gegen eine Mauer zu verlaufen, als versuchte man, in Honig zu schwimmen.

Deruonn stand nicht mehr. Er lief. In die falsche Richtung, auf sie zu. Der Kampf in seinen Gesichtszügen ließ diese verzerrt aussehen. Er machte ihr Angst, freilich nicht so viel Angst wie die Traumschlangen.

Er packte sie am Unterarm und zerrte sie voran. Beinahe wäre sie wieder gefallen, stolperte, er schubste sie nach vorn, zog sie gleichzeitig hoch, trug sie beinahe. So rannten sie gemeinsam.

Es war ihr, als müsse er fluchen. Doch er hielt sich nicht mit unnötigen Aktionen auf, war still und schnell und beinahe brutal in seiner Zielsicherheit.

Er war zurückgekommen. Er hatte sie nicht dort liegen gelassen, dieser Fremde, dem es vielleicht zum Vorteil gereicht hätte, selbst zu entkommen und sie den Schlangen zum Fraß vorzuwerfen.

Nicht zum Fraß. Niemand behauptete, Traumschlangen würden einen fressen. Dazu waren sie viel zu klein. Sie brachten einen nur um. Vielleicht knabberten sie an den verwesenden Leichnamen.

Nicht dran denken. Rennen. Sie rannte. Ihr Atem brannte in ihren Lungen. Ihre Muskeln schmerzten, und sie konnte nicht aufhören zu denken, dass Deruonn in seinem anderen Ich zurückgekommen war. Er hatte sie nicht liegen und sterben lassen. Dabei wäre er seine Probleme losgeworden, ohne selbst Hand anlegen zu müssen.

Sie rannten lange. Länger als sie gemeint hatte, laufen zu können. Schließlich fiel sie erneut.

»Lauf«, keuchte sie, »… weiter! Rette dich.« Ihr Atem pfiff ihr durch die Kehle. »Ich kann … nicht mehr.«

37

Keyt wusste nicht, wie lange sie im Dunkeln gelegen hatte. Irgendwann drang aus der Finsternis etwas in ihr Bewusstsein und manifestierte sich dort als aktive Erkenntnis wie ein Licht. Es dauerte eine Weile, doch dann begriff sie: Sie lebte. Das Begreifen brachte ihr das Leben zurück. Sie dachte, also lebte sie.

Zunächst bewegte sie sich nicht. Dann tastete sie mit einer Hand an ihre Seite. Sie wusste, wie sich getrocknetes Blut anfühlte. Sie fuhr sich mit der Hand unter die Kleidung und zuckte zusammen, als diese auf eine Wunde traf. Es tat weh. Doch die Verwundung war offensichtlich nicht tödlich. Sonst wäre sie jetzt tot. Und nichts mehr täte weh.

Sie hatte gelernt, für Schmerz auch dankbar zu sein. Durch den Schmerz zu gehen und am anderen Ende siegreich herauszukommen war der Alltag ihrer Jugend gewesen.

Der dumme Weiseste hatte sie nicht erstochen. Vermutlich hatte er nicht einmal besonders großen Schaden angerichtet. Zumindest nicht mit der Klinge.

Das Gift war eine andere Sache. Das nahm sie persönlich. Sie selbst tötete gerne mit Gift, war Meisterin darin, kannte viele Essenzen, die auf die unterschiedlichsten Arten zu töten vermochten, mit Verzögerung, sofort, unter Schmerzen, mit langsamer Lähmung, mildem Entschlafen oder schnellem Verfall. Doch von einem dahergelaufenen Bücherwurm vergiftet zu werden, der noch nicht einmal mit seinem Stockschwert richtig treffen konnte, empfand sie als Unverschämtheit, auch wenn ihre veränderte Physis manche Gifte zu überwinden imstande war.

Umso mehr haderte sie damit, dass er sie tatsächlich hatte besiegen können. Das hätte niemals geschehen dürfen. Der lange Gelehrtenmantel, der Stock, das graue Haar. Sie hatte ihn unterschätzt. Dort, wo sie aufgewachsen war, lernte man, niemanden zu unterschätzen. So man es nicht lernte, lernte man schnell gar nichts mehr.

Im Grunde hatte sie nur eine Auskunft haben wollen: Wo war Gemryn? Per Brieftaube hatten sie sich regelmäßig gegenseitig informiert. Dann, plötzlich, waren seine Antworten ausgeblieben.

Brieftauben waren kein zuverlässiges Mittel der Nachrichtenübermittlung. Die verschlüsselten Nachrichten, die man senden konnte, waren zu kurz und klein. Raubvögel schlugen die Tiere, Neugierige erlegten sie, und manchmal verschwanden sie einfach.

Buzzarde wären zuverlässiger gewesen, doch weder Gemryn noch sie verstanden die Kunst, die widerlichen, kniehohen Biester zum Botendienst zu überzeugen. Das konnten nur wenige in der Geschwisterschaft der Xyi. Es gehörte nicht nur Neigung, sondern auch eine eigene, geheime Ausbildung dazu. Keyt fehlte schon die Neigung.

Keyt war Schemenjägerin der Xyi. Sie bezweifelte nicht, dass dies die beste und höchste Form des Menschseins war. Ihre Ausbildung war perfekt, ihr Denken geschliffen, ihre Kampfkunst ihren Geschwistern ebenbürtig und anderen überlegen, ihr Auftreten unauffällig – und wenn sie wollte, fast unsichtbar. Sie war Meisterin in der Kunst der unauffälligen Beseitigung jener, die es zu beseitigen galt. Sie tötete im Auftrag der Xyi, wenn man sie das hieß. Sie arbeitete jedoch auch verborgen und unerkannt an anderen Aufgaben, wenn die Geschwisterschaft das für dienlich hielt.

Sie hatte sich nie als Mörderin gesehen. Was sie war, war ihr zu jedem Zeitpunkt bewusst, denn mit all dem Wissen und all den Künsten, die sie erlernt hatte, war ihr auch die Überzeugung vermittelt worden, nie daran zu zweifeln, was sie tat. Es war gut, dass sie es tat.

Sie war eine geheime Schemenjägerin für die Acht Reiche, doch keine Söldnerin eines einzelnen Reichs. Als Kind gerettet vor dem Tod und aufgezogen von den Besten, war sie nun Teil dieser Besten.

Sie war unabhängig von den jeweiligen Querelen der Fyrstheneien untereinander, griff nur ein, wenn ein übergeordnetes Ziel, gekürt vom Schemenrat der Xyi, das befahl. Dann tat sie, wie ihr geheißen, und zweifelte nicht daran, Teil von etwas Großem zu sein, das in diesem Krieg etwas bewirken würde – einen Sieg, eine Eroberung oder ultimativ den Frieden, obwohl dieser nun schon Jahrhunderte auf sich warten ließ. Trotz der Xyi und ihres Beitrags.

Keyt war dabei so stolz auf den Beitrag, den sie leistete, wie Tonya, ihre innere Kämpferin. Der Orden der Xyi wusste stets, was zu tun war, und die Schemenjäger taten es – auf ihre ganz besondere Weise, unsichtbar wie der Wind, leise wie Gift, und zweigeteilt in der Seele.

Tonya meldete sich zu Wort. Es kam nicht oft vor, dass die beiden Identitäten in dem gestählten Körper miteinander Selbstgespräche führten, denn zum einen waren sie letztlich dieselbe Person, und zum anderen waren Selbstgespräche etwas für Menschen mit größeren Zweifeln. Zweifler überlebten nicht bei den Xyi. Es fehlte ihnen an Fokus.

»Du warst unvorsichtig«, kritisierte Tonya.

»Du warst zu langsam!«, gab Keyt zurück. »Es wäre deine Aufgabe gewesen, den Bücherwurm zu besiegen. Oder gar nicht erst anzugreifen.«

»Es wäre deine Aufgabe gewesen, ihm keinen Anlass zum Misstrauen zu geben. Du hast geplappert. Dabei war nur eine Frage wichtig. Nur eine Frage: Wo ist Gemryn? Doch das wissen wir immer noch nicht.«

Keyt schwieg. Eine Weile konzentrierte sie sich nur aufs Atmen. Dann machte sie Bestandsaufnahme wie eine Ladenbesitzerin. Sie analysierte ihren Körper.

Stichverletzung an der Seite. Übelkeit vom Gift, das selbst ihrem Körper nicht zuträglich war. Schemenjäger durchliefen in ihrer Entwicklung nicht nur den Feinschliff ihrer kämpferischen Präzision, sondern auch einen Prozess, der sich Entgiftung nannte. Tatsächlich war es aber eher eine sich wiederholende Vergiftung. Eine stete Immunisierung gegen Gift, die man durch Zufügen von geringen Mengen verschiedener Gifte erreichte. Eine Schemenjägerin zu vergiften war nicht einfach. Man musste schon ein ausgefallenes Gift dafür haben.

Sie drehte sich zur Seite. Tonya übernahm. Sie war weniger schmerzanfällig. Doch das war nur eine Illusion. Schmerz war Schmerz, und Keyt würde ihn letztlich ertragen müssen.

Bedächtig krallte sie sich in den Boden, zog und schob sich in eine Position, die es ihr ermöglichte, auf die Knie zu kommen. Ganz langsam.

Ihr schwindelte. Das Gift war wohl doch noch am Werk. Oder es war der Blutverlust. Sie musste dringend etwas trinken.

»Der Kerl muss sterben«, zischte Tonya schmerzhaft. Sie würde ihn erledigen. Irgendwann. Bald.

Doch nicht gleich. In ihrem jetzigen Zustand war es nicht ratsam. Selbst wenn man jemandem nur die Suppe vergiftete, musste man dabei hurtig und unsichtbar vorgehen. Das aber schien im Moment nicht gut möglich.

Sie musste zurück. Sie war nur gekommen, um zu erfahren, warum Gemryn nicht antwortete. Das wusste sie jetzt. Er war unterwegs. Er hatte ihr nicht Bescheid gegeben. Oder seine Nachricht war verlorengegangen oder abgefangen worden.

Das mochte stimmen oder nicht. Er mochte auch einfach nur tot sein. Auch Schemenjäger starben. Während die Kriege tobten, konnten sie allzu leicht zwischen die Fronten geraten. Sie waren fast immer allein und auf sich gestellt.

Sie überlegte noch einmal, denn ihre Schwäche ließ sie kurz am eigenen Gedächtnis zweifeln. Gemryn – das war doch der Name, den er sich hier gegeben hatte? Die Xyi hatten viele Namen.

Sie würde der Geschwisterschaft berichten müssen. Doch sofern sie nicht einen weiteren Bruder oder eine Schwester in Jorgvil fand, würde sie dazu zurück zur Flynntburg müssen. Dort war ihr Einsatzort. Dort hatte sie in regelmäßigen Abständen die Möglichkeit, Nachrichten zum Berg der Weisheit zu schicken, wo sich die Geschwisterschaft befand, wo die jungen Zöglinge zu neuen Schemenjägern ausgebildet wurden.

Es war eine harte Ausbildung, und nur die Besten überlebten sie. Doch immerhin behielt man so nur die Besten. Als aufgesammelte Kriegswaisen wussten sie, dass sie ohne die Rettung durch die Xyi längst tot wären. Sie hatten alle die gleiche Geschichte zu erzählen: die Grausamkeit des Krieges, der Tod der Familie, das Überleben mit keiner Aussicht als der zu verhungern.

Keyt hätte die Geschwisterschaft nie als milde und barmherzig bezeichnet. Doch wohl nur deshalb nicht, weil sie die Begriffe albern und nutzlos fand. Im Grunde hielt sie sie für genau das.

Wo war Gemryn?

Sie musste ihm unbedingt berichten, dass die Pläne sich geändert hatten. Warum sie sich geändert hatten, wusste Keyt nicht. Es scherte sie auch nicht. Es war Sache des Schemenrats, die Gesamtsituation der Welt zu analysieren und entsprechend Aufgaben zu verteilen. Man musste diese Aufgaben auch nicht mögen. Nur ausführen musste man sie – sonst wurde man selbst zur Aufgabe.

Vielleicht musste sie es auch nicht selbst tun, oder es würde nicht nötig werden. Noch war kein Tod befohlen.

Jetzt musste sie erst einmal hier raus. Einen Heiler finden, ein wenig rasten, bevor sie zurück zur Flynntburg reiste. Ausgerechnet Jorgvil besaß derzeit keine Xyi-eigene Herberge, wie sie sonst als geheime Anlaufpunkte für die Schemenjäger zur Verfügung standen und von alten Schemenjägern betrieben wurden.

Also keine Unterstützung hier.

Sie fragte sich, ob der Weiseste tatsächlich gewusst hatte, wer oder was sie war. Sie hatte es angenommen, seinen Blick so gedeutet. Deshalb hatte sie ihn angegriffen.

Sie hätte besser an einer vernünftigen Tarnung gearbeitet und einen plausiblen Grund vorgeschoben, warum sie Gemryn suchte und wer sie war, Ehefrau, Cousine, Schwester. Doch die Reise von Flynnt nach Jorgvil war lang und beschwerlich gewesen, umso mehr, als sie der entgegenkommenden Karawane nicht begegnen durfte und in einiger Eile war. Der Graav wähnte sie bei seinen Kindern und würde nicht verstehen, dass sie dort nicht war.

Griðyon wollte sie auch nicht begegnen. Der schöne, junge Mann hatte ihr so manche einsame Stunde versüßt. Mit dem Abstand, den Schemenjäger stets zu allen einhielten, die nicht den Xyi angehörten, hatte sie etwas aufgebaut, das vielleicht keine Beziehung war, aber immerhin ein paar nette Begegnungen bereitete.

Sie mochte seine blauen Augen, wie man kunstvolle Waffen mochte, mit der gleichen vorsichtigen Wertschätzung. Sie erinnerten sie an etwas, doch sie wusste nicht, an was. Sie wusste nicht einmal genau zu sagen, ob es etwas Positives oder etwas Negatives war. Der Schauer, den der Blick aus jenen schönen Augen ihr manchmal über den Rücken laufen ließ, war zweischneidig. Sie nahm ihn als willkommenes Gefühl, als etwas, das ihre Reaktionen intensivierte. Im Liebesspiel war er somit willkommen.

Wenn sie und Griðyon miteinander schliefen, war das immer intensiv. Es ging ihr durch und durch, berührte Keyts beide Seelen gleichermaßen, ließ sie erschauern und doch erblühen. Der junge Mann liebte mit der gleichen kühlen Präzision, mit der er alles tat und verband Inbrunst mit Distanz auf eine Weise, die sie an ihre eigene Ausbildung erinnerte. Weder er noch sie stellten ihr Liebesspiel jemals über ihre Pflicht. Sie kamen zusammen und gingen wieder auseinander mit Genuss, doch ohne irgendeine innere Bindung. Keyt war das gerade recht so.

Auch hatte sie noch keine Befehle erhalten, was ihn anging. Also würde sie nichts unternehmen. Nicht nur, weil sie ihn mochte mit seiner weitgefächerten Art: mal charmant und strahlend, dann wieder zynisch und diamanthart. Doch es war undenkbar, Befehle vorwegzunehmen oder auf eigene Faust zu handeln. Sie kannte das Gesamtbild nicht. Nur der Schemenrat wusste, was zu tun war.

Man würde es ihr rechtzeitig sagen. Vielleicht – und das wäre ihr am liebsten gewesen – musste sie Griðyon ja nicht beseitigen. Immerhin mochte er der Sohn des Graaven sein. Oder auch nicht. Er hatte sich so wenig dazu geäußert wie der Graav selbst. Er konnte also vom Berg als Erbe vorgesehen sein – falls die ehelichen Erben es nicht mehr wären.

Sie ahnte, dass – sollte der Befehl kommen – dieser nicht so einfach zu erfüllen sein würde. Er war wie eine Klinge aus Pyrnschem Stahl, schön und schnittig.

Doch jetzt musste sie erst einmal hier raus.

Sie tastete um sich, untersuchte alles, was da lag. Ihre Waffen, fast vollständig. Ihre Gifte. Es fehlte nicht eines. Es war schwer zu glauben, dass der Feind ihr ihr Eigentum als Grabbeigaben gelassen hatte. Offenbar hatte er nicht damit gerechnet, dass sie noch lebte, dies überleben würde, um ihn erneut aufzusuchen. Irgendwann.

Mühsam und mit schwachen Fingern räumte sie ihre Besitztümer wieder in die vielen geheimen Taschen ihres Gewands. Viel musste sie ertasten. Es war fast vollständig dunkel. Nur aus einem winzigen Spalt im Stein über ihr drang ein Minimum an Licht.

Sie atmete tief ein, als sie meinte, alles verstaut zu haben. Der tiefe Atemzug war zu viel für sie. Sie übergab sich, schmeckte bittere Galle in ihrem Mund. Sie kannte das. Sie hatte schon viel Gift verarbeiten müssen, und das war gut so, sonst wäre sie jetzt tot.

Ihre Seite schmerzte. Sie ignorierte es. Ganz langsam kroch sie auf Knien vorwärts. Aus dieser Position heraus konnte sie immerhin nicht so schnell fallen.

Bald schwand das letzte Licht. Tastend schob sie sich voran. Sie würde hier herauskommen. Sie musste. Und sie wollte. Hier zu verrecken war keine Option. Ein unwürdiges Ende für eine Streiterin der Xyi.

Weiter. Alle Wege hatten irgendwo ein Ende. Auch dieser würde nicht unendlich sein. Eine Richtung konnte sie in der Dunkelheit nicht ausmachen. Geradeaus. Soweit sie es erfühlen konnte.

Alles brannte, ihre Wunde, ihre Blutgefäße, ihre Muskeln und ihr Schlund. Sie war so durstig. Nicht einmal eine Pause konnte sie sich gönnen, denn sie brauchte Wasser, um das Unheil aus ihrem Körper zu spülen.

Weiter. Sie war langsam. Doch schneller ging es nicht. Sie musste mit ihren Kräften haushalten. Ihr wurde bewusst, dass sie immer noch sterben konnte. Das wäre verantwortungslos. Niemand würde wissen, was mit ihr geschehen war. Nur dass sie in Richtung Jorgvil aufgebrochen war, das hatte sie gemeldet.

Schemenjäger konnten immer sterben. Auf dem Weg, durch den Krieg, sichtbar oder unsichtbar. Wenn sie jetzt hier liegenblieb, würde sie so unsichtbar sterben, wie sie gelebt hatte. Der Gedanke kam ihr fast pflichtvergessen vor. Sie, die immer so gut aufpasste, dass alles, was sie tat, auch den Berg der Weisheit erreichte, sollte anstatt einer letzten Nachricht nur noch sang- und klanglos verschwinden?

Der Schemenrat brauchte jede Kleinigkeit an Information, um weise zu entscheiden. Vielleicht würde sie ja irgendwann dereinst zum Schemenrat gehören. Wenn sie alt und weise war und sich im Einsatz einen Namen gemacht hatte – und dies hier überlebte. Dann würden die vielen Geheimnisse, die ihr heute noch nicht zustanden, endlich als Erleuchtung über sie kommen. Zum Beispiel das mit den zwei Seelen.

»Das willst du wirklich wissen?«, fragte Tonja.

»Das will jeder wissen!«, verteidigte sich Keyt. »Jeder.«

»Für manches gibt es keine Antwort.«

»Für alles gibt es eine Antwort. Wir kennen sie nur nicht.«

Dann schwiegen die beiden Teile ihrer Seele wieder. Lautlos waren sie ohnehin gewesen.

Weiter.

Immer weiter.

Sie würde Orstyn, den Weisesten, doch bald umbringen müssen. Wenn er nicht mehr glaubte, dass es die Schemenjäger der Xyi gar nicht gab, mochte er diesen Standpunkt weitergeben. Als Mitglied des Beratergremiums des Fyrsthen von Kahsell mochte seine Meinung weit tragen.

Doch die Xyi existierten nicht. Sie bewegten sich so unerkannt, weil niemand an sie glaubte. Sie waren, was sie waren: Schemen einer Legende.

Keyt versuchte einen Plan auszuarbeiten, doch sie war zu weit entfernt von allem einschließlich der Sicherheit, dass sie hier herausfinden und überleben würde. So ließ es sich nicht gut planen. Pläne auszuarbeiten war ohnehin nicht ihre Stärke, sondern sie auszuführen.

Weiter.

Sie stieß an einer Mauer an und richtete sich neu aus. Immer an der Wand entlang. Irgendwo musste die hinführen.

Sie hoffte inständig, dass dies kein Teil des runden Turms

war. Dann würde sie ewig an der Mauer entlanggehen, immer im Kreis.

Sie zischte wütend und schmerzhaft.

Orstyn musste sterben.

Er würde sterben.

Er würde bald sterben.

Durch ihre Hand.

Weiter.

38

Erlaucht, habt Ihr Griðyon gesehen?«, fragte der Reiter und schaute ein wenig verdutzt in Berstels unglückliches Gesicht.

Griðyon, der überall gleichzeitig gebraucht wurde.

Berstel, der ganz andere Sorgen hatte.

»Ich habe Griðyon nicht gesehen«, murmelte Berstel leise, während er sich von den fragenden Blicken des Reiters abwandte. Er versuchte nicht einmal, mit der Stimme die Graavessa nachzuäffen. Sie würde das so wenig wollen wie er.

Der Bibliokant hatte sich den üppigen, federgeschmückten Reiterhut der Graavengattin tief ins Gesicht gezogen. Er schämte sich, dabei war das Kleid, das man ihn hatte anziehen lassen, vermutlich sogar schön. Wenn man Kleider mochte. Wenn man ein Mädchen war.

Nur war er keins.

Er war ein Mann der Bücher und des Wissens. Ein *Mann*. Jung, zugegeben. Dünn, zugegeben – sonst hätte er in die Kleider nicht hineingepasst. Aber er war ein Mann.

Freilich war er nicht Manns genug gewesen, sich zu wehren, als seine Graavessa und die wehrhaften Kutscherinnen – Damen mochte er sie nicht nennen – ihm ihren Wunsch angetragen hatten, in der Überzeugung, ein Wunsch der Graavessa hätte ihm Befehl zu sein.

Es war ja nun noch nicht lange her, dass das hübsche, griffige Mädchen zu ihm in die Bibliothek gekommen war und seine Hilfe in Anspruch genommen hatte. Da hatte er gern geholfen.

Jetzt weniger. Es war nicht nur die Schande, in Frauenkleidern neben einer Kutscherin zu sitzen, die größer, breiter und vermutlich auch noch stärker war als er. Es war … einfach peinlich.

Die Graavessa sah in Männerkleidern auch nicht allzu überzeugend aus. Nicht, dass sie dick war, doch viele Teile an ihr waren irgendwie freundlich rund. So saßen die Hosen knapper als schicklich, und unter der Tunika zeichneten sich an geeigneter Stelle weiter oben weiche Rundungen ab. Die Damen Kutscherinnen hatten ihr eine Gugel gegeben, deren Pelerinenteil bis über die verdächtigen Stellen fiel, doch es war warm, und sie zog das Kleidungsstück immer wieder aus, was ihr die Kritik der vierschrötigen Damen einbrachte, die sich trauten, der Graavessa Anweisungen zu geben.

Die Edle Nimry ritt auf ihrem Pferd. Sie trug ein Kurzschwert an der Seite. Sie unterschied sich auf den allerersten Blick wenig von den anderen Reitern. Doch im zweiten Moment hatte es Berstel die Augen schon zu ihrer Hinterfront gezogen. Jemand schlug ihn daraufhin mit der flachen Hand auf den Hinterkopf. Seither blickte er geradeaus.

Sie war die Graavessa, ihr Hintern Graavensache und ging ihn nichts an. Dennoch war es schwierig, ihn nicht zu sehen.

Zwei Tage lief das nun schon so. Er posierte im Kleidchen, und die Graavessa versuchte, so etwas Ähnliches wie ein Mann zu sein. Bisweilen brüllten irgendwelche Begleitreiter oder Soldaten sie an, da sie sie nicht erkannten. Sie ignorierte sie. Es waren die beiden Kutschfrauen, die dann in kräftigen Worten die jeweiligen Brüller zurechtwiesen und zum Teufel schickten.

Diesen Frauen wollte man nicht im Dunkeln begegnen. Auch nicht im Hellen.

Am besten gar nicht.

Mit der Karawanenführung hatten sie die Scharade nicht abgesprochen. Darso hatte eine Weile gebraucht, um es zu verstehen, so abwegig war ihm das Ganze erschienen. Er ritt in der Nähe und versuchte, weder Berstel noch die Graavessa anzublicken. Seine Stirn war gefurcht, und nur gelegentlich glitt ein breites Grinsen über seine derben Züge. Dann fing er sich wieder und starrte erneut finster und bleiern vor sich hin.

Eine der beiden Kutscherinnen ritt auch jeweils, während die andere den Wagen lenkte. Es gab jetzt, wo einige der Reiter weit hinter ihnen in einem Massengrab lagen, mehr als genug Pferde. Viele der Tiere hatte man einfach hinten an die Wagen angebunden.

Berstel hatte versucht, mit der Graavessa zu reden, doch die war einsilbig. Vermutlich behagte ihr Männerkleidung so wenig wie ihm Frauengewänder. Vielleicht war sie sich auch noch nicht sicher in ihrer neuen Rolle und wusste nicht, wie sie mit ihm umgehen sollte. Er wusste ja auch nicht, wie er mit ihr umgehen sollte.

Er sollte froh sein. Er hatte den Angriff jener Feinde überlebt. Gekämpft hatte er nicht. Vielmehr hatte er sich sehr schnell sehr gut versteckt. Er war kein Krieger, sondern Bibliokant. Niemand hatte ihn darauf vorbereitet, dass er kämpfen müsste.

Die anderen hatten ohne seine Hilfe gesiegt. Dazu waren sie ausgebildet, Soldaten und kampferprobte Treck-Fahrer, ein Berufsstand, der stets und überall mit Überfällen rechnen musste und wusste, wie man sich zur Wehr setzte.

Wieder ritt einer am Treck entlang.

»Wo ist der Adjutant?«

Wo sollte Griðyon schon sein? Irgendwo bei irgendeinem Wagen oder bei der Vorhut oder der Nachhut. Mitten in der Staubwolke. Der zivile Treckmeister war gefallen. So erfüllte Griðyon nun auch diese Aufgabe. Die Kutscher redeten ihn als Treckmeister an. Die Soldaten als Adjutant, manchmal auch einfach nur als »Zweiter«. Er war irgendwie alles.

Berstel mochte ihn nicht. Er hatte von dem Gerücht gehört, es handele sich bei dem Mann um den Bastard des Graaven. Er glaubte das nicht. Natürlich hatten mächtige Männer Bastarde, und bisweilen kümmerten sie sich auch um deren Karriere.

Aber Berstel hatte nach anderen Ähnlichkeiten gesucht und nichts gefunden. Da waren nur die blauen Augen. Die waren eklatant gleich. Dennoch wirkten sie in den beiden Männern unterschiedlich. Waren sie im Gesicht des Graaven wie erstaunliche Lichter in einem Gesicht, das sonst durch eherne Entschlossenheit, brutalen Kampf und hartes Leben gezeichnet war, so schienen sie in dem jüngeren Mann wie Schmuck für eine ohnehin schon zu schöne Fassade. Edelsteine, die ein Antlitz zierten.

Frauen freilich mochten ihn. Etwas neidisch verfolgte Berstel mitunter die Blicke der wenigen Frauen im Wagenzug. Sie alle bekamen einen seltsam runden Blick, wenn der Adjutant vorüberritt. Selbst die Graavessa.

Berstel sah sich um. Ihm gefiel die Gegend nicht. Rechts wuchs waldiges Gestrüpp die Berghänge hoch. Links lag die Wald-Makye, die wie immer borstig und undurchsichtig war – und, wie er fand, von geradezu hinterhältig farbenfroher Schönheit voller bunter Dornen. Karger wurde es erst nordwärts.

Berstel versuchte, Feinde zu erkennen, doch er sah keine, und das beruhigte ihn kein bisschen. Die Straße von Jorgvil nordostwärts war wie eine steinerne Linie zwischen zwei Orten, die man beide nicht näher kennen wollte. Er fragte sich, ob die Gegend erst zugewuchert war, nachdem das Alte Reich untergegangen war, und er dankte jenen schon seit Jahrhunderten toten Baumeistern, die diese Straße so haltbar gebaut hatten. Manchmal hörte man vom Gebirge her Wasser, doch es floss nie über die Straße, sondern verschwand unterirdisch und speiste eventuell die Flora westlich der Straße. Er hätte es gern herausgefunden. Doch dies war keine Forschungsreise, und er steckte im Kleidchen.

Er wusste immer noch nicht genau, wer sie überfallen hatte. Edunayu und Holtur? Nichts als Theorien und Spekulationen.

Der Weiseste Orstyn, der sicher in seinem Archiv in Jorgvil saß, hatte stets viel über Politik gewusst. Doch er hatte wenig weitergegeben. Zumindest nicht seine Meinung. Aber doch die Befähigung, sich Gedanken zu machen.

Der Graav war mit seiner Truppe nach Norden geprescht. Das legte nahe, dass Holtur der Angreifer war. Doch der Überfall auf den Treck warf ein anderes Licht auf die Sache. Edunayu im Südwesten hatte auch die Möglichkeit, just auf diese Straße zu kommen.

Ein Bündnis zwischen den beiden feindlichen Fyrstheneien würde Kahsell in die Zange nehmen. Die Graaven, die für die Verteidigung der Grenzregionen zuständig waren, würden viel zu tun haben – ganz besonders der von Flynnt.

Wenn Flynnt fiel – Berstel mochte nicht darüber nachdenken, was dann geschehen würde.

Im Grunde war Berstel dem Fyrsthen von Kahsell nicht besonders zugetan und hätte seine Arbeit vermutlich auch unter jedem anderen Fyrsthen genauso gut erledigt. Doch Eroberungen und Umbrüche brachten immer ein sattes Maß an Säuberungen mit sich. Die Unwichtigen fielen dem Zufall, die Wichtigen der Verfolgung zum Opfer. Berstel hatte keine Lust, irgendwem zum Opfer zu fallen.

Im Gesträuch rechts der Straße bewegte sich etwas. Es mochte ein Tier sein. Es gab hier viele Tiere, und nicht alle waren freundlich. Einige waren einfach nur groß und hungrig. Dennoch war die schiere Menge an Menschen gemeinhin genug, um sie fernzuhalten. Wenn man hier allein reiste, war das sicher anders. Berstel schauderte und sehnte sich nach der stillen Ruhe seiner Bibliothek.

»Da!«, sagte er zu der Kutscherin. »Da im Gebüsch, da war was.«

Sie blickte hinüber, doch der Wagen war schon an der Stelle vorbei. Berstel erwartete Kritik, aber die kam nicht. Greda sah sich nur hastig um.

»Pruri!«, zischte sie der Reiterin zu. »Hast du was gesehen?« Pruri schloss auf.

»Nichts«, zischte sie zurück. »Aber es wäre an der Zeit.«

An der Zeit wofür?, fragte sich Berstel.

»Erlaucht!«, flüsterte Greda nun ihm zu, doch laut genug, dass die Graavessa auf dem Pferd es auch hören konnte. »Macht Euch bereit!«

Er wusste, was bereitmachen hieß. Die Frauen würden mit der Graavessa zu Pferd fliehen und ihn als Beute für die Angreifer zurücklassen. Das hatten sie ihm nicht so deutlich gesagt, doch das war logisch. Er war die Ablenkung, sonst würde er nicht in diesem vermaledeiten Kleidungsstück stecken. Er mochte sich gar nicht vorstellen, was ihm geschehen würde, wenn die Angreifer merkten, dass er – ausgerechnet Berstel, der Bibliokant – sie an der Nase herumgeführt hatte.

Er würde es herausfinden. Schneller, als ihm lieb war. Jetzt.

39

Deruonn war außer Atem, hatte die Hände im Stehen auf die Knie gestützt, während sein Brustkorb sich heftig hob und senkte. Eine Weile keuchten sie beide. Er starrte unverwandt in die Richtung, aus der sie gekommen waren.

»Wie weit verfolgen die einen?«, fragte er schließlich misstrauisch, nachdem er wieder zu Atem gekommen war.

Sie lag auf den Knien, den Kopf gebeugt, und ächzte.

»Weiß nicht. Es heißt, sie bleiben nahe am Nest.«

»Es heißt?«

»Wer überlebt hat, war weit genug entfernt und hat nicht gesehen, wie weit sie kriechen. Wer nah genug dran war, es zu sehen, hat nicht überlebt.«

»Kriechen?«, zischte er böse. »Die sind vergorrnt noch mal aus der Erde geschossen! Wie eine Fontäne aus Schlangen! Es sah aus, als könnten sie fliegen! So was habe ich noch nicht gesehen!«

»Sie sind selten.« Mythos. Nein. Kein Mythos.

»Aber du kennst sie?« Der Fremde in Deruonn klang, als wäre das verdächtig. Als hätte sie diese Kreaturen erfunden und auf ihn losgelassen.

»Nur aus den alten Schriften. Es gibt Zeichnungen.«

»Und woher wusstest du, dass sie kommen würden?« Er griff sie an den Oberarmen, zog sie empor und schüttelte sie wie eine Decke. Ihre Zähne schlugen aufeinander. »Du bist schon gerannt, da waren sie noch gar nicht da!«

»Deruonn! Lass das!«

Doch das war nicht Deruonn. Dennoch hörte er auf, sie zu beuteln, hielt sie nur mit ehernem Griff fest.

»Ich habe sie gespürt«, erklärte sie. »Ihre Bösartigkeit. Ich habe gefühlt, wie sie aus den Tiefen der Felsen hochglitten.«

»Ich habe nichts gehört.«

»Ich auch nicht. Zu hören war nichts.«

Er sah sie immer noch nicht an, schaute nur in die Richtung, in der er die tierischen Feinde wusste. Shernay schielte um sich. Sie stand im hohen, harten Berggras. Kleine Bergnadler mit verhakten, bürstenähnlichen Zweigen sprossen aus dem Boden hervor. Schlangen würde man kaum kommen sehen. Links von ihnen ging es in die kluftigen Höhen des Gebirges, das sie beinahe überwunden hatten. Von dort würden die Bewahrer kommen.

Ein paar Schritte rechts von ihr gähnte immer noch der Abgrund. Sie waren an ihm entlanggelaufen, anstatt nach Süden zurück auf höheres Gelände zu fliehen. Klettern hätte zu viel Zeit gebraucht, und Schlangen war es gemeinhin egal, ob sie geradeaus oder bergauf krochen.

»Was genau hast du gespürt?«, fragte er.

»Wie gesagt: Bösartigkeit.«

»Die kannst du spüren? Unter der Erde? Oder in allen Tieren? In Menschen?«

»Nein. Ich hatte so etwas vorher noch nie gespürt.«

»Aber du wusstest es zu deuten.«

»Es war überwältigend!«

»Es hat dich nicht überwältigt. Du wusstest genug, um zu rennen.«

»Wenn du gefühlt hättest, was ich gefühlt habe, wärst du auch gerannt.«

Er griff in ihre Haare und drehte ihren Kopf so, dass sie ihm direkt in sein Gesicht sehen musste. Das Antlitz schien ihr fremd, und sie schauderte, da es so sehr wie Deruonn aussah und dann auch wieder nicht. Ein Gesicht wie ein glatter Bronzeguss. Ihr wurde bewusst, dass es ihm so, wie er ihren Kopf hielt, ein Leichtes sein würde, ihr mit einer Bewegung das Genick zu brechen. Sie griff nach seinen sehnigen, braunen Handgelenken, die sie nicht einmal umfassen konnten. Doch ein Blick von ihm ließ sie erstarren.

»Genau das meine ich, Mädchen. Du fühlst etwas, was ich nicht fühle. Du redest mit Vögeln. Was ist das?« Er klang, als sähe er sie als ebenso große Bedrohung an wie die Schlangen.

»Ich weiß nicht.« Sie wusste es doch. Er sah es ihr an. Seine kalkulierenden Augen schienen das Einzige, was in seinen Zügen lebte. »Meine Begabung, vermutlich«, fuhr sie fort, weil sie seinen Blick nicht ertrug.

»Was für eine Begabung?«

»Wir Reyalunis stammen von den alten Räten ab. Die, so heißt es, hatten zumeist spezielle Begabungen.« Sie sollte ihm das nicht sagen. Das ging ihn nichts an. »Das Erbe ist verwässert. Nur noch wenige haben eines dieser besonderen Talente. Der Mütterrat hatte aber angenommen, dass ich solch eine Begabung besitzen könnte. Ich wusste nicht, welche es ist.«

»Aber jetzt weißt du es?« Sein Blick ging wieder in jene Richtung, aus der die Schlangen kommen würden. Wenn sie denn kamen.

»Nun, da ich niemanden sonst kenne, der mit Riesenbuzzarden sprechen und Traumschlangen erfühlen kann, liegt es immerhin nahe, dass das meine spezielle Begabung ist.«

Er blickte sie ärgerlich an und dann suchend umher.

»Da!«, sagte er. »Da drüben ist eine Maus. Sprich mit ihr!«

Shernay konzentrierte sich auf das Nagetier im Gras, das sie bis dahin weder gesehen noch auf andere Art wahrgenommen hatte und das eben das Weite suchte. Doch da war nichts. Kein Gefühl, keine Worte, nichts.

Sie schüttelte den Kopf.

»Das ist nur ein einfaches Tier«, sagte sie. »Aber Riesenbuzzarde und Traumschlangen sind …« Sie verstummte. Er glaubte nicht an die Urgorrn.

»Sind was?«

»Urgorrn-Kreaturen.«

Er schnaubte verächtlich.

»Du solltest mich nicht anlügen!« Es klang wie eine Drohung.

»Ich lüge dich nicht an. Deruonn!« Konnte sie ihn zurückzwingen in seinen eigenen Körper? »Deruonn!« Er musste doch noch da sein!

Seine Hand ließ sie los. Eine Weile verharrten beide reglos.

»Die Schlangen scheinen uns nicht nachzukommen«, meinte er schließlich. »Aber wie können wir uns sicher sein?«

»Gar nicht. Wir können nur hoffen, dass ich sie immer rechtzeitig erspüre.«

Wieder schnaubte er verächtlich. Doch er sagte nichts, maß sie nur mit kalkulierendem Blick, als überdenke er seine Einschätzung von ihr – plötzlich mochte sie einen Wert für ihn haben, den er bisher nicht hatte sehen können.

Sie wusste nicht, ob das gut war. Ihre Nackenhaare sträubten sich, und einen Moment lang glaubte sie, die gleiche fremde Bösartigkeit zu spüren. Doch da waren keine Schlangen. Da war nur er, der Mann mit dem harten, glatten Gesicht, der irgendwo auch Deruonn war.

Sie musste Ruhe bewahren. Deruonn würde zum Vorschein kommen, sobald die Lage sich entspannte.

»Warum fällt es dir so schwer, an die Urgorrn zu glauben?«, fragte sie und suchte eine Antwort in seinen Augen, die nichts mit der Frage zu tun hatte. »Du bist ins Byarla-Gebirge gegangen, um nach Reyalun zu suchen. Fandest du die sagenhafte Existenz eines Tales voller Gelehrter, das keiner kennt, mitten im Nirgendwo denn plausibel?«

»Der Mann, der mich geschickt hat, stammte von dort. Hat er gesagt.«

»Der Fyrsth von Kahsell?«

»Einer seiner Ratsherren. Er klang glaubhaft, auch wenn er den Weg nicht mehr genau wusste und nicht beschreiben konnte.«

Das warf viele Fragen auf, doch Shernay stellte sie nicht. Sie wollte nicht das Thema wechseln.

»Dass ich mit dem Buzzard reden kann – das glaubst du doch auch? Dass ich das Kommen der Traumschlangen spüre, hast du selbst gesehen. Oder glaubst du das auch nicht? Warum kannst du nicht an die Urgorrn glauben? Es hat sie gegeben! Ich weiß leider noch nicht allzu viel über sie. Vermutlich wissen nicht einmal die Weisesten von Reyalun besonders viel über sie. Aber ich weiß, dass sie in ihrem grausamen Spieltrieb abartige, seltsame Kreaturen geschaffen haben.«

»Wie sehen sie aus?«

»Die Urgorrn? Ich weiß es nicht. Es heißt, sie hätten seltsame Augen. Vielleicht waren sie auch alle unterschiedlich. Groß. Riesig. Da ist man sich einig. Die Ersten Räte haben sie vernichtet.«

»Alle?«

»Vermutlich.«

»Unwahrscheinlich.« Er klang verächtlich.

»Zumindest sind in den letzten Jahrhunderten keine aufgetaucht. Allerdings sind sie sehr, sehr langlebig. Niemand weiß, woher sie kommen. Ob sie geboren werden. Ob sie einfach entstehen. Ob sie schon immer Teil dieser Welt waren, wie Land, Wasser, Luft und Feuer. Oder falls es jemand weiß, dann nicht ich. Ich hatte gerade erst angefangen, das Wissen über sie zu studieren. Sicher gibt es Theorien. Die kenne ich allerdings nicht.«

»Wenn sie so furchtbar mächtig sind, warum haben sie die Menschen dieser Welt nicht längst ausgerottet?«

»Warum sollten sie, wenn es viel mehr Spaß macht, uns zu manipulieren und wie Spielsteine auf der Welt umherzuschieben? Eine Welt ohne uns könnte ihnen langweilig erschienen sein. Ein Schachbrett ohne Figuren.«

»Du lässt sie klingen wie Götter. Dabei glaubst du an keine.«

»Definitionssache. Die Götter unserer Welt sollen den Menschen helfen. Die Urgorrn waren stets nur Feinde.«

Er sah angestrengt in die Richtung, aus der sie gekommen waren. Nach einer Weile entspannten sich seine Züge. Deruonn war zurück.

Er schaute sie entschuldigend an und nahm sie in die Arme. Sie merkte, dass sie zitterte und seine Nähe im Moment immer noch als Bedrohung empfand. »Jedenfalls wissen wir jetzt eins ganz genau: Ich habe nicht die falsche Lernerin mitgenommen.«

Sie nickte in seine Schulter. »Es freut mich, dass ich an Wert hinzugewonnen habe«, zischte sie trocken.

Er grinste reumütig. »Hast du, meine Schöne. Da sind wir uns einig.«

Mit uns meinte er nicht sie und ihn. Sie biss sich auf die Lippen.

»Wie wahrscheinlich ist es, dass wir auf weitere dieser Schlangennester stoßen?«

Sie zuckte die Achseln.

»Es ist das erste, dem ich begegnet bin. Ich weiß es nicht.« Sie blickte zu ihm hoch. »Auch nicht, wenn du mich schüttelst.«

Er küsste sie auf die Haare, spürte nicht, dass sie noch ein wenig Zeit brauchte, um ihn wieder als den Mann zu akzeptieren, den sie liebte. Das Ereignis hatte sie nicht nur wegen der Traumschlangen erschüttert. Noch nie war ihr so deutlich bewusst geworden, wie sehr der Mann, der sie im Arm hielt, tatsächlich zwei Personen war. Bislang hatte sie angenommen, es wären vielleicht einfach zwei Rollen, die er gelernt hatte zu spielen. Doch es war mehr. Der Fremde in ihm war genau das. Ein Fremder. Ein anderer. Und da war noch etwas, das sie spürte, doch sie konnte es nicht erklären. Nicht einmal sich selbst. Die Begegnung mit den Schlangen hatte irgendetwas in ihr ausgelöst. Keine Erkenntnis, doch ein fernes Gewahrwerden von Gefahr. Sie hatte längst begriffen, wie gefährlich er war. Doch der Grund dafür, auch wenn sie ihn nicht kannte, schien gewachsen zu sein.

Ihr Herz flatterte. Sie fürchtete sich. Vor den Traumschlangen und vor dem Mann, dessen Lippen sie auf ihrem Kopf spürte.

»Du hast Angst«, bemerkte er und strich ihr beruhigend über den Arm.

»Ja.«

»Vor den Urgorrn-Tieren?«

»Auch.«

Er fragte nicht weiter.

40

Nimry ritt schnell. Die lange Reise hatte ihre Reitkünste verbessert. Die Angst tat das ihrige dazu.

Sie preschte an den Wagen vorbei und verwünschte die durch den Treck viel zu enge Straße. Sie mochte nicht einmal daran denken, dass die Angreifer vielleicht nicht nur von hinten kamen, sondern auch von vorn. Dann würde sie ihnen direkt in die Hände reiten.

Pruri und Greda ritten dicht hinter ihr. Sie hatten ihren Wagen einfach im Stich gelassen. Greda war schneller, als man es der sonst eher breiten und behäbigen Frau zugetraut hätte, auf eines der mitgeführten Pferde gesprungen.

Drei Pferde. Nein, vier. Fünf? Nimry wagte kaum, sich umzusehen, aus Furcht, sie könnte dabei das Gleichgewicht verlieren. So schnell war sie noch nie geritten.

Darso war auch dabei, und Berstel. Der ganze Sinn darin, den Bibliokanten in eines ihrer Kleider zu stecken, war, dass er zurückblieb, man ihn für sie hielt und sich auf ihn konzentrierte und nicht auf sie. Das hatte er wohl nicht begriffen.

Oder es war ihm einerlei gewesen. So schnell, wie er sich ein Pferd gegriffen hatte, konnte er keine Zeit zum Nachdenken gehabt haben.

»Halt!«, schrie Greda. »Erl… Berl… Berstel!« Sie meinte Nimry. »Halt!«

Ritt sie etwa in die falsche Richtung? Ein Schreck fuhr ihr durch die Glieder und blieb an ihrer Panik hängen. Sie konnte nicht anhalten. Das Pferd war längst der Meinung, schnell davonzurennen wäre eine gute Idee. Nicht runterzufallen war auch eine gute Idee. Die Richtung konnte Nimry ohnehin nicht beeinflussen. Der schmale Rest Straße links neben den Wagen, rechts vom Straßengraben – vorwärts und nicht rückwärts. Die Wald-Makye bot kein Durchkommen, und Richtung Gebirge mochte sie den Feinden im schlimmsten Fall direkt entgegenbringen.

Die tobten inzwischen allerdings überall. Das Geräusch von Eisen auf Eisen und das Grunzen und Schreien der Kämpfer erfüllte die Luft. Nimry versuchte, nicht hinzusehen. Sie überhörte geflissentlich das Gebrüll. Sie ignorierte den metallenen Geruch von Eisen und Blut.

Nur fort.

Aus den Augenwinkeln sah sie, dass Darso zu ihr aufzuschließen versuchte. Doch es gelang ihm nicht. Zum einen kam er nicht an den anderen vorbei, zum anderen war er beschäftigt, mit seinem übergroßen Schwert nach links und nach rechts zu hacken, als würde er Ernte halten. Nimry hoffte, er würde in der gebotenen Eile nicht auch noch die eigenen Leute erschlagen. Er wirkte nicht, als ob es ihm darauf ankam, wen er aus seinem Weg räumte.

Sollte sie ihr Schwert ziehen? Sie wusste nichts damit anzufangen. Sich am Pferd festzuhalten erschien ihr sinnvoller.

Links. Eine Öffnung im dichten Gestrüpp der Wald-Makye, plötzlich und unerwartet. War es Nimrys Wille oder der des Reittiers? Jedenfalls bog sie ab, stob um die Ecke. Fiel fast aus dem Sattel. Krallte sich am Pferdehals fest.

Der Pfad war schmal. Vielleicht würde er schon nach einigen Schritten enden. Dann steckte sie hier fest.

Die Wald-Makye war ein grauenhaftes Gelände, eine naturgegebene Stachelfalle. Wie eine geschlossene Dornenschranke sperrte sie mit hüfthohem, in sich verwobenem Gesträuch und schuppenstacheligen Rahe-Bäumen den Zugang nach Westen. Manchmal gab es Pfade, deren Existenz kaum erklärbar war. Manchmal brannten Teile der trockenen, harzigen Pflanzen ab. Der Boden, auf dem Nimry ritt, war kohlschwarz. Asche staubte bei jedem Tritt des Pferdes.

Sie linste wieder über die Schulter. Sie waren noch hinter ihr: Greda, Pruri, Berstel, Darso. War sie schon allein nicht unauffällig, so war der Ausbruch von gleich fünf Berittenen nicht zu übersehen. Die Aschespur in der Luft auch nicht.

Doch Nimry konnte sich nicht lange genug umsehen, um festzustellen, ob sie bereits verfolgt wurden.

»Nimry!«, rief Greda hinter ihr unter Außerachtlassung jeder Etikette. »Durch die Makye kann man nicht reiten!«

Doch, konnte man. Vielleicht nicht weit. Was geschehen würde, wenn dieser Pfad plötzlich im nadeligen Nichts endete, darüber mochte Nimry nicht nachdenken. Einfach nur weg! Schnell. Fort von den Mördern.

Über die Kreaturen, die den Gestrüpp-Dschungel bewohnen mochten, wollte sie auch nicht nachgrübeln. Sie wusste nicht einmal, wie breit das Band der Wald-Makye war, wusste nur, dass dahinter viele fischreiche Seen lagen und fruchtbare Ebenen, in denen Dinge angebaut wurden. Kahsells Kornkammer.

Wo Nimry ritt, musste jemand versucht haben, mit Feuer eine Bresche zu schlagen. Doch die Wald-Makye wuchs und wucherte immer schnell wieder zu.

Es kam ihr in den Sinn, dass sie einen Plan brauchte. Weg vom Treck war zu wenig. Sie musste sich überlegen, wohin sie wollte. Jorgvil kam ihr in den Sinn. Doch sie würde Jorgvil nicht erreichen. Sie war schon viel zu weit davon entfernt, und der Fyrsth hätte vermutlich wenig Verständnis, wenn sie dort wieder auftauchte. Sie gehörte jetzt nach Flynnt.

Wilde Gedanken rasten durch ihren verängstigten Sinn. Sie könnte irgendwo im Verborgenen in Frieden leben – mit Greda und Pruri. Was sie mit Berstel machen sollte, wusste sie nicht. Und Darso würde sie ohnehin zum Graaven zurückbringen. Er war für ihr Wohlergehen nur insoweit verantwortlich, als sie die Gattin seines Graaven war.

Sie starrte vor sich auf den verbrannten Boden. So schwarz. Das Feuer konnte noch nicht lange her sein. Die Asche war frisch. Links und rechts wucherte der dornige Trocken-Dschungel, ineinander verkeilt und verwoben. Doch hier zog sich der verbrannte Pfad wie ein kerzengerader Graben durch das Meer an feindlicher Flora. Wie konnte das sein? Warum war nicht alles abgebrannt?

Vor ihr tauchte eine Gruppe Bäume auf. Rahe-Bäume. Im Innengarten der Burg zu Jorgvil gab es ein kleines Exemplar als Beispiel der seltsamen Pflanzen, die die Welt hervorgebracht hatte. Rahe-Bäume hatten keine Blätter. Ihre gesamten Äste und Zweige waren mit stacheligen, grünen Schuppen besetzt, die krallenartig spitz zuliefen und bis an den Stamm hinunterreichten. Halb Baum, halb Kaktus.

Irgendetwas krabbelte an ihnen. Nimry konnte es nicht genau erkennen. Insekten? Nein. Das sah mehr nach Spinnen aus. Doch sie waren viel zu groß und irgendwie falsch. Nimry wollte nicht näher hinsehen. Sie mochte keine Spinnen.

Sie brauchte eine Weile, um ihr Pferd davon zu überzeugen anzuhalten. Jetzt stand sie vor den schuppigen Bäumen. Die Äste schienen sich zu bewegen, doch es waren nur die Spinnen, die auf ihnen krochen.

»Rahe-Spinnen«, sagte Pruri und spie aus. »Sehr giftig.«

Die Bäume umstanden eine kleine Lichtung, wo die Brandspuren aufhörten. Auch der Weg endete hier. Sie waren von einem mörderischen Überfall bis zu einem Ort mit giftigen Spinnen gekommen. In der Tat schienen diese Tiere überall zu sein. Der ganze Boden war voll von ihnen. Nimry sah es erst jetzt und schüttelte sich. Ihr Pferd tänzelte nervös.

»Sie scheinen tot zu sein«, wunderte sich Greda.

»Die gibt es wirklich?«, fragte Berstel eher neugierig als angeekelt. »Ich hatte sie für eine Legende gehalten. Rund angeordnete, tellergroße Giftspinnen mit vielen blauen Augen. Ich meine, wer denkt sich so was aus?«

»Niemand denkt sich so etwas aus!«, antwortete Pruri schnippisch. »Du siehst ja, dass es sie gibt.«

»Wir gehen besser nicht näher ran. Die auf den Bäumen bewegen sich noch. Die leben.«

»Hier geht es nicht weiter!«, sagte Darso. »Wir müssen zurück.«

»Dann bringen uns die Angreifer um.«

»Hier töten uns die Spinnen! Ist das besser?«

»Außerdem geht es wie schon gesagt nicht weiter. Der Brandrodungspfad endet hier.«

»Gestern Nacht habe ich Feuer in der Ferne gesehen. Vielleicht war das hier?«

»Wer sollte das angezündet haben – und warum nur diesen Pfad?«, fragte Nimry verzweifelt. »Müsste nicht die ganze Makye brennen? Ein Pfad, der zu nichts führt außer diesen Bäumen. Was hatten die Angreifer damit vor?«

»Jedenfalls sind sie nicht von hier gekommen.«

Nimry merkte jetzt erst, dass ihr Tränen über die Wangen liefen. Sie hatte gehofft, entfliehen zu können. Doch es gab keinen Ausweg. Vielleicht war es besser, durch einen Feind zu fallen, als von Spinnen gefressen zu werden. Vielleicht war der Tod durch Spinnengift aber auch gnädiger, als einmal rundum von siegreichen Feinden vergewaltigt zu werden, die alle schon mal eine siebzehnjährige Graavessa hatten haben wollen.

Ärgerlich wischte sie sich die Tränen ab.

»Wir müssen zurück!«, entschied sie. Von ferne hörte sie noch das Kampfgetöse. Die Schreie gellten weit über die Makye.

»Wir könnten hier ausharren«, meinte Greda.

»Früher oder später kommen sie uns nach. Wir können nirgendwohin.«

Nimrys Pferd scheute nervös und tänzelte zur Seite. Dort streifte es die langdornigen Büsche und sprang zurück. Beinahe wäre sie gestürzt. In die Makye zu fallen wäre schmerzhaft gewesen. Auf die Spinnen zu fallen … sie mochte nicht darüber nachdenken. Die Spinnen waren tot. Sie würden ihr nichts tun.

Sie waren allerdings auch tot noch widerlich.

Nun bewegte sich etwas hinter den dicken Stämmen der Rahe-Bäume. Nimry erstarrte. Sie alle rührten sich nicht. Ein Feind? Oder mehrere?

Nur einer.

Kein Feind.

»Griðyon!«, rief Darso anklagend. »Wieso bist du nicht beim Treck?«

Es sah nicht aus, als ob der junge Mann sie hörte. Seine blauen Augen glänzten fiebrig und leuchteten beinahe aus einem Gesicht, das dunkel war vor Schweiß und Ruß. Teile seiner Kleidung waren verbrannt. Er blickte die kleine Gruppe an, dann durch sie hindurch. Er tat einen Schritt auf sie zu. Dann noch einen. Ganz langsam sank er in die Knie.

Pruri war als Erste bei ihm, fing ihn, bevor er ganz auf das Aschebett mit den toten Spinnen fallen konnte. Sie knieten voreinander, und die vierschrötige Frau hielt den jungen Mann im Arm und strich ihm durch die ascheverklebten Haare.

Greda schnaubte ungehalten. Nimry fragte sich, ob sie selbst hätte absteigen und helfen sollen. Vielleicht besser nicht.

»Was ist mit ihm?«, fragte sie unsicher.

Pruri nahm ihn bei den Schultern und schob ihn etwas von sich.

»Vielleicht Spinnenbisse?«, mutmaßte sie. »Ich sehe keine großen Wunden. Keine Schwerthiebe oder Ähnliches.« Sie tastete seinen Kopf ab. »Der Schädelknochen scheint auch in Ordnung zu sein.«

»Wenn ihn eine Spinne gebissen hat, dann …« Darso verstummte nach dem halben Satz. »Die sind vergorrnt giftig.«

Dass man in Gegenwart seiner Graavessa nicht fluchte, war ihm angesichts der Lage entfallen.

»Er hat den ganzen Arm hoch blutige, rote Punkte. Wenn das Bisse sind, dann weit mehr als einer«, sagte Pruri.

»Dann können wir ihn auch hier liegen lassen«, meinte Greda etwas hartherzig. »Er ist schon tot. Er hat es nur noch nicht gemerkt.«

»Er lebt«, widersprach Pruri bissig, rappelte sich vom ascheschwarzen Boden hoch und zog den jungen Mann mit sich. Er stand wacklig auf seinen Beinen, doch er stand.

»Vielleicht ist er nur in die Dornen gefallen«, schlug Nimry vor, die nicht wollte, dass der Mann jetzt starb. Sie hatte auf seine Kompetenz gebaut, sie heil nach Flynnt zu bringen. Außerdem fand sie ihn nett. Vielleicht nicht immer gleich nett, aber er trug eine große Verantwortung unter schwierigen Bedingungen. Höfischer Charme mochte da bisweilen etwas zu kurz kommen, zumal sie selbst keinesfalls behaupten konnte, zu jeder Zeit fehlerfrei gehandelt zu haben.

Sehr nett – und gut aussehend. Was einerlei war.

Er musste leben. Der Gedanke, er könnte es nicht tun, schmerzte sie. Er war verantwortlich für viele Leben – nicht zuletzt ihr eigenes, und sie wiederum war die Graavessa und verstand mit einem Mal, dass auch sie das verantwortlich machte für die Menschen, die ihr unterstellt waren. Bis jetzt hatte sie nur an sich gedacht.

Das war schwierig genug gewesen.

Sie hatte noch ihr Amulett mit einem angeblichen Gegenmittel gegen Gift in ihrem Gepäck. In Zukunft würde sie das Pulver des Alchemisten stets bei sich tragen.

»Wir nehmen ihn mit!«, befahl sie. »Los, wir kehren um. Hebt ihn auf mein Pferd!«

»Ich nehme ihn!«, widersprach Darso.

»Nein. Du bist Kämpfer. Du musst uns im Zweifel verteidigen. Ich nehme ihn.«

Pruri und Greda hoben Griðyon gemeinsam hoch und legten ihn quer vor Nimrys Sattel.

»Schwer, der Kerl«, schnaufte Greda. »Wie kann der nur so schwer sein?« Nimrys Pferd schien der gleichen Ansicht zu sein und tänzelte angesichts der neuen Last ungehalten zur Seite. Doch es hatte inzwischen gelernt, sich nicht bis zu den Dornensträuchern hin zu bewegen, so blieb es unwillig schnaubend wieder stehen.

»Wir müssen also kämpfen?«, fragte Pruri zweifelnd und schob den Männerkörper, der quer vor Nimry hing, noch etwas zurecht, die Hand an seinem wohlgeformten Hinterteil. »Habt Ihr Euch das gut überlegt?«

Nimry versuchte, sicher auszusehen, und nickte.

»Pruri und Greda, ihr bleibt dicht bei mir. Gebt mir einen Dolch.«

Wieso hatte sie keinen? Sie brauchte einen Dolch. Mit dem Schwert, das sie trug, konnte sie nicht umgehen, und es war einfach zu lang und unhandlich.

»Mit einem Dolch kann man Feinde nur schlecht abwehren!«, gab Pruri zu bedenken.

»Dazu brauche ich ihn nicht«, erwiderte Nimry. Lebend wollte sie den Angreifern nicht in die Hände fallen.

Dabei war sie sich nicht einmal sicher, ob sie in der Lage wäre, sich selbst zu entleiben. Vielleicht sollte sie die Aufgabe delegieren? Doch es widerstrebte ihr auch, jemandem den Befehl zu geben, sie umzubringen. Keine Entscheidung, die man aus der Hand geben sollte.

»Los jetzt!«, befahl sie stattdessen. Die winzige Rahe-Baum-Lichtung war gerade groß genug, dass sie wenden konnten. Darso ritt voraus.

Nimry schlug das Herz bis zum Hals. Sie versuchte sich auf einzelne Handlungen zu konzentrieren anstatt auf all das, was nun geschehen mochte. Pferd wenden. Zügel in eine Hand. Zweite Hand an den Gürtel von Griðyon, um ihn festzuhalten. Selbst durch seine Rüstung konnte sie die Hitze seines fiebrigen Körpers spüren. Er wehrte sich zwar nicht gegen seine Position, lag nur da, doch Nimry sah, wie Spasmen durch seine Nackenmuskeln zuckten und waberten, fast schon so, als würde sein Rücken sich neu formieren.

War es so, wenn man an Gift starb?

Nimry wusste ihm nicht zu helfen, genauso wenig wie sich selbst. Sie versuchte, sich an das entschlossene Gesicht ihres Gatten zu erinnern und es zu kopieren.

»Vorwärts!«, befahl sie barsch.

DER LAUERNDE

Wie bei allen seiner Art bestand das Wesen des Schlangenwurms aus Plänen. Groß und mächtig zu werden war der weitreichendste davon. Er war ihm angeboren, seinem Wesen inhärent. Dieser Planet gehörte seiner Art. Alle anderen Lebewesen waren Dreingaben, manche gar von seiner Art oder deren Nachfahren selbst erstellt. Nichts als Spielfiguren in einem ewigen vierdimensionalen, sphärischen Brettspiel.

41

Was tust du hier?«, fragte eine ungehaltene Stimme.

Garru fuhr entsetzt hoch. Es schien ihm, als schösse ihm das gesamte Blut aus dem Gehirn in die Fingerspitzen, um ihn plötzlich von innen zu vereisen. Konnten Haare hochstehen? Dann taten sie es jetzt gewiss. Er versuchte, sich zu bewegen, doch seine Manteldecke hatte sich um seine Beine gewickelt. Er strampelte hilflos.

Er hatte geschlafen. So tief geschlafen hatte er, dass er nicht bemerkt hatte, dass er nicht mehr allein war. Nun standen sie um ihn herum, drei Männer, eine Frau. Sie warfen lange Schatten im frühmorgendlichen Sonnenschein.

»Arrh!«, stieß Garru panisch hervor, blickte von unten zu ihnen nach oben, sah zuerst die Waffen. Die Muskeln. Die kampferprobte Physis. Erst dann sah er die Gesichter.

Kryes, Doran, Tomo und Myrge. Er kannte ihre Namen. Talverwandte. Die Bewahrer, die Shernay verfolgten. Nun hatten sie ihn gefunden.

Er versuchte, seinen Atem wieder unter Kontrolle zu bekommen. Es war nicht schlimm, dass sie ihn gefunden hatten. Sie suchten schließlich nicht ihn. Vielleicht wussten sie auch nicht, dass er es gewesen war, der sie in die Irre geführt hatte.

So, wie sie ihn ansahen, wussten sie es vermutlich doch. Oder sie ahnten es zumindest.

»Was tust du hier?«, wiederholte Kryes, der Älteste von ihnen. Sein langes Haar war grau und zu einem Pferdeschwanz gebunden. Er war verwittert und sehnig, doch sein Alter schien ihn bislang nichts an seiner Kraft gekostet zu haben. Garru kannte ihn als zielstrebigen, jedoch durchaus besonnenen Mann. »Du bist nicht auf dem üblichen Weg in die Welt.«

»Ich habe mich verlaufen.« Das war noch nicht einmal eine Lüge.

»Man verläuft sich nicht im Byarla-Gebirge. Wer sich verläuft, stirbt. Hat man dir das nicht beigebracht?«, fragte Myrge, die zorniger klang als Kryes. Sie war schmaler und kleiner als die anderen drei Bewahrer. Möglicherweise machte sie diese Nachteile durch größere Entschlossenheit und Übellaunigkeit wett. Dass sie kämpfen konnte wie ein Pantheiger, wusste Garru. Die Bewahrer brachten allen Talbewohnern die Grundlagen des Kämpfens bei, Patangol und Dolchkampf – und mehr für die, die wiederum Bewahrer werden wollten. Garru hatte bei den Übungen gegen Myrge nicht ein einziges Mal siegen können, obwohl sie älter war als er. Sie war schnell und hart. Unerbittlich. Man sah es in ihren hellen Augen, und auch ihr fingernagelkurzes, rotblondes Haar trug zu dem Eindruck von Strenge bei.

»Schon«, besann er sich etwas mühsam auf ihre Frage. »Das hat man mir beigebracht. Doch als ich den Weg … nicht mehr finden konnte, dachte ich mir, ich müsste nur lange genug nach Norden gehen, um auf den Graben zu stoßen.«

»Einfach so?«

»Zugegeben, kein besonders guter Plan. Aber ein Plan!«, verteidigte sich Garru. Inzwischen hatte er sich aufgesetzt.

»Dass du überhaupt noch lebst, ist ein Wunder«, meinte Kryes. »Wer hier in der Wildnis allzu friedlich schläft, wacht eventuell in Einzelstücken auf – oder im Mageninneren eines Raubtieres. Aber du hast ja offenbar die Ruhe weg.«

Natürlich hatte er tiefer geschlafen, als er sollte. Das war auf alle Fälle ein Fehler gewesen. Doch im Versuch, immer weitere Strecken zurückzulegen, ohne allzu viele Pausen zu machen, hatte er sich überanstrengt. Dazu kam, dass er zwischendurch auch noch Musik spielte, immer dann, wenn er den Riesenbuzzard kreisen sah. Das Tier fand sich dann stets in der Nähe ein und lauschte. Hockte auf seinen Füßen, fast wie ein Mensch, und hörte andächtig zu. Das faszinierte Garru, auch wenn man mit dem gefährlichen Vogel nicht kommunizieren konnte. Es war schließlich nur ein Tier, wenngleich auch kein natürliches.

Garru hatte also Raubbau an seinen Kräften getrieben. Im Schlaf hatte sich der Körper gerächt und ihn so tief entschlummern lassen, dass er nichts gehört hatte. Räuber und Mörder, die das Gebirge als Zufluchtsort gewählt hatten, hätten ihn vermutlich schon erschlagen und seine Habseligkeiten geteilt. Seine Instrumente! Sie hätten seine Instrumente genommen und sie vielleicht zu Feuerholz …

Er atmete zischend ein und verdrängte den Gedanken, der ihn fast mehr belastete als der an sein eigenes Ableben.

»Du hast versucht, Shernay zu finden!«, lautete nun der Vorwurf. Sollte er das abstreiten?

»Natürlich. Ich bin der Meinung, sie ist entführt worden.«

»Unsinn«, schnaubte Kryes. »Weggelaufen ist sie, die Verräterin. Wolltest du sie warnen?«

»Wovor?«, gab Garru leichthin zurück. »Dass die Bewahrer hinter ihr her sind, weiß sie von alleine.«

Er wickelte sich aus seinem weiten Mantel, der ihm als Decke gedient hatte. Am Himmel sah er in der Nähe etwas kreisen. Grau-beige. Weite Flügel. Sein seltsamer Freund war in der Nähe. Hoffentlich dachte der nicht, er wäre in Gefahr. Garru wusste nicht, ob ein Riesenvogel genug Verstand hatte, um zielgerichtet vorzugehen, wenn er fürchtete, seine regelmäßigen Konzerte zu verlieren. Es war ein seltsamer Gedanke, und Garru musste grinsen.

»Nun setzt euch schon!«, lud er die Bewahrer ein. Wenn sie saßen, wirkten sie vielleicht nicht gar so bedrohlich. »Ich muss etwas essen. Ich habe noch Beeren und ein paar Bergpilze. Ihr könnt gerne etwas abhaben. Da vorn ist außerdem eine Quelle.«

»Du hast es dir ja richtig gemütlich gemacht!«, kommentierte Tomo zynisch und setzte den Lederhelm ab. Flammend rote Haare standen auf einmal von seinem Kopf ab wie Drahtspiralen. »Ein nettes Eckchen zum Sterben.«

»Noch lebe ich.«

Die vier setzten sich, allerdings so, dass sie die Umgebung weiter im Auge behalten konnten.

»Vor ein paar Tagen haben wir Spuren von einer Gruppe Berger gesehen.« Die Bewahrer nannten alle, die im Gebirge unterwegs waren, Berger. Das konnten fahnenflüchtige Soldaten sein, Räuber oder Edelsteinsucher. Oder alles in einem. »Sie schienen dir vergorrnt nahe gekommen zu sein. Wir hatten erwartet, von dir nur noch Reste zu finden.«

»Reste?«

»Nun, manche Berger machen nicht halt vor Kannibalismus. Die Versorgung hier in den Bergen ist gemeinhin eher schlecht.«

»Es gibt immer genug Bergpilze!«, erwiderte Garru empört.

»Wenn man jahrelang hier unterwegs ist, mag einem der Sinn auch mal nach etwas anderem stehen. Einem knackigen, frischen Barden zum Beispiel. Hat man dich nicht davor gewarnt?«

»Doch. Hat man.«

Er biss in einen der fladenartigen Bergpilze und stellte sich vor, jahrelang nichts anderes zu bekommen. Nur Bergpilz. Morgens, mittags, abends. Es war eine wenig erfreuliche Aussicht.

Er kaute verbissen an dem etwas ledrigen Ding. Es machte satt. Es vergiftete einen nicht. Man musste es nicht mühsam jagen, es wuchs einfach so an manchen Felsen. Es schmeckte nach nichts.

»Nehmt nur!«, lud er die Bewahrer noch einmal ein. Keiner schien besonders begeistert.

»Habt ihr Shernay schon gefunden?«, fragte er jetzt, obgleich er sicher war, dass da nicht der Fall war.

»Nein. Sie ist mit ihrem mörderischen Eindringling nach Norden unterwegs – wie du.«

»Wen hat er ermordet?«

»Möglicherweise die Herbergsbesatzung.«

»Das waren sie nicht. Shernay hat eine entsprechende Nachricht hinterlassen.«

Beinahe alle schnaubten verächtlich.

»Es kann so oder so gewesen sein«, sagte Tomo neutral. Er war der jüngste der Bewahrer. Garru kannte ihn als eher ungeduldigen Menschen. Vermutlich war er Bewahrer geworden, um nicht den Rest seines Lebens mit der Nase in einem Buch zubringen zu müssen. »Wir wissen es nicht.«

»Aber wir haben eine andere Truppe Berger gefunden. Den Spuren nach haben sie Shernay und ihren Liebhaber überfallen. Oder es versucht. Die Berger haben es nicht überlebt. Alle tot.«

»Sie waren in der Überzahl«, sagte Myrge säuerlich. »Shernays Kerl hat sie dennoch alle gekriegt. Erstaunlich. Und verdächtig.«

»Vielleicht waren das die, die die Herberge überfallen haben«, gab Garru zu bedenken, ohne auf die Erstaunlichkeit des Verdächtigen einzugehen. »Dann hätten Shernay und ihr … Entführer euch einen Gefallen getan. Sozusagen eure Arbeit übernommen.«

»Denk ja nicht, das mache sie weniger schuldig«, zischte Doran.

»Ihre Schuld muss erst bewiesen werden.«

»Ihre Schuld ist bewiesen. Der Kerl war im Tal, damit ist sein Leben verwirkt – und Shernay hat ihn rausgeschafft. Damit ist auch ihres verwirkt.«

»Aber denkt doch mal …«

»Wir sind Bewahrer. Wir bewahren Reyalun«, sagte Kryes ruhig. »Das geht nur, wenn niemand in der Welt etwas davon weiß. Du magst uns für gnadenlos halten, aber du weißt, was mit uns passiert, wenn alle acht Fyrstheneien sich um unser Wissen zu balgen beginnen. Wir werden zerrieben. Abgeschlachtet. Und das Wissen geht im Krieg verloren.«

»Es ist außerdem nicht an dir, die Rechtsprechung Reyaluns zu hinterfragen«, fuhr Myrge ihn nun auch noch an. »Du bist sicher im Schutz des Tals aufgewachsen und kannst das, was du kannst, weil dir niemand im Krieg die Hände abgehackt hat.«

Garru zuckte zusammen und sah seine Hände an.

»Wir müssen sie finden, bevor sie ihr Wissen um Reyalun weitergeben«, sagte Kryes.

»Ich will eine Gerichtsverhandlung in Reyalun«, beharrte Garru.

»Und ich will die Rückkehr der Räte und jeden Tag Gerdelbraten mit Kratyniennocken. Beides wird sich nicht erfüllen«, schnaubte Doran.

»Shernay hat das Recht, sich zu verteidigen.«

»Shernay hat jedes Recht verloren.«

»Auch wir Reyalunis haben das Recht, Fehler zu machen, zu bereuen und Buße zu tun.«

»Eben. Und das mit der Buße übernehmen wir. Sie wird büßen. Dafür wird gesorgt.« Myrges Worte klangen endgültig.

Garru sagte eine Weile nichts.

»Vielleicht solltet ihr jetzt einfach weiterziehen«, sagte er schließlich und packte die restlichen Pilze in ein Tuch. »Ich kann euch nicht daran hindern, meine Braut zu ermorden. Aber ich werde nie aufhören zu versuchen, ihr ihr Recht zu verschaffen.«

Die vier starrten ihn an.

»Was du suchst, ist nicht Recht, sondern Gnade«, meinte Kryes schließlich. Es klang nicht unfreundlich, eher ein wenig mitleidig.

»Dann fordere ich das Recht auf Gnade ein. Es gibt Präzedenzfälle.«

»Gibt es nicht, und selbst wenn, wären sie belanglos. Shernay kann sich nicht darauf berufen, zu dumm zu sein, um Zusammenhänge zu erkennen.«

»Shernay ist eine der begabtesten Frauen Reyaluns. Sie zu verlieren wäre ein Verlust für uns alle. Ein Verlust für unsere Blutlinien, wenn ihre Begabungen nicht die Möglichkeit hätten, in eine nächste Generation zu gehen. Sie ist nicht nur klug, sie trägt ein Talent in sich – die Mütter sind sich da sicher. Zu wenige von uns haben das noch.«

Kryes starrte ihn an.

»Du willst also, dass wir sie zurückbringen, damit sie mit dir für Nachwuchs sorgen kann – und dann? Ungesühnt kann ihre Tat nicht bleiben. Wie viele Kinder gestehst du ihr zu, bevor wir sie dann doch hinrichten?«

»Das ist grausam!«, zischte Garru.

»Das ist das, was vielleicht möglich ist. Ein Aufschub zum Wohle der Gemeinschaft.«

Garru verbarg sein Gesicht in den Händen.

»Geht endlich!«, flüsterte er zwischen seinen Fingern hervor. »Geht, sucht! Schaut nicht rechts, schaut nicht links, und um der Götter, die es nicht gibt, Willen …«

»Du kommst mit uns!«, befahl Myrge barsch. »Zum einen überlebst du allein hier ohnehin nicht, kleiner Barde. Zum anderen will ich nicht, dass du irgendwelche Dummheiten machst, nur weil du denkst, Shernay hätte dich nicht freiwillig verlassen. Das hat sie, hörst du? Sie hat dich verlassen, deine Liebe ebenso verraten wie unser ganzes Volk. Du solltest sie hassen.«

»Sie hat meine Liebe nicht verraten. Sie mag sie nicht erwidert haben, doch mich nicht zu lieben ist kein Verbrechen. Ihr liebt mich auch nicht.«

»Wir lieben dich genug, um dich nicht allein hier umkommen zu lassen.«

»Wollt ihr mich zwingen mitzukommen?«

»Müssen wir das?«

Garru ließ die Hände sinken.

»Nein. Nein, müsst ihr nicht. Ich komme mit. Aber ich werde nicht aufhören, zu versuchen, euch zu überzeugen.«

»Solange du nicht auch noch Verrat begehst, ist das dein gutes Recht«, sagte Tomo.

»Aber, wenn ich Verrat begehe …«

»Wir sind Bewahrer«, unterbrach Doran scharf. »Du weißt, was wir mit Verrätern tun.«

»Aber du bist keiner«, beschwichtigte Kryes schnell. »Wir werden gemeinsam reisen, einander schützen und füreinander da sein, und vielleicht magst du uns ja gelegentlich etwas singen.«

Garru lachte hart auf.

»Gewiss!«, meinte er. »Das macht dann alles viel gemütlicher.«

42

Der Kampf tobte noch immer. Blutige Körper lagen auf der ebenso blutigen Straße. Manche zuckten noch. Ein allgemeines Schreien gellte den Treck entlang. Manches war Kampfgeschrei, anderes Triumphgeheul, wieder anderes kündete von Verzweiflung und Agonie.

Nimry hatte Griðyon losgelassen und zog ihr Schwert. Es war sehr schwer und verdeutlichte ihr einmal mehr, dass sie nicht damit umzugehen wusste. Ihre Stärke war das Führen von Löffel und Gabel bei einem höflichen Bankett. Morrgjar hatte recht gehabt. Sie konnte nichts, was notwendig war.

Ihr langes, braunes Haar war unter dem Helm versteckt. Ein heruntergeklapptes Halbvisier schützte und verbarg das Gesicht. Sie kam nicht an ihre Nase, was schlecht war, denn diese lief, weil sie schon wieder mit den Tränen kämpfte. Sie sollte nicht weinen. Es geziemte sich nicht für die Graavessa von Flynnt.

Ihr Reittier strauchelte und scheute, und durch die plötzliche Bewegung rutschte der leblose Körper Griðyons von ihrem Pferd und fiel zu Boden. Festhalten konnte sie ihn nicht. Sie hatte wortwörtlich alle Hände voll zu tun, sich an die Zügel zu krallen und gleichzeitig irgendetwas mit dem Schwert zu machen. Irgendetwas Sinnvolles. Es schwenken? Nach unten stoßen? Wer war eigentlich Feind? Wer war

Freund? Auf den ersten Blick im Gewühl nahm sie nur eben das wahr: Gewühl.

Darso kämpfte bereits. Pruri und Greda standen Rücken an Rücken und fochten wild mit Kurzschwertern und Dolchen. Berstel kämpfte hauptsächlich mit seinem Kleid und irgendeinem Kerl, der ihn daran zu Boden ziehen wollte, weil er ihn für sie hielt.

Jemand schwang ein Schwert gegen ihren Oberschenkel. Das war also ein Feind. Er würde ihr das Bein abhacken. Sie würde jetzt sterben.

Sie versuchte, den Schlag mit ihrem eigenen Schwert aufzuhalten. Ungelenk und wackelig. Wie schwer das Ding war! Es klatschte mit der flachen Seite an ihr Bein und lenkte den Schlag des Feindes ab. Sie hatte pariert. Irgendwie. Ein seltsamer Stolz erfüllte sie, und fast wünschte sie, der Graav von Flynnt hätte es sehen können. Sie war nicht völlig nutzlos.

Ihr Pferd scheute erneut, wich mit den Hinterbeinen seitlich aus. Sie wäre beinahe gefallen, krallte sich an den Sattel, verlor ihr Schwert.

Sie war doch nutzlos.

Am liebsten wäre sie erneut geflohen. Doch zweimal hintereinander den gleichen Fehler zu begehen war sinnlos. Immerhin hatte die plötzliche Bewegung ihres Reittieres den nächsten Schlag ihres Angreifers ins Leere gehen lassen.

Nun rutschte sie, bekam Übergewicht im Sattel. Selbst die lange Reise hatte sie noch nicht zur guten Reiterin gemacht. Es gelang ihr immerhin, nicht liegend auf dem Boden aufzukommen, sondern auf den Füßen.

Sie duckte sich, als der Angreifer mit seiner Waffe nach ihr schlug. Er war viel zu schnell. Nun lag sie doch auf dem Boden, rollte von ihm fort, griff sich dabei ihr Schwert, versuchte, wieder auf die Füße zu kommen und das schwere Ding sinnvoll in ihrer Hand zu balancieren.

Ein Schlag, ein Schrei. Ein Schwall Blut. Sie sah es strömen und begriff, dass es nicht ihres war. Darso hatte ihren Feind durchbohrt. Am liebsten hätte sie sich hinter dem großen Mann versteckt. Doch es gab kein »hinter ihm«. Die Feinde waren überall.

Sie stach mit ihrer Waffe zu, fiel dabei auf ein Knie. Runde Augen blickten sie verwundert an, dann stürzte ein Mann mit ihrem Schwert im Körper. Die Bewegung drehte ihr das Heft aus der Hand. Blut spritzte auf sie. Sie hatte getötet. Ein Zufallstreffer.

Einerlei. Ein Treffer. Sie fasste nach dem Griff ihrer Waffe und zog, doch die Klinge musste sich verkeilt haben. Sie bekam sie nicht frei. Da kam schon der Nächste, drang auf sie ein. Sie fasste nach der Waffe des erlegten Feindes, bekam diese zu fassen, tauchte unter dem heftigen, aber ungeschickten Angriff durch. Nicht denken. Nur handeln. Tanzen. Sie konnte gut tanzen. Drehen, anmutig auf den Füßen sein, springen und sich wenden. Ausweichen. Ein Totentanz.

Wieder spritzte Blut. Wieder wusste Nimry im ersten Augenblick nicht, ob es ihr eigenes war. Sie blickte auf den Feind, dann an sich selbst hinunter. Sie war voll Blut.

Eine Wunde sah sie nicht. Aber vielleicht sah man das ja gar nicht. Alles tat etwas weh, aber nichts so, dass sie nicht weiterkämpfen konnte. War das der berühmte Kampfgeist, der in einen fuhr? Falls ja, hätte sie gerne darauf verzichtet.

Nur nicht gerade jetzt. Sie wirbelte herum, noch während ihr Feind zu Boden ging.

»Zwei!«, zischte sie. Wo war Darso?

Aus den Augenwinkeln sah sie, wie zwei große Kerle versuchten, Berstel trotz heftiger Gegenwehr ins Gebüsch zu ziehen. Die würden eine Überraschung erleben. Sollte sie dem Bibliokanten helfen?

Sie hielt sich zurück. Er half ihr, indem er die Feinde ablenkte. Sich einzumischen wäre dumm gewesen.

Sie hatte ohnehin keine Zeit. Schon kamen neue Feinde. Sie wirbelte herum, um ihre Lage in Gänze zu erfassen. Greda und Pruri hatten sich in ihre Nähe gekämpft. Darso war noch da.

Wo war Griðyon? Musste er nicht hier irgendwo liegen? Sie sah ihn nirgends.

Woher kamen all diese Feinde? Sie schienen vom Ende des Trecks nach vorne zu dringen. Doch von der Stelle, an der Nimry stand – ziemlich weit am vorderen Ende des langen Wagenzugs –, konnte sie nicht sehen, wie viele es waren und ob vielleicht immer mehr nachkamen.

Wie groß war diese Streitmacht überhaupt?

Ein Zischen durchdrang die Luft. Es gelang ihr nicht, es zuzuordnen. Dann ertönten Schreie vom Ende des Trecks, zunächst kaum aus dem gesamten Lärm herauszufiltern und dann doch anders, panischer, hysterischer.

Flammen. Das hintere Ende des Trecks brannte. Weit sah man grünliche Flammen schlagen. Sehr weit weg. Rauch stieg auf, und ein feueruntypischer Geruch drang Nimry in die Nase. Der Alchemist in Jorgvil hatte bisweilen so gerochen.

Etwas wirbelte von dort hinten durch die kämpfende Menge. Wie ein kleiner Tornado drehte es sich und schnitt durch alles, was im Weg war. Die Geschwindigkeit war erstaunlich. Kein Mensch konnte so flink sein.

Doch es war ein Mensch. Mit zwei Schwertern drehte sich der Mann um sich selbst und nach vorn. Vor ihm und neben ihm fielen Menschen um. Schmutziges, blondes Haar wehte im Wind. Auf seinem Rücken hing eine Armbrust.

Griðyon. Die Spinnen hatten ihn doch nicht vergiftet. Oder falls doch, dann führte er einen Spinnentanz auf, der unerreicht war. Gab es nicht Spinnen, die einen tanzen ließen, bis man starb? Waren das Rahe-Spinnen? Nimry wusste es nicht. Dies hier war erschreckend. Zu schnell, zu gefährlich, zu seltsam.

Wie hatte er sich so schnell bewaffnet? Woher kam das plötzliche Feuer, dessen Hitze sie im Wind bis hierher spüren konnte? Und wieso kam er vom Ende des Wagenzugs nach vorne? Hätte er nicht schon hier liegen müssen?

Um Nimry herum stand alles still. Selbst die Feinde hatten aufgehört, sich zu rühren. Sekunden vergingen. Dann kam die Welt wieder in Gang. Jemand sprang mit einem Schrei auf sie zu. Er schwang eine Streitaxt, und sie war fast beleidigt, dass ausgerechnet ein so archaisches Mordinstrument nun der Grund für ihr Ableben sein sollte. So eine Axt konnte sie nicht parieren.

Sie tänzelte zur Seite und holte aus.

»Flynnt!«, brüllte sie, weil sie etwas brüllen musste und ihr nichts Besseres einfiel.

»Flynnt!«, brüllten alle, die auf ihrer Seite waren.

»Flynnt!«, zischte Griðyon, der sie eben erreichte. Wie ein Schnitter mähte er sich einen Weg. Er sah nicht aus, als erkenne er sie.

Wenn sie jetzt durch den Adjutanten ihres eigenen Gatten fiel, würde sie wirklich ungehalten sein.

43

Morrgjar von Flynnt war sich nicht mehr sicher, ob er die richtige Entscheidung getroffen hatte. Es gab nur diese eine Ost-West-Verbindung zwischen Flynnthaven und der Flynntburg. Sie lief durch den Byarla-Graben, an dessen Seiten die Felswände lotrecht nach oben ragten, glatt und hoch. Das Flüsschen, das neben der Straße entlanglief, war nicht schiffbar. Es speiste sich aus den Wasserfällen, die vom Steilhang des Gebirges hinunterströmten. So nahm es mit Beginn des Gebirges seinen Anfang und floss, stetig umfangreicher werdend, bis nach Flynnthaven und dort ins Meer.

Zum Reisen blieb nur die Straße. Die angekündigten Feinde hätten längst hier vorbeikommen müssen.

Doch sie waren ausgeblieben. Er hatte Späher in Richtung Flynnthaven geschickt. Die waren nicht zurückgekehrt. Vielleicht würden sie noch kommen. Vielleicht nicht.

Was war hier los? In seinem Nacken kribbelte es, als wolle ihn etwas warnen. Er spürte Gefahr und konnte sie nicht zuordnen.

Wenn der Feind, dessen Existenz und Ankunft in Flynnthaven er nicht bezweifelte, die Zeit nutzte, den Hafen gegen die Armee Flynnts zu befestigen, würde es schwierig werden, ihn wieder zu vertreiben. Doch eine Hafenstadt ohne Hinterland nutzte gar nichts. Warum sollten die Holturer so etwas tun? Es ergab keinen strategischen Sinn.

Vielleicht war es ein Ablenkungsmanöver. Nur wofür?

Er nahm einen tiefen Schluck aus der Wasserflasche. Das alles behagte ihm nicht. Er hatte nach den üblichen strategischen Vorgehensweisen gehandelt, doch nichts schien zueinander zu passen. War er seiner eigenen Routine erlegen? Routine war ein Feind wie jeder andere. War der Graav von Flynnt berechenbar geworden? Spielte man mit ihm?

Eine Welle kalten Zorns durchflutete ihn, und er unterdrückte sie rasch. Wut war kein guter Ratgeber. Wer das Vertrauen in die eigenen Fähigkeiten verlor, verlor sich selbst, den Kampf und den Krieg.

Er konnte so verschlagen sein wie andere, wenn das vonnöten war. Er brillierte aber auch im offenen, ehrlichen Kampf – doch Krieg war weder offen noch ehrlich. Nur Dummköpfe – meist jene, die sicher in der Etappe saßen – sahen Krieg als eine hehre Auseinandersetzung tapferer und ehrlicher Krieger zu Ehren der Fyrsthenei oder irgendeines austauschbaren höheren Ziels. In Wirklichkeit jedoch war Krieg blutig, dreckig, hinterhältig, schmerzhaft und voller Verlust.

Morrgjar war mit einer kleinen Begleittruppe nach Jorgvil gezogen, da er nicht übermäßig viele Probleme auf dem Weg hin oder zurück nach Flynnt erwartet hatte. Sie waren schließlich mitten in Kahsell. Feinde von außen mussten erst einmal die Grenzen überwinden.

Den Hauptteil seiner Streitmacht hatte er in seiner Graavschaft gelassen. Sie verteidigte die Nordgrenze zu Holtur. Die kleine Truppe, die er mitgeführt hatte, hatte er noch einmal geteilt – ein Teil bei ihm, ein Teil beim Treck. Wenn er das Kontingent, das ihm hier zur Verfügung stand, noch einmal teilte, um sowohl in Richtung Flynnthaven als auch gen

Norden vorzurücken, würde er mit seinen Leuten jeder auch nur halbwegs großen Gruppe von Feinden zum Opfer fallen.

Wer immer diese Lage geplant hatte, er war gut. Morrgjar von Flynnt hatte hier an der Wegscheide eine Falle stellen wollen, doch zusehends kam er zu der Erkenntnis, er säße selbst in ihr. Die Gefahr, die er nicht fassen konnte, nagte an ihm.

Um hierherzugelangen, hatte er den Wagenzug und seine niedliche junge Frau allein gelassen. Er kannte das Mädchen noch kaum, doch er mochte sie. Ihre Kratzbürstigkeit gab Anlass zur Hoffnung, dass mehr in ihr steckte als nur demütige Augenaufschläge und höfliche Konversation. Er musste nur dafür sorgen, dass sie ihm vertraute. Vielleicht kam dann die wirkliche Nimry zum Vorschein und nicht nur dieses höfische Gewächs, das nichts gelernt hatte, als der Etikette zu folgen.

All seine Frauen hatten ihm vertraut.

All seine Frauen waren tot.

Der Wagenzug. Ein tiefer Schrecken durchfuhr ihn. War es vielleicht nur um ihn gegangen? Hatte man ihn fortgelockt, damit der Treck weniger gut geschützt war? Er hatte verbreiten lassen, dass die Wagen hauptsächlich Nahrungsmittel enthielten, doch jeder mit auch nur einem halben Hirn wusste, dass Flynnt Proviant nicht von Jorgvil bezog. Seine eigene Graavschaft war fruchtbar und baute alles an, was er brauchte. Er brauchte viel, denn seine Vasallen und Soldaten waren zahlreich.

Nur jetzt nicht. Jetzt hatte er zu wenige. Er hörte seine Zähne knirschen und riss sich zusammen.

Jedenfalls waren die Wagen nur mit gerade so viel Nahrungsmitteln beladen, wie man brauchte, um die Leute auf der Reise zu versorgen und zusätzlich den Eindruck zu vermitteln, die Karren wären voller Proviant.

Doch sie waren voller Waffen, darunter auch Flugfeuer. Lange hatte man gemunkelt, es habe so etwas früher gegeben, doch dem Alchemisten von Jorgvil war es eben erst wieder gelungen, die Formel neu zu entwickeln. Bis dahin hätte Flugfeuer genauso gut ein Märchen sein können, wie all die seltsamen Geschichten aus dem Alten Reich.

Jetzt gab es diese Substanz. Man mischte sie an, formte Geschosse daraus, schoss diese ab. Sie entzündeten sich im Flug. Nicht einmal der Alchemist hatte genau gewusst, warum. Ein Zufallsfund.

Er hatte den Alchemisten kennengelernt. Dass dieser Mensch etwas so Bahnbrechendes hatte entwickeln können, hatte Morrgjar erstaunt. Der Mann machte nicht den Eindruck, als könne er sehr viel mehr als geheimnisvoll dreinblicken und unsinnige Sprüche murmeln. Alchemie war angeblich einmal eine Wissenschaft gewesen. Jetzt war sie nur noch eine Hofbelustigung.

Doch der Kerl hatte Flugfeuer rekonstruiert. Er musste intelligenter sein, als er aussah. Morrgjar hatte versucht, ihn zu fragen, wie er auf das Geheimnis gekommen war. Doch der Mann war ihm ausgewichen. Dann war auch schon der Weiseste Orstyn dazwischengetreten und hatte das Gespräch mit Fragen zur Bibliothek von Flynnt unterbrochen. Die Flynntburg war so alt wie Jorgvil. Dieser Orstyn hatte sich sehr dafür interessiert, welches alte Wissen dort gespeichert war.

Altes Wissen. In letzter Zeit schien es modern geworden zu sein, sich darum zu bemühen. Als wäre das Legendenhafte auf einmal ein Allheilmittel. Keiner wusste etwas Genaues, aber jeder redete gerne über die Dinge, zu denen kein Wissen vorhanden war – heute nicht und vermutlich nie. Märchen von einem paradiesischen Gestern, in dem alles besser gewesen sein sollte, waren nur eben dies: Märchen. Hätte es Bücher gegeben, in denen dieses Wissen gespeichert war, so hätte man diese währende der Jahrhunderte von Krieg auf der Suche nach einem strategischen Vorteil längst entdeckt.

Morrgjar war in der Flynntburg aufgewachsen. Soweit er wusste, gab es dort nicht mehr als ein Regal Bücher. Der Weiseste Orstyn hatte das nicht glauben wollen. Die Tatsache, dass der Treck nun einen kleinen Bibliokanten mitführte, war sicher auf Anraten des Weisesten erfolgt und dessen Neugier geschuldet. Der Mann schien Einfluss auf das Denken des Fyrsthen zu haben. Das mochte gut sein, wenn er dem Fyrsthen mit gutem Rat zur Seite stand, oder schlecht, wenn er sich dabei nur für Dinge interessierte, die im Hier und Jetzt zunächst keine Relevanz hatten. Bücher. Geheimnisse. Alte Künste. Dummheiten.

Das Flugfeuer allerdings war wohl keine Dummheit. Vielleicht würde es sich sogar als kriegsentscheidend erweisen.

Morrgjar runzelte die Stirn und fuhr sich durch das kurze, braune Haar. Er hätte sich mehr Zeit lassen sollen. Es wäre vernünftig gewesen, die fyrsthlichen Informationsstrukturen genauer in Augenschein zu nehmen. Er selbst hielt gerade so viel vom Fyrsthen, dass er ihm zutraute, über genug praktische Verschlagenheit zu verfügen, um zu wissen, was gut für ihn und somit für die ganze Fyrsthenei war. Das größte Talent, das Fyrsth Ryckden besaß, war, die richtigen Menschen für die richtigen Posten auszusuchen. Dieser Orstyn zum Beispiel schien klüger und belesener zu sein als viele andere.

Nur dieser Alchemist war ihm ein Rätsel. Dumm wie Gerdelbraten und eingebildet wie zehn nackte Bukanier, war Morrgjars Eindruck gewesen.

Dennoch hatten sie nun Flugfeuer. Es war noch unerprobt, was echte Kämpfe anging. Tatsächlich hatte Morrgjar gehofft, seine neue Waffe erst einmal in Ruhe und Abgeschiedenheit testen zu können, bevor sie zum Einsatz kam. Er hatte keine Erfahrungswerte, wie schnell sich die Masse entzündete, wie effektiv sie in der Anwendung war, wie lange sie brannte – oder wie man sich selbst davor schützte.

Oder ob sie außerhalb eines stinkenden Laboratoriums voller enttäuschend erfolgloser Liebestränke überhaupt funktionierte.

Beim Treck hatte er es nicht gewagt, von der schmalen Straße aus einfach in die Landschaft zu schießen, um zu sehen, wie schnell und nachhaltig dann alles abbrannte. Die Straße war schmal, und er hatte Bedenken gehabt, den Wagenzug zu gefährden. Pferde mochten kein Feuer. Planwagen brannten schnell, und Ausweichen war auf der Straße nicht möglich.

Es jetzt zu testen war auch nicht möglich, denn auf den schnellen, holprigen Ritt hatte er kein Flugfeuer mitgenommen, aus Angst, die empfindliche Substanz würde sich entzünden. Sanft auf Kissen gebettet in den Wagen war das Zeug schon gefährlich genug.

Zudem gab es im Moment noch nicht einmal Feinde, an denen man es hätte ausprobieren können, was ihn weniger mit Beruhigung als mit akutem Misstrauen erfüllte.

Die Narben in seinem Gesicht juckten. Er pflegte das als Zeichen für nahende Unbill zu sehen. Nachdenklich kratzte er sich. Vermutlich war es verständlich, dass seine niedliche junge Frau Angst vor ihm hatte. Wer weiß, was sie alles über ihn gehört hatte – das meiste davon war vielleicht sogar wahr. Er war keine Schönheit. Sein zerschlagenes, narbenzerfurchtes Gesicht war sicher nichts, was ein junges Mädchen mit Begeisterung erfüllte. Da hatte es Griðyon einfacher. Der junge Mann brauchte nur die Hand auszustrecken, und schon würden sich reihenweise Damen anstellen, um sich beglücken zu lassen.

Ob er die Angebote dann alle annahm, wusste Morrgjar nicht. Griðyon war loyal und schweigsam und ganz erstaunlich diskret. Auch mischte Morrgjar sich nicht ein. Es war nicht seine Angelegenheit.

Morrgjar fragte sich, ob Griðyon mit dem Treck in Sicherheit war. Doch woher sollte eine Angriffstruppe auf dieser Straße kommen? Die Holturer hatten wenig Möglichkeit, die Wagen von Norden her anzugreifen. Sie hätten auf der Straße an ihm vorbeigemusst. Oder sie hätten weiter westlich durch die Flynnttundra brechen müssen, doch die war gut bewacht. Die ganze Nordgrenze war mit Wachtürmen und Schanzen ausgestattet, ein System, das Morrgjar selbst ausgebaut hatte. Selbst wenn es jemandem gelungen wäre, von Norden aus bis zum Seengebiet vorzudringen, hätte derjenige dann immer noch östlich durch die Wald-Makye gemusst. Auch das schien Morrgjar, wenngleich nicht unmöglich, dann doch einigermaßen unwahrscheinlich.

Der Westen Kahsells war durch eine weitere wehrhafte Graavschaft geschützt. Die Kräfte dort zu überwinden, um dann ungesehen weiter durch das Seengebiet vorzudringen, schien Morrgjar auch nicht wahrscheinlich. Dabei war er sich durchaus im Klaren, dass unwahrscheinlich nicht gleichbedeutend mit unmöglich war. Er selbst hatte auch schon

Dinge vollbracht, die als unmöglich gegolten hatten, weil jemand diesen Unterschied nicht bedacht hatte.

Blieb der Süden, genauer gesagt der Südwesten. Die Fyrsthenei Edunayu hatte geografisch wenig Möglichkeit, Kahsell unbeobachtet anzugreifen. Jorgvil selbst und die Graavschaft von Kthon waren gut gesichert. Der Dywant, ein schmaler, aber hoher und steiler Gebirgszug trennte Edunayu von Kahsell wie ein lotrechter Lattenzaun. Die wenigen Pässe waren durch die Truppen des Graaven von Dywant gesichert, dessen Aufgabe es war, die engen Durchgänge durch diesen steinernen Wall geschlossen zu halten. Doch auch hier galt: unwahrscheinlich war nicht unmöglich. Sollte die Graavschaft Dywant oder auch nur die Besatzung eines einzigen Passes gefallen sein, so war keineswegs sicher, dass Morrgjar schon davon gehört hätte.

Ein Stoßtrupp, den man an der Kahsellschen Seite des Dywant gen Südosten führte, vermochte die Straße, die nach Flynnt führte, nördlich der Befestigungen von Jorgvil, aber noch südlich der Wald-Makye zu erreichen. Er konnte den Wagenzug von hinten angreifen, den Wagenzug, dem er über die Hälfte der Begleittruppen genommen hatte, um weiter nördlich eine Invasion aufzuhalten, auf die er immer noch wartete.

Seine Lippen wurden schmal, als er daran dachte, dass dem Feind so seine neue Waffe in die Hände fallen würde – und das mitten in der eigenen Fyrsthenei.

Er fragte sich nicht, woher die Edunayuni von der Waffe wissen konnten. Spione und Verräter gab es überall. Menschen in Jorgvil und Menschen in Flynnt hatten davon gewusst. Vielleicht auch solche in anderen Graavschaften. Solch ein Wissen wäre mit Sicherheit eine wertvolle Ware.

Sein Zorn flammte erneut auf. Darso würde gut kämpfen, aber ob er mit Griðyon und den wenigen Begleitreitern gegen einen zielgerichteten Überfall ankam, war fraglich. Das Kutschervolk war wehrhaft. Männer wie Frauen wussten mit ihren Waffen umzugehen und sich zu verteidigen. Wer die Straße der Acht Reiche befuhr, musste sich wehren können.

Und Nimry? Die Kleine war wehrlos. Man würde versuchen, sie zu schützen. Aber ob das gelingen konnte?

»Nimry …«, murmelte er und dachte an ihren weichen, jungen Körper, den er nicht hatte genießen können. Es machte ihn gleichermaßen unglücklich und wütend zu denken, er könnte sie verloren haben, bevor ihre Ehe auch nur begonnen hatte. Die fünfte Frau, die er verlor.

Entschlossen wandte er seinen Sinn von seinen Frauen fort zum jetzigen Problem. Was war zu tun? Oder bildete er sich die Gefahr nur ein?

Er würde noch eine Brieftaube nach Jorgvil schicken. Doch schon auf die erste hatte er keine Antwort bekommen. Es hieß, im Alten Reich hätte es eine zuverlässigere Nachrichtenübermittlung gegeben: über Turmstationen, die den Reichsstraßen entlang mit Feuerzeichen Information weitergaben. Manchmal konnte man die Überreste der Fundamente solcher Türme noch sehen, was dafür sprach, dass zumindest dies vielleicht keine Mär unter dem Motto »Im Alten Reich war alles besser« war. Er glaubte nicht, dass früher alles besser gewesen war. Er glaubte nicht, dass es wohlwollende Räte mit besonderen Kräften gegeben hatte, die über das gesamte Reich und dessen Frieden gewacht hatten.

Frieden konnte er sich nicht einmal vorstellen. Es hatte in seiner Lebenszeit keinen gegeben, und seine Vorfahren hatten auch keinen erlebt. Es gab friedliche Wochen, manchmal auch Monate – meist im Winter. Es gab Jahre, in denen die kriegerischen Auseinandersetzungen auf reine Grenzverteidigung und ein paar mindere Scharmützel reduziert waren. Doch man existierte für den Krieg und erfüllte seine Aufgaben für seinen Fyrsthen. Irgendwann fiel man im Kampf. Wenn man Glück hatte, spät genug, um für Nachwuchs gesorgt zu haben, der dann genau diese Pflichten weitertrug.

»Marejal!«, sagte einer seiner Offiziere und salutierte, indem er die Fingerspitzen unterhalb seines Kinns aneinandersetzte. »Was sollen wir tun?«

Morrgjar wusste es nicht, doch zugeben mochte er das nicht. Es war seine Pflicht und Schuldigkeit, es zu wissen.

»Haben wir die Route im Blick, die an der oberen Grabenkante entlangführt?«

»Ihr meint, die Holturer sind übers Gebirge gezogen, Marejal?« Der Mann klang voller Zweifel.

»Es ist nicht wahrscheinlich, ich weiß. Doch ich komme immer mehr zu dem Schluss, dass wir mit Wahrscheinlichem nur bedingt rechnen können. Man kann vom östlichen Ende des Grabens hochsteigen und an der Grabenkannte oben entlang nach Westen gelangen. Das ist möglich.«

»Gefährlich. Nur Menschen, die die Straße meiden müssen, versuchen diesen Weg, Marejal, und die meisten verschwinden einfach. Niemand weiß, warum.«

»Vielleicht verirren sie sich im Gebirge. Oder sie wollen nicht gefunden werden.«

»Es hießt, es gibt vielleicht Ungeheuer, Durchlaucht.«

Morrgjar stutzte.

»Ungeheuer?«, fragte er und lächelte zynisch. »Wer braucht Ungeheuer, wenn die Welt voller Feinde ist? Was für Ungeheuer?«

»Das weiß niemand, Marejal. Wer sie trifft, kann nicht davon berichten.«

»Wie ungemein praktisch.«

»Die Leute glauben daran.«

»Ich glaube daran, dass Menschen das Gefährlichste sind, was wir auf dieser Welt haben.«

Der Mann verneigte sich und antwortete nicht.

»Jedenfalls will ich, dass die Gegend, in der der Abstieg vom oberen Rand des Byarla-Grabens verläuft, überwacht wird. Ich habe keine Lust, aus dieser Richtung angegriffen zu werden. Gibt es Nachrichten vom Treck?«

»Nein, Marejal.«

Das konnte gut sein.

Oder schlecht.

44

Die Streitaxt sauste an Nimry vorbei. Sie spürte den Luftzug, tänzelte weiter, schaffte es, dem wirbelnden Griðyon zu entgehen, tauchte unter einer Klinge hindurch, von der sie nicht einmal wusste, für wen sie gedacht war.

Sie schlug ungelenk mit dem Schwert zu. Ihr Handgelenk schmerzte. Ein Unterarm fiel vor ihr auf den Weg. War sie das gewesen? Wem hatte er gehört?

Das zumindest musste sie sich nicht lange fragen. Die andere Hälfte des Armes war noch an dem Feind. Blut wusch über Nimry wie Regen. Ihr wurde übel.

Immer noch tanzte sie durch das Gewühl, nahm nur sporadisch Dinge wahr. Pruri und Greda standen noch. Darso war noch am Leben. Um ihn herum häuften sich Leiber. Griðyon wurde langsamer, strebte aber weiter dem Anfang des Trecks zu.

Mit einem Mal war alles still. Jede Bewegung hörte auf. Als hätten sich alle abgesprochen, sanken Waffen. Man hörte die Welt atmen und sonst nichts.

»Treck vorwärts! Schnell!« Griðyons Stimme klang laut und irgendwie tiefer und rauer, als Nimry sie in Erinnerung hatte.

Noch mit den Waffen in den Händen sprangen die Wagenführer auf die Kutschböcke, die Reiter auf die Pferde. Aus einem Gebüsch kroch der Bibliokant, sein Kleid war voller Blut, doch es schien nicht sein eigenes zu sein. Mühsam lief er zu Pruris Wagen und zog sich ungeschickt von hinten auf die Ladefläche. Nimry suchte ihr Pferd. Es war nicht weit gelaufen – wohin auch? Sie sprang auf und merkte erst hinterher, dass sie dazu zum ersten Mal keine Hilfe benötigt hatte.

Am Ende des Trecks brannte es lichterloh. Die harzige Wald-Makye hatte Feuer gefangen und knallte und knatterte, während sich die Flammen ausbreiteten. Die letzten Wagen drängten nach vorne, während die vorderen noch reglos standen. Panisches Gewieher übertönte das Geschrei der Verwundeten. Letztere schleppten sich – soweit sie noch gehen oder kriechen konnten – zu Wagen und Pferden, in dem Bemühen, nicht zurückgelassen zu werden. Wer immer konnte, half einem der Versehrten. Man sammelte sich gegenseitig ein, in Panik und Blut.

Wagen ruckten an, ruckelten über am Boden liegende Leiber, die tot oder lebend sein mochten. Das Knirschen der Räder und der Knochen vermischte sich. Nimry gab sich Mühe, nicht hinzuhören.

Griðyon hatte das Feuer gegen die von hinten ankommenden Feinde gelegt. Deshalb musste der Treck jetzt nach vorne ausweichen, sonst würde er seiner eigenen Verteidigungsmaßnahme zum Opfer fallen.

Wie hatte Griðyon es geschafft, so rasant schnell Feuer zu machen? Wie war es ihm überhaupt gelungen, aus seiner Ohnmacht zu erwachen und sofort aktiv zu werden?

Nimry sah ihn nicht, doch sie wusste, er hatte den Treck gerettet. Zumindest, wenn sie jetzt nicht alle gleichermaßen den Flammen zum Opfer fielen. Feuer war ein großer Gleichmacher. Es unterschied nicht zwischen Freund und Feind.

Pruri lenkte den Wagen. Greda ritt neben Nimry. Auf ihrer anderen Seite hatte sich Darso eingefunden, der Riese auf dem großen Gaul.

»Darso! Was ist da hinten los?«, fragte Nimry, obgleich ihr klar war, dass er kaum mehr wissen konnte als sie. Er versuchte, sich im Sattel umzudrehen.

»Griðyon hat Feuer gemacht!«

»Aber so schnell …«

»Er muss Flugfeuer auf die Feinde geschossen haben.«

»Sieh nach!«, befahl Nimry. »Ich will wissen, was da los ist!«

Darso sah sie entsetzt an. Nimry schob ihr Kinn vor. Sie war die Graavessa. Sie hatte gekämpft und lebte noch. Das sollte ihr die entsprechende Autorität geben.

Darso schien das auch so zu sehen. Während der Wagentreck Richtung Nordost in Bewegung kam und zusehends schneller wurde, wandte der Leibwächter sich in die entgegengesetzte Richtung. Er murrte nicht, zumindest nicht vernehmbar. Er versuchte, sich mit seinem Gaul gegen den Strom zu bewegen. Es war kaum möglich, doch langsam entfernte er sich von Nimry, die ihm über die Schulter nachblickte, während sie selbst in die andere Richtung ritt.

Die Pferde – Reittiere wie Zugtiere – waren ungehalten und nervös. Der Rauch des Feuers machte sie ängstlich. Reiter und Kutscher kämpften mit den Gegebenheiten, wollten nicht in ein Knäuel geraten, während die Gäule mit ihnen durchgingen. Beruhigende Laute wie auch wüstes Fluchen drang an Nimrys Ohr. Sie selbst hielt mit, allerdings leise. Auch gebrach es ihr an Kraftausdrücken, im Moment hätte sie jedoch ihr Vokabular in dieser Hinsicht gut erweitern können.

Doch sie hatte andere Prioritäten. Sie sah sich nach Greda und Pruri um. Die beiden waren immer noch in der Nähe. Der

Wagen befand sich etwa in der Mitte des Wagenzugs. Vermutlich hatte man die Mitte für die Graavessa als besonders sicher gesehen. Jetzt freilich wäre Nimry gerne ganz vorne gewesen, doch sie entfernte sich nicht von ihren Getreuen.

Der Gedanke, dass sie Getreue hatte, erfüllte sie mit plötzlicher, unerwarteter Freude. Vielleicht musste man erst durch grausame Gefahr gehen, um zu verstehen, zu wem man gehörte. Sie würde versuchen, Pruri und Greda bei sich zu behalten. So sie alle überlebten.

Sie sah sich um. Die Augen der Pferde zeigten viel Weiß, die der Lenker und Reiter auch. Todesangst mischet sich mit Disziplin.

Der Tod hatte Ernte gehalten, und niemand konnte sicher sein, dass er damit bereits fertig war. Keiner wollte der Nächste sein. Doch jeder war sich ebenso bewusst, dass nur gemeinsam und in halbwegs funktionierender Ordnung eine Rettung in Sicht war. Die vielen Menschen des Trecks waren – nicht zuletzt durch die Kämpfe – zu einer Einheit verschmolzen. Fast fühlte Nimry so etwas wie Stolz. Das waren ihre Leute. Sie war nicht mehr nur Gast oder Fremde. Sie gehörten jetzt zusammen. Sie spornte ihr Pferd an und hielt die Zügel eisern fest. Pferde hatten Angst vor Feuer.

Menschen auch. Zudem war dieses Feuer unnatürlich. Viel zu schnell, viel zu heiß und viel zu tödlich. Es fraß sich vorwärts wie ein böses Tier.

Ein Blick zurück, und Nimry sah, dass der Treck kürzer geworden war. Sie waren nun nicht mehr in der Mitte. Die letzten Wagen brannten lichterloh und blockierten die Straße. Darso kam schon wieder angeritten, denn das Ende des Trecks war nicht mehr so weit.

»Erlaucht, der Feind brennt.«

»Die hinteren Wagen auch. Ist der Feind besiegt?«

»Weiß nicht. Sind vielleicht nach hinten ausgewichen. Dann können sie sich neu sammeln.«

»Und noch mal kommen?«

»Wenn das Feuer niedergebrannt ist.«

»Wie schnell, bis es niederbrennt?«

»Griðyon hat Flugfeuer verschossen. Weiß nicht, was das tut. Der Graav wollte es erst ausprobieren. Jetzt hat Griðyon es einfach so …«

»Vermutlich hat er uns damit das Leben gerettet.«

»Bis zum nächsten Angriff, Erlaucht.«

»Sind die Angreifer hinter dem Flugfeuer her?«

»Kann sein.«

»Wissen wir inzwischen, wer es ist?«

»Nein, Erlaucht. Edunayuni vielleicht. Holtur – zu weit weg.« Er spuckte aus. »Elende Holturer aus ihrer verdammten Eiswüste. Die wollen immer unsere warmen Ländereien haben.«

Während die Edunayuni vermutlich die ganze Fyrsthenei wollten.

Darso hustete. Der Wind blies Rauch über den Wagenzug. Manche zogen sich Tücher über Mund und Nase. Nimry hatte keins. Sie begann nun auch zu husten. Die Luft war heiß, rauchig und schneidend, als würde einem Gift in die Lungen fließen.

»Wir sind zu nah dran!«, japste sie.

»Flugfeuer ist für weiter weg«, keuchte Darso zurück. »Man schießt auf den Feind. Mit Katapulten. Oder so.«

Oder so. Niemand hatte es ausprobiert.

»Es ist bestimmt giftig«, meinte Nimry und schloss den Mund, in dem sich ein bitterer und scharfer Geschmack bildete. Ihre Augen brannten. Ein Blick nach links zeigte ihr, dass auch die Wald-Makye wie ein Verfolger Feuer verbreitete. Sie mussten schneller werden. Wie entkam man einem Feuer, das einen seitlich überholen konnte?

Was, wenn man ihm nicht entkam?

Sie versuchte, nicht darüber nachzudenken.

»Schneller!«, trieb sie die Frauen an. Bislang hatten die ihr – wenngleich auch sehr verhalten und verbrämt – Befehle erteilt. Nun war sie es. Nicht, dass die Kutscher und Reiter nicht selber wussten, was zu tun war. Es gab schließlich keine Wahl. Weg von hier war das Einzige, das einen Sinn ergab.

Der Wagenzug kam zum Stillstand, als der Kutscher vom Wagen vor ihnen kippte. Er lag blutend auf der Straße, hatte vielleicht das Bewusstsein verloren oder war an Verletzungen gestorben.

»Pruri!«, rief Nimry. »Übernimm den Wagen!«

Die Frau ritt an den Karren heran, richtete sich im Sattel auf und sprang. Nimry schrie auf, denn es sah aus, als würde die Frau unter die Räder geraten. Doch sie landete sicher. Vielleicht führte sie dieses Manöver nicht zum ersten Mal aus. Irgendwann würde Nimry gern mehr über das Leben der zähen Frauen wissen.

Wenn es noch dazu kommen würde.

Allmählich wurden die Wagen etwas schneller. Sie wären vermutlich noch schneller gewesen, wenn die Angst nicht die Reiter dazu getrieben hätte, zu überholen und so den Weg zu verstopfen. Die Unvernunft der Panik machte alles schwieriger.

»Macht Platz, verflucht noch mal!«, schrie Nimry in das Durcheinander. Ihre Stimme trug nicht weit genug, und ihre Autorität auch nicht.

45

Das Feuer, das sie sich zugestanden hatten, war klein. Sie brieten einen Gerdel, den Deruonn erlegt hatte – mit einer einzigen, plötzlichen Bewegung, die sowohl das Ziehen des Messers als auch das Zielen und das Werfen beinhaltet hatte. Das Tier war tot gewesen, noch bevor Shernay es überhaupt wahrgenommen hatte.

Gerdels waren flink. Sie lebten in den Bergen und waren – obgleich ihre breiten Vorderzähne nahelegten, es handle sich um Nagetiere – dem Genuss von Fleisch durchaus zugetan. Manchmal jagten sie in Gruppen, dann gerieten auch größere Feinde in Gefahr, den katzengroßen Scheinnagern zum Opfer zu fallen. Sie bissen tief und hatten ein instinktives Gespür dafür, an welchen Stellen sie dabei erfolgreich Schaden anrichten konnten. Wenn sie Menschen angriffen, kletterten sie an ihnen hoch, und wenn erst einmal ein Dutzend von ihnen sich an den unterschiedlichsten Körperteilen festgebissen hatten, wurde es mit Gegenwehr schwierig. Sie schienen zu wissen, wie man Arterien mit den Zähnen erreichte.

In Reyalun jagte man die Biester mit Nachdruck. Der Bestand war so weit zurückgegangen, dass es nur noch selten Gerdelbraten gab.

»Hoffentlich war er allein!«, sagte Shernay. »Ich habe keine anderen Spuren gesehen, aber Gerdels sind schlau.«

»Sie schmecken auch vorzüglich«, antwortete Deruonn. »Man muss nur sehr schnell sein.«

»Das bist du ja.«

»Ich habe mal eine ganze Rotte von ihnen abwehren müssen. Das war ein regelrechtes Schlachtfeld. Einige meiner Narben sind von ihnen. Die Biester beißen tief mit ihren langen Zähnen.«

Shernay kannte den Körper dieses Mannes. Er war voller Narben, die meisten alt, einige wenige neu. Sie versuchte, sich nicht ablenken zu lassen. Es war ein schöner Körper, Narben hin oder her. Schlank, hochgewachsen, muskulös. Von immer wieder erstaunlicher Eleganz.

»Dabei sehen die Tierchen so possierlich und harmlos aus mit ihren Nagezähnen«, sagte sie und konzentrierte sich auf die Gerdels anstatt auf den Mann.

»Hast du sie dir mal genau angeschaut? Sie haben zwei Reihen Zähne. Und zumindest eine gereicht jedem fleischfressenden Raubtier zur Ehre. Außen niedlicher Nager, innen menschenfressendes Rudeltier.«

Sie sah ihn an. »Ein bisschen wie du«, sagte sie und sah ihm direkt in die Augen.

Er hob die Brauen, schaute einen Augenblick lang ärgerlich, dann verzog er sein Gesicht zu einem schiefen Grinsen.

»Ich fresse keine Menschen.«

»Du bist auch kein Herdentier.«

»Nicht direkt. Ich jage meist allein.«

»Aber ich gehe doch recht in der Annahme, dass es mehr von deiner Sorte gibt?«

»Erprobte Kämpfer? Die Acht Reiche sind voll davon. Sie sind sehr geschickt darin, sich gegenseitig umzubringen, die erprobten Kämpfer.«

»Erprobte Kämpfer mit einem Innen und einem Außen, meine ich.«

Er drehte bedächtig und konzentriert den Gerdelspieß und schwieg eine Weile.

»Manche Dinge solltest du nicht wissen und auch nicht fragen.« Er sagte nicht mehr. Sie fühlte, wie ihr ein kalter Schauer über den Rücken lief. Seine Stimme hatte beinahe zu sanft geklungen. Als mache er sich Sorgen um ihr Wohlergehen, das er selbst in der Hand hatte. Er wusste das. Sie wusste das. Dann war da diese Zuneigung, die sie empfanden und die die harsche Wirklichkeit mit einem fast transparenten Seidenschleier verbrämte. Was dahinter war, konnte man beinahe sehen. Oder man verwehrte sich der Wahrheit und sah nur den Schleier. Das war schöner. Und sicherer. Doch irgendwann erforderte es Shernays angeborener Wissensdurst, vielleicht auch hinter den schönen Schein zu blicken.

Shernay hatte einen Verdacht. Wenn sie damit recht hatte, war es umso wichtiger, ihn nicht auszusprechen. Doch wie sollte sie sonst Gewissheit erlangen?

Gewissheit mochte tödlich sein. Shernay hatte bislang an die legendären Schemenjäger der Xyi so wenige Gedanken verschwendet wie Deruonn an die Urgorrn. Doch Shernay wusste, es hatte die Urgorrn gegeben, und im Tal war bekannt, dass Schemenjäger mehr als ein Mythos waren, auch wenn draußen in der Welt keiner so recht an sie glaubte. Doch mit Sicherheit definierte sich die Welt nicht danach, was jeder nur glaubte zu wissen.

Genauere Fakten waren nicht zu bekommen. Schöne Lügen waren stets einfacher: Schemenjäger gab es nicht. Doch in den Augen der Welt gab es auch Reyalun nicht. Nur die

Reyalunis wussten, dass es anders war. Nur die Schemenjäger selbst würden wissen, welche Rolle sie im Ablauf des Weltgeschehens spielten.

Wenn er ein Schemenjäger war, musste sein Auftrag sein zu töten. Das war es, was Schemenjäger taten. Wen töten? Nicht sie. Sonst wäre sie längst tot. Sie hatte da keine Illusionen. So schnell und perfekt, wie er den Gerdel aufgespießt hatte, gerade so schnell und perfekt hätte er auch sie töten können. Gleich zu Anfang ihrer Reise. Vielleicht hätte er es sanft getan, so schnell, dass sie es nicht verstand. Doch sie lebte, weil er wollte, dass sie lebte. Weil er sie brauchte. Weil er sie vielleicht gar liebte oder immerhin mochte. Weil sie – oder jemand wie sie – sein Auftrag gewesen war?

Sie sah ihn an, und ihr Blick fing sich in seinem. Liebe war nicht vernünftig, und die Gefahr, die der Mann bedeutete, machte ihn nur noch interessanter. Das Erschauern erhielt eine wohlige Komponente, als wäre es eine Auszeichnung, von einem solchen Mann geliebt zu werden. Als wäre es ein Liebesbeweis grenzenloser Absolutheit, dass sie noch lebte. Dass das dumm war, musste Shernay niemand sagen, doch ihre Gefühle hatten sich von den Fakten selbstständig gemacht. Sie wusste das. Sie ließ es zu.

Er wollte vielleicht nur ihr Wissen, und ihr Körper war möglicherweise nur eine angenehme Dreingabe.

»Es ist einerlei, solange du mich liebst«, sagte sie, als könnten ihre Worte es wahr machen.

»Nichts ist je einerlei«, gab er zurück. »Doch meine … Wertschätzung für dich geht weit über das normale Maß hinaus.«

Eine seltsame Liebeserklärung. Doch sie bestätigte Shernays Gefühle.

»Das ist gut«, sagte sie sachlich. »Meine Wertschätzung für dich hat bereits Grenzen überwunden. Alle Grenzen. Selbst die der Vernunft. Dabei weiß ich durchaus noch, was vernünftig wäre. Oder vernünftig gewesen wäre, Liebster.«

Er lächelte ironisch.

»Vielleicht werden wir beide einmal dafür leiden müssen, Liebste«, gab er zu bedenken. Es klang leichthin gesagt.

»Vermutlich. Die Welt ist, wie sie ist.«

»Schönste der Lernerinnen, du kennst die Welt doch gar nicht.«

»Ich weiß genug, um dich nicht weiter zu fragen, wer nach dem Tod deiner Eltern deine Erziehung übernommen hat.«

Er nickte.

»Ich glaube, unser Braten ist fertig.« Er nahm den Gerdel vom Feuer. Perfekt geröstet. Sein Maß an Perfektion war beinahe unerreicht.

»Können wir uns sicher sein, dass nicht heute Nacht seine ganze Verwandtschaft zu Besuch kommt?«, fragte sie.

Deruonn zuckte die Achseln und riss ein Stück Braten ab, bevor er ihn an sie weiterreichte.

»Nein. Nichts auf dieser Welt ist sicher. Du nicht und ich nicht. Ich nicht vor dir, du nicht vor mir und wir beide nicht vor den Gerdels oder Traumschlangen dieser Welt. Oder vor deinen Talbrüdern und -schwestern. Wir leben und tun unsere Pflicht.«

»Du tust deine Pflicht. Ich folge dir nur. Ich weiß nicht, was deine Pflicht ist. Ich kann nur raten, und das willst du nicht.«

»Nein. Das will ich nicht. Was du wissen musst, sage ich dir, und ansonsten … nun, stell dir einfach vor, da wäre ein Abgrund mit Traumschlangen.«

Sie starrte ihn an.

»Das ist vielleicht näher an der Wirklichkeit, als …« Sie ließ den Satz verklingen.

Er sah besorgt auf.

»Spürst du Traumschlangen in der Nähe?«

»Nein. Aber ich spüre etwas – ganz leise, kaum merkbar –, das mich jetzt, wo mein Talent zutage getreten ist, an jene Urgorrn-Kreaturen denken lässt. Hast du nie an Urgorrn geglaubt?«

Er stutzte und sah sie verwirrt an.

»Nie. Vielleicht haben meine Eltern auf den Wasserhügeln von Edunayu an sie geglaubt. Aber ich war noch zu klein, um das genau zu wissen. Und danach wusste ich immer, dass es die Urgorrn nicht gibt.«

»Man glaubt, was man beigebracht bekommt. Das macht es noch nicht richtig.«

»Kaum jemand in den Acht Reichen glaubt an die Urgorrn, Shernay. Sie sind eine böse Legende.«

»Wir wissen es beide besser.«

Er starrte eine Weile ins Feuer.

»Du meinst, ich kann mich der Logik der Ereignisse nicht verschließen? Ich müsse an die Urgorrn glauben, weil du sagst, ein bestimmter Typ Giftschlangen wäre von ihnen kreiert worden. Ebenso wie die Riesenbuzzarde. Vielleicht hat das nichts mit den Urgorrn zu tun? Vielleicht sind sie nur die bequeme Erklärung für das schwer Erklärliche. Wir Menschen mögen bequeme Erklärungen. Die gesamte Vorgehensweise der …« Er hielt abrupt inne, starrte sie plötzlich kalt und glatt an und klappte den Mund zu.

Er hatte Schemenjäger sagen wollen, oder wie immer er seine eigene Geheimgesellschaft selbst nannte. Die Xyi. Er wusste es. Sie wusste es. Sie taten beide, als wäre es nicht so. Nach einer Weile sprach er etwas mühsam weiter. Seine Stimme war rau geworden. »… der Acht Reiche basiert darauf, dass Menschen bequeme Erklärungen mögen und nach ihnen handeln. Es macht Menschen berechenbar.« Er blickte ins Feuer und sprach dann weiter, als müsste er seine eigenen Argumente von dem fortlocken, was er eigentlich hatte sagen wollen. »Würde die Menschheit nach Erwägungen praktischer Logik entscheiden, hätten wir längst Frieden.«

»Du bist kein zu Bequemlichkeit neigender Mensch, Deruonn. Ich will zugeben, dass unsere Zusammentreffen mit dem wenig Erklärlichen eher Hinweise sind als Beweise. Aber ich denke, dass deine Erziehung gut genug war, um aus einer Hinweiskette Schlüsse zu ziehen. Du bist ein kluger Mann, Deruonn. Auch stark und gefährlich. Aber eben auch sehr intelligent. Stärke und Gefährlichkeit sind ohne Intelligenz nur bedingt nützlich. Deshalb weiß ich einfach, dass du dich deutlichen Indizien nicht verschließt, nur weil sie nicht in dein bisheriges Weltbild passen. Du wirst dein Verständnis von dem, was ist, stets dem anpassen, was du vorfindest, und dich nicht hinter überkommenen Vorstellungen verstecken, als wären sie ein Schutzschild. Genau deshalb hast du längst angefangen, an die Urgorrn zu glauben.«

Sie sah ihm in die Augen. Er erwiderte ihren Blick.

»Also, wo spürst du jetzt Urgorrn?«, fragte er sachlich. »In der Nähe? Sind wir in Gefahr?«

»Ja. In der Nähe. Auf der anderen Seite des Feuers.«

Er saß auf der anderen Seite des Feuers.

Er schaute blitzschnell hinter sich, hatte bereits eine Waffe in der Hand. Doch da war nichts.

Langsam wandte er sich ihr wieder zu.

»Willst du behaupten, ich sei ein Urgorrn?«, fragte er etwas säuerlich.

»Nein. Aber irgendwas spüre ich. Hattest du nie zuvor etwas mit ihnen zu tun?«

»Nie!«

»Weißt du das genau?«

»Es wäre zu viel verlangt, wenn ich mich an jeden Augenblick seit meiner Geburt erinnern sollte. Aber in meiner Erinnerung ist nichts. Kein Urgorrn. Nicht mal ein kleiner.« Er lächelte verschmitzt.

»Gibt es Zeiten, an die du dich nicht erinnerst?«

»Ich …« Er hielt inne und starrte sie mit großen Augen an.

»Wenn ich … krank war …« Er redete nicht weiter.

»Ich war auch schon krank. Aber ich erinnere mich an die Dinge, die ich da erlebte.«

Er schwieg.

»Ich nicht«, sagte er schließlich. »Es gab Zeiten, in denen ich geschlafen habe oder bewusstlos war.«

Er verstummte und sagte eine Weile nichts. »Schmeckt dir dein Gerdel?«, fragte er dann.

»Ausgezeichnet, danke.«

»Vielleicht sollten wir ein Ringfeuer um uns machen. Das würde Schlangen und Gerdels abwehren.«

»Du klingst, als wolltest du das nicht wirklich.«

»Ringfeuer sind schwer zu kontrollieren, und man sieht sie weit. Ich bin es gewohnt …«

»… unsichtbar zu sein.« Schemenjäger, hieß es, verstünden die Kunst, sich unsichtbar zu machen. Shernay war sicher, es war eher eine Technik, sich nicht sehen zu lassen. Dass er das konnte, wusste sie.

»Niemand ist unsichtbar«, widersprach er denn auch.

»Aber man kann mit der Wahrnehmung anderer Menschen spielen, sie ablenken, sie übertölpeln, nicht wahr?«

Er lachte.

»Du nicht, meine Schönste, wo immer du bist, wirst du auffallen.« Er rückte näher an sie heran. »Wollen wir etwaigen Gerdels eine Vorführung bieten?«

»Willst du mit mir tanzen?«

»Wenn es sich in horizontaler Lage bewerkstelligen lässt?«

Seine Kratynienaugen funkelten. Sie lächelte. Seltsam. So stark und vermutlich unerbittlich er war, er fand immer einen Weg, sie zu fragen, ob sie ihn auch wollte. Von dem, was Shernay über die Welt außerhalb von Reyalun bekannt war, meinte sie zu wissen, dass es dort nicht allenthalben so war. Dort herrschten Kriegs- und Faustrecht. Nur die stärksten Frauen konnten sich gegen die streitbaren Kerle behaupten, denen Eroberungen, gleich welcher Art, mit der Waffe täglich Brot waren. Nur in einer der Fyrstheneien war es anders. In Kahsell jedoch nicht. Hier galten weder die Meinung noch das Nein einer Frau sehr viel.

Er missdeutete ihr kurzes Schweigen.

»Oder bin ich dir zu urgorrnisch, um …«

»Du bist kein Urgorrn, Deruonn. Es fühlt sich eher an, als hätte man dir eine Art Stempel aufgedrückt, ein Siegel, das Teil von dir geworden ist.« Sie zuckte mit den Schultern. »Ich weiß es nicht genauer zu sagen. Aber es tut meiner Liebe keinen Abbruch.« Sie streckte die Hände nach ihm aus. »Komm zu mir.«

Es war immer wieder erstaunlich, wie schnell er war. Schon lag er bei ihr, hielt sie, küsste sie, schaute dann noch einmal suchend ins Dunkel, als könnte er dort Feinde ausmachen.

Sie fuhr ihm durchs dunkle Haar. Er war über ihr und sah ihr ins Gesicht.

»Urgorrn hin oder her«, sagte er. »Es gibt viele Wunder auf der Welt. Dass du mich liebst, ist eines der größten.«

Sie lächelte.

»Vielleicht ist die Tatsache, dass auch du mich … magst das größere«, entgegnete sie.

»Liebe ist eine schwere Sache«, sagte er ernst. »Sie ist in dieser Welt verkümmert. Wer wie ich ist, hat viel gelernt, aber nichts davon hat mit Liebe zu tun. Liebe ist Störung im Fokus. Ablenkung vom Ziel. Unerwünscht im Vorgehensplan. Unberechenbar in einer Weltstruktur von berechenbaren Fakten. Sie ist also schwierig. Nur bei dir nicht. Du machst es leicht.«

Er küsste sie lange und half ihr dann aus der Kleidung. Sie spürte, dass er noch viel mehr hätte sagen können, aber was er gesagt hatte, war schon sehr viel gewesen.

Vielleicht war es unrealistisch, mehr zu erwarten.

Vielleicht würden sie schon am nächsten Tag von Gerdels gefressen oder von Traumschlangen vergiftet sein.

Aber in dieser Nacht würde sie ihn noch in sich spüren.

46

Der Treck war nun kürzer, die letzten Wagen den Flammen zum Opfer gefallen, zusammen mit jenen, die versucht hatten, sich auf diese Wagen zu retten. Nimry fühlte eine diffuse Dankbarkeit dafür, dass jene letzten Wagen kein Flugfeuer geladen hatten, sonst hätte alles anders geendet.

Die Fässer mit der Brandwaffe hatte man in der Mitte des Trecks untergebracht. Durch den Ausfall der letzten Wagen waren sie nun weiter hinten angesiedelt.

Die Nacht war schon hereingebrochen, und es ging nicht mehr weiter. Es war bewölkt, weder Mond noch Sterne spendeten Licht. Die Reisenden waren gezwungen zu halten.

Das war gut. In der panikartigen Flucht nach vorn hatte man keine Verwundeten versorgen können. Jeder war so wie er war, blutend, mit gebrochenen Gliedern, irgendwie auf die Wagen oder Pferde verfrachtet worden. Niemand wusste, ob es am Kampfort vielleicht noch Überlebende gab, die nur zu verletzt waren, um den Treck einzuholen. Es war ein grausamer Gedanke, der Nimry erst nach und nach zu Bewusstsein kam. Zunächst hatte auch sie nur ein Ziel gehabt: schnell weg.

Die Wachen, die um den Wagenzug schlurften, waren so müde und erschöpft wie alle hier. Doch sie konnten nicht darauf verzichten. Sie würden sich abwechseln. Nimry war in der Tat die Einzige, die nicht einen Teil des Wachdienstes aufgebürdet bekommen hatte. Sie schlief trotzdem noch nicht, half stattdessen, die Verwundeten zu versorgen. Langsam bekam sie Routine darin. Sie hoffte, sie würde die eben erworbenen Kenntnisse nie mehr brauchen. Doch der Krieg tobte schon seit Jahrhunderten, und das, was sie in den letzten Tagen erlebt hatte, war für manche Menschen Alltag. Deren Leben bestand aus eben solchen Begegnungen und war kurz.

Eine einzelne Träne machte sich aus Nimrys linkem Auge davon und rann ihr über die Wange. Sie wischte sie nicht ab, hatte alle Hände voll zu tun und keine Muße, ihre Gefühle zu verbergen. Zudem war es vermutlich nur die Erschöpfung. Nimry war unendlich müde, ihre Augen brannten vor Rauch und Überanstrengung. Sie machte sich keine Gedanken darüber, wie sie jetzt aussah, bis das Gesicht ihrer Muhme vor ihrem geistigen Auge erschien. Abanya wäre entsetzt darüber gewesen, sie so zu sehen.

Abanya, die in der Sicherheit Jorgvils dem Fyrsthen liebesverloren und sinnlos hinterherschleichen konnte. Abanya, die nun keine Aufgabe mehr hatte, nicht mehr jung war und vielleicht nicht mehr nützlich. Der Fyrsth brauchte niemanden, der nicht nützlich war.

Dafür war Nimry nützlich, und das war eine neue Erfahrung. Sie war schon vieles gewesen: jung, hübsch, höflich, schüchtern, niedlich, gehorsam, ängstlich oder verzweifelt. Nützlich zu sein verlieh einem eine seltsame Art von Präsenz, als wäre man vorher nicht richtig da gewesen.

Jetzt war sie da. Sie hatte gekämpft, sogar gesiegt, getötet. Der Triumph war nur kurzlebig gewesen. Das Entsetzen überwog. Hätte man sie früher gefragt, ob sie irgendwann einmal jemanden töten wollte, so hätte sie nicht darüber nachdenken müssen. Nein. Nie.

Sie hatte sich übergeben, als ihr Magen entschied, dass es an der Zeit dazu war.

Sie dachte nicht darüber nach, wer ihrer Klinge zum Opfer gefallen war. Jene hatten letztlich nur Pech gehabt. Bezwungen durch Zufall und Glück, denn dass es Nimry überhaupt gelungen war, sich erfolgreich zu verteidigen, war ein Wunder.

Sie zitterte und versuchte, damit aufzuhören. Es war eine kühle Nacht. Das Byarla-Gebirge erhob sich steil nach Osten wie eine undurchdringliche Barriere aus Schwarz. Die Alten schienen die Straße einst auf dem letzten dünnen Streifen Land gebaut zu haben, bevor die Landschaft zu steil wurde. Ein wildes Land, das zu zähmen man vor vielen Jahrhunderten begonnen hatte. Seit es Krieg gab, lagen diese Bestrebungen brach.

Nimry, in der Geschichte ihrer Fyrsthenei nur peripher bewandert, konnte sich nicht einmal erinnern, warum die Acht Reiche vor so vielen Jahrhunderten mit dem Krieg angefangen hatten. Die überlieferten Gründe schienen ihr heute im Andenken an all die Toten, die ihnen zum Opfer gefallen waren, und in der Gegenwart der Verwundeten nichtig und hohl. Dumme Gebietsansprüche zwischen streitlustigen Fyrsthen, die sich seit dem Wegfall der Oberhoheit um die Herrschaft balgten wie ewige Aasfresser. Nicht jeden Tag. Nicht an allen Grenzen gleichzeitig, aber in der Rückschau unaufhörlich.

Methodisch und mit zarten Stichen nähte Nimry eine Wunde zu. Die ewige Stickerei, zu der die Muhme sie verdonnert hatte, erwies sich nun endlich als nützlich, wenngleich Nimry auch hätte darauf verzichten können. Für sie war die Stickereiarbeit der Damen lediglich ein Symbol dafür, dass jene Privilegierten etwas anderes nicht zu tun brauchten.

Gestickte Taschentücher, Teile der Aussteuer, die nun irgendwo im Straßengraben lagen, zu wertlos, um weiter transportiert zu werden. Kreuzstiche und Petitpoint. Die Nadel durch Haut zu führen, war weniger schön.

»Danke, Erlaucht!«, flüsterte der Mann. Seine Verletzungen waren nicht sehr schwer. Schnitte hauptsächlich. Doch wenn die nicht behandelt wurden, starb man allzu schnell an Wundbrand. Nimry hatte jede einzelne, die sie versorgt hatte, mit Schnaps gereinigt, so wie man es ihr gezeigt hatte. Langsam ging der Alkohol zur Neige.

»Wie heißt du?«, fragte Nimry.

»Yerrod.« Sie versuchte, sich alle Namen einzuprägen. Am Anfang der Reise waren sie ihr nicht wichtig erschienen, doch die Ereignisse hatten ihr gezeigt, dass sie eine Gemeinschaft waren. Wer gemeinsam lebte und starb, sollte sich beim Namen kennen.

Bald würde es regnen. Niemand beklagte sich, denn er würde das Feuer löschen, dem sie nur mit Mühe entkommen waren und vor dem sie fast mehr Furcht hatten als vor den Feinden.

Die Straße hatte hier eine Ausbuchtung. Die alten Straßenbauer hatten Übernachtungsplätze mit eingeplant. Dort stand eine ausgebrannte, fast gänzlich zerfallene Hausruine mit rußigen Grundmauern und verkohlten Holzresten. Das war sicher einst eine Herberge gewesen. Nimry stellte sich vor, wie hier in einer friedlicheren Zeit Reisende einkehrten, aßen, tranken, vielleicht sogar sangen und in Sicherheit schliefen. Es schien ihr wie ein Märchen.

Sie quälte sich mit brennenden Muskeln auf die Beine und ging zum Nächsten, der reglos auf dem Boden lag. Ein schon älterer Wagenlenker. Hätte sie vor einigen Tagen noch

Angst gehabt, all diese fremden Männer und Frauen anzufassen, so war ihr diese teils furchtsame, teils höfliche Distanz inzwischen komplett abhandengekommen.

Sie beugte sich zu dem Liegenden hinunter und lauschte. Er atmete nicht mehr.

»Der hier ist tot«, sagte sie tonlos und blickte sich suchend um. Niemand schien sich verantwortlich zu fühlen.

»Darso!«

Der große Kerl war sogleich zur Stelle.

»Erlaucht?«

»Gibt es ein Grab für die Toten?«, fragte sie ihn.

»Nur den Straßenrand, Erlaucht. Hat keiner die Kraft, jetzt zu graben.«

Die, die noch laufen konnten, hielten Wache. Die anderen versuchten, Kräfte zu sammeln. Beim ersten Licht würden sie weiterreisen. Nimry graute es davor. Es konnte doch vergorrnt noch mal nicht mehr so weit sein bis zum Ziel! Sie waren doch schon eine gefühlte Ewigkeit unterwegs.

»Bring ihn dahin, Darso. Leg ihn sanft ab.«

»Er ist tot, Erlaucht.«

»Dann wollen wir ihn wenigstens jetzt gut behandeln. Danach kommst du zu mir und lässt dich verbinden.«

»Ist nur ein Kratzer.«

»Wundbrand kann man auch von Kratzern bekommen. Wo ist Griðyon?«

»Ist die Straße zurück auf Erkundung.«

Er sah nach, ob sich schon wieder Feinde näherten. Nimry schauderte.

»Ich will mit ihm reden.«

Darso hob schweigend den Leichnam in seine Arme und drehte sich um.

»Und mit dir dann auch noch!«, fügte sie hinzu. Er nickte schwerfällig. Nimry wandte sich dem nächsten Verwundeten zu. Pruri stand plötzlich neben ihr. Ihre Verletzungen waren vergleichsweise harmlos und bereits versorgt worden. Sie, Nimry, Berstel und Greda hatten sich gegenseitig behandelt. Berstel hatte am wenigsten abbekommen. Vermutlich lief er deshalb immer noch im Kleid herum. Eine Vorsichtsmaßnahme.

»Erlaucht müssen schlafen!«, tadelte Pruri wie eine Mutter. »Morgen geht es weiter.«

Nimry nickte.

»Ich muss zuvor mit Griðyon reden. Ich will wissen, was da heute geschehen ist.«

»Wir sind überfallen worden«, antwortete Pruri trocken.

»Mit ihm. Ich will wissen, was mit ihm passiert ist. Das war doch seltsam! Erst scheint er halbtot und dann auf einmal …«

»Vielleicht kann er es selbst nicht erklären.«

»Irgendetwas wird er schon dazu zu sagen wissen. Diese Spinnen …«

Ganz automatisch nahm Nimry die in Bast eingesponnene Schnapsflasche und bedeutete Darso, sich neben sie zu hocken. Er gehorchte, und sie reinigte seine Wunden. Er war glimpflich davongekommen. Durchweg waren die Soldaten in ihren Rüstungen leichter verletzt als die bewaffneten Wagenlenker. Auch die waren gegen Kämpfe gerüstet, doch Lederschuppen schützten offenbar weniger gut als Kettenhemden und eiserne Brustpanzer.

»Da«, sagte sie. »Schon viel besser.«

»Danke. Erlaucht sollten schlafen gehen.«

Sie nickte. »Nachdem ich mit Griðyon gesprochen habe.«

Sie stand auf und blickte in die Dunkelheit. »Die Straße zurück ist er gegangen?«

»Er wollte nachsehen, ob noch irgendwo Feuer zu sehen ist. Das wäre schlecht.«

Darso hatte ein ausgesprochenes Talent für Untertreibung. Sollte die Makye sich wieder entzünden und das Feuer sie einholen, dann wäre das – nun, schlecht war vermutlich kein Wort dafür. Katastrophal.

Nimry nahm eine Laterne, die an ihrem Wagen hing, und ging langsam die Straße zurück. Darso folgte ihr. Er würde sie nicht allein lassen.

Jenseits der Wagenburg, in deren Mitte ein bescheidenes Lagerfeuer brannte, war es sehr dunkel. Nimry schritt vorsichtig aus. Die Straße war uneben, und sie wollte nicht fallen. Einen Kampf mit nur ein paar Kratzern und Beulen zu überstehen, um sich dann im Dunkeln das Bein zu brechen, wäre peinlich. Unter den gegebenen Umständen mochte es sogar tödlich sein.

Die Laterne gab nicht viel Licht ab. Sie sah nur ein paar Schritte weit.

»Griðyon?«, fragte sie ins Dunkel. Ihre Nackenhärchen stellten sich auf, als lauerte hier eine Gefahr, die sie nicht sehen konnte. Sollte sie auf ihren Instinkt hören, oder war es nur die restliche Furcht, die nicht von ihr gewichen war?

»Griðyon?«

Sie lief noch ein paar Schritte weiter, froh, dass Darso bei ihr war. Seine Anwesenheit störte sie nicht mehr. Sie verstand langsam, welches Opfer der Graav gebracht hatte, als er seine besten Männer bei ihr ließ. Offenbar hatte er gewollt, dass sie lebend ankam. Sie – oder der Treck.

Sie schob sich ein paar Schritte weiter und blickte über die Schulter zurück. Das Feuer des Lagers war nur noch als diffuser Schein zu sehen. Auch hörte man fast nichts mehr. Sie lauschte angestrengt. Vögel. Sie hörte Nachtvögel tschilpen und krächzen. Im Gebüsch auf der Byarla-Seite knackte es. Sie blieb stehen. Nichts geschah. Sie lief weiter.

»Wir sollten zurückgehen«, flüsterte Darso. Er flüsterte nicht oft. Was nahm er wahr?

»Griðyon …«

»Der kommt von allein zurück, wenn er fertig ist.«

Jetzt flüsterten sie beide. Ein sinnloses Unterfangen, wenn man eine Laterne in der Hand hatte und das einzige sichtbare und beleuchtete Ziel war.

Da war etwas. Was?

Sie konnte nichts erkennen.

Hatte Darso Angst? Sicher hatte er einen besseren Gefahreninstinkt als sie. Er hatte schon mehr brenzlige Situationen überstanden, und sie mochte einfach nur panisch sein.

Sie ging weiter, immer noch langsam und vorsichtig. Wo war der Adjutant ihres Graaven? Was tat er?

Sie fragte flüsternd: »Was macht er hier?«

»Spähen. Er kann das gut.« Das bezweifelte sie nicht.

Die bleierne Müdigkeit in ihren Gliedern wollte sie überreden zurückzugehen. Doch sie hatte an Willenskraft hinzugewonnen, oder einfach nur an Sturheit. Sie ging weiter, rief aber nicht mehr nach Griðyon. Wie weit konnte er gekommen sein?

Etwas gab ein diffuses Licht ab. Vor ihnen am Straßenrand. Das sah nicht aus wie ein Mensch. Das war etwas anderes.

Nimry erstarrte in der Bewegung.

47

Ich habe ein Gerücht gehört«, begann Fyrsth Ryckden von Kahsell und legte mit spitzen Fingern seine prächtigen, langen Locken zurecht. »Höchst beunruhigend.«

Mit ihm um einen ovalen Tisch aus glitzerndem Eisenholz versammelt war sein Fyrsthenrat. Orstyn blickte verstohlen in die Runde. Von einem Großteil der hier versammelten Menschen hielt er wenig. Außer Seiner Gnaden dem Fyrsth und dem Weisesten Orstyn saßen hier noch weitere drei Männer und zwei Frauen. Letztere waren erst kürzlich in den Fyrsthenrat berufen worden, der traditionsgemäß bisher nur aus Männern bestanden hatte.

Orstyn fand es gut, dass nun auch Frauen darin saßen. Er selbst hätte sie jedoch nach anderen Kriterien ausgesucht. Die Edle Abanya verstand zwar viel von dynastischer Familienpolitik und hatte sich um das Fyrsthenhaus verdient gemacht, indem sie sich jahrelang aufopfernd und selbstlos um die jetzige Graavessa von Flynnt gekümmert hatte, sie besaß gleichwohl wenig Erfahrung, wenn es um Strategie und Kriegstaktik ging.

Die Priesterin des Allgottheitskultes wiederum war, wie Orstyn fand, Vertreterin einer spirituellen Modeerscheinung in wirklich kleidsamer Kutte, die ihre Figur vorteilhaft betonte. Es hätten erfahrenere und versiertere Frauen in den Rat gehört. Fyrsth Ryckdens alte Tante zum

Beispiel war eine herrschsüchtige, alte Krähe mit dem schärfsten Verstand, den man in diesen Mauern erwarten durfte. Doch der Fyrsth hatte keine Lust, sich von seiner eigenen Tante belehren zu lassen, die es immerhin überlebt hatte, ihn einen dümmlichen Hanswurst zu heißen. Wenn er sich schon Ratsdamen aussuchte, dann nur solche, von denen er annehmen durfte, sie würden ihm nicht widersprechen.

Freilich fand Orstyn die Herren nicht einen Deut besser geeignet. Ganz gewiss waren sie nicht klüger. Ihre im Traditionellen verhaftete Bräsigkeit sorgte dafür, dass nichts Positives sich je entwickelte. Etwas war dann ein guter Vorschlag, wenn man es schon immer so gemacht hatte, unabhängig davon, ob es je einen Vorteil gebracht hatte.

Dem Rat gehörten viele Mitglieder an, von denen nur die allerwenigsten zu jeder Sitzung anwesend waren. Alle Graaven gehörten ihm automatisch an, doch da sie gemeinhin in ihren Grenzgebieten die Feinde von Angriffen auf die Fyrsthenei abhielten, war nur gelegentlich der eine oder andere von ihnen auf Stippvisite zugegen, um an Beratungen teilzunehmen. Sie zumindest wussten, wovon sie redeten und wie teuer man Fehlentscheidungen zu bezahlen hatte, in Gold und in Blut.

»Welches Gerücht?«, fragte einer der zwei anwesenden Heerführer. Für jeden Teil des Heeres gab es einen eigenen Heerführer, und auch sie nahmen nur sporadisch an den Ratssitzungen teil, da sie mit Kriegführen beschäftigt waren. Die geografischen Gegebenheiten verhinderten, dass sich im Krieg gegen Passagur irgendetwas tat. Dieser wenig intelligente Feldzug blockierte Kräfte, die anderweitig weitaus besser eingesetzt wären. Aber auch darüber wollte Orstyn im Moment nicht sprechen. Er hatte da etwas vorbereitet.

»Edunayu plant einen neuen Angriff«, belehrte der Fyrsth sie, als wüsste er etwas. Vermutlich war dem nicht so. Edunayu plante stets einen Angriff, seit Jahrhunderten tat er wenig anderes. Das war nicht neu. Doch Orstyn verbiss sich den Kommentar.

»Gibt es Nachricht zu neuen Feindseligkeiten im Westen?«, fragte er und gab sich interessiert und besorgt.

»Nur Gerüchte.«

Was Gerüchte anging, so war Orstyn zumeist detaillierter informiert als sein Fyrsth. Von dem besseren Verstand abgesehen, verfügte er inzwischen auch über das bessere Netzwerk. Zudem hielt er stets Vogelfutter auf der Spitze seines Bibliotheksturmes vorrätig. So manche müde Brieftaube hatte sich schon zu ihm verirrt, anstatt beim Hauptturm und Nachrichtenmeister anzukommen.

Orstyn hatte noch keine Nachricht von Berstel erhalten. Doch das war es nicht, was ihn beunruhigte. Der Weg nach Flynnt war weit, und vielleicht wollte der brave, doch wenig einfallsreiche Junge die dortige Bibliothek erst katalogisieren, bevor er einen Bericht sandte. Möglicherweise hatte Berstel auch nicht begriffen, dass er über mehr berichten sollte als über Bücher. Über alles, hatte Orstyn ihm gesagt. Alles.

Das jedoch schien nicht mehr so wichtig. Es gab Nachrichten und Botschaften. Nichts Offizielles. Nichts, das dem Fyrsthen von einem livrierten Boten mit Brief und Siegel überbracht worden wäre. Vielmehr flog ein Gerücht. Wie ein leiser Wind wehte es durch die Lüfte. Da Orstyn über ein weites Netz an Informanten verfügte, war es auch ihm zu Ohren gekommen.

Edunayu war einmarschiert. Der Krieg hatte die Richtung geändert, und der Fyrsth konzentrierte seine Kräfte an der völlig falschen Front.

Zu hoffen, ein Gerücht könnte auch falsch sein, war – wie Orstyn aus langjähriger Erfahrung wusste – ein Vabanquespiel gegen den Zufall. Orstyn schätzte den Zufall nicht. Tatsächlich betrachtete er ihn als persönlichen Feind.

Er hatte darauf gebaut, Kahsell könnte seine Macht behaupten und ausbauen. Der Weiseste hatte nicht vor, seinen Standort und seine erkämpfte Stellung noch einmal zu ändern. Da sollte sich besser Kahsell ändern, wenn notwendig mitsamt seinem Fyrsthenhaus. Orstyn hatte in seinem Kopf, nirgends sonst, eine Liste von Personen, die besser geeignet wären, die Fyrsthenei zu führen als ausgerechnet Seine Gnaden Fyrsth Ryckden. Orstyns eigener Name befand sich ganz oben auf der Liste.

Er würde auf die Edle Abanya aufpassen müssen. Was ihr an Kriegstaktik fehlte, machte sie an höfischem Geschick wett. Sie wusste Menschen einzuschätzen, Worte richtig zu setzen und war in ihrer abgöttischen Verehrung des Fyrsthen niemand, mit dem man je an Seinen Gnaden vorbei taktieren könnte. Zudem verfügte auch sie über ein Netzwerk, das sie über vieles informierte.

Orstyn hatte seinen Einfluss ebenfalls fein gesponnen, hatte überall Verbindungsleute, war der Weiseste Berater des Fyrsthen. Er war der Hals, der den Kopf drehte. Vorsichtig und ohne, dass dieser es merkte. Ihn selbst lenkte niemand, da war er sich sicher.

Ab jetzt musste er achtgeben, dass auch Abanya es nicht wahrnahm. Orstyns Augenbraue zuckte. Er würde sehen müssen, wie sich die Dinge entwickelten.

Er riss seine Gedanken von der Ratsdame los und wandte sich wieder der politischen Lage zu. Mit einem Angriff von Edunayu hatte Orstyn grundsätzlich gerechnet, nur nicht zu diesem Zeitpunkt. Soweit er wusste, war Edunayu seit längerem mit einem Seekrieg gegen Farrowul beschäftigt, jener Fyrsthenei, die am südlichen Ende der westlichsten Wehrzunge lag. Das Meer schnitt tief und sehr weit zwischen den beiden Fyrstheneien ein, und es wäre falsch gewesen, die riesigen Wasser diesseits und jenseits der Inseln einfach nur als Bucht zu bezeichnen. Eher schon ein Meerbusen, ein Golf, und selbst das war noch zu klein.

So lagen sich Edunayu im Norden und Farrowul im Süden vom Meer getrennt gegenüber. Auch dieser Krieg war sinnlos, so dumm und nutzlos wie Kahsells Krieg gegen Passagur.

Die Welt bestand aus Acht Reichen, die wie acht Schachfelder paarweise übereinander lagen und durch die Natur in jeweils vier nördliche und vier südliche Territorien geteilt. Wer irgendetwas Langanhaltendes erreichen wollte, müsste zunächst seine eigene Viererhälfte in die Hände bekommen und halten können. Erst aus der Überlegenheit eines vernünftigen Zusammenschlusses heraus ließ sich die andere Hälfte des Kontinents angreifen. Das hätte jedem bewusst werden müssen, der einen Blick auf die Karte warf. Eine grobe Skizze der Welt hing an der Wand des Ratssaales. Die Räte ignorierten sie geflissentlich, und Seine Gnaden sahen nur die Möglichkeit, an die Eisenvorkommen Passagurs zu kommen.

»Wo sind die Edunayuni jetzt?«, fragte der Graav von Kthon, in dessen Aufgabengebiet es fiel, das Grenzgebiet vor Eindringlingen aus dem Westen zu schützen, von der Venom-See bis zur Südspitze des Dywant-Gebirges. Er unterdrückte nur unzulänglich eine gewisse Panik. Sollte seine Graavschaft gefallen sein, hatte er Besseres zu tun, als hier im Rat herumzusitzen. »Ich habe keinerlei Botschaft erhalten, dass in der Graavschaft Kthon Edunayuni gesehen wurden«, fügte er hinzu, als müsse er sich seiner Säumigkeit wegen verteidigen. »Wenn doch, so hätten sie drei alte Straßen zum Truppentransport, und sie alle führen nach Jorvil: die erste von Qurtur an der Küste, die zweite über Kthon, die dritte südlich des Dywant. Doch hier an Jorgvil ist kein Heer vorbeigekommen.« Zur Bekräftigung schlug er mit der flachen Hand auf den Tisch.

»Man kann auch ohne Straße vorankommen«, gab Orstyn mit einer gewissen Süffisanz zu bedenken. »Es ist für große Truppenbewegungen weniger praktikabel, doch es ist grundsätzlich möglich. Und wer sagt, dass es eine große Truppe war?«

»Eine kleine würde sich nicht einfach so ins Feindesland wagen!«, begehrte einer der Heerführer auf, den Orstyn schon immer für einen aufgeblasenen Kretin gehalten hatte. Es war bewundernswert, mit wie viel Zielstrebigkeit just solche Leute die Ränge des Militärs nach oben durchmaßen.

»Warum nicht? Ein zielgerichteter Stoßtrupp könnte einiges an Schaden anrichten, ohne je auch nur in die Nähe von Jorgvil zu kommen.«

»Es könnten auch die Passaguren sein«, meinte nun ein anderer, der sich offenbar noch nicht damit abgefunden hatte, dass Passagur nicht mehr der Hauptfeind war, und damit dem Fyrsthen ebenso nach dem Mund wie nach dem Herzen redete. Der Feind, den man kannte, war immer der bequemste Feind. »Sie könnten mit Schiffen von der östlichen See durch den Schwefelbusen gefahren sein, um dann an der Mandragorenbucht anzulanden. Vielleicht haben sie sich mit den Bukaniern verbündet, um genügend Schiffe zu haben.«

Orstyn unterdrückte ein Schnauben. »Die Bukanier« als feste Gruppe gab es nicht. Die Freibeuter organisierten sich nicht in großen Verbänden. Sie waren sich untereinander spinnefeind und jagten sich gegenseitig ihre Beute ab. Das machte sie lästig, aber als militärische Macht uninteressant, da unzuverlässig.

»Der Mandragorensumpf eignet sich so gar nicht für Schiffsanlandungen«, gab Orstyn sanft zu bedenken. »Und selbst wenn es den Passaguren gelungen wäre, mit kleinen Booten anzulanden und nicht im Sumpf zu versinken, was man dort gemeinhin tut, hätten sie immer noch zwischen den Ausläufern des Dywant und des Byarla-Gebirges hindurch und direkt an uns vorbeikommen müssen.«

»Vielleicht sind sie von Flynnthaven gekommen?«, fragte wieder einer. »Von Norden, statt von Westen.«

»Zu nah an Holtur. Unwahrscheinlich«, meinte der Vize-Admiral der Kahsellschen Flotte, die wie alle Flotten der Acht Reiche eher klein und unbedeutend war.

»Das wäre eher ein Angriff, den man von Holtur erwarten würde«, meinte der Heerführer. »Deren Hauptstadt liegt so nah an Flynnthaven, die können schon fast hinüberspucken.« Er verneigte sich linkisch zur Edlen Abanya hin und fuhr fort: »Wenn Hochgemeit die drastische Wortwahl verzeihen mögen.«

Orstyn unterdrückte ein Grinsen ob der Titelwahl. Wie einfach es doch war, Worte in Schädel zu setzen. In ihm freute es sich, während seine Miene nichts verriet. Sein inneres Kichern schien fast von ihm losgelöst zu sein.

Es kratzte an der Tür, ein Zeichen, dass eine Nachricht nicht bis nach der Ratssitzung warten konnte. Die taubstumme Wache an der Tür öffnete, und ein Bote trat ein. Es war der Bote, den Orstyn vor einigen Stunden dafür bezahlt hatte, eine Depesche in die Ratsversammlung zu bringen, die er zuvor akribisch selbst verfasst hatte, kurz und knapp. Die Schriftrolle trug das Wappen Flynnts. Orstyns geheime Wappensammlung erwies sich einmal mehr als ausnehmend nützlich. Er unterdrückte ein Lächeln zugunsten eines fragenden und besorgten Gesichtsausdrucks.

Der Bote verneigte sich tief.

»Nachricht von Flynnt«, sagte er, da zeigte sein Gesicht noch gen Boden.

In diesem Moment kam ein zweiter Bote, kratzte an der nun schon offenen Tür.

»Nachricht von Flynnt«, sagte auch dieser und verneigte sich.

Orstyns Augenbraue zuckte erneut. Seine Nachricht beinhaltete, dass es einen Angriff auf Flynnthaven gegeben hatte. Dazu hatte er Kunde, wenngleich auch keine verlässliche. Orstyn hoffte, so auf den Fyrsthen einwirken zu können, damit er sich um die Nordgrenze und Holtur kümmerte, anstatt sich in einem sinnlosen Kampf gegen Passagur aufzureiben.

Er wusste nicht, was die andere Nachricht beinhaltete. Tatsächlich wusste er nicht einmal, welcher der Boten echt war. Sie sahen sich ähnlich, trugen die gleiche Livree, und Orstyn hatte nicht so genau auf das Gesicht des jungen Mannes geachtet, den er bezahlt hatte.

Ungut. Eventuell hatte er einen Fehler gemacht. Einen Moment lang schien es ihm, als drehe irgendetwas in ihm seinen Magen um.

Er lächelte erwartungsvoll und hielt sich an dem Lächeln fest.

Fyrsth Ryckden blickte neugierig auf die beiden Boten, die sich langsam aufrichteten und sich nun fragend und unsicher gegenseitig ansahen. Es war ganz still im Ratssaal. Orstyn hoffte, sie würden jetzt nicht anfangen, sich zu streiten.

»Euer Gnaden«, begann der Erste und warf dem nach ihm Gekommenen einen solch giftigen Blick zu, dass dieser ihn nicht unterbrach.

»Nachricht aus Flynnthaven. Flynnthaven ist gefallen.«

»Und der Graav von Flynnt? Was macht der?«, fragte einer der Heerführer giftig.

Der Bote hätte wohl gerne mit den Schultern gezuckt, verbiss sich aber die Unhöflichkeit. Er verneigte sich nur und deutete so an, dass das alles war, was er an Nachricht zu bieten hatte.

Die Blicke schwenkten nun zu seinem Kollegen. Dieser hielt ein winziges Zettelchen in der Hand, eine Brieftaubennachricht. In ihr konnte nicht sehr viel mehr stehen.

»Euer Gnaden, Flynnthaven ist angegriffen worden. Der Graav von Flynnt ersucht um Unterstützung, um den Treck mit der Ladung sicher nach Flynnt zu bringen.«

Nun verstummte auch der zweite Bote. Beide verneigten sich und verließen den Saal.

»Was meinte er mit der Ladung?«, fragte die Edle Abanya. »Doch nicht etwa die Graavessa?« Sie klang erbost.

»Er hat Kriegsgerät geladen«, erklärte der Fyrsth knapp.

»Dann ist er ja gut gerüstet für den Kampf gegen … die Holturer? Es müssen doch die Holturer sein? Oder? In Flynnthaven? Nicht die Edunayuni? Oder die Passaguren?«

Alle begannen gleichzeitig zu sprechen.

Der Fyrsth gab ein Zeichen, und Orstyn läutete eine Glocke, die neben ihm bereitstand und Teil seiner Amtsparaphernalien war. Der Weiseste klingelte zur Ordnung.

»Was für Kriegsgerät?« fragte der Graav von Kthon, der – wie Orstyn wusste – nichts bekommen hatte.

»Eine neue, alchemistische Waffe, die Flynnt erproben sollte.« Für Seine Gnaden war der Graav von Flynnt identisch mit seinem Land.

»Warum Flynnt?«

Weil er weit weg war, dachte Orstyn, denn genau deshalb hatte er ihn ausgesucht. Und auch deshalb, weil er den eisenharten Mann für grundsätzlich redlich hielt, falls es so etwas wie Redlichkeit gab.

»Die Substanz ist unerprobt. Es schien ratsam …«

»Was macht die Substanz?«, fragte nun der Heerführer.

»Sie brennt.«

»Und das ist neu?« Das klang beinahe herablassend.

»Sie brennt intensiver als alles, was wir bisher hatten, anhaltend, sehr heiß und lässt sich wohl gut verschießen. Flugfeuer.«

Jetzt wollten alle die Waffe haben. Wieder redete alles durcheinander. Wieder klingelte Orstyn. Er tat es gerne. In einer brutalen Welt war es sein zarter Beitrag zu den Stufen der Macht. Wenn er klingelte, hatten andere zu schweigen.

»Es ist geplant, alle Graavschaften damit auszurüsten«, beruhigte der Weiseste die Anwesenden. »Und natürlich das Heer.«

»Wann?«, der Feldherr vergriff sich im Ton.

»Sobald wieder welches hergestellt werden kann.«

»Was ist das Problem?«

»Der fyrsthliche Meister-Alchemist ist unpässlich.«

»Unpässlich?«

»Nicht bei Bewusstsein.«

»Er hat doch die Formel. Die hat er doch sicher irgendwo aufgeschrieben?« Der Graav von Kthon war rot im Gesicht. Er hatte vermutlich noch nie von Flugfeuer gehört, aber er wollte es. Wegen der Edunayuni, deren Invasion er eben noch vehement geleugnet hatte.

»Mit Sicherheit. Er wurde allerdings auch angewiesen, die Formel gegen Spione gut zu schützen.«

»Und?«

»Wir können sie nicht finden.«

Totenstille. Dann schließlich: »Das ist jetzt ein Scherz?«, fragte die Edle Abanya und verbog sich dann fast unter dem bösen Blick, den Fyrsth Ryckden ihr zuwarf.

Nein. Es war kein Scherz. Orstyn blickte ernst auf den Tisch. Er hatte dem Alchemisten eingebläut, sich die Formel einfach zu merken. Doch der Mann war dumm wie Gerdelbraten. Und dann war er die Treppe hinuntergefallen.

Orstyn hatte dabei nicht seine Hand im Spiel gehabt. Falls der Mann nicht von allein gefallen war, dann hatte ein anderer nachgeholfen. Vielleicht ein Spion aus einem der anderen sieben Reiche. Oder von den Schemenjägern, die es angeblich nicht gab. Vielleicht sogar von der Toten, die in den Katakomben lag.

Jedenfalls mochte ein Spion mit der Formel längst über alle Berge sein, während der Fyrsth vorsichtshalber das Labor verschlossen und für alle unzugänglich gemacht hatte, um was immer darin verborgen war vor Dieben zu schützen. Die Burgwachen vor der Tür hatten bislang noch keinen Eindringling gesehen, zumindest keinen gemeldet.

Sollte Edunayu sie mit Flugfeuer angreifen, wäre der Ausgang vorhersehbar.

Orstyn musste in dieses Labor, damit er endlich die Formel finden konnte. Sie stand auf einem Stück Papier, das bereits in seiner Tasche steckte. Er musste nur noch die Gelegenheit haben, sie zu platzieren und dann zu entdecken.

Schließlich war es seine Formel. Er wusste sie noch auswendig, wie so vieles, das er in Reyalun einst gelernt hatte. Nützliches Wissen, das in einem unnützen Tal verkam. Einem Tal, das zu finden er selbst nicht mehr imstande war. Und Gemryn war immer noch nicht zurück.

Vielleicht hatte er nichts gefunden.

Oder er hatte etwas gefunden und suchte nun nach dem meistbietenden Abnehmer. Oder er war tot. Das Byarla-Gebirge war gut darin, Menschen umzubringen. Oder – und der Gedanke beschäftigte Orstyn jeden Tag mehr – Gemryn hatte den Weisesten, Großmeister der Historien, Denker des Reichsherrn und Sinne des Fyrsthen an die Reyalunis verraten, vielleicht, um seine Haut zu retten. In diesem Fall wären womöglich schon die Bewahrer auf dem Weg zu ihm.

Dann war da noch die Möglichkeit, dass Orstyn rein zufällig seinen Geheimauftrag ausgerechnet an ein Mitglied jener Geheimgesellschaft gegeben hatte, an deren Existenz er bis zu jenem Auftauchen der Kämpferin in seiner Bibliothek durchaus geglaubt, deren Relevanz er aber nicht hoch eingeschätzt hatte. Der Orden der Xyi würde mit einer solchen Waffe viel anfangen können. Mit ganz Reyalun, jedem einzelnen Reyaluni und jedem beschriebenen Blatt Wissen. Wer würde die Acht Reiche regieren, wenn die Xyi erst über das alte Wissen verfügten?

Nicht Fyrsth Ryckden. Nicht Gendern, Virniu, Passagur, Farrowul, Kahsell, Edunayu, Holtur oder Wynnosiol.

Nicht einmal Orstyn, der Retter, der sich diese Rolle so gut für sich hatte vorstellen können, weil er so exzellent plante und so viel mehr wusste als andere. Weil er war, wer er war.

Der Weiseste, Großmeister der Historien, Denker des Reichsherrn und Sinne des Fyrsthen hasste Zufälle.

DER LAUERNDE

Der Schlangenwurm wusste nicht, warum er noch keine anderen seiner Art getroffen hatte. Mindestens eine ähnliche Existenz spürte er manchmal von ferne, ohne ihm ein Revier oder eine Wesenheit zuordnen zu können. Vielleicht gab es da noch einen wie ihn, vielleicht nicht. Vielleicht sogar mehrere. Möglicherweise verbargen sie sich so gut wie er selbst.

Er war sich allerdings sicher, dass es zu keiner Zeit viele von ihnen gegeben hatte. So jung er war, bildete er bereits jetzt ein ausgesprochenes Revierverhalten aus. Er hätte überall hingehen können, doch er betrachtete einen bestimmten Teil der Welt als ihm zugehörig. Es galt, diesen Anspruch erst zu festigen. Mit erstarkender Macht konnte man danach das Revier erweitern wie ein kreisförmiges Spielfeld. Vielleicht würde er dann auf jenen anderen stoßen, dessen Existenz er ahnte, und das Strategiespiel auf eine neue Ebene verlagern.

48

Er war kein Urgorrn. Zumindest dessen war Deruonn sich absolut sicher. Alles andere war derzeit unklar. Er verabscheute diese nebulöse Unsicherheit.

Deruonn konnte sich nicht erinnern, je zuvor so unschlüssig gewesen zu sein, was er als Nächstes zu tun hatte. In seinem Elternhaus, an das er sich nur noch sehr vage erinnerte, war er zu jung gewesen, um irgendwelche Pläne zu schmieden. Er erinnerte sich an Liebe. Und an Wasser. Und an Reis. Und schließlich an Tod – überall um ihn herum.

Als man ihn verschleppt und später verkauft hatte, war er kaum älter gewesen, und als die Käufer sich als seine neue Familie entpuppt hatten, hatte er bald nur noch getan, was diese ihn hieß. Er hatte gefunden, was er hatte haben wollen: einen Anker, ein Heim, eine innere Festung. Ja war ja und nein war nein gewesen.

Seine Zeit als Sklavenjunge hatte sich in sein Wesen eingebrannt. Sie war vermutlich nur kurz gewesen, doch lang genug, um ihm für alle Zeit zu bleiben wie ein dunkler Fleck auf seiner Seele – oder zumindest dem Teil davon, der Deruonn war. Umso mehr wusste er seine Rettung zu schätzen. Er war dankbar und erkannte diese Dankbarkeit als Verpflichtung.

Einen Käfig voller kleiner Kinder hatten jene beiden Männer damals gekauft. Deruonn, noch keine sieben Jahre, hatte alles Mögliche von ihnen erwartet, jedoch nicht, dass sie einfach nur fürsorglich und vielleicht sogar ein bisschen nett waren. Streng, aber – auch wenn er das Wort damals noch nicht kannte – korrekt. Sie gaben ihm genug zu essen. Allein das war schon ein Grund, alles zu tun, was sie wollten. Und sie wollten nichts Unbotmäßiges. Sie wollten helfen.

Woran er tatsächlich keine Erinnerung besaß, war, wie lange es genau gedauert hatte, das Domizil der neuen »Familie« zu erreichen. Sehr lange. Fast schon zu lange. Es schien am Ende der Welt zu sein. Es war kein Wasserhügel. Es war ein Berg, dunkel, gigantisch hoch und kegelförmig. Er erhob sich aus einer langen Reihe anderer dunkler, kegelförmiger Berge und dann war da nur noch Meer. Viel glitzerndes, blaues Meer. Das Wasser sah ganz anders aus als die Langreisgewässer seiner Heimat. Es war unendlich weit und von einer Schönheit, die ihm jedes Mal wieder den Atem verschlug.

Er erinnerte sich an wunde Füße auf dem langen Weg bergauf und bergab. Er erinnerte sich, dass man von ihm und den anderen vier Kindern, die zum Schluss noch übrig geblieben waren, Stille erwartete. Schweigen, Gehorsam und Ausdauer. Er meinte sich zu entsinnen, dass die Kindergruppe zu Anfang größer gewesen war, doch offenbar schafften es nicht alle, Schritt zu halten. Gelegentlich waren sie morgens einfach einer weniger. Ein Kind wurde einmal Bauern überlassen. Das hatte er gesehen. Vielleicht war das mit allen geschehen, die sich als nicht tauglich für die neue Familie erwiesen.

Seine alte Familie hatte auf einem Wasserhügel gewohnt, ringsum eingefasst von erdig braunem Gewässer voller Halme. Die neue Familie residierte in einem Berg, wehrhaft und beinahe unnahbar. Die Familie war riesig. Der Berg auch.

Es gab keine Väter, keine Mütter, nur Lehrer und hochgestellte Personen, denen man Respekt zollte. Gehorsam war stete Pflicht. Daran hatte sich nie etwas geändert. Vielleicht wandelte sich Gehorsam irgendwann in Loyalität und in das absolute Selbstverständnis, dass man als Teil der Gemeinschaft gemeinschaftliche Werte und Ziele hatte, die man nie, nie verriet. Man tat es nicht, auch wenn die Konsequenzen kaum je genau ausgesprochen wurden. Sie wissen zu wollen, war schon fast eine Übertretung. Man tat, wie einem geheißen, denn in der Gesamtheit der Welt ergab es möglicherweise einen Sinn, auch wenn der Einzelne ihn vielleicht nicht fassen konnte.

Er hatte das nie wirklich bezweifelt. Er bezweifelte das auch jetzt nicht. Zweifel kurierte man mit einem Laeth-Trank, denn Zweifel machte schwach und nutzlos, und dennoch …

Die Kindheit im Berg hatte ihre Vorteile gehabt. Es hatte immer genug zu essen gegeben. Wenn man sich verletzte, war man exzellent versorgt worden. Man war zu einer Gemeinschaft zusammengewachsen. Man hatte mehr gelernt, als je einer draußen in der Welt lernte.

Doch die Zugehörigkeit zur Geschwisterschaft hatte harte Arbeit und stetes Weiterkommen erfordert, den Willen, sich zu jeder Zeit verbessern zu wollen, koste es, was es wolle – über persönliche Grenzen hinaus, über Rücksicht hinaus, bis zur Selbstverleugnung für ein höheres Ziel.

Alle hatten gelernt, manche besser, manche schlechter. Die, die sehr viel schlechter lernten, waren irgendwann verschwunden. Oft genug hatten sie sich beim täglichen Übungskampf so sehr verletzt, dass sie nicht zu retten waren. Der Übungskampf hatte einen auf ein Leben vorbereitet, in dem man siegte oder starb. Weinerlichkeit, Unentschlossenheit, Zögern, Skrupel oder Mitleid waren beim Überleben nur hinderlich.

Die Ausbildung war somit zugleich Auslese gewesen. Nur die Besten hatten brilliert, waren vorangekommen und hatten sich als eben das verstanden: die Besten. Manche schienen für die hehren Ziele der Geschwisterschaft nicht brauchbar. Als Junge hatte Deruonn angenommen, sie würden dann wieder in die Welt hinausgeschickt, um ihr Dasein ohne den Schutz der Familie zu fristen, ein Schicksal, das er schlimm genug fand. Später hatte er erfahren, dass niemand den Berg verließ, der nicht mit Herz und Seele – und tatsächlich irgendwann einmal zwei Seelen – das war, was das Einzige war, was man sein wollte: Schemenjäger.

Doch für die Begabten war es kein schlechtes Leben gewesen. Man lernte den ganzen Tag, bis man irgendwann völlig erschöpft ins Bett fiel. Man lebte nur in diesem Berg, er war auf Jahre hinaus die Welt. Und man durfte nicht nach draußen. Das war nicht neu, denn Deruonn hatte zu keinem Zeitpunkt seines jungen Lebens ungehindert herumstromern dürfen.

Man verließ den Berg erst, wenn man fertig und vervollständigt war. Um das zu erreichen, durchlief man viele Entwicklungsstadien, lernte jede Kampfart, jeden Kniff, jede Fertigkeit und alles über die Kunst, Menschen das Leben zu nehmen, möglichst ohne dabei gesehen zu werden. Denn es war eine Kunst und nicht nur ein Handwerk. Darin unterschieden sich die Geschwister der Xyi von den Soldaten, den Marodeuren, den Kriegern und den Bukaniern. Sie standen über all jenen.

Man selbst entwickelte nicht nur sein Wissen über die Welt, die Reiche, die Politik, Botanik, Kräuterkunde – über alles, was man können und wissen musste. Befand der Schemenrat, man sei weit genug, so durchlief man die Große Weihe-Zeremonie. In ihr erhielt man seine Kämpferseele. Wie das geschah? Deruonn hatte keinerlei Erinnerung daran. Man wurde gerufen, stellte sich dem Schemenrat und wachte dann irgendwann viel später in seinem Bett auf – mit einem neuen, zweiten Ich, das Teil der eigenen Person geworden war.

Zu diesem Thema hatte absolutes Stillschweigen zu herrschen, sodass Deruonn nicht wusste, ob andere sich an mehr erinnerten als er. Niemand sprach je darüber. Wer so weit gekommen war, hatte Schweigen gelernt.

Man gewöhnte sich an jenen Teil seiner selbst, der noch schneller, noch zielgerichteter und noch gefährlicher war als alles, was man bisher schon erreicht hatte. Eine innere Speerspitze. Man wurde eins – bis zu einem gewissen Punkt, an dem man jeweils ein anderer war. Deruonn und Gemryn. Sie waren zwei, und sie waren eins.

Kaum war man mit sich selbst im Reinen, wurde man Junxer. Man verließ den Berg zum ersten Mal seit der Ankunft, meist im Alter von fünfzehn oder sechzehn. Man fieberte auf die Welt, die einem zum Spielbrett seiner Fähigkeiten geworden war, wurde einem Betreuer oder einer Betreuerin zugeteilt, wie ein Geselle einem Meister, und lernte zu töten – diesmal nicht als Kampfkunst oder Theorie.

Man bewährte sich in seiner Kunst. Etwas über zwei Jahre war Deruonn Junxer geblieben, dann war er nach einer weiteren, diesmal praktischen Prüfung zum vollwertigen Schemenjäger aufgestiegen. Ab da hatte er eigene Aufträge erhalten, die er in der Perfektion seiner geteilten Seele vollführte, ohne sie je zu hinterfragen.

Deruonns letzte Aufgabe war gewesen, den Kahsellschen Hof zu infiltrieren und regelmäßig von dort zu berichten. Es war eine bequeme Aufgabe, und er hatte dort bislang niemanden entleiben müssen.

Sicher wäre so ein Auftrag noch gekommen, doch dann war er zu dem Weisesten Orstyn versetzt worden. Deruonn hatte sich nicht dagegen gewehrt. Was kam, kam. Der Weiseste wusste viel und war somit eine ausnehmend gute Informationsquelle.

Ein interessanter Mann, dieser Orstyn. Dass er seine eigenen Geheimnisse hatte, wurde bald augenscheinlich, und Deruonn besaß das richtige Mittelchen, das – in Wein eingerührt – die Zunge eines jeden löste, um ihn hinterher mit einem Katzenjammer zurückzulassen, der ihn das letzte Zechen weitgehend vergessen ließ.

Als von Orstyn der Auftrag kam, heimlich das Tal von Reyalun zu suchen, hatte Deruonn diesen angenommen. Ein Tal voller Wissen, das niemand kannte.

Ein solches Geheimnis musste der Schemenrat erfahren. Er hatte eine Nachricht an Keyt in Flynnt geschickt. Er hoffte, sie hatte sie bekommen. Sicher konnte man sich da nie sein. Der regelmäßige Nachrichtenaustausch war schwierig und unzuverlässig.

Im Byarla-Gebirge hatte er die Hoffnung, dieses besondere Tal zu finden, alsbald aufgegeben. Das Gebiet war viel zu riesig, zu undurchdringlich und zudem noch gefährlich. Hier mochte man Jahrhunderte lang suchen und nichts finden außer dem Tod. Es war seinem Pflichtbewusstsein geschuldet, dass er dennoch anhand der wenigen Hinweise, die Orstyn ihm gegeben hatte, versucht hatte, immerhin die richtige Richtung zu ergründen.

Nur finden hatte er das Tal wollen, um darüber zu berichten. Sein Plan, soweit dieser überhaupt fest gefasst gewesen war, hatte zu keiner Zeit beinhaltet, Wissen zu »stehlen«. Welche Auswahl hätte er da schon treffen können, wenn es ihm überhaupt gelungen wäre, bis in die Archive vorzudringen?

Nun hatte er Wissen bei sich. Wissen, das schön war und liebenswert, das lachte, diskutierte und viel zu wenig Angst vor ihm hatte. Shernay ahnte, nein wusste, was er war. Das allein schon war ein Todesurteil.

Sie schlief in seinem Arm. Ihr mondhelles Haar hatte sich wie ein Schleier über ihr Gesicht gelegt. Er hörte ihren gleichmäßigen Atem, spürte, dass sie sich bei ihm sicher fühlte, wollte ihr sagen, dass sie unvorsichtig war. Der Riesenbuzzard hatte recht. Nur woher wusste der vergorrnte Vogel das?

Lediglich den Zugang zu Reyalun hatte Deruonn finden wollen. Die Kunde darüber hätte er dem Berg der Weisheit zukommen lassen. Es war nicht an ihm zu entscheiden, was mit diesem Wissen anzufangen sei. Ob der Fyrsth von Kahsell es haben durfte, um anderen Fyrsthen überlegen zu sein, oder ob Orstyn es haben durfte, um dem Fyrsthen von Kahsell überlegen zu sein.

Oder ob außer dem Schemenrat und dem Großmeister niemand es haben durfte.

Doch was sollte er mit Shernay machen? Sie würde der Geschwisterschaft weder beitreten wollen noch können. Sie war zu alt, um noch zur Schemenjägerin geformt zu werden. Sie sah Töten nicht als notwendigen Beruf an. Ihre Seele gehörte immer noch dem wolkenverhangenen Tal, von dem fast keiner je gehört hatte.

Sie dem einen oder anderen Herrscher als Pfand zukommen zu lassen, je nachdem, was der Schemenrat entschied, war eine andere Möglichkeit. Jeder, der ihr Geheimnis kannte, würde sie so lange quälen, bis sie alles preisgab, was sie wusste, und dann immer weiter, weil niemand wissen konnte, an welcher Stelle ihr Wissen tatsächlich aufhörte.

Oder die Geschwisterschaft würde sie auslöschen. Denn sie war nur so lange wichtig, bis man das Tal gefunden und eingenommen hatte. Er würde es vielleicht wiederfinden können, und wenn sie sterben musste, würde er sich auch darum kümmern. Sie war seine Verantwortung.

Er strich ihr zart über das Seidenhaar.

»Ich hätte sie längst umbringen sollen«, sagte Gemryn in seinen Gedanken.

»Sie ist wertvoll!«, widersprach Deruonn sich selbst, ohne dass ein Wort über seine Lippen drang.

»Nur als Faustpfand oder Handelsobjekt.«

Seine Hand zuckte zu ihrem zarten Nacken. Es wäre einfach gewesen, sie nicht mehr erwachen zu lassen. Vielleicht sogar gnädig. Er küsste ihr Haar.

»Wir brauchen sie, um aus diesem Gebirge rauszukommen.«

»Nein. Wir haben den Byarla-Graben gefunden. Wir müssen uns nur noch westwärts halten. Dort fällt das Gebirge zur Straße hin ab. Dort ist Flynnt. Dort ist Keyt.«

»Was ist, wenn wieder Traumschlangen auftauchen?«

»Sie hat gesagt, sie sind selten.«

»Aber sie hat sie gespürt.«

»Urgorrn-Kreaturen! Ein paar Schlangenwürmer, über die wir vorher nichts wussten. Vielleicht hat sie sich so nur eine eigene Versicherung geschaffen, sich scheinbar unersetzlich gemacht.«

»Warum sollte sie? Sie vertraut mir.«

»Mir nicht.«

»Ich schütze sie.«

»Wofür? Für wen? Du wirst sie nicht behalten dürfen.«

Deruonn streichelte ihre Wange. Einen Moment lang war es ihm, als würde ihm die Hand zittern. Doch er war ganz ruhig. Ruhig sein war das, was man ihm beigebracht hatte. Er war selten etwas anderes.

»Shernay, Schöne, wach auf!«, flüsterte er ihr ins Ohr. Sie regte sich in seinem Arm.

»Shernay, du bist mit Wachen dran. Ich muss ein wenig schlafen.«

Sie öffnete die unendlich blauen Augen, die immer etwas in ihm auslösten, wenn sie ihn so direkt ansahen. Bewunderung, Ehrfurcht, vielleicht sogar Beunruhigung, ein Zucken im Bauch, ein Kribbeln im Nacken. Deruonn wusste nicht, warum das so war, doch er war sich sicher, es musste einen Grund haben.

Die Schlangen hatten ebenfalls tiefblaue Augen gehabt. Der Riesenbuzzard auch und noch etwas, an das er sich nicht erinnern konnte, so intensiv er auch in seinem Gedächtnis bohrte. Da war nur dieses Gefühl, dass dies mehr war als eine dumme Emotion. Es war eine Gewissheit, auf die er keinen Zugriff hatte. Er konnte niemanden fragen. Selbst wenn eines seiner Geschwister hier wäre, hätte er nicht gewusst, wie er die Frage hätte formulieren sollen. Es war ja auch eine dumme Frage: Woran erinnern mich diese blauen Augen?

»Lass gut sein«, sprach Gemryn in ihm. Deruonn drängte seine Kämpferseele in den Hintergrund. Gemryn würde er erst bei der nächsten Gefahr wieder brauchen. Dies hier war

Deruonns Teil vom Leben, und Gemryn konnte nicht mehr über blaue Augen wissen als Deruonn. Sie waren eins.

Doch sie waren auch zwei. Gemryn verschwand hinter der Seelenwand. Gut. Shernay sah ihm immer an, wenn er nicht nur Deruonn war.

»Bist du jetzt wach, Schönste mein?«, fragte Deruonn sanft.

Sie knurrte ein wenig, hob den Kopf und küsste ihn.

»Ich passe auf. Schlaf ein bisschen, mein Liebster.«

Er nickte und zog die Decke um sich herum zurecht. Schlafen wäre gut. Doch in ihm kreiselte immer noch dieser eine Satz: Du wirst sie nicht behalten dürfen.

49

Ein Schatten im Dunkel. Nein. Zwei. Sie standen so nah beieinander, dass Nimry zunächst nur ein diffuses Ganzes wahrnahm. Eine vielarmige Menge an Leben.

Zwar bewegte sich das, was sie sah, nicht sehr, aber doch so viel, dass sie es als Lebewesen erfasste. Genau konnte ihre Wahrnehmung allerdings nicht zuordnen, was da am Straßenrand leicht wabernd in der Nacht stand. Lauernd. Zart hin und her wogend. Auch bei der Größe mochte sie sich irren. Die Dunkelheit half nicht dabei, Größe oder Form zuzuordnen.

Nimry spürte Darsos Körperwärme direkt hinter sich. Nun hub er an, sie zu überholen, um sich vor sie zu stellen.

»Nein!«, wisperte sie ärgerlich. Wenn der riesige Kerl erst einmal vor ihr stand, würde sie gar nichts mehr sehen. Ihr Verstand arbeitete wie im Fieber, um all die Bruchstücke von Eindrücken zu einem vollständigen Bild zu formen. Schwarzgraue Teile eines irrwitzigen Mosaiks. Vielleicht müsste sie keine Angst mehr haben, wenn sie es erst erkannt hatte.

Vielleicht aber doch. Tatsächlich hatte sie Angst. Sie spürte den Schweiß von ihrer Stirn tropfen, kalt in der Kühle der dunklen Nacht. Er klebte an ihrem Hals, rann ihr in den Kragen.

Sie musste zurück. Doch sie wagte kaum, sich zu bewegen, zwinkerte nur mit den Augen, um besser zu sehen. Das half nichts.

Da stand sie und versuchte zu begreifen. Ihr wurde bewusst, dass was immer dort war auch umgekehrt sie wahrnehmen würde, je länger sie dorthin starrte.

»Was …?«, wisperte sie so leise, dass der Klang kaum über ihre Lippen drang.

Es war dennoch zu laut. Die vielarmige Gestalt bewegte sich plötzlich. Ein Zischen flog durch die Nachtluft. Nun trat Darso doch vor sie, um sie zu schützen. Sie versuchte an ihm vorbeizuschielen, aber er war breit, und sie wagte nicht, sich zu rühren. Es war ihr, als hätte die plötzliche Furcht sie eingefroren. Vielleicht hätte sie noch vor einigen Tagen vor Schreck geschrien. Doch es war so viel geschehen, und sie hatte sich das Kreischen abgewöhnt. Verwundete schrien. Sie war nicht verletzt. Noch nicht.

Ein Laut wie ein allzu langer Atemzug drang an ihr Ohr, und sie versuchte immer noch, an Darso vorbeizulinsen. Dort vorne umschlang ein Schatten den anderen. War das ein Kampf?

Was immer es war, Nimry hatte das Gefühl, es war etwas Schreckliches. Sie versuchte Erklärungen zu finden. War das erneut der Feind, der sich anschlich? Hatte er nur einen Späher geschickt? Und wieso konnte man diesen nicht als Menschen erkennen?

Etwas sauste durch die Luft. Dann fiel etwas. Nimry war beinahe dankbar für das Geräusch. Es war so wirklich, ein Ächzen, ein Stöhnen, Schmerz und Vorwurf, und dann ein Aufschlag wie Regen – nicht ein Geräusch, sondern viele kleine.

»Was machst du da?«, fragte Darso nun sehr laut, und Nimry hätte sich vor Schreck fast auf den Boden gesetzt. Warum war er so unvorsichtig?

Doch nun sah sie es auch. Die Gestalt, die noch stand, war ein Mensch, und was zu seinen Füßen lag, war immer noch nicht deutlich zu erkennen.

»Was ist da?«, wisperte sie Darso zu.

»Griðyon. Spielt mit einem Busch.«

»Mit einem Busch?« Hatte sich der Vertreter ihres Gatten lediglich erleichtert? Wie peinlich. Nicht, dass es auf dieser Reise sehr viel Privatsphäre gegeben hätte, aber gemeinhin versuchte man doch, die Notdurft der anderen zu ignorieren, und sah weg. Die Männer pinkelten gerne gegen Büsche und Bäume und wirkten dabei von hinten wie kontemplative Naturforscher.

»Hat den Busch erlegt.«

»Den Busch?«

Darso setzte sich in Bewegung, und Nimry versuchte neben ihm herzugehen. Er hatte viel längere Beine, und sie lief beinahe.

Sie sah es jetzt auch. Da stand Griðyon. Er blickte starr auf einen Busch, der gefällt vor ihm lag und dessen Blätter wie im Todeskampf noch ein wenig zitterten.

»Zurück!«, zischte Griðyon, als sie ihn fast erreicht hatten. Die schiere Intensität in seiner Stimme ließ diese fremd erklingen. Sein langes Haar wehte im Nachtwind. Er verströmte selbst auf die Entfernung eine fast mit den Händen greifbare Kraft. Ein seltsames Flattern fuhr über Nimrys Herz hinweg und durch ihren ganzen Körper. Die letzten Tage hatten sie lernen lassen, was Stärke war und was nur nach außen so aussah. Dieser Mann war stark. Fast strahlte so etwas wie Macht um ihn. Nimry dachte unwillkürlich an den Gatten, den sie kaum kannte. War er auch so? Vermutlich. Sie hatte ihn so wahrgenommen. Vielleicht waren die beiden Männer sich genau darin ähnlich.

Griðyon hatte sich so gedreht, dass er sowohl den gefällten Busch als auch Darso und Nimry im Auge behalten konnte. Sein Rücken war in die Richtung gewandt, aus der die Feinde kommen würden.

Wenn sie denn kamen. Hatte er das herausgefunden? Und was war mit dem Busch? Warum stand Griðyon hier und hieb auf Gestrüpp ein? Nimry war irritiert, und die Irritation ließ die Aura an Überlegenheit verpuffen, die sie eben noch an dem Mann gespürt hatte. Nur ein Mann und ein Busch.

»Gurnbusch!«, sagte Darso, als hätte er ihre Frage gehört. Nimry starrte die Pflanze an, beleuchtete sie mit ihrer Laterne. Wie ein erlegter Feind lag sie da und zuckte noch mit einigen letzten Blättern. Die anderen Blätter, jene gelbgrünen Versprechen, fröhlich zu träumen, waren verdorrt, als wäre die Pflanze einem plötzlichen Herbst anheimgefallen. Hier fiel ein dürres Blatt, dort noch eins, rollte sich, knisterte, flog wie dünnes Papier. Bewegung entstand nun am anderen Ende, dort wo Griðyon den Stamm gut zwei Handbreit über dem Boden durchschlagen und von seinen Wurzeln getrennt hatte.

Diese Wurzeln lebten noch. Sie versuchten, sich aus der Erde zu ziehen. Schmerzhaft und mühsam sah das aus. Nimry, die so viele Verletzte gesehen hatte, konnte nicht umhin, die Bewegung in die gleiche Sparte einzuordnen. Der Busch war schwer verletzt und versuchte zu fliehen, wie ein Geköpfter, dessen Körper weiterrennt, während das Haupt schon im Staub rollt.

»Gurnbusch«, sagte nun auch Griðyon. Er klang, als gäbe er sich unendlich viel Mühe, neutral zu klingen. Seine Stimme klang wie abgeschnitten, so als hätte er sie gewaltsam an die Kandare genommen. Hatte er etwa von den Blättern genascht, die er so verachtete? Nimry konnte es sich nicht vorstellen. Der Mann war stets so unglaublich klar im Kopf und hasste Dümmlichkeit.

»Das Ding lebt noch«, sagte Darso. »Da!«

»Sie sind schwer umzubringen«, erwiderte Griðyon. »Jetzt bring die Graavessa zurück zum Feuer.«

Darso wandte sich ihr zu.

»Moment!«, widersprach Nimry, die keine Lust mehr hatte, wie ein Paket hin und her geschoben zu werden. »Was habt Ihr hier getan?«

»Einen Gurnbusch zerstört. Wenn jetzt noch ein paar von unseren Leuten meinen, sie müssten sich mit süßen Träumen über das Gewesene wegtrösten, dann überleben wir den nächsten Angriff nicht.«

»War das der gleiche Busch, den wir schon mal …«

»Möglich, Erlaucht. Oder auch nicht. Büsche stellen sich nicht vor.« Er sollte nicht zynisch sein. Es gehörte sich nicht.

»Warum folgt er uns?«

»Jetzt folgt er uns nicht mehr. Nicht, bis er nicht nachgewachsen ist.«

»Aber tot ist er nicht?«

Nein, tot war er nicht. Etwas zittrig zogen sich die Wurzeln aus dem Erdreich und versuchten, wie ein weichbeiniges Insekt davonzukriechen. Darso zog sein Schwert. Er wollte auch noch einmal zuschlagen.

»Nicht!«, befahl Griðyon. »Man kann ihnen die Äste abschlagen. Aber wenn man die Wurzeln teilt, hat man irgendwann zwei von den Dingern.«

Nimry starrte das Spektakel an und schauderte.

»Ihr wisst viel darüber«, meinte sie.

»Sie sind eine Plage. Wer Krieg führt, muss stets gewahr sein, dass seine eben noch kampferprobte Truppe plötzlich ein träumender, sabbernder Haufen sein könnte.«

»Ich hatte vor dieser Reise nie von ihnen gehört!«

»Griðyon findet öfter welche«, sagte Darso.

»Man findet sie häufig dort, wo Gewalt die Menschen nach schnellen Auswegen suchen lässt, Erlaucht.« Das klang beinahe, als schriebe er ihnen ein Bewusstsein zu. »Nun geht bitte zurück! Die Nacht ist gefährlich.«

»Sind Feinde in der Nähe?«

»Ich habe keine gesehen. Aber es sind noch zwei Späher unterwegs, die noch keine Kunde gebracht haben.«

»Heißt das, sie …«

»Das heißt, sie sind noch nicht zurück.« Er deutete wieder in die Richtung, in die Nimry sich bewegen sollte. Höflich, aber bestimmt. Doch sie war noch nicht fertig.

»Ihr wart sehr krank. Geht es Euch wieder gut?«

»Danke, Erlaucht. Ich habe mich erholt.«

Sie versuchte, ihm in die Augen zu sehen, die selbst hier im Dunkeln dieses leuchtende Blau vermittelten, als triumphierten sie über nächtliche Schatten. Sicher bildete sie sich das nur ein, ihr Gedächtnis ergänzte, was sie nicht sehen konnte.

»Wovon?«

Er sah sie unwirsch an.

»Bitte?«

»Wovon habt Ihr Euch erholt? Was habt Ihr in der Makye gemacht, wieso wart Ihr bewusstlos, und wieso …« Ihre Stimme erstarb, als sie sich bewusst wurde, dass sie gar nicht so viele Fragen stellen konnte, wie sich in ihr aufgestaut hatten. Wieso war die Makye an jener Stelle verbrannt gewesen? Warum waren die grässlichen Spinnen tot? Warum war er selbst so gut wie tot gewesen, nur um dann mit einer Wucht wiederzukehren, die alles übertraf, was Nimry sich vorstellen konnte.

Er sah sie unwirsch an, und sie gab sich Mühe, genauso unwirsch zurückzustarren.

»Ich war dem Treck vorausgeritten, um ein winziges Quäntchen Flugfeuer auszuprobieren«, erklärte er nach ein paar Sekunden, in denen er sich wohl ins Gedächtnis gerufen hatte, dass sie zwar klein und unerfahren – und vermutlich niedlich – sein mochte, aber eben doch die Graavessa war. Er gehorchte ihrem Mann. Vielleicht musste er ihr nicht gehorchen, doch ihre Fragen musste er beantworten.

»Ich schoss eine Messerspitze voll von dem Zeug mit einem Armbrustbolzen in die Makye. Es loderte auf und ging dann aus. Die Nacht war feucht. Ich ging es untersuchen. Die restliche Glut gab nicht genug Licht. Ich sah den Rahe-Baum. Aber nicht die Spinnen.«

»Ihr hattet Einstiche!«

Unwillkürlich zupfte Griðyon an seinen Ärmeln.

»Die sind giftig!«, fuhr Nimry fort. »Aber Ihr seid nicht tot. Wie habt Ihr das gemacht?«

Er zuckte die Achseln.

»Ich glaube, sie haben mich nicht gebissen.«

»Ich habe die Wunden gesehen.«

»Kratzer von der Makye.«

»Woran sind die Spinnen gestorben?«

»Sicher nicht an mir. Ich bin nicht giftig.« Plötzlich grinste er. Seine weißen Zähne schimmerten im Laternenlicht. Seine Augen funkelten sarkastisch. »Die Spinnen mochten wohl das Feuer nicht. Das sollte man sich merken.«

»Aber warum wart Ihr bewusstlos? Ich habe mir Sorgen gemacht. Wir – wir haben uns alle Sorgen gemacht!«

»Das ist sehr großmütig von Euch, Erlaucht.« Griðyon trat einen winzigen Schritt näher an sie heran, sah auf sie hinab und lächelte. Ein Schauer lief Nimry über den Rücken, doch es war weder Angst noch Grauen. Seine Ausstrahlung als Mann, als starker, verlässlicher und gut aussehender Mann, schob sich wie ein Nebelkreis über ihr Gemüt. Sie blinzelte und sah zu ihm hoch, in jene Augen, die so waren wie die ihres fernen Gatten – und dann doch wieder nicht. Sie konnte nicht erfassen, was anders war.

Nimry begriff, warum Pruri diesen Mann so ansprechend fand, so wie sie auch verstand, warum Greda das irritierte. Sie atmete tief durch. Der Atemzug sollte ihr Klarheit vermitteln, doch sie nahm nur umso stärker seinen Geruch war. Alle Angehörigen des Trecks rochen. Schweiß, Blut, Dreck. Keine vernünftige Waschgelegenheit. Warum roch er so gut? Er roch nach Natur. Nach Wald und Wildnis. Nach einem Busch, der Träume brachte. Nach dem Geschmack jenes Blattes, das sie verbotenerweise gekostet hatte.

Nun, er hatte davorgestanden, als er den Busch erlegt hatte. Vermutlich war die Ausdünstung des Gesträuchs auf ihn gespritzt. Er roch – Nimry fand kein richtiges Wort dafür. Lecker war es nicht, verführerisch auch nicht, denn es war nichts Buhlerisches an ihm. Nur diese Nähe, die allerdings auch über das gute höfische Benehmen hinausging. Sie war überwältigend.

Doch diese Nähe hatte er geschaffen, um sie zurückzudrängen. Das verstand sie jetzt. Er war in ihren eigenen Dunstkreis, der vermutlich weitaus weniger anziehend roch, eingetreten, um sie auf den Weg zu schicken, zurück zum

Treck. Er war ihr zu nahe getreten, ohne ihr im Mindesten zu nahe treten zu wollen.

Sie hielt die Situation aus, rührte sich nicht. Ein winziger, kaum sichtbarer Machtkampf tobte. Oder glomm immerhin.

»Ihr riecht nach dem Busch«, sagte sie schließlich.

»Verzeiht!«

»Oh. Es riecht nicht schlecht.«

»Nein. Gurnbüsche riechen einladend, Erlaucht. Sie sind – Verführung.«

Sie nickte und merkte, dass sie rot wurde. Über Verführung wollte sie nicht sprechen.

»Ich denke«, begann sie langsam und zwang sich, ihn anzusehen, obgleich er zu dicht vor ihr stand und sie den Kopf in den Nacken legen musste, um in seine intensiven Augen zu sehen. »… Ihr habt meine Fragen nicht beantwortet.«

Er lachte auf, als teilten sie einen Scherz.

»Nein, Erlaucht, das habe ich nicht. Sehr scharfsinnig. Ich habe es nicht, weil ich es nicht kann. Ich habe letzte Nacht nach einer Lösung gesucht. Ich bin dabei bewusstlos geworden. Ob daran Spinnen oder giftiges Gesträuch schuld war, weiß ich nicht zu sagen. Als ich erwachte, lag ich mitten in der Schlacht auf dem Boden – und war interessanterweise voller Tatendrang. Ich hatte eine Idee, wie ich uns retten könnte. Ich habe sie ausgeführt.«

Sie sah ihn lange an.

»Danke für Euren Mut und Eure Tatkraft, Adjutant Griðyon. Mein Gatte hat Euch diesen Treck anvertraut, weil er wusste, dass man genau darauf zählen konnte. Wenn Ihr mir nicht mehr zu sagen habt, vielleicht könnt Ihr irgendwann ihm mehr berichten.« Ihm würde er nicht ausweichen.

Griðyon runzelte die Stirn. So dicht vor ihr wirkte er fast, als sei er gewachsen, größer und breiter geworden. Doch sie musste sich irren.

»Wir sollten schlafen!«, schlug er nun vor und meinte es als Befehl. »Bald ist die Nacht vorüber, und wir müssen weiter. Gute Nacht, Erlaucht.«

Er schritt an ihr vorbei auf die Wagen zu. Sie blieb noch ein paar Momente stehen, atmete tief durch und sah ihm nach. Er hatte keine Laterne, schien keine zu brauchen.

Darso stand nun neben ihr und machte Anstalten, sie wie ein Huhn zurück zum Korb zu scheuchen.

»Schon gut, Darso. Ich komme ja schon.« Sie klang ärgerlich. Irgendetwas störte sie. Sie konnte nicht sagen, was.

»Aal«, murmelte Darso leise und sah der sich entfernenden Gestalt hinterher. »Wie ein vergorrnter Aal.«

Nimry nickte. Irgendwie war er ihr entglitten. Sie gähnte und merkte, dass sie zitterte.

»Bett!«, sagte Darso.

50

Keyt fiel vom Pferd. Absteigen konnte man es nicht nennen. Sie hatte sich nach vorne über den Hals gebeugt und mühsam das rechte Bein über den Pferderücken gezogen. Doch dann war die Schwerkraft stärker gewesen als sie. Ihre Beine waren eingeknickt, als ihre Füße den Boden berührten.

Dass sie ihr Pferd noch gefunden hatte, erschien ihr immer noch erstaunlich. An Wunder glaubte sie nicht. An Glück schon. Am meisten aber an Durchhaltewillen. Den hatte sie bewiesen.

Als sie nach so vielen Tagen wieder am Mietstall in Jorgvil erschienen war, hatte sie damit gerechnet, dass ihr Reittier längst einem neuen Reiter gehörte. Doch die Besitzerin des Reitstalles war ehrlich.

Keyt hatte lange gebraucht, um dem Labyrinth der Gänge zu entfliehen. Sie wusste nicht, wie lange, wusste nur, dass sie beinahe dabei verdurstet war. Gänge und enge Treppen und Steige war sie entlanggekrochen. Mit den Händen und Fingernägeln hatte sie sich über die alten Steine gezogen, durch den Staub und durch den Dreck, schmerzend, nach Atem ringend, doch still, wie man es sie gelehrt hatte. Unsichtbar und unhörbar – Teil von Dunkel und Schatten.

Irgendwann hatte sie einen Ausgang in einem kleinen Innengarten mit Brunnen gefunden. Ihre Hände hatten kaum den letzten Riegel aufbekommen, zitterten wie die eines Opfers. Keyt hasste das. Sie kreierte Opfer. Sie war keins. Sie kannte kein Mitleid, nicht einmal mit sich selbst.

Ihre innere Kämpferin hatte immer wieder übernommen, wenn Keyt kurz davorstand, aufzugeben. Dann war jede Handbreit Weg zum Feind geworden, den es zu bezwingen galt, und hätte sie jemand dabei entdeckt, Tonya hätte denjenigen umgebracht, und wenn es das Letzte gewesen wäre, was sie tat.

Wasser sprudelte im Brunnen des Innenhofs und glitzerte beinahe unverschämt im Mondschein. Die Idylle war eine Beleidigung des Leidens. Verschwendung in den Augen einer Verdurstenden. Es schien Keyt, als werfe irgendein Irrer mit Edelsteinen, nur damit es schön aussah.

Es war Nacht gewesen. Das war gut, denn tagsüber wäre sicher jemand in diesem Gärtchen lustwandelt. Nach der neusten Mode gekleidete, buntstreifige Gecken mit Pluderhosen und umfangreichen Schamkapseln mochten hier sonst zarte Maiden betören und ihnen von Heldentaten erzählen, die, hätten sie sie erlebt, sie nicht so frisch und übermütig hätten erscheinen lassen.

Jetzt lag der Garten still im Dunkel, wusste durch süße Düfte zu betören. Keyts Hunger ließ sie die Wohlgerüche noch intensiver wahrnehmen.

Sie hatte sich zum Brunnenbecken geschleppt, dort erst kniend getrunken und sich schließlich ganz hineingehievt, hatte sich von kleinen Wasserfällen und Fontänen reinigen lassen und das Nass genossen.

Erst als sie genug hatte, bereute sie ihre hastige Aktion, denn das Becken war innen rund und glitschig, und sie war beinahe zu schwach, um allein wieder hinauszugelangen. Sie schlug sich das Knie auf, als sie endlich über den Rand rollte. Ihr war eiskalt. Sie hatte nichts, um sich zu wärmen oder abzutrocknen.

All dies notierte sie auf einer geistigen Verfehlungsliste, die sie für den Weisesten angelegt hatte. Alles, was ihr nun geschah, hatte er mit zu verantworten. Seine Schuld. Tat, als wäre er alt und gehbehindert, dabei war er in den besten Jahren, flink, hinterhältig und sein Stock eine versteckte Waffe. Als wäre er nicht er, sondern zugleich ein anderer.

Keyt war sich durchaus bewusst, dass sie zu dem Unheil schon auch ihren Anteil geleistet hatte. Sie war unvorsichtig geworden in dem vergleichsweise sicheren »Hort«, in dem sie zumeist nur stationär als Spionin eine Tarnaufgabe zu erfüllen hatte. Jahre, in denen sie produktiver hätte verwendet werden können. Kinderbetreuung. Albern, das. Alles, um das Haus von Flynnt voranzubringen, das nun auf einmal nicht mehr so wichtig war. Hatte er schon seine Schuldigkeit erfüllt, der Graav? Und seine Sprösslinge? Tatsächlich hatte sie geglaubt, diese Kinder würden es auf den Fyrsthenthron schaffen. Irgendwann einmal. Einen Fyrsthen zu haben, dessen Vertraute von Kindesbeinen an eine Schemenjägerin war, schien ein guter Gedanke.

Sie hatte selbst keine Kinder. Manche Schemenjägerinnen wurden irgendwann schwanger, zumeist gewollt. Sie hatte es stets vermieden. Wer sich so wie sie alle, die sie vom Berg kamen, in Kräuterkunde auskannte, musste keine unerwarteten Folgen fürchten.

Dennoch schienen die Graavenkinder sie gernzuhaben, vielleicht gerade, weil sie keine großen Sperenzchen machte und streng und ein bisschen unnahbar war. Kinder mochten klare Regeln und wussten den Kampfunterricht, den sie gab, zu schätzen.

Freilich brachte sie ihnen nicht alles bei. Dies waren Graavenkinder, keine angehenden Schemenjäger oder -jägerinnen. Ziel war gewesen, das Geschlecht von Flynnt wehrhaft zu machen. Wozu, das war Keyt nie gesagt worden. Sie konnte nur spekulieren. Vielleicht hatte die Grenze einfach der Überwachung bedurft, um auf der einen oder anderen Seite schnell zuschlagen zu können. Oder gab es einen neuen Feind?

All das war Keyt durch den Sinn gegangen, wieder und wieder, als sie in den Schatten des Mondlichts mühsam ihren Weg aus der riesigen Burg suchte, nass und lahm. Einen Wachtposten entleibte sie, als dieser ihr zu nahe kam. Ihr war nicht danach, Lügengeschichten zu erfinden, die dann möglicherweise einer Überprüfung standhalten mussten. Auch war es leichter, ihn gleich auszuschalten, bevor er noch Kameraden holte. Da war es gut, dass der Wachtposten selbst für die geschwächte Keyt zu alt und zu langsam war.

Strategisch würde es gewiss einmal den Untergang Jorgvils bedeuten, dass die Wachen sich aus Veteranen rekrutierten, die besser darin waren, Abenteuergeschichten beim Wein zu erzählen, als behände einem plötzlichen Dolch auszuweichen. So war der Burggraben, der die Burg umschloss, immerhin für etwas gut, einerlei, ob darin nun Ungeheuer lebten oder nicht.

Die Herberge, die sie anstrebte, war keine Tagesreise von Jorgvil entfernt, an der alten Straße Richtung Flynnt und Holtur, kurz bevor die Makye die linke Straßenseite zu säumen begann und kurz bevor man die Straße verlassen konnte, um abseits der alten Straße, auf der man zu viele Reisende treffen mochte, westwärts zu reisen.

Keyt kannte die Wirtschaft gut. Ihr war klar, dass der Wagenzug des Graaven von Flynnt hier haltgemacht hatte und dass der Graav in einer der einfachen Mietkammern seine fünfte Gattin bestiegen hatte. Der Graav von Flynnt wusste stets, was er wollte, und zauderte dann nicht. Zudem gab es auf der Straße nach Norden sonst kaum noch Möglichkeiten zur Einkehr.

Keyt mochte ihn beinahe. Gewiss war er so zielstrebig wie sie, und sie vermutete, der Berg plante, ihn zum nächsten Fyrsthen aufzubauen. In Dynastien gab es schon einmal Wechsel. Die neue Graavessa war direkt mit dem Fyrsthenhaus verwandt. Äußerst praktisch. Ihre Eltern hatten in manchen Augen gerade so ein Anrecht auf den Fyrsthenthron gehabt, wie Fyrsth Ryckden selbst. Doch sie hatten ausnehmend schlecht geplant und die falschen Verbündeten gewählt. So gab es von ihrer Blutlinie nun nur noch dieses Mädchen. Sollte also der Graav den jetzigen Fyrsthen ersetzen, hätte er gute Voraussetzungen. Doch er schien keine Anstalten dazu zu machen – wenn man von eben dieser Verbindung mit einem Spross der fyrsthlichen Seitenlinie absah. Zufall oder kluge Planung?

Morrgjar von Flynnt war nicht dumm. Dynastiewechsel in Kahsell? Alle Möglichkeiten waren weiter offen. Und doch hatte die letzte Nachricht, die sie erhalten hatte, eine mögliche andere Vorgehensweise mit ins Spiel gebracht. Auch nicht uninteressant. In den Reichen blieb immer alles in Bewegung, und der Berg wusste stets, was zu tun war, auch wenn die einzelnen Schemenjäger vor Ort mitunter die Zusammenhänge nicht durchblickten.

Grübelnd und schmerzerfüllt war Keyt die alte Straße entlanggeritten. Ihr Pferd trug sie, auch wenn sie bisweilen mehr tot als lebendig auf ihm hing, vornüber gebeugt mit der Wange an der Mähne, fast schon schlafend. Das Tier folgte der Straße, gemächlich und gemütlich, von keiner menschlichen Eile getrieben.

Die erste Herberge war nicht weit. Dennoch erschien Keyt der Weg ewig. Sie hatte kein Zeitgefühl, Schmerz und Entbehrung zogen jede Sekunde in die Länge.

Nun war sie da, sah das alte, graue Steinhaus an wie eine Zuflucht im Sturm. Sie wusste, wer die Wirtsmannschaft stellte, und vertraute ihnen. Sie zog nicht einmal eine Waffe, als Wirt und Wirtin sie vom Boden hoben und ins Haus trugen, machte nur eine Bewegung mit der Hand, die sie als das zu erkennen gab, was sie war. Natürlich nur denen, die der Familie angehörten.

»Keyt«, sagte die Wirtin.

»Sie kann hoffentlich alles erklären«, murrte der Wirt.

»Offenbar nicht gleich. Jemand hat ihr böse mitgespielt.«

»Wir müssen wissen, wer es war.«

»Lass sie erst mal schlafen.«

»Nein. Wenn sie stirbt, wissen wir nichts und können nicht berichten.«

Keyt bekam kaum mit, dass es offenbar eine Treppe hochging. Ihre gesamte restliche Konzentration galt den Stimmen.

Sie lag auf einem Bett. Auf dem Weg musste sie kurz weggetreten gewesen sein.

»Keyt!«, sagte die Wirtin und schüttelte sie an der Schulter. »Bleib wach! Wer hat dich so zugerichtet?«

Sie holte flach und vorsichtig Luft.

»Orstyn. Der Weiseste.« Es war das Erste, was sie seit Tagen sagte. »Giftklinge.«

Das graue Haar der Wirtin unter der harmlosen Haube erinnerte Keyt an den Staub der Katakomben.

»Der alte Orstyn?« Die Frage klang so ungläubig, als hätte sie behauptet, einen neuen Kontinent mit fünfbeinigen Kreaturen entdeckt zu haben. Keyt nickte.

»Wasser!«, sagte sie. »Gebt mir Wasser!«

»Natürlich. Du musst das Gift aus dem Körper bekommen.«

»Ich … fühle mich … ein wenig … schwach.«

Die alte Schwester nickte.

»Blutverlust und Gift. Ist dir jemand gefolgt?«

Keyt schüttelte den Kopf.

»Er denkt, ich sei tot. Wer sollte einen Toten verfolgen?«

Die Wirtin runzelte die Stirn.

»Nun, selbst wenn doch, ist der Halt an einer Herberge in deinem Gesundheitszustand nicht verdächtig, und dass wir helfen, ist selbstverständlich.« Die Sicherheit der Herbergsbesatzung war ihr wichtiger als die Keyts. Sie würden freilich auch Reisenden helfen, die keine Geschwister waren. Doch ihre eigentliche Aufgabe war die eines Knotenpunkts in einem alle Acht Reiche umspannenden Netzwerk.

»Da ist Grizzold. Er hat Panazeenkraut. Das mag helfen oder nicht.«

Keyt roch, dass der Wirt das Kraut in eine Brühe gestreut hatte, eine übliche Vorgehensweise, wenn man verletzte Geschwister aufpäppeln wollte. Dabei mochte die Suppe so viel helfen wie das Kraut, das manche Gifte neutralisierte und manche nicht und je nach Zustand des Versehrten helfen konnte oder eben nicht.

»Gibt es Nachricht von Deruonn?«, fragte Grizzold hart.

Keyt trank. Ihre Hände an der Schale zitterten, doch ihre Gastgeber halfen ihr. Die Familie half einander stets. Jetzt legte die Alte ihr noch einige Kissen unter, sodass sie mehr saß als lag.

Keyt war dankbar. Langsam lichteten sich die Schleier der Erschöpfung. Die Welt wurde klarer. Sie war krank, sie war schwach. Doch sie lebte, und sie war gerettet.

Zudem heilte sie schnell. Wenn sie selbst im Alter einmal zum Schemenrat gehören und nicht in irgendeiner Xyi-Herberge Dienst tun wollte, musste sie sich jetzt zusammenreißen.

»Er ist unter dem Namen Gemryn in Jorgvil aktiv gewesen.«

»Wissen wir.«

»Sie haben ihn dem Weisesten als Bibliokanten zugeteilt.«

»Auch das ist nicht neu, wenngleich auch ausnehmend seltsam. Ich glaube nicht, dass der Berg das geplant hatte.«

»Seine Gnaden hielten das für einen guten Gedanken«, zitierte Keyt Orstyn. »Seine Gnaden hat sich einen strategischen Vorteil davon versprochen, einen guten Krieger zu haben, der die Weisheit der Bücher kennt. Sagt Orstyn. Der vergorrnte Weiseste.« Sie nahm noch einen Schluck von der bitteren Suppe. Ihre Hände kribbelten, als flösse Leben zurück in ihren Körper. »Man hat Deruonn mit einem Auftrag losgeschickt.«

»Was für einem Auftrag?«, fragte die Wirtin.

»Ein diplomatischer Sonderauftrag des Fyrsthen, sagt Orstyn, dem ich nicht so weit traue, wie ich ihn werfen könnte.«

»Hat der Mann eigene Pläne?«

»Ganz sicher. Er ist mehr, als er scheint. Ich weiß nur nicht, was. Eine Spinne im Netz. Ein Mörder, der zu manipulieren weiß.« Fast klang sie bewundernd.

Der Wirt nickte.

»Wir werden berichten. Doch zurzeit gehen immer wieder Informationen verloren. Das kann Zufall sein oder auch nicht.«

Keyt sah ihn kritisch an.

»Verdächtigt man euch?«

»Nein. Wir sind hier schon lange und jenseits des Alters, in dem wir irgendwem verdächtig erscheinen. Wir tun unsere Pflicht – gegenüber den Reisenden genauso wie gegenüber der Geschwisterschaft.«

»Was ist mit Orstyn?«

»Ist noch nicht aufgefallen. Geht nie aus der Festung. Berät den Fyrsthen. Ist bei allen Ratssitzungen dabei. Der Großmeister der Historien, Denker des Reichsherrn und Sinne des Fyrsthen – vielleicht mehr als nur ein hohler Titel, wenn er für Ryckden denkt und seinen Sinn führt. Ein Strippenzieher.«

»Ich habe ihn unterschätzt«, gab Keyt bitter zu, ein Eingeständnis, das ihrer Erschöpfung geschuldet war. Sie korrigierte sich. »Wir haben ihn alle unterschätzt. Deruonn hätte ihn …«

»Deruonn hatte sicher keine Weisung, den Schriftenmeister zu eliminieren.«

»Nein. Er hat mitgespielt, weil man ihm das aufgetragen hatte. Mitspielen und Lage peilen. Langfristig eine Vertrauensposition in Jorgvil erlangen. Nur – wo ist er jetzt? Warum haben wir nichts von ihm gehört? Keine Nachricht. Nichts.«

»Vielleicht hat Orstyn ihn umgebracht?«

»Oder der Bruder hat wirklich eine Sonderaufgabe übernommen, die er nicht ausschlagen konnte, ohne Verdacht zu erregen, und die Nachricht ist verloren gegangen.«

»Aber wo ist er jetzt?«

»Irgendwo, wo er kein Informationsnetz hat.«

»Anlaufstellen gibt es überall.«

»Nicht überall.«

»Nun ja. Nicht in der Wildnis.«

»Was sollte er in der Wildnis?«

Die Wirtin stand auf und würgte mit einer Handbewegung das Gespräch ab.

»Einerlei«, sagte sie. »Er ist nicht da, und Spekulieren ohne irgendwelche Hinweise ist sinnlos. Schlaf erst mal.«

Keyt gab die leere Schüssel an die Wirtin zurück und kuschelte sich in ihr Bett.

»Hattet ihr Hinweise auf eine Invasion?«, fragte sie, während ihr schon fast die Augen zufielen.

»Wir hatten ein paar freche Fahnenflüchtige. Edunayuni – keine Kahseller. Wollten hier ein wenig kostenfrei profitieren und ihre Wunden lecken.«

»Wo …«

»Wir haben sie hinter den Felsen begraben.«

»Edunayu«, murmelte Keyt. »Ich hatte feindliche Holturer erwartet.«

»Ein Heer haben wir nicht gesehen. Aber der Treck des Graaven von Flynnt war entschieden zu lang und vollgepackt, um uninteressant zu sein. Ich habe noch nie einen mit so vielen Soldaten gesehen.«

»Bislang sollte ich Flynnt immer schützen«, murmelte Keyt. »Aber jetzt soll ich nur noch beobachten. Seltsam.«

»Der Großmeister wird wissen, was er tut.«

Der Großmeister wusste immer, was richtig war. Das bezweifelte Keyt nicht, auch wenn sie sich nicht daran erinnern konnte, ihn je gesehen zu haben.

Die Müdigkeit – und vielleicht auch das Panazeenkraut – übermannten Keyt. Sie ließ es geschehen. Sie war hier sicher. Traumfetzen überlagerten ihren wachen Geist. Sie sah blaue Augen. Der Graav. Oder Griðyon. Oder …

Der Traum wandelte sich in lavarote Flüsse von Blut.

51

Garru reiste ungern mit den Bewahrern. Sie waren ein eingespieltes Team, redeten wenig und machten deutlich, dass er nicht zu ihnen gehörte. Sie waren nicht allzu misstrauisch, hielten ihn wohl für zu loyal, um sie zu betrügen oder Reyalun zu verraten. Er selbst war sich weniger sicher. Sein Ziel war immer noch, Shernay zu retten, auch wenn er jetzt noch weniger wusste, wie er das bewerkstelligen sollte, als vorher.

Manchmal war er böse auf Shernay. Da spielte Eifersucht mit, dessen war er sich bewusst. Doch es war auch Unverständnis dafür, wie jemand, der so klug war, so dumm hatte sein können. Zum Verrat an Reyalun kam der Verrat an ihrem eigenen Verstand hinzu.

Die Bewahrer waren älter als er, doch nicht einer war langsamer. Vielmehr legten sie ein Tempo vor, das Garru erstaunte. Wie Berggamse kletterten sie über Felsen und erklommen steile Hänge. Sie wussten offenbar stets, wo sie waren. Das allein war schon bewundernswert, denn der nächtliche Sternenhimmel half wenig in einem Gelände, in dem man nie geradeaus eine bestimmte Richtung einzuhalten vermochte. Abgesehen davon, dass man nachts nicht gut weiterreisen konnte.

»Wie macht ihr das?«, fragte er, als sie eines Nachts am Feuer saßen. Sie sahen ihn eine Weile schweigend an, dann sprach Myrge.

»Es ist mein Talent. Ich weiß stets, wo ich bin.«

»Hast du dir alle Wege und Steige des ganzen Gebirges gemerkt?«

Kryes stocherte in dem Feuerchen herum.

»Niemand kennt das ganze Gebirge. Es ist viel zu gigantisch.« Er zeigte auf Doran. »Er schreibt alles auf, was wir neu erkunden. Wenn wir wieder zu Hause sind, wird es ins Archiv kopiert. Langsam wird die Karte des Byarla-Gebirges immer detaillierter. Doch für Myrge ist das anders. Sie hat einen Sinn wie ein Zugvogel. Wo immer sie ist, spürt sie, an welcher Stelle der Welt sie sich befindet, wo Norden, Süden, Osten, Westen ist. In welchem Abstand wir uns von dem nächsten bekannten Ort oder Weg befinden. Wie weit wir von einer eingeschlagenen Richtung abweichen, auch wenn wir weder die Sonne noch die Sterne sehen – es ist ihr altes Talent, von den Räten vererbt. Wir hoffen, dass ihre Töchter es auch entwickeln.«

Myrge grinste.

»Ich kenne deine Töchter«, sagte Garru.

Myrge nickte. »Sie sind noch jung«, sagte sie. »Die Talente der Alten zeigen sich erst, wenn man erwachsen ist.«

»Oder wenn man ein Greis ist«, sagte Tomo.

»Oder gar nicht. Sie werden immer weniger«, brummte Kryes. »Irgendwann wird vom Erbe der Räte nichts mehr übrig sein.«

»Dann müssen wir ohne auskommen«, meinte Doran. »So wie der Rest der Welt.«

»Der Rest der Welt fährt nicht unbedingt gut damit.«

»Der Rest der Welt führt Krieg.«

Der Krieg war sicher keine Folge davon, dass jenseits der Grenzen Reyaluns niemand mehr altes Erbe im Blut hatte.

»Hat denn außerhalb Reyaluns niemand solche besonderen Begabungen?«

Kryes zuckte die Achseln.

»Falls ja, dann ist es zumindest nicht allgemein bekannt. Je mehr die Bewohner der Acht Reiche ins Barbarentum zurückfallen, desto gefährlicher wäre es vielleicht sogar, plötzlich mehr zu können als andere.«

Sie aßen eine Weile schweigend.

»Ob ich wohl eine besondere Begabung habe?«, fragte Garru dann, nicht zuletzt, um das Gespräch am Laufen zu halten.

»Deine Musik. Das ist eine besondere Gabe.«

»Sie ist aber nicht unbedingt …« Er räusperte sich verschämt, denn das Wort »magisch« wollte ihm nicht so recht über die Lippen kommen. Es war verpönt. »… magisch«, murmelte er jetzt doch, und wie erwartet schnaubte Kryes verächtlich.

»Magie! Wir schwingen keine Zauberstäbe und murmeln keine Sprüche. Der eine oder andere hat einfach ein Talent, das andere nicht haben.«

Tomo, sonst der Schweigsamste unter den Bewahrern, mischte sich ein.

»Magie ist nur ein Wort. Es beschreibt das Besondere an einer solchen Fähigkeit so gut wie jedes andere. Oft genug ist es ein Talent, das unerklärlich ist und den Gesetzen der Natur, wie wir sie verstehen, sogar zuwiderläuft. Es ist im Tal nur ein wenig unmodern geworden, von Magie zu sprechen. Zumal sie uns ausgeht, die Magie. Der Mütterrat versucht zwar, bei den Paarungen zur Fortpflanzung auch Talent – oder wenigstens potenzielles Talent – zu berücksichtigen, aber je enger wir verwandt werden, desto schwieriger wird es, passende Partner auszuwählen. Man sollte meinen, bei so enger Verwandtschaft müsste das vorhandene Gesamttalent wachsen. Doch das tut es nicht. Der Anteil der Begabten unter den Gründern von Reyalun war wohl von Anfang an nicht so besonders groß.«

»Wo kommt dieses Talent eigentlich her?«

Alle sahen ihn an, als hätte er etwas Unanständiges gesagt.

»Weißt du das nicht?«

»Er weiß es nicht, weil er es noch nicht wissen soll. Er ist noch nicht zurück.« Zurück in Reyalun, nach der Wanderschaft. Die Ausbreitung geheimen Wissens wurde auch dadurch begrenzt, dass Wanderer eben noch nicht alles wussten. Garru blickte vom einen zum nächsten. Und dann fielen ihm die Fakten, die er wusste, wie ein Muster ins Gehirn.

»Es sind Urgorrn-Fähigkeiten«, sagte er.

Niemand widersprach. Alle starrten ins Feuer oder auf ihre Füße oder schielten hinauf zum dunklen Himmel.

»Aber woher haben wir die?«

»Vom Rat vererbt.«

»Gut, und woher hat der Rat sie?«

»Die ersten Räte, die die Urgorrn besiegten, waren deren Spielzeuge. Veränderte Menschen mit besonderen Fähigkeiten.«

»Sonst hätten sie die Urgorrn vielleicht gar nicht besiegen können?«

»Möglich.«

»Wird das Erbe demnach mit jeder Generation dünner, weil wir keine Urgorrn mehr haben und die Talente nie natürlich waren?«

»Das ist ein Erklärungsansatz.«

»Gibt es noch andere?«

Wieder verfielen alle in Schweigen. Dann zuckte Kryes die Achseln.

»Wir sollten schlafen. Morgen werden wir den Byarla-Graben erreichen.« Er nickte Tomo zu, der den Daumen hob. Myrge streckte zwei Finger aus. Doran drei.

»Du hast die vierte Wache«, sagte Kryes. »Dann weckst du mich.« Er rollte sich in eine Decke ein.

»Spiel uns noch etwas!«, bat Myrge. »Nur so zum Einschlafen.«

Jeden Abend spielte er. Nicht lange, nicht viel. Manchmal sang er dazu. Die Bewahrer mochten ihn für dumm und Shernay für eine Verräterin halten, doch seine Musik hörten sie gerne. Jeder hörte seine Musik gerne. Wenn diese vier Menschen Shernay umbrachten, würde er nicht wissen, wie er je wieder ein Lied singen könnte.

»Wenn ihr sie tötet, bringt ihr mich auch um. Ihr vernichtet meine Musik«, hatte er an einem der ersten Abende gesagt.

»Das wäre schade«, hatte Kryes mit echtem Bedauern erwidert. Dann hatte er ganz sachlich die Wachschichten verteilt. Dass sie ihm einen Teil der Wachen aufbürdeten, musste er wohl als Vertrauensbeweis anerkennen. Theoretisch hätte er warten können, bis sie alle schliefen, sie dann ermorden und fröhlich seines Weges ziehen, um Shernay zu suchen.

Vermutlich wussten sie genauso gut wie er, dass er das nie tun würde. Oder sie verließen sich darauf, dass er nur einen bezwingen könnte und die restlichen drei ihn dann blitzschnell ins Jenseits befördern konnten.

Er war Musiker, kein Mörder.

Er packte die Harfe aus und stimmte sie. Dann begann er zu spielen. Die Noten hallten von den Felsen wider, trugen weit, weiter, als man von diesem kleinen, den Reisebedürfnissen angepassten Instrument erwarten konnte. Klänge verwoben sich zu einem Ganzen. Weit über sich im Dunkel sah er blaue Augen blitzen, nur einen Augenblick lang. War das sein Freund, der Buzzard? Oder lauerte hier ein anderes Tier?

Ihn fröstelte bei dem Gedanken, dass er nicht wusste, was sich jenseits des Lichts des spärlichen Feuers befand. Er war nun schon eine Weile in den Bergen unterwegs, allein oder in der Gruppe, aber ein so seltsames Gefühl von Bangen und Erwartung hatte er noch nicht gespürt.

»Schatten in der Nacht

Sind erwacht«, sang er zu seiner eigenen Melodie.

»Augen funkeln

Im Dunkeln.«

Tomo wirbelte herum und schlug mit seinem Kurzschwert zu, bevor Garru sich auch nur rühren konnte. Er vernahm das Pfeifen der Klinge viel zu nah, fürchtete einen Augenblick lang, der Bewahrer würde ihm den Arm abhacken. Doch die Klinge spaltete direkt neben ihm ein kleines Tier, das mit einem letzten Quieken verendete. Danach war es einen Moment lang still.

Dann wurde es laut, quietschte überall, und alle Bewahrer standen, sprangen und hieben auf kleine Tiere ein. Blut spritzte.

Garru saß zu Tode erschrocken und hilflos mit seiner Harfe da. Er hatte Angst, aufzustehen und sich in das Gewühl zu mischen, fühlte, er würde eher stören als helfen. Zudem hatte er noch nicht verstanden, was überhaupt geschah. Wurden sie angegriffen?

»Was …?«

Das Gewirbel und Gequieke hielt an. Alle Bewahrer hatten ihre Decken abgeworfen, standen, sprangen, hieben auf kleine Tiere ein. Garru wäre am liebsten auf einen Baum gesprungen, doch hier gab es nur Gesträuch und kniehohe Bergkiefern. Seine Hände zitterten – nicht primär vor Angst, sondern vor Unschlüssigkeit, was er tun sollte. Seine Waffe ziehen und mitkämpfen? Das wäre sinnvoll. So wie er mit seiner Harfe dasaß, war Aufspringen nicht eben einfach.

Griffen diese Viecher auch Harfen an? Es sah nicht so aus.

Wie eine rauschende Fellwoge ergoss sich ein Rudel Gerdels aus den Büschen. Sie waren behände. Vor allem waren es viele. Garru wusste, was sie waren und wie gefährlich sie sein konnten, wenn sie gemeinsam jagten. Ganz unwillkürlich hatte er ein Messer gezogen, stach noch sitzend um sich. Manchmal traf er. Er wusste, es kam darauf an, sie nicht an sich heranzulassen. Hatten sie sich erst einmal gruppenweise in einen verbissen, wurde es schwierig.

Schließlich lagen sie alle da, erschlagen, gespalten, zerhackt. Der Boden war bedeckt mit schmierigem Blut. Es war ein grausiges Bild, aber keines, das Garru Mitleid abnötigte.

»Gorrnköttel!«, fluchte Doran. »So viele auf einmal habe ich noch nie gesehen.«

»Sie haben unterschiedliche Färbungen. Vielleicht ist es mehr als ein Rudel.«

»Du meinst, die haben sich verabredet, gemeinsam gegen uns vorzugehen?«, fragte Kryes skeptisch. »Das sind Tiere. Rudeltiere, keine strategischen Planer!

»Aber sie sind alle hier!«

»Die Musik«, sagte Tomo. »Sie haben der Musik gelauscht. Der, den ich zuerst gesehen hab, saß ganz still neben

Garru. Er saß einfach nur da, und die anderen sind erst gekommen …«

»… als du den ersten erschlagen hast.«

»… als die Musik aufhörte.«

Sie sahen sich etwas ratlos um. Garru mochte die erlegten Tiere nicht mal zählen.

»Man kann sie essen«, sagte Myrge. »Sie schmecken nicht schlecht.«

»So viele können wir nicht aufheben. Die verderben uns auf dem Weg.«

»Dann nehmen wir eben nur ein paar mit.«

»Und den Rest lassen wir hier liegen? Wir können nicht hier übernachten.«

Garru nickte. »Das wäre ziemlich eklig.«

»Vor allem wird es weitere Jäger und Aasfresser anziehen.«

»Wir packen«, verfügte Kryes, »und suchen uns ein anderes Lager.

»In der Dunkelheit?«

»Willst du hier übernachten, Doran? Zwischen den Kadavern?«

Das wollte niemand.

»Myrge, weißt du, wo wir noch eine Stelle finden, die sich für die Nacht eignet?« fragte Tomo.

Im Dunkeln durch die Berge. Genau das hatten sie bisher vermieden. Man konnte sich bei jedem Schritt den Hals brechen. Oder das Bein – auch das würde man hier nicht überleben.

»Wir müssen Lampen anzünden.«

Diszipliniert packten sie. Ein paar der erlegten Tiere nahmen sie als Proviant mit. Bei Gerdels gab es immer nur eine dünne Grenze zwischen fressen und gefressen werden.

»Hoffentlich kommen wir bald an Wasser, damit ich meine Decke waschen kann, bevor sie anfängt zu stinken wie verwestes Vieh«, schimpfte Myrge. »Ich hoffe bloß, es kommen nicht noch mehr von diesen Viechern.«

»Vielleicht sollte ich nicht mehr singen«, schlug Garru vor.

»Jedenfalls solltest du nicht aufhören, während dir gerade ein paar wilde Tiere lauschen. Die Enttäuschung macht sie hungrig und aggressiv.«

Wie aufs Stichwort erscholl ein tiefes Knurren und Fauchen. Alle erstarrten. Mit fließenden, kaum merklichen Bewegungen stellten sie sich im Karree um Garru, spähten ins Dunkel und zogen ihre Waffen.

»Was ist das?«, fragte Garru beinahe lautlos.

»Klingt nach Pantheiger«, murmelte Kryes ebenso leise.

52

Endlich eine Nachricht. Der Bote von der Nordgrenze war erschöpft zusammengebrochen, doch er hatte Morrgjar vorher noch etwas in die Hand gedrückt.

Der Graav las es mit gerunzelter Stirn beim spärlichen Schein einer Klapplaterne und spürte nicht einmal, dass er seitlich an seiner Lippe nagte. Seine Grenztruppen waren die ganze Nordgrenze entlang in Scharmützel verstrickt. Es schien keine wirkliche Invasion zu sein, zu sporadisch und scheinbar willkürlich waren die Angriffe auf die Grenze erfolgt, mal hier, mal dort. Keiner der Angriffe hatte Holtur irgendwelchen Bodengewinn gebracht. Die Angreifer kamen, überfielen einen Außenposten und verdrückten sich, bevor eine herbeigerufene größere Streitmacht sie schlagen konnte. Dass die Flynnter Soldaten sie schlagen würden, schien unzweifelhaft. Morrgjars Soldaten verstanden ihr Handwerk. Doch die Holturer ließen es gar nicht so weit kommen. Sie schnappten zu wie lästige Köter und verschwanden nach ihren Wadenbissen wieder über die Grenze.

Ablenkung. Mehr war es vielleicht nicht. Immerhin, es band die Armee im Norden auf breiter Phalanx an der Schanzenlinie. Sie abzuziehen würde den Holturern Möglichkeiten verschaffen, die sie nicht haben sollten.

Morrgjar zischte etwas Unflätiges. Selbst wenn er keine ernsthafte Invasion von der Nordgrenze her erwartete, konnte er es sich nicht erlauben, sie unbewacht zu lassen. Vereinzelte bissige Köter mochten nur bedingt eine Gefahr sein. Bei einem ganzen Rudel hingegen war das anders. Wenn er jedoch nicht draufschlug, würden die Einzelscharmützel schnell zu mehr werden.

Was immer die Holturer vorhatten, ihre Taktik nahm ihm die Möglichkeit, Verstärkung aus dieser Richtung zu erhalten. Er saß somit immer noch mit zu wenigen Soldaten hier fest. Und aus Richtung Flynnthaven schien nichts zu kommen. Doch auch hier war die Frage, ob man sich darauf verlassen konnte, dass das so blieb.

Er überlegte kurz, ob es sinnvoll wäre, sich selbst an die Nordgrenze zu verfügen. Genau das fragte ihn nun auch seine derzeitige Adjutantin, die Griðyon so gut es ging ersetzte, obgleich sie sonst mit anderen Aufgaben betraut war: Leftenantin Muyah.

»Marejal, wird es nötig sein, zur Nordgrenze zu marschieren?«

Morrgjar fixierte die trügerisch kleine Frau. Er achtete sie, wusste, wie gut sie kämpfen konnte. Wer in seiner Armee nicht gut kämpfte, war alsbald tot. Ihr eigentliches Talent lag jedoch eher in Organisation und Logistik. Sie wusste stets genau, wer wann wo war, wie man alles von einem Ort zum anderen brachte und wie man dafür sorgte, dass Wasser und Fourage nie ausgingen. Eine seltene Begabung und mehr wert als fünf schwertschwingende Hünen ohne ein solches Talent.

»Die Holturer würden sich gewiss freuen, wenn wir wie die aufgescheuchten Fliegen von einem Angriffspunkt zum nächsten jagen würden«, erwiderte er. »Vermutlich war es schon ein Fehler, überhaupt herzukommen. Vielleicht hätten wir den Treck nie verlassen dürfen.«

»Aber Flynnthaven …«

»Genau. Aber Flynnthaven.«

Sie sahen einander an, und Morrgjar lud sie mit einer Handbewegung ein, sich zu ihm zu setzen. Sie kam der Aufforderung ein wenig zu vorsichtig nach. Sie hatte sich an die Adjutantenrolle noch nicht gewöhnt. Doch nun teilten sie sich einen Felsbrocken, der annähernd Sitzhöhe hatte. Ihre kürzeren Beine baumelten. Morrgjar war zu schlecht gelaunt, um das witzig zu finden.

»Sag mir, was du denkst«, forderte er sie auf. Griðyon tat das immer. Diese zweite Meinung fehlte Morrgjar. Griðyon konnte ausnehmend gut geradeaus, aber auch um die Ecke denken.

Sie schluckte.

»Ich glaube«, begann sie vorsichtig und kratzte sich die stoppelkurzen, graublonden Haare, »dass die Holturer nie die gefährlichsten Feinde waren, die Kahsell hatte. Holtur ist dünn besiedelt, kalt und entsprechend schlecht versorgt. Manchmal glaube ich, sie führen nur Krieg, damit man merkt, dass sie noch da sind.«

»Sie haben Kahsell in den letzten Jahrzehnten dennoch immer wieder mal kräftig eingeheizt.« Weder Morrgjars Großvater noch sein Vater oder er selbst hatten je die Muße gehabt, sich in wirklichem Frieden auszuruhen.

»Aber sie haben nie gesiegt. Nicht, wenn es darauf ankam. Sie hatten gar kein Interesse daran, den Fyrsthen denken zu lassen, ein Feldzug im Norden wäre sinnvoller als einer im Süden.«

Er nickte. Ryckdens sinnloser Feldzug gegen Passagur. Morrgjar hatte sich nicht die Zeit genommen, bei seinem kurzen Aufenthalt in Jorgvil einer offiziellen Ratssitzung beizuwohnen. Doch zu einer inoffiziellen Besprechung war er eingeladen gewesen. Ryckden träumte von den Bodenschätzen Passagurs, vor allem von dem vielen Eisen. Vielleicht dachte er auch, von Passagur aus könne er die restlichen Süd-Fyrstheneien erobern. Dass Passagur selbst das in den letzten Jahrhunderten nicht gelungen war – und es somit eine Besatzungsmacht schon gar nicht bewerkstelligen konnte –, bedachte er nicht.

Der Weiseste Orstyn schon. Das hatte Morrgjar gemerkt, obgleich der Weiseste seinem Fyrsthen zu keinem Zeitpunkt direkt widersprochen hatte. Vielmehr pflegte der Schriftenmeister eine Art zirkuläre Konversation, die nach außen hin zustimmte und in Wirklichkeit die Argumentation wieder an den Anfang lenkte für einen neuen, erweiterten Durchgang. Ein kluger Mann – und vermutlich so undurchschaubar wie seine Gesprächstaktik. Seine Worte und vermutlich auch er selbst waren wie eine Schlange, die sich um den Fyrsthen legte und sich in den eigenen Schwanz biss. Morrgjar mochte ihn nicht, respektierte jedoch seine Schläue. Es war gut, ihn auf ihrer Seite zu haben – wenn es denn so war.

»Warum tun die Holturer dann jetzt mehr?« Er hatte durchaus eine Antwort auf diese Frage parat. Doch er wollte eine Bestätigung, und diese Frau hatte einen guten Kopf.

»Sie versprechen sich etwas davon. Oder man hat ihnen etwas dafür versprochen.«

»Was zum Beispiel?«

»Ein Stück vom Kuchen, an den sie sonst nicht rankommen.«

Er sah sie fragend an.

»Der Kuchen sind wir. Flynnt.«

Er nickte bedächtig.

»Wir sind hier falsch«, sagte er. »Morgen früh inspizieren wir noch einmal die Gegend und die Straße nach Flynnthaven. Ist dort nichts zu sehen, reiten wir spätestens übermorgen zurück, die Straße nach Süden. Zum Treck.«

»Was ist mit Flynnthaven?«

»Erobern wir später zurück. Wir werden eine kampfstarke Nachhut beauftragen, darauf zu achten, dass uns niemand von hinten ins Kreuz tritt.«

»Wir sind zu wenige für eine kampfstarke Nachhut.«

»Sie soll spähen und keine Schlachten schlagen.«

»Was wird aus der Flynntburg?«

Wenn er von dieser Wegkreuzung fortging, ließ er den Weg frei für einen Überfall von Osten auf seine Burg. Sein Heim.

Etwas bewegte sich in der Finsternis. Zwei seiner Männer sprangen auf. Seine kleine Truppe war gut versteckt, aber auch entsprechend an den unterschiedlichsten Stellen in den Felsen verteilt. Unruhe erhob sich wie ein Mückenschwarm. Jemand gab einen Befehl. Es wurde leiser.

Im Schein einer Laterne sah man, wie zwei Soldaten einen Menschen auf ihn zuführten. Bei näherem Hinsehen war es eine Frau in Männerkleidung. Morrgjar stand auf und ging ihr entgegen.

»Was tust du hier?«, herrschte er die Ankommende an. »Du sollst in der Burg sein!«

»Durchlaucht! Dass ich Euch gefunden habe! Annowen sei Dank!«

Die Frau war für die inneren Abläufe der Burg zuständig. Sie organisierte das Zusammenleben von Truppen, Gesinde und Familie, ein Dienst, den sie gut und reibungslos versah. Es war eine komplexe Aufgabe, für die sie jedoch vor Ort sein musste. Seit sie dieses Amt übernommen hatte, war sie nie länger von der Flynntburg fort gewesen. Wie ihre Vorgängerin schien sie mit dem Ort verwachsen. Ein Grundprinzip, auf das sich Morrgjar verlassen hatte, obgleich diese Frau noch nicht lange diesen Dienst versah.

Ein Gedanke durchfuhr Morrgjar.

»Die Kinder!« Er stürzte nur mühsam beherrscht auf sie zu. »Was ist mit den Kindern?«

Die Frau konnte ihm nicht in die Augen sehen.

»Fort«, sagte sie. »Wir haben überall gesucht. Aber sie sind nicht aufzufinden.«

»Wo bei Kyrros ist Keyt? Es ist ihre Aufgabe, auf die Kinder aufzupassen.«

»Keyt ist auch nicht da. Sie musste kurzfristig weg ...«

»Wohin?«

»Hat sie nicht gesagt.«

»Weswegen?«

»Hat sie nicht gesagt.«

»Keyt? Keyt ist seit Jahren zuverlässig!«

Morrgjar war, als müsste ihm Feuer und Rauch aus den Ohren brechen. Sein Zorn loderte.

»Hat Keyt die Kinder mitgenommen?«

»Nein. Sie sind erst verschwunden, als Keyt schon eine ganze Weile unterwegs war.«

»Hat es einen Angriff auf Flynnt gegeben?«

»Nein. Aber der Seneschall meinte, es könnte dazu kommen, wegen der Holturer, die an der Grenze so aktiv sind.«

»Wie hat er die Burg gesichert?«

»Er hat einen Ring an Kämpfern außen um die Burg gezogen. In weitem Abstand.«

Morrgjar brüllte: »Wozu das denn? Eine Burg sichert man von innen, nicht von außen! Dazu ist es eine Burg!«

»Durchlaucht …« Die Frau hob hilflos die Hände. Er hätte sie am liebsten geschüttelt, doch es war nicht ihre Schuld. Sie hatte keinen Einfluss auf die Entscheidungen des Militärs. »Ich habe versucht, ihn zu überzeugen, aber …«

Mehr musste sie nicht sagen. Morrgjar kannte das Naturell des Offiziers, der für die Burgtruppen zuständig war. Er war stur. Dass er auch noch dumm war, damit hatte Morrgjar nicht gerechnet. Bedauerlich. Etwas, was er ändern musste. Sobald er es ändern konnte.

Er sah die Überbringerin der schlechten Nachrichten böse an.

»Morgen reitest du zurück zur Burg. Ich gebe dir einen Befehl für den Seneschall mit. Es ist ein offener Befehl. Du kannst ihn lesen. Er soll die Burg von innen sichern und einen Suchtrupp zusammenstellen.«

»Ihr kommt nicht mit?« Entsetzen war in der Stimme der Frau zu hören.

»Ich komme nach. Mit dem Treck. Wie geplant.«

»Aber die Kinder …«

Er sah sie an, und sie verstummte.

Seine Ersatz-Adjutantin stand neben ihm.

»Vermutet Ihr eine weitere Ablenkung?«

»Nein«, sagte er gefährlich leise. »Ich vermute Kindermord.«

Er wandte sich abrupt ab und ließ die beiden Frauen stehen. Seine Schritte waren hölzern, seine Schultern wie aus Eisen. Den Anblick seines Gesichts gönnte er niemandem mehr.

Die beiden Frauen sahen einander an. Sie kannten sich. Sie waren sich in gewisser Weise sogar ähnlich. Kompetent und zielstrebig.

»Warum bist du selbst gekommen?«, fragte die Soldatin strafend.

»Ich hatte das Gefühl, dass man sich auf Geschriebenes, das irgendwer überbringt, nicht verlassen kann. Das Nachrichtennetz ist in den letzten Wochen … löchrig geworden.«

Die Blicke der beiden Frauen waren wie ineinander verhakt.

»Irgendwas geschieht«, meinte die Vögtin. »Als hätte ein Gott auf einmal die Seiten gewechselt. Wo ist denn seine neue Frau?«

»Beim Treck. Den wir verlassen haben, weil es hieß, Flynnthaven wäre gefallen.«

»Wie ist sie?«

»Sehr jung, unerfahren, hübsch und niedlich. Möglicherweise bereits tot. Aber Darso und Griðyon sind bei ihr.«

»Er hat ihr beide gelassen? Oha.«

»Er scheint sie zu mögen. Oder die Treckladung.«

Die Frauen starrten einander an.

»Wichtige Treckladung?«

»Sehr wichtige Treckladung.«

Die Vögtin hob die Hände.

»Ich verstehe nicht, dass er nicht sofort nach den Kindern …«

»Ablenkung. Es ist alles Ablenkung. Ich glaube, es geht um etwas anderes, und er glaubt das auch.«

»Worum?«

»Um Flynnt.«

»Er ist Flynnt.«

»Wenn seine Linie erlischt, kann jeder Flynnt sein. Auch ein Holturer.«

Wieder schwiegen die beiden Frauen.

»Ich hoffe, er bringt sie alle um«, sagte die Botin. Sie musste nicht erklären, wen sie meinte. »Sie« waren immer der Feind.

»Oh, das wird er. Er ist kein Mann, mit dem man Spielchen treibt.«

DER LAUERNDE

Im Moment verfolgte er eine bestimmte Taktik. Diese bot sich an. Der Schlangenwurm hatte die richtigen Spieler für sein Spiel gefunden, von denen die meisten nicht einmal ahnten, dass sie und ihre Nachkommen Figuren auf einem Schachbrett der Zeit waren. Jene, die die theoretische Möglichkeit in Betracht zogen, es könnte so etwas wie den Schlangenwurm gegeben haben – oder gar noch geben –, mussten sterben. Bislang war das noch kein Problem gewesen.

53

Das Flüstern war sinnlos, denn das Tier war so nah, dass es sie längst wahrgenommen hatte. Pantheiger jagte man am besten mit starken Armbrüsten – aus der Entfernung. Tomo wechselte entsprechend die Waffe.

»Vergorrnter Mist!«, flüsterte Myrge. Garru sah vom einen zum nächsten. Die Gesichter waren glatt und zeigten die Angst nicht, die die Bewahrer genau wie er fühlen mussten.

Wieder knurrte es. Sehr nah.

»Lass das Messer los und spiel was«, schlug Tomo vor. »Ein Messer schützt dich nicht. Vielleicht halten die Klänge ihn auf Abstand.«

Garru nahm die Harfe und begann zu spielen. Seine Hände waren kalt, obgleich die Nacht warm war. Seine Wangen waren dafür heiß. Er spürte, wie ihm Schweiß von der Stirn rann. Ein Pantheiger. Sie waren so selten, dass man hoffen durfte, nie einem zu begegnen.

Diese Hoffnung musste er nun aufgeben. Bilder hatte er gesehen, Beschreibungen gelesen. Sie hatten riesige Eckzähne, Hauer, die sowohl dem Unterkiefer als auch dem Oberkiefer entsprossen, und viele spitze Zähne, die – so hieß es – nachwuchsen, wenn sie abbrachen.

Ihr Fell war schwarz und dunkelgrau gemustert. Sowohl Streifen als auch Punkte im dicken Pelz bildeten eine Tarnung aus Grauschatten. Sie waren groß, fast so groß wie

Esel, und wirkten wuchtig, obgleich sie behände und schlank waren. Das dicke, lange Fell verbarg die eigentlichen Körperformen.

Sie fraßen Menschen. Vermutlich fraßen sie auch Tiere, doch wenn sie Menschen erjagen konnten, so waren ihnen diese erstrebenswerte Leckerbissen.

Garru wollte kein Leckerbissen sein. Garru wollte zurück in Reyalun sein. Friedlich war es dort gewesen. Die Gerdels hatte man im Griff, und Pantheiger waren wenig mehr als eine interessante Theorie. Würde das Tier sie alle umbringen? Und falls nicht – wen würde es übriglassen?

Seine Hände zitterten. Er spielte. Mit klammen Fingern an störrischen Saiten. Er sah die Saiten nicht. Er blickte beim Spielen nie auf die Saiten, fand die richtigen Töne stets blind, doch nun schien ihm die Dunkelheit und die schlechte Sicht akut aufzufallen wie einem Hundertfüßler, der auf einmal darüber nachdachte, wie er das eigentlich bewerkstelligte, das Laufen mit den vielen Beinen.

Spielen, nicht grübeln. Theorien machten keine Musik.

Ob das Tier es merkte, wenn er falsch spielte? Oder verspürte es so etwas wie Vorfreude, Jagdfieber, Appetit?

Letzteres mit Gewissheit. Wo war es überhaupt? Garru meinte, dem Knurren von vorhin eine Richtung zuordnen zu können. Doch von dort war kein Geräusch mehr an sein Ohr gedrungen. Es war still.

Er spürte heißen Atem in seinem Nacken. Der Geruch von wildem Tier umhüllte ihn wie eine Glocke. Er sah es nicht, doch er fühlte seine Nähe, so nah, dass er die Reißzähne ahnen konnte. In seinem Sinn ergänzte die Erinnerung an die Bilder und Beschreibungen, die er gelesen hatte, seine Wahrnehmung. Er wusste, welches Bild ihn erwarten würde.

Ihm war nicht klar gewesen, wie unangenehm die Tiere rochen. Doch er verstand, wer immer nahe genug gewesen war, sie zu riechen, hatte keine große Möglichkeit mehr gehabt, den Sinneseindruck später für das Archiv zu schildern.

Er spielte eher automatisch denn wirklich überzeugend. Warum er nicht aufhörte, wusste er nicht. Vielleicht, weil Musik sein Leben war und er lebte, solange er spielte, und spielte, solange er lebte. Oder weil man wenigstens seine Musik im Gedächtnis behalten sollte, wenn die gewaltigen Zähne nun seinen Nacken packen würden, um ihn zu durchbeißen wie einen Blumenstängel.

Weit war er auf seiner Wanderschaft nicht gekommen.

Das Geräusch konnte er nicht zuordnen. Es passte nicht zu seiner Musik, nicht einmal als Rhythmus.

Das Brüllen hingegen konnte er zuordnen. Er warf sich mitsamt seiner Harfe herum, schützte diese mit seinen Armen, mit seinem Körper. Ein knöchernes Klacken erschallte beinahe an seinem Ohr und war im nächsten Augenblick wenigstens einen Schritt entfernt. Zähne auf Zähne.

Sein Hals war nicht dazwischen.

Während er mit seinem Instrument auf dem Boden zu liegen kam, sah er zum ersten Mal, was fast schon seinen Nacken im Beißwerkzeug gehabt hatte.

Größer noch, als er sich das vorgestellt hatte, stand es da, das Untier. Sein Fell zitterte, und es drang nach vorn, ihm entgegen. Was konnte er tun? Wie konnte er es abwehren? Eine Hand hatte die Harfe losgelassen und hielt nun einen Dolch. Dass er ihn hatte so schnell ziehen können, erstaunte Garru selbst.

Ein unnützes Erstaunen. Mit einem Dolch konnte man Pantheiger nicht besiegen.

Dann spritzte Blut. Ein Armbrustbolzen hatte ein Loch in die Flanke des Tiers gerissen. Wütend sprang das riesige Vieh im Kreis und fixierte die anderen Feinde, als nehme es sie zum ersten Mal wahr. Nun war es nicht mehr nur Garru, auf dessen Fleisch es spekulierte. Die vier Bewahrer standen im Karree um die Bestie und Garru. Einige ewige Augenblicke lang überlegte diese, wer bei dem Festmahl den Anfang machen sollte. Doch es schien Garru, als wäre er immer noch das interessanteste Objekt. Sollte er versuchen, noch einmal zu spielen? Würde das die Riesenkatze beruhigen?

Garru wusste, dass er es nicht konnte. Er war wie versteinert, als wäre jede Musik aus ihm verschwunden. So musste es sich anfühlen, tot zu sein. Die Absenz von innerer Musik war gleichbedeutend mit dem Untergang. Zwischen diesem Augenblick und seinem endgültigen Ableben schien kaum noch ein Unterschied zu bestehen. Sie näherten sich einander an. Nur auf den Schmerz musste er sich noch vorbereiten.

Wie Sturmwind, der sich plötzlich sammelte, pfiff etwas durch die Luft. Krallen, nicht minder groß als die des Raubtiers, stießen hinunter. Lederschwingen knatterten. Ein Schrei wie der eines Menschen gellte ohrenbetäubend durch die Berge, direkt in die Sinne der Menschen.

Plötzlich flog der schwarze Räuber. Nur einen Augenblick lang meinte Garru, die Großkatze könnte fliegen. Dann verstand er, dass sie es nicht freiwillig tat. Sie wehrte sich, wand sich im Griff grauer Krallen, fauchte und brüllte. Ihr Zorn entfernte sich nach oben, doch dann fiel sie auch schon, fallen gelassen von ihrem plötzlichen Feind.

Noch in der Luft drehte sie sich und fiel mit größerer Anmut, als man es dem unförmigen Tier zugetraut hätte. Gleich würde es wieder stehen und erneut angreifen.

Schon hatte es wieder Boden unter den Füßen, brauchte nur einen winzigen Augenblick, um sich zu orientieren. Doran war schneller.

Statt in das aufgerissene Maul schaute Garru auf einen Knochen, der aus dem Hals ragte, weiß in sehr viel rotem Blut. Der Kopf hing herunter, baumelte schwer an einem Rest Fleisch und Muskel. Doran schrie noch immer mit dem Hieb, mit dem er auf den dicken Nacken des Pantheigers eingeschlagen hatte. Es sah aus, als hätte er sich durch die schiere Wucht des Aufschlages verletzt.

»Vergorrnt! Vergorrnt! Vergorrnt!«, brüllte er.

Ein letztes Zucken durchlief den Raubtierkörper. Einen Augenblick lang sah es so aus, als würde die Bestie auch ohne Kopf immer noch mobil sein. Doch dann krachte sie zur Seite, die erste Bewegung, der die katzenartige Eleganz fehlte.

Ganz still war es ums Feuer herum. Die Gerdels und der Pantheiger lagen in seltsamer Einigkeit auf dem Schlafplatz der Menschen, der zu einem Teppich aus blutigem Schlamm geworden war.

Myrge war die Erste, die sich aus der Erstarrung löste. Sie trat zu Doran und untersuchte seinen Schwertarm. Die Waffe hatte er losgelassen. Sie lag neben dem Tier, das er besiegt hatte.

»Du hast dir die Schulter ausgekugelt«, stellte Myrge fest. »Tomo kann sie einrenken.«

Doran zischte etwas, das nicht hoffnungsfroh klang. Vermutlich wusste er, wie sehr so etwas schmerzte.

»Was war das?«, fragte Kryes. Garru wusste, was er meinte.

»Riesenbuzzard«, sagte er nur.

»Scheint den Pantheiger auch nicht gemocht zu haben«, merkte Doran an. »Keine Einigkeit unter den Bestien.«

Garru hob abwehrend die Hand.

»Er ist keine …«

Das riesige Flügeltier landete im Kreis der Bewahrer. Die Glut des Feuers flammte hell auf, als der Luftzug der Schwingen es anfachte. Die Bewahrer zischten erschrocken auf. Niemand hatte nach oben geschaut.

Doran war der Einzige, der nicht sofort seine Waffe hob.

»Nicht!« Garru sprang vor den Vogel, den er mit seinem sehr viel kleineren Körper nicht schützen konnte. Er musste es dennoch versuchen. »Das ist ein Freund!«

»Weil er den Pantheiger angegriffen hat? Vielleicht hat er sich mit dem um uns gestritten!«

»Weil er mein Freund ist!«, sagte Garru fest. »Ohne ihn wäre ich schon tot.«

Die Bewahrer starrten ihn an.

»Mehrfach!«, fügte Garru hinzu, um zu verdeutlichen, dass er sich nicht auf die Eskapade von eben bezog.

»Das ist ein Urgorrn-Geschöpf«, sagte Kryes langsam. Er hatte seine Waffe noch nicht gesenkt.

»Das heißt nicht unbedingt, dass er böse ist. Er mag Musik.«

»Musikliebhaber zu sein macht einen noch nicht zum vertrauensvollen Partner. Er mag seine eigenen Pläne haben.«

»Das«, Garru wurde leise und intensiv, »ist mein Freund. Er hat uns gerettet. Bevor ihr ihn angreift, müsst ihr durch mich durch.« Letzteres war keine große Drohung. Die vier konnten ihn auslöschen, bevor er auch nur einen Dreiklang gespielt hatte.

54

Es war noch dunkel gewesen, als der Treck angespannt hatte. So nah an den Byarla-Bergen konnte man den Sonnenaufgang nur ahnen. Irgendwann stieg die Sonne höher als die steilen Gipfel im Osten und färbte die Wolkendecke im Osten rötlich.

Doch schon als das Licht grau wurde, fuhren die Wagen dicht hintereinander los. Von manchen der Wagen konnte man Schmerzenslaute hören, wenn die Räder allzu heftig über ein Hindernis ratterten. Die Verletzten lagen zwischen und auf der Ladung. Es waren derer viele.

Darso ritt neben Nimry. Griðyon war am Treck entlang bis zur Nachhut geritten. Er hatte Nimry höflich zugenickt und gelächelt. Nach der seltsamen Nacht wirkte sein Lächeln wie ein Sonnenaufgang. Pruri, die den Wagen neben Nimry lenkte, grinste wonnig. Das Lächeln war allgemein genug gewesen, dass sie sich auch angesprochen gefühlt hatte.

Dann griff sie die Zügel fester. Die Zugpferde schnaubten nervös. Pferde waren schreckhaft. Oft genug wusste man nicht, worauf sie reagierten. Nimry sah sich um. Auch sie konnte nichts erkennen. Sollten Feinde in der Nähe sein, so waren sie gut verborgen.

Nimry hatte in den letzten Tagen zu viel erlebt, als dass sie sich auf den trügerischen Frieden verließ. Die Feinde hatten einmal nachts das Lager angegriffen und einmal von hinten den Treck aufgerollt – oder es zumindest versucht. Was kam als Nächstes? Ein Überfall von der Seite? Konnte von vorne jemand kommen?

Links der Straße wuchs immer noch Makye, doch sie veränderte sich langsam. Mehr hohe Bäume ragten aus dem Dornengestrüpp. Die auffällige Buntheit des Gesträuchs wich immer mehr einem vielschattigen Grün. Zwischen dem Dornengestrüpp wuchsen vermehrt auch einfache Büsche. Das Morgenlicht setzte goldene Lichter auf die Blätter. Es hätte schön sein können, doch Nimry war nicht in der Lage, die Unruhe zu unterdrücken, die in ihr bohrte. Da half auch kein Lächeln von Griðyon, das sie nicht einmal zu deuten wusste.

Griðyon, der Wächter in der Nacht. Der Retter in der Not.

Sie sah nach rechts. Berge und wilder Wald. Manchmal beschlich sie der Eindruck, jenseits der Straße existierte nichts mehr. Nur ein Trugbild von Undurchdringlichkeit, welche Landschaft und Möglichkeiten vorgaukelte, die es nicht gab. Eine Wand bis zum Himmel.

Nimry hasste diese Straße mittlerweile und sehnte ihr Ende herbei. Irgendwann mussten sie doch einmal ankommen! So wenig sie ursprünglich zur Flynntburg hatte ziehen wollen, so sehr hoffte sie nun auf deren dicke Mauern und Wehrtürme. Dort würde sie sicher sein. Sie vermochte sich den Klang der sich hebenden Zugbrücke vorzustellen, das Rasseln der Zugketten, das Klappern des Riegels, der die feindliche Welt draußen halten würde.

In Jorgvil war sie sicher gewesen und hatte das nicht genug gewürdigt. Das Wissen, dass es anders sein konnte, hatte sie gehabt, doch nicht auf sich bezogen. Wer in Sicherheit war, fand andere Dinge, über die er sich ärgern konnte. Nichtige Dinge. Es hatte derer viele gegeben. Sie würde sie wohl alle wieder auf sich nehmen, könnte sie sie gegen das Gefühl der Sicherheit hinter unüberwindlichen Mauern eintauschen. Und wenn es nicht Jorgvils Mauern waren, dann ihrethalben auch die der Flynntburg.

Vier Kinder würde sie dort haben und einen Gatten, der vielleicht nicht mehr mordete als feindliche Truppen, die einen überfielen. Woran waren seine Frauen nur gestorben? Dicke Mauern nützten nichts, wenn man den Feind im Bett hatte. Ganz plötzlich musste sie an seine Hände denken. Große, kräftige, sehnige Hände. Sie waren rau auf ihrer Haut gewesen.

Sie schaute nach vorn, wusste, die Richtung war Nordost. Sie wusste auch, der lange Treck mit den schweren Wagen hätte keinen der kleineren Wege entlangfahren können, die noch vor der Wald-Makye nach links abgebogen waren. Vielleicht hätte man dort auf Reitpfaden die Flynntburg auch erreichen können.

Sie schob die Gedanken beiseite. Das war nie eine Option gewesen. Niemand hatte wirklich damit gerechnet, dass es mehr als vielleicht ein paar mindere Scharmützel geben würde, die die Truppen des Graaven mit Leichtigkeit hätten für sich entscheiden können. Ebenso wenig hatte der Graav damit gerechnet, vom Treck fort zu müssen – mit einem Großteil der Soldaten.

Sie verfluchte den Fyrsthen, der sie in diese Lage gebracht hatte. Doch es war, wie es war. Sie blickte nach oben. Der Himmel war sommerblau. Schönes Wetter. In strömendem Regen wäre alles noch schlimmer gewesen, die Wagen wären langsamer vorangekommen. Alles wäre nass gewesen.

Was passierte mit Flugfeuer, wenn es nass wurde? Die unheimliche Substanz machte Nimry Angst. Niemand wusste so recht etwas darüber. Dennoch priesen die Kutscher wie die Soldaten jetzt den seltsamen Stoff, der ihnen beim letzten Überfall das Fell gerettet hatte.

Wie aufs Stichwort erschien Griðyon. Er zügelte sein Pferd und nahm die Position neben ihr ein, während Darso zurückfiel. Für beide gab es nicht genug Platz.

»Alles in Ordnung am Ende des Trecks?«, fragte sie.

Sie musste aufpassen, dass ihr der Gaul nicht durchging. Er mochte die Enge nicht.

»Wir haben einen Teil der Nachhut mit Flugfeuer bestückt. Der vorletzte Wagen hat weitere Vorräte des Materials geladen.«

»Was tun wir, wenn sie von vorne kommen?«

Er runzelte nur die Stirn.

»Möglich«, sagte er. »Von Holtur her oder aus Flynnthaven, falls es dem Graaven nicht gelungen ist …« Er vollendete den Satz nicht.

Falls sie Witwe war, ergänzte Nimry bei sich. Den Gedanken hatte sie einmal als positiv erachtet. Inzwischen zählte sie jeden Tag nur die geringeren Übel zusammen, als wären es Segnungen im Vergleich zur Grausamkeit der Möglichkeiten.

»Aber er weiß doch, was er tut, der Graav?«

»Der Marejal weiß stets, was er tut, Erlaucht.«

»Dann …«

»Andere wissen allerdings auch, was sie tun. Andere sind auch schlau, mutig und unnachgiebig.«

»Wie meint Ihr das?«

»Sieg und Niederlage liegen bisweilen eng beieinander.

Manchmal siegt der eine, manchmal der andere. Oder sie reiben sich beide auf, bis von keinem mehr etwas übrig ist.«

Er lächelte, und Nimry versuchte, dieses Lächeln zu verstehen. War es ein Geschenk an sie?

»Mögt Ihr den Graaven?«, fragte sie unverblümt, weil sie sich mit einem Mal nicht mehr sicher war.

Griðyon verneigte sich höflich.

»Selbstverständlich, Erlaucht. Ich habe ihm viel zu verdanken.« Er schaute nach vorn. »Beim nächsten Halt werden wir die Hälfte des Flugfeuers nach vorne schaffen.« Das Thema Graav war damit beendet.

Sie wagte nicht zu fragen, ob ihr Gatte sein Vater war. Vielleicht würde sie es später herausfinden. Wenn es dann noch relevant war. Vielleicht wusste er es selbst nicht?

Greda ritt vor ihr. Nimry sah, wie ihr Rücken sich versteifte, als der Adjutant sie passierte. Die Kutscherin war unempfänglich für Griðyons Charme. Vermutlich fand sie Männer generell nicht spannend und Pruris Faszination störend. Vielleicht hatte sie auch Angst, auch noch Pruri zu verlieren, nachdem schon Mandelle gestorben war. Nimry meinte, von vorn ein nervöses Schnauben zu hören, war sich aber nicht einmal sicher, ob es von Greda oder ihrem Ross kam.

Dann war Griðyon auch schon wieder fort. Doch es war nicht das letzte Mal, dass er auf dem Weg vom Anfang des Trecks zu dessen Ende und wieder zurück vorbeiritt. Es war, als bände er die beiden Enden zusammen durch seine unermüdliche Aktivität. Er kam Nimry vor wie ein Hütehund, der um seine Herde kreiste.

Gegen Mittag rasteten sie an einer der verfallenen Herbergen, die in regelmäßigen Abständen die Straße säumten. Früher hatte es nach jeder Etappe einen Platz zum Ausharren, Rasten, Speisen und Schlafen gegeben. Doch so allein an der Straße schienen die großen Gebäude nach und nach Angriffen zum Opfer gefallen zu sein.

Die Pause war gerade lang genug, um den Ansprüchen des Körpers Genüge zu tun. Als der Wagenzug weiterfahren wollte, fehlte Pruri. Ihr Wagen stand, während die Karren vor ihr bereits fuhren und die Fuhrknechte hinter ihr fluchten und schimpften, weil es nicht weiterging.

»Wo ist sie?«, fragte Nimry besorgt die wütende Greda, die vom Pferd auf den Kutschbock umstieg, sich dann aber weigerte, die Pferde in Bewegung zu versetzen.

Von irgendwoher zischte es: »Frauen. Brauchen immer doppelt so lang wie Männer.«

»Ich sehe nach!«, sagte Nimry, der bewusst war, dass man sie nicht verfluchen würde – zumindest nicht laut. Zurücklassen würde man sie auch nicht. Greda und Pruri schon.

»Darso! Zu mir!« Sie stieg ab. Seitwärts in die Büsche schlug man sich nicht zu Pferd.

»Erlaucht! Wir haben keine Zeit«, drängte der Hüne.

»Wir lassen niemanden zurück. Wir brauchen jeden Mann und jede Frau.«

Der Treck hatte nicht zuletzt deshalb genau an diesem Ort gehalten, weil es hier gerade mal Gebüsch gab, das weniger undurchdringlich war als die Makye. Zwischen den Büschen und Bäumen waren sie alle verschwunden und hatten sich Plätze rausgesucht, die wenigstens ein Minimum an Privatsphäre boten. Oder wenigstens vorgaukelten. Sie waren nicht alle gleichzeitig gegangen, um die Wagen nicht schutzlos stehen zu lassen.

»Wo kann sie hin sein?«, fragte Nimry. Sie und Darso kämpften sich durch das Gestrüpp, das die unappetitlichen Hinterlassenschaften einer ganzen Treckbesatzung aufwies.

»Pruri?«, rief Nimry. »Beeil dich! Wir wollen weiter!«

Darso hatte einen Dolch gezogen, als erwartete er jeden Augenblick einen Angriff. Hatte der Feind sich an einer ähnlichen Stelle durch das Gestrüpp begeben, um sie auf einem Schleichweg zu überrunden? War das überhaupt möglich?

Sie wusste nicht, was möglich war und was nicht. Und sonst wusste es vermutlich auch niemand. Wer die Straße nach Nordost nahm, würde auf ihr bleiben. Dazu war die Straße da: mitten in der Landschaft – und doch so etwas wie ein Tunnel, aus dem man nicht entkommen konnte.

»Erlaucht sollten nicht weitergehen!«, mahnte Darso. Sie zuckte nur die Achseln. Von Anfang an hatte ihr neuer Titel sie nur bedingt begeistert, und zusehends fand sie die Unpersönlichkeit und den Abstand, die er ausdrückte, irritierend. Erlaucht erlaubten sich schlechte Laune.

»Sie muss hier irgendwo sein!«, erwiderte sie deshalb nur.

»Gefährlich!«, sagte Darso. »Es gibt Feinde und wilde Tiere. Denkt an die Spinnen!«

Nimry dachte an die Spinnen und blickte sich ängstlich um. Vereinzelt konnte man Rahe-Bäume in der Ferne ausmachen. Würden sie alle ihre giftige Brut tragen?

Sie ging dennoch weiter. So weit hatte sich sicher niemand vom Treck entfernt. Warum sollte Pruri so weit gegangen sein? Hatte sie irgendetwas gesehen, dem sie nachspüren wollte? War ihr etwas seltsam erschienen, das sie erkunden wollte?

Nimry stolperte fast und stellte fest, dass es nicht Wurzelwerk war, sondern Steine. Behauene Steine. Sie folgte der Linie.

»Hier ist ein Gebäuderest.«

Ein paar Schritte weiter waren die Grundmauern einer Ruine noch zu sehen.

»Herbergsstation«, meinte Darso und sah sich misstrauisch um. »Von früher. Stallungen.« Die bis zu hüfthohen Mauerreste boten gute Deckung – für Feinde der menschlichen wie der tierischen Art. »Bleibt hinter mir! Nimr… Erlaucht!«

Sie ignorierte ihn und ging vorsichtig weiter. War Pruri bis hierher gekommen? Gemeinhin versuchte man sich nicht allzu sehr von den Wagen zu entfernen. Die Pausen waren kurz. Niemand wollte den Anschluss verpassen und die Straße allein bewältigen oder hinter der Nachhut herrennen müssen.

Wieder rief sie nach Pruri.

Sie fand die Kutscherin hinter einer Mauer liegend. Ihr Körper zuckte, und sie starrte unverwandt gen Himmel.

»Pruri! Was hast du?«

Nimry kniete sich neben die große Frau, die hilflos auf dem Boden lag. Speichel rann ihr aus dem Mund, und blutige Tränen flossen aus den Augen. Nimry schüttelte sie am Arm, doch eine Reaktion erhielt sie darauf nicht.

»Was hat sie?«, fragte sie Darso. Der zuckte die Achseln. Nimry suchte die Frau nach Verletzungen ab. Ein Kratzer am Kopf, weitere Kratzer an den Händen.

»Sieht nach Gift aus«, murmelte Darso und sah sich misstrauisch um. Statt eines Dolches hatte er nun sein Schwert gezogen und stocherte im Gesträuch herum.

»Was ist hier giftig?« Nimry verfluchte ihre Unkenntnis.

»Kann vieles sein.« Wieder ein Achselzucken. »Pflanzen. Tiere. Kleines Krabbelzeug.«

Zumindest sah Nimry keine Rahe-Spinnen. Dafür war sie dankbar. Doch dann wurde ihr bewusst, dass sie die wenigstens gekannt hätte. Was gab es hier sonst noch?

Sie versuchte, Pruris Kopf anzuheben.

»Sag doch etwas!« Nimry schüttelte sie sanft.

»Die sagt nichts mehr«, stellte Darso sachlich fest.

»Sie lebt noch.« Nimry nestelte an ihrer Kleidung und zog ihr Amulett hervor, das sie nun stets darunter trug. Es ließ sich aufschrauben, und sie hielt es über Pruris Mund und tippte darauf. Hellgrauer Puder staubte daraus hervor. Nimry wusste nicht, wie viel man brauchte, damit es wirkte. Falls es überhaupt wirken konnte und nicht nur ein Betrug des Jorgvilschen Alchemisten war, mit dem er sich bei ihr ihres Dekolletés zuliebe hatte einschmeicheln wollten.

»Was ist das?«, fragte Darso.

»Medizin. Vielleicht.«

Er sah sie skeptisch an. Vermutlich fand er, dass man für Medizin die Krankheit kennen musste. Damit hatte er zweifellos recht. Nimry versuchte es dennoch.

»Wir nehmen sie mit«, sagte Nimry. »Steck dein Schwert weg und heb sie hoch!«

Er schaute unglücklich.

»Dann kann ich Euch nicht verteidigen, Erlaucht!«

Sie zog ihr eigenes Schwert.

»Das werde dann eben ich tun«, sagte sie mit mehr Entschlossenheit als Kampfkraft. Entsprechend sah der große Kerl sie nur zweifelnd an.

»Nun mach schon! Ich kann Pruri nicht tragen. Sie ist zu schwer. Los! Der Treck wartet. Wir haben keine Zeit.«

Darso bückte sich und zog die kräftige Frau hoch. Er warf

sie sich über eine Schulter. Sie stöhnte. Und dann schien sie etwas zu sagen.

»Schla… hat Schla… er …«

»Eine Schlange hat sie gebissen«, folgerte Darso mit unvermuteter Logik.

Nimry fand Schlangen nicht besser als Spinnen. Sie sah die halbtote Frau an und hoffte, dass auch sie, wie Griðyon, auf einmal wieder genesen würde, um ein paar Heldentaten zu vollbringen.

Doch sie glaubte es nicht.

Wie nah waren die Schlangen?

55

Was jetzt, Deruonn?«, fragte Shernay. Es ging steil bergab. Ihre Füße rutschten auf dem grauen, unebenen Stein. Der Pfad, dem sie folgten, sah natürlich aus, und doch meinte Shernay, Spuren zu sehen, die darauf hindeuteten, dass hier Menschen nachgeholfen hatten, zumindest dort, wo aus dem Pfad beinahe ein Hohlweg wurde.

Immer weiter in die Tiefe. Das Byarla-Gebirge brach am westlichen Ende des Grabens beinahe senkrecht ab, und der Pfad wand sich in Serpentinen den abschüssigen Fels entlang nach unten. Von hier konnte man die Ebene westlich des Gebirges sehen, konnte weit in die sommerbunte Ebene blicken. Die Welt war schön anzuschauen. Ob sie wirklich schön war, mochte Shernay nicht entscheiden.

In den Abgrund des Byarla-Grabens hatte sie nicht mehr hinuntergeblickt. Es hatte ihr seltsam gegraust vor der Möglichkeit hinabzufallen – oder hinabgestoßen zu werden. Nur Deruonn hatte immer wieder mal einen Blick in die Tiefe riskiert.

»Ich glaube, weit vom Osten her nähert sich etwas«, hatte er irgendwann gesagt. »Reiter. Oder eine Karawane. Genau kann ich es nicht ausmachen.« Er schien nicht besorgt. Also war sie es auch nicht. Das dort unten war die Straße nach Flynnthaven. Es war nur logisch, dass man dort Waren transportierte.

Ihr zitterten die Knie vom Abbremsen ihrer Schritte. Ihre Muskeln brannten, obgleich Shernay die anstrengende Reise durch das Gebirge inzwischen hätte gewohnt sein sollen, schließlich waren sie schon eine ganze Zeit unterwegs. Shernay war leicht, und doch schien ihr eigenes Gewicht sie nach vorne zu schieben.

»Was meinst du, Schönste?«, fragte Deruonn zurück. Sie wusste, er wich ihr nur aus. Es war nicht das erste Mal, dass sie fragte. Doch eine feste Vorstellung davon, wie ihre Zukunft aussehen würde, hatte sie immer noch nicht. So sie denn eine hatte. So wie dies Gebirge nun zu Ende war, so mochte vieles abrupt zu Ende gehen.

Sie waren vorsichtig und in gebührendem Abstand am Byarla-Graben entlang westwärts gezogen. Sie hatten nach Gerdels Ausschau gehalten, nach Traumschlangen, nach Nachtjägern und Verfolgern. Geschlafen hatten sie wenig und wenn, dann nur abwechselnd.

Die stete Unruhe, die Shernay aus purem Stolz nicht Angst nannte, hatte sich fest in ihrem Magen eingegraben. Sie versuchte immer wieder, nicht an die Vergangenheit und die Gefahren der Gegenwart zu denken. Doch die Zukunft in all ihrer undefinierten Unsicherheit bot auch keine Zuflucht. Da half nicht einmal die Liebe zu Deruonn, der, wenn man ehrlich war, nur eine halbe Person darstellte, deren andere Hälfte zu den »gegenwärtigen Gefahren« zählte. Gemryn hieß diese andere Hälfte. Das hatte sie inzwischen erfahren. Wieder etwas, was sie nicht wissen sollte.

Dennoch waren seine starken Arme so etwas wie ein Heim. Sein warmer, muskulöser Körper war mehr als nur die Erfüllung ihrer Sehnsüchte und Begierden. Sie boten einen Fixpunkt in einer Welt, die sonst keinen mehr hatte.

Seine ruhige, tiefe Stimme gab ihr Halt, wo sie keinen mehr wahrnahm, und seine Hände hielten sie mit solcher Festigkeit, dass sie glauben wollte, er würde sie nie mehr loslassen. Doch die stete Analyse in ihrem Denken kam, sobald es ihr nicht gelang, diese auszuschalten, zu einem differenzierteren Ergebnis.

Gelegentlich hatten sie einen hohen Punkt erklommen, um einen Überblick über die Landschaft zu haben. Bewahrer hatten sie keine gesehen. Das hieß nicht, dass keine da waren. Sie waren da. Shernay wusste es.

Sie wusste sogar, wer sie waren. Von weit oben hatte sie einmal das Bild gesehen, aus den Augen des Buzzards, der bisweilen über ihnen entlang glitt und Shernay mit beunruhigenden Eindrücken versorgte, wie ein Warnschrei aus plötzlichen Bildern – unerklärlich und aus dem Zusammenhang gerissen.

Dann teilte sich Shernays Sicht, und sie musste innehalten, um nicht zu fallen. Ihre Ohren sausten, und ihr Körper hatte Schwierigkeiten, das Oben vom Unten zu unterscheiden.

Die Eindrücke währten nie lange. Doch inzwischen hatte Deruonn begriffen, was geschah, wenn Shernay mit einem Mal verträumt und schwankend stehen blieb. Er fasste sie dann immer bei den Armen und gab ihr Sicherheit.

»Was siehst du?«, hatte er gefragt.

»Die Bewahrer. Drei Männer, eine Frau und Garru, mein … der Barde. Sie sind keine Tagesreise mehr hinter uns.«

»Zu nah.«

Garru war bei den Verfolgern. Shernay wollte nicht, dass Garru bei ihnen war. Wenn es zum Kampf kam und die Bewahrer siegten, wollte sie nicht, dass er Anteil an ihrem Tod hatte. Sie konnte nicht glauben, dass er das wünschte, fühlte instinktiv, er würde sich eher in Gefahr bringen. Umgekehrt, in dem Fall, dass Deruonn siegen würde, wollte sie auch keinen Anteil an Garrus Tod haben. Die Schuld wäre zu groß.

Sie schaute in die kratynienbraunen Augen, die an allem schuld waren. Sein linker Mundwinkel zuckte, doch es lag kein Lachen darin. Er beugte sich zu ihr hinunter und küsste sie, hielt dabei ihren Nacken fest und streichelte sie mit dem Daumen. Es war kein sanfter Kuss, doch es war das, was sie brauchte.

»Ich meine«, sagte sie, als sie wieder zu Atem kam, »wir sind vielleicht bald unten an der Straße. Von dort geht es entweder nach Flynnthaven oder zur Flynntburg. Oder nach Norden – Holtur – oder Süden – Jorgvil. Du hast dich als Forscher ausgegeben. Als was willst du mich ausgeben? Oder wirst du Reyalun dem Nächstbesten verraten?« Sie blickte ihn herausfordernd an. Er blickte genauso zurück. Jedes Mal wieder. Nie schuldbewusst, nie unsicher – einerlei, ob er sie gerade geküsst oder geliebt oder mit ihr gestritten hatte. Er ließ sich nicht in eine Ecke drängen, nicht mit Worten, nicht mit der Weichheit ihres Körpers und vermutlich schon gar nicht mit Waffen.

»Du könntest mich nicht daran hindern«, sagte er hart. »Doch Geheimnisse haben keinen Wert, wenn man sie dem Nächstbesten verrät. Ein Geheimnis muss stets eines bleiben.«

»Man hat dich geschickt, uns zu finden.«

»Der mich geschickt hat, wusste, dass es euch gibt. Er hat euch an mich verraten. Nur an mich.«

»Ja, und du wirst mich an deine Leute verraten«, konstatierte sie sachlich, »und fang jetzt nicht an zu debattieren, wer deine Leute sind und dass es sie überhaupt nicht gibt.«

»Darüber will ich gar nicht debattieren.« Sein Blick war eine glitzernde Warnung.

»Dachte ich mir.«

»Wir sollten nicht streiten. Es führt zu nichts. Die Welt ist weit. Der Möglichkeiten gibt es viele.«

Sie wandte sich ihm zu und ergriff ihn an den muskulösen, lederumfassten Oberarmen. Ihre schmalen, vierfingrigen Hände konnten den Bizeps nicht umspannen. Sie fühlte die Ohnmacht der Geste.

Er sah mit seinen dunklen Augen auf sie hinunter, stand ganz still, als müsse er ihre erneute Annäherung erst verarbeiten. Sein Blick wandelte sich von eisig zu warm.

»Ich habe Angst«, sagte sie ganz sachlich. »Kannst du das nicht verstehen? Ich habe allen Grund dazu! Mein Wissen ist nur sicher, wenn ich tot bin. Feinde verfolgen uns. Feinde warten auf mich. Nicht einmal du kannst mir ein friedliches Weiterleben garantieren. – Ich habe verflucht noch mal zu Recht Angst!«

»Angst ist der größte Feind in einer Welt von Feinden«, antwortete er. Es klang wie ein Zitat, als spule er eben diese Worte aus seinem Sinn jedes Mal ab, wenn es irgendwie um Angst ging. Eine Liturgie des Verdrängens. Sie hatte nicht den Eindruck, dass der Ausspruch wirklich eine Weisheit war. Eher ein Krückstock, auf den man sich stützte.

»Ich habe noch nie in einer Welt von Feinden gelebt«, gab sie zurück. »Ich hatte gehofft, du wärest keiner.«

Er zog sie an sich.

»Ich bin keiner. Aber niemand kann dir eine Garantie auf dein Überleben geben, und das ist weniger mein Fehler als der der Welt. Du gehörst zu mir und stehst unter meinem Schutz.«

»Aber du bist wie die Soldaten. Deinem Feldherrn oder wem auch immer verpflichtet.«

»Das warst du auch.«

Sie hatte sich indes den prickelnden Luxus des Ungehorsams erlaubt. Er würde das nicht.

»Du beantwortest meine Fragen nicht!« Er fing sie wie nebenbei auf, als sie ins Rutschen geriet. Seine Hilfestellung hatte sie so sehr verinnerlicht, dass sie sie kaum mehr wahrnahm. Doch das hätte sie sollen.

»Ich kann nichts beantworten, worauf ich noch keine Antwort kenne«, sagte er. »Was immer kommt, wir werden darauf reagieren. Das ist nicht die Reihenfolge, in der ich gerne handele, aber so ist es nun mal.«

Shernay schwieg eine Weile.

»Sie werden uns umbringen«, sagte sie dann.

»Es herrscht Krieg. Ich bin ein bewaffneter Kämpfer und fremd in dieser Gegend, und du bist eine begehrenswerte Frau.«

»Dann werden sie mich vielleicht nicht gleich töten …«

»Nicht gleich, aber ob hinterher besser ist …?«

»Ich weiß.«

Er strich ihr übers Haar.

»Es gibt immer jemanden, der einen umbringen möchte. Man muss in diesem Reigen der Erste sein. Ein toter Feind greift nicht an.«

»Ein toter Feind beraubt einen aber auch der Möglichkeit, Frieden zu schließen, und Frieden ist …« Sie verstummte.

Er blieb stehen und lauschte, fasste nach ihrem Arm und schob sie hinter sich. Bedeutete ihr, zu schweigen. Sie schwieg, obgleich sie nichts gehört oder gesehen hatte. Wo war der Buzzard, wenn man ihn brauchte? Dessen Kommen und Gehen war völlig willkürlich, wie eines Tieres. Dabei war er mehr. Aber eben doch kein Mensch. Er tauchte auf, wann er wollte, sprach, wenn ihm danach war, und verschwand dann wieder. Ein geflügeltes Rätsel.

Nach einer Weile ging Deruonn weiter. Seine Haltung war wachsamer, sein Schritt noch vorsichtiger.

»Bleib hinter mir«, raunte er. Seine Stimme klang flach.

Schweigend stiegen sie weiter ab. Immer wieder rutschen Shernays Füße, und lose Steinchen rieselten laut den Hang hinunter. Dann blickte er ungehalten, und sein Gesichtsausdruck wurde hart und glatt. Unnahbar. Er selbst war lautlos. Es war, als passte sich der Weg seinen Schritten an.

Er stand bereits, einen Wurfdolch in der Hand, als hinter einem Felsen ein Mann auftauchte wie aus dem Nichts. Ein Soldat, so schien es, gewandet in Eisen und Leder – wie Deruonn auch –, doch in einer Art und Weise, die nahelegte, dass es von genau dieser Gewandung viele ähnliche gab. Er trug einen Lederhelm und abgesetzte Stulpenhandschuhe. Der Mann hielt eine gespannte Armbrust in den Händen. Er konnte den Bolzen abschießen, bevor Deruonn auch nur in die Nähe gelangen konnte. Ein Armbrustbolzen würde Deruonns Lederrüstung durchschlagen. Genau dazu waren Armbrüste da – um Rüstungen zu durchschlagen. In der Theorie hatte Shernay die Mechanik immer bewundernswert gefunden. Vom falschen Ende aus gesehen waren Armbrüste weniger charmant.

»Wer da?«, fragte der Soldat laut, als müsste er seine Überlegenheit unbedingt mit seiner Lautstärke manifestieren.

»Gut Freund!«, antwortete Deruonn automatisch und schaffte es, gut gelaunt und freundlich zu klingen. »Wir kommen aus den Bergen.«

»Edelsteine gefunden?«, fragte der Kerl interessiert und gierig. Die Armbrust in seinen Händen wackelte ein wenig.

»Nein. Bergkräuter zur Heilung.« Sie hatten tatsächlich welche im Gepäck. Deruonn kannte sich erstaunlich gut mit Heilpflanzen aus, wusste, welche halfen und welche schadeten.

»Du siehst nicht aus wie ein Heiler«, zweifelte der Armbrustschütze.

»Ich sehe aus wie jemand, der im Byarla-Gebirge überlebt.« Deruonns Stimme klang fest.

»Wer ist die Frau?«

»Mein Weib. Auch sie ist Heilerin.«

Shernay verstand, dass die Aussage sie schützte. Heiler egal welchen Geschlechts standen in einem Krieg immer hoch im Kurs. Heiler umzubringen war schlecht. Es hieß, es brachte Unglück. Zumindest, wenn man demnächst wieder der Heilung bedurfte.

»Mitkommen!«, befahl der Mann nun barsch, und hinter zwei weiteren Felsblöcken erschienen nun noch vier Soldaten. Sie hatte sie nicht gesehen, doch Deruonn schien nicht überrascht.

»Wessen Truppen seid Ihr?«, fragte Deruonn.

»Das geht dich einen Gerdeldung an, Fremder.«

»Ich heiße Gemryn, und ich bin nicht fremd. Dies ist Kahsell.«

Falls Deruonn sich erhofft hatte, sein anderer Name, den er in Jorgvil geführt hatte, wäre hier bekannt, so wurde er enttäuscht. Er fuhr fort:

»Ich forsche im Auftrag des Weisesten Orstyn! Er gehört zum Rat des Fyrsthen Ryckden.«

Das beeindruckte niemanden. Zu wem gehörten diese Männer? Wenn sie nicht zum Fyrsthen von Kahsell gehörten, mussten sie Invasoren sein. Dann aber mochte alles geschehen. Die Karten der Machtverhältnisse wurden neu gemischt.

Einer der Männer trat auf sie zu und packte Shernay am Arm.

»Vorsicht!«, zischte Deruonn. »Sie ist mein. Ich teile nicht.«

»Du bist ein tapferer Mann, bei der Aussicht auf fünf Armbrustbolzen im Wanst nicht teilen zu wollen«, sagte der Erste.

»Sie ist schön genug für mehrere Männer«, sagte der Zweite mit echter Bewunderung, die Shernay just nicht wertschätzen konnte. Sie betrachtete die Kerle argwöhnisch. Sie kannte Talbewohner, Deruonn, Räuber und nun auch Soldaten. Es würde zum Kampf kommen. Es kam immer zum Kampf.

Armbrüste waren keine Nahkampfwaffen. Doch sie waren gefährlich genug, einem einen Bolzen ins Herz zu treiben, wenn man etwa danach greifen wollte. Auf diesem engen Pfad zu kämpfen würde tödlich enden. Sie war sich absolut nicht sicher, ob Deruonn – oder Gemryn – in der Lage sein würde, hier alle auszuschalten. Sie waren nicht nahe genug beieinander, um zu verhindern, dass einer schoss, während ein anderer entwaffnet wurde. Und Shernay wusste, dass sie selbst überhaupt keine Hilfe war. Um sich mit der waffenlosen Kunst des Patangol zu verteidigen, brauchte man Platz.

»Geht vor!«, erschallte der Befehl. »Ganz langsam!« Sie verstand. Nun würden sie die fünf Soldaten hinter sich haben. Diese würden auf sie hinunterzielen, und sie und Deruonn würden – sollten sie kämpfen wollen – dies bergauf tun müssen.

Sie hatte den Räubern, die sie nahe an der Herberge überfallen hatten, Waffen abgenommen. Deruonn hatte ihr gezeigt, wie man Dolche richtig hielt, war aber wenig zuversichtlich gewesen, dass sie damit sehr viel ausrichten würde – nicht gegen kampferprobte Feinde, nicht gegen eine Übermacht. Nicht bergauf gegen einen besser bewaffneten, stärkeren Gegner.

Sie wagte kaum, sich umzusehen.

Wer waren diese Männer? Machte das überhaupt einen Unterschied? Hätten Kahsellsche Soldaten nicht Deruonns Auftraggeber erkennen müssen? Oder hatten sie ihm einfach nicht geglaubt? Es mochte ihnen auch herzlich egal sein. Sie hatten Beute gemacht. Die Beute war sie.

Shernay hatte nicht genau genug hingesehen, um sich mehr als nur die Bewaffnung und die allgemeine Ausstrahlung der Kerle zu merken. Sie hatte kaum die Gesichter wahrgenommen. Der eine hatte viele Narben im Gesicht. Das zumindest war ihr im Gedächtnis geblieben.

In Reyalun hatte sie alle gekannt. Manche besser, manche schlechter, manche nur vom Sehen, ohne je ein Wort gewechselt zu haben. Doch es hatte keine Fremden und keine Feinde dort gegeben. Bis Deruonn gekommen war.

Jetzt gab es nur noch Fremde und Feinde. Für den Rest ihres vermutlich kurzen Lebens.

DER LAUERNDE

Der Schlangenwurm hatte keinen Namen. Die Menschen hatten seiner Gattung vor langer Zeit eine Bezeichnung gegeben, die in ein paar Verwünschungen Eingang gefunden hatte, ansonsten aber fast so vergessen war wie das Schauermärchen seiner Existenz.

Menschen hatten Namen, auch die, die für ihn lebten und strebten, sei es bewusst oder unbewusst. Irgendwann waren sie alle klein gewesen, der Schlangenwurm ebenso wie das Umfeld aus Fleisch, das er sich gewählt hatte.

Wäre er schlangennackt und namenlos vor den Menschen erschienen, sie hätten ihm nicht getraut. Doch sie trauten anderen Menschen.

Das war schön.

56

Der Weiseste Orstyn wandte beinahe genauso viel Kraft auf, seine Mimik im Griff zu halten, wie er Kraft brauchte, sein Pferd zu lenken. Schon Jahre war er nicht mehr geritten und auch damals war er kein guter Reiter gewesen.

Dass es eine unsinnige Idee war, ausgerechnet ihn mit einem Trupp Jorgvilscher Reiterei die Straße nach Norden erkunden zu lassen, hatte er dem Fyrsthen freilich nicht sagen können. Nicht direkt. Selbst Orstyns übliche Gesprächstaktiken hatten nicht gefruchtet, als es galt, Seine Gnaden sanft zu überzeugen, dass Seine Gnaden just noch eine bessere Idee hatte – nämlich die Orstyns.

Natürlich hätte Orstyn selbst nicht so insistent sein dürfen. Ihm war es wichtig vorgekommen, dem Verdacht ob der Anwesenheit feindlicher Truppen nördlich von Jorgvil nachzugehen. Dem Fyrsth jedoch steckte immer noch Passagur als langfristiges Ziel in seinem – wie Orstyn fand – eingerosteten Hirn.

Vielleicht hatte der Weiseste zu sehr gedrängt. Es tat dem Hals nicht gut, den Kopf allzu weit zu drehen. Das merkte irgendwann auch der hohlste Schädel, und Ryckden war nicht einfältig. Verbohrt und selbstgefällig, aber nicht wirklich dumm.

Nach jener Ratssitzung hatte es gebrodelt. Fyrsth Ryckden, der es nicht schätzte, wenn seine Denkweise von der

Realität überholt wurde, hatte sich – kaum dass der erste Schock verdaut war, zu überzeugen gewusst, dass alles nicht so schlimm sein konnte. Schließlich waren keine Edunayuni gemeldet worden. Der Graav von Kthon hätte sie sonst längst bekämpft. Niemand hatte Jorgvil angegriffen, und ein Angriff auf Flynnthaven war zunächst die Aufgabe des Graaven von Flynnt. Dazu war er der Graav von Flynnt. Dazu hatte er seine neuen Waffen erhalten.

Dem Treck eine schnelle Einsatztruppe hinterherzuschicken war das Einzige, worauf er sich widerwillig einließ. Es war eine kleine Einheit unter dem Kommando eines bärbeißigen Veteranen, der zu dessen nicht eben großer Freude den Weisesten als Berater mit sich führen sollte.

»So kann der Weiseste selbst vor Ort die weisen Entscheidungen treffen«, hatte Ryckden gesagt. »Aus der Fülle seiner Erfahrung heraus.«

»Danke, Euer Gnaden«, hatten sowohl Orstyn als auch der alte Offizier gesagt und sich tief verbeugt, um somit möglichst den jeweiligen Gesichtsausdruck so lange zu verdecken, bis sie ihn beide wieder im Griff hatten. Dann waren sie aufgebrochen.

Kaum hatte der Obrist bemerkt, wie schlecht sein Berater reiten konnte, hatte er das Tempo noch erhöht.

Sinnlos. Der Treck war schon viel zu lang fort, als dass man ihn hätte einholen und schützen können, auch wenn ihr Trupp weitaus schneller unterwegs war als ein schwer beladener Wagenzug, der lange Pausen brauchte und bei dem man immer wieder wegen irgendeinem gebrochenen Rad anhalten musste. Wenn der Treck überfallen worden war, dann konnte man im Nachhinein wenig daran ändern. Wenn er indes irgendwelche Edunayuni besiegt hatte, so mochten die auf dem Weg zurück sein und entsprechend ungehalten auf diese eher kleine Truppe stoßen.

So oder so, Orstyn wollte nicht durch die Lande reiten. Er hatte zu lange an einem Ort verweilt und dort so etwas wie ein Revierverhalten entwickelt. In der Burg zu Jorgvil kannte er sich aus, besser als jeder andere. Dort war er nicht dem Wetter ausgesetzt, musste nicht im Regen nass werden und keine Hartkekse mit Trockenfleisch verzehren. Keine Insektenschwärme bissen ihm ein Muster in die Haut, keine wilden Tiere drohten aus irgendwelchem Gesträuch hervorzubrechen.

Zudem fühlte er sich verfolgt. Es war ihm, als würde er beobachtet. Irgendetwas oder irgendwer war viel zu nah, und das unablässig. Er wusste nicht, seit wann. Aber je weiter er sich von Jorgvil entfernte, desto deutlicher wurde das Gefühl.

Immer wieder sah er sich um. Soldaten vor ihm. Soldaten hinter ihm. Sie trugen weite Hosen, die ihnen aus den Stiefeln quollen. Ihre Rüstungen waren aus geschupptem Leder auf Hartstoff. Ihre Bandoliere waren waffenstarrend, sie alle trugen das militärübliche Kurzschwert, und die Frontreiter waren zusätzlich mit langen Lanzen ausgestattet, an denen Wimpel flatterten. Die Männer waren gerade so furchteinflößend, wie Soldaten eben waren. Doch Orstyn konnte nichts feststellen, niemand fiel ihm auf, der es auf ihn abgesehen haben könnte. Das Gefühl jedoch blieb, diese Gewissheit, dass ganz in der Nähe Unheil lauerte.

Er wäre diszipliniert genug gewesen, ein solches Gefühl einfach abzutun, hätte ihm die Erfahrung nicht oft genug recht gegeben, solchen Ahnungen nachzugehen. Dass er am Hofe zu Jorgvil praktisch aus dem Nichts Karriere gemacht hatte und immer noch lebte, verdankte er just diesem Gefahreninstinkt. Orstyn hatte ihn nicht immer besessen, doch er hatte ihn entwickelt, wie eine Wissenschaft, die man sich aneignete. Oder eine Begabung, die sich irgendwann manifestierte und in einem wuchs.

Er hatte viel Wissen erlangt, doch dieses Wissen allein konnte es nicht erklären. Er suchte auch nicht nach einer Erklärung. Er suchte nach dem Grund, warum sich ihm die Nackenhaare sträubten und warum er von dem Offizier einen eigenen Leibwächter gefordert hatte.

Den zumindest hatte er erhalten, wenngleich er auch nicht zu sagen wusste, ob er durch seine Forderung an Respekt verloren oder hinzugewonnen hatte. Die Frage war jedoch nur von sekundärer Relevanz. Wichtig war lediglich: Er wurde bewacht. Das hatte er so gewollt, und nun störte ihn auch das. Etwas in ihm sträubte sich dagegen.

Er hatte gehofft, mit fortschreitender Reise würde sich das Gefühl drohender Gefahr legen, doch dem war nicht so. Vielleicht war es immer da gewesen, doch in Jorgvil hatte er sein »Revier« beherrscht und gewusst, was er wo oder wie erwarten konnte und was man dagegen unternahm.

»Noch keine Feinde in Sicht?«, hatte er schon mehr als einmal gefragt.

»Ihr werdet es schon merken, wenn sie da sind, Weisester!«, antwortete der alte Offizier zynisch. »Feinde machen sich dann doch zumeist bemerkbar. – Auf durchaus unangenehme Art und Weise, wenn ich so sagen darf.«

Das war nur bedingt richtig. Orstyn machte sich bei seinen Feinden nicht bemerkbar. Er pflegte da eine andere Vorgehensweise. Sie hatte sich bewährt.

Sie hasteten voran. Freilich verlangten die Reittiere nach Pausen, doch viele Unterbrechungen gab es nicht. Die Nächte waren kurz, die Schlafphasen entsprechend auch. Ausruhen war etwas, das die Reitertruppe nicht kannte.

Orstyn fragte sich, ob sich der Fyrsth im Klaren war, welcher Tortur er seinen Weisesten ausgesetzt hatte. Der machtbewusste Lockenträger hatte versucht, die Aufgabe als besondere Ehre darzustellen. Seine Gnaden selbst hatten den Hof noch nie persönlich zum Behufe der Kriegsführung verlassen. Er ritt zur Jagd. Das war schon alles. Er konnte gar nicht wissen, wie anstrengend ein solches Unterfangen war. Oder konnte er das doch? Hatte er Orstyn mitgeschickt, weil er es wusste oder weil er es – wie fast alles – aus seiner glattpolierten Hybris heraus unterschätzte?

Orstyn wusste, er sollte dankbar sein. Seine Gnaden Fyrsth Ryckden waren vielleicht nicht die hellste Flamme im Herd, doch er war besser als das, was nach ihm kommen würde. Er hatte einen Sohn. Der würde den Thron von Kahsell erben. Orstyns mühsam aufgebauter Einfluss wäre dann erst einmal dahin. Prinz Ryckwor war … eigen. Er verband eine nicht zu leugnende persönliche Schläue mit einer ebenso nicht zu leugnenden sturen Tumbheit. Manchmal gab es solche Menschen. Sie konnten nicht von Teig bis Brot denken, aber hatten immer alle Brötchen, die sie brauchten. Orstyn suchte schon lange nach einer Möglichkeit, den Nachfolger des Fyrsthen ernsthaft und nachhaltig erkranken zu lassen. Der junge Mann wurde entschieden zu gut geschützt, und Ryckwors und Orstyns Pfade kreuzten sich nicht oft. Dies zu ändern wäre auffällig gewesen.

Die kleine Mörderin, die ihn besucht hatte, hätte es vielleicht gekonnt. Wie hatte sie noch geheißen? Keyt? Er hätte diese Keyt vielleicht beauftragen sollen, eines ihrer zahlreichen Fläschchen zu öffnen und anzuwenden. So plötzlich und unerwartet, wie sie aufgetaucht war.

Auf der anderen Seite war es immer besser, Wissen nicht zu teilen. Es fand sich an den unerwartetsten Orten wieder. Niemand wusste das besser als Orstyn. Er war zudem sicher, dass sein Kopf auf einem Spieß über den Zinnen nicht besser aussehen würde, als andere ausnehmend schlaue Köpfe das getan hatten.

Nutzloses Grübeln. Keyt war tot und verweste in den Katakomben. Wenn er von dieser verdammten Mission zurückkam, würde er schauen, ob er die Leiche noch besser verstecken könnte.

Der letzte Satz drehte sich seltsam in seinem Sinn: Wenn er von dieser verdammten Mission zurückkam …

Was, wenn nicht?

57

Sie brachten Pruri zurück zum Treck.

»Was ist mit ihr?«, fragte Griðyon.

»Schlangenbiss«, murmelte Darso und schüttelte leise den Kopf, während er die leblose Gestalt hinten auf ihrem Wagen ablegte wie ein totes Paket. Ein Arm baumelte über die Ladefläche.

Griðyons Braue zuckte nach oben.

»Lebt sie denn?«

Darso schüttelte den Kopf.

»Ja«, fuhr Nimry etwas hochmütig dazwischen. »Wo Leben ist, ist Hoffnung.«

Griðyon sah sie an und nickte ihr zu, doch er schien nicht überzeugt. Er hielt sich auch nicht damit auf, gab nur ein Zeichen, dass der Treck sich nun schnellstmöglich fortbewegen sollte. Die Wagen rollten an, noch während Nimry ihr Pferd bestieg.

Nun ritt er neben ihr.

»Bei allem Respekt, Erlaucht«, tadelte er. »Ihr könnt nicht einfach den Treck aufhalten und im Gesträuch verschwinden. Ich bin für Euch ebenso verantwortlich wie für den gesamten Wagenzug und jeden darin – und vor allem die Fracht.«

»Aber Ihr könnt Euch nicht teilen«, nickte sie. »Ich verstehe schon. Aber ich konnte doch nicht …«

»Es ist Krieg, Graavessa von Flynnt. Das ist kein Spiel. Wer nicht mithalten kann, bleibt zurück.« Er klang ungehalten und irgendwie steinalt, dabei sah er so jung aus.

Nimry krallte sich an den Zügeln fest, war doch ihr Pferd so nervös und aufgewühlt wie sie. Sie schien das auf den Gaul zu übertragen.

»Ich überlasse niemanden seinem Schicksal!«, begehrte sie auf.

»Wir sind alle dem Schicksal überlassen. Zu jeder Zeit. Die Wagenlenkerin …«

»… mag nicht überleben, aber wenn sie stirbt, dann nicht allein in der Wildnis«, wehrte sich Nimry. »Ihr mögt das für sentimental halten, aber …« sie wusste nicht weiter.

Er lächelte plötzlich und nickte dann. »Es ist anständig. Der Krieg macht uns alle hart.«

Sie merkte, wie ihr eine Träne die Wange hinunterlief. »Wofür kämpfen wir, wenn nicht für ein bisschen Frieden und Anstand?«

»Wir kämpfen um unser Überleben, Erlaucht. Denn es ist nicht sicher. Wir sind nicht sicher. Die Welt ist …«, ein schiefes, schmerzliches Lächeln umspielte seine Lippen, »… nicht sicher.«

Er gab seinem Pferd die Sporen und zog an den Wagen vorbei nach vorne, um seine Kontrolle des Trecks wiederaufzunehmen.

Sie ritt schweigend weiter, schluckte die Tränen hinunter wie bittere Kräuter. Sie hatten nicht einmal die Zeit, sich um Pruri zu bemühen. Doch was hätten sie auch tun sollen? Sie würde sterben, die zweite der Frauen, die sich um Nimry gekümmert hatten. Bald würde nur noch Greda übrig sein, und wenn Griðyon recht behielt, würde vielleicht auch sie bald sterben.

Sie merkte erst gar nicht, dass Berstel zu ihr aufschloss.

»Wie viel verstehst du von Giften?«, fragte sie ihn.

»Nicht mehr als damals, als Ihr zu mir in die Bibliothek kamt.«

»Das war recht viel.«

»Es war theoretisch.«

»Sieh nach ihr!« Es war ihr Vorrecht, dumme Befehle zu geben.

»Wie soll ich sie retten, Erlaucht?«, fragte er erschrocken, als machte er sich bereits Gedanken darüber, was geschehen mochte, wenn er versagte.

»Ich erwarte keine Wunder von einem Bibliokanten. Doch deine Theorie ist nichts wert, wenn du nicht wenigstens versuchst, sie in die Praxis umzusetzen.«

»Sehr wohl, Erlaucht.« Er klang resigniert. Das war ihr einerlei. Es war ihr auch egal, wie der junge Mann von seinem Pferd in den Wagen kommen würde. In ihren Kleidern.

Sie sah hoch zum Himmel, als sei er der einzige Ort, von woher keine Gefahr drohen mochte. Es war immer noch schönes Sommerwetter, das Firmament von tiefem Blau. Vögel flogen in den Lüften.

Viele Vögel.

Waren es immer schon so viele gewesen? Oder flogen sie auf, weil sich etwas näherte? Waren es gar Aasvögel, die mit zuverlässigem Instinkt dem folgten, was über kurz oder lang zu ihrem Mahl werden würde?

Ein eiskalter Schauer lief Nimry über den Rücken. Die Kälte in ihr hielt der sommerlichen Wärme von außen mit Leichtigkeit stand.

»Was ist das?«, fragte sie Darso, als sie einen riesigen Vogel ausmachte, der in der Nähe der Berge kreiste. War er wirklich so groß? Oder stimmten die Größenverhältnisse einfach nicht? Letztlich wusste man nicht, wie weit entfernt etwas war, das irgendwo über einem am Himmel schwebte, und wenn man das nicht wusste – war es möglich, dass die anderen Vögel genauso groß waren? Riesige Biester, die sie verfolgten? Die Welt war voller Wunder, und die meisten davon konnten einen umbringen.

Ihr wurde noch ein wenig kälter.

Darso, der vor ihr ritt, hielt auf einmal seine Armbrust in den Händen. Sonst baumelte sie meist an seinem Sattel.

»Zu weit weg«, murmelte er und ließ die Waffe wieder sinken.

»Wie groß ist das, und was ist es?«, fragte Nimry. Der Hüne zuckte nur die übermäßig breiten Schultern.

»Weiß nicht.«

»Sieht aus wie ein Buzzard«, meinte Berstel, der immer noch nicht im Wagen verschwunden war. Vermutlich hatte er Angst, den Anschluss zu verlieren, wenn er abstieg, während der Treck gerade ratternd versuchte, die verlorene Zeit aufzuholen. Doch wenn er bis zur nächsten Pause wartete, bis er in den Wagen wechselte, mochte alles schon zu spät sein. Dabei konnte man wahrlich nicht sagen, dass die Wagen schnell waren.

Nimry wusste, was Buzzarde waren. Man sah sie nur selten, die hässlichen, kniehohen Biester mit den Hautflügeln. Die Tiere bereiteten ihr Unbehagen. Es hieß, es bringe Unglück, sie zu jagen. Warum, das wusste sie nicht.

»Ist der nicht viel zu groß?«, fragte sie.

»Schwer zu sagen. Früher hat es auch größere gegeben. So heißt es jedenfalls. Früher war wohl vieles größer«, meinte Berstel ebenso beflissen wie vage.

»Sind sie gefährlich?«

»Die Bücher sind sich uneins. Da ist viel Legende und Märchen im Spiel. Die Tiere sollen angeblich groß genug gewesen sein, um einen Menschen vom Sattel zu ziehen und mit ihm davonzufliegen.«

»Wozu das denn?«

»Erlaucht. Raubtiere fressen Menschen.«

»Es sind also Raubtiere?«

Er zuckte die Achseln. »Vielleicht. Ich dachte, sie wären ein Mythos. Oder ausgestorben. Das mag ja auch stimmen.«

»Was ist dann mit dem da?«

»Ich kann ihn nicht genau erkennen. Ihr, Erlaucht?«

Nimry strengte ihre Augen an. Doch gegen den strahlenden Himmel war nur die Bewegung auszumachen. Weite, schmale Schwingen. Ein langgezogener Körper, der kaum an einen Vogelkörper erinnerte.

Dann war das Tier hinter einer Kuppe verschwunden.

»Man hat einmal versucht, sie zum Krieg abzurichten, heißt es«, sagte Berstel unruhig. Er hatte viel gelesen und offenkundig nur wenig davon geglaubt. Nichts war gewiss, auch nicht das, was schwarz auf weiß geschrieben stand.

»Als Spione?«

»Es sind Tiere, Erlaucht. Wie sollten sie berichten? Eher wohl als fliegendes Geschwader.«

»Aber da war nur einer.«

»Wir habe nur einen gesehen. Das heißt nichts.«

»Du meinst, er gehört zu unseren Feinden – und es gibt mehr davon?«

Er zuckte die Achseln. »Ich weiß es nicht.«

Der Vogel blieb hinter der Bergkuppe verschwunden, als wäre er nie da gewesen. Nimry sah noch eine Weile angestrengt nach oben. Doch da war nichts weiter zu sehen. Nichts außer den kreisenden Aasvögeln, die mit ihrer steten Präsenz ein Memento Mori darstellten, das Nimry zunehmend unnötig fand. Sie war sich sehr bewusst, dass sie jeden Augenblick sterben mochten. Erschlagen vom Feind, gebissen von Spinnen oder Schlangen oder auf eine Art und Weise, die sie noch nicht einmal erwartete. Vom Riesenbuzzard gestohlen und gefressen. Von bösartigen Pflanzen betäubt und für die Feinde liegen gelassen.

Gut, dass Griðyon wenigstens diese Gefahr eliminiert hatte. Alles wollte einen töten. An die Gefährlichkeit ihres Gatten hatte Nimry schon länger nicht gedacht. Damit würde sie sich beschäftigen, wenn sie beide die gerade näheren Gefahren überleben sollten.

»Es gibt eine Legende«, fuhr Berstel unvermutet fort, »nach der die Urgorrn diese ganzen Biester erschufen, um die Menschen zu betrügen oder zu quälen. Oder zu fressen.«

»Ich dachte, die Urgorrn gibt es nicht?«

»Die gab es nie«, versicherte Berstel.

»Aber diese Biester gibt es. Die hast du auch für eine Legende gehalten.«

»Urgorrn – schon das Konzept ist widersinnig.«

»Da passt es zur Welt.«

»Sie haben sie zu dem gemacht, was sie ist, heißt es«, sagte Berstel, dessen »heißt es« und »sagt man« nicht darüber hinwegtäuschten, dass er sich viele Gedanken um die Sache gemacht hatte. Manchmal fragte sich Nimry, ob es eine Instanz gab, die »heißt es« und »sagt man« in die Welt setzte wie Stolpersteine in der Weltsicht.

»Wer hat wen wozu gemacht?«

»Die Urgorrn die Welt.«

»Warum das denn? Wenn man schon eine Welt macht, warum nicht eine schöne?«

Er zuckte die Achseln.

»Das ist ein Argument, Erlaucht. Doch das würde voraussetzen, der Aberglaube hätte irgendeinen Hintergrund. Den hat er nicht. Es gab keine Urgorrn. Nie. Sie waren immer nur die Ausrede für alles Schlechte. Menschen machen gerne andere Kräfte für das verantwortlich, was sie selbst verschulden.« Er klang sehr abgeklärt.

»Davon bist du überzeugt?«

»Nicht nur ich. Der Weiseste Orstyn sagt: Weder haben sie die Welt noch hat die Welt sie geschaffen. Er hat da keine Zweifel. Glaube ich zumindest. Was hätte er davon, etwas zu behaupten, das er selbst nicht für wahr hält? Es wäre töricht, an ihre Existenz, ihre Ausrottung oder ihre Wiederkehr zu glauben.«

Niemand wollte töricht sein. Auch Nimry nicht, weswegen sie nicht weiterdiskutierte.

»Du sollst dich doch um Pruri kümmern«, schloss sie das Gespräch. Doch sie war nicht überzeugt. Vielleicht war es das Übermaß an Gefahr und Feinden, das sie vom Pfad der Vernunft abbrachte und an die Existenz eines personifizierten Bösen denken ließ. Angst ließ einen dumme Dinge denken.

Aber was, wenn Orstyn und Berstel nicht recht hätten? Was, wenn es jene grausen Kreaturen, die nichts als Zerstörung und Tod wollten, gab – oder immerhin gegeben hatte? Freilich gab es auch genug Menschen, die nichts anderes konnten und keinerlei Hilfe für ihre eigene Unmenschlichkeit brauchten. Was, wenn es die Urgorrn doch gab? Riesige, böse Vögel, verführerische Wanderpflanzen, blauäugige Spinnen. Es war alles Teil dieser Welt. Wieso also nicht die

Urgorrn, die zudem der Legende nach die schrecklicheren Biester selbst geschaffen hatten.

Nimry schüttelte sich und versuchte, den Gedanken loszulassen. Sie hatte genug Angst vor der Realität. Sie musste sich nicht noch Märchenmonster erschaffen. Dennoch schien es irgendwie leichter, sich vor Märchenmonstern zu gruseln, als sich mit den Problemen und Herausforderungen des Hier und Jetzt auseinanderzusetzen.

Wieder sah sie sich um, ließ ihren Blick über die Flora am westlichen Straßenrand gleiten, wo der Bewuchs dicht und wild war, jedoch nicht mehr so undurchdringlich wie noch vor ein oder zwei Tagen. Durch dieses Gestrüpp konnten Feinde dringen. Ein Flankenangriff völlig unmärchenhafter Feinde war nicht mehr ausgeschlossen.

Dann wandte sie den Kopf, während ihr Reittier ob ihrer Unruhe schon wieder zu tänzeln begann. Es war noch nicht lange her, da wäre sie gefallen, doch es schien, als habe selbst ihre Hinterfront ein eigenes Gefahrenbewusstsein entwickelt und konnte sich nun auf dem wackeligen Gaul halten.

Weit hinter ihnen waren nun auch Punkte am Himmel zu erkennen. Kamen da Menschen? Feinde? Monster?

Sie sah hinüber zu Darso, der ihrem Blick folgte. Er antwortete auf ihre unausgesprochene Frage: »Können Vögel über den Verfolgern sein. Oder irgendwelches Aas. Zugvögel sind das nicht. Zu früh im Jahr.«

Sie schwieg eine Weile, ritt stur vor sich hin, den gleichmäßigen, quälend langsamen Schritt, der mit den ratternden Karren mithielt, die einen weitaus ramponierteren Eindruck machten als zu Anfang der Reise.

Alles war wie immer viel zu langsam, und man konnte nichts dagegen tun.

Nimrys Gatte hatte Feinde weiter nördlich gesucht. Er war noch nicht zurück. Man konnte also davon ausgehen, dass er welche gefunden hatte. Dass zudem von Süden immer noch die Truppe unterwegs war, die sie schon zweimal angegriffen hatte, ließ sich auch nicht bezweifeln. Vielleicht hatten sie ein wenig Pause gemacht, um Kräfte zu sammeln, schließlich hatten sie Prügel bezogen. Vielleicht hatten sie allzu viele Streiter verloren und warteten auf Nachschub, der frisch und mordgierig alsbald eintreffen würde. Aber sie waren da. Sie würden kommen. Und sie brauchten keine mythischen Monster dafür.

»Ist irgendetwas nicht gegen uns?«, murmelte sie vor sich hin. Darso zuckte die Achseln. Wildes Spekulieren lag ihm nicht. Wenn es zu essen gab, aß er. Wenn er nicht wachen musste, schlief er. Und wenn er kämpfen musste, kämpfte er. Ein Stratege war er nicht.

Sie schauderte. Dann riss sie sich zusammen. Bis hierher hatte sie überlebt. Es ging weiter, Tag um Tag, Stunde um Stunde. Wie schon so oft fragte sie sich, ob es vielleicht sinnvoll wäre, sich mit einer kleinen Gruppe abzusetzen und nordwestlich in Richtung Flynntburg aufzumachen. Nur zu Pferd. Ohne Wagen.

Doch wer konnte mit ihr gehen? Greda würde bei Pruri bleiben wollen. Berstel im Kleid nützte ihr mehr, wenn er beim Treck blieb und Graavessa spielte, als wenn er mitkam und besser Theorien als Feinde drosch. Darso würde nicht gerne die Karawane verlassen. Und Griðyon konnte ohnehin nicht weg. Er würde sie auch nicht fortlassen, solange er in dieser Flucht nicht ihr einziges Heil sah. Das tat er wohl nicht. Er war für sie verantwortlich. Da konnte er sie nicht so gut wie unbegleitet davonziehen lassen. Sein Pflichtgefühl ließ das nicht zu. Vielleicht hatte er auch Angst vor dem Graaven, der seine Gattin möglicherweise noch nicht gar so schnell verlieren wollte. Zumindest nicht, bevor er ihr nähergekommen war. Alle vier seiner Ehefrauen hatten ihm zunächst einmal Kinder geboren.

Wie Erinnerungen aus einer anderen Zeit erschienen Nimry jene Szenen in der Herberge. Sie hatte Angst vor dem Mann gehabt.

Jetzt hatte sie auch Angst. Der Graav von Flynnt und seine Ansprüche auf ihren Körper waren jedoch nicht mehr das Schlimmste, was sie sich vorstellen konnte. Sie hatte inzwischen weit Schlimmeres erlebt. So viel Blut. So viel Tod.

Er war nicht einmal brutal gewesen. Eher streng. Vielleicht ein bisschen enttäuscht, dass sie so wenig die Graavessa war, die er sich vorgestellt hatte. Nun, selbst schuld. Er hätte sie nicht zu nehmen brauchen. Sicher hatte er bei der Sache mehr Mitspracherecht als sie.

Nimry wünschte sich eine Welt, in der man gefragt werden musste, was man wollte. Vielleicht würde man nicht immer richtig entscheiden, aber wenigstens konnte man zu seinen Entscheidungen stehen. Vielleicht hätte sie lernen können, Morrgjar zu mögen, wenn sie älter gewesen wäre und eine Wahl gehabt hätte.

Doch sie hatte ihr ganzes Leben lang keine gehabt. Sie fragte sich, ob es besser gewesen wäre, wenn ihre Eltern damals, als sie noch klein war, den Machtkampf gegen Fyrsth Ryckden gewonnen hätten. Sie erinnerte sich nur an wenig aus dieser Zeit, war viel zu jung gewesen, um die Vorgänge zu verstehen.

Doch sie erinnerte sich an die aufgespießten Häupter. Ihre Muhme hatte sie gezwungen, sie lange anzustarren. »Merk dir diesen Anblick gut, Verräterbrut!«, hatte sie gesagt.

Das war nicht schwierig gewesen. Was eine Verräterbrut war, hatte sie nicht gewusst. Doch sie hatte es schnell gelernt. Dass Eltern nicht wiederkamen, deren Köpfe irgendwo gut sichtbar vermoderten, das hatte sie gelernt. Dass Weinen um Verräter geahndet wurde, das hatte sie auch gelernt. Viel hatte sie gelernt und doch zu wenig, um jetzt zu wissen, wie sie dies überleben sollte. Dabei war es vermutlich gänzlich einerlei, ob es Urgorrn gab oder nicht.

Wie drohendes Gewitter zog sich in ihr die Gewissheit zusammen, dass es nicht mehr lange dauern würde, bis sie alle wieder kämpfen mussten. Diesmal, dessen war sie sich sicher, würden sie verlieren.

Mit oder ohne mythische Ungeheuer, die Welt war im Krieg und fraß ihre Kinder … und diese verdammten Vögel hinter ihnen wurden größer. Oder kamen sie nur näher?

58

Der Buzzard hatte sich nicht lange im blutgetränkten Lager der Bewahrer aufgehalten. Er hatte sie nur angesehen, als erwarte er, dass sie etwas sagten. Doch dann hatte er nur enttäuscht mit seinen blauen Augen geblinzelt und war im Nachthimmel verschwunden. Auch die nächsten Tage war er nicht wieder erschienen.

Die Nacht des Angriffs durch die Raubtiere war anstrengend gewesen. Die kleine Gruppe hatte sich vom Schlachtfeld entfernt, war durch das Dunkel gestiegen, um wenigstens etwas Abstand zu dem blutigen Schlafplatz zu schaffen. Sie hatten schließlich bis zum späten Morgen geschlafen, abwechselnd bewacht von je zwei Mitgliedern der Gruppe. Einer allein schien ihnen nicht mehr zu reichen.

Die weitere Reise auf den Spuren der Verräterin, wie die Bewahrer Shernay nur nannten, war dann geprägt von immerwährenden Fragen an Garru: Wie hatte er den Buzzard getroffen, wie ihn gezähmt?

»Ich habe ihn nicht gezähmt«, beteuerte Garru nicht zum ersten Mal, als sie eines Abends wieder zusammensaßen. »Vielleicht hat er ja mich gezähmt. Er mag Musik. Ich mache sie. Ich habe das Gefühl, er ist intelligent.«

»Wie ein Mensch?«

»Menschen sind auch unterschiedlich intelligent. Wie soll ich das beantworten? Auch ein Mensch, der nicht sprechen kann, ist nicht dumm. Nur eben stumm. Ich kann mich nicht mit ihm unterhalten. Doch wir kennen vielleicht einfach nicht die gleichen Worte.«

»Er kann Worte?«

»Ich glaube nicht. Doch ich fühle so etwas wie Begreifen und Erkenntnis in ihm. Vielleicht ist sein Wissen ganz anders als unseres.«

»Wie – anders?«

»Wenn ich das wüsste, wäre vieles einfacher.«

»Eine Urgorrn-Kreatur!«, rief Doran warnend.

»Auch in manchen von uns schlummert etwas Urgorrn-Erbe«, entgegnete Kryes. »In manchen mehr, in manchen weniger. Wir sehen uns deshalb nicht als böse an und freuen uns über jeden, dessen Erbe ein besonderes Talent beinhaltet.«

Die Gruppe machte nun öfter Pause und begutachtete die Umgebung mit größerer Genauigkeit denn zuvor. Ihnen allen steckte der Schrecken in den Gliedern, auch wenn keiner zugeben wollte, dass er Angst hatte. Oder Angst gehabt hatte.

Garru war die einzige Ausnahme. Er gab freimütig zu, Todesangst gehabt zu haben. Er fand nicht, dass er sich dessen schämen müsste. In der Situation, in der sie gewesen waren, keine zu haben wäre weitaus sonderbarer. Irgendwann würde das Erlebte ein spannendes Lied ergeben. Oder zwei. Oder fünf.

Manchmal zitterten ihm die Hände und wurden erst ruhig, wenn er seine Harfe nahm und zu spielen begann. Flöte hatte man ihm untersagt. Der helle Klang trug zu weit, schnitt durch die Luft und mochte sowohl Mensch als auch Tier auf ihre Anwesenheit aufmerksam machen. Die Menschen, die sie jagten, wollten sie nicht warnen, und die Tiere mochten wiederum auf sie Jagd machen. Eine Wiederholung der Ereignisse sehnte niemand herbei.

Ganz nebenbei lernte Garru mehr über die Urgorrn als während seines Studiums im Tal. Die Bewahrer waren in ihrer Bildung alle weiter als er. Vielleicht hätte er dieses Wissen auch gar nicht mit in die Welt nehmen dürfen, doch nach den Ereignissen ließ es sich nicht mehr verhindern, über das eine oder andere zu sprechen, von dem er noch nicht gehört hatte.

»Es weiß wirklich niemand, woher sie kommen?«, fragte er.

»Nein. Man nimmt an, die Urgorrn waren schon vor den Menschen da«, erklärte Kryes. »Es gibt unterschiedliche Theorien: dass sie aus der Welt selbst hervorgehen, Teile der Elemente sind, dass sie sich aus dem Bösen der Welt zusammensetzen – eine sehr metaphorische Erklärung, die dem Bösen Willen und Planung unterstellt. Es gab sogar Theorien, denen zufolge die Urgorrn von weit weg hierherkamen.«

»Weit weg?«

»Aus Teilen dieser Welt, die wir nicht kennen. Oder von einer unsichtbaren, spirituellen Welt, die wir nicht verstehen. Oder sie fielen vom Himmel herunter.«

»Da müssten sie vorher da oben gewohnt haben.« Garru blickte hoch zum besternten Nachthimmel. »Ist das wahrscheinlich?«

»Nein.« Doran klang unwirsch.

»Sie müssten fliegen können. Sind sie des Fliegens mächtig?«, fragte Garru weiter, obgleich er wusste, es würde wenig Sachdienliches zutage fördern.

»Niemand weiß, was sie können. Oder konnten.«

»Wie viele waren es denn?«

»Auch das weiß niemand.«

»Wie kann man dann wissen, dass sie alle tot sind?«, Garru hatte gelernt, es gäbe keine Urgorrn mehr. So wie sich das jetzt anhörte, war das jedoch gar nicht sicher. »... dass die ersten Räte sie alle ausgelöscht haben?«

»Kann man nicht wissen. Unter den ersten Räten, die die Urgorrn bekämpften, war die große Seherin Lavaicra. Es wird berichtet, sie hätte nach Ende der Kämpfe gesagt: die Altbösen sind dahin. Das hat man als Aussage gedeutet, dass sie alle fort wären.«

»Hat sie nicht gesagt, was sie gemeint hat?«

»Ihre Weissagungen konnte sie selbst nicht deuten. Die Worte flogen sie an. Interpretieren mussten immer die anderen.«

»Aber es könnte auch heißen, sie haben sich eine Passage auf einem Bukanier-Schiff zu fernen Ufern gebucht und harren dort nur ein bisschen aus.«

Alle schwiegen ein Weilchen.

»Möglich ist das«, meinte Kryes schließlich. »Oder sie sind in die Wolken geflogen und hängen nun als Sterne über uns.«

»Das glaube ich nicht.«

»Ich auch nicht. Aber wir wissen es nicht. Wir können nur hoffen, dass sie fort sind und dass es noch Menschen mit besonderen Gaben gibt, wenn sie wiederkehren.«

Myrge unterbrach das Gespräch. »Morgen müssen wir einen Umweg machen.«

Die anderen Bewahrer nickten nur. Sie hatten früher das Lager aufgeschlagen als sonst. Garru hatte sich gewundert. Er hätte längst gefragt, wenn das Gespräch nicht zu den Urgorrn abgeschweift wäre.

Nun tat er es: »Warum?«

Myrge grinste schief. »Passenderweise wegen Urgorrn-Kreaturen. Hier am Byarla-Graben gibt es ein Traumschlangennest. Wir wissen davon. Es ist schon sehr lange genau dort. Weißt du, was Traumschlangen sind?«

Garru nickte. Wäre er allein gereist, er wäre womöglich auf sie gestoßen und gestorben. Er konnte sich nicht vorstellen, dass sie besonders große Musikliebhaber waren. Wenn er sich mit der Vorbereitung auf seine Wanderschaft mehr Zeit gelassen hätte, hätte er vielleicht gewusst, wo die giftigen Biester ihr Nest hatten.

Wie zur Bestätigung grinste Tomo.

»Du hast Glück, dass du bei uns bist. Wer unbedarft an der Schlangenstätte vorbeikommt, überlebt das nicht. Manchmal sieht man dort noch Knochen von Opfern. Doch die Schlangen scheinen immer schnell aufzuräumen, um weitere Reisende nicht zu verunsichern.«

»Ja«, meinte Myrge leichthin. »Das ist nett von ihnen.«

»Wie wollt ihr an ihnen vorbeikommen?«, fragte Garru.

»Über die Felsen. So hoch kommen sie gemeinhin nicht. Sie bleiben nahe am Abgrund des Grabens.«

»Wo sie vermutlich auch die Reste ihrer Opfer entsorgen.«

»Schlangen, die aufräumen?«, fragte Garru ungläubig.

Kryes nickte gut gelaunt.

»Das nehmen wir an. Wir wissen es nicht genau. Schließlich wollen wir nicht nahe genug an sie heran, um es herauszufinden.«

Ein eiskalter Schrecken durchfuhr Garru. »Shernay! Sie ist auch zum Graben gekommen!«

»Die Spuren deuten es an.«

»Dann könnten die Schlangen …«

»… uns die Arbeit abgenommen haben.«

»Wie sollen wir das wissen, wenn die Schlangen – aufräumen?«

»Wir sind nahe genug hinter der Verräterin, dass man ihre Überreste vielleicht noch sieht.«

Garru vergrub das Gesicht in den Händen, wusste nicht, was er sagen sollte. An dieser Stelle erneut darauf zu bestehen, dass Shernay keine Verräterin war, schien ihm sinnlos. Doch er machte sich Sorgen. Shernays Entführer mochte ein großer Kämpe sein – oder auch nicht –, doch Traumschlangen waren Feinde, die mehr als den behänden Umgang mit dem Schwert forderten.

»Wie bekämpft man die Schlangen?«, fragte er.

»Wenn man von ihrer Existenz weiß, tut man gut daran, ihnen aus dem Weg zu gehen. Das Schwierige ist, dass man – überlebt man einen Traumschlangen-Überfall – meist nichts dazu zu sagen weiß. Die Tiere manipulieren potenziellen Opfern das Gedächtnis. So mancher, der wider jede Wahrscheinlichkeit einen solchen Ansturm überlebt hat, ist dem gleichen Feind bei einer späteren Begegnung zum Opfer gefallen, weil er sich an den ersten Kampf nicht erinnerte.«

Garru hob den Blick: »Aber ihr erinnert euch?«

»Unser Wissen stammt aus Reyalun«, sagte Myrge und krempelte dann ihren Ärmel hoch, »und wir tragen ein Erinnerungszeichen.«

»Eine Tätowierung!«, stellte Garru fest. Eine Schlange schlängelte sich gelb um den Unterarm. Unter den langen Ärmeln der Bewahrer war das Zeichen nicht zu sehen gewesen. All das sollte ihn faszinieren, doch er dachte nur an Shernay. Die Blicke der Bewahrer lasteten auf ihm.

»Es ist ein grausamer Tod«, sagte Kryes. »Man wünscht ihn niemandem. Nicht einmal …«

»Auf der anderen Seite würde es die Dinge von selbst klären«, meinte Doran.

Garru starrte ihn böse an. An diesem Abend spielte er nicht auf der Harfe.

59

Das Gebirge hörte beinahe abrupt auf. Keine sanften Hänge waren den steilen Felsen vorgelagert. Der Zickzackpfad führte nun oben an einer schräg abfallenden Geröllhalde entlang. Shernay rutschte auf den Steinen und setzte eine kleine Lawine an Steinschutt in Bewegung. Sie ruderte mit den Armen, um ihr Gleichgewicht zu halten, doch es zog ihr die Füße weg, und sie landete mit ihrem ganzen Gepäck auf dem Rücken. Mit den Steinen ging es nun abwärts, wie auf Rollen.

Über ihr fluchte Deruonn … oder Gemryn. Beide Varianten des einen Mannes verschwendeten gemeinhin keine unnützen Worte. Ihre Haltung zu Kommunikation war durchaus ökonomisch.

Mit den Füßen versuchte Shernay, ihre Talfahrt zu bremsen, doch die Steine stoben nur links und rechts an ihren Füßen vorbei, und sie rutschte, von der Fallkraft getrieben, immer weiter bergab.

»Rühr dich nicht!«, brüllte eine Stimme, und sie wollte schon schreien, dass sie vergorrnt noch einmal nichts dafür konnte, da verstand sie, dass der Ruf nicht ihr gegolten hatte. Offenbar hatte Deruonn Anstalten gemacht, ihr zu Hilfe zu eilen, doch die Armbrustschützen waren dagegen, dass er irgendwelche schwer einzuschätzenden Bewegungen machte.

So wie sie da lag und rutschte, konnte Shernay nicht sehen, was hinter ihr geschah. Nicht einmal nach vorne sah sie besonders gut. Nur der azurblaue Himmel über ihr lachte sie sommerwarm aus.

Spitze Steine schnitten ihr in die Hände, während sie versuchte, sich an irgendetwas festzuhalten. Doch es gab nichts, das sich nicht auch bewegte oder nicht sofort bereit war, sich vom Untergrund zu lösen und mit ihr talwärts zu rutschen. Abwärts und weiter abwärts. Sie versuchte vergeblich sich umzudrehen, in der Hoffnung, sie könnte sich auf dem Bauch besser positionieren als auf dem Rücken.

Erst jetzt merkte sie, dass sie leise und hoch jammerte, nicht wirklich schrie, aber doch unkontrollierte Laute von sich gab.

»Shernay!«

Das war Deruonns Stimme.

»Shernay! Wirf dich herum!«

Leichter gesagt als getan. Das Gepäck drückte sie nieder. Es just hier und jetzt in dieser Situation loszuwerden war auch nicht möglich. Es war gut an ihr festgeschnallt.

Steinstaub geriet ihr in die Augen, und sie blinzelte heftig. Vermutlich wäre es am sichersten, die Augen zu schließen, damit sie keine Steinsplitter abbekamen. Doch nichts zu sehen – darauf wollte sich Shernay nicht einlassen.

Irgendwann wurde sie langsamer, drehte sich, stemmte die Zehen ins Geröll. Sie schaute vorsichtig nach oben, während sie schließlich in verkrampfter Position anhielt. Sie kniete liegend am steilen Hang, die geschundenen Hände zwischen scharfkantigen Steinen. Sie spürte, wie Blut ihr über den Hinterkopf lief, wagte jedoch nicht, zu erstasten, ob es sich um mehr als nur ein paar Kratzer handelte. Sie glaubte nicht, dass sie sich schwer verletzt hatte. Der Schmerz schien zu harmlos dafür, zu oberflächlich. Doch das mochte täuschen.

Gar nicht so weit über ihr standen Deruonn und die Soldaten am Weg und blickten zu ihr hinunter. Deruonn hatte die Hände seitlich vom Körper gestreckt in einer Geste, die wohl besagen sollte, dass er zu keiner Waffe griff und überhaupt nur völlig harmlos war. Er sah sie nicht an. Sein Blick war seltsam weit, und Shernay verstand, dass sie seinen inneren Kämpfer sah, während der sich überlegte, ob die Situation zu einem Angriff auf die Wächter taugte. Letztere blickten zu ihr hinunter, fasziniert von ihrer greinenden Talfahrt. Sie hatten sogar ihre Waffen gesenkt, waren voll auf ihr Missgeschick fokussiert, das vermutlich von oben spektakulär anzusehen gewesen war.

Wie kalte Finger in ihrem Nacken wuchs in Shernay die Überzeugung, es würden gleich einige tote Soldaten dort liegen. Sie wartete darauf, dass ihr Gefährte sich aus seiner gespannten Reglosigkeit löste und herumwirbelte. Es war ihr, als könnte sie ihn denken hören, eine unheimliche Vorstellung. War es so? Konnte sie den Kämpen in Deruonn denken hören, wenn sie sich Mühe gab? War er so verständlich wie der Riesenbuzzard, und wenn ja, was würde das über seine Menschlichkeit aussagen?

Doch es gab keine Kommunikation. Sie blieb so reglos wie er. Weder wollte sie durch eine Regung die Spannung der Situation unterbrechen und die Feinde aus ihrer Starre lösen, noch wusste sie, wie sie sich bewegen sollte, ohne nicht sofort wieder ins Rutschen zu geraten. Der steile Hang zog sich noch lange unter ihr hin, doch nicht bis ganz unten. Am Ende würde sie abstürzen. Ihre Hände und Unterarme schmerzten jetzt schon, waren komplett zerkratzt und zerschnitten. Eine Reise durch die klingenscharfen Steine würde ihr die Haut abziehen und sie zerschleißen. Der Abgrund würde sie zerbrechen.

Nicht rühren. Die Zeit stand still. Unwillkürlich hoffte sie, Deruonn würde die drei Soldaten nicht umbringen. Soldaten gehörten zu größeren Einheiten. Wenn diese drei tot im Gebirge zurückblieben und stattdessen Deruonn und sie gesund und ungehindert von dort auf diese Einheiten trafen, würde sich ihre Situation nicht verbessern.

Sie blickte unverwandt nach oben. Fast war es ihr, als könnte sie die dunklen Augen ihres Geliebten auch über die Entfernung direkt sehen. Etwas geschah mit ihm. Seine Haltung veränderte sich, beinahe unmerklich. Tatsächlich nahm sie eher eine Änderung seiner Körperspannung wahr als tatsächlich eine Bewegung.

Er sagte etwas. Sie verstand es nicht genau. Hatte er Seil gesagt? Wollte er sie hochziehen? Sie hatten ein Seil, eines der Utensilien, die sie im Gepäck jener Räuber gefunden und für nützlich befunden hatten. Ein Seil in einem Gebirge war praktisch.

Steinklirrend rieselten Felsbrocken an ihr vorbei und unter ihren Füßen davon. Schon rutschte sie wieder, ganz langsam nur. Langfristig ging es abwärts.

Schon bröckelte und rieselte Felsgestein von oben nach. Sie hatte alles ins Rutschen gebracht. Am liebsten hätte sie nach dem Geröll gegriffen, doch jede Bewegung mochte alles nur noch schlimmer machen. Über sich sah sie beinahe kopfgroße Brocken, so locker im Gefüge wie alles andere.

Warum ließen diese Kerle Deruonn kein Seil werfen? Wollten sie zuschauen, wie sie umkam?

Warum verstand sie diese Welt nicht? Und warum hatte sie je ihre eigene kleine Welt verlassen? Wenn sie jetzt starb, mussten die Bewahrer sie nicht mehr hinrichten. Nur noch Deruonn.

Keine Zeit zum Hadern. Während sie noch versuchte, ihre Zehen ins Geröll zu stemmen, wich dieses ihr bereits aus, und sie rutschte, schwamm, wurde fortgespült, wie ein Stück Holz im Wasserfall.

»Deruonn!«, schrie sie, doch sie sah ihn nicht mehr. Was sollte er auch tun? Er würde sich nicht erschießen lassen, um ihr zu helfen, schon gar nicht, wenn er im Moment noch nicht einmal Deruonn war.

Scharfer Schmerz schnitt ihr in beide Seiten. Sie hatte noch nicht erfasst, wo dieser Schmerz herkam, da rieselten die Steine von ihr, die auf ihr gelegen hatten. Sie fielen nach unten, schlugen unter ihr im tosenden Gewirr der Felsbrocken auf und verwirbelten mit der Lawine. Sie versuchte sich zu orientieren. Es wollte zuerst nicht in ihren Kopf, doch dann begriff sie.

Sie flog durch die Luft. Staub und Steinchen rieselten von ihr herunter und bildeten eine Wolke unter ihr, die auf den Untergrund prasselte. Der Untergrund selbst war in Bewegung gekommen, floss wie Wasser, nur lauter, brausend, krachend und knallend. Große Felsbrocken sprangen wie Kinderbälle durch den brodelnden Brei an Zerstörung. Sie hing darüber.

Höher und höher. Was ihr in die Seite schnitt, war kein Seil. Was sie aus dem Tosen rettete, war nicht Deruonn. Schon gar nicht Gemryn. Nicht die drei Soldaten. Sie sah sie, erfasste ihre schockierten Mienen in den nach oben gekehrten Gesichtern. Noch hielten sie ihre Waffen, konnten schießen.

Einer schoss tatsächlich, doch er traf nicht. Ein gigantischer Flügelschlag riss Shernay höher. Sie versuchte, nach hinten über ihre Schulter zu schielen. Grau-beige hob sich ihr Retter vom blauen Himmel ab. Nun erst spürte sie seine Gedanken.

»Ruhig.« Es war weniger ein Wort als vielmehr ein Gefühl, das durch sie hindurch schwang. Sie war nicht ruhig. Sie spürte die Krallen um ihren Körper, fühlte, wie diese sich in ihren Leib bohrten. Sie war nicht mit einer Rüstung geschützt wie damals Deruonn. Die Spitzen drangen direkt durch den Stoff ihrer Kleidung.

Der Buzzard war gekommen, ihr zu helfen, und hatte sich dem Beschuss der Soldaten ausgesetzt. Konnte er sie tragen? Wie lange? Deruonn hatte er sehr bald fallen gelassen. War das Absicht gewesen, ein Versuch, ihn zerschellen zu lassen, oder war ihm nur die Last zu schwer gewesen?

Sie war leichter.

»Danke!«, rief sie. Ob er ihr Wort verstand, wusste sie nicht. Vielleicht fühlte er ihre Gedanken. Dann fühlte er mehr als Dankbarkeit. Da waren auch Unsicherheit und Angst.

Inzwischen waren die Männer am Hang nur noch Pünktchen. Wohin flog das Wesen sie? Zurück in die Berge? Da wollte sie nicht hin. Da würde sie entweder den Bewahrern in die Hände fallen oder an den Unwägbarkeiten der Wildnis sterben. Sie hatte kaum Proviant dabei, nichts, das ihr helfen würde zu überleben.

Außer ihm vielleicht. Was konnte er von ihr wollen? Er war ein Vogel.

Sie schielte nach oben, so gut es ging. So nah über ihr nahm sie erst seine wirkliche Größe wahr, die weiten

Schwingen, die langen Beine, die von Unterschenkeln, die eher vogelartig aussahen, übergingen in Oberschenkel, die beinahe menschlich hätten sein mögen.

»Ruhig«, übermittelte er ihr wieder. Das war eine Aufforderung, aber es beantwortete keine ihrer Fragen.

Er hatte sie gerettet. Damit war das Abenteuer jedoch nicht vorbei. Weit unter ihnen flog und wackelte die Landschaft in ihrem Blick. Richtung – in welche Richtung flogen sie?

Da ging es auch schon abwärts. Einen Fluss sah sie. Schmal und unscheinbar verlor er sich zwischen riesigen Felswänden. Das musste der Anfang der Byarla-Schlucht sein. Dort bewegte sich etwas. Waren das Menschen? War es gut, wenn es Menschen waren, oder war es schlecht?

Schon hatte ihr Retter die Richtung geändert. Wo wollte er hin mit ihr?

DER LAUERNDE

Der Schlangenwurm hatte schon einiges erreicht. Er hatte es nicht eilig, erlaubte sich jedoch auch keine unnötigen Wartezeiten. Er wusste, er musste seine Machtbasis ausbauen, bevor jemand Verdacht schöpfte. Die Gefahr war nicht groß und Menschen kaum gefährlich, außer der Gefahr, die sie einander waren, die zweifüßigen Raubtiere mit ihrem Hang zu Krieg und Gefühlsduselei.

Doch es gab Zufälle. Auf sie hatte der Schlangenwurm keinen Einfluss. Sie ließen sich nicht berechnen, waren jedoch im Rezept des Spiels so etwas wie die Würze. Er liebte das Spiel an sich. Das Ziel war das Ziel, doch der Weg dahin war das Vergnügen des Spiels.

60

Shernay fiel mehr als eine Mannslänge. Der Boden war nicht weit, und doch war der Aufschlag hart. Sie rang nach Atem und versuchte, den Schock, der ihr durch den Körper geschlagen war, zu bekämpfen.

Ein lauter, heiserer Schrei durchschnitt die Luft und hallte weit übers Land. Eine menschliche Stimme, doch sie gehörte dem Riesenbuzzard.

Sie rollte sich herum. Da flog er, gewann Flügelschlag um Flügelschlag langsam an Höhe. Wie Leder klangen seine Schwingen im Wind. Seine schiere Kraft war in jeder Bewegung auszumachen. Ihn zum Feind zu haben, wäre gewiss gefährlich.

Doch sie hatte ihn zum Freund.

Sie sah ihm einen Augenblick lang nach, doch schon beanspruchte etwas anderes ihre Aufmerksamkeit. Vor ihr standen Soldaten.

Es war, als wären sie soeben aus den Felsen getreten. Shernay hatte sie vorher nicht wahrgenommen, doch nun sah sie sich umringt von einer Gruppe Bewaffneter. Shernay erkannte die Uniformen als die, die die Kerle am Weg aus dem Gebirge getragen hatten. Ordentliche graue Pluderhosen, hohe Stiefel, Lederharnisch und Helm.

Eine Armbrust und mehrere Schwerter waren auf sie gerichtet. Sie versuchte, sich aufzusetzen, und die Waffen zuckten näher. Doch halb liegend konnte sie noch nicht einmal die Hände richtig heben. Eine fließende Kälte kroch ihr durch die Adern. Fast spürte sie schon den Einschlag von gefederten Bolzen oder den fleischzerteilenden Hieb des Schwertes.

Sie reckte die Arme, fiel dabei fast rückwärts. »Ich bin kein Feind!«, sagte sie. »Bitte! Bitte …« Tut mir nichts, sollte sie sagen, doch es kam ihr nicht über die Lippen. Dabei hätte sie ihren Stolz in den letzten Wochen wahrlich verlieren müssen. Die Ereignisse hatten zu Stolz wenig Anlass gegeben.

»Wer bist du?«, fragte eine Frauenstimme harsch. Die Frau war nicht anders gekleidet als ihre Kampfgenossen. Kleiner war sie, dafür breit. Sie wirkte nicht, als ob sie das in irgendeiner Weise hindern würde, Shernay das Schwert zwischen die Rippen zu stoßen.

»Ich heiße Shernay«, stellte sie sich brav vor. »Ich komme aus dem Gebirge.« Das Gebirge war groß. Man verriet Reyalun nicht, wenn man sagte, man käme aus den Byarla-Bergen.

»Lässt man sich dort, wo du herkommst, von Ungeheuern durch die Lüfte tragen? Was um der Götter Willen war das?« Misstrauen war fast schon ein zu schwaches Wort für den Klang der Stimme. Shernay erkannte nun, dass die Uniform der Frau etwas anders aussah als die der Männer. War sie gar eine Offizierin? War das vielleicht gut? Sie ließ ihre Arme sinken.

»Oben lassen!«, herrschte die Frau sie an. »Rühr dich nicht.« Dann machte sie eine Bewegung mit dem Kopf. »Entwaffnet sie!«

Drei Soldaten traten vor. Shernay wurde es zusehends mulmiger. Sie hatte allerdings die Hoffnung, dass die Kerle sie nicht vor einer weiblichen Vorgesetzten vergewaltigen würden. Doch was wusste sie schon über die Gepflogenheiten bei Soldaten?

Harte Hände rupften sie geradezu vom Boden. Einen Augenblick lang hing sie in der Luft, dann fühlten ihre Füße wieder den Grund. Während dieselben Hände ihr in die Kleidung krochen und ihr über den Körper glitten, hielt sie die Arme weiter nach oben gestreckt.

»Ihr sollt sie entwaffnen und nicht betatschen!«

»Leftenant! Das eine geht nicht ohne das andere.«

Die Offizierin grunzte und schaute besorgt gen Himmel. Shernay folgte ihrem Blick. Der Buzzard war verschwunden. Er hatte sie gerettet und dann allein gelassen.

Sie fiel erneut, als jemand sie stieß.

»Habt ihr alles?«, fragte die Offizierin barsch. »Dann lasst sie los. Du, steh auf!«

Shernay rappelte sich eilig hoch und versuchte gleichzeitig, ihre Kleidung wieder in Ordnung zu bringen. Panisch sah sie die Frau an.

»Was willst du hier?«, fragte die.

»Der Buzzard hat mich hier abgesetzt. Ich war einen Abhang heruntergefallen. Er hat mich gerettet.«

Die kleine, drahtige Frau starrte sie an.

»Buzzard? Heißt das Vieh so? Ist das dein Haustier?«

»Nein. Buzzarde sind so gut wie ausgestorben. Dieser hier ist in den letzten … Tagen … irgendwie zutraulich geworden.«

»Von solchen Vögeln habe ich noch nie gehört. Ich kenne ähnliche, aber viel kleiner. Widerliche Biester.«

Shernay nickte.

»Wohl die gleiche Tierfamilie. Wie Esel und Pferd.«

»Gibt es da, wo du wohnst, viele davon?«

»Nein. Dies ist der erste, den ich je gesehen habe. Ich kannte sie nur aus … Märchen.«

Die Offizierin nickte, sah dabei jedoch nicht glücklich aus.

»Was willst du hier, Shernay von den Märchenvögeln?«

»Ich … habe meinen Reisegefährten verloren.« Das beantwortete gar nichts. »Er … wir sind am Byarla-Steig auf Soldaten gestoßen.« Shernay deutete einmal rundum. »Gehören vermutlich zu euch. Sie sind ähnlich gekleidet. Zu wem gehört ihr?«

»Ich stelle hier die Fragen. Zu wem gehörst du?«

Wenn sie jetzt das Falsche sagte, konnte sie das das Leben kosten.

»Kahsell. Ich komme aus einer kleinen Siedlung in den Bergen.« Im Byarla-Gebirge gab es wenig, aber ein paar einsame Ansiedlungen an den Rändern gab es doch. »Ich wollte …«

Die Soldatin sah sie durchdringend an. Shernay war sich sicher, dass man ihr allzu heftiges Geflunkere nicht abnehmen würde.

»Wir sind aus meinem Dorf fortgegangen, weil …« Wieder geriet sie ins Stocken. »Ich habe mich für einen anderen Mann entschieden als den, den man mir ausgesucht hatte.« Das war keine Lüge, auch wenn die Leftenantin jetzt vermutlich die falschen Schlüsse ziehen würde. »Wir dachten, jenseits des Gebirges könnten wir uns ein anderes Leben aufbauen.«

»Hier?«

»In Kahsell. Wir sind doch noch in Kahsell?« Dessen war sich Shernay zwar ziemlich sicher, denn sie kannte die Karten. Doch die ewigen Kriege veränderten Grenzlinien zu schnell, als dass man sich auf ein solches Wissen verlassen konnte. Diese Soldaten konnten genauso gut zu Holtur gehören.

Die Soldatin sah Shernay hart an. Inzwischen näherten sich weitere Soldaten, die aus Verstecken in den Felsen erschienen. Die Offizierin machte eine Bewegung, und die Männer wichen wieder zurück. Ihre Autorität war bewundernswert, aber auch erschreckend.

»Dies ist Kahsell. Die Graavschaft Flynnt«, erklärte die Soldatin.

Shernay nickte. »Das dachte ich mir. Der Byarla-Graben ist in Flynnt.« Sie blickte die weitaus kleinere Frau fest an. »Das ist gut. Hier wollten wir hin.«

»Wir?«

»Mein – Mann und ich.«

»Der Kerl, mit dem du durchgebrannt bist.« Die Frau musterte sie kritisch. »Du siehst gar nicht aus wie ein dummer Backfisch, der aus Liebeskummer davonrennt. Du bist zu alt für so ein Verhalten.«

»Leftenant, man ist nie zu alt für …«

»Für die Liebe?« Die Frau lachte freudlos auf. »War es friedlich in deinem Dorf in den Bergen, Shernay? Hier ist es das nicht. Hier herrscht Krieg. Wo ist denn dein Liebhaber, wenn du ihn brauchst?«

»Ich bin abgestürzt. Ich habe nicht erwartet, dass er sich hinterherstürzt, Leftenant. Er wird kommen.« Nur wann? Wie lange hatte der Vogel sie durch die Luft getragen? Ihr war es wie eine Ewigkeit vorgekommen, doch das mochte ein subjektiver Eindruck sein. Die Befragung machte ihr Sorgen: Ihr wurde bewusst, dass sie selbst mit dem wenigen, das sie gesagt hatte, schon zu viel verraten hatte. Wenn er allein kam – weil er etwa seine Bewacher beseitigt hatte –, würde er in eine Falle laufen. Wie viele Soldaten hier wohl waren – und warum waren sie hier?

Doch das wollte sie gar nicht wissen. Sie wünschte, Deruonn wäre bei ihr. Er hatte sich, was seine Pläne anging, nie deutlich geäußert. Shernay hatte jedoch zu keinem Zeitpunkt angenommen, plötzlich auf sich allein gestellt zu sein. Nun wusste sie nicht weiter, musste sich von den Ereignissen treiben lassen, ohne zu wissen, ob bereits etwas Furchtbares geschehen war oder noch geschehen würde.

Sie versuchte zu denken, doch sie war ganz durcheinander. Wenn man sie umbrachte … darüber brauchte sie nicht nachzudenken, denn dann waren keine Pläne mehr nötig. Wenn man sie nicht umbrachte, dann brauchte sie einen Plan. Einen für sich allein – falls Deruonn nicht mehr auftauchte.

Er würde wiederkommen. Das würde er doch?

Shernay sah sich verzweifelt um. Vor ihr lag ostwärts der Byarla-Graben. Der Buzzard hatte sie an dessen Anfang abgesetzt. Von den lotrechten Felswänden stürzte Wasser und speiste einen Bach, der ostwärts in die Schlucht mündete, um dort zum Flüsschen zu werden. Hinter ihr war die Landschaft flacher. Sie hatte die Karte vor Augen. Westlich vom Byarla-Graben sank das Land zur Ebene hin. Dort würde irgendwo die Flynntburg sein.

Diese Soldaten mochten zur Grenztruppe des Graaven von Flynnt gehören. Oder sie waren Eindringlinge. Beides war gleichermaßen möglich.

Sie musste nur überleben, bis Deruonn kam, dachte sie und schalt sich dann für dieses Denken. Sie war für sich selbst verantwortlich, und so sehr sie Deruonn bewunderte und schätzte – liebte –, so war er doch eben nicht der junge Mann, der aus Liebe mit einer Bergmaid aus einem Dorf durchgebrannt war. Fast wünschte sie sich, es wäre so.

»Mein Mann«, sie stockte, denn im Grunde hatte sie nicht einmal das Recht, ihn so zu nennen, »tat in der Burg zu Jorgvil Dienst, bis man ihn für eine Aufgabe in die Berge schickte.«

Die Offizierin schnaubte verächtlich. »Du willst sagen, er ist fahnenflüchtig und hat sich in den Bergen verkrochen, wie so viele.«

»Nein!«, fuhr Shernay auf, die diesen Eindruck nicht hatte erwecken wollen und auf diese Idee nie gekommen war.

In der Schlucht gab es Bewegung. Staunend sah Shernay, wie sich immer mehr Soldaten aus Verstecken hervorkamen. Fast erinnerte es sie an das plötzliche Auftauchen der Traumschlangen aus der Felsspalte.

Die Männer – und auch einige Frauen – sammelten sich am Eingang der Schlucht. Nach einiger Zeit brachte jemand von irgendwo her Pferde. Was Shernay zunächst als Durcheinander wahrnahm, war doch ein halbwegs geordnetes Chaos. Die Soldaten machten ihre Gäule fertig. Sie taten es zielsicher und ohne jede Hast. Dennoch waren sie schnell. Noch saßen sie nicht auf, warteten auf irgendetwas, vielleicht einen Befehl?

»Lass die Arme oben!«, raunzte die Offizierin sie an.

»Leftenant, sie schlafen mir ein!«, gab Shernay zurück. Das war keine Ausrede. Die Schwertträgerin starrte sie nur an. Shernay faltete ihre Hände auf dem Kopf. Eine Kopfbewegung ihrer Bewacherin, und sie ließ sich auf ein Knie nieder.

Schnell und zielgerichtet führten nun die Kämpfer ihre Reittiere aus dem Byarla-Graben. Was hatten sie dort getan?

Kamen sie von Flynnthaven? Gerne hätte Shernay das gefragt, doch sie war sich sicher, dass allzu großes Interesse ihr keinen Vorteil bringen würde.

Neugierige Blicke trafen sie. Einige hielten kurz inne, um sie zu betrachten, strebten dann aber in einem geordneten Zug an ihr vorbei, weiter gen Westen.

»Marejal! Wir haben eine Gefangene gemacht«, sagte die Offizierin und stand stramm. Ein großer Mann blieb keine fünf Schritte vor ihr stehen. »Es könnte eine Spionin sein.«

Er reichte die Zügel seines Pferdes einem Soldaten, ohne ihn auch nur anzusehen.

»Wo ist sie hergekommen?«

Einen Augenblick schwieg die Frau. »Von oben«, sagte sie dann. »Ein Riesenvogel hat sie abgeworfen.«

Während die Mundwinkel des Mannes vor Ärger zuckten, fuhr sie schnell fort: »Wirklich, Durchlaucht. Ich habe es selbst gesehen. Die anderen auch. Ein Riesenbiest von einem Vogel.« Sie sah den Mann verunsichert an. »Ich erfinde das nicht! Ihr müsst mir glauben!«

Seine Braue zuckte, und der Mann betrachtete Shernay mit neuem Interesse. Er musterte sie, und mit der gleichen Intensität musterte sie auch ihn. Als Erstes fielen ihr seine Augen auf. Die Farbe war wie ein Spiegelbild ihrer eigenen Augen. Doch der Mann war dunkel. Sein Gesicht war hart und wettergegerbt, seine Augenbrauen schwarz. Seine Haarfarbe konnte sie unter seinem Helm nicht ausmachen, doch sein unrasiertes Gesicht zeigte einen dunkelbraunen Bartansatz. Er fletschte die Zähne. Es waren ausnehmend gute Zähne, wie die eines Raubtieres.

Durchlaucht hatte die Offizierin ihn genannt. Dann war er ein Graav. Wenn sie nicht den Holturern in die Hände gefallen war, musste es sich um den Graaven von Flynnt handeln. Er war der Marejal der Armee, die die Nordgrenze verteidigte.

»Graav«, sagte sie. Das war nicht die richtige Anrede. »Durchlaucht!«, fügte sie hinzu und dann »Marejal?« Doch das war nur sein militärischer Rang, nicht sein Titel. Die Hierarchien in Reyalun waren flach. In der Welt nicht. Verwirrend. Ein Graav war nur noch einem Fyrsthen verantwortlich. In seiner eigenen Graavschaft war er Herr über Leben und Tod.

»Interessant«, sagte er. Dann zog er sein Schwert.

61

Orstyns Sitzfläche hatte eine neue Intensität der Schmerzen erlangt. Dabei hatte er gehofft, seine Knochen würden sich an das tägliche Reiten und die Bewegung gewöhnen. Doch zwischen Reiten und Laufen – und das war bedauernswerterweise auch ein Teil des Fortkommens einer Reitereinheit – strapazierte er Muskeln und Bänder jeden Tag über die Grenze seiner Belastbarkeit hinaus.

Die Kavalleristen waren dies gewöhnt. Außerdem waren sie alle sehr viel jünger, bis auf den alten Haudegen, der sie führte, und der hatte sein Leben lang nichts anderes gemacht und hatte vermutlich Schwielen an Stellen, an die der Weiseste nicht einmal denken mochte. Keiner von ihnen lief mithilfe eines Stockes. Manchmal ließ man Orstyn als Zugeständnis an seine Schwäche während der Laufzeiten auf einem Ersatzpferd reiten. Doch das machte alles nur geringfügig besser.

Orstyn hatte nie darüber nachgedacht, wie viele Pausen man machen musste, um Pferde zu schonen, die man auch am nächsten Tag noch reiten wollte. Als Pause galt bereits, wenn man im Laufschritt neben den Gäulen herlief und sie am Zügel mitzog. Das Tempo ermüdete die Tiere nicht, und man kam dennoch ein Stück voran.

Die Menschen ermüdete es allerdings schon. Orstyn wusste so gut wie jeder Feldscher, wie der menschliche Körper aufgebaut war, welche Knochen an welchen Stellen saßen und welche Muskeln diese Knochen in Bewegung brachten. In Reyalun hatte es dazu Zeichnungen gegeben. Auf so direkte Weise hatte er seine Knochen und Muskeln aber nicht erfahren mögen.

Während er ritt oder lief, hatte er weder Muße noch Lust, sich mit den Soldaten zu unterhalten. Was ihn ablenkte, war das Denken. Er sortierte seine Ziele und Möglichkeiten neu. Dabei ließ er jene Möglichkeit, er würde das hier nicht überleben, außer Acht. Freilich nicht, weil es nicht geschehen konnte.

»Alles in Ordnung, Weisester?«, fragte einer seiner Leibwächter. Orstyn wusste nie, ob er das als Fürsorglichkeit oder Zynismus deuten sollte. So nickte er nur und versuchte, weise zu lächeln. Alles in Ordnung. Oder nichts.

Er würde überleben. Seinem Ziel war er nicht näher gekommen. Vielleicht hätte er es irgendwann einmal genauer definieren und nicht nur als Strauß von Möglichkeiten sehen müssen, die von den Unwägbarkeiten der Geschicke gerade so weit beeinflusst wurden, dass man nicht linear planen konnte. Das versuchte er nun.

Der Dauerkrieg musste aufhören. Er zerstörte die Welt, ließ Wissen und Zivilisation schrumpfen und verkommen. Auch wenn er in der Burg zu Jorgvil vom Krieg direkt wenig mitbekam, sehnte er sich nach Frieden.

Solchen Frieden hatte es in Reyalun gegeben. Gefehlt hatten Orstyn dort indes Herausforderungen und Aufstiegsmöglichkeiten. In Reyalun konnte man an Weisheit stetig hinzugewinnen. Aber nicht an Macht.

Ihm war durchaus bewusst, dass dies die zivilisiertere Art war, eine Gemeinschaft zu führen, doch er mochte Macht.

Das hatte er auf seiner Wanderung damals festgestellt. Er war klug. Er wollte herrschen. Etwas bewegen.

Als er erkannt hatte, dass er das Wissen zur Führung besaß, hatte er sich darangemacht, sich in der Hierarchie Kahsells nach oben zu arbeiten. Es hätte auch jede andere Fyrsthenei sein können. Doch Kahsell bot ihm die Nähe zu Reyalun.

Die allerdings mochte ihm andere Reyalunis in die Nähe bringen, die ihn erkannten – ein Nachteil –, doch sie ließ ihn auch jene Hoffnung bei sich bewahren, aus dem Wissenshort weiteres Wissen holen zu können, wenn es denn gebraucht würde.

Über die Jahre hatte die Gefahr, ein neuer Wanderer könnte in dem Ratsmitglied Kahsells einen versprengten Reyaluni erkennen, abgenommen. Wanderer waren schlichtweg zu jung, um ihn noch kennen zu können. Dafür hatte im gleichen Maß auch seine Erinnerung abgenommen und die Möglichkeit, Reyalun noch einmal zu erreichen. Eine wilde Reise durch das Byarla-Gebirge war nicht mehr möglich. Deshalb hatte er Gemryn gesandt.

Natürlich hätte er sein Tal auch seinem Fyrsthen verraten können, der dieses Wissen mit großer Freude entgegengenommen hätte. Mit Truppen hätte man das Tal sicher einnehmen können.

Doch zum einen widerstrebte Orstyn tatsächlich ein direkter Verrat dieses Ausmaßes, auch wenn ihn sonst Emotionen nicht sehr weit beeinflussten. Zum anderen hatte er stets den Wissensvorsprung für sich selbst haben wollen und nicht für Ryckden oder dessen Sohn oder irgendeinen anderen Fyrsthen. Denn das Wissen – einmal erobert – würde schnell verfliegen, wenn nur ein Zweck über seinen Nutzen verfügte: der Krieg.

Selbst Orstyn musste mit seinem Wissen haushalten und sich anpassen. Nur der galt als weise, dessen Weisheit zu dem passte, was man gerne für weise hielt. Zu viel Absonderliches, von dem Orstyn wusste, dass es existierte oder immerhin gegeben hatte, würde nur auf Kosten seiner Glaubwürdigkeit gehen. Deshalb gab er vor, nicht an die Urgorrn und die Xyi zu glauben, und selbst dem Alten Reich, über das er einiges wusste, sprach er offiziell seine große Bedeutung ab.

Ob Orstyn selbst tatsächlich Fyrsth werden wollte, da war er sich nicht einmal sicher. Ryckden war durch Familie und Tradition in diesem Amt gefestigt. Orstyn wäre nach einem Putsch eventuell nur Zielscheibe für all jene, die in einer Machtverschiebung nichts als die Möglichkeit für sich selber sahen.

Wirkliche Macht fand immer hinter den Kulissen statt. Doch für die würde das Wissen in Reyalun nicht ausreichen. Was er wirklich erstrebte, war das Wissen, das den Räten von Predorenn zur Verfügung gestanden hatte. Was er wirklich für sich erobern wollte, war nicht Reyalun, sondern Cahersyg, die verschwundene Hauptstadt des Alten Reiches.

Niemand in den Acht Reichen wusste, wo sie war. Doch sie barg Wissen und Geheimnisse, Artefakte und magisches Gerät, das er für sich einsetzen konnte, da war sich der Weiseste Orstyn sicher – das ihm mehr Macht verleihen würde, als irgendein Fyrsth sie heute besaß.

Damit würde er die Acht Reiche einen können, und wer sie einen konnte, der konnte sie auch beherrschen. Ein kühner Gedanke.

»Weisester!«, mahnte sein Leibwächter. »Wir fallen zurück. Wir müssen schneller sein!«

Orstyn schrak hoch. Seine Grübeleien hatten ihn langsam werden lassen. Wenn er den Anschluss verlor, würde er den Gefahren mit nur einem Leibwächter ausgesetzt sein. Die Angst, nur kurzfristig von seinen Reflektionen unterbrochen, war wieder da wie ein Schatten, der in ihm selbst feststeckte.

Cahersyg musste er finden, und der Weg führte über Reyalun.

Er keuchte, während er sich mühte, die Geschwindigkeit der Kavalleristen zu Fuß zu halten. Er war alt geworden, während er plante und plante. Ein Menschenleben mochte nicht ausreichen, um all das zu erreichen, was er zu erreichen strebte. In Cahersyg hatte es vielleicht Möglichkeiten gegeben, ein Leben zu verlängern. Genau wusste er das nicht.

Er musste die verschollene Stadt bald finden. Stattdessen rannte er neben seinem Pferd durch die Landschaft, weil er seinen Fyrsthen verärgert hatte.

Er hatte Fehler gemacht. Ein Fehler war gewesen, die Edle Nimry nicht zu unterstützen. Ihr Anspruch auf den Fyrsthenthron war gut genug, um im Ablebensfall des Fyrsthen und dessen Sohnes in der dynastischen Kette wichtig zu werden. Er hätte sie schützen sollen vor Flynnt, der ein harter Brocken und nicht zu unterschätzen war.

Doch er hatte dem Graaven eher Kampftaktik als langfristige dynastische Planung zugetraut. Hatte der Verteidiger der Nordgrenze eigene Pläne, die den Fyrsthenthron betrafen? Wenn nicht, wer hatte diese Verbindung dann gewollt? Und mit welchem Hintergedanken?

Dass der Graav von Flynnt einfach nur noch mal eine hübsche junge Frau für sein Bett haben wollte, glaubte Orstyn nicht. Nichts geschah ohne tieferen Grund.

»Aufsitzen!«, hallte der Ruf von vorne. Die Pferde durften wieder ihre Reiter tragen. Die Lasten der Lasttiere wurden umverteilt.

Sie ritten weiter.

»Halt!«, ertönte bald darauf erneut die Stimme des Offiziers. Doch nicht schon wieder laufen? Orstyns Füße brannten in den Stiefeln.

Nein. Die Truppe hatte angehalten, weil auf der Straße Spuren von Kampf und Verwüstung waren. Es roch nach Tod. Eine Schlacht oder immerhin ein Scharmützel hatte es hier gegeben. Wer hatte gesiegt? Wo war der Treck?

Wo waren die Angreifer, und wo war die Edle Nimry, die Graavessa von Flynnt? Es wäre dumm gewesen, sie zu verlieren, wo sie als Witwe von Flynnt doch eine so gute Partie für den Weisesten Orstyn abgegeben hätte. Sie war ein wandelndes Erbrecht auf zwei Beinen.

Gut, dass Ryckden ihren Kopf nicht mitsamt den Häuptern ihrer Eltern auf einen Spieß gesteckt hatte, damals. Auch seltsam. Irgendjemand musste ihm damals davon abgeraten haben. Orstyn war das nicht gewesen. Morrgjar von Flynnt? Der war damals vermutlich gerade mal verheiratet gewesen. Oder verwitwet?

Plante der Mann so langfristig?

DER LAUERNDE

Der Schlangenwurm fand es ein wenig verdrießlich, dass die ersten Versuche zur Nachzucht geeigneten Menschenmaterials mit jener manipulierbaren Dreingabe seiner Kreativität keine passenden Ergebnisse zutage gefördert hatten. Doch noch hatte er nicht aufgegeben.

Hätte er lächeln können, er hätte es getan, ebenso geduldig wie zynisch.

Und dann lächelte er.

62

Pruri war nicht tot. Doch sie lebte auch nicht. Sie lag nur da. Berstel hatte ihr einen Sud aus Kräutern verabreicht. Greda saß murmelnd neben ihr. Vielleicht betete sie zu irgendeiner Gottheit. Vielleicht fluchte sie auch nur auf das Schicksal, das die Dreierfreundschaft der Frauen mit Tod und Verderben bedacht hatte.

Der Wagenzug hatte angehalten, denn es war dunkel. Die Wagenlenker kümmerten sich um ihre Tiere. Erst wenn sie versorgt waren, würden sich die Menschen eine Pause gönnen.

Die Nacht war sternenhell. Der Mond stand leuchtend groß überm Horizont. Fast hätte man ohne ein Feuer auskommen können. Nimry fröstelte dennoch. Vielleicht spürte sie schon das nahende Ende des Sommers, oder der Weg gen Norden führte bereits in kälteres Klima? Konnte das schon einen Unterschied ausmachen? Manchmal war ihr, als wäre sie schon jahrelang auf dieser grässlichen Straße unterwegs, doch sie wusste, dass das nicht stimmte.

Vielleicht war es auch nur die Erschöpfung von der viel zu langen Reise, den Strapazen, der Gefahr und der steten Angst. Sie konnte bei niemandem Zuflucht suchen. Sie war die Graavessa. Sie durfte ihre zunehmende Panik nicht einmal zeigen.

Nimry saß auf dem Boden neben Pruri. Sie hatte das Vorrecht, sich weder um Tiere noch um Wachdienste kümmern zu müssen. Darso war am Ende des Trecks auf Wache. Griðyon bewegte sich durch den Treck wie ein Schatten, sah dort nach, griff hier ordnend ein, gab Befehle, packte mit an. Es schien, als ermüdete er nicht, sondern zog Kraft aus der Pflicht, der er nachkam.

Auf einmal hockte er neben ihr.

»Alles in Ordnung?«, fragte er, und sie wusste nicht, was sie darauf erwidern sollte, sah nur in seine hellen, schönen Augen.

»Nichts ist in Ordnung«, sagte sie schließlich. »Pruri wacht nicht auf.«

Er nickte und warf einen kurzen, fast beiläufigen Blick auf die zuckende und krampfende Frau.

»Vielleicht erholt sie sich ja noch«, meinte er und klang nicht so, als glaubte er seinen eigenen Worten. »Weiß jemand, was für eine Schlange das war? Hat sie was gesagt?«

»Nein. Sie hat nur ›Schla‹ gesagt, als wie sie fanden.«

Wieder nickte er bedächtig und zog die Mundwinkel nachdenklich in die Breite. »Bei den Giftschlangen, die es so gibt, war das schon viel.«

»Ich wusste nicht, dass es hier so viele Schlangen gibt«, sagte Nimry vorwurfsvoll. Nicht, dass sie glaubte, es wäre sein Fehler. Doch wenigstens warnen hätte man sie sollen.

»So viele gibt es auch nicht. Pruri hat einfach Pech gehabt.«

Greda sah wütend auf.

»Einfach Pech?«, zischte sie. »Einfach Pech? Tut sie dir nicht ein bisschen leid, Adjutant? Wärest du gebissen worden, sie würde neben dir sitzen und weinen.« Das klang so giftig wie gleich mehrere Schlangen und respektlos. »Sie mag dich. Mochte dich.«

Er nickte abwesend. »Ich weiß«, sagte er nur. Es schien ihn nicht zu berühren. Das durfte es auch nicht – oder zumindest durfte er es nicht zeigen. Er hatte sich um alle zu sorgen, nicht um eine. Auch mochte der junge Mann möglicherweise andere Vorlieben haben als vierschrötige Kutscherinnen, die weder jung noch besonders ansehnlich waren, egal ob sie ihn über das normale Maß hinaus schätzten oder nicht.

Nimry schalt sich für den Gedanken. Doch sie hatte verstanden, dass Greda ihre Liebe nur Pruri und Mandelle geschenkt hatte, während Pruri offenbar eine vielseitigere Einstellung zur Liebe hatte, die hübsche Männer mit einschloss.

»Ich weiß wirklich nicht, warum!«, begehrte Greda auf und bestätigte so Nimrys unbotmäßige Gedanken.

Nimry versuchte, sie zu beschwichtigen. Den Adjutanten des Graaven zu beleidigen konnte Greda nur Schwierigkeiten einbringen. Doch vermutlich war ihr das einerlei. Sie war eifersüchtig gewesen, weil Pruri den jungen Mann allzu ansehnlich fand. Sein gutes Aussehen berührte auch Nimry, die sich inzwischen mühsam angewöhnt hatte, seine Gegenwart nicht als ein plötzliches Geschenk von Schönheit in einer hässlichen Welt zu sehen und seine elegante Anmut nicht wie einen perfekten Tanz inmitten einer Büffelherde.

»Greda«, sagte Nimry sanft. »Griðyon trägt keine Schuld an dem Schlangenbiss.«

»Ach nein? Sie ist ihm doch hinterhergelaufen!«

»Aber doch nicht in ein Schlangennest. Das ist nicht logisch. Er kann nichts dafür. Er war ja nicht mal in der Nähe. Sonst hätte er ihr doch gleich geholfen. Wir mussten sie doch erst suchen.«

Greda schnaubte und versagte sich weitere Worte. Nimry fragte sich mit einem Mal, warum Pruri sich überhaupt so weit von der Straße entfernt hatte. Seine Notdurft nahe des Trecks zu verrichten, daran waren alle gewöhnt, inzwischen sogar Nimry, die die spärliche Privatsphäre inzwischen wie alle gegen die möglichen Gefahren aufwog.

Griðyon stand wieder auf und sah auf die reglose Gestalt hinunter. Einen Augenblick lang flogen Pruris Augen auf und suchten wirr und rollend nach einem Ziel. Sie keuchte matt.

»Erstaunlich«, murmelte Griðyon.

»Schla…«, stöhnte sie. Griðyon kniete sich neben sie und beugte sich über ihr Gesicht.

»Sprich!«, befahl er sanft. »Was meinst du? Schlange? Schlafkraut? Schlag? Hat dich jemand geschlagen?«

Auf die Möglichkeit war Nimry noch gar nicht gekommen. Ein Beben durchlief den geschundenen Körper der Kutscherin. Es sah aus, als wollte sie um sich schlagen, doch sie blieb nur steif liegen, ihre Muskeln und Sehnen angespannt und festgezurrt. Ein schmerzhaftes Knurren drang durch eisern gefletschte Zähne.

»Sie wird das nicht überleben«, sagte Griðyon leise und sanft. »Vielleicht solltet ihr es ihr leichter machen. Sie leidet Schmerzen!«

»Wie – leichter machen?«, fragte Nimry verständnislos. »Wir tun, was wir können.«

»Nämlich?«

»Nicht viel«, sagte Berstel. »Ich habe ihr einen Sud von Panazeenkraut gegeben. Aber viel hatte ich nicht.«

»Es ist erstaunlich, dass du überhaupt welches hattest. Das kennen nur wenige.«

»Ich bin Bibliokant. Da muss man Dinge wissen.«

»Und ich habe ihr …«, begann Nimry, wurde jedoch von Greda unwirsch unterbrochen.

»Was meinst du damit, wir sollten es ihr leichter machen?«, zischte Pruris Geliebte plötzlich. »Sollen wir dem Tod die Arbeit abnehmen? Jede Hoffnung fahren lassen? Selbst zu Henkern werden? Seltsame Vorschläge hat der Herr Adjutant!«

»Greda …«, versuchte Nimry zu vermitteln, doch die beugte sich nur schützend über ihre Freundin.

»Wenn er nichts beizutragen hat als den Tod, dann kann er auch gehen«, sagte sie, ohne Griðyon anzusehen.

Der stand schon wieder, sein Gesicht zur Maske versteinert. Er sah hinunter auf die wütende Kutscherin, dann hinüber zu Nimry.

»Erlaucht, Ihr seid hier verantwortlich. Wenn es zu schlimm wird, holt mich.«

Nimry verstand. Griðyon würde den Todeskampf gnädig beenden. Vermutlich dachte er, er böte etwas an, wofür man dankbar sein mochte. Vielleicht tat er das sogar. Doch auch Nimry war in diesem Augenblick nicht in der Lage, seine Hilfe anzunehmen. Sie wusste nicht einmal, ob sie das je sein würde. War das Schwäche?

Sie wischte sich eine plötzliche Träne vom Gesicht, die sie gleichermaßen für Greda und für Pruri vergoss. Auch für sich selbst, die an die Möglichkeit, plötzlich Herrin über Tod und Leben zu sein, nie einen Gedanken verschwendet hatte. Sie fühlte sich nicht verantwortlich. Tatsächlich fühlte sie sich hilflos.

Sie sah dem jungen Mann nach, der weiter seine Runde durch das Lager zog. Seine Durchhaltekraft war erstaunlich. Schließlich war auch er vermutlich von irgendetwas Giftigem gebissen worden und hatte es auf ganz erstaunliche Weise überlebt.

»Hätte nicht gedacht, dass er Panazeenkraut kennt«, murrte Berstel, der dem Adjutanten ebenfalls hinterhersah.

»Er ist Soldat.«

»Eben. Kein Heiler, kein Weiser, kein Alchemist. Außerdem ist er nicht so viel älter als ich.«

»Er wäre nicht Adjutant, wenn er nicht klug und erfahren wäre.«

»Vielleicht doch – schließlich ...« Berstel verstummte. Vermutlich fand er es nicht anständig, den Adjutanten als Bastard des Gatten seiner Herrin zu bezeichnen.

Nimry nickte dennoch.

»Ich weiß so wenig wie du, wer er wirklich ist. Aber ich weiß, er wäre nicht Adjutant, wenn er dumm wie Stroh wäre – egal, wie sein Stammbaum aussehen mag.«

Berstel verneigte sich stumm.

»Ich meine«, fuhr Nimry fort, »ich habe noch nicht viel von meinem Gatten gesehen, aber obgleich er nicht da ist und ich ihn kaum einen Tag lang ... erleben durfte, formt sich doch ein Bild in meinem Sinn, nicht zuletzt aus der Loyalität, die alle hier ihm gegenüber fühlen. Das Bild sagt, dass er nur kluge Menschen befördert und nicht dumme, die sich anzupreisen verstehen. Falls das so ist, dann macht er es vielleicht sogar besser als Fyrsth Ryckden.«

Berstel schwieg einen Augenblick. Dann kam er näher und wisperte. »Erlaucht. Ich wäre vorsichtig mit der Behauptung, irgendwer machte irgendetwas besser als Fyrsth Ryckden. Seine Gnaden der Fyrsth hören so etwas nicht gerne. Und er hört viel. Erlauchts Eltern ...« Er atmete ein, blickte gen Himmel und wurde dann noch leiser. »Ich meine nur, es gibt immer Menschen, die glauben, dieser oder jener Graav wäre eine bessere Wahl als der herrschende Fyrsth.

Und – Graaven kann man austauschen. Auch solche mit Gattinnen … hoher Geburt.«

Nimry sah dem Bibliokanten panikerfüllt in die Augen. So etwas hatte sie noch nie gedacht. Es war auch nicht typisch, dass er so etwas dachte.

»Berstel, woher …«

»Erlaucht, der Weiseste Orstyn ist ein sehr … politischer Mann.«

»Ich dachte, er wäre nur weise.«

»Er ist Mitglied des Rates, und er lebt noch immer, obgleich keine einflussreiche Familie ihn stützt.«

»Berstel! So kenne ich dich gar nicht«

Er zuckte die Achseln.

»Man hat mich Euch mitgegeben, um die Bibliothek in der Flynntburg zu betreuen. Aber vielleicht auch, um Euch zu beraten?« Er druckste ein wenig herum. »Nicht, dass ich selbst viel weiß. Eigentlich gar nichts. Ich bin … kein sehr politischer Mann.«

»Aber seine Gnaden der Fyrsth hat dich mitgeschickt!«

»Er folgte sicher dem Rat des Weisesten.«

»Warum wollte der Weiseste, dass du …«

»Wegen der Bibliothek …«

»Gibt es denn eine auf der Flynntburg?«

»Weiß ich nicht.«

»Aber der Weiseste wusste es?«

»Nein. Deshalb hat er mich ja mitgeschickt. Damit ich ihm berichten kann – also von der Bibliothek.« Der junge Mann in Nimrys zweitbestem Reisekleid lief rot an.

Sie sah ihn an. »Berichten?«

»Ja, Erlaucht.«

»Über Bücher, falls es welche gibt?«

»Ja, Erlaucht.«

»Worüber noch – nur, falls es keine gibt?«

»Nun, so allgemein …«

Sie fasste ihn an der Schulter. »Wem bist du treuer ergeben, Berstel? Mir oder dem Weisesten?«

»Euch! Natürlich. Inzwischen.«

Sie starrte ihn an.

»Vergiss das nicht!«

»Nie, Erlaucht.« Er machte Anstalten, vor ihr niederzuknien. Sie hielt ihn auf.

»Lass das. Du machst das Kleid schmutzig.«

»Bei allem Respekt, Erlaucht – was ist hier noch sauber?«

Sie nickte nur und sah sich um. »Wo sind denn alle?«

»Griðyon hat die Wachen verstärkt.«

»Aber die Leute müssen auch mal schlafen!«

»Wenn wir überfallen und abgeschlachtet werden, ist Schlafmangel nicht unser Hauptproblem, Erlaucht.«

»Wenn die Wachen einschlafen und vor lauter Müdigkeit keiner mehr richtig kämpfen kann, dann schon.«

Der Bibliokant nickte.

»Wir sind einfach nicht mehr so viele, wie wir sein sollten.« Er versuchte, nicht verzweifelt zu klingen, doch es gelang ihm nicht, und Nimry hatte nicht die Kraft, allen zu sagen, es würde schon alles gut werden. Sie glaubte es selbst nicht mehr.

DER LAUERNDE

Der Schlangenwurm war nicht wütend. Ungehalten zwar, jedoch durchaus auch fasziniert von der Kette der Ereignisse in ihrer unerwarteten Heftigkeit. Natürlich hatte er das nicht so geplant. Seine Planung war in eine ganz andere Richtung gegangen. Sie war vorsichtig gewesen, durchdacht und subtil. Sie hatte Ersatzverläufe, Auswege und Ausweichmöglichkeiten mit angeboten.

Wäre er ein Mensch gewesen, er wäre zornig über den Bruch der so sorgfältig angelegten Abläufe gewesen. Doch als das, was er war, bestand die Realität immer auch aus der Herausforderung, das zu meistern, was nicht geplant war. Ein zusätzliches Spiel. Die Zähmung des Zufalls.

Wenn man im Gegensatz zu den kurzlebigen Zweibeinern alle Zeit der Welt besaß, konnte man sich auf solche Umwege einlassen. Seine Denkweise war ohnehin nicht ungestüm. Er konnte es sich leisten, eine Sonderrunde mit dem zu fahren, was ihm die gegenwärtigen Umstände boten. Er nahm es sportlich.

63

Soldaten benutzten gemeinhin kein Gift. Das war gut so, denn das hieß, der Bolzen war vermutlich nicht in etwas der Gesundheit Abträglichem getränkt. Somit war die Wunde harmlos. Ein Streifschuss am Arm, kaum mehr als ein Kratzer.

Deruonn war gegen eine Vielzahl harmloserer Gifte gefeit. Auch nicht so harmlose Gifte konnte er überleben, die anderen den sicheren Tod brachten. Nicht alle ließen sich indes ohne Krankheit überwinden, und manche mochten einen trotz des Verfahrens, das die Xyi Entgiftung nannten, den Tod bringen.

Doch Soldaten und Gift – das passte nicht zusammen, auch wenn man es bei Spähern nicht vollkommen ausschließen konnte – und diese hier waren Späher.

Gemryn spürte, wie ihm das Blut den linken Unterarm entlangsickerte. Es war nur ein dünnes Rinnsal. Nicht gefährlich. Er konnte es ausblenden. Den Schmerz würde später Deruonn tragen müssen. Gemryn kämpfte. Deruonn plante, agierte und ertrug. Die Arbeitsteilung stand fest.

Gemryns Rückwärtssalto die Felsen hoch hatte ihn weitere Blessuren gekostet. Felsen waren hart und scharf. Auch hatte der erste Sprung nicht gereicht.

Ein wahnwitziger Sprung, akrobatisch und auch für ihn selbst fast unglaublich. Während Deruonns Grundtraining als Jugendlicher hatte er so etwas beherrscht. Das war nach der Großen Weihe gewesen. Vor der Seelenspaltung, vor der Vervollkommnung des Schemenjägers zu einem Menschen mit zwei Persönlichkeiten.

In letzter Zeit hatte er wenig Möglichkeit gehabt, diese hohe Kunst zu üben. Es wäre sicher unangenehm aufgefallen, wenn er als Bibliokant plötzlich Sprünge vollführen mochte, die ihn ein Stockwerk höher auf einem Sims landen ließen, in der Hocke und kampfbereit.

Gemryns Lächeln war breit und nicht freundlich. Aus seinem Versteck schaute er zurück auf den Ort, an dem er eben noch gekämpft hatte. Sekunden war das nur her, doch es waren lange Sekunden, zäh kriechende Kampfzeit.

Deruonn hatte nicht kämpfen wollen. Er war derzeit Agent Kahsells, und dies waren mit ziemlicher Sicherheit Soldaten Kahsells. Da hätte man sich einigen können sollen.

Doch die Situation war ausgeufert. Die Soldaten waren in dem Moment in Panik verfallen, als der verdammte Mistvogel knapp über ihre Köpfe hinweggesegelt und herabgestoßen war, um dann mit Shernay in den Krallen davonzufliegen.

Panik war dumm, doch man musste darauf reagieren. Auch und gerade panische Menschen konnten einen umbringen. Sie selbst wiederum waren in einem Moment der Panik weitaus einfacher zu besiegen als in einem, in dem ihre geordnete Soldatenroutine sie von dümmeren Aktionen abhielt.

Die unkoordinierten Bewegungen, die Deruonn in seiner Verblendung dieser Frau gegenüber gemacht hatte, hatten diese Männer als Angriff interpretiert. Oder immerhin als verdächtig. Das hatte Gemryn dem vergorrnten Vogel und der nicht minder vergorrnten Frau zu verdanken. Auch dem, was Deruonn tapfer nicht Liebe nennen wollte, denn es gab keine Liebe zwischen Schemenjägern und anderen Menschen. Das wusste Gemryn. Deruonn hätte es auch wissen müssen. Er war verdammt noch mal mehr als nur die äußere Hülle, die den wahren Schemenjäger durch die Welt trug.

Vielleicht hatte der übervorsichtige Soldat noch nicht einmal absichtlich auf ihn geschossen. Doch das war unerheblich. Man schoss nicht auf Schemenjäger, und wenn doch, dann kam man nicht damit davon.

Gemryn war schnell genug gewesen, schon bei der Bewegung des Zielens aus der Schusslinie zu springen, sonst hätte der Bolzen sein Herz getroffen und nicht nur den Arm gestreift.

Das Blut war weit gespritzt, als Gemryn die unsichtbare Barriere zwischen seinem Seelenteil und dem Deruonns überwand und sich zur Wehr setzte, automatisch, einstudiert, unabänderlich und blitzschnell. Der Armbrustschütze war sofort tot gewesen. Seinen Hals zierte nun ein neues, rotes Lächeln, das weit klaffte.

Nicht einmal geschrien hatte er.

Keine schlechten Soldaten. Still und fokussiert. Falls es Flynnts Männer waren, so hatte der Graav sie gut gedrillt. Sie hatten nicht lange gebraucht, um sich von ihrem Schrecken zu erholen. Sie hatten nicht herumgeschrien, sondern waren schweigend zu Werk gegangen und leise gestorben. Sehr dankenswert.

Es war Gemryn noch gelungen, einem von ihnen die Armbrust aus der Hand zu reißen und in der gleichen Bewegung damit dem neben ihm Stehenden ins Gesicht zu schlagen, während er den Entwaffneten mit der anderen Hand vor sich zog und dabei den Schwung nutzte, den der Mann beim Versuch, seine Waffe festzuhalten, selbst gegen Gemryn eingesetzt hatte. Der Soldat hatte sich unfreiwillig gedreht, war zischend genau vor Gemryn gewirbelt und hatte dann tief eingeatmet, als ihn der Bolzen des vierten Mannes traf, der auf Gemryn gezielt hatte. Er hatte gut getroffen, nur eben den falschen Mann.

Einen Augenblick später war Gemryn gesprungen, hoch, rückwärts, sich drehend, gezielt. Er hätte weiterkämpfen können. Er hätte den Kampf gewonnen. Doch im Gegensatz zu seinen Gegnern hatte er gehört, dass sich jemand näherte und sich nicht einmal Mühe gab, leise zu sein. Wenngleich er nicht wusste, ob das, was da kam, Freund oder Feind war, hatte er doch wenig Lust gehabt, darauf zu warten, dass die Soldaten Verstärkung erhielten.

Verstärkung? Von oben statt von unten?

Einerlei. Weg. Er war hinter einem hohen Felsvorsprung verschwunden und hatte von oben beobachtet, wie mitten in das blutige Chaos ein schmaler, junger Mann platzte, im Laufschritt und außer Atem.

Gemryn erkannte ihn, hatte ihn in jener Höhle in Reyalun gesehen. Shernays Vetter, Bruder, Galan oder was auch immer. Ein blasser, schmaler Barde. Er trug eine Harfe. Mit der würde er sich sicher exzellent verteidigen können. Gemryn lächelte zynisch. Schade. Es gab zu wenige Barden auf dieser Welt.

»Shernay!«, rief der junge Mann besorgt. Gemryn verstand. Er musste Deruonn nach der Frau rufen gehört haben und war daraufhin losgerannt. Das hieß, die anderen Bewahrer waren vermutlich direkt hinter ihm, möglicherweise nicht ganz so panisch hirnlos wie er.

Gemryn duckte sich noch tiefer in die Felsen. Besser, man sah ihn nicht. Wenn der Junge da war, waren die Bewahrer von Reyalun auch nicht weit. Sie reisten gemeinsam. Das hatte Shernay erschüttert.

Gemryn hatte das nicht erstaunt. Wer Verrat beging, verlor jeden Anspruch auf Zuwendung der Familie. Hätte Gemryn seine Geschwisterschaft verraten, so hätte sich jeder Bruder, jede Schwester bemüßigt gefühlt, ihn aus der Gemeinschaft zu tilgen. Reyalun war da nur unerheblich anders. Die Xyi waren eine Geheimgesellschaft des Tötens, Reyalun eine des Wissens. Beide hatten ihre Regeln und ihre Strafen, und das war gut so. Just darin hatten Shernay und er etwas gemeinsam.

Das hatte Shernay vielleicht nie begriffen.

Der junge Mann – Garru, fiel ihm ein – versuchte zu bremsen und rutschte auf den Fersen weiter. Er ruderte hastig mit den Armen, um sein Gleichgewicht nicht zu verlieren. Er blickte gleichzeitig wild um sich, suchte Shernay, sah sie nicht. Ob er den Riesenvogel gesehen hatte?

Jetzt erst nahm er die Soldaten wahr, einer tot, zwei verletzt. Zwei wirklich sehr ungehalten.

»Wo ist er hin?«, brüllte einer, während der andere sich dem Barden zuwandte.

»Er hat Verstärkung bekommen!«, keuchte der andere, der aus einer vermutlich sehr schmerzhaften Wunde blutete.

Ein weiterer hatte sein Schwert in der Hand und schlug zu. Das ging schneller, als eine Armbrust neu zu spannen.

Es war vermutlich nicht der Geschicklichkeit des Barden geschuldet, dass er dem Schlag ausweichen konnte. Vielmehr hatte er just das Gleichgewicht verloren und sich – immer noch waffenlos – auf den Allerwertesten gesetzt.

»Holla!«, keuchte er hastig und völlig außer Atem. »Nicht! Ich tue euch nichts! Ich bin nur …«

Dann lag er flach auf dem Boden und versuchte, dem erneuten Schwerthieb auszuweichen. Da er gleichzeitig auch noch bemüht war, seine Harfe zu schützen, anstatt sich dahinter zu verschanzen, war er damit nicht sehr erfolgreich.

Ob die Soldaten – zwei unverletzt, einer blutend und benommen – wirklich glaubten, Gemryn hätte auf einmal Verstärkung bekommen oder ob sie in ihrer Kampfeswut nicht mehr unterschieden, mochte Gemryn nicht sagen. Es war auch unerheblich. Shernays Barde würde nun das Schicksal erfahren, das Gemryn zugedacht gewesen war. Er würde sterben. Erschossen, zerschlagen, zu kleinen Stücken zerhackt. Zermalmt.

Gemryn rührte sich nicht. Es erstaunte ihn nicht, dass die übrig gebliebenen Soldaten nicht loszogen, um ihn zu suchen. Alles geschah viel zu schnell. Sie kämpften gegen das, was sich ihnen jetzt bot. Erst hinterher würden sie sich wieder ihrem eigentlichen Problem zuwenden und Gemryn suchen.

Sie kamen nicht dazu.

So sahen also Bewahrer aus.

64

Während Garru sich wie ein Wurm auf dem Boden wand, hatte er keine Zeit, darüber nachzudenken, was hier noch eben geschehen sein mochte. Er war vollkommen mit dem beschäftigt, das gerade jetzt geschah.

Fünf Soldaten. Was den einen an Leben fehlte, machten die anderen durch Eifer und Wut wett. Offenbar dachten sie, er hätte irgendetwas damit zu tun. Er hätte ihnen gerne dargelegt, dass dem nicht so war, aber seine Position war schlecht, und Argumente, hätte er sie denn zwischen all den Ausweichmanövern dezidiert auflisten können, hatten wenig Chancen gegen den Zorn der kampferprobten Recken.

Noch hatte Garru das Gebirge nicht verlassen. Aber selbst in dieser Situation, in der er vollständig damit beschäftigt war, seinen Körper und seine Gliedmaßen aus den Bereichen zu entfernen, in denen gerade scharfe Klingen durch die Luft zischten, fand er es einigermaßen unfair, dass er nicht weitergekommen war als bis zum Rand des Gebirges, das seine Heimat war.

Er schrie, als ihm eine Klinge seitlich in den Rücken schnitt. War es das gewesen? Es war unmöglich zu wissen, wie tief der Schnitt war. Er spürte, wie Blut seinen Rücken hinunterlief, und warf sich erneut über Marva, obgleich er wusste, dass es nicht von oberster Priorität war, seine Harfe zu retten. Doch sie war Teil von ihm. Sie zerschlagen zu sehen, könnte er nicht ertragen.

Er schrie erneut, als ein Hieb so nah an seinem Kopf vorbeiging, dass er Haare fallen sah. Blonde Haare. Viele Haare.

»Aufhören!«, brüllte er. »Ich bin kein Feind. Ich ergebe mich! Ich ergebe mich!«

Die Kriegsehre hätte es wohl verlangt, jemanden nicht umzubringen, der sich ergab. Doch diese Männer schienen von einer ungeheuren Wut getragen. Sie wollten ihn auslöschen.

Er wusste, er täuschte sich, doch ihm schien, als wären es ungeheuer viele. Sie bewegten sich dauernd, und ihre Waffen stießen und schnitten nach Teilen seines Körpers. Er konnte sich kaum so schnell herumwerfen und ausweichen. Ihm war heiß und kalt. Schweiß lief in seine Wunde und brannte wie Feuer. Vielleicht war es auch die Wunde selbst, Er konnte es nicht unterscheiden. Just in diesem Moment war es wohl auch egal geworden.

Erneut raste ein kurzes Soldatenschwert auf seinen Hals zu. Nun gab es keine Richtung mehr, in die er hätte entweichen können.

Er hatte Shernay nicht gerettet. Marva würde Brennholz werden. Er brüllte auf.

Es klirrte, als Eisen auf Eisen traf. Die Klinge, fast schon in seinem Hals, wurde abgelenkt, und ihre Spitze fuhr ihm an der Schulter entlang. Er zischte vor Schmerz.

Doch – und er brauchte ein paar Augenblicke, um das zu begreifen – man hatte ihn nicht durchbohrt, noch hatte man ihm den Kopf abgeschlagen oder ihm die Halsschlagader geöffnet. Er war bereit, das als positive Entwicklung zu sehen.

Er verstand einen Augenblick später. Die Bewahrer waren nach seinem Ruf nach Shernay weitaus weniger schnell als er losgerannt. Ihn hatte die Sorge getrieben, sie waren umsichtiger.

Trotzdem waren sie nun da und kämpften. Vermutlich waren sie wütend auf ihn.

Garru rollte sich mitsamt seinem Gepäck ein wenig herum, versuchte, ihnen nicht in den Weg zu geraten. Über ihm tobte es. Ergeben würden sich die Bewahrer nicht. Sie waren in der Überzahl – vier gegen drei – und konnten es sich nicht leisten, in Gefangenschaft zu geraten. Reyalun musste sicher bleiben, und wenngleich auch jeder geschworen hatte, keinem Außenstehenden je etwas zu verraten, mochte es schon Möglichkeiten geben, Geheimnisse aus Menschen zu zwingen.

Die Bewahrer kämpften gut. Garru hatte das nie bezweifelt. Doch es war etwas anderes, ob man eine junge Frau jagte, um sie dann einer Bestrafung zuzuführen, oder ob man auf Berufssoldaten traf, die gerade ausnehmend schlechte Laune hatten. Zudem litt Doran noch an seiner schmerzenden Schulter und kämpfte mit der falschen Hand.

Garru lag immer noch auf dem Boden. Er spürte, wie das Blut ihm über die Haut rann. Er hatte Angst. Er sollte aufstehen und eingreifen. Doch es sah durchaus so aus, als würden die Bewahrer gewinnen.

Dann griff sich Tomo an den Arm und fiel, obgleich ihn das Schwert seines Gegners gar nicht erreicht hatte. Er schrie nicht, stürzte nur den Geröllhang hinunter, der steil zur Seite abfiel.

Die Bewahrer waren jetzt nur noch zu dritt. Was war geschehen? Verspätet begriff Garru, dass es hier noch mehr Feinde geben musste, denn die Soldaten waren bereits angegriffen worden, da waren weder er noch die Bewahrer schon vor Ort gewesen. Wer? Und vor allem: Wo? Wo war der Feind?

Garru blickte sich panisch um. Er nahm niemanden wahr. Nur die Soldaten, die Bewahrer und sich selbst. Er lag nahe genug am Abgrund, um hinunterzublicken. Weit unter ihm trudelte ein menschlicher Körper, mit wild fliegenden Armen und seltsam geknickten Beinen. Tomo fiel immer noch, rutschte auf dem steilen Gesteinshang, wurde von kleinen Steinlawinen weitergetragen, verschüttet, wieder emporgerollt. Es sah nicht aus, als versuchte er, den Sturz irgendwie abzufangen. Er war schon tot. Garru wusste es, ohne dass er einen Grund dafür hätte angeben können.

»Achtung!«, rief er voller Angst. »Da ist noch …«

Nun war einer der Soldaten wieder auf ihn aufmerksam geworden und sah ihn an, als wolle er sagen: Wie, du lebst immer noch?

Wo war der Feind hin, der bereits vor Garrus Eintreffen die Soldaten dezimiert hatte?

Einerlei. Keine Zeit. Garru robbte auf dem Hinterteil rückwärts. Gerne wäre er aufgestanden, doch sein Angreifer ließ ihm nicht die Zeit dazu. Schon wieder schwang er seine Waffe gegen Garru, und wieder verhinderte ein Eingreifen eines Bewahrers die plötzliche Enthauptung Garrus. Diesmal war es Myrge, die ihm zu Hilfe kam. Behände sprang sie hin und her, soweit der schmale Weg es zuließ. Der Platz war eingeschränkt, eignete sich nicht zum Kämpfen.

Endlich hatte es Garru geschafft, sich zu erheben. Er zog seine Dolche, warf sorgenvoll einen kurzen Blick auf Marva, die noch zu seinen Füßen lag, und rief erneut: »Aufpassen! Hier ist noch irgendwo ein …«

Er musste sich wohl dabei bewegt haben, denn etwas Kleines, Schnelles, Lautloses flog wie ein Blitz direkt vor seinen

Augen vorbei, ließ ihn einen winzigen Lufthauch spüren und verschwand, bevor er ausmachen konnte, was es gewesen war. Er schaute die Felsen empor, aber wenn dort irgendwo ein Feind lauerte, so war er nicht zu sehen.

Sicher war es nicht Shernay. Sie hätte nicht auf ihn geschossen. Oder doch? Würde sie denken, er hätte sich den Bewahrern angeschlossen, um sie zu töten?

Er konnte sich nicht vorstellen, dass Shernay aus dem Hinterhalt töten würde. Doch ihrem Entführer traute er es zu. Dass der töten konnte und darin richtig gut war, das bezweifelte Garru nicht.

Ein wüster Schrei durchschnitt den still und verbissen geführten Kampf. Wieder war einer der Soldaten gefallen. Ein weiterer schlug mit dem Schwert nach Garru. Der sah sein wütendes Gesicht, das zu vermitteln schien, dass der Mann ihn und die Bewahrer für schuld an allem hielt.

Doch Garru hatte gar nichts getan, und die Bewahrer hätten lieber nicht gekämpft. Die Soldaten hatten sie angegriffen, nicht umgekehrt.

Die Bewahrer schienen den Kampf zu gewinnen. Die Soldaten lagen blutend auf dem Weg. Wieder einer trudelte unsicher zur Seite und fiel den Abhang hinunter.

Hatten sie gesiegt?

Nein, denn auf einmal waren da mehr Soldaten. Die waren eben noch nicht da gewesen. Sie waren neu. Sie sahen ihre toten Kameraden.

Mit gespannten Armbrüsten hielten sie gerade so viel Abstand von ihm und den Bewahrern, dass sie sie nicht mit Stichwaffen angreifen konnten, bevor einem so ein Bolzen ins Herz fuhr.

»Ergebt euch!«, brüllte einer.

Garru schielte wieder zu den Felsen, hinter denen er einen unsichtbaren Feind vermutete. Wenn der jetzt etwas tat, dann würde klar werden, dass nicht die Bewahrer die Feinde waren.

Nichts geschah.

»Da sind Angreifer in den Felsen!«, warnte Garru in der Hoffnung, damit nicht Shernay zu verraten. Doch er wollte auch nicht die Schuld auf sich nehmen, nichts gesagt zu haben. Dass der unsichtbare Angreifer wenig wählerisch war, ob er Bewahrer oder Soldaten traf, schien ihm allzu deutlich. Allerdings nur ihm.

»Halt's Maul!«, brüllte einer der Soldaten.

Was nun? Würden die Bewahrer sich jetzt erneut in die Schlacht stürzen? Sie waren nur noch zu dritt. Nun schielte auch Myrge zu den Felsen, als wolle sie dort etwas sehen, das es nicht zu sehen gab. Hatte er wenigstens sie überzeugt?

»Wir müssen hier weg!«, zischte sie, dann fiel sie mit einem Aufschrei, als ein Armbrustbolzen sie in die Schulter traf. Sie taumelte rückwärts, direkt auf Garru zu. Er fing sie ohne nachzudenken auf und stellte dann fest, dass er dazu seine Dolche hatte fallen lassen.

Wenn irgendwann einmal jemand das Hohelied der besten Kämpfer und unbesiegbaren Helden schrieb, würde Garru, der Barde, sicherlich keine Erwähnung finden.

65

Nimry erwachte von einem Schrei. Sie fuhr hoch. Lange schon zog sie sich zum Schlafen nicht mehr aus. Sie wollte nicht nur im Hemd von einem Feind überrascht werden.

Sie war in ihre Stiefel gefahren und hatte ihr Schwert ergriffen, bevor sie überhaupt noch ganz wach gewesen war. Jetzt kamen sie, dachte sie. Jetzt, wo die letzten Sterne der Nacht am grau werdenden Firmament verblassten. Vielleicht würde sie die Sonne nicht mehr sehen.

Es graute ihr vor dem Kampf.

Vielleicht würde sie diesmal nicht überleben, vielleicht schwer verletzt werden und hilflos und zerschlagen ihr Leben mit ihrem Blut in die Erde Kahsells versickern sehen.

»Wo?«, stieß sie heiser hervor, während ihr die Decke, die sie in der Nacht gewärmt hatte, von der Schulter fiel. Sie stieß sie mit dem Fuß fort, wollte nicht in ihr hängenbleiben, wenn der Feind auf sie eindrang.

Doch der blieb aus.

Sie war nicht die Einzige, die nach dem Schrei aus dem Schlaf geschreckt war und zu den Waffen gegriffen hatte. Einige standen wie sie da, die Klingen in den Händen, die Haare vom Schlaf ungeordnet und abstehend.

Berstel lugte vom Wagen herunter.

»Das war nur Pruri«, sagte er. »Sie hat geschrien.«

Pruri lebte noch? Damit hatte Nimry kaum gerechnet. Es war erstaunlich, wie sehr sich die Sterbende ans Leben krallte. Das war gut. Vielleicht gab es noch Hoffnung. Nimry war noch nicht bereit, diese fahren zu lassen, auch wenn außer ihr und Greda niemand mehr daran zweifelte, dass Pruri nur noch kurz unter ihnen weilen würde. Hoffnung war wichtiger als manches andere.

Vielleicht hatte das Pulver des Jorgvilschen Alchemisten tatsächlich etwas bewirkt. Vielleicht war auch einfach nur alles ganz anders. Schein und Sein – Nimry hatte in den letzten Wochen gelernt, wie weit sie auseinanderklaffen konnten.

Sie verstaute ihr kurzes Schwert wieder in der Scheide und wandte sich dem Wagen zu. Berstel reichte ihr die Hand und zog sie auf die Wagenfläche. Im Dunkel unter der Plane war die liegende Gestalt nur schemenhaft auszumachen. Nimry kniete sich neben sie und tastete nach ihrem Gesicht, während sie sich langsam an die Dunkelheit gewöhnte. Neben ihr rührte sich Greda, die nach ihrer Wache bei ihrer Liebsten übernachtet hatte.

Pruris Augen waren geöffnet, doch es sah nicht aus, als nähme sie etwas wahr. Ihr fiebriges Glitzern war seltsam hell in den Schatten der weichenden Nacht. Man sah noch Blutspuren, vielleicht von Nasenbluten. Auch die Ohren schienen dunkel verkrustet.

Nimry nahm Pruris Hand. Klamm lag die Hand einige Augenblicke lang in ihrer, dann krampfte sie sich zusammen und hielt sie mit verzweifelter Kraft.

Pruri flüsterte etwas. Das Wispern klang schon fast wie ein Schlangenzischen. Nimry beugte sich tief über die Lippen der Kranken.

»Gift«, sagte sie. »Gift. So nah!«

Das war beinahe kohärent.

»Graavessa von Flynnt!«, flüsterte es erneut, und Nimry war erstaunt, dass Pruri sich so deutlich äußern konnte. »Graav…!« Das Keuchen klang grausam. »Gift! Traut ihm nicht.«

Was war das denn gewesen? Eine Warnung? Eine Weissagung? Dass sie sich vor dem Gift des Graaven in Acht nehmen musste, das hatte sie schon gewusst, bevor der Mann sie aus Jorgvil fortgeschleppt hatte. Doch was sollte das jetzt? Just zu diesem Zeitpunkt ergab diese Warnung keinen Sinn. Morrgjar Graav von Flynnt war nicht in der Nähe.

Doch sie kamen ihm näher. Nimry war eingekeilt zwischen den Verfolgern, die man im Süden vermutete, und dem Gatten, der wahrscheinlich nördlich von ihr weilte. Wenn sie so darüber nachdachte, war ihr der Gatte im Moment lieber. Die Warnung von Pruri ärgerte sie fast, denn in der letzten Zeit hatte sie angefangen, den fernen und weitgehend unbekannten Gemahl als Zuflucht zu sehen. Oder doch immerhin die Mauern seiner Burg. War das dumm?

Was wusste Pruri? Wusste sie überhaupt etwas? Oder riet sie nur, so wie Nimry selbst das auch getan hatte? Vielleicht meinte sie etwas ganz anderes. Die Worte konnte man auch anders auslegen.

Sie hörte die Geräusche des erwachenden Camps von draußen. Die Menschen machten sich fertig, um weiterzureisen. Nach Norden. Hin zu Nimrys Gatten.

Griðyon schlug die Plane zurück und schaute in den Wagen.

»Sie lebt noch?«, fragte er ungläubig. Seine hellen Augen schienen groß vor Erstaunen.

Nimry nickte. »Sie redet …« Das hätte sie nicht sagen sollen. Hoffentlich würde der junge Mann jetzt nicht nachfragen, was sie sagte.

Doch genau das tat er.

»Ich weiß nicht genau«, murrte Nimry. »Sie hat vor Gift gewarnt.«

»Wen?«

»Mich?«

»Ist das eine Frage? Wenn ja, dann kann ich sie nicht beantworten, Erlaucht.«

»Pruri war nicht sehr klar.«

Er sprang in den Wagen und blickte auf die Kranke hinunter. Pruri sah in seine hellen Augen und wand sich.

»Pruri!«, flüsterte Greda. »Alles ist gut!«

Zu zweit hielten Nimry und Greda die Frau nun fest, die eine ganz erstaunliche Kraft aufbrachte.

»Griðyon, ich bitte Euch. Ihr habt wohl etwas an Euch, das ihr Angst macht. Bitte geht!«, bat Nimry. Waren es die blauen Augen, die so sehr an den Graaven erinnerten? Aber warum sollte ausgerechnet Pruri Angst vor dem Graaven haben? Bislang hatte sie nie etwas Negatives über ihn gesagt. Doch sich nicht schlecht über einen mächtigen Mann zu äußern – noch dazu gegenüber seiner Frau – war sicher verständlich.

Ein verhaltener Ruf nach Griðyon erklang von draußen, und nach einem letzten nachdenklichen Blick entfernte sich der Adjutant des Graaven. Nimry sah ihm hinterher, wie er mit einem abgekämpften Soldaten der Nachhut redete.

Dann wurde es hektisch. Der Treck bereitete sich noch eiliger als sonst auf die Abfahrt vor. Nimry, noch voller wirbelnder Gedanken, sprang vom Wagen und stieg auf ihr

Pferd. Inzwischen brauchte sie keine Hilfe mehr dabei. Sie dachte nicht einmal darüber nach, wie sie auf das Reittier kommen sollte. Erst als sie im Sattel saß und die Zügel hielt, keimte in ihr der Gedanke, dass sie dem Wunschbild, das Morrgjar von Flynnt von Frauen als Kämpferinnen und Reiterinnen hatte, nun schon näherkam.

Wie ein zäher Wurm setzte sich der Treck in Bewegung. Darso ritt neben Nimry. Sein Gesicht war sorgenvoll. Er verstand sich nicht auf die Kunst, sich zu verstellen.

»Sind die Feinde nahe?«, fragte sie.

»Sieht so aus!«, antwortete er, ohne sie anzuschauen.

»Die geben so schnell nicht auf, oder? Man sollte meinen, sie hätten das letzte Mal so viel feurige Prügel bezogen, dass sie es nicht wieder probieren.«

»Vielleicht haben sie Nachschub bekommen.«

»Mitten in Kahsell? Tun denn die anderen Graaven nicht ihre Pflicht?«

Er zuckte die Achseln, und Nimry las daraus, dass man sich seiner Meinung nach wohl auf niemanden verlassen konnte.

»Oder sind unter den Graaven auch Verräter?«, fragte sie weiter, obgleich ihr bewusst war, dass sie den Falschen fragte. Politik war gewiss nicht Darsos Stärke.

Erneut zuckte er die Achseln. Dann war auch schon wieder Griðyon heran, der vom Ende des Wagenzugs just zurück zu dessen Kopf ritt, um dort nach dem Rechten zu sehen.

»Eine schwierige Frage, Erlaucht«, sagte er und ritt mit ihr gleichauf. »Es scheint weniger plausibel, dass Graaven ihren Fyrsthen an andere Fyrsthen verraten. Gegeben hat es das freilich schon. Doch was sollte einen Graaven dazu bewegen? Graav ist er schon – höher kann er kaum steigen, und ein Schützer der Grenzen, der diese dem Feind preisgibt, mag auch unter einem fremden Eroberer keine Karriere mehr machen. Da ist es schon wahrscheinlicher, dass der eine oder andere Graav auf den einzigen Status schielt, der noch über ihm ist: auf den des Fyrsthen. Das hat es in den Acht Reichen schon gegeben.«

»Verrat von innen?«, fragte Nimry schockiert.

Griðyon lächelte böse. »Wäret Ihr gerne Fyrsthin, Erlaucht?«

Sie sah ihn entsetzt an. »Nein!«, fuhr sie ihn an. »Wäre ich nicht!«

»Eure Eltern, mit Verlaub …«

»Ich führe die Schädel meiner Eltern in einer Kiste mit mir, Griðyon. Ihr könnt Euch überzeugen, was es einem einbringt, solche Gedanken zu hegen.«

Hatte der Graav etwa solche Pläne? Bislang hatte nichts darauf hingedeutet. Doch was wusste sie schon? Hatte er sie deshalb haben wollen? Nimry wurde es heiß und kalt.

»Oh«, sagte Griðyon leichthin. »Auf Euren Gemahl könnt Ihr Euch verlassen.« Was meinte er damit? »Doch bisweilen sind sich Graaven untereinander auch nicht gewogen. Vielleicht will dieser oder jener mehr Macht und hofft, sie über die Graavschaft des anderen zu erhalten, sobald diese keinen Graaven mehr hat, weil man ihn des Verrats bezichtigt und beseitigt hat. Waren Eure Eltern Verräter, Erlaucht? Wisst Ihr das so genau? Die Sieger schreiben die Geschichte.«

Nimry sah Griðyon scharf an. So zynisch hatte sie ihn noch nicht erlebt. Er brachte sie durcheinander mit all den Theorien, die alles oder nichts bedeuten mochten. Warum tat er das? Und wer kämpfte nun eigentlich gegen wen und zu welchem Zweck?

»Die Wahrheit«, zitierte sie langsam, »ist die Tochter der Zeit.«

»Man muss nur lange genug warten, und dann kommt alles ans Licht? Sehr optimistisch. Zeit ist sehr … duldsam, und die Wahrheit hält es lange an dunklen Orten aus, ohne dass sie ihr blasses Antlitz zeigt.« Er lachte über seinen eigenen Sinnspruch, nickte ihr zu und ritt an ihr vorbei.

Nimry blickte ihm nach. Was hatte er ihr sagen wollen? Hatte er ihr überhaupt etwas vermitteln wollen? Oder wollte er sie nur verunsichern? Wenn ja, warum?

Sie dachte an den Graaven von Flynnt und was er planen mochte. Wenn er aber etwas plante, wie stand es mit Griðyon? Plante er auch etwas? Mit seinem Graaven? Sicher nicht gegen ihn.

Sie dachte an den Fyrsthen, der sie an Flynnt gegeben hatte. Was hatte er damit bezweckt?

Dann wanderten ihre Gedanken zu Griðyon, der so charmant und doch so undurchdringlich war.

An Pruri dachte sie nicht mehr.

DER LAUERNDE

Der Schlangenwurm hatte noch nicht vor, seine Behausung zu verlassen. Vielleicht würde das jedoch nötig werden. Da er inzwischen gewachsen war, würde eine neue Behausung allerdings auch größer sein müssen als die, die er sich damals gesucht hatte und in der er mitsamt seinen Plänen so ausnehmend gut gedieh.

Er musste sein Revier schützen. Er hatte sich darauf festgelegt und sah es nicht als beliebig austauschbar an. Der zentrale geografische Ausgangspunkt seines Machterwerbs war definiert. Es widerstrebte ihm, in dieser Sache umzudenken, nur weil dumme Menschen ihm ins Gehege kamen.

66

Von Fels zu Fels kroch er, lautlos, stets in Deckung. Deruonn war zornig. Das sollte er nicht sein. Zorn beeinträchtigte die Konzentration. Er musste fokussiert bleiben. Gemryn hatte sich zurückgezogen. Wie immer nach einem Kampf oblag es Deruonn, seine zweite Seele in Sicherheit zu bringen.

Dazu hätte er allerdings die andere Richtung einschlagen müssen. Bergauf. Zurück in den Schutz der Gipfel, wenigstens für ein paar Tage.

Deruonn aber schlich bergab.

Er spürte die bohrende Kritik in sich, die ihn darauf hinwies, dass er wenig überlegt handelte. Das war allerdings gar nicht richtig. Unüberlegtheit konnte man ihm nicht vorwerfen. Er hatte nur andere Prioritäten als sein innerer Kämpfer.

Von den Soldaten, die ihn und Shernay gefangen genommen hatten, war keiner mehr übrig, um ihn zu verraten.

»Gut so«, flüsterte Deruonn sich selbst zu.

Man würde die Toten den Reyalunis zuschreiben. Wenn diese nicht Verrat an ihrem Tal begehen wollten, konnten sie sich nicht einmal plausibel aus der Affäre winden. Um glaubhaft zu machen, was geschehen war, würden sie ihre ganze Verfolgungsgeschichte darlegen müssen. Deruonn an ihrer Stelle würde das nicht tun. Schemenjäger starben, bevor sie die Geschwisterschaft verrieten. Bewahrer würden nicht anders handeln.

Vier Bewahrer und ein Barde waren es gewesen. Jetzt nur noch drei Bewahrer, eine davon verletzt, und immer noch dieser Barde, der weitaus mehr Glück als Verstand zu haben schien. Gerne hätte Deruonn sie alle niedergemacht, dann wäre er aber sicher nicht unentdeckt geblieben.

Deruonn wusste nicht, ob er Shernay noch einmal wiedersehen würde. Doch sie hatte den Buzzard immer als Verbündeten gesehen, und vielleicht hatte der Vogel sie ja retten wollen. Fraglich war allerdings, ob er sie dazu im Tal abgesetzt oder mit sich zurück in die Berge geschleppt hatte – irgendwohin. Falls Letzteres der Fall war, so würde Deruonn sie sicher nicht finden. Das Gebirge war riesig, und der Vogel erreichte dort Orte, die einem Menschen nicht zugänglich waren. Wäre Deruonn ein Riesenbuzzard, er würde seine Beute genau an einen solchen Ort schaffen.

Also konzentrierte Deruonn sich auf die andere Option. Shernay war sicher gelandet und jetzt irgendwo unter ihm in der Ebene. Vielleicht verbarg sie sich in der Nähe des Ortes, an dem der Felsensteig das Tal erreichte, und wartete dort auf ihn.

Vielleicht war sie Soldaten in die Hände gefallen, denn die, die sie beide gefangengenommen hatten, gehörten gewiss zu einer größeren Einheit. Es galt dann, sie von dort wieder freizubekommen, bevor sie irgendetwas Dummes sagte.

Das sollte ihm möglich sein. Er hatte noch immer ein geheimes Schreiben, das ihn als Forscher des Fyrsthen von Kahsell auswies. Er hatte es gut in seiner Kleidung verborgen. Sonderbeauftragter war er. Mit Brief und Siegel. Erstaunlicherweise tauchte der Name des Weisesten Orstyn darin nicht auf, wohl aber das Signet der Bibliothek von Jorgvil. Ein schlauer Mann, dieser Orstyn. Er bewirkte viel, wusste noch mehr und verschwand in seiner eigenen Obskurität. Bewundernswert.

Jedenfalls musste Deruonn diese Truppe erreichen, und zwar möglichst nicht aus der Richtung des Gebirges. Immerhin, es gab niemanden, der ihn als den Gefangenen des Spähtrupps erkennen konnte. Die Soldaten, die die Bewahrer gefangen genommen hatten, hatten ihn nie gesehen. Nicht einmal die Bewahrer selbst hatten das.

Nur Shernay wusste, wer er war. Auch das war noch zu viel, soufflierte Gemryn.

»Ach, sei still!«, murmelte er sich selbst zu, doch sein Innerstes listete nur weitere Unbill auf: Sie wusste, was er war. Sie konnte das verraten. Er musste sie zum Schweigen bringen.

Wütend schlug Deruonn mit der Faust gegen einen Felsen und musterte dann frustriert die blutigen Kratzer in seiner Hand. Der Schmerz blockierte kurz seine unliebsamen eigenen Gedanken. Manchmal hasste er diese. Er wusste, Gemryn dachte anders als er, pragmatischer, gefühlloser, wie ein Schwert, das durch Wasser schnitt, scharf und spurlos. Doch sie waren eins, Gemryn und Deruonn, und die Gedanken liefen durch den gleichen, einen Sinn. Deruonn unterdrückte ein Keuchen.

Er hatte sich Shernay verpflichtet. Doch keine Verpflichtung stand je über der gegenüber seiner Geschwisterschaft oder seinem eigenen Alter Ego. Er musste eine Lösung finden, bei der er handeln konnte, ohne seine Pflichten zu verletzen.

Er bog um einen Felsvorsprung und sah von ferne die Soldaten unten in der Ebene. Eine nicht allzu große berittene

Einheit. Eben machten sie sich bereit loszureiten, der alten Hauptstraße entgegen. Was hatten sie hier gemacht?

Deruonn hatte angenommen, dass an der Öffnung des Byarla-Grabens nach Westen jemand lauerte, denn noch von oben hatte er immer wieder einmal Vögel auffliegen sehen, und von Osten her, da war er sich sicher, nahte auch jemand. Verstärkung oder Feinde? Falls es Feinde waren, warum stellten sich diese Soldaten nicht dem, was da kam? Das Ende der Schlucht war eine ganz wunderbare Falle für Feinde, die den engen Graben entlangkamen. Jetzt fortzureiten und einem nachkommenden Feind die Rückseite zu bieten, war keine gute Strategie.

Aber sie waren im Aufbruch, warteten vielleicht gerade noch darauf, dass ihre Späher aus den Felsen zurückkamen. Die würden ihnen nichts von den Feinden sagen können. Vielleicht hätten die ersten Soldaten etwas zu berichten gehabt. Doch die waren tot.

Er strengte seine Augen an, aber im Gewimmel in der Ferne waren Einzelheiten kaum auszumachen. Falls Shernay dort war, so konnte er sie nicht ausmachen.

Immer weiter. Selbst ihn strengte die Kletterei abwärts an. Doch er mochte nicht den Pfad nehmen, um nicht wieder irgendwelchen Spähern in die Hände zu laufen. An etwas Felsenmoos wischte er sich das Blut von der Hand, wollte keine Hinweise hinterlassen, auch wenn es unwahrscheinlich war, dass jemand hier die wenigen Blutspuren überhaupt wahrnehmen würde. Doch er war es gewohnt, alle Spuren an sich selbst zu tilgen. Schemenjäger, so hieß es, waren unsichtbar. Leider war das nur eine nette Umschreibung für besondere Achtsamkeit und Vorsicht und die antrainierte Fähigkeit, sich lautlos zu verhalten und gut zu verbergen.

Die Soldaten mit den gefangenen Bewahrern waren kaum ein paar Schritte von ihm entfernt, unter ihm auf dem Weg. Er hatte nicht genug Blasrohrpfeile, um sie alle aus dem Hinterhalt heraus in den Tod zu schicken. Auch hätte es zu lange gedauert. Während die ersten fielen, wären die anderen seiner gewahr geworden.

Sie verschwanden hinter einer Biegung, und er fragte sich, ob er sie irgendwie überholen konnte. Doch die Geröllhalde auf der anderen Seite des Weges war weder lautlos noch gefahrlos zu meistern.

Ein Klang wie nasses Leder ließ ihn herumfahren. Hinter ihm, über ihm hockte der vermaledeite Buzzard und starrte ihn aus seinen strahlend blauen Augen an. Deruonn erstarrte.

Gemryns Hand hielt eine Waffe, noch bevor er hatte darüber nachdenken können. Er wusste instinktiv, dass dieses Wesen ein Feind war. Kein Freund, kein Verbündeter. Diese Übermacht an hässlichem Vogel bedrohte ihn, weil er war, was er war.

Gemryn fragte sich nicht, woher er das wusste oder was an ihm der Vogel als bedrohlich empfand. Er spürte die Feindseligkeit und wusste, sie richtete sich gegen ihn. Vielleicht nicht gegen Deruonn, aber gegen Gemryn, den Todbringer der Xyi.

Sie starrten einander an. Dann drehte sich das hässliche Geschöpf, krallte sich die Felsen empor, von denen es sich kaum abhob. Es wollte nicht gesehen werden von den Menschen im Tal, deshalb flog es nicht. Instinkt oder Denkleistung?

Es drehte den Kopf zu Gemryn und fixierte ihn mit eisblauem Blick.

Das nächste Mal, schien es zu sagen. Das nächste Mal machen wir ernst.

67

Was für ein Vogel?«, fragte der Graav ungehalten. Er war etwas näher getreten, nicht so weit, dass Shernay ihn hätte mit den Händen berühren können, doch sein Schwert konnte ihren Hals sehr gut erreichen. Ein vorsichtiger Mann.

Sie schluckte.

»Ein Riesenbuzzard.«

»Buzzarde gehen einem bis zum Knie«, korrigierte er kalt.

»Es hat früher auch größere gegeben.«

Er sah sie nur an, als erwartete er mehr Informationen, oder er würde …

»Man glaubt, sie wären ausgestorben, aber dieser lebt«, fuhr Shernay hastig fort. »Er hat uns immer mal wieder überflogen, als wir … als mein … Mann und ich … durch die Berge …«

Nun schaltete sich die Offizierin ein.

»Die Frau ist mit ihrem Liebhaber aus einem Bergdorf durchgebrannt, Marejal. Das hat sie gesagt.«

Die zuckende Braue des Graaven schien ein Eigenleben zu führen. War er schockiert oder amüsiert?

»Bergdorf?« Er klang ungläubig.

Er wollte vermutlich wissen, welches. Als Graav von Flynnt mochte er mehr über die verstreuten Ansiedlungen wissen. Sie tat ihm nicht den Gefallen, genauer zu werden, obgleich sie die Namen der wenigen Dörfer an den Randausläufern des Byarla-Gebirges kannte. Keines war nahe am Byarla-Graben. Stattdessen sagte sie demütig: »Ja, Durchlaucht.«

»Du klingst nicht wie eine Hinterwäldlerin aus einem der Bergdörfer.« Er sah sie kritisch an. »Du siehst auch nicht so aus.«

»Sie war bewaffnet«, fügte die Offizierin hinzu, »und das waren verdammt noch mal keine Küchenmesser.«

»Niemand geht unbewaffnet durchs Gebirge«, antwortete Shernay schnell. »Zumindest nicht, wenn man vorhat zu überleben.« Sie zuckte, als sie merkte, dass ihre Rede allzu forsch klingen mochte. Das war er sicher nicht gewöhnt. »Durchlaucht«, fügte sie schnell noch hinzu und schlug die Augen nieder, schielte dann aber doch wieder hoch in sein Gesicht.

Sein harter Mund kräuselte sich zu einem sarkastischen halben Lächeln. Er sah sie noch einmal scharf an, dann steckte er sein Schwert wieder in die Scheide.

»Name?«, fuhr er sie an.

»Shernay.«

»Du bist meine Gefangene, Shernay.« Er musterte noch einmal ihre Augen, als könnte er in ihrem Blau etwas entdecken, und wandte sich dann an seine Leute. »Wir nehmen sie mit. Bindet ihr die Hände, aber tut ihr sonst nichts. Und passt darauf auf, dass ihr angeblicher Buhle keine Dummheiten macht, falls er hier auftaucht.«

»Durchlaucht! Bitte«, rief sie ihm nach, als er sich schon in Richtung eines gesattelten Pferdes bewegte, das man ihm brachte. »Mein Mann ist aus der Burg zu Jorgvil. Ein Lehensmann des Fyrsthen von Kahsell! Er forscht für einen der Räte.«

»Warum rennt er dann durchs Gebirge und stiehlt schöne Frauen?« Der Graav sah sich nicht einmal um.

»Er … hatte einen Auftrag.«

»Allein im Byarla-Gebirge? Sicher nicht. Entweder lügst du, oder er hat dich angelogen.«

Jemand band ihre Handgelenke zusammen.

»Ich habe doch nichts getan!«, beschwerte sie sich.

»Dabei wollen wir es auch belassen, schönes Mädchen aus den Bergen, das einem die Hucke voll lügt. Sie bleibt in meiner Nähe. Gebt ihr ein Pferd. Wir haben wahrlich keine Zeit für Liebesgeschichten.«

Reiten konnte Shernay nicht. Mit gebundenen Händen konnte sie sich nicht einmal richtig festhalten.

Die Anzahl der Mannen, die aus den Schatten ihrer Verstecke kamen und sich sammelten, war erstaunlich. Es war, als spuckten die steilen Felswände des Byarla-Grabens an seinem unteren Ende Soldaten aus den Ritzen. Was hatten sie hier gewollt?

Raue Hände fassten Shernay am Knie und am Hintern und hievten sie in einen Sattel. Sie fiel beinahe auf der anderen Seite des Pferdes wieder hinunter. Man zerrte sie gerade. Dann trabte das Pferd los. Shernay hüpfte im Sattel hin und her, rutschte zur Seite, und schon fiel sie und schlug hart auf dem Boden auf. Sie konnte einen Schrei nicht unterdrücken. Nicht einmal richtig abfangen hatte sie sich können.

Der Graav drehte sich auf seinem Pferd um und musterte sie ärgerlich. Shernay versuchte sich aufzurappeln. Es war nicht einfach.

»Du kannst nicht reiten?«

»Nein, Durchlaucht.«

»Schlecht.« Sein Blick flog über seine Truppe, dann nickte er einem der Soldaten zu. »Du nimmst sie mit auf dein Pferd. Pass auf, dass sie nicht … kaputtgeht.«

Schon wieder waren da Männer, die sie schoben und kniffen. Weitaus mehr Hände als dringend erforderlich übernahmen die Aufgabe, sie dem ausbedungenen Reiter vorne aufs Pferd zu heben. Seine Arme umfassten sie und zogen sie eng an einen ledergerüsteten Körper. Ein Mund kam ihrem Ohr nahe.

»Keine Angst, Frau. Deine Tugend ist bei mir sicher. Der Graav weiß, was er tut.«

»Ich habe nichts getan!«, versicherte Shernay noch einmal.

»Es ist Krieg. Jeder ist verdächtig.«

»Es ist stets Krieg.«

»Deshalb ist jeder stets verdächtig.«

»Wer ist er überhaupt? Wer seid ihr?«

»Er ist der Graav von Flynnt, und wir sind seine Kämpfer.«

»Ich bin keine Feindin! Ich gehöre zu Kahsell wie ihr!«

»Man kann niemandem trauen.«

Die Truppe setzte sich in Bewegung. Viel zu schnell ging das. Wo war Deruonn? Wo waren die Soldaten, die ihn gefangen hatten? Hätten sie nicht mit dieser Einheit aufbrechen müssen, wenn sie dazugehörten? Oder gehörten sie nicht dazu?

»Wohin reiten wir, Soldat?«

»Gen Süden.«

»Was ist mit den Reitern, die von Flynnthaven herkommen? Gehören die auch zu euch?«

»Von Osten her?«

»Wir sind oben an der Kante des Byarla-Grabens entlanggekommen. Mein Mann hat sie gesehen.«

Der Mann gab seinem Pferd die Sporen und ritt nach vorne, wo der Graav noch Anweisungen gab.

»Marejal! Die Frau sagt, es kommen Reiter von Osten!«

Der Mann drehte sich mit dem Pferd um und sah sie ungehalten an. Dann sprang er blitzschnell ab, zerrte sie vom Pferd und hielt sie an den Oberarmen. Die eisenverstärkten Handschuhe drückten ihr schmerzhaft ins Fleisch. Wieder versenkte sich sein Blick blaueisig in ihre Augen. Dann schüttelte er sie.

»Was hast du gesehen?«

»Gar nichts. Mein Gefährte hat von oben in die Schlucht geschaut. Er hat gesagt, dass etwas von Osten herkommt. Er konnte nicht genau sehen, was. Er dachte Reiter oder ein Treck.«

Er hielt einen Moment inne.

»Du hast nichts gesehen?«

»Nein, Durchlaucht.«

»Wo ist dein Kerl?«

»Eure Soldaten haben uns gefangen – am Abstieg von der Byarla-Höhe.«

»Dich auch?«

Sie beantwortete seine unausgesprochene Frage.

»Ich bin abgestürzt. Er nicht.«

»Ach, und dann kam dieser Vogel? Praktischerweise?« Jetzt klang er zynisch.

»Ja, Durchlaucht.«

Er sah aus, als wolle er sie schütteln. Ohrfeigen. Niederschlagen.

Er tat nichts von alldem, zog sie nur nahe an sich heran und neigte den Kopf, sodass seine Stirn die ihre berührte.

Aus den Augenwinkeln sah Shernay, dass die Soldaten um ihn herum das für unvorsichtig hielten. Sie hatten ihre Waffen gezogen, vermutlich, um sie schnell ausschalten zu können, falls sie diese Nähe irgendwie ausnutzen wollte. Wie sie das hätte bewerkstelligen sollen, wusste sie nicht. Auch glaubte sie nicht, dass ein Tritt in seine Weichteile ihre Lage verbessert hätte.

»Mehr weiß ich nicht, Durchlaucht!«, sagte sie schnell und spürte seinen Atem im Gesicht. Er schob sie wieder etwas von sich fort. Sie versuchte, harmlos auszusehen. Sein Blick wurde misstrauischer.

»Wirklich, Durchlaucht. Ich habe nicht selbst in die Schlucht geschaut. Ich wollte nicht so nah an den Abgrund.«

Er wandte sich seiner Adjutantin zu, ohne Shernay loszulassen.

»Wo ist die Schluchtwache? Hat denen niemand Bescheid gesagt, dass wir abrücken wollten?«

»Marejal! Die Schluchtwache sollte mit der Nachhut reiten! Sie sollten so lange wie möglich ihren Standort halten. Aber es sind schon Männer unterwegs, die sie von ihrem Ausguck zurückholen sollen.«

»Die sollen sich vergorrnt noch mal sputen! Ich will wissen, ob sie auch etwas gesehen oder nur in einer geschützten Ecke Karten gespielt haben.«

»Jawohl, Marejal.«

»Verdammt!«, fluchte der Mann. »Verdammt. Verdammt! Da warten wir eine halbe Ewigkeit im Versteck, und erst als wir unsere Pferde geholt haben und abmarschbereit sind, kommt der Feind. Wenn er denn kommt.« Er wandte sich wieder Shernay zu. »Wenn du gelogen hast …«, drohte er.

»Ich habe selbst nichts gesehen, Durchlaucht. Ich wiederhole nur Gesagtes – ich habe jedoch keinen Anlass zum Zweifel.« Mit Verspätung dämmerte es ihr, dass ein durchgebranntes Dorfmädel sich nicht so ausdrücken würde. Sie würde schon auf den Knien liegen und heulen oder flehen. Das jetzt noch nachzuholen schien ihr jedoch nicht sinnvoll.

Er schien dasselbe zu denken, denn schon wieder zuckte es in dem strengen Gesicht. Wenn sie nicht lernte, sich ihren eigenen Lügen entsprechend zu verhalten, würde sie hier in der Außenwelt nicht lange überleben.

Wo waren diese Soldaten und – viel wichtiger – wo war Deruonn, und was hatte er mit ihnen gemacht?

Sie sah hoch zum Gebirge, das sie kaum verlassen hatte. Weit war sie nicht gekommen.

DER LAUERNDE

Menschen machten Spaß. In unterschiedlichem Maß zwar, aber sie waren unterhaltsam. Seine Art hatte sie nicht erschaffen. Sie hatten sich auf der Welt von allein breitgemacht wie Ungeziefer. Viel mehr waren sie dem Schlangenwurm auch nicht. Ein Flohzirkus. Wie sie doch krabbelten und werkelten und nichts begriffen!

Ihre Ängste, ihr Verlangen. Er kannte sie, hatte sie erfahren und geprüft. Spielwerk. Dummheit. Angenehm, doch nicht von Dauer.

Selbst die Verschlagensten unter ihnen sahen das Naheliegende nicht, wenn sie sich dem Willen ihrer zerbrechlichen Körper unterwarfen.

Doch es kam etwas.

68

Die hellen Augen des Graaven zeigten weit mehr Zorn als sein kantiges Gesicht, das fast steinern unbewegt blieb. Shernay fürchtete sich vor dem Mann, doch auf irgendeine unerklärliche Weise fand sie ihn auch vertrauenswürdig. Sie versuchte zu verstehen, warum das so war, und kam dann zu dem Schluss: Es lag an seinen Augen. Sie waren ihren eigenen so ähnlich, dass Shernay fast eine Art Verwandtschaft spüren konnte.

Das war töricht. Nichts verband sie mit diesem Mann, der sie töten konnte und sicher nicht dabei an ihre Augenfarbe denken würde. Aber da war etwas an ihm, das ihn von seinen Mannen unterschied – und das war nicht nur sein Rang. Ränge galten ihr wenig.

Es mochte seine Entschlossenheit sein, doch im Moment wirkte er nicht entschlossen. Tatsächlich vermochte man eine fast wütende Ratlosigkeit in dem bleiernen Ausdruck auszumachen, wenn man hinter den ersten Eindruck des machtvollen Mannes blicken konnte, und aus einem unerfindlichen Grund konnte sie das.

Es war ihr, als kannte sie ihn. Im Tal hatten einige diese blauen Augen. Waren auch diese hier ein Erbe der Räte? Stammte dieser Mann wie die Reyalunis von den längst verblichenen Räten von Predorenn ab? Oder war die Färbung Zufall?

Blaue Augen gab es viele, doch ihre, so wie auch die dieses Mannes, hatten das, was die alten Talbrüder als altes Erbe angesehen hatten. Genau diese Schattierung und diese Leuchtkraft zeichneten diese Augen als etwas Besonderes aus. In Reyalun hatte man das positiv gesehen, als Hinweis darauf, dass – obwohl es dazu nicht zwingend dieser Augenfarbe bedurfte – Shernay ein besonderes Talent haben mochte. Die Annahme hatte sich bestätigt.

Doch auch der Buzzard und die Traumschlangen hatten diese Augen. Das Erbe der Räte war nicht nur positiv, hatte man ihr gesagt. Es war älter als die Räte. Shernays Wissen hierzu war unvollständig. Sie war gegangen, bevor sie alles hätte erfahren können.

Sie konnte den Befehlshaber beinahe denken hören. Seine Gedanken brannten.

»Ich müsste mich dreiteilen«, flüsterte er. »Die Gefahr aus dem Osten aufhalten, die Wagen aus dem Süden schützen und meine Kinder …«

Er brach ab und stieß sie von sich. Dann sah er sich nach seiner Adjutantin um.

»Aber wir werden uns nicht dreiteilen. Denn das ist es, was unsere Feinde wollen«, sagte er. »Du«, er wandte sich wieder Shernay zu, »magst eine von ihnen sein. Eine falsche Stimme statt einer Armee. Eine Armee, von der niemand weiß außer dir. Weil es sie nie gegeben hat.«

Shernay öffnete den Mund, um ihm zu beteuern, dass sie nicht war, was er argwöhnte, doch er winkte ab. Er war an ihren Ausführungen nicht interessiert.

»Ich vermisse Griðyon«, sagte er. »Er hat so eine zielgerichtete Art, Menschen zum Sprechen zu bringen.« Sein Blick senkte sich erneut in den ihren wie ein Messer in

Fleisch. »Zur Not kann ich das aber auch selbst, schönes Mädchen aus den Bergen.«

Shernay sagte nichts. Seine Intensität brannte in ihrem Magen und verursachte ihr Unbehagen. Es gab keine Möglichkeit, den Mann zu überzeugen. Sie war die Letzte, die das versuchen sollte. Schweigen war besser als Flehen.

»Wir könnten die Angreifer einfach hinter uns her locken«, meinte die Offizierin. »Bis zum Treck, wo wir dann eine größere Anzahl Kämpfer hätten und … mehr von diesem Zeug.«

Shernay wusste nicht, was mit diesem Zeug gemeint war, offenbar etwas Geheimes, das sich bei einem Treck befand. Sie gab sich Mühe, entsprechend desinteressiert auszusehen. Doch das führte nur dazu, dass er sie noch misstrauischer ansah.

»Ist es das, was du suchst?«, fragte er, und sie hatte Angst, er würde sie schlagen. Sie schüttelte nur den Kopf.

»Bitte, Durchlaucht. Ich weiß nicht, wovon Ihr sprecht. Ich bin nur mit einem Mann durchgebrannt und über die Berge geflohen. Das ist alles, was ich getan habe. Und alles, was ich weiß.«

»Oder«, fuhr die Adjutantin fort, ohne ihren Beitrag auch nur wahrzunehmen, »wir könnten ihnen entgegenreiten und sie niedermachen. Sofern es Feinde sind. Schließlich wissen wir das nicht. Vielleicht ist es auch nur ein Wagenzug mit Gütern aus Flynnthaven.«

Er nickte, als bestätige sie seine eigenen Gedanken.

»Oder wir schicken Reiter zur Flynntburg, die die Bedrohung aus dem Osten bekämpft, während wir uns gen Süden halten.«

»Die Burg hat genug damit zu tun, sich zu verteidigen und die Einfälle aus Holtur abzuwehren«, sagte er und wandte sich dem Pferd zu. »Nein. Wir tun, was wir tun wollten. Wir warten nur noch auf die Späher von der Höhe. Wir müssen wissen, was sie gesehen haben.«

Was, wenn diese Männer nicht kamen? Weil sie nicht mehr kommen konnten? Würde ihr Nichterscheinen Shernays Ableben besiegeln? Sie schielte um sich. Flüchten konnte sie nicht. Sie war auf Gedeih und Verderb dem Willen des Graaven von Flynnt ausgeliefert.

Wo war ein Buzzard, wenn man einen brauchte? Shernay blickte panisch gen Himmel, doch der war nur blau und wolkenlos. Sie glaubte, dass der Vogel ihr hatte helfen wollen. Sie war sich aber ebenso sicher, dass er Menschen normalerweise mied. Tiere, die man so lange nicht mehr gesehen hatte, dass sie nur noch Legende waren, konnten nur verborgen bleiben, wenn sie sich nicht zeigten.

Urgorrn-Kreatur. Urgorrn-Erbe. Sie hatten alle irgendetwas damit zu tun, selbst Deruonn, in dem sie etwas wahrzunehmen glaubte, das sie nicht bestimmen konnte und auch nicht wollte. Es schien ihr auf einmal, als wäre ihre ungeplante Reise von Kreaturen mitbestimmt, die es längst nicht mehr gab und an die jenseits der Grenzen von Reyalun niemand glaubte.

Wie ein Spielstein des Schicksals fühlte sie sich. Eisiges Grauen durchdrang sie mit einem Mal, und sie wäre beinahe in die Knie gegangen. Der Marejal blickte sie ungehalten an.

»Was?«, fragte er barsch. »Angst vor Strafe? Etwas spät!«

Sie fasste sich mühsam.

»Marejal«, sagte sie und war sich bewusst, dass diese Anrede nur seinen Mannen zustand. »Der einzige Verrat, den ich begangen habe, ist der an den Sitten und Gebräuchen meines … Dorfes. Dort ist man streng. Man mag keine

Fremden und gesteht ihnen die Frauen nicht zu.« Sie atmete tief ein und suchte bewusst seinen Blick. »Euch habe ich nicht verraten. Kahsell habe ich nicht verraten. Ihr seht aus, als wolltet Ihr mich töten. Doch mein Tod wird nichts, aber auch gar nichts ändern. Ich weiß nicht, welche Unbill Euch treibt. In den Bergen bleibt man von den Härten des Krieges unberührt. Der Hauptfeind sind die Berge selbst. Gegen sie zu bestehen ist Herausforderung genug. Ihr sagt, Ihr müsst Euch entscheiden. Das musstet Ihr schon, bevor ich kam. Nichts hat sich geändert. Kein einziger Umstand. Ich bin nicht Eure Feindin und nicht schuld an Eurer Lage.«

Von weiter hinten kam nun Bewegung in die Truppe. Eine Gruppe Soldaten bahnte sich den Weg nach vorne zu ihrem Marejal. Bei sich hatten sie Gefangene.

Drei der Bewahrer, die sie töten wollten. Und Garru.

Gefangen, gefesselt und verletzt. Shernay starrte ihn entsetzt an. Ihre Blicke trafen sich in Verzweiflung.

Garru hätte nicht hier sein sollen.

»Interessant!«, sagte der Graav. »Was haben wir denn da?«

»Feinde! Sie haben uns angegriffen, doch wir haben sie besiegt«, berichtete einer der Soldaten. »Wir haben Verluste.«

»So war das nicht!«, widersprach Kryes. Shernay kannte ihn. Sie kannte alle, die dort waren, verletzt und blutig.

»Natürlich nicht.« Der Graav lächelte dünn. »Es ist immer alles ganz anders, nicht wahr?«

69

Es war heiß. Der Sommer heizte ein wie mit glühenden Kohlen. Der grobe Stoff der Männergewandung klebte und kratzte auf Nimrys Haut. Sie sehnte sich nach einem Kleid. Irgendetwas Leichtes, das ihr nicht den Schweiß durch die Poren brennen ließ.

Zwei Tage und Nächte und noch kein Angriff. Doch inzwischen war ihr, als könnte sie das Nahen der Feinde schon spüren. Nimrys Treck war laut, und doch meinte sie manchmal Geräusche zu vernehmen, die nicht dazugehörten.

Sie täuschte sich. Das wusste sie. Jemand, der einen zu überfallen suchte, machte keine Geräusche.

In der Nacht lag Nimry wach, obgleich bleierne Müdigkeit sie wie alle anderen niederdrückte und unter ihren Lidern rieb wie Sand. Doch da war immer dieses Kribbeln, das stete Warten auf den ersten Schrei, den ersten Pfeil, den ersten Schmerz.

Sie hörte noch die Bogensehnen singen, als sie ihre Geschosse auf Fleisch und Blut losließen. Sie wusste, wie es klang, wenn Armbrustbolzen in Holz schlugen. Oder in Muskeln, nachdem sie Rüstungen durchschlagen hatten. Sie hatte alles schon gehört, und die Geräusche hatten sich in ihrem Gedächtnis eingebrannt, wiederholten sich im Halbschlaf, und dann war sie wieder wach. Todmüde, aber munter.

Fast hätte sie das Geräusch schon als Trugbild ihres Gedächtnisses abgetan, als es tatsächlich geschah. Da war er, der erste Schrei.

Er konnte alles bedeuten. Vielleicht war es wieder nur Pruri, die immer noch lebte, auch wenn keiner so recht wusste, wie das sein konnte.

Der Treck hatte keine Wagenburg bilden können. Die Stelle, an der die Wagen schließlich spät am Abend angehalten hatten, war zu schmal und links von der Straße zu abschüssig, um Karren dort hinunterzulenken. Rechts stieg das Gebirge steil an.

Wie schon einmal vor zwei Nächten fuhr Nimry in die Stiefel, warf sich die Lederrüstung locker über und gürtete hastig ihr Schwert. Darso war neben ihr, tauchte aus der Dunkelheit auf wie ein gigantischer Schatten.

»Erlaucht sollten …«

Vermutlich wollte er, dass sie floh. Doch den Gedanken hatte sie aufgegeben. Jetzt allein in die Dunkelheit zu entwischen schien ihr nicht sinnvoll – und keinesfalls sicherer. Hier waren zwischen ihr und den Angreifern wenigstens noch ein paar Soldaten und eine Treckbesatzung.

Alle waren wach und von den Wagen gesprungen. Schon ging ein Hagel von Pfeilen auf sie alle nieder. Ein ganz eigenes Geräusch schwirrte wabernd durch die Luft, und Darso stieß Nimry unsanft unter den Wagen.

»Deckung!«, schrien manche. Andere schrien wortlos. Ein hölzernes Prasseln fuhr auf sie nieder. Im spärlichen Licht kleiner Lagerfeuer sah man manche stürzen. Schon pfiff eine weitere Salve heran. Nimry machte sich hinter dem Karrenrad klein und wünschte, es hätte keine Speichen, sondern wäre ohne Öffnungen.

Etwas drängte sie mitzukämpfen. Doch ihre Vernunft ließ sie dort verharren, wo sie war. Das Vorrecht der Graavessa: in Deckung bleiben.

Aus ihrer Position konnte sie die am Boden Liegenden und die Beine der anderen, die schnell in die eine oder andere Richtung rannten, sehen. Schmerz, Wut und Kampfgebrüll waren kaum zu unterscheiden.

Sie versuchte auszumachen, woher die Pfeile kamen. Vom südlichen Ende des Trecks und von Westen her. Seit die Makye sich zur Ebene hin gelockert hatte, war ein Angriff von dort nicht mehr unmöglich. Die Feinde mussten sich aufgeteilt haben, ein Teil kam von Süden her die Straße hoch, ein Teil hatte den Treck westlich umrundet, um von der Flanke her anzugreifen.

Bald mochten von vorne auch welche kommen. Vermutlich wenn von dort alles nach hinten oder zur Seite geströmt war.

Bei Bogenschützenangriffen konnte man nur hoffen, dass den Angreifern irgendwann die Pfeile ausgingen. Es war ja nicht so, als hätte es irgendwo unterwegs eine Pfeilmacherei gegeben. Und weder die knorrige Makye noch die schuppigen Rahe-Bäume darin besaßen gerades Geäst.

Der Wagen gab ihr Deckung, doch wenn es ernst wurde, würden die Feinde sie hier finden und hervorzerren. Nimry blickte über sich. Konnte sie sich irgendwo am Unterboden des Wagens so festmachen, dass man sie nicht sah?

An den Außenseiten des Wagens war so manches festgemacht, doch der Wagenboden selbst war einfach nur glatt. Hier gab es nichts, an dem sie sich so festschnallen konnte, dass sie vor Blicken verborgen war.

Außerdem war es eventuell nicht erstrebenswert, als Einzige übrig zu bleiben und dem Feind in die Hände zu fallen. Oder mitsamt den Wagen zu verbrennen.

Letzteres war nicht sehr wahrscheinlich. Wenn die Feinde es auf das Flugfeuer abgesehen hatten, dann würden sie hier tunlichst nichts anstecken. Griðyon hatte stets sehr gut darauf achtgegeben, dass die Karren, die die geheimnisvolle Substanz geladen hatten, nicht allzu nah am Lagerfeuer positioniert wurden. Sobald Feuer angefacht wurde, hatte er die Planen der Karren anfeuchten lassen, damit kein zufälliger Funkenflug eine Katastrophe auslöste. Er war ein umsichtiger Mann.

Nimry lugte zwischen den Radspeichen hervor und suchte nach ihm. Sie sah ihn nicht, wohl aber die zuckenden Leiber der Getroffenen. In allzu vielen steckten ein oder sogar mehrere Pfeile. Manche hatten trotzdem ihre Waffen gezogen. Manche lagen nur da, schreiend oder schon tot.

Wenn die Feinde gleich beim ersten Angriff diese Taktik verfolgt hätten, wären sie jetzt schon im Besitz des Flugfeuers gewesen, und diesen Treck hätte es gar nicht mehr gegeben.

Der dritte Angriff, und diesmal schienen die Feinde schlauer vorzugehen als bei den letzten beiden. Nimry konnten sich gut vorstellen, warum das so war. Sie hatte Heerführer am Hof gesehen, die eine Art heldenhafter Selbstbestätigung im Kampf Mann gegen Mann sahen, als wäre die Ermordung von Menschen so ehrenhafter. Vielleicht war sie es ja. Aus dem Hinterhalt Pfeilsalven zu schießen war gewiss nicht ehrenhaft.

Aber wem war das noch wichtig?

Denen, die gerne Krieg führten. Die aus geschützter Position heraus andere in den Kampf schicken konnten – Mann gegen Mann. Just denen war ein solcher Ehrbegriff vielleicht tatsächlich von Bedeutung, belegte er doch einen Nimbus von Tapferkeit, die ein Hinterhalt nicht verleihen konnte.

Dennoch hatten die Feinde die Taktik geändert. Wer sie jetzt befehligte, legte keinen Wert auf Ruhmesglorie. Er wollte siegen.

Vielleicht war es nicht mehr der gleiche. Vielleicht war der erste Anführer im Flugfeuer verbrannt, und nun befahl einer, der mit größerer Zielsicherheit und weniger »Ehre« vorging?

Ein Pfeil knallte direkt vor Nimrys linkem Auge in eine Speiche und vibrierte dort. Sie zuckte zurück. Und noch weiter zurück.

Die neue Salve war tief gezielt, direkt unter die Wagen, wo viele ihre Deckung gesucht hatten. Nimry wand und rollte sich über den Boden zur rechten Straßenseite. Waren von dort schon Pfeile gekommen? Vom Gebirge her?

Ihre Frage wurde sogleich beantwortet, als ein Pfeil bergseitig direkt neben ihr ins Holz des Wagens fuhr. Auch von hier war man unter Beschuss.

Doch soweit sie sehen konnte, kamen aus dieser Richtung nur wenige Pfeile. Der gestrüppreiche Wald und das steil ansteigende Gebirge waren nicht dazu geeignet, größere Gruppen zu positionieren.

Nimry wusste nicht, wo sie sich verstecken sollte. Wenn sie in den Wald lief, mochte sie direkt auf einen Feind treffen. Doch hier war sie auch sichtbar, gab trotz der Dunkelheit ein gutes Ziel ab, denn die Nacht war hell und sternenklar.

Starr stand sie da und spürte, wie die Angst sie lähmte und ihr zugleich sinnlose Ratschläge gab. Ihre Füße wollten rennen, doch sie wusste nicht, wohin. Jeden Augenblick rechnete sie damit, dass so ein langes Stück Holz ihre Haut spalten und ihr Fleisch durchbohren und schließlich in ihr steckenbleiben würde. Ihre geborgte Lederrüstung passte nicht besonders gut. Nimry hatte nicht einmal Zeit gehabt, all die Schnallen zu schließen. Sie war verwundbar.

Was für ein Wort! Es klang so harmlos, als sei sie etwas empfindsamer als andere. Doch man konnte sie töten. Man konnte sie vorher noch quälen.

Sie sah immer noch niemanden. Niemand stürmte das Lager, schwertschwingend oder brüllend. Aber das Gesträuch war voller Geräusche. Sie kamen.

Ihr wurde bewusst, wie wenig Zeit seit der ersten Salve vergangen war. Die Gefahr hatte die Sekunden in die Länge gezogen.

Sie musste hier weg!

Mit Mühe rang sie ihre Panik nieder. Sie kauerte im Schatten des Wagens. Wenn sie sich nicht rührte, vielleicht nahm man sie dann nicht gleich wahr?

Ein dunkler Schatten tauchte wie aus dem Nichts neben ihr auf. Arme umschlangen sie. Sie konnte nicht einmal ihr Schwert heben. Ihre Füße verließen den Boden. Sie strampelte wild. Dann warf man sie.

Sie landete hart auf dem Rücken.

DER LAUERNDE

Es wäre ihm ein Leichtes gewesen, sie alle auszulöschen, überhebliche Eintagsfliegen, die sie waren, doch das hatte er nie vorgehabt. Vielmehr verbuchte er sie bereits theoretisch als Gefolgschaft, auch wenn sie das nicht ahnten und – hätte man sie gefragt – auch abgelehnt hätten.

Doch Gefolgschaft war unter den Menschen ohnehin keine steinerne Größe. Die Zweibeiner waren in sie hineingeboren, bekamen sie anerzogen oder wählten sie nach opportunistischen Kriterien. Bei dem Denkspiel, das er spielte, musste er den unbeständigen Charakter des Einzelnen nur gegen die Berechenbarkeit der Masse aufrechnen. Es gab kaum Ausnahmen im Herdenverhalten der Menschen, wenn man es über einen längeren Zeitraum kalkulierte. Gelegentlich gab es mal einen »Ausreißer« in den Berechnungen zum Verhalten, doch im Großen und Ganzen, über die Zeit hinweg, spielten sie nur eine untergeordnete Rolle und waren lediglich dazu da, ihm seine Planung etwas spannender zu machen. Deshalb hasste er diese Sonderfälle auch nicht, sondern war ihnen in gewisser Weise dankbar für den Unterhaltungswert, den sie boten. Er würde sie genüsslich vernichten.

70

Morrgjars Ungeduld brannte ihm Löcher in den Magen. Von einer hatte er es jetzt auf insgesamt fünf seltsame Gefangene gebracht, und wieder konnte er nicht los, weil er es für wichtig hielt, zunächst zu erfahren, wer diese Menschen waren.

Spione? Agenten? Saboteure? Holturer?

Die Vogelfrau – er hatte begonnen, die atemberaubende blonde Schönheit mit dem ausgefallenen Transportmittel so zu nennen – kannte die vier neuen Gefangenen. Die Blicke, die sie einander zuwarfen, waren freilich wenig freundlich.

Sie hatte Angst. Das war deutlich. Die anderen blickten streng. Zumindest drei von ihnen. Vielleicht war ja etwas dran an ihrer Aussage, sie wäre aus Dorf davongelaufen. Dann wären das hier ihre Verfolger.

Doch warum hatten sie seine Soldaten umgebracht? Die ganze Geschichte ergab wenig Sinn. Abgesehen davon, dass irgendwelche frauensuchende Dörfler keinen Grund gehabt hätten, seine Soldaten anzugreifen, war es auch mehr als erstaunlich, wie viel Schaden sie hatten anrichten können. Eine Handvoll Hinterwäldler gegen ausgebildete Kämpfer? Das hätte anders ausgehen müssen.

Morrgjar wusste, es gab in der Nähe kein Dorf. Die wenigen kleinen Ansiedlungen, von denen er gehört hatte, waren viel weiter südlich und gehörten nicht einmal mehr zu Flynnt.

Falls die Geschichte also stimmte, so waren diese Leute der Blonden sehr weit durch das Gebirge gefolgt. Ein großer Aufwand für ein ausgebüxtes Mädchen, selbst so ein ausnehmend schönes Wesen mit einem so ungewöhnlich gepflegten Vokabular.

Der Barde, der seine Harfe nicht loslassen wollte, sah sie kaum an. Er wirkte traurig und sensibel. Das würde es leichter machen, ihn zu befragen.

Natürlich könnte er die ganze Bagage auch gleich hinrichten lassen. Nur ein toter Verräter war ein guter Verräter. Doch dann würde er nie erfahren, was hinter der ganzen Sache steckte, und die Geschehnisse der letzten Tage und Wochen waren so undurchsichtig, dass er auf Antworten nicht verzichten wollte.

»Hol mir den Musiker!«, befahl er.

Jetzt blickten die fünf »Gäste« alle erschrocken. Und verbissen. So blickte er im Gegenzug also ernst. Und streng. Er musste sich dazu nicht verstellen. Disziplin und Strenge waren Teil seiner Seele. Graav von Flynnt. In der achten Generation. Da kroch man schon fertig pflichtbewusst und verantwortungsvoll aus dem Bauch der Mutter.

Ganz sicher ließ man sich nicht von Dörflern überrumpeln.

Das blonde Kerlchen mit der Harfe eilte erschrocken vor den beiden Wächtern her, die ihn brachten. Es hielt immer noch seine Harfe umklammert.

»Setz das Instrument ab!«, befahl Morrgjar, nicht so sehr, weil es einen Unterschied machte, sondern weil er die Reaktion des Mannes und seine Prioritäten prüfen wollte.

Der Mann zögerte, sah Morrgjar in die Augen, als suchte er dort etwas. Morrgjar sorgte dafür, dass er nichts darin fand.

Vorsichtig stellte der junge Mann die Harfe neben sich, ließ kurz eine Hand auf ihr, als müsste er sie trösten.

»Durchlaucht!«, grüßte er respektvoll und verneigte sich. Morrgjar zog eine Augenbraue hoch. Der junge Mann sank auf ein Knie vor ihm nieder wie ein Vasall. Damit maßte er sich immer noch zu viel an. Morrgjar hob das Kinn geringfügig. Der junge Mann kniete nun vollends. Er schien darüber nachdenken zu müssen. Die Geste war ihm nicht geläufig. Ungewöhnlich.

»Name?«, fragte Morrgjar.

»Ich bin Garru, der Barde.«

»Wo kommst du her?«

»Aus einem Dorf am Rand des Byarla-Gebirges.«

»Hier im Norden gibt es keine Dörfer mehr.«

»Es ist im Süden, Durchlaucht.«

»Was tust du dann hier?«

Er blickte betreten zu Boden.

»Ich bin Barde«, sagte er dann. »Ich wollte die Welt sehen. Und für die Welt spielen.«

»Bist du ein guter Barde?«

Der Junge zuckte mit den Schultern. Mann, korrigierte sich Morrgjar. Das schmale, blasse Kerlchen war ein Mann. Im Vergleich zu den Kämpfern in Morrgjars Heer wirkte er ein wenig unausgebacken. Sogar innerhalb seiner eigenen Gruppe wirkte er wie ein Fremdkörper.

»Ich glaube schon, Durchlaucht. Man sagt, ich sei ein guter Barde.«

»Warum hast du meine Soldaten angegriffen?«

»Das habe ich nicht!«, widersprach der blonde Mann entrüstet. »Wirklich nicht! Die haben mich angegriffen.« Dann erinnerte er sich, in welcher Situation er war, neigte sein Haupt und fügte ein »Durchlaucht!« an.

»Warum?«

»Ich hörte … ich dachte, Shernay sei in Gefahr.«

»Shernay.«

»Wir waren sie suchen, weil man sie verschleppt hatte.«

»Verschleppt?«

»Ja, Durchlaucht.«

»Wer hat sie verschleppt?«

»Weiß ich nicht. Aber er war es wohl, der Eure Soldaten angriff.«

Morrgjar sah den Mann verächtlich an.

»Wie praktisch! Ein unsichtbarer Mensch hat meine Soldaten getötet, und ihr habt nichts damit zu tun. Wo ist er jetzt, der unsichtbare Gemahl der schönen Shernay?«

»Er ist nicht ihr Gemahl. Er hat sie …«

»Da ist sie anderer Meinung.«

Der Junge biss sich auf die Lippen und senkte den Blick. Morrgjar verstand. Beinahe hätte er gelächelt.

»Ein Fremder hat dir deine Braut weggenommen, Barde?«

»Ja, Herr.«

»Und da seid ihr den beiden durch das ganze Gebirge gefolgt, um sie wieder einzufangen? Zu viert und mit Harfe?« Morrgjar unterdrückte ein zynisches Grinsen. Er unterdrückte sehr oft ein Grinsen, wollte weder jovial noch leutselig erscheinen, auch wenn er viele Dinge im Leben unfreiwillig komisch fand, oder doch immerhin sehr lächerlich.

»Zu fünft. Einer von uns …«

»Ihr habt meine Leute umgebracht!«

»Wir haben uns nur gewehrt – und die waren schon tot.«

»Weil ein geheimnisvoller Unbekannter sie ganz allein umgebracht hat?«

»Durchlaucht …«

Morrgjar wechselte das Thema.

»Wer kommt durch den Byarla-Graben auf uns zu?«

Die Augen des jungen Mannes wurden weit.

»Durchlaucht?«

»Du hast mich schon verstanden. Also?«

»Wir haben keinen gesehen. Wir waren nie so nah am Abgrund, dass man hätte hinunterschauen können.«

»Ihr seid oben entlanggegangen.«

»Ja. Aber wir haben uns vom Abgrund ferngehalten. Wegen der Schlangen.«

»Schlangen?«

»Am Abgrund gibt es Schlangen.«

Der Graav von Flynnt starrte den Barden ärgerlich an. Dann wandte er sich an seine Adjutantin.

»Lass ihm die linke Hand abschlagen.«

71

Vom Sattel aus schaute Orstyn nach Osten, ins gewaltige Gebirge empor, in dessen Mitte er seinen Ursprung wusste. Irgendwo. Weit, weit fort. Unerreichbar für ihn. Sein schweifender Blick blieb nicht unbeobachtet, wenngleich man ihn auch missdeutete.

»Manchmal kommen Marodeure aus dem Gebirge, Weisester. Aber eine Reitereinheit wie unsere werden sie nicht angreifen. Alleinreisende oder kleine, ungenügend geschützte Karawanen sind mehr ihr Ziel.«

»Danke!«, sagte Orstyn, als habe der Mann ihm etwas Neues verraten. Er drängte seinen Leibwächtern kein Gespräch auf, würgte es aber auch nicht ab. Informationen waren wichtig. Selbst aus dem Nutzlosen ließ sich manchmal noch etwas Brauchbares filtern. Zudem waren sie nun schon lange genug miteinander unterwegs, dass man mitten in all der Hast, mit der die Truppe den Wagenzug mit dem Flugfeuer zu erreichen suchte, für das eine oder andere menschliche Wort beinahe dankbar sein musste. Eben diese Hast verhinderte längere Gespräche weitgehend. Beim Reiten zu reden war anstrengend. Beim Laufen zu reden war noch anstrengender.

»Es soll im Südwesten auch ein paar kleine Ansiedlungen geben«, erklärte der Soldat weiter. »Nicht allzu hoch in den Bergen. Die Edelsteinsucher gehen dorthin. Dort soll es Proviant geben und was man so braucht.«

»Haben die keine Angst vor den Marodeuren?«

»Die waren vielleicht selbst welche. Ich denke mir, die männliche Bevölkerung sind immer die, die den letzten Kampf gewonnen haben. Die Frauen bleiben gleich. Falls es welche gibt.«

Auch das hatte Orstyn gewusst. Er war selbst in einem solchen Dorf gewesen, damals, als er seine Wanderschaft begonnen hatte. Ein paar dürftige Hütten um ein paar Höhlen herum. Das widerstandsfähigste Bauwerk war eine Palisade gewesen. Auf deren langen Spitzen verwesten die Häupter jener, denen ein Angriff auf das Dorf misslungen war. Oder derer, denen die Abwehr eines solchen Angriffs fehlgeschlagen war?

Orstyn hatte um Gastfreundschaft und Quartier gebeten. Man hatte beides gewährt, und er hatte sich dann doch davongestohlen, bevor es Nacht wurde. Er lebte noch, weil sein Misstrauen ihn fortgetrieben hatte, da war er sich sicher.

Der Gestank allein hatte ihm die erste bewusste Lektion darüber verabreicht, dass er nicht mehr in Reyalun war. Das hatte er natürlich gewusst. Er war auf seiner Wanderung in die Welt schon eine Weile in den Bergen unterwegs gewesen. Doch wirklich und wahrhaftig hatte er das erst bei dieser ersten Begegnung mit Menschen außerhalb seines Tales erfasst, als hätte ihm jemand die Wirklichkeit gerade mit einem Hammer in den Schädel geschlagen: Er war nicht mehr daheim.

Alles war so ganz anders gewesen. Fremd und grausam. Primitiv. Er hatte dieses seltsame Gefühl gespürt, das ihn zu jener Zeit noch trieb: Es gab einen Ort, an dem alles besser war und der nichts von seinen Möglichkeiten weitergab.

Vielleicht war es damals noch ein Aufwallen von Unmut ob der mangelnden Fairness gewesen, die Reyalun zum friedlichen »Hafen« machte und andere Orte zum Vorhof der Unterwelt, wie sie sich manche vorstellten. Inzwischen sah er nur noch die Möglichkeiten im Zusammenhang mit sich selbst.

Je weiter er ritt und je mehr ihm jeder Knochen einzeln wehtat, desto mehr wurde ihm klar, dass er bald handeln musste – oder es lassen. Er wurde alt. Ihm ging die Zeit aus. Er war sich nicht einmal mehr ganz sicher, was genau ihn trieb. Ehrgeiz, ja. Aber er hatte schließlich viel erreicht, und jede Veränderung, auch eine, die er selbst herbeiführte, mochte seine Stellung wesentlich schwieriger machen. Dennoch blieb ihm das Streben. Er strebte und wusste nicht einmal genau, wohin.

Er fuhr erschrocken zusammen, als der Ruf von vorne kam. Die Truppe hielt an. Ein fast schmerzhaftes Kribbeln machte sich in Orstyns Adern breit. Sie waren einem Feind auf der Spur. Hatten sie ihn nun erreicht? Waren sie genug? War der Feind vielleicht weniger erschöpft und besser gerüstet?

Er erkannte die Stimme des Offiziers, auch wenn diese zu einem unflätigen Brüllen erhoben war, das die schroffe Art des Mannes noch einmal ruppiger machte.

Ein Teil der Soldaten glitt aus dem Sattel und lief auf etwas am Straßenrand zu. Was hatten sie gefunden?

Er ritt näher heran.

»Auseinander!«, brüllte der Offizier. »Zurück auf die Pferde. Wer nicht bei drei wieder auf seinem Gaul ist, bezieht Prügel!«

Bislang hatten die Soldaten immer frag- und klaglos gehorcht. Was konnte sie nur so fasziniert haben, dass sie ihre Pflicht vergaßen?

Während die Männer widerwillig wieder ihren Pferden zustrebten, betrachtete Orstyn das, was da am Straßenrand stand.

Er kannte die Pflanze, auch wenn er sie noch nie gesehen hatte. Die Zeichnungen hatten den Busch größer und prächtiger gezeigt, doch selbst dieses kleine, gerupfte Gebüsch mit den frischen Trieben anstatt einer Krone war deutlich als das zu erkennen, was es war: ein Gurnbusch.

Manche Schriften sprachen den Pflanzen Absicht und Willen zu, ein Denkvermögen, das eine Pflanze gar nicht haben dürfte. Nur wenige glaubten das in dieser Zeit.

Orstyn selbst wusste es besser, auch wenn er stets die moderne Lehrmeinung propagierte, um nicht in den Verdacht zu geraten, irgendwie verschroben zu sein. Es half niemandem, wenn er versuchte, die Meinung der Menschen zu dem Thema zu ändern, und ihm hätte es nur geschadet.

Doch das da war eine Urgorrn-Kreatur.

Er sah, wie sich die Soldaten Blätter in die Taschen stopften. Wenn sie anfingen, sie zu lutschen, würde diese Truppe wohl nicht allzu schnell den Wagenzug oder irgendwelche Feinde erreichen. Da half auch kein Brüllen des Offiziers.

Er konnte sich nicht vorstellen, dass jemand diese seltsame Tierpflanze dazu abgerichtet hatte, hier zu stören. Dass sie einen Instinkt hatte, das zu tun, was den größten Schaden anrichtete, glaubte er allerdings schon.

Er gab seinem Pferd die Sporen und ritt nach vorne. Vielleicht wusste der Offizier ja nicht, was hier gerade geschah?

»Obrist! Das ist …«

»Ein Gurnbusch. Ich weiß«, zischte der Mann und begann schon wieder zu brüllen. »Werft das Zeug sofort weg! Wen ich erwische, dass er das Zeug nimmt, den nagele ich an den nächsten Baum!«

Orstyn dröhnten die Ohren. In der Burg zu Jorgvil wurde nicht gebrüllt. Da waren die Leisen gefährlicher als die Lauten. Er maß den alten Kämpen mit abschätzigem Blick. Orstyn fand Drohungen sinnlos. Schon gar Drohungen, die man dann ohne Konsequenz ließ.

Doch das schien der Alte anders zu sehen. Er wendete sein Pferd und zog seine Armbrust aus der Halterung. Es wurde mit einem Mal still. Man hörte nur noch das Scharren von Hufen. Es war, als wäre die Truppe erstarrt. Vielleicht dachten die Männer darüber nach, wie ernst der Obrist seine Drohung meinte.

Der spannte gewissenhaft die Armbrust, während sein Pferd wie erstarrt dastand und sich nicht rührte. Ein eingespieltes Team.

Dann flogen Blätter aus Taschen und Beuteln und wirbelten auf die Straße, als wäre es bereits Herbst. Manche der Soldaten spuckten aus. Dumm, denn das legte nahe, dass sie bereits in die Blätter gebissen hatten. Einer fiel vom Pferd. Alle anderen erstarrten.

Schon tänzelten Pferde, die Ordnung der Reiterei schien sich aufzulösen. Mehr als ein Reiter war nicht mehr Herr über sein Tier.

Der Obrist schaute wütend und schwenkte seine Waffe von einem Ziel zum nächsten, ohne abzudrücken. Er konnte sie nicht alle erschießen. Einen als Abschreckung, das wäre wohl gegangen. Doch die halbe Truppe Mann um Mann niederzumähen, das konnte er nicht tun. Nicht allein. Und nicht, ohne seine eigene Einheit um die Hälfte zu dezimieren.

»Absitzen!«, befahl er nur leise und heiser. Sie würden wieder laufen. Sie verloren Zeit. Schon jetzt konnte man sehen, wie unsicher manche der Männer auf den Beinen waren. Sie würden irgendwann Pause machen müssen.

Wer immer auf ihre Unterstützung wartete, würde wohl noch etwas länger warten müssen.

72

Nein!«, schrie Shernay und riss sich von dem Soldaten los, der sie eben noch am Arm gehalten hatte. Sie stürzte nach vorn, wich Händen aus, die sie zu ergreifen suchten, duckte sich unter Armen hindurch, trat nach bewaffneten Kerlen, die sie ohne Schwierigkeiten umbringen konnten. Sie hörte Stoff reißen, als irgendwer sie fester zu fassen bekam. Etwas rutschte ihr über die Schulter herunter. Sie spürte Luft auf nackter Haut. Sie rannte einfach weiter.

Es war keine große Distanz, doch sie schien ihr unermesslich. Es war, als bremste selbst die Sommerluft sie aus. Sie flog förmlich und schien doch nicht vorwärts zu kommen, wurde gestoßen und bekrallt. Ob man auch mit Waffen nach ihr schlug? Sie nahm es kaum wahr.

Dann lag sie auf dem Boden vor dem Graaven. In ganzer Länge hatte sie sich vor ihn niedergeworfen, sich nicht einmal abgestützt, denn schon hielt sie die Hände bittend empor.

»Nicht! Erlaucht! Herr! Nicht. Bitte. Ich flehe Euch an! Lasst ihm seine Hände. Es sind begnadete Hände. Sie spielen die schönste Musik! Bringt ihn nicht um! Er kann ohne sie nicht leben. Und ich wäre schuld. Bitte …« Sie griff tatsächlich nach seinem Stiefel, doch er trat nur beiseite. »Bitte, Herr! Er hat sicher nichts Schlimmes getan. Es ist kein Arg in ihm.«

Die blauen Augen sahen streng zu ihr hinunter.

»Liebst du ihn?«

»Wie einen Bruder.«

Sie nahm aus den Augenwinkeln wahr, wie Garru noch eine Spur blasser wurde. Sie sah den Blick des Graaven, der zwischen ihr und Garru hin- und herging. Einen Augenblick lang wirkte es, als würde sein Mundwinkel zucken. Doch schon erschien wieder jene bleierne Gesichtsfront, die nichts verriet.

Immerhin hob er die Hand und unterbrach den Soldaten, der sein Schwert gezogen hatte, um Garru die Hand abzuschlagen.

»Dann sprich, Vogelmädchen. Rede schnell und rede glaubhaft. Lüg mich nicht an. Ich bin sehr erfahren darin, Lügner zu entlarven. Nenn es eine besondere Begabung!«

Shernay schielte an ihm hoch.

»Durchlaucht. Es ist Garru, dem ich versprochen war. Doch ich habe mich … für einen anderen entschieden.«

Er sagte nichts. Es wäre leichter gewesen, hätte er sie mit Mutmaßungen seinerseits bedacht, an denen entlang sie ihre Wahrheit hätte festmachen können. Doch er gab nichts vor, sah sie nur erwartungsvoll und streng an und hörte zu.

»Es ist bei uns so, dass Eheschließungen von den … Dorfältesten arrangiert werden. Es ist nicht vorgesehen, sich anders zu entscheiden.«

»Verboten?«, fragte der Graav etwas süßlich. »Und?«

»Doch da war dieser Fremde, und ich habe …«

»Vogelmädchen, mit wem du schläfst, ist mir gleichgültig.«

»Aber ihnen …«, Shernay war auf die Knie gekommen und deutete auf die Bewahrer, »ist ein Bruch der Gesetze nicht gleichgültig.«

Er hob nur die Braue. Sie fuhr fort: »Sie haben uns verfolgt.«

»Zusammen mit dem offiziellen Bräutigam?«

»Ja.«

»Um was zu tun?«

»Um mich …« … umzubringen – wollte sie sagen und ließ es. »… nach Hause zu holen.«

»Um dich zur Ehe zu zwingen mit Garru mit den begnadeten Händen?« Er klang zynisch.

Sie zuckte mit den Achseln. Sie wich aus: »Ihr seid der Graav von Flynnt. Ihr könntet ihnen sagen, dass …« sie sie nicht umbringen durften. Doch es würde die Bewahrer einen feuchten Kehricht kümmern. Der Graav von Flynnt hatte Reyalun nichts zu sagen. Er wusste nichts von dessen Existenz.

»Die Ansiedlungen in den Byarla-Bergen sind alle an den südlichen Ausläufern. Damit gehören sie nicht zu Flynnt. Nur das nördliche Grenzgebiet fällt unter meine Jurisdiktion. Doch deine Affären interessieren mich nicht, Shernay Vogelfrau. Warum soll ich deinen Nicht-Bräutigam schonen?«

»Er kann nichts dafür!«

»Für was?«

»Für alles. Also für gar nichts. Er ist nur ein friedlicher Barde.«

»Der mit einem Verfolgertrupp unterwegs ist, der mehrere meiner Soldaten hingeschlachtet hat.«

»Er hat sich sicher nur gewehrt.«

»Ach, der Angreifer war in Wirklichkeit ein anderer? Dein Buhle? Wo ist er, und wer ist er? Für wen ist er unterwegs?«

»Er ist ein Forscher, aus Jorgvil.«

»Was sucht er?«

Sie blickte verzweifelt hin und her, unschlüssig, was sie sagen sollte. Warum hatte sie sich das vorher nicht überlegt?

»Ich weiß es nicht genau …«

»Du sollst nicht lügen, Shernay.« Er wandte sich den Soldaten zu, die Garru hielten. »Fangen wir mal mit einem Finger an …«

»Nein!« Shernay kam auf die Füße und versuchte, sich zwischen Garru und den Soldaten mit der Klinge zu werfen. »Erlaucht! Graav von Flynnt! Tut das nicht! Bitte«

Er schenkte ihr ein eigentümliches Lächeln, das sie nicht im Entferntesten einschätzen konnte.

»Was soll ich sonst tun, Vogelmädchen, um die Wahrheit aus dir herauszubekommen?«

»Tut mir etwas, aber doch nicht ihm!« Nun stand sie direkt vor ihm. Blaue Augen starrten in blaue Augen. Er nahm ihr Kinn in seine behandschuhte Hand und drehte ihr Gesicht nach links und nach rechts, als suchte er Antworten darin. »Dafür, dass du deinem Barden davongelaufen bist – was an sich schon seltsam ist, denn gemeinhin laufen dumme Mädchen eher mit Barden davon als von ihnen fort –, scheint er dir doch sehr am Herzen zu liegen.«

»Dass ihm etwas passiert, habe ich nicht gewollt.«

»Er hat dich verfolgt.«

»Gewiss nicht, um mir zu schaden.«

»Wie steht es mit den anderen?«

Sie schwieg. Seine Hand streichelte von ihrem Kinn zu ihrem Hals. Beinahe zärtlich. Ein Schauer lief ihr über den Rücken. Die Berührung war eigentümlich, gefährlich und viel zu nah.

Er griff zu, und sein Daumen drückte auf ihre Kehle. Dabei sah er ihr immer noch direkt in die Augen. Sie hatte damit nicht gerechnet. Jetzt brachte er sie um. Sie hatte ihn beinahe dazu aufgefordert. Wo war nur Deruonn?

»Wenn ich dich jetzt erwürge, schöne Shernay, dann hörst du immerhin auf, mich mit Halbwahrheiten abzuspeisen.«

Er drückte weiter zu. Sie keuchte auf, versuchte, zu Atem zu kommen, krallte nach seiner Hand, rutschte an den Handschuhen ab. Sie griff nach seinem Gesicht. Jemand hielt ihren Arm fest. Nicht er.

Noch konnte sie atmen, doch es wurde Sekunde um Sekunde schwieriger. Seine Hand war wie ein Schraubstock. Sie konnte nicht mehr schreien. Vor ihren Augen tanzten dunkle Punkte, die schnell mehr zu werden schienen.

»Ich bringe ungern Frauen um, aber du solltest nicht glauben, ich würde es nicht tun!«, sagte der Graav leise. Dabei sah er ihr nur kurz in die Augen und wandte dann den Blick ab.

Nun war es Garru, der schrie: »Aufhören! Sie hat nicht gelogen!« Seine Stimme drang wie durch sein Sturmgebraus in ihre Wahrnehmung. Ihre Ohren dröhnten. Sie war wie eine Puppe im Griff des Graaven. »Ich bin ihr gefolgt«, rief Garru. »Doch ich wollte sie retten, nicht tot sehen!«

Shernay stürzte hart zu Boden, als der Mann sie losließ. Sie rang röchelnd nach Atem. Der Graav lachte kurz auf.

»Ich seid schon ein seltsames Gespann. Könnt nicht miteinander und nicht ohne einander. Aber eure Begleiter sehen das anders, nicht wahr? Die waren einverstanden damit, dass ich dich jetzt und hier mit einer Hand umbringe. Sie haben ihr freudiges Interesse an dieser Möglichkeit nicht einmal besonders gut verborgen. Interessant. Aber nicht von Belang. An eurer Liebe zu wem auch immer bin ich nicht interessiert. Ich will wissen, zu wem ihr gehört und was ihr gesehen habt.«

Shernay versuchte, ihre Stimme zu finden, doch sie fand kaum ihren Atem wieder. Sie merkte, wie ihr Tränen über die Wange rannen. Sie zitterte am ganzen Leib, während sie zugleich begriff, dass dieser Mann sie gar nicht hatte töten wollen. Das hätte er mit einem Schwertstreich oder einfach nur einem Befehl einfacher haben können. Er hatte nur die Reaktionen ausgelotet, und er hatte an Erkenntnis hinzugewonnen. Die half ihm allerdings immer noch nicht.

»Zum letzten Mal: Zu wem gehört ihr? Und warum habt ihr meine Soldaten angegriffen?«

Lautes Rufen drang vom anderen Ende der Truppe. Der Graav sah ungehalten in die Richtung des Lärms.

»Sie kommen!«, hallte der Ruf. »Die Holturer kommen aus Flynnthaven.«

»Fesseln!«, befahl der Marejal wie nebenbei, während Shernay noch hoffte, vielleicht im Chaos davonkriechen zu können. Doch es gab kein Chaos. Die Truppe stellte sich dem, was da kam. Ordentlich und routiniert.

»Sie sind in der Überzahl!«, berichtete die Adjutantin.

»Natürlich«, sagte der Graav mit einem zynischen Lächeln. »Wann war das jemals anders?«

73

Gemryn lächelte kalt. Wie viele Soldaten er getötet hatte, hatte er nicht gezählt – genug, um denen dort unten nicht sympathisch zu sein.

Er kannte das Wappen, das da im Wind flatterte. Diese kleine Truppe gehörte dem Graaven von Flynnt. Vermutlich war er es auch, der das Verhör führte. Gemryn hatte Glück, dass er sich jetzt nicht mit dort unten befand.

Gemryn war nicht nahe genug, um im Einzelnen mitzubekommen, was geschah. Etwas weiter südlich in den Felsen der steil aufragenden Berge hatte er sich versteckt und blickte von oben auf das Geschehen, das sich vor ihm ausbreitete wie in einem Amphitheater.

So, wie sich das für einen seiner Art geziemte, war er unsichtbar und verschwunden. Keiner, der noch lebte, hatte ihn gesehen. Doch der Barde ahnte es. Ihn hatte Gemryn verfehlt. Weil der Mann sich bewegt und nicht, weil Gemryn etwa falsch gezielt hätte.

Shernay wusste zu viel.

Gemryn starrte nach unten und versuchte zu raten, was dort gesagt wurde. Hören konnte er nichts. Sich weiter zu nähern schien ihm derzeit nicht opportun. Es war nicht anzunehmen, dass Shernay seine Existenz verschwiegen hatte. Die Soldaten, die Gemryn zu ihren jeweiligen Göttern gesandt hatte, würde man ihm nicht so ohne Weiteres verzeihen, wenn man erst zu dem Schluss kam, er und nicht nur die Bewahrer hätten ihre Anzahl dezimiert. Niemand würde ihm glauben, dass es ihm tatsächlich lieber gewesen wäre, er hätte niemanden umbringen müssen. Es war ungeschickt, planlos und unnötig gewesen, doch er hatte keine allzu große Wahl gehabt. Er oder sie – ein Schemenjäger der Xyi hatte die Verpflichtung zu überleben.

Die Flynnter hätten Verbündete sein sollen. Nun waren sie es nicht. Das war schlecht. Deruonn hatte darauf gebaut, in der Flynntburg eine erste Zuflucht zu finden. Dieser Plan schien erst einmal nicht aufzugehen.

Alles wegen dieser Frau, die weder Gemryns noch des Weisesten Orstyn Ansprüche erfüllte. Sie wusste zu wenig über Cahersyg, um nützlich zu sein, und zu viel über ihn, um es in die Welt tragen zu dürfen. Wenn Flynnt ihm den Gefallen tat und sie umbrachte, so war wenigstens ein Problem gelöst.

Gemryn kämpfte gegen sich selbst und verlor, als Deruonn durch seine schiere, flammende Empörung die Oberhand gewann. Ein Aufflackern von etwas, das es nicht geben durfte. Sie waren eins, Gemryn und Deruonn, doch im Moment waren sie sich nicht einig.

»Dumm!«, schalt Gemryn in Deruonns Sinn, der sich wieder zu geschulter Ruhe zwang. Er atmete tief durch.

»Wir sind keine Mörder«, argumentierte Deruonn. »Wir sind Assassinen der Xyi. Wir töten nicht wahllos und ohne Auftrag.«

»Wir sind keine Narren«, widersprach Gemryn. »Wir sind Assassinen der Xyi. Wir schenken unsere Liebe nicht einem Ziel oder einem Fang.«

»Wir sind eins, und doch kann nur ich …«

»Lieben? Du kannst es nicht einmal aussprechen, ohne zu stocken.«

Es kam nicht oft vor, dass Deruonn mit sich selbst debattierte und auch noch unterschiedlicher Meinung war. Er hatte einst, als er sehr jung und noch in Ausbildung im Berg war, einen alten Bruder von einem schweren Auftrag heimkommen sehen. Der Mann hatte unablässig vor sich hin gebrabbelt und sich manchmal mit wild fliegenden Händen selbst geohrfeigt. Es war ein verstörender Anblick gewesen.

Die alten Geschwister hatten ihn fortgeführt, zum Ritual des Vergessens. Was in der Kammer des Vergessens genau geschah, wusste Deruonn nicht, denn er hatte das Ritual noch nie bemüht, nur, dass manche von dort gereinigt und beruhigt zurückkamen.

Manche auch nicht.

Jener Bruder damals war zurückgekommen. Er hatte nicht mehr gebrabbelt. Sein Blick war weit und hart gewesen, und er war zurück in die Welt gegangen, seine Aufgaben zu erfüllen, ohne mit sich uneins zu sein. Gestählt, gestärkt und wieder verbunden mit sich selbst.

Deruonn verbannte die Erinnerung in jenen gut gesicherten Ort seines Gedächtnisses, in dem er alle widrigen Gedanken ablegte. Das konnte er, ohne zu brabbeln. Das hatte man ihm beigebracht. Eingebläut. Er war ordentlich aufgeteilt, und sein Gemüt war gut verstaut.

Sachlich denken. Er musste nur jene Sachlichkeit wiedererlangen, die ihn bislang von Erfolg zu Erfolg getragen hatte. Gemryn hatte nicht unrecht, wenn er meinte, der Tod der schönen Shernay würde viele Probleme lösen. Denn was taten die Xyi? Sie lösten Probleme.

Shermays Anmut und Schönheit verschlug ihm dennoch immer wieder den Atem. Sie ließ etwas in ihm erklingen, von dem er nicht gewusst hatte, dass er es noch besaß. Er spürte eine Zugehörigkeit, die ihm nicht zustand, und einen instinktiven Wunsch, die Schöne zu beschützen. Doch solch einen Beschützerinstinkt dürfte er nicht einmal besitzen.

Vielleicht hatte Erziehung ihre Grenzen? Das wäre nicht gut, denn er war, was er war. Er wollte auch nichts anderes sein.

Deruonn hatte schon viele hübsche Frauen gesehen. Shernay war schöner als sie alle und dabei natürlich, unprätentiös und nicht eitel. Das allein war es jedoch nicht. Er mochte ihre Art, ihren Verstand, ihre unerschütterliche Ehrlichkeit, die sie von Gefahr zu Gefahr schlittern ließ. Sie hätte ihm nie sagen dürfen, was sie vermutete. Er hatte ihren Verdacht nicht bestätigt, doch es war klar, dass sie wusste, was er war: mehr als nur ein Agent aus Jorgvil.

Er war zu weit vom Geschehen unten an der Straße, um einzugreifen, und obgleich sein innerer Gegenpart ihm die Intelligenz, stringent zu handeln, absprach, wusste er wohl, dass eine Intervention zu diesem Zeitpunkt die Dinge nicht einfacher machen würde. Er war zum Zuschauen verdammt, wenn ihm nicht irgendeine Idee kam.

Nun kam Bewegung in die Truppe. Soldaten rannten hin und her, richteten sich neu aus, gen Osten hin, suchten Deckung.

Er konnte nicht um den Berg sehen. Von dort, wo er war, sah er nur die Straße im Westen und die Ebene dahinter. Die Straße kreuzte sich hier. Etwas schien durch den Byarla-Graben zu kommen, doch was, das konnte er nicht erspähen.

Er war gut verborgen und sollte es bleiben. Dennoch lehnte er sich vor, um besser zu sehen. Gemryn sorgte dafür, dass er dabei trotzdem die nötige Vorsicht walten ließ. Konzentriert starrte er auf das Geschehen. Er hatte einen guten Platz und würde die Schlacht von oben beobachten können, sicher und unerkannt. Wie ein lauernder Aasvogel.

Man hatte Shernay mit dem Barden zusammengebunden. Das störte Deruonn. Es störte auch Gemryn, der fürchtete, die Frau könnte ihrem ehemaligen Liebsten Dinge erzählen, die der nicht wissen durfte, so wie sie ihrem jetzigen Liebsten auch Dinge erzählt hatte, die er nicht wissen durfte. Doch es sah nicht so aus, als würden sie viel miteinander sprechen.

Zweige brachen direkt über ihm. Wie eine Schlange fuhr er herum und sah nach oben. Im Gesträuch an den grauen Felsen hob er sich kaum ab, der riesige, ekelhafte Vogel. Blaue Augen spähten stahlhart zu Deruonn hinunter. Gemryn strebte nach vorn. Eine Hand griff bereits nach einem Wurfdolch.

Der Vogel war wie immer erschreckend in seiner Andersartigkeit. Nicht, dass er ein Vogel war, war so grauenvoll, sondern dass er dabei so überaus menschlich schien, je öfter man ihn sah. Deruonn rechnete sich die Chancen aus, gegen das Tier in einem Kampf zu bestehen. Sie waren nicht gut. Tatsächlich waren sie eher schlecht.

»Angst ist der größte Feind in einer Welt von Feinden«, murmelte er. Er würde schnell sein müssen, angreifen, bevor das Tier damit rechnete. Es war größer als er. Vermutlich kräftiger, oder es hätte ihn nicht einfach in den Krallen durch die Berge tragen können.

Soldaten kämpften zweidimensional. Die Xyi mit ihrer Artistik und ihren Sprüngen konnten einen Kampf auf mehrere Ebenen verlegen. Doch dieses Wesen hatte verdammt noch mal Flügel.

Es hatte keine Hände oder Arme, doch die Schwingen konnte man sicherlich ebenso als Waffen zählen wie die bekrallten Füße. Alles war überdimensioniert, als hätte es jemand eigens zum Kampf gezüchtet. Wenn Shernay recht hatte, dann war das vielleicht so gewesen – falls es diese Urgorrn tatsächlich gegeben hatte. Jedenfalls musste Deruonn den einzigen Vorteil nutzen, den er besaß: Er musste zuerst angreifen, bergauf, einen Baum hoch, mit schon gezogener Waffe. Jetzt.

Doch Deruonn starrte den Vogel nur an.

Der Buzzard rührte sich nicht. Er sah lediglich zu ihm und dann hinunter in die Ebene und zurück zu ihm. Wie Deruonn suchten auch seine Augen Shernay. Der Blick war verstörend menschlich, irgendwo zwischen resigniert und ärgerlich. Er trat von einem Fuß auf den anderen, schien Anstalten zu machen abzuheben, tat es dann jedoch nicht.

»Lass es«, murmelte Deruonn ohne jede Hoffnung auf Verstehen seitens des Vogels. Im Grunde redete er wieder einmal mit sich selbst. »Du bist da unten noch mehr fehl am Platz als ich. Oder kannst du gegen ein Heer kämpfen? Ein ziemlich kleines Heer, aber doch ein Heer.«

Der Vogel musterte ihn frustriert. Hatte er die Worte verstanden?

»Kannst du sprechen?«, fragte Deruonn zweifelnd und beantwortete die Frage dann selbst. »Blödsinn. Natürlich nicht. Du bist ein Vogel.«

Der Vogel antwortete nicht. Aber er ließ Deruonn nicht mehr aus den Augen. Hatte er die Gefahr gespürt?

»Du kannst mit ihr reden, nicht wahr? Warum nicht mit mir?«

Eine neue Intensität erschien im Blick der Kreatur. Sie fixierte Deruonn, als spießte sie ihn mit ihrem Blick auf.

»Willst du mir etwas sagen?«, fragte Deruonn und kam sich vor wie ein altes Mütterchen, das mit seinem Haustier sprach.

Der lange Schnabel senkte und hob sich, als der Vogel nickte. Einen Augenblick lang meinte Deruonn, ihm würden vor Schreck die Knie einknicken. Doch Angst ließ er nicht zu, und so griff er nur seine Waffe fester. Keine zwei Augenblicke verschwendete er darauf, seinem Erstaunen und seiner Überraschung Raum zu geben.

Nicht einmal einen Augenblick brauchte der Vogel, um von seinem Ast zu Deruonn hinunterzuspringen. Schon war er da, viel zu nah in der Enge des Verstecks, riesig, übermannshoch und irgendwie ekelerregend nackt. Ein Untier voller Muskeln, Krallen und mit einem Schnabel wie ein Schwert, dessen Spitze auf Deruonns Brust zufuhr.

Gemryn übernahm – und sank bewusstlos in seinem Teil der Seele zusammen. Deruonn spürte die überwältigende Einsamkeit eines Menschen, der um seine Hilfe betrogen und nun dem Tode ausgeliefert war.

Dann wurde ihm schwarz vor Augen.

74

Pfeile schlugen über Nimry ein. Holzsplitter flogen. Ein Gewicht drückte sie nieder. Sie versuchte sich zu wehren, doch der Mann war viel zu stark, hielt sie nieder. Ihr war, als läge ein riesiger Amboss auf ihr und drückte ihren Körper gen Boden. Sicher hatte man sie jetzt als Frau erkannt. Sie wollte schreien, doch sie hatte kaum genug Luft dazu.

Und wozu noch schreien?

Lange Haarsträhnen fielen ihr ins Gesicht. Im Sternenlicht glänzten sie hell. Das Blau der Augen schien beinahe unnatürlich zu glühen, nur einen Moment lang.

Griðyon fasste sie und rollte mit ihr zurück unter den Wagen. Dann ließ er sie los, rollte von ihr fort.

»Erlaucht sollten sich nicht den Pfeilen direkt in den Weg stellen«, schalt er.

»Sterben wir jetzt?«, fragte sie und ignorierte seinen Sarkasmus.

»Vielleicht. Ihr kriecht jetzt nach vorn. Bleibt unter den Wagen, in der Deckung der Pferde. Ich schicke Euch Darso, sobald ich ihn entbehren kann. Los.«

Er erklärte nichts. Schon hatte er den Helm zurechtgeschoben und war rückwärts davongeschlängelt.

»Was ist mit dem Flugfeuer?«, flüsterte sie ihm hinterher.

»Der Feind ist zu nah. Wir würden mit verbrennen. Wenn Ihr vorne ankommt, versucht, mit den ersten drei Wagen zu entkommen. Der zweite hat auch Flugfeuer geladen.« Er hatte es im Zug verteilen lassen. Nun wusste Nimry auch, warum. »Versucht, Euch nach Norden durchzuschlagen. Die Kreuzung, an der es zu Flynntburg geht, ist gar nicht mehr weit.«

Griðyon hatte das Ende des Wagens erreicht und richtete sich auf. Er blickte in den Wagen.

»Raus! Kämpfe! Geh nach vorne!«, befahl er Greda barsch, die bei Pruri im Wagen geblieben war. Lautes Geschrei erhob sich, schriller als der Lärm, der sie bereits umgab. Das war nicht Greda, sondern ihre kranke Freundin.

»Nicht. Nicht. Nicht. Nicht. Nicht!«

Greda sprang vom Wagen. Nimry sah nur ihre Beine, nicht ihren Gesichtsausdruck. Doch sie konnte ihn sich vorstellen. Die Frau hasste Griðyon.

Nach vorne also. Kamen von vorn keine Feinde?

Sie kroch auf dem Bauch zwischen die Räder. Dann drehte sie sich noch einmal um. Der Wagen über ihr schaukelte, als sei jemand hineingeklettert. War Greda zurückgegangen? Wo war Griðyon? Oder war es ein Feind?

Es war dunkel. Die kleinen Feuer beleuchteten die Szenerie nur ungenügend, warfen mehr Schatten, als dass sie Licht gaben.

Aus ihrer Position heraus sah Nimry fast nur Füße. Stiefel und Hosen, die sich wie in einem eigentümlichen Tanz bewegten, mal schnell, mal langsam. Sie unterschieden sich nicht sehr. War das dort rechts von ihr Griðyon? Sie hätte unter dem Wagen hervorkrabbeln müssen, um es zu sehen. Doch just das sollte sie nicht tun. Sie sollte nach Norden. Zur Flynntburg.

Sie sah Verletzte und Tote auf dem Boden liegen. Doch sie sah auch, dass der Kampf nun richtig begonnen hatte. Sie hatte Schreie gehört, die aus dem Gebüsch erschallten. Man hatte zurückgeschossen und wohl auch getroffen. Die Soldaten des Trecks, die wenigen, die noch übrig waren, hatten Armbrüste, die Wagenlenker meist nur Bögen, manche geschwungen und kunstvoll, andere einfach nur lang.

Einige hatten die Flucht nach vorn ergriffen – nicht zum Anfang des Trecks, sondern direkt seitlich ins Buschwerk, aus dem die Pfeile kamen.

Von dort waren inzwischen auch Kämpfer zur Straße vorgedrungen. Nun ging es Mensch gegen Mensch. Der Überraschungsangriff war vorüber. Jetzt konnte sich der Feind nicht mehr verbergen.

Das brauchte er auch nicht. War die Anzahl der Menschen dieser Karawane vorher schon dezimiert gewesen, so hatten die Pfeilsalven sie weiter schrumpfen lassen. Sie waren viel zu wenige. Zu wenige, um zu überleben.

Doch auch die Angreifer schienen nicht mehr so zahlreich zu sein wie noch beim ersten Mal. Nicht, dass sich Nimry genau an jene grause Nacht erinnerte. Der Gurnbuschsaft hatte ihre Erinnerung wie mit Nebeln verhüllt und Bilder entstehen lassen, die mit der Wirklichkeit nichts zu tun hatten. Die Sterne hatten gestrahlt wie Leuchtfeuer. Das Blut war seltsam hell gewesen in jener Nacht.

Jetzt war das Blut dunkel. Es sickerte rotbraun in die Erde, zwischen die großen, abgerundeten Steine der Straße. Ganze Pfützen bildeten sich um die Gefallenen und Verletzten. Ein intensiver Geruch erfüllte die Luft: Blut und Schwerter.

Nimry war noch unverletzt. Doch sie war immer noch nicht weiter. Es war, als hielte sie das Grauen am Boden fest. Sie musste endlich den Mut finden, sich zu lösen.

Etwas Feuchtes tropfte auf sie hinab. Erschrocken schaute sie nach oben. Durch die Spalten der Bodenplanken des Wagens lief dunkle Flüssigkeit und troff herunter. Nimry fasste sich ins Gesicht, als etwas davon sie traf und ihr wie dickflüssige Tränen über die Wangen lief.

Rot. Blut. Ihre Finger klebten. Viel zu viel Blut. Über ihr im Wagen verblutete jemand. Wo war Greda? Nimry sah sich panisch um, doch sie konnte die Kutscherin jetzt genauso wenig ausmachen wie vorher, sah nur trampelnde Beine im Dunkel. Hatte Greda überhaupt in den Kampf eingegriffen, oder hatte sie sich zurück zu Pruri verfügt, um diese zu schützen? Wessen Blut war das?

»Pruri! Greda!«

Zurück in den Wagen zu kriechen war ein Ding der Unmöglichkeit. Nimry sollte gar nicht mehr hier sein. Sie sollte längst am vorderen Ende des Trecks sein und die ersten Wagen retten. Sie verstand, dass Griðyon ihr damit eine Aufgabe gegeben und nicht nur versucht hatte, sie zu retten.

Tatsächlich hatte er das schon getan, denn wenn er sie nicht umgeworfen und unter den Wagen gerollt hätte, läge sie nun auch blutend im Staub und würde die Straße färben.

Sie hatte ihm nicht einmal gedankt. Das würde sie noch tun müssen. Falls sie überlebten.

Sie unterdrückte mühsam ein Schluchzen und versuchte, sich zu fassen. Ganz ruhig. Wenn sie sich nicht zusammennahm, war alles zu spät.

Also nach vorn. Hier konnte sie niemandem mehr helfen.

Ihr Blick klebte dennoch an dem blutigen Bretterboden. So viel Blut, dass es durch die Spalten floss.

»Pruri«, flüsterte sie noch einmal.

»Graavessa«, kam eine atemlose Stimme zurück, leise, schwach und durch das Holz kaum vernehmbar. »Traut ihm nicht!«

»Wem?« Meinte die Stimme den Graaven? An den hatte Nimry kaum noch gedacht.

»Rettet Euch!«

»Pruri? Bist du wach?« Was für eine dumme Frage? »Was ist gesche…«

»Es wird ganz hell«, sagte Pruri. Doch die Nacht war noch kaum heller geworden. Pruri musste etwas anderes erblicken als sie. »Kann es sehen. Sagt Greda, dass ich sie liebe.«

Nimry konnte sich das Gespräch nicht erklären. Doch die Ärzte ließen Kranke ja auch zur Ader, damit es ihnen besserging. Vielleicht verließ das Gift die Kutscherin zusammen mit ihrem Blut. Vielleicht hatte sie letzte lichte Momente.

»… den Schlangenwurm gesehen«, sagte sie noch, doch ihre Stimme wurde bereits undeutlich. »Ein Ungeheuer. Ist ein Ungeheuer … wusste ich nicht. Nicht er.«

DER LAUERNDE

Der Schlangenwurm hatte in den zurückliegenden Tagen und Wochen eine wichtige Lektion gelernt. Er war nicht allein auf der Welt. Im Osten hatte er die Präsenz eines weiteren Wesens seiner Art vermutet. Doch vielleicht gab es noch mehr. Da war etwas. Manchmal glaubte er, es wäre näher, als er dachte.

Hatten sie ihn schon wahrgenommen? Er war noch nicht bereit für eine Konfrontation mit seinen Artverwandten.

Noch hätte er in der Routine verharrt, doch die Ereignisse verhinderten dies. Er war mittendrin, reagierte, anstatt zu agieren. Seine Hülle aus Fleisch erwies sich als durchaus fehleranfällig. Was nichts als eine Behausung seines Willens sein sollte, zeigte sporadisch das Benehmen eines dressierten Wasser-Affs, der mitten in der Vorführung auf einmal seine eigenen Tänze aufführte.

75

Keyt verharrte, als sie die Truppe vor sich ausmachte. Sie hielt Abstand. Die alten Straßen aus der Reichszeit waren unerfreulich gerade. Sich hinter Kurven zu verbergen war nur selten möglich.

Orstyn. Sie hatte ihn gesehen. Im Gesträuch der dem Berg zugewandten Straßenseite hatte sie sich mit ihrem Pferd verborgen, als sie die Truppe hinter ihr nahen hörte. Soldaten aus Jorgvil. Da war er gewesen, zwischen den Soldaten, mit arroganter Miene und verkrampften Händen auf einem brav aussehenden Gaul. Sie waren an ihr vorbeigezogen, ohne ihre Anwesenheit wahrzunehmen. Nun waren sie vor ihr. Sie hatten die gleiche Richtung, doch Keyt wäre ihnen ohnehin gefolgt. Sie hatte noch eine Rechnung offen.

Die Soldaten waren nicht ihre Feinde. Zumindest nicht mehr als alle anderen Menschen, die nicht zu den Xyi gehörten. Das galt freilich nur, solange alle der Meinung waren, die Xyi gäbe es nicht.

Orstyn wusste es besser. Keyt vermochte nicht zu sagen, ob er sein Wissen schon weitergegeben hatte oder sie das noch verhindern konnte, indem sie ihn zu seinen vermutlich ebenso widerwärtigen Ahnen schickte.

Sie hasste Orstyn. Sie versuchte, es nicht zu tun, denn man war nur gut und verlässlich, wenn einen nicht die Gefühle trieben. Man machte Dummheiten, wenn einem die Galle hochkochte und man mit den Schmerzen seiner letzten Blessuren zu denken begann. Wer für die Xyi tötete, musste unbefleckt von persönlichen Rachegedanken, Vorlieben oder Vorurteilen sein. Nur wer mit der distanzierten Präzision eines Arztes durch die Menschen schnitt, konnte alle Aspekte der Lage beherrschen.

Doch ihr Erlebnis mit dem Tod, dem sie nur sehr knapp entronnen war, hatte etwas in ihr bewirkt. Es war ihr manchmal, als ginge ein Riss durch sie, ein Spalt, der in ihr klaffte. Sie würde heilen, dessen war sie sich sicher. Orstyns Tod war der erste Schritt auf dem Weg der Rekonvaleszenz.

Die Reitertruppe war schnell unterwegs. Den überlangen Wagenzug, von dem die Herbergsbesatzung Keyt berichtet hatte, würden sie sicher einholen. Nichts war langsamer als ein Wagentreck.

Wenn die Reiter zur Nacht pausierten, schlich Keyt sich in der Deckung des dichten Gesträuchs an der Ostseite der Straße an sie an. Sie hatte keine Angst, dass man sie finden könnte. Sie machte kein Geräusch, war weniger als ein Schatten. Man nannte die Xyi nicht umsonst Schemenjäger. Sie wusste, wie sie unsichtbar für die Männer blieb.

Tatsächlich waren es nur Männer. Der Fyrsth mochte keine Frauen in der kämpfenden Truppe. Der Graav von Flynnt schon. Der suchte sich seine Leute nach Können und Eignung aus. Der Fyrsth nach Geschlecht und Abstammung.

Sie hatte immer gedacht, der Graav von Flynnt würde einen besseren Fyrsthen abgeben. Lange war der Berg wohl der gleichen Meinung gewesen. Warum das nicht mehr zu sein schien, wusste sie nicht. Irgendetwas musste sich geändert haben.

Die Soldaten redeten nicht viel, wenn sie zur Nacht rasteten. Ein solcher Gewaltritt machte auch den Zähesten müde. Doch ein wenig Gespräch gab es doch. Und einmal sprachen sie über die Xyi.

Keyt erstarrte in ihrem Versteck.

»Bislang haben wir keine Edunayuni gefunden«, sagte einer der Soldaten, der aus einem Säckchen Dörrobst knabberte. »Wahrscheinlich sind gar keine da.«

»Oder sie sind unsichtbar«, grinste ein anderer.

»Wie die Schemenjäger der Xyi.«

»Die es nicht gibt.«

»Doch gibt es sie. Man sieht sie nur nicht. Sie können sich unsichtbar machen.«

»Dummes Zeug. Niemand kann sich unsichtbar machen. Das ist alles nur eine Legende.«

Der erste Sprecher wandte sich an Orstyn.

»Weisester, Ihr wisst doch so viel. Gibt es die Schemenjäger der Xyi?«

Er starrte ungehalten ins Feuer, kaute an einer Antwort.

»Ihre Existenz ist unbewiesen. Das könnte daran liegen, dass sie sich gut verbergen können. Weitaus wahrscheinlicher ist, dass sie nie existiert haben.«

»Siehst du!«, triumphierte der zweite Soldat. »Es gibt sie nicht.«

»Das hat er nicht gesagt«, widersprach der erste. »Er sagt, dass er es nicht weiß.«

»Er ist der Weiseste. Er muss alles wissen.«

Aber offenbar nicht alles sagen, dachte sich Keyt. Wenn jemand Grund hatte, die Existenz der Xyi nicht mehr anzuzweifeln, dann war es Orstyn. Dass er sie leugnete, war somit eher vorsichtiges Taktieren als eine ehrliche Auskunft.

Vielleicht hatte er Angst um seinen Nimbus? An unsichtbare Schattenkämpfer zu glauben ließ einen ein bisschen dumm aussehen. Schlecht für einen Weisesten.

Lange Ritte machten müde, und so sprachen sie nicht mehr viel. Keyt schlich zurück zu ihrem gut verborgenen Nachtlager und schlief auch. Die Nacht war ohnehin kurz genug.

Auch in der nächsten Nacht und den darauffolgenden Nächten versuchte sie, Orstyn näher zu kommen. Doch er verließ nie die Gruppe oder begab sich allein in die Dunkelheit, wo sie ihm hätte auflauern können. Er war übervorsichtig. Sie musste warten. Solange er mitten unter den Männern weilte, konnte sie ihn zwar theoretisch mit Blasrohrpfeilen erreichen. Doch zum einen wollte sie, dass er wusste, wer ihn umbrachte. Zum anderen hatte sie wenig Lust, eine ganze Truppe Kavalleristen auf ihrer Spur zu haben.

Diese Straße bot Verstecke nur bedingt an. Solange niemand nach einem suchte, reichte ein wenig Gesträuch. Wenn eine ganze Reitereinheit nachzuforschen begann, wer ihren prominenten Begleiter entleibt hatte, blieb einem nur die Straße zwischen Gebirge und Makye.

Das Essen zu vergiften wäre eine andere Möglichkeit gewesen. Doch da die Truppe das Gleiche aß, wäre das in Massenmord ausgeartet. Solange sie keinen Befehl dazu hatte, wollte sie nicht so nachhaltig in das politische Geschehen eingreifen, wie das der Tod einer ganzen Reitereinheit tun würde. Es wäre zu auffällig.

Außerdem war diese Truppe ausgesandt, dem Graaven zu helfen, und niemand hatte ihr bislang befohlen, ihn auszuschalten. Freilich sollte sie ihn auch nicht mehr besonders beschützen.

Das Belauschen der Gespräche der Truppe entwickelte sich zu ihrem abendlichen Ritual. Gerne debattierten die Männer über ihre Weltsicht, und es fanden sich stets welche, die das Unglaubliche glaubten, und solche, die es nicht taten. Da waren die Schemenjäger der Xyi nur ein Thema von vielen. Die Urgorrn waren ein anderes.

»Weisester Orstyn, gibt es denn die Urgorrn?« Der Soldat stellte die Frage und lächelte herablassend.

»Sie werden tief in der Erde geboren, fressen sich durch Bein und Fleisch und Seele und beherrschen die Menschen!«, kam ein anderer Soldat dem Weisesten zuvor. Er sprach mit dem überzogenen Sendungsbewusstsein eines Priesters, der eine alte Schrift zitiert. »Ungeheuer sind sie, grausam und mächtig, und ihre Brut bevölkert unsere Welt. Aus der Tiefe kommen sie, werden Wille und Fleisch und sind ewig.«

Der Weiseste lächelte schmallippig.

»Sollte es sie je gegeben haben, so gibt es sie nicht mehr. Die ersten Räte von Predorenn haben sie besiegt, so heißt es. Die Räte haben ihren Herrschaftsanspruch auf diesen Sieg gegründet. Es war ihnen somit wichtig, dass man an die Urgorrn glaubte.«

»Ihr meint, es gab sie nie? Sagen die Bücher nichts dazu?«

»Die Bücher sagen viel. Das meiste widerspricht sich.«

»Aber glaubt Ihr an sie?«

Der Weiseste starrte nachdenklich ins Feuer, und sein Gesicht nahm den gleichen Ausdruck an wie vor Tagen, als er die Existenz der Xyi geleugnet hatte, obgleich er es besser wusste.

»An vielen Legenden ist ein Körnchen Wahrheit. Vielleicht gab es früher gefährlichere Tiere als heute. Die haben sich dann im Gedächtnis der Menschheit irgendwann als

Urgorrn manifestiert. Mit der Legende hatte man schließlich eine gute Erklärung für jede Unbill, jedes Unglück, das einem wiederfuhr. Je mehr man mit der eigenen Verantwortung für sein Leben überfordert ist, desto mehr hängt man Unglück und Versagen gern an einen übermächtigen Feind, der alles beherrscht. So ein Feind ist dann besonders mächtig, wenn man ihn nicht sehen kann.«

»Also gibt es die Urgorrn nicht?«, bohrte einer der Soldaten nach.

Der Weiseste schaute weiter unglücklich in die Flammen des Feuers.

»Es gibt keinen Beweis für ihre Existenz. «

»Aber es gibt auch keinen gegenteiligen.«

Keyt hatte im Berg gelernt, die Urgorrn gebe es nicht. Aber wenn sie sich Orstyn so ansah, wollte sie diese Überzeugung beinahe überdenken. Er verbog sich so sehr bei dem, was er sagte, dass Keyt nicht glauben konnte, er sagte die Wahrheit. Sie war gut darin, Lügen in den Gesichtern der Menschen zu sehen, und dieser Mann wusste mehr, als er sagte.

In ihrem Sinn blitzte einen winzigen Moment lang das Bild von gigantischen, eisblauen Augen auf und verschwand wieder, ehe sie die Erinnerung greifen konnte. Ein kalter Schauer rann ihr über den Rücken, schüttelte sie, beutelte sie, sodass sie sich an dem Baum, hinter dem sie sich verborgen hatte, festkrallte, um nicht in die Knie zu knicken.

Dann war der Eindruck vorbei, und sie wusste nicht, was sie da auf einmal angeflogen hatte. Vermutlich hatte sie sich noch nicht vollständig von der Attacke des Weisesten erholt. Nichts in ihrem Gedächtnis hätte das Aufflackern jenes Bildes rechtfertigen können.

Nachdenklich schlich sie zurück zu ihrem Versteck. Es gab Zeiten in ihrem Leben, an die sie sich nur teilweise erinnern konnte. Oder gar nicht. Sie wusste praktisch nichts von ihrer Großen Weihe, jenem geheimen Initiationsritus beim Großmeister, bei dem man von der Schülerin im Berg zur Junxe wurde, einer Schemenjägerin in praktischer Ausbildung, die die Meisterschaft des Tötens draußen in der Welt trainierte.

Wie alle hatte sie in diesem Ritus ihre zweite Seele erhalten. Es hieß, diese sei ein Teil der eigenen Seele, abgespalten, um eine Perfektion und Fokussierung zu erreichen, die für den ursprünglichen Menschen nicht erreichbar war. Manchmal dachte Keyt, dass noch mehr dahinterstecken musste. Irgendeine Dreingabe von etwas, das vorher nicht Teil ihrer selbst gewesen war. Denn warum sollte ein Teil von ihr besser sein als die Gesamtheit?

Doch fragen konnte sie niemanden. Über den Großmeister sprach man nicht. Den kannte nur der Schemenrat.

Ihre Müdigkeit zwang sie zu schlafen. Doch auch noch am Tag dachte sie immer wieder an jenes kurze, grauenhafte Aufwallen einer Erinnerung, die sie nicht hatte.

Tage später wäre sie der Truppe fast zu nahe gekommen, als diese unvermittelt haltmachte und sich auf etwas an der Straßenseite stürzte. Keyt verbarg sich und wartete. Nach einer Weile zog die Reiterei weiter, wenngleich auch nicht mehr so geordnet und nicht mehr so schnell.

Als sie die Stelle erreichte, wo die Soldaten angehalten hatten, sah sie überall Blätter auf dem Boden. Sie kannte deren Form. Gurnbüsche waren selten, doch die Schemenjäger der Xyi waren angehalten, von dem Gesträuch dann die Blätter abzuernten und mitzunehmen, denn aus ihnen ließen sich vortreffliche Schlaftränke und Gifte herstellen.

Keyt stieg ab und sammelte die Blätter ein. Freiwillig hatte man die dort nicht verstreut. Und sicher waren es nicht alle. Wer gerne Gurnbuschblätter knabberte, der ließ sie nicht einfach so zurück.

»Da bist du ja«, sagte Keyt zu dem arg zerrupften Strauch am Straßenrand und zupfte die letzten Blätter ab. Der Duft war betörend. Sie verharrte und tat dann, was man ihr beigebracht hatte. Blitzschnell zog sie eine lange Klinge und teilte den Busch längs entzwei.

Er seufzte. Ja, es war ein Seufzen. Dann zog er seine Wurzeln aus der Erde wie Tentakel und stapfte in zwei unterschiedlichen Richtungen davon, jede Hälfte in eine. Sie würden sich erholen, die beiden dünnen Gurnbüsche. Irgendwann würde jemand doppelte Ernte halten können.

Keyt stand starr da, als sie erneut das grause Gefühl überkam, etwas sehr, sehr Wichtiges vergessen zu haben.

76

Direkt neben dem Wagen wurde es laut. Ächzend kämpften zwei Kerle. Schwerter prallten aufeinander, klirrten, schabten metallen gegeneinander. Nimry musste weg.

Sie lauschte erneut nach oben. Doch die Stimme war verstummt, und Nimry konnte nicht mehr sprechen, ohne auf sich aufmerksam zu machen. Einen Augenblick verharrte sie noch, in der Hoffnung, mehr zu hören. Inzwischen war sie blutverschmiert, mehr noch, es schien, als hätte sie in Blut gebadet. Pruris Blut.

Niemand konnte so viel Blut verlieren und noch am Leben sein. Es war ihr unter die Lederrüstung in den Stoff darunter gedrungen und klebte nun feucht und klamm auf ihrer Haut.

Was hatte man Pruri angetan? Wer war dafür verantwortlich? Oder war dies eine Folge des Schlangenbisses? Konnte Gift einem die Adern öffnen und einen ausbluten lassen? Hatte Pruri im Tode halluziniert?

Greda würde trauern. Greda würde Antworten wollen. Greda war vielleicht schon tot.

Mühsam kroch Nimry los. Leise. Zitternd. »Schlaf in Frieden, Pruri«, flüsterte sie tonlos, während sie auf dem Boden entlangrobbte. Jetzt war sie unterm Kutschbock. Davor standen die Pferde, die man nur teilweise ausgespannt hatte, genug, um ihnen die Nacht zu erleichtern, doch ausreichend nah am Wagen, dass man am Morgen blitzschnell anspannen konnte.

Die Tiere waren nervös und scheuten. Zwischen ihnen musste sie hindurchkriechen. Von hinten. Pferde mochten es nicht, wenn man sich von hinten plötzlich näherte. Sie würden ausschlagen. Mitten in einer Schlacht an einem Huftritt zu sterben wäre nachgerade peinlich.

Kriechen oder aufstehen? Auf sich aufmerksam machen oder lautlos sein?

Sie richtete sich vorsichtig auf und blickte auf die Kämpfenden. Und auf die Sterbenden. Sie konnte niemandem helfen. Ohnehin schienen es nicht mehr so viele zu sein, nicht auf der einen Seite und nicht auf der anderen. Sie hatten sich gegenseitig dezimiert.

Entschlossen trat sie zwischen das Zweiergespann Pferde, ließ ihre Hände an den Flanken der Rösser entlanggleiten, um sie zu beruhigen. Sie ging geduckt, um nicht aufzufallen, und die Karrengäule waren groß genug, sie zu verdecken. Nun würden die anderen, so wie vorher sie, nur die Beine sehen können. Vielleicht würden sie ja nicht darauf achten, was zwischen den Pferden geschah?

Vorwärts. Die Pferde traten schnaubend von einem Huf auf den anderen. Doch sie schlugen nicht aus. Als Nimry die Hälse erreicht hatte, schaute sie auf das Ende des nächsten Wagens. Auch dort würde sie untendurch kriechen. Nur musste sie den Abstand überwinden, der sich zwischen den Rössern und dem nächsten Wagen befand. Sie würde sichtbar sein.

Sollte sie ihr Schwert ziehen? Doch mit der Waffe in der Hand würde sie nicht über den Boden robben können. Und vielleicht würde eine solche Bewegung den Kämpfern neben den Wagen ja auffallen. Sie waren vermutlich darauf geeicht, so etwas nicht zu übersehen.

Sie verharrte einen Augenblick rat- und reglos, spähte nach links und rechts. Über den Bergen ostwärts wurde es nun geringfügig heller. Sie musste es schaffen, bevor die Sonne aufging.

Langsam ging sie aufrecht in die Knie, schlängelte sich dann über den Boden. Der Kampflärm dröhnte in ihren Ohren, und jedes Geräusch mochte bedeuten, dass man sie wahrgenommen hatte.

Schnell kroch sie über den steinigen Grund. Sie wusste, auch der Wagen über ihr hatte Waffen geladen. So viele Waffen, so wenige Menschen, die sie führen konnten.

Vorwärts. Ihre blutnasse Kleidung wurde kühl auf der Haut. Sie stank und würde bald noch mehr stinken. Doch der Geruch von Blut war allgegenwärtig. Unter dem Wagen lag ein toter Kutscher. Sie kroch an ihm vorbei, dankbar für die Deckung, die er bot.

Was hatte Pruri gemeint?

Nimry hatte keine Muße, darüber nachzugrübeln, doch die Worte der Sterbenden rumorten in ihrem Kopf. *Traut ihm nicht.* Wen hatte Pruri gemeint? War sie überhaupt noch klar im Kopf gewesen? Bedeuteten ihre letzten Worte irgendetwas?

Ein Ungeheuer. Was war ein Ungeheuer? Die Rahe-Spinnen – konnte man sie so bezeichnen? Waren Schlangen Ungeheuer? Oder meinte Pruri einen Menschen?

Kaltes Grauen rieselte Nimry über den Rücken. Sie versuchte, die Gedanken zu verdrängen. Sie musste sich auf ihre Flucht konzentrieren.

Schon war sie unter dem Wagen hindurch, schaute nach vorne. Eines der Zugtiere lag, von einigen Pfeilen getroffen, auf dem Boden. Das andere tänzelte hin und her, soweit es ihm möglich war. Hatte sie die letzte Passage zum nächsten Wagen schon als schwierig empfunden, so wurde es eben noch schwieriger. Das tote Pferd bot nur Deckung, wenn sie kroch. Das andere wirkte so, als würde es in seiner Panik nach allem treten, was erreichbar war.

Sie atmete tief durch, ging in die Hocke, kroch, warf sich flach zu Boden, als der Gaul ausschlug. Der Huf verfehlte ihren Kopf um Haaresbreite. Sie warf sich vorwärts, als wollte sie über den Boden schwimmen. Die schiere Verzweiflung ließ sie alle anderen Gedanken vergessen.

Weiter. Noch ein Wagen, noch einer. Sie lebte und konnte es kaum glauben. Wie lang war der Wagenzug? Sie musste es doch wissen! Doch er erschien ihr nur endlos. Je weiter nach vorne sie kam, desto leiser wurde es. Sie traute der Sache nicht. Gewiss war das eine Falle. Kaum würde sie sich sicher fühlen, würde jemand erscheinen, um ihr den Kopf vom Rumpf zu trennen.

Aus dem Augenwinkel sah sie Griðyons blondes Haar unter seinem Helm hervorlugen. Der Adjutant kämpfte. Darso war bei ihm. Zu zweit fochten sie gegen eine ganze Gruppe Männer, in deren Mitte ein Kerl aufragte, größer noch als Darso, aber schlank und elegant wie Griðyon. Die Feinde kämpften seltsam synchron, wie ein Vierergespann in einer Quadrille. Der Große war so von ihnen umringt, dass er selbst kaum etwas tun musste. Er bewegte sich mit ihnen, als dirigierte er eine Tanzvorführung.

»Such dir eine neue Heimat!«, zischte er leise und doch erstaunlich deutlich. Seine Kämpfer schlugen auf Darso ein, während Griðyon versuchte, ihn von der Seite anzugehen. Doch sofort wogte das Feld der Angreifer um ihn herum und verwehrte dem Adjutanten den Zugriff. Sie umkreisten einander.

Das musste der Anführer der Feinde sein. Nimry verharrte reglos. Dieser Mensch war für all die Toten und Verletzten verantwortlich. An dieser Stelle des Zugs gab es nur noch Griðyon, Darso und sie. Der Mann rief tiefes Grauen in ihr hervor. Es war mehr als nur Angst.

»Wer schickt dich?«, zischte Griðyon ebenso leise. »Wo ist er? Was will er?«

Der Mann lachte. »Macht. Was sonst?«

»Dies ist mein Land! Er bekommt es nicht.«

»Deins? Sicher nicht. Was bist du schon? Ein Findelkind ohne Namen. Zu jung, zu dumm, zu klein. Ich weiß alles über dich.«

»Ich weiß, du bist aus Edunayu!«, sagte Griðyon, während er weitere Schwerthiebe abwehrte und die Verbalattacke des anderen ignorierte. »Was will Edunayu?«

»Macht, Jungspund.« Die Stimme trug seltsam weit durch die verklingende Nacht. »Einst gab es sie, und es wird sie wieder geben. Edunayu ist nur ein Anfang.«

Nimry versuchte, mit dem Boden zu verschmelzen. Sie konnte sich nicht des Gefühls erwehren, sie sollte dies nicht mitbekommen. Ihre Angst ließ ihr Herz so laut schlagen, dass sie meinte, man müsste es hören. Drehte sich jemand zu ihr um?

»Welche Ehre, dass du selbst kommst – aber auch unvorsichtig und wenig subtil«, meinte Griðyon plötzlich spöttisch.

»Rede nicht! Kämpfe!«, brüllte Darso, der mit weiten

Schwerthieben Angreifer niedermähte. Meinte er Griðyon oder den Feind?

»Du willst Flynnt?«, fragte Griðyon, der sich nach einer geschickten Drehung und einem Schlag nach einem der Kämpen schon wieder aus neuer Richtung dem Feind näherte. »Flynnt gehört uns.«

»Ich will Kahsell.«

»Wie unbescheiden.«

Der Mann lachte schallend, verstummte aber abrupt. Eine Pirouette hatte Griðyon blitzschnell in seine Reichweite gedreht. Sein Schwert wirbelte mit ihm im Kreis. Dann flog ein Kopf.

»Das wirst du bereuen!«, sprach der Kopf, noch während er flog, um dann über den Boden zu rollen.

Nimry hielt sich den Mund zu. Sie wollte weder schreien noch sich übergeben, obgleich ihr Körper am liebsten beides gleichzeitig getan hätte.

Der Kopflose stand einfach da. Kein Blut quoll aus dem durchtrennten Hals. Stattdessen trat etwas Weißes aus, schob sich aus der Öffnung, rann am Körper entlang nach unten. Erst dachte Nimry, es sei eine Flüssigkeit, die sich mit einem Schwall knochenweiß gen Boden ergoss. Dann stellte sie im besser werdenden Licht fest, dass dies kein weißes Blut war. Blut lief. Dies hier schlängelte sich. Ein riesiger Wurm waberte an der Rüstung nach unten, halsdick, lang und borstig. Doch Würmer bewegten sich anders. Dieser hier wand sich wie eine Schlange, umkroch den Torso. Länger und länger wurde er, zog sich immer noch aus dem Leichnam, der zusehends wie eine leere Hülle wirkte und schließlich wie eine Stoffpuppe fiel.

Die steinige Straße brach auf, und das Wesen ergoss sich

hinab in die Erde, schlängelte und floss immer tiefer, zog sich windende Tentakel am Hinterleib hinter sich her und war dann verschwunden.

Nimry hatte sich die Faust zwischen die Zähne gerammt und biss zu, um nicht vor Grauen zu vergehen.

77

Man hatte Shernay und Garru zu den Bewahrern gepackt. Dort hockten die Reyalunis gefesselt am Straßenrand beisammen, während um sie herum Soldaten erstaunlich leise und diszipliniert in Stellung gingen. Im Nu hatte sich ein Großteil der Truppe so verborgen, dass man nur noch ein kleines Häufchen Männer sah.

An der Kreuzung konnte man nur die Straße sehen, die nach Westen zur Flynntburg lief, und die, auf der sie sich befanden, die alte Straße von Jorgvil. Die senkrecht aufragenden Felsen des Byarla-Grabens verbargen den Blick nach Osten, woher der Feind kommen würde, wie eine riesige Häuserecke.

Shernay sah sich um. Ihre Talverwandten und sie saßen südlich der Kreuzung im Gesträuch, das zum Berg hin zum Wald wurde. Schützen würde sie das nicht. Wenn die Holturer die Flynnter Truppe besiegten, wären die Reyalunis dem Sieger genauso ausgeliefert wie jetzt dem Graaven.

Rein gebietstechnisch gehörte das Byarla-Gebirge zu Kahsell, doch keiner der Lerner oder Wissenden Reyaluns hatte sich je als Untertan eines Fyrsthen gefühlt. Sie gehörten niemandem. Dennoch hoffte Shernay, Flynnt würde siegreich sein. Sie glaubte nicht, dass eine Eroberungsmacht besser wäre. Eroberer waren immer gnadenlos.

»Danke, dass du dich für den Verbleib meiner Hand eingesetzt hast«, murmelte Garru, ohne sie anzusehen. »Ich habe noch nie so viel Angst gehabt.«

Sie nickte nur.

»Ich gestehe, ich hatte das nicht erwartet«, fuhr er fort.

»Ich weiß, was du von mir halten musst«, gab sie traurig zur Antwort. »Es tut mir leid, dass es so gekommen ist. Ich wollte dir nicht wehtun.«

»Was wolltest du dann?«

»Mein Wollen hat sich meinem Verstand entzogen.«

»Ist er so beeindruckend?« Garru klang ein wenig schnippisch.

»Ja«, gab sie ehrlich zu. »Er ist sehr … anders.«

»Als ich?«

»Als alle, die ich kannte. Neu. Prickelnd. Stark. Schnell. Entschlossen. Sein Horizont umfasst die Welt, nicht nur ein Tal.«

Nun sah er sie lange an. »Hat er dich verschleppt, oder bist du freiwillig mitgegangen?«

Sie zuckte die Achseln. »Ich hatte nicht vor, mit ihm zu gehen. Es hat sich so ergeben, und dann gab es kein Zurück mehr.«

»Du hast Reyalun verraten«, sagte Kryes hart.

Sie nickte. »Ja, und ich werde dafür sterben. Ich weiß. Ich hatte nicht erwartet, dass Garru zum Bewahrer würde.«

»Bin ich nicht«, widersprach Garru. »Ich bin auf Wanderschaft. Ganz offiziell. Die Bewahrer haben mich … äh … zwangsrekrutiert.«

Shernay lächelte matt.

»Du glaubst, er wird dich retten, dein Buhle?« Kryes klang zynisch. »Wo ist er jetzt, und wie hat er das Tal überhaupt gefunden?«

»Ihr werdet es mir nicht glauben, aber es ist die Wahrheit – soweit ich sie kenne: Ein Riesenbuzzard hat ihm gänzlich unbeabsichtigt einen Zugang zu Reyalun erschlossen, den man nur erreichen kann, so man des Fliegens mächtig ist.«

Sie erwartete die Antwort, es gäbe keine Riesenbuzzarde mehr.

»Ob das das gleiche Vieh war, das Garru beim Musizieren zugehört hat?«, fragte Myrge.

»Er hat dir zugehört?«, fragte Shernay.

»Er mag meine Musik«, erwiderte Garru.

»Was hat er gesagt?«, fragte Shernay.

»Er ist ein Tier. Kommunikation beschränkt sich darauf, dass er mir zuhört, ohne mich zu fressen. Unter den Umständen war das durchaus gute Kommunikation.«

»Er ist kein Tier. Man kann mit ihm kommunizieren. Vielleicht nicht in richtigen einzelnen Worten, aber in Bildern, Meinungen und Warnungen, die einen Sinn verstehen lassen. Er ist einem Menschen näher als einem Vogel. Ich verstehe ihn und er mich. Sein Denken erschließt sich mir. Er hat mich gerettet.«

»Shernay«, begann Garru, »das ist nicht mögl…«

»Doch«, unterbrach Myrge. »Es ist ein uraltes Talent. Jahrhundertelang hat es keiner mehr gehabt. Das Reden mit Urgorrn-Kreaturen. Es ist etwas ganz Besonderes. Die Grovattern und der Mütterrat haben immer gehofft, du wärest etwas Besonderes, Shernay. Schade, dass ausgerechnet du zur Verräterin werden musstest. Hast du sonst noch Kontakte gehabt?«

»Ich habe die Traumschlangen oben am Rand des Grabens gespürt. So konnten wir ihnen entkommen.«

»Was kommunizieren Traumschlangen?«, fragte Garru neugierig.

»Absolute Bösartigkeit. Keine Worte. Nur die Absicht zu vernichten.«

Sie schwiegen eine Weile.

»Wo ist dein Buhle jetzt?«, fragte Doran. »In der Nähe?«

»Ich weiß es wirklich nicht. Beim Abstieg bin ich gestürzt. Ihr könntet jetzt zufrieden nach Hause gehen, wenn der Buzzard mich nicht gerettet hätte. Er hat mich zu Tal getragen und wohl gedacht, ich wäre in einer Ansammlung von Menschen sicher.« Sie lächelte bitter.

»War es dein Buhle, der die Spähsoldaten des Graaven dezimiert hat?«, fragte Garru.

»Ich weiß es nicht. Ich war nicht da.« Sie wusste es dennoch. »Ich dachte, ihr hättet mit den Soldaten gekämpft?«

»Sie haben uns angegriffen, weil sie dachten, wir würden zu dem Feind gehören, den sie schon bekämpften.«

»Wen bekämpften sie denn?«

»Wir haben niemanden gesehen.«

Die Xyi waren unsichtbar, hieß es, oder konnten sich einfach nur sehr schnell aus der Affäre ziehen.

»Jemand hat aus dem Hinterhalt auf uns geschossen, da bin ich mir sicher«, sagte Garru. »War das dein beeindruckender Freund?«

Sie zuckte unwillig die Achseln. »Ich war nicht da. Ich kann es euch nicht sagen. Wenn die Holturer nach Flynnt einfallen, können das auch ihre Späher gewesen sein, falls sie jemanden über die Byarla-Höhe gesandt haben.«

Garru sah sie an. Sie vermied es, ihm in die Augen zu schauen. Er lächelte matt.

»Wart ihr das in der Herberge?«, fragte er dann.

Ihr Kopf fuhr zu ihm herum. »Natürlich nicht. Wir kamen aus dem Berg und gingen hinunter zur Herberge. Dort waren alle tot. Das musst du mir glauben! Das waren wir nicht.«

Myrge schnaubte verächtlich, doch sie schwieg.

»Es waren vermutlich die gleichen Mörder, die versucht haben, uns nachts in einer Höhle umzubringen, in der wir Zuflucht gesucht hatten.«

»Die habt ihr besiegt.« Es war keine Frage.

»Ja. Es war nicht einfach. Es war sogar verdammt knapp.«

»Du und ein einziger Mann. Er muss sehr gut sein.«

»Ist er.«

»Ein Krieger?«

»Er ist es gewohnt, allein zu kämpfen. Er ist Forscher für den Weisesten in Jorgvil.«

»Wonach hat er geforscht?«

»Als ich ihn verletzt in unserem Tal fand, sagte er, er suche Edelsteine. Später verriet er, dass der Weiseste Cahersyg suchte.«

Diesmal schnaubte Doran verächtlich. Er wollte etwas sagen, doch Garru kam ihm zuvor. »Was passiert jetzt?«

»Es gibt eine Schlacht. Oder ein Scharmützel.«

»Wer wird gewinnen?«

Sie sahen einander an. Niemand konnte eine Einschätzung abgeben.

In diesem Augenblick hörte Shernay Hufschlag. Er näherte sich.

»Es ist vermutlich einerlei, wer uns umbringt«, sagte sie resigniert.

»Unser Tod ist dann auch deine Schuld«, zischte Myrge.

»Ich habe euch nicht gebeten, mir nachzukommen«, zischte Shernay zurück. »Aber ob ich durch eure Hand sterbe, durch Flynnt oder durch die Holturer: Tot ist tot.«

78

Die blauen Augen nahmen Gestalt an, fügten sich in ein Gesicht – oder doch zumindest in etwas Ähnliches. Einen Kopf. Es war ein großer Kopf, voluminöser als Deruonns gesamter Torso. Gigantisch, weißlich, umkränzt von einem riesigen, gesprenkelten Hautkragen. Der Kopf selbst schien auf den ersten Blick fast nur aus Maul und Augen zu bestehen. Die Innenseite des Mauls war schwarz und voller spitzer, nach innen gebogener Zähne, so lang wie Deruonns Unterarm.

Augen richteten sich auf ihn, kalt und blau wie Gletschereis. Sie waren riesig und verstörend in ihrer Andersartigkeit. In vertikal geschlitzten Pupillen glühte ein tiefblaues Feuer.

Deruonn wusste mit einem Mal, dass er träumte. Doch es war kein Albtraum, der aus dem Nichts geboren war. Es war eine echte Erinnerung, die in ihm verschüttet gelegen hatte. Nun war sie da, offen und erbarmungslos: seine Begegnung mit dem Großmeister der Xyi, von dem niemand ahnte, dass er ein nichtmenschliches Ungeheuer war. Er war in dieser Erinnerung, durchlebte sie erneut in ihrer ganzen Grausamkeit.

Er war fünfzehn.

Der fremdartige Blick fand sein Ziel wie ein Schwert, spießte ihn auf, hielt seine Seele. Im Blick gefangen, nahm

Deruonn einen Augenblick später wahr, dass etwas auf ihn zuschoss wie eine graue Schlange: eine Zunge, gespalten, lang wie eine Peitsche, dick wie ein Arm, spitz und scharf. Das ekelhafte Ding umwand ihn, zog ihn zu jenem schwarzen, geifernden Maul, während sich die beiden Zungenspitzen wie Dolche gegen seine Brust wandten.

Deruonn versuchte, sich aus der Erinnerung zu lösen und zurück ins Hier und Jetzt zu finden, doch er war in der Blase dieser Szene gefangen. Seine Große Weihe. Hier hatte man ihm die Seele gespalten.

Aus den Augenwinkeln sah er seine Patin und nahm erst in diesem Moment das Ungeheuer in seiner ganzen Größe wahr. Zu dem Kopf gehörte ein mehr als mannshoher, gewiss fünfzehn, zwanzig Schritt langer Leib, irgendwo zwischen Schlange und Wurm. Am hinteren Ende wuchsen sich windende Tentakel aus dem Wesen. In diesen wurde seine Patin festgehalten.

Gleichzeitig bohrten sich Tentakel und Zunge in ihre und Deruonns Brust. Seine Seele spaltete sich, klaffte und nahm die Erfahrung und eiskalte Akribie auf, die ihm noch zu seiner Vollkommenheit gefehlt hatte. Es war, als träufele jemand kochendes Öl in einen tiefen Schnitt, das sich darin ausbreitete, heimisch machte und alles Störende wegbrannte. Es füllte Lücken und durchdrang alles. Seine Kämpferseele wurde in ihm geboren. Gemryn, aus ihm selbst, Teilen der Patenseele und etwas Fremdem, absolut anderem.

Er war zwei, und er war eins. Ein Mann, zwei Seelen, verbunden und mit dem Wissen versehen, dass dies alles er war. Beide Seelen waren er selbst und nie etwas anderes gewesen. Schmerz wandelte sich in Stolz, Grauen in Zuversicht. Ein

Schemenjäger der Xyi war erschaffen, stark und ohne Zweifel.

Die Großmeisterhöhle im Berg der Weisheit versank rot und schwarz im Denken Gemryns. Er erwachte. Die Erinnerung aber blieb präsent und greifbar. Er lächelte. So war das also gewesen.

Er spürte, wie Deruonns Bewusstsein ebenfalls nach vorne drängte, fühlte das Entsetzen seiner zweiten Seelenhälfte. Unnötig. Alles war, wie es sein sollte.

»Wir sind eins«, sagte er zufrieden zu sich selbst.

Deruonn merkte, dass er auf dem Boden kniete. Er musste gestürzt sein. Er fühlte die lauernde Übermacht seiner Kämpferseele. Es drängte ihn danach, sie aus sich herauszuwürgen, doch sie war Teil von ihm. Das Einzige, was er hervorwürgte, war bittere Galle. Er spuckte aus, zitterte, versuchte sich zu sammeln.

»Wir sind eins«, sagte Gemryn erneut. Er klang amüsiert. Deruonn begriff, dass er noch nie so weit von seiner zweiten Hälfte entfernt gewesen war wie jetzt. Er versuchte, sich nach vorne zu drängen und zu übernehmen. Alle Zeiten, die keine Kampf- oder Meucheleinsätze beinhalten, waren seine Zeit. Gemryns Auftauchen aus ihrer gespalteten Seele war zielgerichtet und limitiert. Das gesamte Leben zwischen diesen Konfrontationsspitzen gehörte Deruonn.

Bis jetzt. Er keuchte vor Anstrengung, wischte sich über die speichelfeuchten Lippen und rang nach Fassung. Doch es war schwierig, denn es war, als könnte er sich nicht mehr genau auf sich verlassen. Seine zweite Hälfte saß ihm wie ein Geist im Nacken und ließ sich nicht mehr zurückdrängen.

Er musste sich beruhigen. Tief einatmen. Aus. Ein.

Alles war gut. Es hatte sich nichts geändert. Er war immer noch Deruonn, der seelengespaltene Schemenjäger der Xyi. Er musste sich nur beruhigen, die plötzliche Erinnerung verdauen. Schließlich war ihm nichts Neues zugestoßen. Er war jetzt nicht anders als vorher.

Oder doch?

Er spürte ein Kichern in sich, das ihm fremd und doch vertraut war. Zum ersten Mal erkannte er es als das Kichern, das er von seiner Patin gekannt hatte.

Einerlei.

Deruonn krümmte sich, als er plötzlich an Shernay dachte. Es war, als wollte etwas in ihm reißen, und er hielt mit der Kraft der Verzweiflung an dem Band zu ihr fest, das ihm wie ein scheuerndes Seil durch die Hände zu gleiten schien. Erneut versuchte er, seine Gedanken in Ordnung zu bringen. Er wusste, wie. Er hatte es gelernt. Atmen, nicht aufregen, kühl analysieren.

Er hob den Blick. Ein Stück über ihm, gerade so weit entfernt, dass Deruonn ihn nicht mit einer Bewegung erreichen konnte, saß immer noch der Buzzard. Das Tier starrte ihn an. Sein Blick war überlegen und erschrocken zugleich, als hätte er etwas ausgelöst, das er so nicht beabsichtigt hatte.

Deruonn verstand, dass die Urgorrn-Kreatur nur nach dem gesucht hatte, was sie in ihm vermutet hatte: jenen Nukleus an Urgorrn-Manipulation. Den hatte sie offenbar gespürt, und vor dem hatte sie Shernay in ihrer diffusen Art zu warnen versucht.

Doch Shernay hatte Deruonns absonderliche Zugehörigkeit auch ohne die Hilfe des Vogels erfühlt. Er hatte ihr nicht geglaubt. Nun wusste er, sie hatte recht gehabt.

Er wusste auch, dass Shernay somit die Fähigkeit hatte, jeden Schemenjäger auf ganz Predorenn zu erkennen und zu verraten.

Sie musste sterben. Gemryn war sich da ganz sicher. Deruonn gingen die Argumente aus.

Es war Sommer, und ihm war kalt.

79

Ein Mann, der eine Schlange war.

Nimry schien es, als wäre alles in ihr auf einmal flüssig und schwappte in Körper und Seele hin und her wie galliger Schleim. Ihr Magen rebellierte. Sie zwang sich, flach zu atmen. Ein und aus. Sie würgte herunter, was sie hätte ausspeien wollen, lag wie erstarrt auf dem Bauch und versuchte krampfhaft, das Beben zu unterdrücken, das ihren Körper schüttelte.

Dann begriff sie, dass der Schlangenwurm durch die Ritzen in den Steinen in die Erde gesunken war. Er mochte direkt unter ihr sein. Er mochte zwischen den Steinen hervorquellen und sie angreifen. Oder in Besitz nehmen, sein neues Heim in ihr suchen. Oder … ihre Fantasie überschlug sich in grausamen Visionen.

Ein eisiges Schaudern überlief sie. Sie blinzelte Tränen aus ihren Augen, um besser sehen zu können. Darso und Griðyon hatten nun die restlichen Kämpfer niedergemäht. Und Darso hatte gekotzt. Es hatte ihn keinen Moment davon abgehalten, zu kämpfen, was an sich schon erstaunlich war.

Fast erstaunlicher fand Nimry, dass Griðyon nicht gekotzt hatte. Er hatte einfach weitergemacht, einen Ausdruck beißenden Triumphs auf den ebenmäßigen Zügen.

»Wir müssen nach hinten! Da kämpfen sie noch«, rief er Darso zu, als der letzte Kämpfer fiel.

Darso stand auf sein Schwert gestützt und keuchte. Wie Griðyon auch, blutete er aus mehreren kleinen Wunden, doch er schien nicht schwer verletzt.

»Was zum Kyrros war das?«, fragte er heiser. »Und wo ist es hin?«

»Im Boden versunken.«

»Kommt es wieder?«

Das war eine Frage, die auch Nimry brennend interessierte. Griðyon zuckte die Achseln. Darso ließ einen Moment das Schwert sinken.

»Aber was war es?«

»Ein Ungeheuer.«

»Der Marejal sagt, es gibt keine Ungeheuer.«

»Der Marejal wird seine Gründe dafür haben.«

»Aber es war in dem Mann versteckt! Was war das für ein Ungeheuer?«

»Irgendetwas Widerwärtiges – wie die Spinnen.«

»Aber es war in dem Mann versteckt!«

»Du wiederholst dich! Es war ein großer Mann, da war viel Platz.«

»Es war in dem …«

»Darso! Reiß dich zusammen.«

»Ich wusste nicht, dass Ungeheuer in Menschen sein können!«

»Jetzt wissen wir es.« Griðyon klang grimmig. »Es hat sich den persönlichen Berater des Fyrsthen der Edunayuni als Heim ausgesucht. Jaspro Hardegen. Ich habe ihn mal bei Verhandlungen gesehen. Arroganter Kotzbrocken. Hätte nicht gedacht, dass der höchstselbst mit auf eine solche Kampagne kommt.«

»War das Ding schon immer in ihm drin?«

»Weiß ich nicht.«

»Gibt es davon viele?«

»Woher soll ich das wissen?«

»Aber jeder könnte …«

»Nicht jeder.«

»Woher …«

»Wie viele Feinde hast du schon aufgeschlitzt, und wie oft ist so etwas passiert?«

»Noch nie!«

»Na also.« Griðyon versuchte, beruhigend zu klingen, doch er beruhigte weder Darso noch Nimry in ihrem Versteck.

»Aber woher weiß ich, wenn einer einen Wurm hat?«

»Gar nicht. Ich weiß ja auch nicht, ob du einen Wurm in dir trägst.«

Darso sah an sich hinunter und übergab sich erneut.

»Lass das und komm!«, befahl Griðyon hart. »Was immer es war, wir haben es besiegt.«

Er lief los, um weiter hinten in die Kämpfe einzugreifen. Darso blieb erstarrt stehen und begann sich abzutasten, als argwöhnte er, es würde alsbald mindestens ein Wurm aus ihm hervorgekrochen kommen. Er stand von Nimry abgewandt, und sie überlegte sich einen Augenblick lang, ob sie ihn ansprechen und dazu verpflichten sollte, sie zu schützen und mit ihr zum Anfang des Trecks zu laufen.

Sie tat es nicht. Zu groß war ihre Furcht, er würde in sich tatsächlich so ein Biest finden. Groß genug war er.

Wer hatte gesprochen, der Mann oder der Schlangenwurm? War der Mann nur Hülle? Hatte ihn das Wesen übernommen, war irgendwie in ihn hineingekrochen wie ein Parasit, oder waren menschliche Schale und innerer Kern zusammen ein Wesen, wie eine Schnecke mit Haus?

Was war das?

Sie zwang sich loszukriechen und versuchte auch jetzt noch, kein Geräusch zu machen. Von weiter hinten hörte man immer noch Menschen kämpfen. Schreie und Flüche gellten durch die Luft. Nimry merkte, dass sie jetzt viel schneller war als vorher. Vielleicht war sie nicht mehr so vorsichtig. Sicher war das falsch.

Doch ihre Angst beflügelte sie, obwohl all ihre Gliedmaßen immer noch vor Entsetzten schlotterten.

Es konnte nicht mehr so weit sein. Sie weinte, während sie kroch, konnte nicht aufhören, das Bild des sich aus dem kopflosen Torso windenden Monsters immer und immer wieder vor ihren Augen zu sehen. Es schien ihr deutlicher als der Dreck der Straße, in dem sie krabbelte, deutlicher als die Gefahren, die überall um sie herum lauern mochten. Menschen konnten einen umbringen. Aber dieses – Tier – würde in einen hineinglitschen und sich in einem breitmachen.

Es war ihr, als könne sie es unter sich in der Erde spüren. Dort lauerte es. Brauchte es immer einen Träger und überhaupt, was um aller Götter Willen war es?

Wie ein Blitz traf sie die Erkenntnis: Gewiss war es ein Urgorrn. Doch es hieß, die gab es nicht.

Der Gedanke ließ sie dennoch nicht los. Wer konnte das wissen? Berstel? Der glaubte nicht an die Urgorrn.

Er würde seine Meinung ändern müssen. Je länger Nimry darüber nachdachte, desto sicherer war sie. Sie raffte all das wenige Wissen zusammen, das sie über die nichtmenschliche Rasse, die diese Welt angeblich beherrscht hatte, wusste. Es war nicht viel. Sie hatte sie sich größer vorgestellt. Vielleicht war dieser noch jung? War etwas daran, dass die Tiefe der Welt sie gebar? Dass sie aus den Elementen selbst entstanden? Das dauerte sicher lange.

Die Legende besagte, die Räte von Predorenn hätten sie damals besiegt. Doch im Krieg stand der Feind nicht selten wieder auf. Das Alte Reich war schon vor Jahrhunderten erloschen. Wie lange brauchte ein Urgorrn, um neu zu erstehen?

Sie hätte beinahe geschrien, als plötzlich etwas nach ihrer Schulter griff.

»Erlaucht!«

Sie rang nach Fassung. Berstel hatte sie angefasst und zog sie hoch.

»Urgorrn!«, flüsterte sie. »Da war ein Urgorrn!«

Er sah sie ungläubig an.

»Es gibt keine …«

»Ich habe ihn gesehen! Er steckte im Anführer der Feinde. Griðyon hat ihn getötet!«

»Den Urgorrn? Einfach so?«

»Den Anführer. Aus seinem Hals strömte ein riesiger Wurm und floss in die Erde.«

»Das ist …«

»Wir müssen hier weg!«

»Der Urgorrn …«

»Wir müssen hier weg! Welche Kämpfer sind hier?«

»Greda …«

Greda. Ihr musste sie berichten, dass Pruri tot war.

»Wer noch?«

Berstel starrte sie an.

»Kutscher …«

»Wir nehmen die ersten drei Wagen und fahren los. Der Kampf tobt weiter hinten. Wir könnten es schaffen.«

»Aber wohin …«

»Es gibt nur eine Richtung, oder willst du wenden? Griðy-on hat mich eigens nach vorne geschickt.«

Sie schubste ihn weiter. Auch hier lagen Tote im Staub, doch der eigentliche Kampf tobte weiter hinten. Sie mussten weg.

»Aufsteigen!«, befahl sie. Greda sah sie nur an.

»Ich muss Pruri …«

»Niemand kann Pruri mehr helfen. Steig auf den Kutschbock.«

»Aber Pruri …«

»Pruri ist tot.«

Die vierschrötige Frau ergriff Nimry bei den Oberarmen und schüttelte sie, als wäre sie nicht die Graavessa. Vielleicht war sie das in diesem Moment auch nicht.

»Was …«

»Sie ist tot, Greda. Sie hat noch gesprochen. Sie ist verblutet. Wir müssen hier weg, bevor die Edunayunis uns aufhalten. Oder der Urgorrn.«

»Urgorrn!«

»Verdammt! Tut, was ich sage! Ich bin die vergorrnte Graavessa!«

Sie registrierte, was sie gerade gesagt hatte. Dann spie sie ihren Mageninhalt auf die Steine.

80

Wenn man zu zweit zusammengefesselt war, war nicht nur die Privatsphäre, sondern auch die Beweglichkeit eingeschränkt. Dennoch versuchten Shernay und Garru sich vorbei an Soldaten, die im Gestrauch ebenfalls verborgen waren, weiter nach hinten in die Deckung zu schieben. Vielleicht hatten sie größere Chancen, dies zu überleben, wenn man sie nicht gleich fand.

Sie keuchten. Sich gefesselt über den Boden zu würmeln war anstrengend.

Da, wo sich die Straßen kreuzten, war der Kampf entbrannt. Eine Reitereinheit Holturer mit einem Kontingent Fußsoldaten war in die Welt geflutet wie eine plötzliche Überschwemmung. Die eher kleine Gruppe Flynnter Kämpfer, die sie auf der Alten Straße erwartet hatte, leistete Widerstand, wurde aber stetig weiter zurückgedrängt. Sie waren viel zu wenige.

Shernay suchte den Wirrwarr an Kämpfern nach dem Graaven von Flynnt ab, erblickte ihn mittendrin. Er war kein Heerführer, der aus sicherer Entfernung seine Mannen vorschickte. Ein wenig respektierte sie ihn dafür, auch wenn er wenig freundlich zu ihr gewesen war. Ihr Hals tat immer noch weh, und das Gefühl zu ersticken hatte sich in sie eingebrannt. Sie wollte so nicht sterben.

Sie wollte überhaupt nicht sterben.

Sie verstand, dass der Graav sie auch alle gleich hätte umbringen können. Es war seinem Wissensdurst, vielleicht auch einem seltsamen Sinn für Gerechtigkeit geschuldet, dass er es nicht getan hatte. Ihr fiel es schwer, jemanden, der ihr Schmerzen und Angst zugefügt hatte, zu mögen. Doch die Logik sagte ihr, sie hätten es alle schlimmer treffen können.

»Werden uns die Holturer umbringen? Was meinst du?«, fragte Garru. Sie spürte die Wärme seines Körpers neben sich, seinen Atem in ihrem Gesicht.

Sie sagte nichts. Was sie dachte, war nicht relevant.

»Oder wird uns dein Liebster befreien?« Garru klang ein wenig sarkastisch.

»Wenn, dann wohl nur mich. Er hält dich sicher für einen Bewahrer.«

»Bin ich nicht.«

»Weiß ich.«

»Vertraust du mir?«

»Ist das noch wichtig?«

»Mir schon. Ich liebe dich.«

Das hatte er noch nie gesagt. Warum sagte er es jetzt? Das passte überhaupt nicht.

»Ich habe dich immer geliebt«, fuhr er fort. »Ich denke, das solltest du wissen, bevor … bevor ich es nicht mehr sagen kann.«

»Das fällt dir früh ein.«

»Ich dachte, du wüsstest es. Du bist doch so klug.«

»Ich bin nicht klug. Ich bin gebildet. Aber nicht viel von dem, was ich in letzter Zeit getan habe, war klug.«

»Liebst du ihn?«

»Ja.«

Er schwieg einen Augenblick, und sie kämpften sich weiter auf dem Hintern kriechend durchs Gestrüpp. Äste und Dornen rissen an Shernay. Sie fühlte den Schmerz nicht.

»Garru«, begann sie und wusste dann nicht weiter.

»Shernay.«

Sie spähte durchs Geäst zu den Kämpfenden hinüber. Bislang hatte niemand sie entdeckt. Nur ein paar Schritte entfernt von ihr, robbten auch die gefesselten Bewahrer von der Straße fort, kämpften sich wie Raupen voran. Sollte sie die Schlacht überleben, waren immer noch sie da, um Shernay zu töten. In diesem Gewühl würde der Buzzard sie sicherlich nicht holen – und Deruonn?

Er würde es vielleicht versuchen. Doch sein innerer Kämpfer hatte gewiss andere Prioritäten.

»Hast du deine Wanderschaft so früh angetreten, um mir zu folgen, Garru?«

»Ich war der Meinung, du bräuchtest Hilfe.«

»Du wirst mich nicht schützen können.«

»Aber ich musste es wenigstens versuchen.«

Sie seufzte. »Ich verdiene dich gar nicht.«

Sie konnten nicht weiter kriechen und versuchten, durchs Gesträuch noch zu erkennen, was auf der Straße geschah. Schreie konnte man hören und das Aufeinanderprallen von Eisen auf Eisen. Viel sehen konnten sie nicht.

»Weißt du«, sagte Shernay dann, »ich liebe dich schon auch. Auf andere Weise. Es ist mir bewusst geworden, als ich Angst hatte, dir würde etwas passieren. Die Furcht, dich zu verlieren oder leiden zu sehen, war unerträglich.«

Er kaute auf seiner Unterlippe.

»Du liebst uns beide, weil wir einander irgendwie ähnlich sind?«

»Nein. Weil ihr völlig unterschiedlich seid. Du bist wie eine sanfte Brise, wie die verlässliche Erde, die ein warmer Wind streichelt. Er ist Feuer und Eis. Niemand im Tal war wie er.«

»Sehr elementar, dein Männergeschmack.« Er klang bitter.

»Die letzten Tage und Wochen haben mir gezeigt, dass der Kopf nicht der einzige Körperteil ist, der das Denken übernimmt.«

Sie spürte, dass ihn diese Antwort unbehaglich machte.

»Hast du …« Er zögerte. »Ich meine, hast du mit ihm …«

»Ja.«

Er nickte kurz. Er hatte gefragt. Sie hatte geantwortet.

»Wenn er in Reyalun geblieben wäre, hätte er auch die Blutlinien bereichern dürfen«, gab sie zu bedenken. »Dann hätten wir in der nächsten Generation auch ein paar Reyalunis mit Bronzehaut, dunklen Augen und dunklem Haar.«

»Der Mütterrat wäre begeistert«, merkte er trocken an.

Sie spähte wieder durch die Büsche auf das Kampfgewühl und wandte dann den Blick ab. Sie wollte das nicht sehen. Sie sah Garru an, der gebannt auf das Geschehen starrte.

»Sie werden Marva kaputt machen.« Er klang verzweifelt.

»Sie werden uns kaputt machen!«

Die Holturer drangen die Straße hinunter. Die Straße war zu schmal, als dass die Reiter genug Platz gehabt hätten, sich gut zu verteilen. Sie wurden langsamer.

Eine Salve Pfeile ging von beiden Straßenseiten auf die Feinde nieder. Menschen schrien, Pferde fielen, ihre Beine schlugen wild aus. Nun stürzten Flynnts Männer aus dem Gestrüpp. Shernay sah, dass es immer noch nicht alle waren. Der Graav behielt sich eine weitere Überraschung vor.

Tiefes Entsetzen durchdrang Shernay. Sie hatte Berichte über Kämpfe und Schlachten gelesen. Sie hatten heroisch geklungen, spannend – in einem Umfeld, in dem es immer friedlich und gleichförmig ruhig war. Doch die Brutalität, mit der die Menschen aufeinander einschlugen, war furchtbar. Blut spritzte, färbte die Steine rot und machte sie glitschig. Ein abgehackter Arm flog und landete im Gebüsch neben Shernay.

Sie schrie nicht. Oder zumindest nur innerlich, doch über ihre Lippen drang kein Geräusch. Dafür spürte sie etwas hinter sich, dort wo die Felsen sich steil zum Gebirge hin erhoben.

Mühsam versuchte sie, sich umzudrehen. Sie war sicher, sie hatte nichts gehört. Doch sie war genauso sicher, dass da etwas war, spürte eine Aura.

Deruonn?

Ihre Zuversicht starb in einem einzigen Augenblick. Da war niemand, zumindest niemand, den sie hören konnte. Doch man hörte und sah ihn nicht, wenn er es nicht wollte.

Mit einem Mal wusste sie, es war Gemryn, der das Durcheinander während der Schlacht ausnutzen wollte. Im nächsten Moment spürte sie den Buzzard in ihren Gedanken.

»Trau ihm nicht!«

Der Vogel war in der Nähe, und er mochte Deruonn immer noch nicht.

Das war nicht neu.

DER LAUERNDE

Die Frau hätte ihn so nicht sehen sollen – ohne Tarnung, als Teil seines Habitats. Eine dumme Sache, Umständen geschuldet, die nicht optimal waren. Doch sie würde nicht reden. Gar nichts mehr würde sie tun.

Die Genugtuung darüber ließ ihn den Ärger über das Ereignis vergessen. Sie spielte in der Gesamtdramaturgie seines Vorgehens keine Rolle. Da gab es Menschen, die weitaus wichtiger waren, auch wenn sie es nicht ahnten. Zumindest die meisten nicht.

Gewiss, die Ereignisse hatten derzeit eine ungesunde Eigendynamik angenommen. Er hatte sich wappnen müssen. Doch im Gesamtkonzept war es nur ein Räuspern im Wind. Alles ließ sich korrigieren. Der Weg war das Ziel.

81

Die drei Wagen rumpelten die Straße entlang gen Norden. Die Zügel schnitten in Nimrys Hand. Bislang hatte sie noch keinen Wagen selbstständig gelenkt. Doch manche Dinge lernte man, wenn die Panik einen trieb.

Greda fuhr den ersten Karren zusammen mit einem der beiden Kutscher, die es geschafft hatte, nicht in den Kampf verwickelt zu werden. Ihre Vorsicht oder auch Feigheit kam ihnen nun zupass.

Nimry lenkte den zweiten, Berstel, immer noch im Kleid, den dritten.

Der zweite Kutscher ritt auf einem Pferd neben Nimrys Wagen. Zur Bewachung, hatte er gesagt, doch Nimry war sicher, er würde dem Gaul bei der ersten Gelegenheit die Sporen geben, um sich abzusetzen.

Es war Nimry nicht wohl bei dem Gedanken, den Wagen mit dem Flugfeuer zu lenken. Die eisenbeschlagenen Räder rieben sich an den Steinen bei der Geschwindigkeit. Jederzeit mochte ein Funke in die Kisten fliegen. Dann würde sie brennen. Sie hatte versucht, den reitenden Kutscher dazu zu bewegen, auf dem Wagen mitzufahren, damit er, falls es nötig wurde, Flugfeuer auf Verfolger schießen konnte. Er hatte ihr nicht gehorcht. Graavessa hin, Graavessa her.

Nicht mehr weit, hatte Griðyon gesagt, bis zur Kreuzung,

wo es zur Flynntburg ging. Es war keine präzise Aussage. Es konnte viel bedeuten, Stunden, Tage.

Von hinten hörte sie Hufschlag. Jemand verfolgte sie. Sie konnte nicht einmal versuchen, die Pferde zu einer schnelleren Gangart zu bewegen. Karrenpferde hatten ihren eingeschliffenen Tritt, und überhaupt hätte sie am Wagen vor ihr nicht vorbeigekonnt. Ihre Versuche, nach Kutscherart mit der Peitsche zu knallen, endeten damit, dass die Peitschenschnur sich schmerzhaft um ihr Handgelenk wickelte.

Die Hufschläge kamen näher. Es gab nichts, was sie tun konnte. Die hohe Plane über dem beladenen Wagen verhinderte sogar, dass sie sich umdrehen konnte, um zu sehen, wer da kam.

Ein Reiter, stellte sie fest. Nur einer. Wer? Ein Edunayuni? Einer, der einen Wurm in sich hatte? Sie hatte ein Schwert, doch sie wusste, sie könnte nicht kämpfen wie Griðyon. Es würde ihr nie gelingen, einem Riesenkerl einfach den Kopf abzuschneiden.

Bei der Erinnerung hätte sie sich am liebsten gleich wieder übergeben. Doch in ihrem Magen war nichts mehr, was sie noch hätte ausspucken können.

Nun ritt der Kutscher neben ihr schneller und machte dem Reiter Platz, der sie eingeholt hatte. Darso. Er war ihr nachgekommen. Darso, von dem Griðyon gesagt hatte, er wäre groß genug, um so einen Wurm zu beherbergen.

»Graavessa!«, sagte er nur. Klang seine Stimme irgendwie anders?

»Darso«, flüsterte sie heiser. »Warum kämpfst du nicht mit den anderen?«

»Habe dem Marejal versprochen, auf Euch aufzupassen!« Das klang plausibel. Vielleicht zu sehr.

Von hinten ertönte Berstels Stimme, wackelig vom Schaukeln des Wagens: »Darso! Hast du die … Kreatur auch gesehen?«

»Wurm!«, gab Darso zurück, als würde das irgendwas erklären. »Scheißwurm.« Er spuckte aus.

»Die Graavessa sagt, es war ein Urgorrn!«, rief Berstel.

»Weiß nicht«, gab Darso kurz angebunden zurück.

»Ein Ungeheuer?«

»Ungeheuer.«

»Ist es tot?«

»Nein. Davon.«

»Wo?«

»Im Boden. Unter uns.«

»Sie werden tief in der Erde geboren, fressen sich durch Bein und Fleisch und Seele und beherrschen die Menschen!«, zitierte Berstel jetzt. »Blanker Unsinn.«

»Ich weiß, was ich gesehen habe«, antwortete Darso eigensinnig. Nimry wusste auch, was sie gesehen hatte.

»Die Graavessa hat es auch gesehen.«

»Die Graavessa?« Darsos Blick flog zur Seite. Er musterte Nimry mit einem seltsamen Ausdruck. Er hatte nicht gewusst, dass sie zugesehen hatte. Ein kalter Schauer lief Nimry über den Rücken.

Sie beantwortete die unausgesprochene Frage nicht, konzentrierte sich nur aufs Lenken. Voran. Irgendwohin. Nur weg.

Dabei war es sinnlos, geradeaus zu fahren, wenn das Grauen unter einem lauerte. Oder neben einem?

»Es gab Theorien, wonach die Urgorrn Tageslicht meiden. Doch wenn sie jung und klein genug sind, so heißt es in einer alten Legende, konnten sie sich in Wirtswesen über der

Erde aufhalten. Manche dieser Wesen hätten sie selbst erschaffen, hieß es.« Berstel spuckte Wissen, als müsste er es hervorwürgen. Er krächzte ein wenig bei dem Versuch, mit seiner Stimme den Wagenlärm zu übertönen. »Alles nur Märchen.«

Er hatte nicht gesehen, was sie gesehen hatte. Er kam von seiner vorgefestigten Meinung nicht ab. Doch es war nicht die Zeit, mit ihm zu debattieren. Die Karren waren zu laut, und ihr war nicht danach, Beteuerungen über die Schulter nach hinten zu schreien.

Sie hatte ein Ungeheuer gesehen, und keiner, der es nicht gesehen hatte, würde ihr glauben. Schlimmer noch: Jeder, den sie traf, konnte selbst eines sein.

Sie merkte, dass sie seit der Begegnung zu keinem Zeitpunkt aufgehört hatte zu zittern. Vielleicht war es dumm, Darso nicht zu trauen. Vielleicht gäbe Griðyon ein gerade so gutes Wurmdomizil ab. Doch der hätte dann sicher seinen Wurmkollegen nicht geköpft. Oder doch? Gab es so etwas wie Ehre unter Schlangenwürmern?

Nicht Würmer. Urgorrn. Jene allen überlegene Lebensform, die die ganze Welt einst beherrscht hatte. Wie viele waren das damals gewesen? Hundert? Oder ein Dutzend? Weniger? Sie wusste es nicht. Vielleicht wusste es niemand.

Möglicherweise war es auch kein Urgorrn, sondern eine der Kreaturen, die sie der Legende nach geschaffen hatten. Doch wer in dieser Welt hatte schon noch das Wissen, das zu beurteilen?

Ein weiteres Beben durchlief sie. Die Welt schien mit einem Mal anders. Feindlich war sie schon immer gewesen, doch nun war sie grauenvoll.

Nicht denken. Weiter. Der Kampf lag hinter ihr, das Ungeheuer unter ihr in der Erde. Irgendwo vor ihr waren ihr Gatte und seine Soldaten. Einen Augenblick lang fasste Nimry Hoffnung und wunderte sich nicht einmal, dass sie den Mann, den sie als Feind betrachtet hatte, auf einmal fast als Zuflucht verstand. Er war stark. Er war kampferprobt und groß.

Doch auch er mochte einen Schlangenwurm in sich tragen, der sie durch seine leuchtenden, blauen Augen ansah.

82

Da war sie, die schöne Shernay. Noch nicht greifbar nah, aber nahe genug. Auf diese Entfernung konnte er töten. Es war einfach.

Deruonn kämpfte mit sich. Das war keine leere Floskel. Sonst waren entweder er oder Gemryn im Vordergrund. Wenn es ernst wurde, übernahm Gemryn. War hingegen der weltgewandte, zuverlässige Mann gefragt, der andere zu überzeugen wusste, dann schlug Deruonns Stunde. Rein zeitlich hatte Gemryn somit einen weitaus geringeren Anteil am Leben.

Dass sie beide gleichermaßen und gleichzeitig nach vorn strebten und einander wie mit mentalen Ellbogen aus dem Weg zu drängen suchten, das kannte er nicht. Das war neu.

Doch alles war neu nach der plötzlichen Erkenntnis, was er war und weshalb. Tatsächlich fühlte er sich seiner eigenen Seele entfremdet, spürte die Andersartigkeit darin. In seinem Wesen klaffte ein Spalt auf, gehalten von dem Wissen, dass es gut so war. Er war Schemenjäger der Xyi. So waren sie. Alle waren sie so.

Sie wurden besser mit den Jahren – besser im Sinn von effektiver, gnadenloser und präziser. Er hatte das der wachsenden Erfahrung zugeschrieben. Doch vermutlich bedeutete es auch ein Erstarken seiner Kämpferseele, während er, Deruonn, immer weiter in den Hintergrund gedrängt wurde, irgendwann nur noch dazu gut, seine Gliedmaßen von Tatort zu Tatort zu transportieren und eventuelle Schmerzen zu ertragen. Gemryn wiederum würde als Pate seine Eigenschaften an den nächsten Nachwuchs-Schemenjäger weiterreichen, gemeinsam mit jenem Nukleus an Urgorrn.

Er lag bäuchlings hinter einem Felsen. Seine Gedanken wogten hin und her und schlugen an die Wände seines Geistes wie Brandung. Er hielt sein Blasrohr in den Händen, erinnerte sich, wie er es auf der Wanderung durch die Berge schon einmal gehalten hatte.

»Was ist das?«, hatte Shernay damals neugierig gefragt. »Eine Flöte?«

»Zur Not. Man kann darauf spielen. Vier Töne. Manchmal reicht es.«

Mehr hatte er nicht erklärt. Deruonn zog die Mundwinkel zu einem schiefen Lächeln nach unten. Das Holzrohr war knapp eineinhalb Hände lang und normalerweise in seinem Stiefel verborgen. Dafür, dass Deruonn seinen Rückensack vor einer gefühlten Ewigkeit im Berg verloren hatte, besaß er eine Menge unvermuteter Gegenstände, die in unsichtbaren Taschen seiner Kleidung ihr Heim hatten. Allerdings hatte er sich nach dem Sieg über die Räuber in der Höhle mit vielem neu ausstaffiert.

»Es geht ganz einfach!«, drängte Gemryn in ihm. »Ein Federpfeil für sie, einer für ihn. Sieh, wie sie sich aneinanderkuscheln.«

»Sie sind aneinandergefesselt.« Dennoch ließ ihn die Nähe der beiden nicht kalt. Seine gewohnte Ruhe war dahin. Er hatte Shernay gefunden. Er hatte sie behütet. Er hatte sie gespürt und Leidenschaft mit ihr geteilt, kannte jeden Teil ihres wunderschönen Körpers. Er fühlte eine Zugehörigkeit, die ihm neu war – ein Gefühl, das er keinem anderen gönnte.

Gemryn gab keine Ruhe: »Dort drüben! Die Bewahrer. Ein Aufwasch.«

»Die haben mich nie gesehen.«

»Dennoch. Wer weiß, was sie ihnen gesagt hat.«

»Ich habe nicht mehr genug Blasrohrpfeile.«

Seine Hand zitterte leicht. Das tat sie sonst nie. Er ließ den Blick schweifen. Der Kampf auf der Straße hielt noch an. Die zahlenmäßig unterlegenen Flynnter verteidigten sich wacker und hatten durch ihre Strategie große Löcher in die Reihen der Angreifer gerissen. Niemand hatte Zeit, nach Gefangenen zu sehen. Jetzt war es günstig, etwas zu unternehmen.

»Nein«, widersprach Deruonn sich selbst. »Wenn sie nachher alle tot sind, wird man mich suchen.«

Er steckte das Blasrohr weg. Mit einem fedrigen Blasrohrpfeil zu töten würde zu auffällig sein. Eine Armbrust hatte er nicht, dabei hätten Armbrustbolzen immerhin so aussehen können, als hätten sie ihr Ziel aus Versehen während der Schlacht gefunden.

Messer. Dazu würde er näher herankriechen müssen, und vielleicht würde er Shernay dabei ins Gesicht sehen müssen. Er konnte das. Ohne auch nur zu zucken, konnte er Menschen anlächeln, ihnen zuzwinkern, ihnen möglicherweise noch ein Kompliment machen und ihnen gleichzeitig die Klinge ins Herz treiben. Das hatte er gelernt.

Es würde befriedigend sein, ein Problem gelöst zu haben.

Gemryn. Das war Gemryn gewesen. Oder Deruonn?

Wieder fiel ihm der Bruder ein, den er damals als Junge auf dem Weg zu Kammer des Vergessens gesehen hatte. Er verstand ihn jetzt, begriff sein Dilemma, ohne Einzelheiten zu kennen. Das Seelenritual des Großmeisters war nicht unauflösbar. Offenbar gab es Situationen, in denen die Verbindung der Seelenhälften schwächer wurde oder brach.

Er wollte nicht brechen. Er musste sich nur entscheiden. Dabei war es einerlei, ob er die Entscheidung mochte. Er musste tun, was nötig war. Es ging nicht nur um ihn. Es ging um die gesamte Geschwisterschaft.

Vorsichtig kroch er näher. Lautlos. Langsam. Vielleicht langsamer, als er müsste.

Er würde ihr sagen, dass er sie liebte. Vielleicht tat er das ja tatsächlich, auf seine präzise, verhaltene Weise. Er wusste, sie wollte es hören, und mit diesen Worten hatte er es ihr noch nie gesagt, vielleicht, weil er das Gefühl kaum zu deuten vermochte. Es mochte alles heißen oder nichts.

Er hörte Gemryn kichern. Urgorrn-Seele. Es war leichter, nicht zu lieben. Schöne Frauen, die man nächtens beglücken konnte, gab es überall. Auch solche mit großen Augen und mondhellen Haaren, mit weichem Körper und seidiger Haut. Er war ein gut aussehender Mann. Es hatte nie Mangel an Frauen gegeben, die ihm zu Gefallen sein wollten.

Er sah sich um. Soldaten steckten inzwischen keine mehr im Gestrüpp. Sie hatten nun alle in den Kampf eingegriffen. Schreie und Rufe, Stöhnen und der Klang von Eisen auf Eisen erfüllte die Luft.

Nur die Ziele waren noch hier verborgen, Shernay, ihr Freund und ihre Verfolger. Sie waren wehrlos.

Er lächelte schmallippig.

»Es muss sein«, flüsterte Gemryn in sich hinein. »Die Xyi müssen geheim bleiben. Handeln wir nicht, so werden unsere Brüder und Schwestern uns jagen. Ihnen entkommen wir nicht. Es gibt keinen Ort auf der Welt, an dem sie uns nicht finden würden.«

»Reyalun«, gab Deruonn zur Antwort.

»Auch dort sind wir zum Tode verurteilt – und sie ist es auch.«

»Shernay. Sie hat einen Namen.«

»Ziel. Sie ist nur ein Ziel.«

83

Das laute Rattern der Wagen hatte das Geräusch zunächst übertönt. Doch dann wurde Greda langsamer, und Nimry auf dem Wagen dahinter blieb nichts übrig, als ebenfalls die Geschwindigkeit weiter zu drosseln. Die Pferde hatten ohnehin schon Schaum vorm Maul, da sie ohne Pause über ihre Belastbarkeit hinaus angetrieben worden waren. Nordostwärts – nur weg von der Schlacht.

Nimry erkannte den Lärm. Es war einige Stunden her, da hatte es am Treck genauso geklungen. Hier tobte ein Kampf. Verzweiflung stieg in ihr hoch. Es war ihr, als könne sie das Blut schon riechen. Würde auch hier ein Ungeheuer auf der einen oder anderen Seite lauern?

Zurück konnten sie nicht. An dieser Stelle war die Straße zu schmal, um zu wenden. Es hätte auch keinen Sinn ergeben. Wenn sie etwas gar nicht wollte, dann zurück.

Die drei Wagen hielten an. Nimry sprang ab und lief zum ersten Karren. Er hatte Waffen geladen. Doch es war einerlei, wie viel Waffen dort waren. Sie waren zu sechst.

Darso ritt neben sie, dann ein Stück weiter. Er schaute nordwärts. »Sie kämpfen«, sagte er.

»Wer gegen wen?«, fragte Nimry.

»Unsere. Gegen andere.«

Darso war noch nie für präzise Aussagen bekannt gewesen.

»Siehst du den Graaven?«

Darso zuckte die Achseln.

»Wird mittendrin sein, wie immer.«

»Wer gewinnt?«

»Die anderen sind mehr.«

Eine Antwort war das nicht. Sie sah, wie der Kutscher auf dem Pferd seinen Gaul herumriss.

»Wenn du jetzt verschwindest, lasse ich dich durch alle acht Reiche hetzen!«, fuhr sie ihn an. »Ich lasse dich verdammt noch mal vierteilen!« Sie erschrak, als sie begriff, was sie gesagt hatte. Vor ein paar Wochen hätte sie so etwas noch nicht einmal gedacht. Ihre Verzweiflung war in Wut umgeschlagen.

»Habt ihr alle Waffen?«, fragte sie. »Dann los!«

»Wie – los?«, fragte Berstel, der ebenfalls abgesprungen war, verständnislos.

»Wenn die anderen gewinnen, dann brechen sie zu uns durch. Das dürfen sie nicht.«

»Wir sind zu sechst!«

»Steig ab!«, befahl Nimry dem Kutscher auf dem Pferd. Der zögerte und wirkte, als wolle er dem Gaul gleich die Sporen in Richtung westlicher Ebene geben.

»Ich sage es nicht noch mal!«, zischte Nimry und hoffte inständig, ihre Angst würde sich nicht in ihrem Gesicht spiegeln. Darso ritt heran und zog den Mann vom Pferd. Nimry sprang auf.

»Nimm dir ein Schwert!«, befahl sie dem Kutscher.

»Ich bin Bogenschütze!«, wehrte der sich.

»Wenn du in das Gewühl da vorne schießt, triffst du vermutlich unsere eigenen Leute. Berstel! Geh auf meinen Wagen. Mach Geschosse mit Flugfeuer fertig!«

»Aber ich weiß nicht, wie!«

»Wir auch nicht. Tu's einfach. Wenn sonst nichts mehr hilft, dann schieß Flugfeuer.«

»Aber …«

»Los!«, sagte sie nur. Sie wusste nicht, woher ihre Entschlossenheit kam. Sie war zornig und verzweifelt. Irgendwann musste dieser ganze Albtraum aufhören, und wenn das hier die Entscheidungsschlacht war, dann wollte sie an der Entscheidung beteiligt sein – selbst wenn es ihre letzte war. Beinahe ihre einzige. Bislang hatten fast immer andere für sie entschieden.

Sie zog ihr Schwert und gab dem Pferd die Sporen. Ihr Herz hämmerte vor Angst. Sie versuchte, nicht mit den Zähnen zu klappern. Nicht zu zittern wäre auch schön gewesen. Vorwärts.

Hatten alle so viel Angst, wenn sie in den Kampf zogen? Oder war sie nur besonders feige? Neben sich sah sie Darsos steinernes Gesicht. Hatte er Angst? Vielleicht jedes Mal wieder? Sicher nicht. Nicht Darso.

Das flaue Gefühl in ihrem Magen breitete sich rapide aus, nach oben in den Hals, nach unten in die Eingeweide. Vielleicht hätte sie doch versuchen sollen zu fliehen. Sie sah sich um. Zu spät. Sie konnte gerade noch ausmachen, dass Greda ihren Wagen wieder in Bewegung gesetzt hatte. Die Peitsche knallte. Das schwere Gefährt hielt direkt auf den Kampf zu, als wollte es eine Bresche schlagen. Die beiden anderen Kutscher rannten neben dem Wagen her. Noch waren sie nicht geflohen.

Es gelang Nimry gerade noch rechtzeitig, mit dem Pferd auszuweichen, als ein Holturer Reiter schwertschwingend auf sie lospreschte. Sie spürte den Luftzug der Klinge. Was hatte sie nur bewegt, mitten in ein Schlachtfeld zu reiten? Wie dumm war das gewesen?

Darso brüllte. Er war auf seinem Pferd bis in die Mitte des Kampfgeschehens geprescht und hatte mit einem riesigen Schwert links und rechts Hiebe ausgeteilt, sodass er eine Schneise an Verwundeten hinter sich ließ. Er suchte seinen Marejal.

Ein weiterer Schlag gegen sie erinnerte sie daran, dass sie keine Zeit hatte, Darso hinterherzuschauen oder im Gewühl nach ihrem Gatten zu suchen. Es war einerlei, wo der war. Es gelang ihr knapp, einem Hieb mit einem altmodischen Streitkolben zu entgehen, der von einem Fußsoldaten gegen ihr Bein geführt wurde. Die Spitzen der Waffe rissen ihr die Hose am Schenkel auf und kratzten an ihrem Bein entlang.

Das hätte schlimmer kommen können.

Dann kam es schlimmer, denn fast im gleichen Moment fuhr der Streitkolben in die Seite des Pferdes. Es stieg und wieherte vor Schmerz. Noch während Nimry fiel, wurde ihr bewusst, dass dies das Ende sein würde. Sie bekam ihren Fuß nicht aus dem Bügel, und schon fühlte sie, wie der panische Gaul nach vorne durchging.

Sie schlug mit Rücken und Hinterkopf hart auf. Nur ihr Helm schützte sie davor, schon jetzt ihr Gehirn über die steinige Straße zu verteilen. Schon wurde sie in rasender Geschwindigkeit rücklings mitten durch die Kämpfenden gezogen. Sie kreischte, versuchte, ihren Fuß aus dem Steigbügel zu ziehen, doch der stand unter solcher Spannung, dass sie hilflos festhing. Ihr Helm prallte wieder und wieder wie ein Ball auf den Boden, und obgleich er ihren Schädel schützte, ließen die Erschütterungen sie zusehends benommener werden.

Irgendjemand schlug mit dem Schwert nach ihr. Er verfehlte sie. Doch das war nicht ihrem Geschick, sondern nur der Geschwindigkeit geschuldet, mit der ihr Reittier sie quer durch die Kampfzone schleifte.

Sie hielt immer noch ihr Schwert in der Hand. Sollte sie es loslassen und versuchen, sich irgendwo festzukrallen? Nein, es wäre illusorisch gewesen zu glauben, sie könnte sich gegen die Kraft eines galoppierenden Pferdes durchsetzen.

Nun flog ihr Helm davon. Ab jetzt schlug ihr Kopf direkt auf der steinernen Straße auf. Ihr Haar flog wild. Sie versuchte, sich zu drehen, doch es ging nicht. Schon geraume Zeit schrie sie verzweifelt, doch ihr Schreien war zusehends in Kreischen und Weinen übergegangen.

Das Pferd stieg und stand.

»Ho.« Sie kannte diese Stimme.

Jemand befreite ihren Fuß. Er fiel lasch auf den Boden.

»Auf!«, befahl die gleiche Stimme. Doch sie rollte über den Boden, denn fast gleichzeitig schnitt eine Klinge genau durch den Ort, an dem sie eben noch gelegen hatte. Der Kämpfer kam ihr nach. Am Boden war sie ein leichtes Ziel.

Noch liegend holte sie mit ihrem Schwert nach seinen Knien aus, hackte und hackte damit zu. Blut spritzte, und der Mann ging fluchend zu Boden. Irgendetwas Wichtiges musste sie durchgeschnitten haben. Kniekehlen schienen ein gutes Ziel zu sein.

Sie rollte weiter auf die Knie, quälte sich stöhnend und fluchend wie ein Kutscher auf die Beine. Alles tat ihr weh vom Sturz und von der unfreiwilligen Rutschpartie über die Straßensteine.

»Pass auf!«, rief ihr Retter. Erst jetzt wurde ihr völlig bewusst, dass ihr eigener Mann ihr das Leben gerettet hatte. Die Sekunde, die sie brauchte, um das zu verinnerlichen, hatte sie nicht. Schon drangen zwei Holturer auf sie ein. Ihre Gesichter zeigten schon vorab den Triumph, über sie zu siegen. Ihr helmloser Kopf verriet allzu deutlich, dass sie eine junge Frau war und nicht nur ein eher zierlicher Soldat.

Eine Klinge drang in den Bauch des einen ein. Mit der anderen Hand stieß Darso Nimry in Richtung des Graaven. Auch der war schon wieder beschäftigt. Sie stolperte hilflos und knieweich über den Boden.

Mit kräftigen Hieben schlug der Graav von Flynnt mit seinem großen Schwert nach drei Angreifern, die ihn bedrängten. Das Pferd hatte er längst wieder losgelassen, dafür hielt er in der Linken jetzt einen langen Parierdolch.

Seine blauen Augen leuchteten aus dem blutig dunklen Gesicht. Er war nicht ohne Blessuren davongekommen, doch er kämpfte mit wilder Entschlossenheit. Immer mittendrin, hatte Darso gesagt.

Der Mann mit dem Schlangenwurm hatte bewusst andere vorgeschickt. Vielleicht waren Männer unterschiedlich. Vielleicht waren auch Schlangenwürmer unterschiedlich. Vielleicht war er nur ein Mann. Ihr Mann.

Ein vierter Feind kam von hinten auf ihn zu. Wo war Darso? Beschäftigt.

Nimry stürzte vor, stach mit ihrem Schwert zu. Es rutschte an der Rüstung ab. Dem harten Leder hatte sie nicht genug Kraft entgegenzusetzen. Der Mann parierte ihren Vorstoß und konzentrierte sich auf sie.

»Kindchen!«, lachte er grimmig. »Was willst du mit deinem Zahnstocher?« Er schlug zu, und Nimry flog die Waffe aus der Hand. Niemand hatte je behauptet, sie könnte fechten, und sein Schwert war fast doppelt so lang wie ihres. Er griff nach ihr und zog sie an den Haaren zu sich her.

»Dich hebe ich mir auf für später!«, sagte er und holte mit seiner behandschuhten Hand aus, die immer noch das Schwert hielt. Doch er schlug mit dem Knauf zu. Er wollte sie bewusstlos schlagen, um sie sich nach der Schlacht vorzunehmen.

Nimry ließ sich fallen und baumelte an den Haaren in seinem Griff. Sie hatte keine Zeit, sich nach Darso oder ihrem Mann umzusehen. Der Knauf streifte sie am bereits lädierten Kopf und sandte neue Schmerzen durch ihre Schläfen. Doch sie verlor nicht das Bewusstsein. Davor hatte sie am meisten Angst gehabt.

Es war ein furchtbares Gefühl, eine Klinge in Fleisch zu bohren, durch Kleidung, Haut und alles, was darunterlag. Bis zum Heft trieb sie dem Angreifer ihren kleinen Dolch in die Stelle zwischen Schamkapsel und Rüstung.

Nun war es an ihm zu schreien. Ein Schwall Blut kam Nimry entgegen, als sie die Waffe mit einer Drehung ruckartig aus der Wunde zog. Sie hatte wohl eine empfindliche Stelle getroffen.

Er klappte zusammen. Sein Schwert fiel auf den Boden. Sie ergriff es. Es war fürchterlich schwer, und sie konnte es kaum halten, brauchte beide Hände dazu. Sie warf es ungeschickt nach einem der Angreifer, der gerade versuchte, den Graaven einen Kopf kürzer zu machen. Der Kerl parierte ihr Schwert, verlor Zeit und dann das Leben.

»Gut gemacht!«, lobte der Graav. Nun war sie an ihn herangekommen. »Rücken an Rücken!«, befahl er. Ihm jetzt nicht zu vertrauen, wäre Dummheit. Sie griff nach ihrem eigenen Schwert, das bis hierher geflogen war. Es lag besser in der Hand als die riesige Waffe ihres letzten Gegners, der sich immer noch am Boden wand. Sein Blut sickerte zwischen den Ritzen der Steine in den Boden, wie der Wurm es getan hatte. Doch es war nur Blut.

Sie sah die Kutscher. Einer lag blutend auf dem Boden. Der andere führte ein Rückzugsgefecht, von dem er wohl hoffte, es würde ihn wohlbehalten aus der Kampfzone bringen.

Dann war die Zeit schon wieder vorbei, in der sie den Gesamtverlauf beobachten konnte. Ihr Universum schrumpfte auf ein paar Schritte um sie herum zusammen, denn neue Feinde drangen auf sie ein. Ihr wurde bewusst, dass mehr Gegner an ihr interessiert waren als an allen anderen. Wenn man eine kleine, junge Frau war, schien das die Ritterlichkeit von Gegnern nicht eben zu fördern. Die sahen nur das leichte Ziel.

Darso kämpfte sich zu ihr durch. Es war, als prügle er sich durch die Feinde hindurch. Brüllend, mit Faust und mit Schwert.

Ganz plötzlich wurde es leiser. Das Geräusch aufeinander dreschender Waffen verebbte, nur noch Schreie und Stöhnen waren zu hören. Wer hatte gesiegt?

Sie sah einige Holturer, die sich in Richtung Norden davonmachten, und einige Flynnter, die ihnen erschöpft und eher halbherzig hinterherhumpelten. Wann wusste man, ob man gewonnen hatte?

Sie stand noch. Morrgjar von Flynnt ebenfalls. Genau wie Darso, Greda und eine Reihe Flynnter Soldaten. Nicht sehr viele. Alle waren verletzt, alle blutüberströmt. Aber sie standen.

Desorientiert und außer Atem sank sie in die Knie, krallte sich immer noch an ihrem Schwert fest und zitterte unkontrolliert.

Von irgendwoher legte man ihr einen Mantel um. Morrgjar. Er kniete neben ihr und zog sie vorsichtig in seine Arme. Seine Rüstung war blutig und hart. Er hielt sie wie eine Porzellanpuppe.

»Ist gut, Mädchen«, flüsterte er ihr ins Ohr. »Ist gut. Du warst sehr tapfer. Hast mir das Leben gerettet.« Sie zuckte zusammen, als er ihr beinahe nebensächlich einen Kuss auf die schmerzende Stirn hauchte. »Tut es weh?«

»Alles tut weh!«, flüsterte sie und konnte die Tränen nicht zurückhalten. »Ich will nicht weinen. Wirklich nicht.« Er zog seinen Handschuh aus und wischte ihr mit schwieligen Händen die Tränen ab.

»Die hast du dir verdient. Jede einzelne Träne sauer erkämpft. Alles wird gut.«

Wie um ihn Lügen zu strafen, sah man aus nördlicher Richtung Vögel auffliegen.

»Da kommt wer«, konstatierte Darso.

Morrgjar ließ sie los und stand auf. Bedächtig zog er sich seinen Waffenhandschuh wieder an.

»Kannst du erkennen, wer?«

Darso zuckte die Achseln und sprang auf den Kutschbock von Gredas Wagen, um besser sehen zu können.

»Mehr Holturer, Marejal.«

Nimry kannte das Wort nicht, das ihr Gatte zwischen den Zähnen hervorstieß. Es war auch nicht der richtige Augenblick, ihn nach dessen Bedeutung zu fragen.

Es war noch nicht vorbei.

84

Nein!«, rief Garru gedämpft, aber doch laut genug. Seine Sängerstimme trug weit, transportierte seinen Schrecken ebenso wie seine Entschlossenheit. Im nächsten Augenblick versuchte er, sich mit dem ganzen Körper auf Shernay zu rollen, als wolle er sie komplett bedecken. Es war eine unglückliche Stellung, verworren durch die Fesseln, die beide immer noch aneinanderbanden.

Shernay wollte protestieren, dann begriff sie voller Schrecken, dass er sie vor etwas schützen wollte. Mit seinem ganzen Körper und allem, was er war. Ihr Kopf fuhr herum, und sie versuchte, durch die langen blonden Haare des Barden etwas zu sehen.

Sie sah einen Dolch. Dann verschwand er aus ihrem Blickfeld. Stiefel.

Beinahe war sie erleichtert, dass es nicht Deruonns Stiefel waren. Dann schalt sie sich, wie sie so etwas hatte denken können. Sie liebten einander doch.

Gemryn liebte sie nicht.

Doch es war nicht Gemryn. Wäre es Gemryn gewesen, sie wäre schon tot.

Die Stiefel gehörten Doran. Der Bewahrer hatte sich losmachen können. Aus dem Augenwinkel konnte Shernay sehen, wie sich auch Kryes und Myrge aufrappelten und die Fesseln abschüttelten. Kryes half der verletzten Myrge.

Ein Dolch. Ein eher untypisches Instrument, um Verräter zu töten. Die klassische Hinrichtungsform war der Tod durch die Baumseidenschlinge. Baumseide war fein und beinahe unzerreißbar. Shernay hatte nie jemanden so sterben sehen. Wann gab es schon Verräter in Reyalun?

»Geh von ihr runter, Garru!«, befahl Doran scharf. Garru rührte sich nicht. Er hatte seine stoppelige Wange an ihre gepresst. Seine Haare kitzelten sie im Gesicht.

Der Dolch zuckte.

»Tu ihm nichts!«, rief Shernay, die plötzlich Angst hatte, Garru müsste für ihre Fehler bezahlen.

»Tu ihr nichts!«, rief Garru gleichzeitig. Wie im Duett erklangen ihre Stimmen.

Doran zögerte. Das hätte er nicht tun sollen. Er kniete neben ihnen und sah das Menschenpaket ungehalten an. Der Moment war vorüber. Bewahrer waren Jäger und Scharfrichter. Doch so wie Shernay noch nie eine Hinrichtung gesehen hatte, so konnte auch Doran keine allzu große Erfahrung im Töten hilfloser Gefangener gesammelt haben.

»Hier oder in Reyalun. Was macht es für einen Unterschied?«, fragte er ärgerlich.

»Ihr steht eine Verhandlung zu«, begehrte Garru auf, ohne sich einen Fingerbreit zu bewegen.

»Nein«, widersprach Doran. »Verhandlungen gibt es bei minderschweren Übertretungen. Auf Verrat steht der Tod. Wenn wir als Bewahrer ausziehen, ist das Urteil schon gefällt.«

»Das ist falsch!«

»So ist das Gesetz. Einen flüchtenden Verräter durch das gesamte Gebirge zurück nach Reyalun zu schleppen ist viel zu aufwendig. Verräter sterben, wenn wir sie finden. Wo immer das ist.«

»Sie kann nichts dafür!«

Shernay berichtigte Garru nicht. Natürlich konnte sie etwas dafür. Sie hatte eine Entscheidung getroffen, als sie Deruonn verletzt im Tal gefunden hatte. Diese Entscheidung hatte alle anderen nach sich gezogen.

Sie bereute die Zeit mit Deruonn nicht. Vielleicht hatte sie immer gewusst, dass sie nur kurz sein würde.

Sie spürte Garrus Gewicht, roch sein Aroma, das so anders war als der Eisen- und Lederduft Deruonns. Garru war auch leichter, nicht so massiv gebaut und voller Muskeln und Sehnen.

»Du musst mich loslassen, Garru«, sagte sie. »Ich habe Fehler gemacht, aber die Schuld, dass dir wegen mir etwas passiert, möchte ich nicht auf mich laden.« Sie merkte, dass sie zitterte.

»Ich kann dich nicht loslassen, Shernay. Ich bin gekommen, um zu helfen, und das werde ich tun, solange ich kann.«

»Sehr romantisch«, spottete Doran. »Wenn ihr euch verdammt noch mal vorher überlegt hättet, wie sehr ihr einander sympathisch seid, müsste jetzt keiner von uns hier sein.«

Shernay sah, wie der Bewahrer mit sich kämpfte. Dann wurde sein Gesicht hart und steinern und sein Blick unstet. Er hatte sich entschieden. Die Entscheidung war gegen sie ausgefallen.

Sie hatte Angst. Sie wollte nicht sterben. Wie starb man? Schnell? Grausam? Würde es wehtun?

Sie war viel zu jung, um zu sterben, ohne etwas Wichtiges zu hinterlassen, seien es Kinder, seien es Erkenntnisse oder Weisheiten oder einfach nur angenehme Erinnerungen. Ihre

Begabung würde mit ihr sterben. Das Talent, das außer ihr niemand hatte. Keiner würde wieder mit dem Riesenbuzzard sprechen können. Er wäre wieder ganz allein.

Sie hingegen wäre tot. Verscharrt neben der Alten Straße an der Wegkreuzung nach Flynnthaven. Ein unrühmlicher Eintrag im Buch der Chronik von Reyalun. Mehr nicht. Sie merkte, wie ihre Zittrigkeit in ein allgemeines Beben überging. Eine Träne löste sich aus ihrem Auge und benetzte Garrus Wange.

»Shernay …«, flüsterte er und klang so verzweifelt, wie sie sich fühlte.

Doran umfasste den Dolch fester. Seine Entschlossenheit war fühlbar. Gleich. Jetzt.

Das Blätterwerk rauschte, und abgebrochene Zweige spritzten umher. Doran flog mit einem Schrei rückwärts und fiel in ein Gebüsch.

Hatte er ihre Angst gespürt? Der Buzzard stand neben ihr, riesig und beeindruckend. Sie hatte ihn einmal hässlich gefunden. Das tat sie längst nicht mehr. Er besaß seine eigene Schönheit. Wie wollte man auch jemanden abfällig beurteilen, der gekommen war, einen zu retten?

Sie spürte, wie gefährlich er war. Verstand er, was hier vor sich ging? Shernay suchte nach seinen Gedanken, fand Zorn.

»Danke!«, flüsterte sie, ohne noch zu wissen, ob sein Erscheinen etwas bewirken würde oder warum er manchmal auftauchte und half und dann wieder nicht. Er hatte seine eigenen Prioritäten, und die verstand sie nicht, denn er war ein Vogel – oder doch mehr als ein Vogel, aber sie nicht mehr als ein Mensch.

Die Bewahrer würden jedenfalls nicht aufgeben, auch wenn er jetzt intervenierte.

»Ihr sollt das nicht tun, sagt er«, wiederholte sie seinen Willen, der mehr Absichtsbekundung als einzelne Worte war. »Er will, dass ich lebe.«

»Er entscheidet nicht über dein Schicksal«, gab Kryes zur Antwort, der Doran aus dem Busch gezogen hatte und scheinbar furchtlos dem Riesenvogel gegenüberstand.

»Er sagt …« Sie stockte und wurde unsicher. Sie verstand ihn, war sich jedoch nicht sicher, ob es klug war, das weiterzugeben, was er ihr vermittelte.

»Was?«

Sie spürte die Gedanken des Vogels mit neuer Intensität. Fast brannten sie in ihrem Kopf. Sie atmete tief ein.

»Shernay?«, fragte Garru besorgt. Doch sie hatte keine Zeit für ihn, hätte ihn von sich geschoben, wenn ihre Fesseln sie nicht beieinander gehalten hätten. Trotzdem fanden sich ihre Hände und hielten einander fest.

»Er sagt, er kann unser aller Schicksal sein«, übersetzte sie.

»Ist das eine Drohung?«, fragte Kryes bissig.

»Nicht primär. Es kann eine Drohung sein. Oder ein Angebot.«

»Was will er uns anbieten? Uns nicht zu fressen? Wir können uns wehren.«

Shernay nickte.

»Ihr könnt einander Schaden zufügen, aber wozu? Er bietet an, sich an der Bewachung Reyaluns zu beteiligen. Kundschaftertätigkeit aus der Luft. Dazu braucht er jemanden, der mit ihm reden kann. Das bin im Moment nur ich.«

Der Vogel war eindeutig klüger als sie.

»So geht das nicht!«, zischte Myrge, deren fiebrige Augen zeigten, dass sie die Verwundung noch nicht ausgestanden hatte. »Gesetz ist Gesetz.«

»Ja, und Vorteil ist Vorteil!«, fiel Garru in das Gespräch ein.

»Das hieße, du müsstest mit zurückkommen und dich dem Urteil des Mütterrates und der Grovattern unterwerfen«, sagte Kryes milde. »Hast du das bedacht?«

Hatte sie nicht. Sie würde Deruonn verlassen müssen. Für immer. Sie rang nach Atem, spürte, wie ihre Gefühle und Gedanken in vollkommener Unordnung zerstoben. Garrus trainierte Musikerfinger zerdrückten ihr fast die Hand. Was er wollte, wusste sie. Sie sollte zurückgehen.

Der große Vogel zuckte, als etwas schnell wie eine Drachenfliege angeflogen kam. Es machte kein Geräusch, schlug nur mit der Spitze gegen die Lederhaut des Buzzards und fiel dann herunter.

Shernay wusste, was es war und wer es verschossen hatte. Sie hatte keinen Zweifel, dass es giftig war.

Wollte Deruonn sicherstellen, dass sie nicht zurückging?

Oder wollte Gemryn dafür sorgen, dass die Bewahrer sie für ihn aus dem Weg schafften?

Oder war das nur der erste Pfeil von vielen?

85

Man hatte dem Weisesten Orstyn gesagt, er solle zurückbleiben. Das hätte er gerne getan, doch ein nicht zu ergründendes Gefühl hielt ihn davon ab, sich aus der Truppe zu lösen. Die ganze Reise über hatte er sich verfolgt gefühlt. Zu keiner Zeit hatte er jemanden gesehen, und auch die Späher der berittenen Einheit hatten bei ihrer bestenfalls halbherzigen Suche nie jemanden gefunden. Seine Bedenken hatten ihn nur Ansehen und Respekt gekostet.

So ritt er im hinteren Drittel des Zuges und verfluchte mit jeder Bewegung seines Pferdes den Fyrsthen von Kahsell und sich selbst. Kampfhandlungen. Natürlich waren die zu erwarten gewesen. Zweimal hatten am Wegesrand Leichen gelegen, und der Gestank der Blutspuren auf den Straßensteinen hatte sich mit dem der verrottenden Kampfopfer vermischt. Dennoch hatte Orstyn bis zuletzt gehofft, der Angriff auf den Treck wäre längst abgewehrt.

Doch so war es nicht. Der Treck war weitergezogen, ohne die Toten richtig zu bestatten, weil er weitere Angriffe fürchtete. Zu Recht, wie sich nun herausstellte.

Menschen kämpften, als die Truppe in Sichtweite der Wagen kam. Es lagen jedoch auch viele tot oder verletzt auf dem Boden. Wer gerade verlor oder gewann, war nicht auszumachen.

Plötzlich befürchtete Orstyn, die Flynnter würde auf ihre eigenen Verbündeten schießen. Wenn sie das mit Flugfeuer taten, dann würde Orstyn das grausame Feuer, dessen Geheimnis er erneut in die Welt geworfen hatte, am eigenen Leibe zu spüren bekommen. Tatsächlich sah er jemanden auf einem Wagen, der einen irgendwie dicken Pfeil auf sie richtete.

Ihm wurde heiß und kalt vor Angst. Sollte er jetzt selbst an diesem Feuer sterben? Wenn es einen traf, brannte es unlöschbar, bis von der Substanz nichts mehr da war. Es verbrannte rückstandslos und legte alles in Asche, das es berührte.

Orstyns Blick fiel auf das Banner, das der Fahnenträger hochhielt. Darauf war eindeutig das Wappen Kahsells neben dem Flynnts zu sehen. Auch trugen die Soldaten die flynntischen Farben.

Doch vielleicht hatten die Edunayuni den Wagen schon längst erobert? Dass sie von der Substanz wussten, war unzweifelhaft, sonst hätten sie diesen wahnwitzigen Überfall mitten im Feindesland nicht gewagt. Umgehen konnten sie damit nicht, jedenfalls sicher nicht besser als die Kahseller. Niemand hatte die Substanz als Kampfmittel bislang getestet.

Oder doch? Sie waren an einem verbrannten Stück Makye vorbeigekommen. Hatte man hier etwas ausprobiert? Ein gewagtes Spiel bei so dichter Vegetation und so wenig Möglichkeit, einem Flächenbrand auszuweichen.

Er schaute nach rechts – und sah etwas. Oder meinte, etwas zu sehen. Im Gesträuch zwischen Straße und den aufragenden Felsen des Gebirges hatte sich was bewegt. Sein Sinn ergänzte den flüchtigen Eindruck. War das ein Gesicht gewesen?

Er wusste, es war eine menschliche Eigenheit, in allem ein Gesicht zu sehen, im Mond, in den Wolken, in zufälligen Mustern. Die Sinne vervollständigten zufällige Linien, damit man sich wappnen konnte.

Es mochte nur der Wind gewesen sein, der die Blätter zu einem Muster geformt hatte. Doch sein Argwohn meldete ihm Gefahr. Sein Misstrauen ließ ein Bild vor seinem geistigen Auge entstehen. Ein kalter Schauer rieselte ihm über den Rücken.

Keyt. So hatte sie geheißen. Er hatte sie getötet.

Sie konnte es also nicht sein. Seine Angst flüsterte ihm Unsinn ein. Schemenjäger waren nicht unsterblich. Wer tot war, blieb tot.

War sie wirklich tot gewesen? Schemenjäger hantierten mit Gift. Machte sie das unempfindlicher?

Er merkte, dass seine Hände zitterten. Während er weiter versuchte, sich selbst zu überzeugen, seine Sinne hätten ihm einen Streich gespielt, blickte er starr zur Seite ins Gestrüpp.

»Da ist jemand!«, ließ er die Soldaten neben sich wissen. »Da ist ein Feind!«

Nun schauten auch die kurz nach rechts.

»Weisester, da ist nichts. Der Feind ist dort vorn.«

Das Signalhorn erklang, und die Reiter gaben ihren Tieren die Sporen. Was sollte er tun? Mit in den Kampf reiten? Oder den Kampf aus sicherer Entfernung beobachten – die allerdings nur dann sicher war, wenn die Schemenjägerin nicht von den Toten auferstanden war, um sich zu rächen? Wovor musste man mehr Angst haben?

Er ritt mit der Truppe. Sie waren in der Überzahl, sie würden siegen.

Während er angaloppierte, sah er erneut Bewegung rechts von ihm. Schemenjäger, so hieß es, waren unsichtbar. Wenn sie da wirklich steckte, würde er sie gar nicht sehen. Doch er spürte schon lange, dass er verfolgt wurde. Er wurde sich zunehmend sicherer: Sein Gefühl hatte ihn zu keinem Zeitpunkt getrogen.

Sie war hinter ihm her.

Oder er wurde langsam wahnsinnig.

Wieder sah er sie beinahe. Tatsächlich sah er sie fast überall – und dann doch nicht. Tat sie das mit Absicht, um ihm Angst einzujagen? War das Teil der Rache? Ihn vor Furcht schwitzen zu lassen, bis er jede Achtung anderer und vor sich selbst verlor?

Oder bildete er es sich doch nur ein? Sollte sie da sein – wieso lebte er überhaupt noch?

Der Kampf dauerte nur kurz. Es waren zu wenige Feinde übrig, die sich der Übermacht hätten entgegenstellen können.

»Ihr seid höchst willkommen!«, sagte ein junger Mann, dessen Augen Orstyn nicht nur an den Graaven von Flynnt erinnerten. In Reyalun hatte es auch immer wieder Menschen mit solchen Augen gegeben. Er wusste, sie konnte ein altes Erbe von jenen Rätseln sein, die die Macht besessen hatten, die Urgorrn zu besiegen, vielleicht aber auch nur ein Zeichen, dass der Graav von Flynnt ein ausschweifendes Sexualleben hatte.

Entschlossen ritt Orstyn auf den Kämpfer zu und drängte sich vor den Offizier seiner Truppe. Seine Stellung musste er hier und jetzt zurückerobern.

»Wir hatten gehört, der Treck nach Flynnt wäre möglicherweise in Schwierigkeiten. Der Fyrsth höchstselbst schickt uns«, erklärte er und bemühte sich, wichtig und mutig zugleich zu klingen.

»Wir danken dem Fyrsthen – und Euch. Das war Hilfe in letzter Minute. Ich bin Griðyon, Adjutant des Graaven von Flynnt und derzeit dazu noch Führer dieser ... Karawane.«

»Orstyn. Großmeister der Historien, Denker des Reichsherrn und Sinne des Fyrsthen.«

Griðyon nickte eine allzu knappe Verbeugung. »Weisester.«

»Wer waren die Angreifer?«

»Edunayuni.« Der junge Mann wandte sich kurz ab und rief den Soldaten zu: »Nehmt den Rest gefangen. Wir wollen sehen, was sie zu sagen haben.«

»Sie tragen kein Wappen«, stellte Orstyn fest. »Sicher, dass es Edunayuni sind?«

»Sie werden halb Kahsell nicht mit einem feindlichen Wappen durchquert haben. Ich kannte ihren Führer: Jaspro Hardegen.«

»Der persönliche Berater Fyrsth Berrendis'? Persönlich?« Orstyn konnte das kaum fassen. Auf der anderen Seite war er auch Berater seines Fyrsthen und hier unterwegs.

»Höchstselbst.«

»Wo ist er?«

»Tot.« Etwas schien in der Aussage zu fehlen, doch Orstyn wusste nicht, was.

»Das ist schade«, sagte er freundlich.

»Nur bedingt.«

Orstyn sah den jungen Mann an. Die Schärfe seiner Stimme sprach von einem schweren Kampf.

»Was ...?«

»Hardegen ließ seine Truppe hier am Ende des Trecks beim Wagen mit dem Flugfeuer kämpfen. Er selbst hielt sich mit seiner persönlichen Garde weiter vorne auf. Er meinte wohl, das wäre sicherer für ihn.« Eine gewisse Befriedigung schwang in Griðyons Stimme, und Orstyn verstand. Der Mann hatte den Feind – höchstselbst – erledigt. Guter Mann.

»Ist das der ganze Treck?«, fragte der Offizier der Kavallerie, der Orstyn einen ärgerlichen Blick zuwarf.

»Nein. Drei Wagen sind nach Norden durchgebrochen. Auf ihnen befindet sich die Graavessa. Wir müssen hinterher. Sie hat als Begleitung nur einen Kämpfer, zwei Kutscher, eine Kutscherin und einen Bibliokanten dabei.«

Mit ein paar knappen Gesten bedeutete Griðyon, die Verletzten aufzuladen, die schwerer zerstörten Wagen zur Seite zu schieben, und schon brachte ihm jemand sein Pferd.

»Wo ist der Graav?«, fragte der Offizier.

»Mit einer Einheit Richtung Flynnthaven geritten, als die Botschaft kam, es würde angegriffen. Der Treck wäre zu langsam gewesen.«

Der Offizier nickte.

»Aufsitzen!«, befahl er. »Es geht weiter!« Dann sah er Griðyon an. »Ihr bleibt beim Treck.«

»Nein. Ich komme mit.« Griðyon glitt in einem Satz auf ein Pferd und bedeutete einem seiner Leute, die Führung des Trecks zu übernehmen.

»Meinetwegen«, sagte der Offizier. »Wenn Ihr vom Kämpfen noch nicht genug habt! Wir lassen Euch Männer zur Begleitung da. Der Rest von uns reitet vor.« Er wollte seinem Pferd die Sporen geben, doch Orstyn unterbrach.

»Eins noch!«, sagte er. »Westlich der Straße im Gebüsch hält sich jemand verborgen. Ich habe sie – ihn gesehen.«

Der Offizier nickte desinteressiert zweien seiner Leute zu, die beide den Eindruck machten, als hätten sie die Gurnbuschblätter nicht alle fortgeworfen und sich zum Sieg gerade ein wenig heimliches Geknabber gegönnt.

»Ihr seht nach und folgt uns dann.«

Orstyn warf einen letzten Blick auf die beiden. Er würde sie nicht wiedersehen. Zumindest nicht lebend.

Er warnte sie nicht. Sie hätten ihm ohnehin nicht geglaubt. Er hatte selbst gesagt, dass es die Xyi nicht gab, und er war Großmeister der Historien, Denker des Reichsherrn und Sinne des Fyrsthen und somit absolut glaubwürdig.

86

Der zweite Wagen hat Flugfeuer geladen!«, berichtete Nimry hastig, ohne sich aus den Armen des Mannes zu lösen, der ihr Gatte war. Irgendwie waren es gute Arme. Sie zitterte immer noch. »Wir brauchen einen zielsicheren Bogenschützen. Berstel, der Bibliokant, ist sicher keiner.«

Er legte seine behandschuhte Hand vorsichtig an ihr Gesicht und hob es empor, sodass er ihr in die Augen sehen konnte. Einen Augenblick lang war ihr, als versänke sie in dem feurigen Blau.

Hatte das Ungeheuer auch blaue Augen gehabt? Sie war nicht sicher.

»Du hast Flugfeuer mitgebracht?« Er klang ungläubig und begeistert zugleich.

»Einen Teil. Griðyon hat die Ladung aufteilen lassen.«

»Wo ist er?«

»Verteidigt den Rest des Trecks gegen Angreifer.«

»Holturer?«

»Er hat den Berater des Fyrsthen von Edunayu erkannt. Jaspro Hardegen, und der war kein …«

Doch Morrgjar hatte sich bereits abgewandt. Er zeigte auf drei seiner Leute.

»Du, du und du«, deutete er. »Ab auf den Wagen dahinten. Helft dem Bücherwurm. Schießt Flugfeuer über uns hinweg auf die Holturer. Beeilt euch. – Und trefft nicht aus Versehen uns!«

»Marejal! Wie schießt man Flugfeuer?«

»Der Bibliokant wird es euch sagen.«

»Der weiß es doch auch nicht!«, unterbrach Nimry. »Nur Griðyon weiß, wie es geht.«

»Wieso weiß Griðyon … einerlei.«

»Er hat es ausprobiert. Wir sind drei Mal überfallen worden.« Sie versuchte, es mit fester Stimme zu sagen, doch sie konnte ein Beben nicht unterdrücken.

Seine Augenbraue zuckte. »Drei Mal? Und du lebst noch?«

»Das erste Mal haben wir sie zurückgeschlagen. Das zweite Mal hat Griðyon Flugfeuer verschossen. Da sind sie weggelaufen. Zumindest die, die noch laufen konnten. Das dritte Mal kamen sie von der Seite.«

Doch er hörte ihr schon nicht mehr zu, teilte seine Soldaten ein, befahl die wieder her, die schon in Richtung Norden liefen. Dabei ließ er Nimry los, und sie trat von ihm zurück. Sie sah zu, wie er die kleine Truppe befehligte. Er war so ganz anders als der Fyrsth. Es war ihr, als sähe sie ihn zum ersten Mal. Nun, oft hatte sie ihn ja tatsächlich noch nicht gesehen, ihren Gatten. Er war immer noch ein Fremder.

Sie ergriff ihn am Arm, der muskulös war, hart und mit Leder geschützt. Ihre Hand war zu klein, um ihn richtig zu fassen.

»Ich muss es jetzt wissen«, sagte sie und wusste, dass sie Unsinn redete. Den Mund hätte sie halten sollen. »Was hast du mit deinen vier Frauen gemacht?«

Sein Kopf flog herum. Wütende Augen schauten auf sie herab.

»Das fällt dir jetzt ein?«, zischte er. »Vor uns Feinde, hinter uns Feinde, und du möchtest Auskunft über meine früheren Ehen?«

»Ich habe ein Recht, es zu wissen.«

Er atmete tief ein. Sie versuchte, keine Furcht zu zeigen, sah ihm direkt in die Augen.

»Ich habe keiner meiner Frauen etwas getan. Manche mochte ich mehr, manche weniger. Dynastische Ehen, allesamt. So wie du auch. Sie starben an plötzlichen Krankheiten.«

»Gift.«

»Wenn ja, dann habe ich es ihnen nicht gegeben.«

»Dann hast du einen Verräter bei dir.«

Er hatte sich schon wieder abgewandt und beorderte die einen hierhin, die anderen dorthin.

Sie hätte nicht fragen sollen. Was er sagte, hatte keinen Wert, mochte stimmen oder nicht. Doch sie wollte ihm so gern glauben.

Nun wandte er sich ihr wieder zu. Sein Gesicht war angespannt.

»Da ich meine fünfte Frau nicht auch noch verlieren will, verbirg dich da hinten im Gesträuch vor den Felsen. Dort sind Gefangene. Halt dich von ihnen fern. Sie sind gefährlich. Aber sie sind gefesselt.«

»Kann ich nicht …«

»Mädchen – Nimry von Flynnt. Du kämpfst mit viel Glück und sehr wenig Geschick. Auf Glück kann man sich nicht verlassen.« Er sah sie kritisch an. »Ich möchte dich behalten, wenn's recht ist.«

Schon hatte er sich wieder abgewandt und sie stehen gelassen. Sie sah ihm hinterher, beobachtete einen Augenblick lang, wie die Soldaten die Toten zur Seite zogen, um Platz zum Kämpfen zu haben. Dann lief sie ins Gebüsch, schob sich durch die Sträucher auf die Felsen zu, die dahinter ziemlich steil zum Gebirge hin anstiegen.

Sie fand die Gefangenen. Drei von ihnen waren nicht gefesselt, und etwas absolut Schreckliches stand bei ihnen. Nimry erstarrte. Ein riesiger Vogel, größer als die Menschen, federlos und hässlich.

Mit blauen Augen.

Nimry stand nur da und starrte auf die Szene. Irgendetwas musste geschehen sein. Waren diese Menschen eben noch einfach reglos gewesen, so lösten sie sich nun, und drei von ihnen stürzten sich weiter ins Gebüsch, als suchten sie dort etwas.

Die Frau und der Mann mit dem langen blonden Haar hingegen waren stehen geblieben, wo sie waren. Die Frau hielt ihren Arm ausgestreckt, als wollte sie die anderen überreden, dies nicht zu tun. Dem Mann, der offenbar an sie gefesselt war, blieb nichts übrig, als den Arm ebenfalls auszustrecken.

»Vorsicht!«, rief er. »Der Mann ist gefährlich! Er hat schon Tomo aus dem Hinterhalt ermordet.«

»Hat er nicht!«, begehrte die Frau auf. »Die Soldaten …«

»Das waren nicht die Soldaten. Du weißt, wer das war!« Er klang frustriert.

Nimry erfasste nicht einmal näherungsweise, was gerade geschah, begriff nur, dass die Gefahr nicht vorüber war. Sollte sie zurück zur Straße gehen? Dem Graaven berichten, dass sich seine Gefangenen losgemacht hatten? Dass ein Ungeheuer im Gebüsch steckte?

Das Monster drehte den Kopf nach ihr, als hätte es sie gehört. Sie wich erschrocken einen Schritt zurück. Ihre Hand flog zum Mund, als müsse sie sich selbst zum Schweigen bringen. Da waren sie wieder, diese blauen Augen.

Monster. Das zweite schon an diesem Tag. Doch dieses war immerhin kein Wurm. Ob das besser war? Ob es Menschen fraß? Ob es sie mit seinem langen, spitzen Schnabel angreifen würde?

»Schönes Vögelchen«, murmelte sie, als spräche sie einem Haustier zu. »Tu mir nichts!«

Der Vogel gab ein schnarrendes Geräusch von sich, betrachtete sie und wandte sich dann desinteressiert ab. Vor ihrem Schwert hatte er offenkundig keine Angst. Dann trat er zwischen die Blonden und die anderen, die im Gesträuch weiter hinten nicht eben geräuschlos nach etwas suchten.

»Keiner da!«, erklang eine frustrierte Stimme.

»Er muss da sein!« Ein wenig Panik schwang in dieser Aussage mit.

»Nichts zu sehen. Spuren auch nicht.«

»Er hat einen Blasrohrpfeil geschossen! Das kann man nicht aus großer Entfernung!«

»Wenn er hier noch irgendwo steckt, kann er uns mit diesen Pfeilen einen nach dem anderen …«

»Er kann sich doch nicht in Luft aufgelöst haben!«

»Ein unsichtbarer Meuchelmörder?«

Danach wurde es auf eine Art still, die noch erschreckender war als die panikartige Suche zuvor.

Die Frau mit den fiebrigen Augen brach zuerst aus dem Gebüsch hervor.

»Shernay von Reyalun! Mit wem hast du dich da eingelassen?«

Die blonde Frau sagte nichts.

»Ein Assassine? Ein Xyi-Mörder? Ist er das?«, drängte die Verletzte. »Bist du völlig wahnsinnig geworden?«

»Es gibt keine …«

»Sei nicht albern!«

»Er ist Forscher für den Fyrsthen von Kahsell und ein guter Kämpfer. Das ist alles.«

Es schien nicht so, als glaube irgendjemand der Frau. Nimry wusste auch nicht, was sie glauben sollte. Jeder wusste, dass es die Xyi und die Urgorrn nicht wirklich gab. Genauso wenig wie Schlangenwürmer, die aus Menschen krochen, und geflügelte Untiere.

Erst als ihr Hinterteil auf dem Boden aufschlug, merkte sie, dass ihr bei der plötzlichen Erkenntnis, dass alles ganz anders war, die Knie weich geworden waren. Ihre Welt hatte sich heute verändert.

Erschrocken versuchte sie, sich wieder aufzurappeln. Die ehemaligen Gefangenen hatten sie nun entdeckt, und auch der Vogel blickte wieder in ihre Richtung.

»Wer ist das?«, fragte der Älteste.

Sie starrte ihn misstrauisch an. Doch niemand machte Anstalten, ihr etwas zu tun.

»Nimry von Flynnt«, stellte sie sich vor. »Ich soll mich hier verstecken.«

»Es ist gefährlich hier.«

»Das hat der Graav auch gesagt. Ihr seid gefährlich, hat er gesagt.«

»Kind, für dich sind wir nicht gefährlich.«

»Die korrekte Anrede ist ›Erlaucht‹«, korrigierte sie kalt. Sie war kein Kind mehr. Sie deutete auf den Vogel.

»Was ist das?«

»Ein Riesenbuzzard«, antwortete die Blonde. Wieso war die eigentlich noch gefesselt? Warum befreiten die anderen sie nicht?

»Ist ein Riesenbuzzard gefährlich?«

»Das kommt drauf an, für wen.«

»Ist er abgerichtet?« Nimry kannte die Jagd mit zahmen Raubvögeln. Der Fyrsth mochte die Beizjagd. Sie selbst hatte nie teilnehmen dürfen.

Die schöne, blonde Frau lächelte.

»Nein«, sagte sie. »Er ist intelligent. Er entscheidet ganz allein.«

»Shernay kann mit ihm reden«, sagte der junge Mann.

Der ältere Kämpfer unterbrach unwirsch: »Wir haben keine Zeit für höfliche Unterhaltungen. Im Gebüsch steckt irgendwo ein Meuchelmörder. Er will uns umbringen.«

»Uns alle?«, fragte Nimry erschrocken.

Der andere Mann schüttelte den Kopf.

»Uns. Kryes, mich, Myrge und vermutlich auch«, er deutete mit dem Kopf auf den Blonden, »Garru. Der Mann ist vermutlich ein Xyi.«

»Warum seid ihr dann nicht schon tot?«, fragte Nimry. Dann trat sie vor und holte ihr Messer aus dem Stiefel.

»Ich schneide euch erst einmal los!«, sagte sie und trat auf die beiden jungen Menschen zu.

»Nein!«, widersprach Kryes. »Shernay ist unsere Gefangene.«

»Ihr seid allesamt die Gefangenen meines Mannes, des Graaven von Flynnt«, gab Nimry zurück. Kryes trat ihr in den Weg. Er war groß und breit, und Nimry hatte den Eindruck, dass er, wie auch seine beiden Begleiter, zu kämpfen verstand. Sicher besser als sie.

Sie wartete nicht ab. Sie stieß Kryes mit der Rechten vor die Brust, sodass er rückwärts stolperte. Er hatte damit nicht gerechnet. Dann spürte sie einen stechenden Schmerz in der Hand, die dort verharrt hatte, wo der Mann eben noch gestanden hatte. Ein winziger, fedriger Pfeil steckte in ihrem Handschuh und war durch das Leder gedrungen.

Ein Giftpfeil. Nun würde auch Morrgjars fünfte Frau an Gift sterben.

Sie fiel.

87

Es war sein letzter Blasrohrpfeil gewesen, und Gemryn verfluchte die Edle Nimry, die er weder hier erwartet noch zu treffen beabsichtigt hatte. Man hatte die Kleine also verheiratet. Sie wirkte älter und weniger unschuldig, schüchtern und niedlich, als er sie in Erinnerung hatte. Graavessa von Flynnt. Der Graav hatte wirklich kein Glück mit der Lebenserwartung seiner Gattinnen.

Gemryn balancierte auf einem Ast und wechselte den Baum. Die Bewahrer hatten ihn auf dem Boden gesucht. Er hatte sie von oben beobachtet. Nur einmal hatte der, den sie Doran nannten, hochgesehen, doch Gemryn war hinter Ästen und Blättern gut verborgen gewesen. Der Blick war ohne ein Erkennen über ihn hinweggeglitten. Es hatte sich gelohnt, dass er sich mit Zweigen und Blättern getarnt hatte, sodass er einem Betrachter wie ein Waldgeist erschienen wäre – hätte ihn denn einer betrachtet. Aber niemand sah ihn.

Sie waren doch nicht so perfekt, die Bewahrer! Was sie von ihm unterschied, war, dass er sich in den letzten fünfzehn Jahren aktiv von einer blutigen Aufgabe zur nächsten gearbeitet hatte, während sie die Ahnder von Verfehlungen waren, die in Reyalun so gut wie nie vorkamen. Ihnen fehlte die praktische Übung. Sie kannten ihre Aufgabe, wie Shernay das Meer kannte. Sie konnten gut kämpfen und Fährten lesen und waren getragen von Pflichtbewusstsein und moralischer Entrüstung. Doch sie waren nicht abgefeimt genug, um gegen jemanden zu bestehen, der mehr war als nur ein Flüchtling aus Reyalun.

Gemryn lächelte grimmig. Shernay hatte ihn nicht verraten, und doch glaubten die Bewahrer nun zu wissen, was er war. Eine gewagte Schlussfolgerung, die immerhin belegte, dass man in Reyalun sehr wohl von der Existenz der Xyi wusste. Noch ein Grund, seine Erkenntnisse über den geheimen Wissenshort an den Schemenrat weiterzugeben. Eine ausgesuchte Handvoll seiner Geschwister würden das Tal schnell zu einem Ableger des Berges machen. Man würde ihn belobigen. Seine Zugangsberechtigung zum Schemenrat?

Dennoch war er unzufrieden. Er hatte auf die falschen Leute gezielt. Shernay lebte noch.

Deruonn kämpfte sich mühsam nach vorn. Wenn er mitten in einer Aufgabe steckte, war das umso schwieriger, denn es war nicht vorgesehen, dass sein Wesen seinen Körper lenkte. Doch er hatte immer noch so etwas wie einen Willen, auch wenn die Seelenwechsel sich schneller hin und her vollzogen als je zuvor und sein Wille hin- und herschwankte.

»Shernay …« Er sprach den Namen nicht laut aus, ließ ihn nur in seinem Sinn erklingen. Er klang zusehends fremder, als trenne sie plötzlich ein stetig anschwellender Fluss. Er kämpfte gegen seine Zerrissenheit an. Zerrissenheit half nicht. Er musste eine Mitte finden.

Er hatte ihr versprochen, auf sie achtzugeben. Schutz hatte er ihr angeboten. Es widerstrebte ihm, dass sein Wort so gar nichts wert war. Es schmerzte ihn, dass er etwas anderes wollte als Gemryn und doch letztlich wusste, dass es keine andere Lösung geben konnte und nie gegeben hatte.

Er verschwand wieder im Blätterwald einer der Baumkronen. Unter ihm durchsuchten die beiden männlichen Bewahrer erneut das Gestrüpp. Sie hielten ihre Waffen kampfbereit in den Händen. Ihre Gesichter zeigten Entschlossenheit, aber auch Angst. Sie taten gut daran, ihn zu fürchten.

Nun teilten sie sich auf. Gemryn vertrieb Deruonn aus dem Vordergrund und lächelte. Einer nach dem anderen. Man machte es ihm leicht. Es wäre schlauer gewesen, zusammenzubleiben und sich gegenseitig Rückendeckung zu geben.

»Danke sehr«, wisperte er lautlos und lächelte zynisch.

Der Jüngere der beiden hatte keine Zeit zu schreien, als er ihm die Kehle durchschnitt. Gemryn hing dafür kopfüber an den Knien von einem Ast. Schon war er wieder fort, während der Bewahrer sein Blut aus einem breiten Grinsen vergoss, das nicht in seinem Gesicht lag.

Deruonn rang vergeblich um die Vorherrschaft in seinem Körper und seiner Seele. Der große Vogel hatte sicher nicht gewusst, was er tat, als er Deruonn eine Erinnerung freigegeben hatte, die zusehends ihn lähmte, während sie Gemryn stärkte.

Der Buzzard hatte nicht ausgesehen, als habe ihm der Blasrohrpfeil irgendetwas ausgemacht.

Von einem Baum zum Fels der Steilwand. Dann schnell hoch. Hinter einem Vorsprung verbarg sich Gemryn und blickte hinunter. Von hier aus konnte er die Menschen im Gesträuch nur undeutlich sehen. Auch den älteren Bewahrer sah er lediglich an der Bewegung des Blattwerks unter ihm. Noch hatte der seinen Gefährten nicht gefunden. Doch es war nur eine Frage der Zeit.

Nun ließ Gemryn seinen Blick über die Straße gleiten. Aus seiner erhöhten Position sah er weiter als die Soldaten unten. Aus dem Norden galoppierte eine Einheit Kämpfer herbei. Die Farben Holturs flatterten im Wind. Die Truppe schien es eilig zu haben. Vermutlich hätten sie gleichzeitig mit jenen Kämpfern aus Richtung Flynnthaven eintreffen sollen. So in die Zange genommen, wären die Flynnter jetzt schon tot gewesen.

Doch das hier konnten die Flynnter unmöglich überleben. Sie hatten schon zu viele im letzten Kampf verloren, um sich jetzt noch einmal gegen eine Übermacht zu behaupten. Während sich Gemryn in einer Art unbeteiligter Neugier die Sache ansah, beugte sich Deruonn erneut nach vorne. In Jorgvil war sein langfristiger Befehl vom Berg gewesen, die Geschehnisse zu beobachten und darüber zu berichten, ohne einzugreifen.

So würde er auch jetzt nicht in eine Schlacht eingreifen. Er würde tun, was seine Geschwister und er zumeist taten: zusehen und berichten. Bis ein Befehl kam.

Etwas ließ ihn den Kopf wenden. Männer rannten auf einen der drei Wagen zu, die aus dem Süden gekommen waren, klägliche Reste eines geschundenen Wagenzuges. Ob die Edle Nimry damit angekommen war? Einerlei. Sie war vergangen. Die Blasrohrpfeile bargen ein starkes Gift, und sie war kein Riesenbuzzard.

Er versuchte, den vergorrnten Vogel auszumachen. Unter dem Blätterwald war das nicht einfach. Er hatte ihn ins Auge treffen wollen, da er nicht wusste, wie dick dessen ledrige Haut war. Gezielt hatte er richtig, doch das Biest hatte sich im letzten Moment geringfügig bewegt. Ob das Gift wirkte, wenn der Pfeil noch nicht einmal steckenblieb, wusste Gemryn nicht. Er wusste nur, es wäre falsch, sich darauf zu verlassen, dass dieser besondere Feind jetzt ausgeschaltet war.

Er erwartete jeden Moment, das große Tier aus dem Gestrüpp fliegen zu sehen, doch vielleicht gab es zu viel Geäst, als dass es seine gigantischen Flügel hätte ausbreiten und fliegen können. Dann müsste es laufen. Auf seinen großen Krallenfüßen daherstaksen wie ein überdimensioniertes, nacktes Huhn.

Jetzt hatten die Soldaten den Wagen erreicht. Eine Frau saß auf dem Kutschbock, die Haube ins Gesicht gezogen. Sie hielt Pfeil und Bogen, als wolle sie damit Staub wischen. Die Soldaten nahmen ihr die Waffe ab. Doch es schien nicht so, als griffen sie sie an. Irgendetwas war merkwürdig an ihr.

Das Geschehen faszinierte ihn, denn er konnte es nicht einschätzen. Ein kurzer Blick nach Norden zeigte ihm, dass die Holturer stetig näher kamen. Schon sah er wieder auf den Wagen. Dort spannte einer der Soldaten einen Bogen, zielte hoch, als wollte er den Himmel treffen. Deruonn verstand, dass er über die eigenen Leute hinwegschießen wollte, doch was sollte das bezwecken? Ein einzelner Schütze von der falschen Seite der Truppe? Man konnte so unmöglich einen bestimmten Feind treffen, war in ungebührlichem Maß dem Zufall ausgeliefert.

Dann flog der Pfeil. Wie ein Feuerblitz raste er auf elliptischem Weg über die eigenen Leute hinweg und fiel jenseits von ihnen auf die Straße, um dort in helle, grüne Flammen aufzugehen und mit einer Heftigkeit zu brennen, die weit über das Erwartete hinausging. Was konnte an einem so dünnen Pfeil so lange brennen?

Die ankommenden Reiter hatte er nicht getroffen. Die ersten Pferde scheuten dennoch, doch die Reiter zwangen sie weiterzulaufen.

Der nächste Pfeil traf einen Mann.

»Gah!« Deruonn, der sonst gewohnt war, in absoluter Stille zu verweilen, wenn er etwas aus dem Verborgenen beobachtete, entschlüpfte dieser Laut, als der Mann auf dem Pferd in Flammen aufging. Deruonn kannte Brandpfeile. Bei Belagerungen setzte man sie ein. Trafen sie Holz oder Stroh, so mochten sie einen Brand entfachen.

Doch dies war mehr. Einen Menschen so brennen zu sehen war nicht nur grauenhaft, es war vor allem auch außergewöhnlich. Das Pferd hatte ihn sofort abgeworfen, doch auch der Sattel brannte, und das Tier preschte panisch und voller Schmerz auf die Flynnter zu. Ein Armbrustbolzen traf es, und es brach tot zusammen. Er hatte nicht gesehen, wer geschossen hatte, doch mit Sicherheit hatte er dem Pferd ein grausameres Ende erspart. Es loderte immer noch lichterloh.

Inzwischen flog noch ein flammender Pfeil vom Wagen, dann noch einer und wieder einer. Es fiel Deruonn auf, dass die Geschosse erst in der Luft zu brennen begannen, dann aber mit erstaunlich heller Flamme.

»Interessant«, flüsterte Gemryn.

»Gemetzel«, flüsterte Deruonn.

»Großflächiges Töten!« Gemryn war fasziniert.

»Eine neue Waffe.« Deruonn war beunruhigt.

»Oder eine alte. Der Berg muss es erfahren.«

Der Angriff der Holturer war abrupt zum Stehen gekommen. Soldaten brannten. Pferde scheuten und bockten. Die ersten nahmen in Richtung Norden Reißaus. Andere versuchten, sich nach Westen davonzumachen, und galoppierten an der Kreuzung in Richtung Flynntburg. Wieder andere waren auf die Straße in der Byarla-Schlucht abgebogen und schon nicht mehr zu sehen.

Der Graav hob einen Arm und rief etwas. Die Männer auf dem Wagen stellten den Beschuss ein. Dafür stürzten sich die Flynnter Soldaten in den Kampf und zogen die wenigen Holturer, die noch nicht davongestoben waren oder brannten, von den Pferden. Ein prächtig gekleideter Offizier wurde zum Graaven gebracht. Zwei Flynnter entwaffneten ihn und hielten ihn fest.

Von seiner Position aus konnte Deruonn nicht hören, was gesprochen wurde, doch es sah aus, als stelle der Graav von Flynnt Fragen. Es sah auch aus, als beantwortete der Offizier keine davon. Er sah sich nur über die Schulter nach seinen Leuten um.

Doch es waren keine mehr da. Die, die nicht schnell genug geflohen waren, verbrannten auf der Straße.

88

Myrge hielt die junge Frau im Arm und stützte sie. Shernay und Garru knieten daneben. Moos und Gras waren voller Blut. Es rann der Graavessa aus der Hand, dort, wo Myrge blitzschnell mit dem Messer den zarten Arm der jungen Frau mitsamt dem Handschuh, der nun nur noch umgestülpt an den Fingern hing, aufgeschlitzt hatte. Shernay konnte nicht sehen, wo die Verwundung durch den Blaspfeil war. Myrge hatte im Versuch, das Gift sofort aus der Wunde bluten zu lassen, tief und weit geschnitten. Ob das irgendetwas nützen würde, wusste niemand.

Nimry von Flynnt war totenbleich. Ihre Lider flatterten. Sie leckte sich immer wieder die Lippen. In ihrer unverletzten Hand hielt sie ein Amulett, dessen Inhalt sie sich in den Mund geschüttet hatte. Es war ihre letzte bewusste Bewegung gewesen. Gesagt hatte sie nichts. Ganz still war sie gewesen, nur ihre Augen waren riesig und weit und voller Panik.

»Was hat sie da geschluckt?«, fragte Garru.

»Wollen wir hoffen, es ist ein Gegengift«, flüsterte Myrge. »Giftpfeile machen keine tiefen Wunden. Dafür muss das Gift besonders übel sein. Ich hoffe, es ist kein Flussquallengift.«

»Tödlich?«

»Auf übelste Weise.«

Wie als Antwort krümmte sich die Graavessa zusammen und stieß einen dünnen Schrei aus. Ihr ganzer Körper bebte und zuckte. Sie verkrampfte sich und bog sich beinahe zu einer Acht.

»Mach uns schon los, Myrge!«, drängte Garru. »Wie sollen wir sonst helfen?«

Myrge starrte Shernay einen Moment lang bitter an und folgte dann der Aufforderung. Shernay rieb sich die Handgelenke.

»Kann sie verbluten?«, fragte sie Myrge.

»Ich habe keine Schlagader zerschnitten.«

»Wir sollten sie zu ihrem Mann bringen«, meinte Garru. »Sie lebt noch. Vielleicht …«

»Er kann sicher keine Wunder wirken. Außerdem ist er beschäftigt.«

»Wenn wir sie einfach hier liegen lassen, wird er denken, wir hätten sie vergiftet.«

Myrge sah ihn an.

»Haben wir nicht!«

»Unerheblich. Außerdem mag es mitten im Schlachtgetümmel sicherer sein als hier. Vier weitere Giftpfeile, und dein Geliebter ist aller Sorgen ledig.« Garru sah Shernay kritisch an. »Vielleicht sogar fünf.«

Shernay war es, als stürze sie einen Abgrund hinunter, dessen bodenlose Schwärze rasend auf sie zuflog. Sie rang nach Atem, und schließlich konnte sie nicht anders, Tränen strömten ihr aus den Augen. Sie fing plötzlich an, in kaum unterdrückten Schüben zu weinen, während sie gleichzeitig versuchte, sich zusammenzureißen und Trauer und Entsetzen herunterzuschlucken. Sie hatte keine Zweifel, wer diesen Giftpfeil verschossen hatte. Sie fühlte die vorwurfsvollen Blicke Garrus und Myrges auf ihr.

»Das wollte ich nicht«, flüsterte sie. »Nichts davon will ich! Ich wollte doch nur …«

Ein schmerzerstickter Schrei der Graavessa unterbrach sie. Shernay hätte ohnehin nicht gewusst, wie sie den Satz hätte zu Ende bringen sollen, wusste weder zu sagen, was sie irgendwann bezweckt hatte, noch was sie jetzt wollte. Leben. Doch diese Option schien dahin.

»Dein Mörder will uns alle töten, Shernay.«

»Deruonn nicht.« Da. Nun beging sie erneut Verrat. Doch das Schweigen war zu schwer zu ertragen geworden.

»Wer sonst?«

»Gemryn.«

»Zwei? Es sind zwei? Das hast du uns nicht gesagt! Zwei, verdammt noch mal!« Myrge sah aus, als hätte sie sie am liebsten geohrfeigt. Doch sie hielt immer noch die junge Frau, unterstützt durch Garru, der ebenfalls versuchte, der Graavessa zu helfen, ohne zu wissen, wie.

Gemryn hatte sie auf dem Gewissen – so er überhaupt eins hatte. Und Deruonn? Wo war er nur?

Hastig sah sich Shernay um und wusste doch, sie hätte den Schemenjäger nicht einmal gesehen, wenn er direkt neben ihr im Busch gestanden hätte.

Ihr Blick fing sich in den blauen Augen des Buzzards. Er stand immer noch da. Ihm hatte der Pfeil augenscheinlich nicht geschadet.

»Einer. Ein Mann. Zwei Seelen«, hauchte sie tonlos. »In gefährlichen Situationen wird er ein anderer.«

Garru und Myrge starrten sie entgeistert an.

»Das wusste ich doch vorher nicht!«, verteidigte Shernay sich verzweifelt.

»Ist das das Geheimnis der Schemenjäger?«

Wieder sah Shernay sich gehetzt um. Wenn er ihr zuhörte, würde er sie nicht mehr schützen.

Sie atmete tief ein. Es war schwierig, denn der Kloß in ihrem Hals erwies sich als Hindernis.

»Das und eine Urgorrn-Verbindung, die ich spüre, aber nicht definieren kann.« Sie zuckte zusammen, als sie die Gedanken des Buzzards spürte, der ihre Annahme bestätigte. »Doch nicht wie bei ihm.« Sie deutete auf den Vogel. »Er ist so geboren wie er ist, das Ergebnis einer von Urgorrn kreierten Gattung. Die Schemenjäger – falls sie alle so sind – macht man zu dem, was sie sind.«

»Wer? Wie?«, fragte Garru.

»Weiß ich nicht. Jemand mit einem alten Talent wahrscheinlich.«

»Unwahrscheinlich«, widersprach Myrge. »Die Talente sind in der Welt ausgestorben.«

»Nicht in Reyalun.«

»Wir stammen von den Räten ab.«

»Wir sind vielleicht nicht die Einzigen, die von den Räten abstammen. Wir sind eine geheime Gemeinschaft und die auch.«

Es raschelte im Gebüsch, und Shernay sprang auf. Wilde Gedanken rasten ihr durch den Sinn. Deruonn kam, um sie zu retten. Gemryn kam, um sie alle zu töten. Deruonn wusste, dass sie ihn verraten hatte. Gemryn würde Rache üben.

Oder er würde nur alle anderen töten, um mit ihr irgendwo hinzugehen. Wohin? Wozu?

Mit einem Mal wusste sie, dass sie mit dem Wissen um seine Schuld niemals mehr mit ihm zusammen sein konnte. Ihre Liebe zu ihm wand sich wie die Graavessa am Boden, kämpfte voller Schmerz gegen ein tödliches Gift. In ihrem

Sinn sah sie seine funkelnden braunen Augen, das Lachen in ihnen, das ironische Schmunzeln auf seinen Lippen. Dann das glatte, gefühllose Antlitz des gleichen Mannes, der sie immer nur als Störung empfunden hatte.

»Trau ihm nicht«, sagte der Buzzard in Shernays Kopf. »Du kannst ihm nicht mehr trauen.«

Aus dem Gesträuch trat Kryes. Auf den Armen trug er den blutverschmierten Doran. Es gab keinen Zweifel daran, dass der Bewahrer tot war.

Shernay sank in die Knie und schlug die Hände vors Gesicht.

»Wir müssen hier weg«, sagte Garru, und seine Stimme klang seltsam verzerrt.

»Auf der Straße tobt eine Schlacht.«

»Hier auch. Auf der Straße sehen wir den Feind wenigstens.«

Feind. Deruonn war der Feind.

DER LAUERNDE

Der Schlangenwurm hatte es körperlich gespürt. Einer seiner Art hatte das Licht der Welt gesehen, um sich dann wieder in die Tiefe zurückzuziehen. Es war die Tiefe des Grundes, in der Erde oder im Wasser, die das eigentliche Heim von seinesgleichen war. Doch solange seine Art jung und klein war, konnte sie sich auch in lebender Umgebung an der Oberfläche fortbewegen. Vielleicht suchte sein Artverwandter bereits nach einem neuen Wirt.

Es waren genug Menschlinge unterwegs. Dennoch war es problematisch. Jung und frisch der Erde entschlüpft war es leichter, in einem Kind Zuflucht zu suchen und die Entwicklung des Wirtes von Anfang an zu steuern.

Die Größe des Artverwandten, dessen Nähe er immer noch fühlte, verlangte nach einem Erwachsenen. Nicht irgendeinem. Es sollte schon jemand mit Potenzial sein. Wo blieb sonst die Herausforderung?

Irgendwann würden sie zu groß sein für menschliche Wirte. Bis dahin mussten sie sich einen Hort, eine Machtbasis geschaffen haben, von der aus sie unentdeckt agieren konnten.

Er war geduldig. Er rechnete nicht in Jahren, sondern in Generationen. Menschen waren so ungeheuer kurzlebig.

89

Garru hatte die Graavessa in seine Arme gehoben. Sie blutete immer noch aus dem Unterarm und wehrte sich – nicht gegen ihn, sondern vermutlich gegen die Schmerzen. Es war schwer, sie zu halten. Sie wand sich in seinem Griff, ohne dass er Anzeichen von Bewusstsein erkennen konnte.

»Der Graav bringt uns um«, meinte Myrge resigniert.

»Oder der Schemenjäger. Such es dir aus!«

»Wenn wir dem Graaven plausibel machen können, wer seine Frau angegriffen hat, erhalten wir eventuell Unterstützung bei der Jagd nach diesem Gemryn«, hoffte Kryes. »Der Schemenjäger weiß, wo Reyalun zu finden ist.« Er sagte nicht, dass er deshalb sterben müsste, doch Garru verstand das auch so und sah, wie Shernay sich auf die Lippen biss. Sie hatte aufgehört zu weinen und war leichenblass und still.

»Du meinst, wir müssen einen Schemenjäger zur Strecke bringen?« Myrge lachte freudlos auf. »Zwei von uns hat er schon umgebracht, und wir haben ihn noch immer nicht ein einziges Mal auch nur zu Gesicht bekommen!«

Langsam begaben sie sich durch die Büsche zur Straße, sahen sich dabei stetig um, versuchten zu erfassen, was im Gesträuch lauerte, und zuckten bei jedem Geräusch im Blattwerk zusammen. Jeder Moment konnte für den Nächsten von ihnen der letzte sein.

Shernay ging voran. Myrge ging zum Schluss und versuchte, ihnen so etwas wie Rückendeckung zu geben. Garru wusste, das war vergeblich. Er glaubte nicht, dass die Xyi wirklich unsichtbar waren, doch wenn sie etwas mit den besonderen Talenten der Alten Räte zu tun hatten, mochten sie über Fähigkeiten verfügen, die über das Normale weit hinausgingen. Tatsächlich sagte man ihnen Letzteres ja nach. Es hieß, sie konnten vielleicht sogar fliegen. Geglaubt hatte Garru das nie, doch zum ersten Mal ergab es einen Sinn.

Er trug die junge Frau, die mit jedem Schritt schwerer wurde. Noch war sie nicht tot. Das allein war schon erstaunlich, denn wer mit einem Giftpfeil tötete, musste sich sicher sein können, dass das Gift auch schnell wirkte, denn die winzigen Verletzungen allein hielten niemanden davon ab, sich noch zu wehren.

Sie erreichten die Straße. Still war es nicht, doch der Kampf schien vorüber zu sein. Die Flynnter kümmerten sich um ihre Verwundeten.

»Richte das deinem Fyrsthen aus!«, hörte Garru den Graaven kalt zu einem feindlichen Offizier sagen, dann jagten ein paar sehr wütende Soldaten den Holturer zu Fuß an den rauchenden Leichnamen seiner Männer vorbei in Richtung Norden die Straße hoch.

Es wurde seltsam still, als sie aus dem Gestrüpp traten, und Garru fröstelte. Ein Gesicht nach dem anderen wandte sich ihnen zu. Alle, die noch standen, hielten noch ihre Waffen in der Hand, und in ihren Augen leuchtete Wut und Triumph.

Garrus Gruppe blieb am Straßenrand stehen und starrte den Rücken des Graaven an. Als hätte der es bemerkt, wandte er sich abrupt zu ihnen um, sah sie, erkannte seine Frau in

Garrus Armen, und sein Gesicht nahm die Farbe von Asche an. Seine blauen Augen wurden weit.

Gleichzeitig stürmte er mit einigen Soldaten auf sie zu.

»Das waren wir nicht«, keuchte Shernay und hielt zum Zeichen, dass sie sich ergaben, die Hände über den Kopf. »Wirklich! Das waren wir nicht.«

Sekunden später hatte einer der Kämpfer Garru erreicht, ein grobschlächtiger Riese, dessen Rüstung voller Blut war. Er streckte die Arme nach der jungen Frau aus und nahm sie Garru mit erstaunlicher Vorsicht ab. Er hielt sie wie ein Kind.

Garru sah ihn an. Echte Bestürzung und so etwas wie Schuld war in den Zügen des Mannes zu lesen. Dabei konnte er gar nichts dafür.

Nun stand der Graav vor ihnen. Er wandte sich seinem Kämpfer zu.

»Darso! Leg sie ab! Hol Verbandszeug! Hat die Feldscherin überlebt?«

Der Hüne legte die Graavessa auf die Straße.

Die Hände des Graaven zuckten nach seiner Frau, doch dann ließ er sie sinken und trat an Shernay heran. Er wirkte so gefährlich wie ein Pantheiger. Shernay wich unwillkürlich einen Schritt zurück.

»Was habt ihr getan?«, peitschte er seine Worte ihr entgegen. »Lüg nicht, oder ich mache euch alle jetzt und hier einen Kopf kürzer. Das hätte ich längst tun sollen.« Seine Hand krampfte sich um seinen Schwertgriff.

»Blasrohrpfeil mit Gift«, erwiderte Myrge, während Shernay noch dastand und an einer Antwort kaute. Die Bewahrerin hielt das kleine Ding spitzfingrig an den Federn hoch. Sie hatte es mitgenommen. »Er hat sie an der Hand getroffen. Wir haben die Wunde geöffnet, wegen des Gifts.«

Der Graav beging nicht den Fehler, nach dem Pfeil zu greifen.

»Wer?«, fragte er nur.

»Der Meuchelmörder, der hinter uns her ist. Er wollte Kryes treffen, und Erlaucht hob just da die Hand.«

»Wo ist er?« Die Frage war wie ein Eishauch.

Wie abgesprochen zuckten sie alle die Achseln.

»Vermutlich in der Nähe. Schließlich will er uns ja umbringen.«

»Ich hätte euch alle gleich selbst hinrichten sollen!«, sagte der Graav hart. »Eine Lüge nach der anderen habt ihr mir aufgetischt. Das ist das Ergebnis.« Er drohte nicht weiter. Das musste er nicht. Er würde sie töten, ohne Worte zu verschwenden.

Nun kniete er sich neben seine Frau, schob den Arm unter ihre Schultern, hob das zuckende Bündel hoch und legte ihren Kopf an seine Schulter. Er hielt sie behutsam fest, streichelte ihr übers Haar. Einen Augenblick lang sah er hilflos aus. Dann gefroren seine Züge wieder zu Eis.

»Wir haben ihr nichts getan!«, flehte Shernay. »Wirklich nicht. Vermutlich wollte nicht einmal er ihr etwas tun.«

»Wer?« Er sprach ganz leise.

»Der verdammte Assassine, mit dem diese Verräterin durchgebrannt ist!«, zischte Myrge.

Eine Soldatin mit einer Ledertasche kam angerannt und kniete sich auf die andere Seite der Graavessa. Sie hob den blutenden Arm hoch und sah dann erschrocken in die hellen Augen des Graaven.

»Schnaps drauf und dann verbinden!«, sagte der nur. »Wenn das Gift jetzt noch nicht draußen ist, dann hilft die Wunde nicht mehr.« Dann sah er hoch zu Shernay.

»Du bist also schuld«, sagte er und klang beinahe süßlich.

»Ja.« Shernay leugnete es nicht, stand nur aufrecht da, die Hände auf dem Rücken gefaltet. Sie zitterte ein wenig, doch Garru war sich sicher, dass nur er ihre Furcht in ihrer ganzen Vehemenz wahrnahm. Nach außen hin schien sie ruhig.

»Du bist mit einem Meuchelmörder aus deinem Dorf geflohen?«

»Ich wusste es nicht! Er hat gesagt, er wäre Forscher. Für den Hof in Jorgvil. Genau das ist er auch.«

»Ein Forscher und ein Mörder? Der mit Blasrohrpfeilen aus dem Hinterhalt tötet?«

Sie zuckte zusammen und senkte den Kopf. Es war nicht wirklich ein Nicken, und doch konnte man es so verstehen.

»Er wollte eure Verfolger umbringen?«

Sie nickte wieder. »Vermutlich.« Sie atmete tief ein. »Unsere Verfolger wollten schließlich auch uns umbringen.«

»Wo ist er?«

»Ich weiß es nicht.« Sie hob machtlos die Hände. »Wirklich nicht.«

»Selbst wenn du es wüsstest, würdest du es nicht sagen!«, fuhr Myrge dazwischen.

»Er kann überall sein«, sagte Garru. »Wir haben ihn noch kein einziges Mal gesehen. Er ist unsichtbar. Taucht auf, ohne dass man ihn sieht, verschwindet genauso. Hinterlässt nur Leichen.« Er deutete auf Doran, den Kryes ebenfalls auf der Straße abgelegt hatte. »Das war ein guter und erfahrener Kämpfer. Er hat nicht einmal mehr schreien können.«

Das Zischen, das durch die Menge der Soldaten ging, die inzwischen einen Kreis um das Geschehen gebildet hatten, klang nach Xyi.

»Wir müssen ihn jagen!«, sagte Kryes. »Er darf nicht entkommen!«

Der Graav lachte freudlos auf. »Zu viert wart ihr, und du bist der Einzige, der noch nicht tot oder verwundet ist?«

»Es ist meine Pflicht …«

»Ein verflucht pflichtbewusstes Dorf, aus dem ihr da stammt. Warum habt ihr die Schönheit mit dem mörderischen Männergeschmack nicht einfach laufen lassen?«

Niemand antwortete ihm. Er sah kurz hoch, musterte einen nach dem anderen. Dann fiel sein Blick wieder auf seine Frau, die sich kaum noch bewegte.

»Nimry«, flüsterte er. »Ich verbiete dir, jetzt einfach zu sterben!«

Ein Ruf erscholl von weiter fort: »Marejal! Es kommen noch mehr Soldaten!«

Es war noch nicht vorbei.

90

Keyt grüßte höflich, als sie an dem angeschlagenen restlichen Treck vorbeiritt.

»Was ist geschehen?«, fragte sie besorgt die Kutscher, die allesamt Verletzungen aufweisen.

»Ein Angriff.« Die Antwort war knapp und bitter.

»Ich habe die Toten gesehen!«, erwiderte sie, denn in der Tat hätte sie von Süden her nicht den Treck erreichen können, ohne mehr als einmal an Leichen und kaputten Wagen vorbeizukommen. »Ich habe mir Sorgen gemacht.«

»Wer bist du?«, fragte einer argwöhnisch.

»Ich gehöre zum Haushalt des Graaven von Flynnt. Ich war mit ihm in Jorgvil, wurde aber aufgehalten. Ich sollte nachkommen. Wo ist der Graav?«

Der Mann deutete die Straße entlang nach Norden. »Wenn er noch lebt«, fügte er skeptisch hinzu und dann: »Es ist Krieg.«

Es war immer Krieg. Keyt unterdrückte ein Lächeln. Niemand hätte es verstanden.

»Reiterei aus Jorgvil kommt ihm zu Hilfe«, sagte ein anderer. »Sie sind vorausgeritten.«

»Danke!«

Sie gab ihrem Pferd die Sporen. Sie hätte den Weisesten längst zu seinen Ahnen schicken sollen. Jetzt mochten die Dinge schwieriger werden.

Ein seltsames Gefühl beschlich sie, als sie den Wagenzug hinter sich ließ. Ihr war, als verfolge sie jemand. Immer wieder hielt sie an und überprüfte die Gegend. Doch da war niemand, und kein Mensch – außer vielleicht einem anderen Schemenjäger – konnte sich an eine Schemenjägerin anschleichen, ohne dass sie es bemerkte.

Ihre Nervosität übertrug sich auf das Pferd. Es schnaubte unglücklich und warf immer wieder den Kopf hoch. Sie ritt weiter.

Keyt fragte sich, warum sie so fühlte. Wie all ihre Brüder und Schwestern war sie eher ruhig. Wer so viel erlebt und getan hatte wie sie, der war zwar vorsichtig, aber nie ängstlich oder fahrig.

Hier war niemand.

Wieder sah sie sich um. Sogar zum Himmel schaute sie empor, als könnte von dort Unbill kommen. Doch das Einzige, das sie sah, war blaues Firmament und Sommerwölkchen.

Der Gaul brach ganz plötzlich nach links aus. Er wieherte dabei, und einen Augenblick lang glaubte sie, jemand habe auf ihn geschossen. Über den Straßengraben sprang das Tier und galoppierte panisch durch die buschige Ebene. Dann hielt es plötzlich inne und bockte wie ein Wildpferd.

Keyt war eine gute Reiterin, doch es gelang ihr eine ganze Weile nicht, das Pferd zu beruhigen. Immerhin warf es sie nicht ab.

Als das Tier sich schließlich ihrer Führung ergab, stand es mit Schaum vor dem Maul zitternd da. Keyt glitt herab und ließ dabei zu keiner Sekunde die Zügel los.

»Was hast du?«, fragte sie das Tier und klopfte ihm beruhigend den Hals. Sie mochte ihr Pferd. Es war ihr einziger

Freund. Die Schemenjäger waren Familie, und die restliche Welt teilte sich weitgehend in Ziele und Feinde.

Ein Surren schien durch den Boden zu gehen, wie ein leichtes Erdbeben. Das beunruhigte Keyt wenig. Sie war in einem Berg aufgewachsen, der irgendwann einmal Feuer gespuckt hatte. Kleine Erdstöße gab es da immer wieder mal. Das ängstigte niemanden.

Doch hier war das untypisch. Zwar wusste sie, dass in den Grenzgebieten zwischen Hochgebirge und Ebene solche Erschütterungen vorkommen konnten, doch sie hatte noch nie gehört, dass Flynnt erdbebengefährdet wäre.

Sie trat von einem Fuß auf den anderen und blickte auf den Boden. Er war dicht bewachsen mit hohen Gräsern und wildem Gestrüpp. Überall gab es Nesseln. Sonst war nichts zu sehen. Weit sah sie sich um. Sie war ein ganzes Stück von der Straße abgekommen, doch wenn sie einen Bogen schlug, würde sie diese auch wieder erreichen.

Wieder rumorte es unter ihr, und sie hielt die Zügel ihres Pferdes fest in der Hand.

»Schon gut, Jurro, schon gut. Nichts passiert.«

Dennoch rieselte ihr ein Schauer über den Rücken. Auch das kannte sie nicht. Sie hoffte, ihre letzten Verletzungen hätten sie nicht etwa längerfristig geschwächt. Körperlich fühlte sie sich wieder gut. Sie hatte sich sowohl von der Verwundung als auch der Giftattacke in Jorgvil erholt. Der lange Ritt mitsamt der Jagd auf Orstyn hatte sie belebt, der Gedanke an Rache sie erfrischt. War ein Seelenschaden zurückgeblieben?

»Schnell weg!« Sie und ihre innere Kämpferin waren sich einig. Man musste nicht immer wissen, welche Unbill genau auf einen wartete. Manchmal empfahl es sich, einfach auf das kalte Kribbeln im Steiß zu hören und sich schnell davonzumachen.

Das Pferd tänzelte im Kreis am Zügel. »Steh!« Die Augen des Tiers waren weit und zeigten viel Weiß. Es sah aus, als wollte es fliegen können. Der große Kopf riss an ihrer Hand.

Unwillkürlich fiel ihr Blick auf den Boden. Sie hatte noch nicht verstanden, was dort emporwuchs. Es war keine Pflanze. Zu schnell, zu dick, zu anders. Blaue Augen in einem Schlangenkopf, der zu klein für den Rest des Körpers zu sein schien, glitten durch die Erde nach oben. Zu groß für eine Schlange. Zu feist. Ein Hautkragen stellte sich auf und legte sich wieder an.

Lauf, dachte sie, doch ihre Füße bewegten sich keinen Schritt weit. Sie stand nur da, versuchte die Erinnerung an diese Augen in ihrem Sinn zu finden, fand nur wirre Bruchstücke. Eine Höhle. Wieso Höhle?

Niemand hatte sie je vor einem solchen Wesen gewarnt. Es entschlüpfte dem Boden, senkrecht und fleischig wie ein gigantischer Wurm. Die Augen hielten sie im Bann. Dann spaltete es sich in Stränge auf, wobei es hoch und gellend schrie. Nun schossen Dutzende schlangengleicher Stränge auf sie zu, drangen in ihre Kleidung, durchbohrten ihre Haut. Sie stimmte in das Geschrei ein.

Wo ist der Kopf?, dachte sie panisch. Dann fühlte sie, wie etwas in ihren Rücken biss.

Ihr Pferd stieg. Es riss sie um, als es davonzustürmen versuchte, doch die Zügel hatte sie um die Hand gewickelt, und sie war nicht in der Lage loszulassen. Gar nichts konnte sie tun. Es surrte in ihrem Körper. Sie zuckte krampfartig, sah zum blauen Himmel über sich, merkte, dass sie auf dem Boden lag, hartes Gesträuch im Rücken. Ihr Körper fühlte sich an, als wollte er bersten. Die Welt drehte sich.

Sie atmete ein, blickte um sich. Jurro stand etwas weiter entfernt. Ihre Hand schmerzte, und sie zog den Handschuh aus. Dunkelrote Striemen ließen sie ahnen, dass die Zügel in die Hand geschnitten hatten.

Sie musste vom Pferd gefallen sein. Sie konnte sich nicht gleich erinnern. Dann entsann sie sich, dass Jurro mit ihr durchgegangen war. Sie befand sich jetzt westlich der Straße. Mühsam richtete sie sich auf, wälzte sich auf die Knie, sammelte Halme und Ästchen von sich. Sie fühlte sich wie nach einem Fieber. Vereinzelt konnte sie kleine Blutflecken auf ihrer Kleidung ausmachen. Sie besah sich den Schaden. Nicht schlimm. Die harte Vegetation musste sie zerschunden haben. Am Rücken tat es besonders weh, doch den konnte sie nicht sehen. Es fühlte sich nach einer größeren Wunde an.

»Vergorrnter Mist!«

Irgendetwas war geschehen. Das Gefühl stieg zusammen mit ihrem Mageninhalt in ihr hoch. Sie übergab sich, kroch dann in Richtung Pferd, zwang sich auf die Füße. Sie tastete ihren Kopf ab, war sie darauf gestürzt? Kopfverletzungen konnten Übelkeit verursachen.

Der verstörende Eindruck, dass sie zu alt und zu klein für so etwas war, schwappte über sie hinweg. Zu alt und zu klein wofür? Sie wusste es nicht. Es war doch gelungen.

Was war gelungen? Alles. Eine seltsame Ruhe legte sich über sie. Sie sah an sich hinunter. Ganz aufgeschwollen sah sie aus. War sie in ein Brennkraut gefallen? Ameisen vielleicht, die mit ihrem Gift ihre Glieder hatten aufschwellen lassen?

Schwerfällig stand sie auf und lockerte ihre Kleidung. Sie schien zu klein geworden zu sein. Sicher hatte Keyt nicht zugenommen. Nicht in so kurzer Zeit.

»Es wird schon werden«, beruhigte sie sich. Sie suchte nach ihrer Innenseele. Tonya kicherte innerlich. Wie als Antwort kicherte auch Keyt. Es klang ein wenig irre. Hatte sie sich doch mehr getan als gedacht?

Doch die Schmerzen waren eher dumpf als akut. Nicht schlimm. Da war nur dieses Gefühl, dass sie gleich bersten würde. Es irritierte sie. Brennkraut wirkte nur oberflächlich auf der Haut. Sie fühlte sich, als sei irgendwas tiefer in sie …

Alles war gut. Der beruhigende Gedanke durchdrang sie wie kühlendes Wasser. Alles war gut. Nichts war geschehen. Ein kleiner Unfall. Das geschah schon mal. Alles war gut. Sie hatte ein Ziel.

Sie konnte sich an den Sturz nicht erinnern. Es schien etwas zu fehlen.

Blaue Augen, allzu nah. Wo kam das Bild her? Dachte sie an Griðyon oder an den Graaven? Einer von beiden musste es sein.

Doch eigentlich jagte sie Orstyn. Der hatte keine blauen Augen. Aber das besagte gar nichts.

Sie lächelte. Rein gar nichts.

91

Nimry brannte die Seele. Jede Ader schien verkohlt. Sie spürte, wie sich etwas durch ihr Blut sengte. Schmerz. Sie stöhnte auf.

Dann begriff sie: Der Schmerz bedeutete, dass sie noch lebte. Sie kämpfte darum, ihre Augen zu öffnen. Sie waren schwerer als das Fallgitter einer Burg. Sie wusste nicht, wo sie war, fühlte nur, sie lag nicht in einem Bett. Der Boden unter ihren Beinen war hart und steinig. An den Schultern hielt sie – ein Arm?

Ihr Kopf lag seitlich an etwas Hartem. Sie blinzelte, doch ihre Augenlider waren wie Blei.

Leder. Eisen.

»Mmmm …«, wimmerte sie.

»Kleines!« Die Stimme klang tief und besorgt.

»Hmmm …«

»Mach die Augen auf, Kleines! Nehmt die Waffen auf! Bildet Reihen. Bogenschützen zum Wagen mit dem Flugfeuer!«

Das klang wie ein Befehl, doch Nimry wusste nichts damit anzufangen. Wie sollte sie eine Reihe bilden? Wenigstens hatte sie die Augen aufbekommen. Sie schaute nach oben. Ein kratzig stacheliges Kinn von unten. Dann neigte sich das Gesicht ihr zu. Schwarze Wimpern, die blaue Augen umrandeten. Von unten wirkten die geschwungen dunklen Brauen steiler, als sie waren.

»Nimry«, raunte er heiser. »Bleib bei mir!« Dann stand er etwas mühsam auf, während er sie noch in den Armen hielt. Er sah von ihr fort, in die andere Richtung.

»Werdet ihr jetzt mit uns kämpfen?«, fragte er irgendjemanden hart. »Ihr Dörfler, die ihr so sehr mit euch selbst beschäftigt seid?«

Das Gesicht wandte sich wieder ihr zu.

»Sterbe ich?«, fragte Nimry und erschrak über ihre eigene piepsige Stimme.

»Untersteh dich!«

»Gift«, sagte sie.

»Du lebst noch. Also mach einfach damit weiter.« Er klang unwirsch. Mit einem Mal begriff Nimry, dass er nicht auf sie böse war. Es war eine seltsame Erkenntnis. Dieser Mann wünschte, dass sie nicht starb. Sie hatte solche Angst vor ihm gehabt, und nun hielt er sie und wollte, dass sie lebte.

Er sah sich um. »Wem vertraue ich dich nur an? Ich muss kämpfen gehen.«

»Greda!«, flüsterte sie, und Greda war da. Die Kutscherin war blutverschmiert, aber offenbar gesund genug, um die Aufgabe zu übernehmen. Nimry musste mit Greda über Pruri sprechen. Sie musste ihr sagen, wie ihre Liebste gestorben war und was sie gesagt hatte. Bevor es zu spät war.

Doch eines war noch wichtiger.

»Morrgjar!«

»Kleines?«

»Ich habe einen Urgorrn gesehen. Er hat die Feinde angeführt.«

»Das ist das Gift, Kleines. Es verwirrt dir die Sinne.«

»Nein. Vorher. Beim Treck. Ich habe einen Urgorrn gesehen. Er steckte in einem Mann. Jaspro Hardegen. Griðyon hat ihn geköpft, und ein riesiger Schlangenwurm kroch aus dem Körper.«

»Nimry, so etwas …«

»Darso hat es gesehen! Frag ihn! Frag ihn!«

Ihr wurde schwarz vor Augen. Als sie das nächste Mal etwas fühlte, war Morrgjar nicht mehr in der Nähe. Greda und die beiden Frauen, die bei dem großen Vogel gewesen waren, waren da. Sie alle befanden sich hinter den wenigen noch unversehrten Kämpfern, die sich zur nächsten Schlacht bereitmachten. Wenn sie verloren, würde es einerlei sein, ob Nimry das Gift überlebte oder nicht.

Die Welt fühlte sich fremd und kalt an. Nimry versuchte, ihren Mann zu erspähen, doch alles war unscharf und grau. Sie nahm Bewegung wahr. Einzelheiten konnte sie nicht erkennen.

Greda beugte sich über sie. Sie war nah genug, dass Nimry das Gesicht zuordnen konnte.

»Pruri hat uns gewarnt«, flüsterte sie der Kutscherin zu.

»Nicht anstrengen!«, mahnte Greda.

»Wir sollen ihm nicht trauen. Sie hat den Schlangenwurm gesehen.«

»Ihr fiebert, Erlaucht.«

»Ich habe ihn auch gesehen. Aber vielleicht war es gar nicht derselbe Wurm? Wie viele Schlangenwürmer gibt es?«

»Erlaucht …«

»Es war gewiss der Edunayuni, der sich von der Seite an den Treck angeschlichen hat. Pruri hat ihn entdeckt. Da hat er sie gebissen.«

»Ihr redet wirr, Erlaucht.«

»Nimry. Ich heiße Nimry. Wenn ich sterbe, will ich beim Namen genannt werden.«

»Ihr sterbt nicht …« Greda klang nicht im Mindesten überzeugt.

»Der Schlangenwurm ist in den Boden gesickert. Er lauert unter uns.« Sie erschauerte. Greda legte ihr die Hand auf die Stirn.

»Versucht zu schlafen, Graa… Nimry.«

»Wenn ich einschlafe, wache ich nie mehr auf.« Sie stöhnte. »Ich will wieder aufwachen!«

»Natürlich wacht Ihr wieder …«

»Alle werden denken, er hat seine fünfte Frau ermordet!« War das wirklich eine Sorge, die sie jetzt haben sollte?

»Aber das hat er doch nicht!«

»Nein. Ich weiß nicht, wer das war.«

Wieder zog sich die Welt zu wie ein Vorhang. Der Lärm um sie schwoll an. Erneut focht sie gegen die Schwere ihrer Lider. Alles in ihr brannte. Sie spürte ihre Finger nicht. Blaue Augen sahen sie aus dem Buschwerk an. So hoch? Waren es die Augen ihres Mannes? Oder Griðyon?

Nimry schrie und fiel zurück in die Schwärze.

Greda lag fast über sie gebreitet, als Nimry erneut erwachte. Sie sah das wettergegerbte Gesicht der Frau ganz dicht über ihrem. Es war voller Panik.

»Greda! Du bist schwer!«, murmelte Nimry und stellte fest, dass die Schleier sich etwas von der Welt zurückgezogen hatten. »Was machst du!«

»Da war was im Gebüsch!«

»Eine Schlange?« Vor lauter Panik wäre Nimry am liebsten waagerecht vom Boden aufgefahren, um ihn nicht mehr zu berühren.

»Ein Riesenbuzzard«, sagte die blonde Gefangene, die sich auf Nimrys anderer Seite befand. Nimry war froh, dass sie die Augen nicht halluziniert hatte, zumal die Frau die gleichen hatte. »Er ist nicht böse. Ihr habt ihn doch schon gesehen. Wie geht es Euch, Erlaucht?«

»Greda! Geh runter von mir!«

Das Gewicht verschwand. Vorsichtig versuchte Nimry, sich aufzusetzen. Zwei Frauen halfen ihr. Die dritte untersuchte ihre Wunde. Die Feldscherin?

Ihr war schwindlig. Die Welt wirbelte in stetem Nebel. Ihr Arm schmerzte, und die Wunde pochte. In ihrem Kopf hämmerte es. Nimry musterte den Verband.

»Ich lebe.« Als sie den Rest Gegengift geschluckt hatte, hatte sie nicht geglaubt, es würde helfen.

Greda nahm sie vorsichtig in den Arm. »Gut!«

»Wasser!«

Irgendjemand reichte ihr eine Wasserflasche, und sie versuchte, sich damit zu löschen, denn sie fühlte sich, als brenne sie.

»Wo ist der Vogel jetzt?«, fragte Nimry.

»Fort.«

Nimry sah nach vorne.

»Die Feinde …«

92

Waffen bereit, aber warten«, brüllte Morrgjar, »bis wir wissen, wer das wirklich ist.«

Die meisten seiner Leute hatten wie er das Banner Kahsells erkannt. »Niemand greift ohne meinen Befehl an!«, mahnte der Graav noch einmal.

Unterstützung? Damit hatte er nicht gerechnet. Er starrte den nahenden Reitern entgegen. Echt oder nicht echt? Es wäre eine grausame Kriegslist, Hilfe vorzugaukeln und dann anzugreifen. Es wäre auch unehrenhaft, aber Krieg war Krieg.

Die Holturer hatten stolz ihre Farben in sein Gebiet getragen. Ihre Fahne war verbrannt, sonst hätte Morrgjar sie als Beute beansprucht.

Dann erkannte er Griðyon. Wie immer war der tapfere junge Mann ganz vorne dabei. Das hieß, er hatte den Treck allein gelassen. Möglicherweise musste Morrgjar ihn dafür tadeln. Doch im Moment freute er sich nur über das bekannte Gesicht.

Den Weisesten Orstyn hatte er nicht erwartet. Er ritt stolz zwischen Griðyon und dem Obristen der kleinen Heerschar. Ungewöhnlich.

Morrgjar ließ seinen Blick über den Rest der Truppe schweifen. Auch hier das Wappen Kahsells. Vielleicht hätte er nicht so misstrauisch sein sollen. Doch Verrat gab es überall.

Er trat vor, stand breitbeinig vor seinen Leuten, die Hand noch immer am Schwertgriff.

Griðyon sprang leichtfüßig ab. Er war voller Blut. Über seine Stirn zog sich ein Schnitt. Er kam auf Morrgjar zu und salutierte mit den Fingerspitzen unter seinem Gesicht, zum Zeichen, dass seine Hände leer waren.

Die Truppe sah erstaunlich sauber aus. Falls sie tatsächlich in einen Kampf verwickelt gewesen war, dann nicht lange. Keiner schien verletzt.

»Der Treck?«, fragte Morrgjar nur.

»Kommt mit Eskorte nach, Marejal. War zu langsam. Wir haben bei drei Angriffen Menschen und Gerät verloren. Das Flugfeuer haben wir noch. Das meiste.«

Morrgjar nickte anerkennend.

»Gut gemacht.«

Erst jetzt sah er den alten Obristen an.

»Meldung?«

»Marejal, der Fyrsth entbietet seine Grüße und sendet diese Einheit zur Unterstützung.«

»Danke. Sichert an der Kreuzung die Straßen nach Norden und Osten. Sendet Späher aus! Jetzt!« Wenn er sie schon hatte, konnten sie auch nützlich sein. »Später werden wir entscheiden, wann wir Flynnthaven befreien.«

Der Obrist gab seinen Leuten Anweisungen, und die Reiter strömten aus, an seinen eigenen Leuten links und rechts vorbei. Nun hatte Morrgjar sie im Rücken. Er verbot sich, sich umzudrehen, um zu überprüfen, ob seinen Anweisungen Folge geleistet wurde. Dies war Flynnt, und er war Flynnt.

Nun erst wandte sich Morrgjar Orstyn zu. »Weisester, Ihr ehrt mich!«

»Seine Gnaden waren der Meinung, mein Wissen könnte helfen.« Sie neigten beide die Köpfe in einer bestenfalls angedeuteten Verbeugung. Morrgjar fand den Dünkel des Oberbücherwurms übertrieben.

Doch er hatte andere Sorgen als den mangelnden Respekt des Rates. Er musste zur Flynntburg, nach dem Rechten sehen. Nach seinen Kindern.

Er atmete tief durch. Er durfte sich nicht erlauben, jetzt an sie zu denken. Die Sorge würde ihn lähmen. Doch er wusste, er würde sie nicht mehr lange ausblenden können.

Er musste auch nach Flynnthaven. Die Holturer durften es sich dort nicht allzu gemütlich machen, sonst hatte er einen steten Feind im eigenen Hinterhof.

Er wollte auch Nimry nicht verlieren. Die Tapferkeit der kleinen Kämpferin hatte ihn tief beeindruckt. Er wollte sie behalten. Sie war seiner würdig, und er hoffte, seinerseits ihrer würdig zu sein. Ein so mutiges Mädchen. Er hatte sie unterschätzt. Es brach ihm fast das Herz, sie so sterbenskrank zu wissen.

Er wandte sich nicht nach ihr um. Nicht jetzt. Er verbannte das Bild der entkleideten jungen Frau in jener unbefriedigenden Nacht aus seinem Sinn. Ob sie immer noch Angst vor ihm hatte?

Er merkte, dass eine seltsame Pause entstanden war. Die drei Männer standen vor ihm, der Obrist, der Weiseste und Griðyon. Seine Männer hatten sich in einigem Abstand hinter ihm aufgebaut und beobachteten die Verbündeten, wie die zur Kreuzung ritten.

»Euer Wissen ist stets willkommen, Weisester.« Ganz plötzlich sprach er über die Schulter zu Darso, der wie immer nur einen halben Schritt seitlich hinter ihm stand:

»Die Graavessa sagte, du hättest ein seltsames Wesen bei den Feinden gesehen, Darso. Hat sie sich das eingebildet?«

»Scheißgroßer Wurm in einem Mann.« Darso war wie immer weidlich knapp in seinen Ausführungen. »Griðyon hat ihn erledigt.«

»Den Wurm?«

»Den Kerl.«

Morrgjar wandte sich Griðyon zu. »Griðyon?«

»Jaspro Hardegen führte selbst den Angriff. Ich habe ihn einen Kopf kürzer gemacht. Er hatte wohl Würmer.«

»Einen Wurm – einen vergorrnt großen!«, widersprach Darso heftig. »Ein Monster! Schlangenwurm.«

Griðyon sah aus, als wolle er widersprechen.

»Die Graavessa hat's doch auch gesehen!«, fügte Darso trotzig hinzu.

»Die Graavessa ist jung und …«

»Aber nicht blind und sehr tapfer.«

Nun schaltete sich der Weiseste in das Gespräch ein.

»Wie sah der Wurm aus?«, fragte er beinahe vorsichtig.

Darso deutete auf seinen gewaltigen Bizeps.

»Halb so dick wie mein Arm. Mit kleinem Schlangenkopf. Weiß oder grau. Borsten.«

Dem Weisesten schien das Kinn nach unten zu sinken. Seine Augen wurden rund und panisch.

»Das könnte ein …« Er verstummte und hüstelte.

»Urgorrn! Ganz bestimmt ein Urgorrn! Die Graavessa glaubt das auch!«, unterbrach Darso.

»Ich wüsste nicht, dass Erlaucht Spezialistin für Sagen- und Mythenforschung wäre.« Orstyns Kommentar klang spitz.

»Ich denke, es gibt keine Urgorrn?«, fragte der Obrist. »Habt Ihr das nicht selbst gesagt, Weisester?«

In Orstyns Gesicht spiegelte sich einen Augenblick lang die Kontroverse, die in ihm stattfand. Er kaute daran und sagte nichts, sein Gesicht wurde ausdruckslos.

Morrgjar war plötzlich weitaus mehr geneigt, dem Unsinn von Riesenwürmern Glauben zu schenken, als noch vor einigen Minuten. Hätte der Weiseste irgendwelche Ungeheuertheorien von sich gegeben, hätte Morrgjar es als Besserwisserei abtun können. Doch ganz offensichtlich verschwieg der Mann etwas, und es war etwas Wichtiges.

Er winkte den Weisesten zu sich. Der ließ seine Zügel los und trat näher heran. Es mochte alles Unsinn sein, doch sein Instinkt sagte Morrgjar, dass es besser war, diese Geschichte in kleiner Runde zu besprechen. Da standen sie nun im Kreis zu fünft.

»Was hast du gesehen, Griðyon?«

Der Adjutant kratzte sich am Kopf, als müsse er erst seine Gedanken sammeln.

»Jaspro Hardegen hatte seine Leibgarde dabei. Er verweilte abseits vom eigentlichen Kampf, doch Darso«, der Adjutant zeigte mit dem Daumen auf den Mann, der inzwischen neben Morrgjar stand, »und ich machten ihn aus. Ich erkannte ihn. Er mich auch. Nannte mich ein Findelkind ohne Namen. Zu jung, zu dumm, zu klein. Er wollte Kahsell. Das hat er gesagt.«

»Das Flugfeuer hätte ihm dazu verholfen«, murmelte der Obrist und blies durch seine Zähne.

Griðyon fuhr fort. »Darso mähte sich durch die Garde, und ich kürzte den persönlichen Berater des Fyrsthen von

Edunayu um Haupteslänge. Dann trat etwas aus ihm aus und versickerte im Boden.«

»Blut.«

»Auch.«

Eine sechste Person trat in den Kreis, ungeladen und doch ungehindert. Es war der Älteste der Gefangenen. Er hob die Hände, als wolle er bezeugen, dass er in guter Absicht kam. Er ließ sie neben seinen Schultern, und Morrgjar unterließ es, ihn abführen zu lassen.

»Verzeiht, Durchlaucht. Es heißt in manchen der alten Schriften, sehr junge Urgorrn könnten in menschlichen Wirtswesen existieren. Wenn es so etwas war, dann ist das eine ernstzunehmendere Gefahr als jeder Krieg. Es wäre die Rückkehr der Urgorrn.«

»Blödsinn!«, sagte der Obrist. »Märchen!«

»Aberglaube«, ergänzte Griðyon und lächelte spöttisch.

»Ich hab's doch gesehen!«, widersprach Darso, auf den niemand hörte.

Morrgjar sah Orstyn ins Gesicht. »Und was meint Ihr, Weisester?«

Der schien um einige Schattierungen blasser geworden zu sein. »Es gilt allgemein als verbrieftes Wissen, dass es die Urgorrn nie gegeben hat. Beweisen lässt es sich nicht. Die Nichtexistenz von etwas zu beweisen ist faktisch unmöglich. Man kann sich nur nach der Plausibilität richten.« Der Weiseste wirkte mit einem Mal nervös.

»Orstyn!«, wisperte der Gefangene, und Morrgjar fragte sich, ob er den Namen gehört hatte oder den Mann kannte. Ein Dörfler aus den Bergen hatte sicher wenig Gelegenheit, den Weisesten von Kahsell zu kennen.

Dieser sah panisch überall hin, nur nicht zu dem Mann.

»Orstyn!«, wiederholte der geradezu süßlich. »Du bist Orstyn!«

Einen Moment lang sah der Weiseste aus, als wolle er leugnen, wer er war. Dann atmete er tief ein.

»Kryes!«, antwortete er entschlossen und übertrieben höflich.

Die beiden Männer starrten einander an.

»Noch jemand aus deinem Dorf?«, fragte Morrgjar sanft. »Ist er auch mit einem hübschen Fremdling durchgebrannt?«

Er erwartete, dass der Weiseste sich die Unverschämtheit verbitten würde, doch der war voll und ganz damit beschäftigt, Kryes anzustarren. Es war kein freundlicher Blick, und es lag Furcht darin. Alte Feindschaft.

In diesem Augenblick flog ein fedriges Geschoss an Morrgjar vorbei und bohrte sich in Griðyons Panzer. Einen Moment lang blieb es stecken, dann fiel es zu Boden.

Ein Giftpfeil. Der Meuchelmörder griff wieder an.

93

Tonya war übel. Es gelang ihr nicht, das körperliche Unbehagen auf ihre andere Seele abzuwälzen. Es war Keyts Aufgabe, sich mit Malaisen zu quälen, nicht Tonyas.

Doch alles ging durcheinander. Keyt wusste gar nicht mehr, was oder wer das Ziel war. Ihrer beider Denken war wirr, ihre Absicht änderte sich minütlich. Die Welt war wie ein Blick durch den Nebel.

Sie hatte ihr Pferd zurückgelassen, als sie den Menschen näher gekommen war. Zu Fuß war sie unauffälliger.

Sie schlich sich durchs Gesträuch immer näher an die Soldaten auf der Straße heran. Ihre Verstohlenheit war so gut wie eh und je. Jahrelange Übung hatte ihre Lautlosigkeit zur Selbstverständlichkeit gemacht. Aber sie fühlte sich unwohl in ihrer Haut. Es schien ihr, als wäre sie aufgedunsen und berstend voll.

Der Graav. Er durfte sie hier nicht sehen. Doch der Graav war nebensächlich. Sein Tod würde Kahsell schwächen. Das war gut. Das war so geplant.

Von wem?

War sein Tod ihre Aufgabe? Sie konnte sich nicht erinnern, einen solchen Auftrag vom Schemenrat erhalten zu haben. Überhaupt, sie wollte Orstyn töten, nicht den Graaven. Rache wollte sie nehmen.

Rache, so ein menschliches Konzept! Doch nicht ohne Charme.

In ihr rumorte es. Ein unglaublicher Schmerz zwang sie zu Boden. Sie blickte auf ihre feist geschwollenen Hände.

Orstyn war unerheblich. Der Feind war ein anderer. Der musste sterben, doch vielleicht nicht vor aller Augen. Tonya wusste, ein unauffälliger Mord war nicht möglich, während all diese Männer in einem Kreis beieinanderstanden und ganz friedlich Worte wechselten. Auch mit einer Truppe an Soldaten, selbst wenn sie nur sehr klein war, konnte sie es nicht offen aufnehmen. Sie musste die Dunkelheit abwarten. In ihr würde sie besser sehen.

Noch besser? Sie sah jetzt schon schärfer als je zuvor. Jeden einzelnen Soldaten konnte sie erfassen, wo er stand, wohin er strebte. Wie Figuren auf einem Schachbrett zeigte sich der Ort in ihrem Geist. Sie lächelte. Sie konnte die Situation mit neuer Klarheit begreifen und analysieren. Sie spürte die Schritte der Menschen durch den Boden.

Hatte sie das nicht immer gekonnt? Tonya war sich nicht sicher. Etwas in ihr wehrte sich gegen etwas … anderes, das sich mit ihr den Körper teilte, wie Keyt. Waren sie jetzt zu dritt?

Das war unmöglich. Sie waren nicht einmal zu zweit. Ihre Seele war in einer Zeremonie gespalten worden. Sie waren eins.

Etwas lachte in ihr, und sie wusste mit einem Mal: Es war nie so gewesen. Ihr kam es vor, als schnüffle etwas an ihrer Seele wie ein Hund an Dreck. Als Nächstes wurde ihr klar, dass was immer mit ihr in diesem Körper war, sie nie zurück zum Berg lassen würde, um zu berichten.

Keyt stöhnte und versuchte, sich in sich selbst zu verstecken. Doch das gelang ihr nicht. Sie war immer noch da, stand wieder, sah, wie ihre Füße sie vorantrugen, während sie gebückt von Deckung zu Deckung kroch, wie der Hauch eines Schattens – und doch irgendwie klobiger als sonst.

Tonya überlegte, mit was sie töten wollte. Inzwischen konnte sie trotz der Entfernung das Gespräch deutlich vernehmen, als stünde sie direkt dabei.

Man sprach über sie.

Natürlich sprach man nicht über sie. Man wusste gar nicht, dass sie in der Nähe war. Sie musste sich jetzt wirklich verbergen, um des Nachts zuschlagen zu können. Irgendwann würden die Menschlein schlafen. Sie schliefen so gerne.

Ihr Blick flog zu der Felswand, die sich grau jenseits der Straße und hinter einem eher schmalen Streifen Gebüsch und Wald steil in den Himmel erhob. Sieh an, ein Bruder. Niemand sah ihn, nur sie. Gemryn hieß er, verschmolz mit dem Hintergrund, so wie er es gelernt hatte. Auch er durfte nicht zurück zum Berg, jedenfalls nicht mit dem Wissen, das er vielleicht hatte oder möglicherweise noch erringen würde.

Im Berg war ein Konkurrent. Das war in der zweifachen Seele, die diesem Körper innewohnte, zu spüren. Ein Kunstwerk, filigran und komplex, eines von vielen.

Tonya wusste nicht, was sie da dachte. Sie hatte Gemryn stets gemocht. Deruonn war ein netter Kerl und ein exzellenter Schemenjäger.

Tonya presste sich flach an den Boden, als ihr Gedächtnis ihr die Einzelheiten ihrer Großen Weihe preisgab. Sie hatte das Gefühl, sie müsste entsetzter über die Fakten sein, die da so neu und unerwartet in ihr Bewusstsein rieselten, doch sie war nur erschrocken von Größe und Alter des Wesens. Besser, man ging ihm erst noch aus dem Weg, ein paar Jahrzehnte lang. Oder Jahrhunderte. Ein Wettstreit wäre reizvoll, aber zu ungleich.

Sie war schließlich nahe genug und nahm das Blasrohr. Auf wen würde sie schießen? Den Graaven, den Weisesten …

Während der kleine Pfeil flog, erinnerte sie sich, dass sie bis zur Dunkelheit hatte warten wollen. Warum hatte sie das vergessen? Ihr Gedächtnis war wie ein Malstrom, ein gischtiger Strudel, der alles mit sich fortriss. Sie erinnerte sich, wie man ihr den Kopf abgeschlagen hatte.

Auch das konnte nicht sein. Ihr Kopf saß noch auf ihrem Hals. Es mussten ein anderer Kopf und ein anderer Hals gewesen sein.

Sie hätte längst fort sein sollen. Was tat sie immer noch hier? Schemenjäger verschwanden schnell. Sie hatte den Schrei gehört, der ihrem Angriff gefolgt war. Einige Soldaten rannten auf das Gebüsch zu, in dem sie verborgen lag.

Als Schemenjägerin hatte sie versagt.

94

Fünf Soldaten hatte es das Leben gekostet, die Frau in die Mitte der Straße zu schleppen. Sie waren schnell und blutig gestorben, lagen mit zerschnittenen Kehlen an der Straße. Neue Opfer eines schon wieder neuen Krieges?

Auch jetzt noch kauerte die fremde Frau wie zum Sprung da, die Zähne gefletscht, während der Graav und die anderen Männer mit gezogenen Waffen um sie herumstanden. Ein gutes Stück waren sie zurückgewichen, hatten das Rund größer gemacht, als bewachten sie ein Raubtier.

Shernays war schon die ganze Zeit ein wenig übel gewesen, ohne dass sie hätte sagen können, weshalb. Doch als die Frau aus dem Gebüsch gezogen wurde, wusste Shernay, dass es deren Anwesenheit gewesen sein musste, die ihr im Magen gelegen hatte wie unverdautes Gift.

Sie zitterte, warf einen letzten Blick auf die Graavessa. Dann zwang sie sich mühsam auf die Beine. Die Soldatin, die die junge Frau bewachte, folgte ihr mit argwöhnischem Blick.

»Das ist …«, würgte Shernay hervor, »das ist ein … das muss ein …«

Taumelnd zwang sie sich zu einem Schritt nach dem anderen. Sie hatte in der Runde der Befehlshaber nichts zu suchen. Doch auch Kryes war immer noch dort, und keiner hatte ihm bislang etwas getan. Vermutlich war keine Zeit dazu gewesen.

Nebensächlich. Ihr Herz brannte. Ihre Adern hämmerten. Ihre Haare schienen sich senkrecht gestellt zu haben, und eiskalte Schauer liefen ihr über den Rücken wie Schüttelfrost. Nicht einmal in der Nähe der Traumschlangen hatte Shernay eine so aberwitzig heftige Reaktion verspürt.

Jeder Schritt kostete sie Mühe. Jede Bewegung schien ihr die Luft abzuschnüren. Ihr wurden die Knie weich. Wie durch einen dicken Vorhang hörte sie Stimmen.

»Keyt?« Das war der Graav. Er klang ebenso zornig wie irritiert. »Was ist geschehen, Keyt? Was tust du?«

»Zu dick für Keyt«, sagte der riesige Kerl, der bei seinem Graaven stand. »Keyt ist dünn, und Keyt ist eine von uns!«

Keyt – wenn sie denn so hieß – hatte gerade die eigenen Leute umgebracht. Denn es war nicht Keyt. Das wusste Shernay, auch wenn sie nicht wusste, wer diese Keyt war.

Nun brüllte der Graav: »Was tust du hier? Wo sind meine Kinder?«

In Shernays Ohren sauste und summte es, als fege ein Sturmwind daran vorbei. Sie fiel auf die Knie und rappelte sich erneut auf. Es sah aus, als würde Morrgjar von Flynnt das Wesen vor ihm anfassen und schütteln wollen.

»Nicht!«, schrie Shernay. »Nicht anfassen!«

Wieder fiel sie auf die Knie und kroch so schnell sie konnte auf allen vieren weiter. Der Riesenkerl packte sie am Arm und riss sie hoch. Sie kotzte ihm beinahe ins Gesicht.

»Meine Kinder! Du solltest bei ihnen sein und auf sie aufpassen!« Der Graav hatte sich nicht einmal nach Shernay umgedreht, sah nur auf das aufgedunsene, verquollene Wesen, das mit unstetem Blick in die Runde starrte, von einem zum anderen, als legte es sich zurecht, wer zuerst und wer später sterben sollte.

Eine Kinderfrau von Graavensprösslingen hatte sie sich anders vorgestellt

Die aufgedunsene Kämpferin lächelte jetzt zynisch. Dann bahnte sich ein anderer Ausdruck den Weg auf ihr Gesicht und änderte es grundlegend. Die seltsame Frau würgte, als müsse sie durch einen Knebel sprechen.

»Im Versteck«, presste sie hervor. »Habe ihnen beigebracht, sich im alten Verlies zu verstecken, wenn es brenzlig wird.« Schon änderte sich ihre Miene wieder, wurde glatt, feist und unsagbar fremd. Wer immer eben gesprochen hatte, schien nicht mehr da zu sein.

Nun schrie Shernay.

»Urgorrn. In ihr ist ein Urgorrn! Ich spüre es. Ein Urgorrn.«

Es war ihr bewusst, dass sie völlig hysterisch klang. Der Mann, der sie festhielt, trug fast ihr ganzes Gewicht. Er sah aus, als würde er sie gleich in die Büsche werfen. Doch er tat es nicht.

»Da drin?«, brüllte er zurück und schüttelte sie wie einen Lumpen. Ihr Haar flog. Dann ließ er sie fallen, und im nächsten Moment hatte er sein Schwert gezogen. In den Kreis der Männer war Bewegung gekommen. Kryes war bei ihr.

»Was …?«

»Ich spüre es, Kryes. Das ist ein Urgorrn!«

Die Frau wand sich unter dem Schwerthieb des Hünen fort und sprang auf Shernay zu. Kein Gefühl spiegelte sich in ihren Zügen, weder Wut noch Mordlust. Wie eine seelenlose Puppe spulte sie die Aktionen ab und war ungeheuer schnell. Ihre Art, sich zu bewegen, erinnerte Shernay einen Augenblick lang an Deruonn. Doch er verschwand aus ihrem Gedächtnis, als eine Hand ihre Kehle erfasste und mit grausamer Kraft zudrückte.

Shernay sah Kryes' Hände, die versuchten, den Arm der Angreiferin von ihr zu zerren. Doch der alte Bewahrer hatte keine Chance. Schwarze Punkte wuchsen in Shernays Blick, und die Welt wurde dunkel und löchrig. Sie krallte um sich, aber ihr Bewusstsein schwand mit dem Licht. Sie fühlte nun ganz nah die Gedanken der Kreatur, die ihr zuflüsterten, dass sie sterben musste, damit es niemanden gab, der Ihresgleichen erkennen konnte. Dass es sie gar nicht geben durfte. Dass sie eine Missgeburt war, die es auszumerzen galt.

Die Hand ließ locker, da lag Shernay schon auf dem Boden. Sie röchelte nach Atem, bekam keinen, sog mühsam Luft in sich ein, die nicht an einer Barriere vorbei wollte. Panisch schlug sie um sich.

Langsam strömte etwas Luft durch Shernays Kehle. Neben ihr lag ein Arm. Diese Hand hatte sie eben noch gewürgt. Sie versuchte zu verstehen, sah, dass das Schwert des Hünen blutverschmiert war. Er hatte den Angriff auf sie auf schnelle und drastische Weise beendet.

Die Frau stand immer noch in der Mitte, blutete aus dem abgetrennten Arm, jedoch nicht annähernd so massiv, wie Shernay das erwartet hätte.

Der Kreis war weiter zurückgewichen. In den Gesichtern spiegelte sich Unverständnis und Entsetzen. Kryes zerrte Shernay aus der Nähe des Wesens. Es zischte giftig.

»Keyt!«, rief der Graav noch einmal, als könne er die Person, die er in dem Wesen sah, zurückholen.

»Ist nicht Keyt!«, sagte der Riese. »Ist ein Ungeheuer.«

»Urgorrn«, wisperte Kryes.

»Sicher?«, fragte der Graav, ohne die Kinderfrau einen einzigen Moment aus den Augen zu lassen. Auch er hatte sein Schwert gezogen. »Warum hat sie auf meine Frau geschossen?«

Keiner antwortete, auch nicht Shernay, die sicher war, dass es nicht diese Frau gewesen war, obgleich die andere Alternative – Deruonn – ihr nicht lieber war.

»Urgorrn«, krächzte Shernay. »Ich spüre die faulige Macht.« Sie versuchte aufzustehen, doch nicht einmal mit Kryes' Hilfe gelang es ihr. Sie verstand nur, dass der Bewahrer ihr glaubte. Sie wusste jedoch auch, dass er sie töten wollte. Wenn er das jetzt tat, hatte sie ihm nichts entgegenzusetzen.

Schon pfiff ein Schwert durch die Luft.

Erneut flog ein Kopf durch die Luft. Diesmal hatte der Graav zugeschlagen. Sein Gesicht drückte wilde Entschlossenheit aus. Er tötete eine Frau, die er für die Betreuerin seiner Kinder hielt, nur auf Shernays Aussage hin. Shernay hätte Angst vor einer solchen Verantwortung gehabt, wäre sie sich nicht so sicher gewesen.

Sie erstarrte, als ein Wurm aus dem Hals des Leichnams kroch, während dieser unglaublich langsam und beinahe widerwillig in sich zusammensackte. Sie war sich nicht mehr sicher, ob all das, was sie sah, wirklich geschah oder nur ein Albtraum war. Der Wurm hatte noch nicht den Boden erreicht, da hieben der Graav, der Riese und ein älterer Offizier mit Schwertern auf das Wesen ein.

Es wand sich und glitschte hin und her, doch die Männer schlugen unablässig zu wie ein Dreschkommando, einer nach dem anderen, in schneller Abfolge.

Einzelne Teile lösten sich, wanden sich auf dem Boden. Der Kopf stürzte mit den spitzen Zähnen zuerst der Straße entgegen, als wollte er sich durch den Grund beißen.

Warum lebte das Ding noch? Wie konnte das sein?

Shernay konnte den Bewegungen der Männer und des Schlangenwurms, dessen Einzelteile aufeinander zu zuckten, kaum folgen.

»Zurück!«, erschallte ein Befehl. Der blonde Soldat, der mit der Verstärkungstruppe gekommen war, stand auf einmal mit einer Armbrust da und zielte auf die Kreatur. Er schoss, und gleißendes Feuer traf auf das wabernde Fleisch.

Es brannte lichterloh. Grünliche Flammen schossen in die Höhe, und sengende Hitze ließ alle zurückweichen. Es prasselte und zischte, und ein unerträglicher Gestank wehte ihnen entgegen. Mit einem Knall barst der Schlangenkopf, und es sprühte brennende Zähne. Shernay hielt sich den Arm vors Gesicht. Es war ihr nicht gelungen, allzu weit fort zu kriechen, und Kryes war nicht mehr neben ihr. Er stand nun hinter dem älteren Zivilisten mit dem grauen Weisenbart.

Asche flog durch die Luft. Von dem Wesen war wenig übrig geblieben. Shernay hatte seinen Tod unter der Haut gefühlt wie Feuer. Sie keuchte vor Schmerz.

Es war in Rauch und Asche aufgegangen. Doch noch immer ging es ihr nicht besser. Was hatte das zu bedeuten? Konnte irgendein Teil des Wesens überlebt haben?

Sie schaute in die blauen Augen des Armbrustschützen.

»Da ist noch …«, begann sie, doch dann merkte sie, wie Schmerz und Schock sie übermannten. Sie brachte kein Wort mehr über die Lippen, während sich die Welt ins Dunkel zurückzog.

Er wusste, was sie sagen wollte. Er würde sie töten. Sie würde nie mehr aufwachen.

95

Der Weiseste schrie und sprang wie ein Jungspund über den verkohlten Leichnam in der Mitte des Kreises. Morrgjar versuchte zu erfassen, was da geschah. Der alte Dörfler hatte sich an Orstyn angeschlichen, als alle auf das grässliche Wesen am Boden konzentriert gewesen waren. Allein diese Abgebrühtheit nötigte Morrgjar einen gewissen Respekt ab.

»Bleib zurück!«, befahl er dem alten Kämpen und hob sein Schwert. »Kümmere dich um die Frau!«

Dann war es auf einmal ganz still. Keiner wusste etwas zu sagen. Es hub ein Raunen an, wurde lauter, wurde panisch. Morrgjar hob sein Schwert ärgerlich in die Luft. Alle verstummten. Es war wieder still.

»Was zum Gerdeldung war das?«, fragte er schließlich.

Jeder starrte nur auf die Asche, die ein lauer Sommerwind verwehte und in Fetzen über dem Buschwerk tanzen ließ. Der kopflose Leichnam sowie das danebenliegende Haupt waren ebenfalls in den Flammen zu schwarzer Kohle verbrannt.

Keyt. Oder nicht Keyt? Hatte sie die Wahrheit über seine Kinder gesagt? Oder hatte der Wurm aus ihr gesprochen? Was war das überhaupt für ein Tier?

»Ein sehr junger Urgorrn«, antwortete der Dörfler, der zurück zu der bewusstlosen Shernay gegangen war. »Vermutlich. Keiner von uns hat je einen gesehen. Auch sind die alten Schriften durchaus widersprüchlich. Vielleicht nur ein Tier?«

Morrgjar schaute der Asche hinterher.

»Derselbe Wurm, der in Jaspro Hardegen war?«, fragte er seinen Adjutanten. Der zuckte die Achseln.

»Ich bin nicht kompetent, große Würmer auseinanderzuhalten, Marejal.«

»Bestimmt war er das!«, sagte Darso. Ein Schaudern durchlief den großen Kerl und wirkte untypisch an ihm.

»Wie ist er in Keyt reingekommen?«

Das Schweigen belegte, dass niemand darauf eine Antwort hatte oder es sich auch nur vorstellen wollte. Morrgjar wurde klar, dass auch die Meinung, hier hätte es sich um eines der alten Fabelwesen gehandelt, nur reine Spekulation war. Vielleicht war der Wurm wirklich nur eine besonders scheußliche Ausprägung von Parasit gewesen. Ja, das hätte er gerne geglaubt. Es war besser als alles andere.

Doch er lebte nicht deshalb noch, weil er immer das Bequemste glaubte.

»Nun«, meinte der Dörfler, »seine alte Hülle war dahin. Da hat er sich eine neue gesucht. Sie schien ihm freilich zu klein zu sein.«

»Ist er jetzt tot?«, fragte der Obrist besorgt. »Er ist doch jetzt tot, oder? Du da«, er blickte den Dörfler an, »der du mehr weißt als der Weiseste …«

»Ich heiße Kryes!«

Morrgjar starrte ihn an. »Erstaunlich viel weißt du, Kryes aus dem Byarla-Bergdorf – und du kennst den Weisesten.«

Kryes bückte sich hinunter zu Shernay und tätschelte ihr grob die Wange. Nun kam auch der Barde angelaufen, kniete sich geradezu besitzergreifend neben sie und schob Kryes' Hand fort.

»Shernay«, flüsterte er und strich ihr übers Haar. »Wach auf, Shernay!«

»Sagt die Legende nicht, die alten Räte von Predorenn hätten alle Urgorrn ausgerottet?«, fragte Morrgjar.

»Alle, die es damals gab. So heißt es. Doch niemand weiß, woher sie kommen. Wenn sie winzig in der Erde anfangen und Jahrhunderte brauchen, um sich zu entwickeln, dann ist es immerhin denkbar ...«

»Woher weißt du so viel darüber?«, fragte Morrgjar skeptisch. Kryes zuckte die Achseln und blickte fort.

»Ich habe Legendenkunde studiert, Durchlaucht.«

»Wo gibt es so viel Wissen?«

Der Mann hob nervös eine Hand, antwortete dann aber doch.

»In der Bibliothek zu Jorgvil.«

Morrgjar war gut darin, Lügen zu erkennen, und der Mann log.

»Jorgvil also. Kennst du daher auch den Weisesten?«

Der Mann nickte.

»Ich dachte, ihr stammt aus dem gleichen Dorf?«

Kryes stutzte.

»Das auch.«

»Du magst ihn ebenso wenig, wie du Shernay magst.«

Kryes antwortete nicht.

»Du wirst sie beide in Ruhe lassen. Orstyn, weil er Ratsherr des Fyrsthen ist, und Shernay, weil sie verdammt noch mal die Einzige zu sein scheint, die einen Urgorrn erkennen kann. Wenn es tatsächlich wieder welche geben sollte, wäre es ratsam, so jemanden zu haben.«

Kryes sah fassungslos von ihm zu der Frau.

»Er hat recht«, sagte der Barde. »Wir können es uns nicht leisten, auf sie zu verzichten.«

»Wer ist ›wir‹?«, fragte Morrgjar scharf.

»Die Menschheit, Durchlaucht.« Der blonde Barde schaute so unschuldig drein, dass Morrgjar ihm unwillkürlich misstraute.

»Aber sie sollte hier nicht so liegen«, meinte Griðyon. »Ich trage sie zu einem Wagen. Da sind Decken.«

Manchmal war Griðyon von beeindruckender Ritterlichkeit. Manchmal wieder von unglaublicher Kaltschnäuzigkeit. Zwei Mal hatte er schon gegen den Wurm gekämpft, und ohne seine Idee, sich blitzschnell Flugfeuer zu holen, wäre das Biest vermutlich ebenso entwischt wie beim ersten Mal.

Morrgjar blickte in die Runde. Alle waren bleich. Manche bebten, als frören sie. Auch Morrgjars Kampfgeist klang ab und ließ eine eisige Beklommenheit in ihm zurück, zusammen mit einer Art Sodbrennen. Der Rauch des Flugfeuers hatte bitter geschmeckt. Morrgjar merkte, dass seine Hände zitterten. Etwas ungeschickt steckte er sein Schwert in die Scheide und zwang sich, es loszulassen. Er war hier verantwortlich. Er musste sich zusammenreißen. Er atmete tief ein und aus und spuckte angewidert in die Büsche.

Griðyon trat auf Shernay zu. Der Barde erhob sich und sah ihm fest ins Gesicht. Er musste hochsehen, denn der Adjutant war fast einen Kopf größer als er.

»Shernay bleibt bei mir!«, verkündete er entschlossen.

»Ihr seid immer noch meine Gefangenen«, ließ Morrgjar ihn kalt wissen. »Ihr tut, was ich sage.« Irgendwie hatte der gemeinsame Feind die Rollenstruktur nachhaltig verwässert. Doch Morrgjar hatte nicht vor, sich von einer Truppe eigensinniger Dörfler auf der Nase herumtanzen zu lassen, einerlei ob sie nun zu Flynnt gehörten oder nicht. Es steckte mehr hinter der Sache als eine ausgebüxte Braut und ein ominöser Verführer. Er würde es herausfinden.

Doch nicht jetzt.

»Bring sie zur Graavessa. Dann kann sich die Feldscherin um beide kümmern.«

Der Barde mühte sich schnaufend, die leblose Frau vom Boden aufzuheben. Griðyon hätte da weniger Probleme gehabt. Doch der Musiker hatte sich eine Verantwortung aufgebürdet. Sollte er sie auch ausfüllen.

Griðyon wirkte ungehalten. Er sagte jedoch nichts, blieb nur dicht dabei, um helfen zu können, falls der Barde mit seiner Aufgabe überfordert wäre. Morrgjar mochte die stets pflichtbewusste Art seines Adjutanten.

»Ich hole ihr etwas zu trinken«, sagte Griðyon. »Dann geht es ihr gleich besser.«

Irgendetwas war an den Worten, das Morrgjar störte. Lüge konnte es nicht sein. Es war eine völlig plausible Aussage. Vielleicht bemühte sich der junge Mann zu sehr. Wenn man sich die blonde Frau anschaute, dann konnte man sich vorstellen, dass sich sehr viele Männer gern um sie bemühen würden, und doch …

»Griðyon?«

»Marejal?«

»Ist alles in Ordnung?«

»Ja, Marejal.«

»Keyt – ich hatte den Eindruck, dass es da einmal eine Beziehung gab?«

»Zwischen mir und Keyt? Nichts Ernstes, Marejal.«

»Sie ist gerade auf grausame Weise gestorben.«

»Das war nicht mehr Keyt, Marejal.«

So einfach war das? Morrgjar nickte. »Vermutlich nicht. Doch wie sicher können wir uns sein?«

Der Adjutant zuckte mit den Achseln. »Wo das Wissen aufhört, kann man nur vermuten.«

Sehr abgeklärt. Tat er nur so kalt? Morrgjar selbst brauchte all seine Kraft, um sich von dem Geschehenen nicht überwältigen zu lassen, sondern so logisch und ruhig wie möglich Entscheidungen zu fällen, während seine Weltsicht wie von einem Erdbeben erschüttert wurde. Eine Entscheidung nach der anderen. Nichts überstürzen. Nichts vergessen.

Er sah sich um, ließ seinen Blick weit schweifen, als erwartete er weitere Unbill. Doch im Moment war zumindest nichts zu sehen.

»Sichert die Straße!«, befahl er den Soldaten. »Schaut auch, ob sich etwas im Gesträuch verbirgt! Seid vorsichtig!«

Urgorrn. Was für ein Unsinn, hätte er noch vor einer Stunde gesagt. Doch er war kein Mann, der sich Neuem nicht widmete, nur weil es nicht in sein Weltbild passte – und es passte so gar nicht. Ein Wurm mit einem Schlangenkopf. Mehr nicht. Oder doch? Zumindest die Möglichkeit würde er im Auge behalten müssen. Sie alle. Etwas als gänzlich unwahrscheinlich abzutun, stand einem Strategen nicht zu. Dennoch spürte er, wie sich die Gewissheit dessen, was er gesehen hatte, in seinem Sinn bereits zu verharmlosen begann. Er war nicht abergläubisch.

Er war freilich auch nicht leicht zu manipulieren, schon gar nicht von seinem eigenen Wunschdenken.

»Urgorrn!«, brummte er unglücklich. »Vergorrnter Mist!«

In diesem Moment fiel etwas Schweres direkt vor seine Füße. Aus der Luft hatte Morrgjar keinen Angriff erwartet.

96

Der Aufprall erschütterte Deruonn, und der Schmerz zuckte durch alle seine Glieder. Doch er hatte keine Zeit, benommen zu sein. Er sprang auf. Oder zumindest versuchte er es. Es gelang ihm nicht in der gewohnten Schnelligkeit.

Gemryn übernahm, und nun stand er sprungbereit da, den langen Dolch in der Hand.

Doch zunächst geschah nichts. Die versammelten Menschen waren überraschter als er. Sie hatten die letzte Überraschung noch nicht verwunden.

Deruonn ließ die Waffe sinken. Oder Gemryn? Er schüttelte den Kopf, um seine vernebelten Sinne zu klären. Doch seine Seelenzuordnung blieb wirr und unzuverlässig.

Viel zu viele Feinde. In direktem Kampf konnte er sich nicht gegen all die Soldaten verteidigen. Es mochte ihm gelingen, eine ganze Reihe Kämpfer mit in den Tod zu nehmen. Doch was hatte er davon?

Außerdem hatte er sich offenbar Rippen gebrochen, und sein linker Arm sah auch nicht gut aus. Der Schmerz folgte mit dem Begreifen, dass er verletzt war. Bis eben hatte die schiere Wucht des Einschlags alles überdeckt.

Er sah in die blauen Augen des Graaven. Sie waren denen Shernays auf unheimliche Weise ähnlich. Dieser Gedanke jedoch verschwand bereits hinter der Erkenntnis, dass Morrgjar von Flynnt soeben sein Schwert gezogen hatte.

Deruonn wich zurück. Sein Blick fiel auf den Weisesten, der ihn ausgesandt hatte. Der konnte ihn als harmlosen Forscher bestätigen und seine Anwesenheit hier legitimieren.

Doch Orstyn tat nichts dergleichen, wich seinem Blick aus. Deruonn verstand. Er hatte Angst vor den Bewahrern. Die hatten ihn allerdings längst erkannt. So viel hatte Deruonn aus seiner erhöhten Position erahnen können, bevor der verdammte Vogel ihn mit seinen Krallen von der Felswand gepflückt hatte, um ihn einfach von oben auf die Straße fallen zu lassen wie ein Stück erlegter Beute.

Er hasste den Vogel. Der Vogel hasste ihn.

Die Waffe des Graaven zeigte auf ihn, doch noch griff der Mann ihn nicht an.

»Wo ist der denn jetzt hergekommen?«, fragte er stattdessen, ohne seinen Bick einen einzigen Augenblick lang von Gemryn zu nehmen.

»Von oben, Marejal! Schaut! Da oben ist ein riesiger Vogel. Ein fliegendes Ungeheuer! Ist das auch ein Urgorrn?«

Armbrüste zielten gen Himmel.

»Lasst es!«, befahl der Graav scharf und widerstand der Versuchung, nach oben zu blicken, hielt weiterhin Deruonn im Blick. Offenbar ein guter Kämpfer, der sich nicht so leicht ablenken ließ.

»Wer bist du?«, raunzte er ihn unwirsch an.

»Gemryn. Bibliokant zu Jorgvil. Der Weiseste kann meine Identität bestätigen.«

Jetzt konnte Orstyn leugnen oder nicht. Er tat es nicht. Er sagte nichts. Er wusste sicher noch, dass Deruonn sein Begleitschreiben vorweisen konnte.

»Weisester?«, fragte der Graav, immer noch ohne seinen Blick von Deruonn zu wenden.

Deruonn sah den Ratsherrn resigniert nicken, doch der Graav sah es nicht.

»Nun?«

»Ich habe ihn zu einem Forschungsauftrag ausgesandt, Durchlaucht. Im Auftrag des Fyrsthen.«

Der Graav hob ungläubig eine steile Augenbraue, und der alte Bewahrer zischte durch die Zähne. »Verräter!« Deruonn wusste den Blick zu deuten. Der Weiseste würde den Rest seines Lebens verdammt aufpassen müssen, um nicht ganz plötzlich tot zu sein.

Der Graav schaute nur skeptisch drein.

»Du bist also der Forscher, der meine Männer dezimiert hat«, sagte der Graav.

»Sie haben mich angegriffen. Ich habe mich nur verteidigt.«

»Er hat Tomo erschossen! Aus dem Hinterhalt!«, sagte Kryes. »Doran hat er die Kehle durchgeschnitten, und auf Eure Frau hat er auch geschossen.«

Deruonn und der Graav sahen einander in die Augen wie zwei Pantheiger. Deruonn konnte die Wut in dem anderen Mann spüren und hoffte, sie würde ihn unvorsichtig machen.

»Dieser Mann«, zischte Deruonn und deutete auf Kryes, »will mich tot sehen, weil er mir die Frau nicht gönnt, die ich liebe. Er kann es nicht selbst tun, deshalb delegiert er die Aufgabe an Euch. Ich habe nie auf Eure Gattin geschossen.« Das war nicht einmal gelogen. Er hatte sie durch Zufall getroffen, gänzlich unbeabsichtigt. »Wenn Ihr ihm glaubt, erfüllt Ihr ihm einen Wunsch. Und glaubt mir, am Tod Eurer Soldaten ist er schuldiger als ich. Sie waren zu fünft! Ich bin nur ein Mann.«

»Sind all Eure Bibliokanten solch wackere Krieger, Weisester?« Der Graav klang zynisch.

»Nein, Durchlaucht. Gemryn schien mir für die Aufgabe besonders geeignet.«

»Er ist ein Schemenjäger der Xyi!«, zischte Kryes. »Ein gedungener Mörder.«

Einen Augenblick lang sah Gemryn Hohn in den Gesichtszügen des Graaven. Doch dann wurde dieser nachdenklich.

»Die soll es also auch geben? Wie die Urgorrn-Würmer? Was soll ich heute denn noch alles glauben?«

Deruonns Gesicht spiegelte den Unglauben seines Gegenübers, als wolle er ihn bestärken. »Das ist Unsinn, Durchlaucht. So etwas gibt es nicht.«

Der Graav sah ihn prüfend an, und Deruonn wusste, er hatte etwas falsch gemacht. Aus irgendeinem Grund wollte der Mann diese Lüge nicht schlucken, so wie er auch die des Weisesten über den fyrsthlichen Auftrag nicht geschluckt hatte.

»Xyi?«, fragte er nur. »Beglückt uns mit eurer Weisheit, Weisester. Gibt es die Xyi?«

Beinahe hätte Deruonn gelächelt. Orstyn glaubte an wenig. Gewiss nicht an die Xyi. Fast niemand tat das.

»Ich denke, ja«, sagte der Weiseste, und Deruonn klappte beinahe die Kinnlade herunter. Das hatte er nicht erwartet. »Die Frau mit dem Urgorrn war vermutlich eine von ihnen. Ich sah sie in Jorgvil. Sie suchte nach Gemryn. Hat mich fast umgebracht. Da kam mir der Verdacht, wen ich da ausgesandt hatte. Ich ahnte es zuvor nicht.«

Mindestens fünf Schwerter und noch einige Armbrüste deuteten auf Gemryn, der Deruonn in den Hintergrund drängte. Er musste hier weg. Dieser verdammte Kerl hatte ihn verraten. Dachte er, er könnte damit sein eigenes Fell retten? Vermutlich.

Ein Hilfeschrei ließ sie herumfahren. Neben Shernay kämpfte der Barde mit bloßen Händen gegen einen blonden Offizier. Er war kleiner, schwächer und offensichtlich kein geübter Kämpfer.

Er verlor.

97

Shernay fuhr aus dem Dunkel hoch. Wirre Bilder flammten durch ihren Kopf, und sie verstand die Welt nicht. Eiskalt und dann heiß durchfuhr sie ein Erinnerungsfetzen nach dem anderen, fügte sich zu einem löchrigen Muster.

Garru fiel. Er stürzte auf den Boden und rollte sich knapp unter dem Dolch weg, mit dem der blonde Offizier nach ihm stach. Shernay schrie.

Sie wusste, was der Mann war, und verstand, dass er sie hatte töten wollen und nicht Garru. Garru hatte sie verteidigt, ohne Waffen, nur mit dem Patangol, das ihm zur Verfügung stand. Warum Garru? Warum nicht Deruonn, den sie kaum ein paar Schritte entfernt stehen sah?

Sie sah ihn an. Der Blick seiner braunen Augen huschte kalt und berechnend von ihr zu Griðyon, ohne einzugreifen.

»Urgorrn!«, schrie sie und deutete auf den Offizier. »Er ist auch einer!«

Außer ungläubigen Blicken erntete sie keine Reaktion. Der Dolch fuhr auf Garru nieder, und Shernay rollte sich gegen die Beine des Angreifers, worauf dieser strauchelte. Doch jetzt war sie in seinem Waffenbereich. Sie hätte daran denken müssen, dass der Wurmträger sie umbringen wollte und nicht Garru. Sie war die Einzige, die wusste, was er war.

»Deruonn, hilf mir!«, schrie sie. Doch er war fort. Verschwunden in dem Augenblick, in dem alle Augen sich auf sie gerichtet hatten. Unsichtbar.

»Deruonn!« Sie spürte Verzweiflung in sich aufsteigen. Todesangst und maßlose Enttäuschung. Sie hatte Deruonn verloren. Er hatte sie verraten.

Sie ihn auch. Der Schmerz darüber überlagerte beinahe den Ekel und die Todesangst.

Nun waren Kryes und Myrge da und versuchten, Garru beizustehen. Doch auch sie hatte man bei ihrer Gefangennahme entwaffnet. Der Wurmträger war ein exzellenter Kämpfer, stark, geschickt, elegant, unermüdlich und bewaffnet.

»Glaubt mir doch!«, kreischte sie verzweifelt. »Er ist …«

Die Klinge fuhr auf sie hinab. Der Blick aus den blauen Augen war gleißend vor kaltem Zorn. So ein Aufsehen hatte er nicht gewollt. Gar nichts hätte er zu machen brauchen, wenn man ihr ohnehin keinen Glauben schenkte.

Sie wand sich und spürte, wie der Dolch an ihrem Arm entlangschnitt. Sie fauchte vor Schmerz.

Dann war ein Schwert über ihr. Nun war alles zu spät.

Doch es parierte nur den Dolch.

»Zurück!«, brüllte der Graav. »Alle einen Schritt zurück! Du auch, Griðyon.«

Schweigen senkte sich über die Menge. Der Adjutant und der Graav starrten einander an. Nichts rührte sich. Selbst der Wind schien Pause zu machen.

»Er ist ein Urgorrn«, flüsterte Shernay und würgte heftig. »Er ist ein …«

»Griðyon?«, fragte der Graav überraschend sanft. Shernay begriff, dass er seinen Offizier mochte. Ganz sicher wollte er so etwas nicht glauben.

»Nicht Griðyon!«, sagte einer der Soldaten und die anderen pflichteten murmelnd bei. »Griðyon ist einer von uns! Die Frau lügt.«

Shernay spürte eine Bewegung neben sich. Sie fuhr noch im Liegen herum. Es war die Graavessa, blass, aber immerhin wach. Auf dem Boden kniend sah sie zu Griðyon auf, schaute ihn lange geradezu träumerisch an.

»Ihr habt die Spinnenbisse überlebt«, sagte sie matt. »Die Spinnen haben das nicht. Ihr gingt gestärkt daraus hervor. Jeden anderen hätte das umgebracht. Ihr habt irgendwas mit dem Gurnbusch getan. Er war schon welk, bevor Ihr ihn abschlugt. Als hättet Ihr ihn ausgesaugt. Doch Ihr wart nicht trunken!« Sie klang entsetzt und fasziniert zugleich. »Ihr habt Pruri umgebracht. Sie hatte Euch als das erkannt, was Ihr seid.«

»Erlaucht reden wirr«, erwidert Griðyon. »Ich habe Euch immer beschützt. Ich war stets loyal. Ich habe für Flynnt gekämpft und bin für Flynnt verwundet worden. Viele Male. Wie könnt Ihr einen solchen Unsinn glauben?« Er klang vorwurfsvoll und gekränkt. »Was habe ich Euch getan, dass Ihr so gegen mich handelt?«

»Mir? Nichts. Tatsächlich mochte ich Euch. Beinahe jeder mag Euch. Ich habe Euch vertraut und bewundert.« Die junge Frau zitterte.

»Griðyon, leg die Waffen ab, dann reden wir in Ruhe!«, sagte der Graav. »Ich kenne dich von Kind auf. Ich glaube nicht, dass du eine Bestie bist. Doch nun hör auf, unsere Gefangenen zu bedrohen. Wir brauchen sie noch.«

»Morrgjar«, wisperte die Graavessa. »Ich hatte dir gesagt, du musst einen Verräter unter deinen Leuten haben. Könnte er das nicht sein?«

»Nein!«, fuhr der Graav auf. »Warum sollte er meine Frauen umbringen?«

»Zuchtprogramm«, meldete sich Kryes zu Wort, der immer noch wie selbstverständlich im inneren Kreis der Entscheider stand. »Eure blauen Augen deuten auf ein altes Erbe hin, so wie Shernay es auch hat. Ich vermute, keines Eurer Kinder hat sie geerbt?«

Der Graav starrte ihn verständnislos an.

»Also hat Euch jemand mit immer neuen Möglichkeiten versehen.«

»Das ergibt keinen Sinn!«

»Nicht für uns. Aber die Urgorrn haben gerne mit dem Erbgut der Menschen gespielt, heißt es.«

»Heißt es, heißt es, heißt es! Ich glaube dir kein Wort, Dörfler!« Der Graav brüllte, und das Brüllen verriet Shernay, dass er schon beinahe überzeugt war.

Aber nicht ganz. Von Kind auf, hatte er gesagt. Man verdächtigte niemanden, den man schon so lange kannte.

»Er ist …«, begann Shernay erneut.

»Schweig! Wir kennen deine Meinung.« Der Graav war mehr als ungehalten.

»Es gibt keine Möglichkeit, das zu eruieren«, gab Kryes zu bedenken. »Ihr könnt nur die Plausibilität abwägen. Habt Ihr einen Verräter unter Euch, der Euch nahe genug kommen konnte, um zu morden? Hat Shernay einen Grund, einen Mann, den sie noch nie gesehen hat, zu beschuldigen?«

»Ja!«, zischte der Graav. »Ablenkung. Ihr dunkler Held hat eben im Durcheinander das Weite gesucht. Geholfen hat er dir nicht, Mädchen.« Der Mann klang fast ein wenig gehässig. »Der große Kämpfer zog es vor zu verschwinden.«

»Gebt mir eine Waffe, Durchlaucht!«, flehte Myrge. »Ich setze ihm nach. Schnell!«

Shernay wusste nichts zu sagen. Sie fühlte sich hohl und dumm. Ihre Verzweiflung fächerte sich auf in die verschiedensten Gründe.

Der Graav sah von ihr zu Griðyon und versuchte abzuwägen. Er nickte kurz. »Darso, nimm dir ein paar Männer und geh mit ihr!«, befahl er dann. »Los. Nehmt euch in Acht!«

Dann sah er zu Kryes. »Es gibt keinen Weg, die Anschuldigung zu beweisen oder Griðyon zu entlasten?«

»Er wollte Shernay töten!«, fuhr Garru auf. Er blutete aus mehreren Wunden. Dass er noch lebte, war ein Wunder.

Der Graav sah vom einen zum anderen. Es war unübersehbar, dass die Pattsituation ihm nicht behagte. Er wollte seinen Mann retten, jedoch nicht um den Preis einer Fehlentscheidung. Er glaubte Shernay nicht, doch die Ereignisse hatten ihn unsicher gemacht. Ein Unschuldiger hätte keinen Grund gehabt, sie anzugreifen.

»Ich bin mir sicher, Durchlaucht!«, flehte Shernay. Sie kam mühsam auf die Füße, um eventuell schnell flüchten zu können. Sie musste sich konzentrieren. Nicht an Deruonn denken. Sie hatte ihn nicht verraten wollen. Er sie vielleicht auch nicht. Doch letzten Endes hatte jeder von ihnen Verrat am anderen begangen, auch wenn die Bewahrer zunächst allein auf sein Geheimnis gestoßen waren.

Griðyon wirbelte schneller herum, als man es für möglich hielt. Das Schwert, von hinten gegen seinen Hals geführt, verfehlte ihn knapp. Greda. Sie hatte den direkten Beweis führen wollen. Jetzt flog sie rückwärts, fiel, rollte sich ab und kam erneut zum Stehen.

»Du vergorrnter Bastard!«, brüllte sie ihn an. »Du hast Pruri umgebracht! Sie wollte ein Schäferstündchen mit dir, und du hast sie vergiftet! War das nicht ein Pech, dass sie nicht gleich starb? Da musstest du noch nachhelfen! Fällt ja nicht auf, mitten in einer Schlacht! Und Mandelle hast du sicher auch auf dem Gewissen. Wenn sie nicht von deinem verdammten Busch genascht hätte …«

»Greda!«, befahl die Graavessa. »Zu mir!«

Shernay sah den Widerstreit im Gesicht der Kutscherin. Sie hasste diesen Mann. Doch nach ein paar Sekunden löste sie sich aus ihrer Kämpferpose und schritt in einem Bogen an ihm vorbei zur Graavessa. Die Augen aller folgten ihr.

In diesem Moment stolperte der Weiseste von hinten auf den blauäugigen Kämpfer zu. Shernay begriff, dass Kryes ihn gestoßen hatte. Griðyon fuhr herum, sein Schwert zischte durch die Luft.

Ein Kopf fiel auf die Straße.

98

Myrges Wunde schmerzte. Sie war nicht in der Verfassung, einen Spezialisten für das hinterhältige Töten zu besiegen. Doch ihr Orientierungssinn ließ sie immerhin wissen, sie würde sich weder im Dickicht des Gesträuchs, noch in den aufstrebenden Felsen dahinter verirren, und sie hatte eine ungefähre Vorstellung von der Richtung, die der Mann eingeschlagen hatte.

Der große Darso war offenbar kein Mann, der lange diskutierte. Er folgte ihr einfach, und die drei Soldaten, die bei ihm waren, folgten ihm.

»Da lang!«, wisperte Myrge, wohl wissend, dass Wispern nichts half. Ein Schemenjäger würde fünf Bewaffnete, die durch das Unterholz brachen, auf alle Fälle hören. Wenn er noch Blasrohrpfeile hatte, dann konnte er sie aus einem Versteck heraus einen nach dem anderen abpflücken.

Doch wenn er noch Blasrohrpfeile gehabt hätte, dann wären sie und Kryes bereits tot gewesen, und Doran wäre nicht an durchschnittener Kehle gestorben. Dafür musste man nahe an jemand herankommen. Giftpfeile waren viel sicherer.

»Dort hoch!«, raunte sie, als die Felsen sich steil aus dem Gestrüpp erhoben.

»Klettern?« Darso schien wenig erbaut.

»Ich bin mir sicher, dass er nicht hier unten geblieben ist.

Er will weg. Hier ist alles zu nah an der Straße. In den Bergen kann man sich verstecken.«

»Ich kann nicht gut klettern«, brummte Darso.

»Er auch nicht. Er ist verletzt.«

»Du auch.«

Das stimmte, und Myrge zischte, als sie sich einen schmalen Absatz hochkämpfte, der einem gerademal fußbreiten Pfad ähnelte. Doch es war nur ein winziges Felssims, und alsbald verschwand es. Sie mussten sich mit Händen und Füßen Tritt um Tritt weiter nach oben kämpfen.

Wenn er das geschafft hatte, konnte sie das auch. Immer vorausgesetzt, sie täuschte sich nicht. Doch ihr Talent, sich überall zurechtzufinden, vermittelte ihr auch den plausibelsten Weg, den jemand genommen haben könnte. Immer vorausgesetzt, Plausibilität war hier überhaupt gefragt. Vielleicht war der Mann einfach den bewaldeten Streifen entlang nach Norden oder Süden gerannt. Dann mühten sie sich hier umsonst ab.

Eine große Hand kam ihr zu Hilfe, als sie mit den Füßen abrutschte. Fast wäre sie abgestürzt, doch Darso hielt sie mit ungeheurer Kraft. Der Schreck saß ihr dennoch in den Gliedern.

»Danke!«

Er grunzte. Sie kletterten weiter. Was hätte sie getan, wäre sie ein verfolgter Schemenjäger gewesen? Immer weiter flüchten? Oder lieber einen Standpunkt aufsuchen, von dem aus er Steine auf seine Verfolger fallen lassen konnte?

Schon streifte einer ihre Schulter, und sie schrie auf. Doch es gelang ihr, sich an den Felsen zu krallen.

Die Soldaten trugen Helme. Das mochte sie schützen, wenngleich auch nur bedingt. Die Wucht eines fallenden Brockens würde sie ihres Halts berauben, auch wenn der Stein selbst ihnen nicht den Schädel einzudrücken vermochte. Myrge trug keinen Helm mehr. Ihr rotblondes Haar leuchtete vermutlich weithin und gab ein wirklich gutes Ziel ab.

Sie war nicht in der Lage, sich umzusehen, als ein Schrei hinter ihr erschallte und sich langsam nach unten entfernte. Vielleicht überlebte der Mann den Sturz? Jedenfalls waren sie jetzt nur noch zu viert.

»Benjor!«, rief Darso erschrocken. Er erhielt keine Antwort.

»Weiter!«, drängte Myrge. Sie unterdrückte die plötzliche Furcht, ein Soldat nach dem anderen würde von dieser Felswand gepflückt, bis nur noch sie selbst übrigblieb, um dem Mörder allein gegenüberzustehen. Wie das ausgehen würde, konnte sie sich vorstellen. Er war zwar verletzt, aber sie auch, und sie war keine Mörderin.

Sie hatte ihn betrachtet, als er so plötzlich von oben erschienen war. Als Mann war er tatsächlich ein prächtiges Exemplar, gut gebaut, groß, dunkel und geheimnisvoll. Mit so jemandem würde man gerne die Blutlinien erfrischen. Die kluge Shernay hatte nicht mit dem Kopf gedacht, als sie dem Mann den Weg nach draußen gezeigt hatte und dann auch gleich bei ihm geblieben war. Nun, zurück hätte sie nicht gekonnt. Was hatte sie wohl gefühlt, als sie herausfand, dass sie mit einem Meuchelmörder unterwegs war, der im Auftrag eines Verräters handelte?

Was würde geschehen, wenn dieser Mann entkam und sein Wissen zu seiner Assassinen-Bruderschaft brachte? Myrge wurde eiskalt bei dem Gedanken.

Sie quälte sich weiter nach oben. Sie konnte eine Kante über sich erkennen. Von dort mochte man wieder ein Stück ohne Klettern vorankommen.

Doch über diese Kante würden sie nur einzeln hinwegkommen. Da war es wieder, das Gefühl, dass der Mann dort nur auf sie wartete, um sie einen nach dem anderen ins Jenseits zu befördern.

Sie war Bewahrerin. Ihn zu töten war ihre Aufgabe. An Orstyn, den sie nie kennengelernt hatte, und an Shernay wollte sie noch nicht denken. Sollte Kryes sich damit auseinandersetzen.

Nun hatte sie die Kante des nächsten Absatzes erreicht. Aus ihrer Position konnte sie nicht erkennen, ob dort jemand lauerte oder nicht. Sie atmete tief ein und zog sich dann mit einem Ruck darüber. Sofort rollte sie weiter, wollte kein liegendes Ziel bieten. Dabei drehte sie sich, um in alle Richtungen blicken zu können. Sie keuchte vor Anstrengung.

Ein Felsplateau, schmal und langgestreckt. Flechten wuchsen darauf und niedriges Berggesträuch. Falls der Mann hier war, war er unsichtbar.

Dann hörte sie ein Geräusch und ging abrupt auf die Knie. Doch es war nur Darso, der sich ebenfalls keuchend auf den Felssockel quälte. Erstaunlich agil kam er auf die Füße und wirbelte herum. Er sah den Flüchtenden so wenig wie sie.

Konnten diese Menschen wirklich unsichtbar werden? Ihre Überzeugung, dass dies ein Mythos war, war schal geworden angesichts des lebenden und wirklich widerwärtigen Mythos, den sie eben höchstlebendig erlebt hatte.

Wo war der Kerl?

Ihr wurde bewusst, wie schmal und klein dieser Absatz war, während ein Soldat nach dem anderen sich grunzend über die Kante wuchtete. Das südliche Ende gehörte zum Berg. Von dort ging es weiter nach oben. Doch nördlich klaffte ein Spalt zwischen Absatz und Berg, eine schmale Schlucht jenseits dieser ersten Felsen. War er dort hinuntergeklettert?

Vorsichtig näherte sich Myrge und versuchte, über den Rand zu spähen. Einen Moment später fiel sie, als eine Hand nach ihrem Fußknöchel griff. Sie wäre hinuntergestürzt, wenn Darso sie nicht mit aller Kraft zurückgerissen hätte.

Da war er. So schnell und so plötzlich, als wäre er aus dem Nichts gekommen. Ein Dolch flog. Ein Soldat schrie und fiel. Diesmal war es Myrge gewesen, die den großen Kämpfer in die Hocke gezogen hatte. Die Waffe war über ihn hinweggeflogen und hatte den Mann hinter ihm getroffen.

Zu dritt. Sie waren zu dritt. Ein Blick über ihre Schulter zeigte ihr, dass der andere Soldat sich flach auf den Boden geworfen hatte, als böte er so ein schlechteres Ziel. Da täuschte er sich.

Darso rappelte sich schnell wieder auf. Myrge hielt den langen Dolch, den sie sich geliehen hatte, in der Hand. Ein Stein flog und prallte direkt auf Darsos Stirn, und der kippte benommen nach hinten. Wie ein Schatten flog der Angreifer auf sie zu, wie beiläufig an ihr vorbei und hatte schon wieder ein neues Messer in der Hand.

So nah! Zu nah. Sie wirbelte seitwärts, strauchelte. Dieser Felsgrat war entschieden zu schmal, dachte sie noch. Dann fiel sie. Die Welt stand Kopf. Der Grund der Schlucht weit unter ihr war felsig. Sie würde aufschlagen. Gleich.

Es ging aufwärts. Dass sie schrie, merkte sie erst jetzt. Sie hörte das ledrige Geräusch großer Schwingen. Schon fiel sie wieder, doch es war nur ein kurzer Sturz – zurück auf das schmale Plateau.

Gerettet. Ihr Sturz konnte nicht lange gedauert haben. Doch der Soldat würde nicht mehr aufstehen, und Darso lag mit blutender Stirn da. Sie war allein.

Wo war der Mann?

Sie sah ihn am anderen Ende des Plateaugrates nach oben klettern und wusste, sie würde ihn nicht einholen.

»Darso?« Der Kämpfer setzte sich benommen auf und schüttelte den Kopf, als müsse er sein Gehirn erst wieder in Position bringen.

Aufgeben konnte sie nicht. Ihr wurde kalt, wenn sie daran dachte, dass der Schemenjäger das Wissen um Reyalun an seine Geschwister weitergeben würde. Ihren Dolch hatte sie beim Sturz verloren. Eine Distanzwaffe hatte sie nicht. Doch sie durfte ihn nicht verlieren.

Sie jammerte bei dem Gedanken, ihm hinterherzuklettern, auf. Alles tat ihr weh. Ihm vermutlich auch, doch es war, als habe der Meuchler seine Schmerzen irgendwo in sich verborgen, wo sie gerade keine Rolle spielten. Die Selbstbeherrschung war ebenso bewundernswert wie frustrierend.

Da war der riesige Vogel wieder. Erst jetzt wurde ihr gänzlich bewusst, dass es Garrus und Shernays Musik liebender Riesenbuzzard gewesen war, der sie gerettet hatte. Wie bedankte man sich bei so einem Tier?

Wie ein gigantischer Adler, der in der Wand einen Horst hatte, näherte sich der Vogel mit ausgestreckten Krallen dem Kletterer. Er war größer und stärker als der Schemenjäger.

Der Mann fiel. Er schrie nicht. Selbst abstürzen konnte er lautlos. Nur das ferne Geräusch des Aufpralls in der Schlucht konnte man gerade noch hören.

»Meine Fresse!«, murmelte Darso, der zu sich gekommen war und sich das Blut von der Stirn wischte. Er kroch zum Rand, um hinunterzusehen. »Meine Fresse!«

Sie sah auch hinunter. Dort lag er, reglos. Blut färbte die grauen Felsen.

»Kann er das überlebt haben?«

»Weiß nicht«, sagte Darso. »Zäh wie Leder, der Hundsfott!«

Myrge besah sich die glatten Felswände.

»Jedenfalls kommt er da verletzt nicht mehr hoch.«

»Eine Armbrust wäre gut.«

»Hast du eine dabei?«

»Nein.«

Sie schwiegen eine Weile.

»Er bewegt sich nicht.«

»Sieht ziemlich tot aus, wie er da liegt. Ganz verdreht.«

»Hat sich vermutlich das Kreuz gebrochen.«

»Dann wird er auch nicht mehr gut klettern.«

Myrge sah hoch in das Gesicht des Hünen. Eine Schönheit war er nicht, aber ziemlich beeindruckend.

»Zweimal hast du mich gerettet, Darso. Danke!«

Sie stellte sich auf die Zehenspitzen und küsste ihn einmal links und einmal rechts auf die bärtige Wange. Der Hüne wurde rot.

»Gerne wieder«, brummte er. »Wirklich. Wo ist der Vogel?«

»Weg. Dabei wollte ich mich noch bedanken.«

»Bei einem Vogel? Küsst du den dann auch?«

99

Wie ein synchroner Tanz war die Szene abgelaufen. Fließende Bewegungen auf flinken Füßen. Drehungen und sausendes Eisen, das nach seiner eigenen Melodie durch die Luft pfiff.

Ein Körper fiel. Blut spritzte weit, zeichnete ein filigranes Muster auf die weiter entfernten Steine. Ein Kopf rollte, und ein vielstimmiger Schrei durchschnitt die Stille.

Fast hätte es ihn getroffen. Morrgjar hatte allzu nah dabeigestanden. Er war von den Ereignissen überrascht worden. Viel zu schnell war alles vonstattengegangen.

Sein Verstand raste. Der Weiseste lag beinahe gespalten da, sein Hals war bis in die Wirbelsäule durchtrennt. Ein zweiter Kopf rollte neben den ersten. Blaue Augen sahen Morrgjar wie ein grausames Spiegelbild voller Vorwurf an.

Griðyon stand breitbeinig da. Das Schwert hielt er noch in der Rechten. Nur sein Kopf saß nicht mehr auf seinem Hals.

»Griðyon!«, flüsterte Morrgjar entsetzt und konnte sich des Gedankens nicht erwehren, dass der junge Mann vielleicht doch sein Sohn hätte sein können. »Griðyon!« Er hatte ihn gemocht.

Gemeinsam hatten sie zugeschlagen, Griðyon auf den Weisesten, den er für einen Angreifer gehalten hatte, und Greda auf Griðyon, als der sich abwandte.

Eine Bewegung aus dem Augenwinkel: Die schöne Dörflerin zerrte an Nimry und versuchte, seine Frau weiter weg von dem blutigen Schauspiel zu bringen. Er hätte helfen sollen, doch er konnte den Blick nicht von dem kopflosen Körper wenden.

Wie lang war ein Augenblick? Wie viele Augenblicke waren schon vergangen? Er musste etwas tun. Er war hier verantwortlich. Doch er stand nur wie festgefroren.

Sie hatte recht gehabt. Die Dörflerin hatte sich nicht geirrt. Nimry auch nicht. Da quoll etwas aus dem Körper, und das war kein Blut. Wie gelähmt starrten sie alle auf das Biest. Es war um einiges dünner und kleiner als das erste, aber nicht weniger widerlich mit seinem winzigen Schlangenkopf und seinem wulstig feisten Wurmkörper.

Es würde im Boden versinken und sich den nächsten menschlichen Wirt suchen.

Wer stand nahe genug? Er und Greda, die ihr Schwert hielt, als wäre die Klinge zu heiß. Ihre Augen waren weit vor Entsetzen. Kutscherinnen köpften gemeinhin niemanden.

Da waren Nimry und Shernay – beide unbewaffnet. Der Barde, auch ohne Waffen. Morrgjars wenige restliche Soldaten standen in einem weiten Kreis um ihn herum, und der war eben noch weiter geworden.

»Greda!« Die Frau sah ihn nur einen Moment lang verwirrt an. Dann schwang sie ihr Schwert, so wie er seins. Beide hieben sie auf den Wurm ein, da war er noch nicht am Boden angekommen. Ihre Klingen schnitten sich durch zähes, faseriges Fleisch und bohrten sich danach in die Gliedmaßen des Kopflosen. Er stürzte.

Mit seinem Sturz erreichte der Wurm den Boden. Nun war auch einer der Soldaten herzugesprungen und drosch auf das Untier ein.

»Holt Flugfeuer!«, brüllte Morrgjar. Jetzt fehlte Griðyon, seine Intelligenz, seine Schnelligkeit, seine akkurate Art, Probleme aus dem Weg zu schaffen.

Vier Teile, fünf, sechs. Jedes einzelne zuckte und wand sich noch. Und der Kopf? Wo war der verfluchte Kopf?

Eine Frau kam angerannt, mit fliegenden Röcken und einem – leichten Bartwuchs? Egal. Sie hatte Pfeil und Bogen in der Hand. Schoss.

Der Pfeil stürzte mehr als er flog, doch die Spitze entzündete sich, und gleißende Flammen sprühten über den Boden und entflammten die wimmelnden Fleischstücke. Ein Aufbrüllen ging durch die spärlichen Reihen. Auf der gegenüberliegenden Kreisseite sprangen Menschen panisch auseinander, als die grünen Flammen wie Tropfen bis dorthin spritzten. Jemand riss sich kreischend die Hosen vom Leib, als diese Feuer fingen.

Die Kleidung des Kopflosen hatte ebenfalls zu brennen begonnen. Der Mann wurde zu einer großen, liegenden Fackel.

»Wo ist der Kopf? Wo ist der Kopf?«, brüllte Morrgjar. Zwei seiner Soldaten kamen gerannt und hieben mit ihren Waffen auf Griðyons Kopf ein, der dabei hin und her rollte.

Doch den hatte Morrgjar nicht gemeint. Er hatte vom Schlangenkopf gesprochen. Er sah ihn nicht mehr. War er verbrannt und unkenntlich in dem lodernden Durcheinander? In all dem Geschlängel und Gewürmel hatte Morrgjar das nicht genau sehen können. Schon gar nicht, als die Flammen sich sengend durch alles brannten und ihre gleißende Helligkeit Einzelheiten in grünem Feuer verschwinden ließ. Wo war der Kopf? War er eines der verkohlenden Stücke?

Oder war er in der Erde verschwunden? Konnte so ein Kopf allein überleben?

Er konnte nicht näher heran. Das Feuer brannte zu heiß, versengte schon fast sein Gesicht. Die Frauen! Sie waren zu nah am Geschehen.

Ohne das Feuer aus den Augen zu lassen, umrundete er es seitwärts. Jetzt hatte er sie erreicht, half Shernay und der Feldscherin, Nimry weiter fortzuziehen, spürte ihre fieberschweißige Haut. Gebannt starrten sie zum zweiten Mal in so kurzer Zeit auf das Schauspiel eines flackernden Infernos.

»Ist er tot?«, wisperte Nimry. Morrgjar steckte bedächtig sein Schwert in die Scheide. Seine Arme zitterten fast von den vielen Kämpfen, die er an diesem Tag bestritten und überlebt hatte, und vermutlich auch vor Anspannung. Angst weigerte er sich, es zu nennen. Er bückte sich, zog Nimry auf die Füße und hielt sie in seinen Armen, als müsste sie ihm Halt geben und nicht umgekehrt. Ganz fest hielt er sie, spürte ihr Leben, begriff, wie wertvoll es ihm geworden war. Er küsste ihre Haare.

»Ich weiß nicht«, sagte er. »Ich denke schon – und du lebst. Das ist gut.« Eine Untertreibung, doch etwas Romantischeres fiel ihm gerade nicht ein.

Ohne sie loszulassen, wandte er sich an Shernay. »Was sagst du, Urgorrn-Seherin?«

Die Frau hatte sich dem Barden zugewandt und half ihm auf. Sie sah frustriert hoch.

»Ich weiß es auch nicht. Ich spüre nicht mehr das gleiche Grauen, das ich empfand, als ich die Schlangenwürmer wahrnahm. Doch wer kann wissen, ob ich sie unter der Erde überhaupt wahrnehmen kann? Ich weiß zu wenig über meine Gabe, als dass ich das beurteilen könnte.«

»Er ist tot. Er kann das nicht überlebt haben«, flüsterte Nimry in seine Schulter. Er hätte ihr gerne beigepflichtet.

In seinen Adern wummerte die Unruhe. Urgorrn? Zwei? Wen musste er informieren? Was konnte man tun, was in die Wege leiten?

Wirklich Urgorrn? Oder doch etwas anderes?

Eins nach dem anderen. Er musste an alles denken, alles meistern. Es war seine Aufgabe. Dies war Flynnt, und er war Flynnt, sagte er wie ein Mantra vor sich her.

»Wir warten auf Darso und die anderen und auf den Treck. Die Leichname der Wurmwesen und ihrer Wirte, beziehungsweise was von ihnen übrig ist, nehmen wir mit. Packt sie in eine Kiste.« Nun wandte er sich an den Bogenschützen im Kleid. »Wer bist du?«

»Berstel. Bibliokant.« Er sah verlegen an sich hinunter. »Das trage ich nur, um die Graavessa … um von ihr abzulenken.«

»Du bist ein mutiger Mann, Berstel.«

Der junge Mann strahlte. »Also, die Legenden. Ich habe zu den Urgorrn geforscht«, sagte er. »Vielleicht kann ich auch helfen.«

Morrgjar nickte und sah sich nach dem Obristen um. »Ihr reitet mit Euren Leuten nach Flynnthaven. Seht, was dort los ist und ob Ihr die Stadt allein zurückerobern könnt. Schickt um Verstärkung zur Flynntburg, wenn Ihr sie benötigt, aber schweigt über das hier. Es ist nicht gut, wenn Menschen sich aus Panik gegenseitig die Köpfe abschlagen. Ich werde den Fyrsthen informieren.« Morrgjar hatte keine große Hoffnung, dass Ryckden ihm die Geschichte glauben würde, und schon gar keine, dass er die anderen Reiche über die Gefahr informieren würde. Schon bald würde keiner mehr glauben, was hier geschehen war. Was man nicht glaubte, konnte man ignorieren. Dumm, aber menschlich.

»Ihr«, er nickte in Richtung Kryes, Shernays und des Barden, »kommt mit zur Flynntburg. Wir haben viel zu bereden. Und kommt mir nicht mit eurem geheimnisvollen Dorf! Es geht um mehr als um eure Ehegesetze.«

Er warf einen kritischen Blick auf die Asche und die verkohlten Reste. Wenn er sich doch nur sicher hätte sein können!

Doch niemand konnte mehr sicher sein.

100

»Mein Heim!«, sagte der Graav mit einer weiten Geste, »und deines.«

Das Gebäude war grau, hoch, nicht annähernd so groß und prächtig wie die Burg zu Jorgvil, aber mit allem versehen, was eine gute Burg ausmachte: Türme, Zinnen, Schießscharten, Burggraben, Zugbrücke, Belagerungswall, ein schmaler, hoher Palas als Innengebäude. Die Farben Kahsells und Flynnts flatterten im Wind über dem Osttor.

Sie waren gemeinsam mit dem, was vom Treck noch übrig war, auf der Flynntburg angekommen. Morrgjars Ersatz-Adjutantin organisierte das Ausladen und die Versorgung der Verwundeten. Morrgjar selbst hatte Nimry einfach stehen lassen und war losgerannt. Sie hatte ihm hinterhergesehen und sich gesorgt, denn sie wusste, was ihn trieb.

Jemand half ihr vom Wagen.

»Er sucht seine Kinder!«, hatte die Adjutantin etwas betreten erklärt, als Nimry verloren im Burghof stand. Ihre Ankunft auf »ihrer« Burg hatte sie sich anders vorgestellt. Immerhin, es war eine wehrhafte Burg, und der Weg dahin war erfreulich frei von Feinden gewesen. Zumindest solchen, denen man es ansah.

Eine kräftige Frau mittleren Alters trat aus dem Eingang zum inneren Gebäude. Sie sah fragend auf die Gruppe und fixierte ihren Blick dann auf Shernay.

»Erlaucht?«, fragte sie unsicher.

»Das bin ich!«, korrigierte Nimry und verstand, dass die Frau sich die Schönste und Beeindruckendste unter ihnen ausgesucht hatte, und das war nun einmal nicht Nimry in ihrer schlecht sitzenden Rüstung und dem Helm. Es war der Dame sichtlich peinlich. Sie verneigte sich tief.

»Ich bin Merrinn, die Vögtin. Ich heiße Euch herzlich willkommen in Flynnt, Erlaucht.«

Sie sagte noch viel mehr, doch Nimry wollte nur noch eins: ein heißes Bad, frische Kleider und etwas anderes als Reiseproviant zum Essen. Ein Blick der Vögtin belegte, dass Nimry dies nicht zu erklären brauchte.

»Ihr seid verletzt?«

Nimry nickte nur. Die Wunde am Arm verheilte gut. Das Gift hatte sie überstanden. Nur manchmal hatte sie nachts von giftigen Schlangenwürmern geträumt, die ihr unter der Haut entlangkrochen. Dann hatte Morrgjar sie behutsam in den Arm genommen und ihr übers Haar gestreichelt.

»Alles ist gut«, hatte er gesagt. Er wusste so gut wie sie, dass nicht alles gut war, doch die Wärme seines Körpers und seiner großen Hände hatte seinen Worten Gehalt verliehen. Sie vertraute ihm.

Dennoch erschrak sie, als er in ihr Gemach trat. Sie saß noch im Badezuber, ihre verbundene Hand hing über den Rand, ihre Knie ragten aus dem seifigen Wasser. Einen Augenblick hielt er inne und betrachtete sie nur, wie sie da saß.

»Du bist schön, Graavessa von Flynnt!«, sagte er rau. Er streckte die Hände nach ihr aus und ließ sie dann unvermutet fallen. »Und ich bin vollkommen verdreckt.«

Sie lächelte.

»Ich habe außerdem das Glück«, fuhr er fort, »sehr intelligente Kinder zu haben. Als sie spürten, dass es gefährlich wurde, haben sie einen Raubzug durch die Speisekammer gemacht und sich in einem geheimen Verlies verbarrikadiert.«

»Geht es ihnen gut?«

»Ja.« Er sah glücklich aus. So richtig glücklich hatte Nimry ihn noch nicht gesehen. Es hellte sein ganzes Gesicht auf. Ihr wurde seltsam warm uns Herz.

»Ich bin froh!«, sagte sie. Das war sie.

»Es geht ihnen sehr gut. Wir werden dann gemeinsam speisen. Dann lernst du sie kennen.«

Nimry sah ihn an. Er hatte das Schwertgehänge abgelegt, stand ohne sichtbare Waffen vor ihr. So hatte sie ihn erst einmal gesehen. Sie betrachtete ihn, den starken Mann, der starke Frauen mochte.

»Das Wasser ist noch warm«, sagte sie, dabei war es ihr im Moment einerlei, wie verdreckt er war. Sie stand im Zuber auf und hatte das befriedigende Ergebnis, dass ihrem Gatten die Kinnlade herunterfiel. Er starrte sie an, musterte ihren nackten Körper von oben nach unten, rührte sich nicht vom Fleck. Dann schloss er fast mit einem Klacken den Mund.

»Geht es dir gut?«, fragte er mit einem Blick auf ihre verbundene Hand. Sie nickte und lächelte, musterte ihn mit der gleichen Intensität, mit der er ihr Bild in sich einsog. Er hatte eine mutige Frau gewollt.

Sie stieg aus dem Zuber, trat zu ihm und nestelte an seinem Lederzeug.

»Oder brauchst du eine Zofe?«, fragte sie herausfordernd.

Wieder fiel ihm die Kinnlade herunter, doch diesmal erholte er sich schneller.

»Nein, aber vielleicht sollten wir erst …«

»Du bist mein Mann«, sagte sie. »Sei mein Mann.«

Seine blauen Augen wurden weit, dann grinste er verschmitzt.

»Wo ist das schüchterne kleine Mädchen geblieben, das Angst vor mir hatte?«

»Auf der Strecke. Du magst doch auch gar keine schüchternen kleinen Mädchen.«

Ein Kleidungsstück nach dem anderen zog sie ihrem Mann aus und warf es irgendwo ins Zimmer.

»Ganz grundsätzlich«, fuhr sie fort, »finde ich es immer noch ein Unding, schüchterne kleine Mädchen einfach an irgendeinen groben Kerl zu verschachern. Vielleicht würden die Männer der Acht Reiche ja nicht pausenlos in den Krieg ziehen wollen, wenn ihre Ehen glücklicher wären. Stiefel!« Sie schubste ihn auf ihre Bettkante. Seine Augen glitzerten. Wie sie erinnerte auch er sich an jene erste verunglückte Hochzeitsnacht.

Ein Stiefel polterte zu Boden, dann ein zweiter.

»Davon abgesehen«, fuhr sie fort, »bin ich gerne bereit einzugestehen, dass ich, Nimry aus Kahsell, Graavessa von Flynnt, verdammtes Glück gehabt habe.«

Sie riss an seiner Leibwäsche, und er kam ihr zu Hilfe. Nun waren sie beide nackt.

»Und deshalb verführst du mich jetzt?« Seine Stimme war rau vor Intensität.

»Meine Brautunterweiserin hatte mehr Ratschläge zu geben als Augen zu und Sternenhimmel.«

Er grinste sein schiefes Grinsen. Sie hatte inzwischen erkannt, dass es nur wegen der Narben im Gesicht schief war. Sie liebte dieses Grinsen, die blauen Augen und selbst die

Narben. Überall am Körper hatte er sie. Sie fuhr sie mit den Fingern entlang und spürte seine warme Haut. Sie fuhr ihm durch die Brustbehaarung und an der dünnen Haarlinie nach unten, tippte kaum spürbar auf die Spitze seines erigierten Gliedes. Er keuchte.

Bevor er irgendetwas tun konnte, hatte sie ihn nach hinten auf ihr Bett geschubst. Sie kniete sich rittlings über ihn, spürte ihn zwischen ihren Beinen, wollte ihn.

»Ergib dich, Graav von Flynnt!«

»Ich ergebe mich dir«, keuchte er. »Nimry von Flynnt, meine Kriegerin.« Seine Stimme klang gepresst vor Emotion.

Es war eher seiner Routine als ihrer geschuldet, dass er im nächsten Augenblick in ihr war. Sie stöhnte auf, hieß ihn willkommen, spürte ihn in seiner ganzen Kraft und Leidenschaft. Er war groß in ihr, füllte sie bis zum letzten Gefühl aus. Sie ritten in die Schlacht und siegten. Beide. Es war ein langer, intensiver Sieg, und die Glorie durchstrahlte ihre Körper. Ihr Mann. Die Brautunterweiserin wusste einen Dreck. Wie sehr zwei Menschen eins werden konnten, hatte sie nie angedeutet.

Irgendwann lagen sie dicht aneinandergekuschelt. Er hatte die Decke über ihre nackten Leiber gezogen und liebkoste sie sanft, erforschte ihren Körper mit seinen großen Händen. Dass diese so zärtlich sein konnten, empfand Nimry als unerwartetes Geschenk.

»Ich liebe dich«, murmelte er beinahe beiläufig und kam diesmal ihr zuvor.

»Ich dich auch«, flüsterte sie zurück.

»Der Verdacht kam mir, als du mir die Initiative geraubt hast.«

»Dies raubt dir sonst wohl so schnell keiner?«

»Nun, es empfiehlt sich, stets Herr der Lage zu bleiben.« Er schmunzelte.

»Gut, und ich bin Frau der Lage.«

»Meine wunderbare, schöne, kluge, tapfere Frau, die den Tod besiegt hat.«

Sie küssten sich.

»Ich glaube«, sagte sie dann, »ich höre Harfenklänge.«

»Ich würde dich gerne glauben machen, das wäre meiner Liebeskunst geschuldet. Doch ich denke, es ist Garru, der im Stockwerk unter uns übt.«

Nimry kicherte. »Ob die beiden zueinander finden werden?«

»Gewiss. Sie gehören zusammen.«

»Auch wenn Shernay mit diesem … Sie war wohl schon sehr verliebt in den … Schemenjäger.«

»Es ist möglich, verschiedene Menschen auf verschiedene Weise zu lieben. Jener Mann war erfahren, gewitzt, zielstrebig und stärker als sie.«

»Das bist du auch: erfahren, gewitzt, zielstrebig und stärker als ich.«

Er küsste sie lange.

»Aber ich bin nur ein Mann. Nicht zwei unterschiedliche. Garru ist auch nur ein Mann. Aufrecht, tapfer und verlässlich. Ich mag das Kerlchen.«

»Er liebt sie«, fügte Nimry zufrieden hinzu.

»Frauen!«, murmelte er. »Nicht zufrieden, wenn sie nicht irgendwen verkuppeln können.«

»Kryes und Myrge … werden sie Shernay …«

»Wir haben einen Pakt geschlossen. Du warst dabei. Der Pakt sichert Shernay Straffreiheit zu, wenn sie ihre Aufgabe erfüllt.«

Nimry schauderte. »Urgorrn-Wesen erkennen und Urgorrn aufspüren. Schaurig.«

»Nur sie kann es.«

»Garru wird durch die Welt ziehen und Urgorrn-Lieder singen, damit die Menschen sich wieder daran erinnern. Aber ob sie daran glauben?«

»Viele Menschen lernen nie die wahre Liebe kennen und glauben doch an ihre Existenz, wenn ein Barde sie besingt.«

Die Tür ging auf, und Nimry zuckte zusammen.

»Oh …«, erklang es kurz, und dann schloss sich die Tür wieder ganz schnell. Morrgjar seufzte.

»Wir müssen aufstehen. Kinder. Gäste. Abendtafel. Appell. Beratung …«

»Wir haben ja noch die Nacht.«

»Viele Nächte. Viele, viele Nächte.« Er küsste sie lange. Nach einer Weile kam sie wieder zu Atem.

»Wolltest du nicht aufstehen, Graav von Flynnt?«

»Nein.«

101

Garru ließ die letzten Töne verklingen und stellte dann die Harfe beiseite. Er stand auf und ging zu Shernay, die still gelauscht und dabei nach draußen über die mondbeschienene Landschaft geblickt hatte.

»Das war schön«, sagte sie.

Er legte seine Hand in ihre. Sie standen nur da, nebeneinander, ohne sich anzublicken.

»Wirst du mir irgendwann vergeben können?«, fragte sie schließlich.

»Wenn ich dir nicht vergeben könnte, wäre ich dir nicht nachgereist.«

Sie schwiegen eine Weile.

»Vermisst du ihn?«

»Ich denke an ihn, an seine Facetten, seine Eigenschaften, die guten und die schlechten. Er war kein böser Mensch, auch wenn ihr das anders seht. Aber er war, wer er war. Ich weine um ihn, obgleich ich weiß, dass es kein gutes Ende hätte nehmen können. Nicht für mich. Nicht für ihn. Nicht für uns. Ich hoffe, er musste nicht leiden. Inständig hoffe ich das, mit ganzem Herzen. Könnte ich darum beten, ich täte es. Es wäre mir schrecklich, wenn er verwundet und hilflos in jener Schlucht läge und langsam auf den Tod warten müsste.«

»Das wünscht man niemandem. Auch keinem Feind.«

»Er war mir kein Feind. Er war mir vieles: Traum und Albtraum, Wunsch und Erfüllung, vertraut und furchteinflößend. Ich trauere um ihn und weiß doch, dass der, um den ich trauere, vielleicht so nie wirklich existiert hat. Er beschützte mich, solange er konnte. Vor der Welt und sich selbst, seinem größten Feind.«

»Ob die Schemenjäger alle zwiegespalten sind?«

»Wir werden es nie erfahren.«

Wieder schwiegen sie und hielten einander an den Händen.

»Shernay, Urgorrn-Seherin, meinst du, irgendwann …« Er sprach nicht weiter.

»Ja«, sagte sie. »Das meine ich. Du bist mein Held.«

»Ich bin kein Held.«

»Doch. Es braucht mehr Heldenmut, mit einer Harfe und gutem Willen in die Welt zu gehen und das Richtige zu tun, als waffenstarrend durch Feinde zu pflügen.«

Vorsichtig legte er seinen Arm um sie und zog sie behutsam zu sich. Sie lehnte ihren Kopf an seinen.

»Du solltest wissen«, murmelte sie, »dass es sein kann, dass in mir ein Reyaluni mit dunklen Haaren und bronzefarbener Haut heranwächst.«

»Gut«, sagte er. »Der Mütterrat wird über die Blutauffrischung begeistert sein.«

»Und du?«

»Ich auch.«

Sie lachte. »Immer im Sinne Reyaluns und philosophisch korrekt. Bewundernswert.«

Sie sahen einander an. Dann küssten sie einander zärtlich, behutsam und lange.

»Morgen planen wir, wie es weitergeht«, sagte sie.

»Aber heute machen wir … Dummheiten. Wir waren früher immer sehr gut darin, gemeinsam Dummheiten zu machen.«

»Dummheiten? Hast du da etwas Bestimmtes im Sinn?«

»Schon …«

Sie fuhr ihm durch das fedrige, helle Haar.

»Mein Gemach oder deins?«

Der Pakt

Allhier wird von den Zeugen beurkundet und geschworen,

- dass Morrgjar Graav und Nimry Graavessa von Flynnt das Wissen um die Wiederkehr der Urgorrn bewahren und sich verpflichten, dieses Wissen als Vermächtnis an weitere Generationen weiterzugeben

- dass Morrgjar Graav und Nimry Graavessa von Flynnt sich bemühen, den oder die Weisesten des Fyrsthen von Kahsell sowie auch Seine Gnaden selbst mit dem Wissen zu versorgen

- dass Morrgjar Graav und Nimry Graavessa von Flynnt zu keiner Zeit das Dorf der Zeugen suchen lassen werden

- dass die Dörfler, hier repräsentiert durch Kryes und Myrge, die Bewahrer, Garru, den Barden, und Shernay, die Urgorrn-Seherin, regelmäßig Kontakt mit Flynnt halten und was immer an wichtigem Wissen sie erfahren können, an Flynnt weitergeben werden

- dass Berstel, Schriftenmeister zu Flynnt, die Ereignisse niederschreibt und so für alle Zeiten bewahrt sowie anderen Gelehrten der Welt Zugriff auf dieses Wissen ermöglicht

- dass Garru, der Barde, die Acht Reiche bereist und in Liedern und Geschichten die Wahrheit kundtut

- dass ihn Shernay, die Urgorrn-Seherin, dabei zunächst als Wanderin begleitet und zugleich nach Spuren von Urgorrn oder Urgorrn-Kreaturen sucht

- dass Shernay, die Urgorrn-Seherin, in ihr Dorf zurückkehren darf, ohne um ihr Leben fürchten zu müssen

- dass der Riesenbuzzard Nachrichten vom Gebirge nach Flynnt trägt

- dass es ab dem heutigen Tage in Flynnt bei Todesstrafe verboten ist, auf Riesenbuzzarde zu schießen

DER LAUERNDE

Der Schlangenwurm kam im Erdreich nur mühsam voran. Er war nur noch ein Kopf. Ein Kopf kroch schlecht.

Er lebte. Mehr, als sein älterer Artverwandter von sich hätte behaupten können. Doch seine Pläne waren dahin, seine Sinne eingeschränkt. Seine Macht war latent und kaum greifbar – auf lange Zeit.

Er brauchte wieder ein Heim. Solange er so klein und verwundbar war, brauchte er eine Hülle. Bald. So wie er war, konnte er vielleicht heilen, doch nichts bewirken. Jahrzehnte mochte die Heilung dauern. Vielleicht sogar länger?

Er spürte Leben jenseits von Felsen, das einzige, das noch erreichbar war, und selbst das war am Verlöschen. Er musste die Hülle erreichen, bevor sie endgültig starb. Er hoffte, es würde eine gute Hülle sein, kräftig und weltgewandt, voller brauchbarer Fertigkeiten. Er würde die Hülle vielleicht wieder funktionstüchtig machen können. In ihr würde er dann auferstehen und wandeln. Die Welt war weit.

Die Feinde nicht.

Die waren nah.

Glossar

Personen, Dinge und Orte

Abanya Muhme Nimrys und Anhängerin des Fyrsthen von Kahsell
Annowen Göttin der Verzweifelten und Verwirrten
Baumseidenschlinge Exekutionsinstrument der Bewahrer von Reyalun
Berg der Weisheit Heimat der Xyi
Berrendis Fyrsth von Edunayu
Berstel Junger Bibliokant in Jorgvil
Bibliokant Studierender der Schriften und Lehrling des Weisesten und Schriftenmeisters
Brouden Bewahrer in Reyalun
Cahersyg Verschwundene Hauptstadt des Alten Reiches
Cryso Bewahrerin in Reyalun
Darso Leibdiener und -wächter des Graaven von Flynnt
Deruonn Fremder Kämpfer
Edunayu Fyrsthenei, die westlich an Kahsell angrenzt
Ewah Bewahrerin in Reyalun
Flugfeuer Intensiv brennende, alchemistische Substanz
Fyrsthenei Einflussgebiet eines der acht Fyrsthen, die sich um das ehemalige Alte Reich streiten
Garru Barde aus Reyalun
Gemryn Bibliokant aus Jorgvil
Graav Hoher Adeliger, der die Grenzen schützt
Graavessa Frau eines Graaven
Greda Kutscherin und Treckbegleiterin
Griðyon Adjutant und Berater Morrgjars

Grovatter Titel für Sippenälteste
Grovatter Gernet Verstorbener Weiser
Grovatter Hunybert Derzeitiger Weiser
Hardegen, Jaspro Berater des Fyrsthen von Edunayu
Holtur Fyrsthenei, die nördlich an Kahsell angrenzt
Jorgvil Hauptstadt von Kahsell
Kahsell Fyrsthenei auf dem Nordteil von Predorenn, nördlich der Währzungen
Keyt (= Tonya) Assassinin der Xyi
Kthon Graavschaft im Südosten von Kahsell
Kyrros Todesgott
Lorion Ältester Sohn des Graaven von Flynnt
Mandelle Kutscherin und Treckbegleiterin
Marva Name von Garrus Harfe
Meerenge von Köngstott Schmale, klippenumtoste Durchfahrt vom Ostmeer zur Venom-See, einem fast vollkommen geschlossenen Binnenmeergraben
Merrinn Vögtin der Flynntburg
Monyane Bewahrerin in Reyalun
Morrgjar Graav von Flynnt; schützt die Grenzen Kahsells nach Norden
Muyah Leftenantin des Graaven von Flynnt
Neubog Geplante Hafenstadt am Ostufer der östlichsten Währzunge
Nimry Entfernte Nichte des Fyrsthen von Kahsell
Nuriadie Weiseste der Mütter in Reyalun
Orstyn Gelehrter – »Großmeister der Historien, Denker des Reichsherrn und Sinne des Fyrsthen«. Seine Anrede ist »Weisester«
Patangol Sanfte Verteidigungskampfkunst in Reyalun
Pruri Kutscherin und Treckbegleiterin
Pyrn Eisenmacherstadt in der Fyrsthenei Farrowul
Pyrnscher Stahl Stahl aus der Stadt Pyrn bei den Eisenbergen
Reyal Unverstecktes Tal im Byarla-Gebirge in der Fyrsthenei Kahsell; geheimer Wissenshort

Ringberge Berge, die Reyalun vollständig umgeben
Ryckden Fyrsth von Kahsell
Ryckwor Sohn Fyrsth Ryckdens
Schemenjäger Assassinen der Xyi
Schemenrat Rat aus altgedienten Assassinen im Berg der Weisheit
Shernay Lernerin dritten Grades aus Reyalun
Terla Nimrys Dienerin
Tjölp Meeresgott
Währzungen Verbindungslandzungen zwischen den vier nördlichen und den vier südlichen Reichen
Wynnosiol Fyrsthenei, die nordwestlich an Kahsell angrenzt
Xyi Assassinen-Geschwisterschaft

Flora und Fauna

Berggamse Wilde Bergziegen
Birbelteeblätter Tee, aus dem man die Zukunft liest
Buzzarde Federlose, grau-beige Vögel mit langen, spitzen Schnäbeln
Byrchenbaum Schlanker, hoher Baum mit silbrigen Blättern
Gerdel Räuberisches Nagetier, jagt im Rudel; essbar
Grooblumen Rosa Blumen zum Stofffärben
Großwayzfelder Mannshohes Getreidekorn
Gurnbusch Wanderbusch mit berauschenden Substanzen in den Blättern
Gurvensaft Koffeinhaltiger Saft der Gurvenfrucht
Kratyniennüsse Frucht des Kratynienbaumes. Große, weitkronige Bäume, deren Früchte sich zu Mehl verarbeiten lassen
Langreis Reispflanzen, die in bis zu ein Meter tiefem Wasser wachsen
Mammuteisenbaum Baum mit sehr hartem Holz
Nachtiglunne Singvogelart

Pantheiger Riesige Raubkatze, schwarz und dunkelgrau gemustert

Rahe-Bäume Stachelige Schuppenbäume

Rahe-Spinnen Giftige Spinnen, die in den Rahe-Bäumen lauern

Strauchwachs Brennbares Blütenwachs des Kerzenbusches

Traumschlangen Extrem giftige Schlangen, die in Gruppen angreifen

Voo Pilz-Tee

Wald-Makye Stacheldschungel, in dem trockene Dornenbäume und -gestrüpp sich zu einem undurchlässigen Gespinst verwoben haben

JU HONISCH

DIE GEHEIMNISSE DER KLINGENWELT

SEELEN SPALTER

ROMAN

~ LESEPROBE ~

KNAUR

»Seelenspalter«

spielt ca. hundert Jahre nach

»Blutfelsen«.

1

Taryah tanzte. Der Klang der Trommeln und Flöten mischte sich mit dem Geruch der parfümierten Kerzen. Er durchdrang jede Pore, suchte nach dem Gemüt der Menschen, betörte es wie süßer Nebel; drang dann noch tiefer, in den Bauch, die Eingeweide, das Zentrum der Sinneslust. Doch Duft und Musik allein waren es nicht, die ihr Publikum mit offenen Augen träumen ließen.

Es war Taryah selbst.

Jetzt verharrte sie auf dem linken Fußballen und hob ihr rechtes Bein so hoch, dass ihre Gliedmaßen eine gerade Linie gen Himmel bildeten – nur einen winzigen Augenblick lang. Und schon stand sie wieder auf beiden Füßen, wirbelte herum, ließ sich vom Rhythmus tragen, ließ sich gleiten, leiten, verleiten von den Klängen. Die Musiker teilten ihre Kunst mit ihr, ohne sie ansehen zu dürfen. Doch sie erspürten sie mit ihren Künstlersinnen und verwoben ihre Musik mit Taryahs Schönheit und exquisiter Erotik. Sie fühlte die Verbindung zwischen ihnen – die sich aneinander steigernde Wildheit, die Anmut und Grazie, Inbrunst und Musikalität einte sie und zog sie mit sich. Weiter und weiter. Und tiefer und tiefer.

Taryah schwebte beinahe, schien mit ihren Füßen kaum noch den Boden zu berühren, glitt nahezu lautlos durch den weitgehend möbellosen Raum, dessen Intarsien-verschnörkeltes Parkett ihr eine Bühne der Pracht bot. Nur das leise Klingeln ihrer goldenen Knöchel- und Armreifen mischte sich ebenso zart wie zärtlich in den Rhythmus der Musik.

Taryahs Arme und Hände formten jene Gesten der Liebe, die Einladung und Versprechen zugleich waren. Langsam glitten sie an ihrem Körper entlang, als liebkosten und umrahmten sie dessen perfektes Kunstwerk. Dann wieder streckten sie sich sehnsuchtsvoll nach ihrem Zuschauer, als wäre dieser ihr nah und doch so fern. Und ihr Zuschauer dankte es ihr, sog an ihrem Zauber, atmete Schönheit und Perfektion in einer Welt, die sonst wenig davon bot.

In seinem Blick las sie seine Gedanken – dass sie diese Schönheit nur ihm schenkte, ihm allein. Spürte, wie er es zuließ, dass dieser Gedanke ihn erfüllte, obgleich er wusste, die Schöne, die für ihn tanzte, tat es allein auf sein Geheiß hin. Er hatte sie hierher befohlen, zu sich bringen lassen. Doch nun ergötzte er sich an dem glitzernden Gedanken, sie wäre ganz freiwillig hier – weil sie ihn wollte, ihn vielleicht sogar liebte und nicht nur fürchtete. So, wie ihn alle fürchteten.

Sie sah sein versonnenes Lächeln, das Staunen in seinen Augen und die Gewissheit dahinter: Er hatte sie sich verdient.

Taryahs kastanienrote Locken flogen, jede einzelne wie fedrige Seide. Ihre Hüften kreisten, wippten, zuckten, lockten. Ihre Bewegungen boten Einblicke und verbargen schon im nächsten Moment, was man beinahe zu erhaschen gemeint hatte. Taryah war Fleisch gewordene Perfektion.

Ein Schleier fiel. Er senkte sich ganz sacht herab wie ein Nebelschwaden, und glitt dann wie zufällig vor dem Mann zu Boden. Atemlos griff er nach ihr, doch Taryah entzog sich ihm, war schon wieder davongewirbelt, während sie ihm noch ein Lächeln schenkte. Wie ein besonderes Kleinod war es, kostbar und doch wohlfeil.

Zwölf Schleier. Sieben davon lagen bereits vor ihm wie Beutestücke.

Taryah spürte sein siegessicheres Lächeln, verbuchte es als Bestätigung ihrer Kunst und erwiderte es huldvoll und vielversprechend.

Bald.

Ihre hellgrünen Augen versprachen immer viel. Ihre zarten, goldgeschmückten Knöchel, ihre langen Beine, ihre runden Hüften und ihre schmale Taille waren jedes für sich ein wortloses Versprechen. Und ihre Brüste in dem glasperlenbestickten Oberteil, das mit erstaunlich wenig Material bemerkenswert viel erreichte, wurden zum Unterpfand des Versprechens. So weich, so zart, so nah, so unerreichbar.

Bald erreichbar.

Bald.

Noch aber waren sie teilweise durch einen transparenten Seidenschleier bedeckt, der das, was kommen sollte, erst ankündigte und nach und nach in Szene setzte.

Nacktheit war trivial. Nur der Weg dorthin war erregend. Und über diesen Weg wusste Taryah mehr als ihr Gastgeber, dessen genussreiches Philosophenlächeln langsam hinter wachsender Begierde verschwand. Dabei konnte sie in seinen dunklen Augen lesen, wie wichtig ihm dieses versonnene Lächeln auf seinen sonst so strengen Lippen war. Er pflegte es bewusst, inszenierte sich mit ihm als ein Mann, der über den Dingen schwebte, bodenständig zwar, doch zugleich überlegen und stetig aufstrebend.

Dass Begierde in diesem Konstrukt ein zweischneidiges Schwert sein konnte, wusste Taryah. Sie sah, wie die Lust ihn durchdrang, wie er sich in den Wellen ihrer Sinnlichkeit rekelte. Aber sie wusste auch, dass die Wellen nicht zu Wogen werden durften. Nicht zu schnell jedenfalls, weil die Begierde ihn gleichermaßen irritierte, denn sie war unreflektiert und fremdgesteuert. Nur der Anspruch an eine Ästhetik, die seiner Erhabenheit zweifelsfrei zustand, rechtfertigte sie. Und natürlich die angestrebte körperliche Erfüllung selbst, denn nicht einmal dieser Mann hinterfragte einen ihm dargebotenen Orgasmus philosophisch.

Seine Feinde nannten ihn den Blutdenker – ein komplizierter Mann, und gefährlich. Man durfte ihm nur so weit gefallen, wie er sich selbst in diesem Spiel der Lust gefiel.

Der Goldschmuck an Taryahs Handgelenken klirrte leise, als sie nach dem nächsten Schleier griff. Ganz langsam zog sie das durchscheinende Seidenstück von den Resten ihrer Kleidung, die nur mehr aus vier Schleiern, dem Glasperlengeflecht, das ihre Brüste stützte, und einem goldbestickten Nichts bestand, das an einer geflochtenen Goldkordel ihre Scham bedeckte.

Dann ließ sie den Schleier fallen und riss sich, wie in einer Aufwallung plötzlichen Verlangens, auch den nächsten ab und warf ihn hoch in die Luft. Wie eine seidene Feder glitt er langsam und lautlos gen Boden, und sie umtanzte ihn, umgarnte ihn, wob ihre Anmut und ihre scheinbar unschuldige Lust in ihn, bis auch dieser sich ihrem Gastgeber zu Füßen schmiegte wie ein weiteres Versprechen.

Während Taryah ihren Tanz einem neuen Zenit entgegentrieb, betrachtete sie ihren Gastgeber und ihre Umgebung. Der Mann, der sie angefordert hatte, war stattlich und saß auf dicken Teppichen zwischen einer Vielzahl an Seidenkissen, halb gelöst, halb angespannt. Seine Linke ruhte locker zwischen den Beinen, mit der Rechten griff er bisweilen nach einem prunkvollen Rotweinkelch. Stühle gab es nur selten in den Boudoirs, die für die sinnlichen Freuden gedacht waren, denn sie wurden dort nicht gebraucht. Taryah wusste das. Sie wusste viel.

In einer weiteren funkelnden Drehung glitt ihr Blick zu den Musikern. Er hatte sie mit dem Rücken zu ihr postiert, um ihnen zu verwehren, was ihm allein zustand. Nein, der Blutdenker teilte nicht gern, nicht einmal den Anblick einer Tänzerin. Er hatte die Dinge gerne für sich allein, wollte sie erobern und besitzen und nichts preisgeben, das er nicht wohldurchdacht übergab.

Er war nicht nur Philosoph, er war ein Eroberer. Darin sah er sein Wesen, seine Profession, und er würde auch sie erobern. Er lauerte bereits darauf, war jedoch Stratege genug, zu warten und zu genießen, ehe er sein Fleisch in sie senkte. Er wusste, wie man sich den Genuss lange erhielt, wollte alles, in taktischer Reihenfolge. Seiner Reihenfolge.

Er war es, der bestimmte, wann etwas geschah, wann sich etwas änderte. Er war es, der die Welt in beherrschbare Teile zerschnitt – und dann beherrschte er sie.

Taryah las es in seinem Gesicht, in jenen siegesgewissen, harten Zügen, in die sich nie ein Zweifel schlich. Ja, er war ein machtbewusster und brutaler Mann. Doch er war auch dem Schönen zugetan, und nicht zuletzt war er vorsichtig. Er wusste das, aber sie wusste es auch. Und würde es zu nutzen wissen.

Nicht weit von ihm und den Köstlichkeiten an seinem reich gedeckten Tisch, mit dessen Köstlichkeiten er den erotischen Genuss mit dem lukullischen veredeln wollte, saß sein Mundschenk. Dem dürren jungen Mann hatte man eine Binde um die Augen gebunden, und so, blass und ängstlich, blickte er gerade nur nach unten auf die Speisen, die er zu verkosten hatte. Vielleicht sah er trotzdem mehr. Hätte Taryah Mitleid empfinden können, sie hätte es für ihn getan.

Stattdessen wandte sie Aufmerksamkeit und Körper wieder ihrem Gastgeber zu. Zandru von Lorennen war Sieger in einem schon Hunderte von Jahren andauernden Krieg, deren Sieger und Verlierer mit wandelndem Kriegsglück immer wieder ihre Rollen tauschten. Heute und hier war Zandru der Sieger, und er genoss seinen Sieg in tiefen Zügen. Wie den Wein an seinem Gaumen und das Versprechen der Lust in ihren Augen.

Ein weiterer Schleier fiel. Und wieder einer. Nun blieb nur noch einer übrig, den sie um sich schlang, über ihre Haut zog, ihre Brüste damit liebkoste. Ganz nah tanzte sie an den Blutdenker heran, wirbelte das bunte Stück Seide, das nur lose um ihre Hüften geschlungen war, und er fing es, hielt es, zog daran.

Er lächelte – siegesgewiss wie stets. Und immer noch ein wenig philosophisch, als trüge er eine Erkenntnis der Welt in sich, die auf der Schwäche der anderen basierte. So war es, dessen war er sich sicher. Nichts in seinem Leben hatte bislang dieses Weltbild getrübt, und er hätte es auch nicht toleriert. Auch Taryah wusste, dass sie gut daran tat, nicht an seinem Weltbild zu rütteln.

Dennoch gab sie den Schleier nicht frei, sondern ließ sich von ihm mit dem Tuch in seine Nähe ziehen. Schenkte ihm ihr sanftes, zuversichtliches Lächeln, während sie ihm gleichzeitig weiterhin vorenthielt, was er nun immer energischer von ihr forderte. Noch berührte er nicht sie, sondern nur den Schleier, den sie wie eine kühle, zarte Verbindung zwischen ihnen festhielt. Als Pfand. Als Fessel.

Ohne Frage war er stärker als sie. Auch wenn er dem Gemetzel seiner Schlachten lediglich vom Feldherrnhügel aus zusah, war er doch ein Kämpfer. Er hatte sich seine Position ebenso erkämpft wie seine Siege und wusste, was er wollte und wie er es bekam. Bald schon würde er ihr Spiel beenden, um das seinige zu beginnen.

Er war kein Spieler, er war Kriegsherr, und Taryah wusste, sie durfte den Augenblick, in dem sie ihn hinhielt, um ihn bis an die Grenzen seiner Selbstbeherrschung zu führen, nicht überreizen. Genau die richtige Sekunde musste es sein, und dann würde sie nachgeben und ihm entgegenfließen wie die Seide, die er zarten Trophäen gleich um sich drapiert hatte.

Einen Moment noch.

Noch einen.

Jetzt.

Zu einfach durfte man es einem Kämpfer nicht machen, und so gönnte sie ihm zunächst einen kleinen Sieg. Er sah nicht aus wie jemand, der andere zu respektieren wusste, verachtete mit Sicherheit Frauen, die es ihm einfach machten – und vermutlich auch Männer, die ihm allzu willfährig Respekt zollten. Jene, die es nicht taten, räumte er beiseite, und wahrscheinlich würde er auch ihr keinen Respekt mehr entgegenbringen, sobald er seinen Sieg ausgekostet hatte. Sein Respekt galt nur ihm selbst und dem Bild, das er von sich hatte: Denker. Philosoph. Feinsinniger Genießer.

Und Sieger, natürlich.

Jetzt zog er sie zu sich. Sie half ihm nicht, überließ ihm die Führung, wehrte sich nicht, zähmte nur seine Geschwindigkeit. Es war nichts gewonnen, wenn er sie jetzt nur nahm und dann ging.

Nun konnte sie seine dunklen, harten Augen sehen, die sie unter buschigen Brauen musterten. Eine kunstvoll gewirkte Goldkappe verdeckte das vor der Zeit schütter gewordene Haar, und seine Muskeln rochen etwas zu sehr nach Parfüm. Ein eitler Mann, der sich nicht gesalbt hatte, um ihr, sondern allein um sich selbst zu gefallen. »Komm!«, befahl er und fuhr mit seiner Zunge an ihrem Oberschenkel entlang. Dann zwang er sie in die Knie.

Sie schenkte ihm einen Augenaufschlag. Ihre langen Wimpern flatterten nicht, und ihre Augen, die in die seinen blickten, zeigten keine Scheu. »Eine Bitte, Herr«, flüsterte sie.

»Was willst du?«, fragte er unwirsch, und sie sah, dass er zu wissen glaubte, was sie von ihm erbitten würde. Eine Bezahlung vielleicht oder das Versprechen für das Gewähren einer Gunst.

Sie lächelte. »Nur die Gnade eines Schluckes Wein aus deinem Becher«, wisperte sie. »Mehr nicht. Der Tanz hat mich durstig gemacht.«

Er zog an dem Perlenhalter ihrer Brüste. Der riss, so wie vorgesehen. Schimmernde Perlen sprangen über den Boden, fügten ihr eigenes glasfeines Trommeln zur Musik wie Regen in der Nacht.

Ehe er ihr antwortete, griff er nach dem, was er befreit hatte. Seine Hände, mit denen er seinen Anspruch geltend machte, waren hart. Der Philosoph war dem Herrscher gewichen.

»Wein willst du?«, fragte er und kniff ihr in die Brustwarzen. »Was bekomme ich, wenn ich dir Wein gebe, Mädchen?«

»Alles«, sagte sie, ohne ihn zu berühren, hob nur ihre Hände, nicht in einer Abwehrgeste, sondern offen. Dann strich sie ihm mit dem linken Mittelfinger über seine Oberlippe. »Alles, was du dir vorstellen kannst, und mehr.«

»Wein!«, befahl er unwirsch, und der Mundschenk streckte ihm den Becher entgegen, ohne seinen Blick vom Boden zu heben. Der Blutdenker nahm ihn und gleichzeitig ihre Finger in seinen Mund, um die er seine Zunge kreisen ließ, ehe er sie freigab.

»Du schmeckst süß«, sagte er und reichte ihr den Becher. »Wie Mandelkuchen.« Sie nahm das Gefäß in beide Hände und trank daraus. Guter Wein, getestet und geprüft vom Mundschenk und ohne Gift. Eben noch reiner Wein – bis ihre Lippen ihn berührten.

»Danke, Herr!«, sagte sie und neigte ihr Haupt, während sie den Becher an ihn zurückgab, ihn ihm darbot in einer Geste der besiegelten Einigkeit und der freiwilligen Unterwerfung, die er so schätzte.

Seine Hand griff nach dem einzig verbleibenden Kleidungsstück. Es würde nicht so schnell reißen wie der Perlenhalter. Er würde etwas mehr Geschick brauchen, vielleicht auch Geduld. Über beides verfügte er nicht mehr; sie sah es in seinen Augen, sah es an der Beule in seinen Beinkleidern, und sie behielt recht: Seine Augen wurden dunkler vor Ärger, während er erfolglos an dem goldenen Band zerrte, das ihr letztes Geheimnis verbarg. Ganz sicher wollte er keine Zeugen für sein Scheitern.

»Sollten wir nicht allein sein, Herr?«, fragte Taryah nun, beinahe schüchtern, und ihre Unterwürfigkeit gepaart mit seinem erfolglosen Nesteln an ihrer goldenen Kordel verfehlten ihre Wirkung nicht. »Geht!«, befahl er den Umstehenden unwirsch. »Rasch! Verschwindet!«

Musiker und Mundschenk sprangen auf und entfernten sich hastig, ohne sich umzudrehen. Eine geschnitzte Holztür fiel ins Schloss. Stille.

So war es gut.

Mit der Linken löste sie nun das Band, das den Weg zu seiner Erfüllung verwehrt hatte, und kurz darauf starrte er mit bebendem Atem auf den letzten Teil ihrer perfekten Blöße.

Ganz langsam schob sie ihm ihr Becken entgegen.

»Du wirst mir dienlich sein«, sagte der Mann, der die Köpfe seiner unterlegenen Feinde auf Lanzen über der Burg aufspießte, und griff nach ihr. »Sehr dienlich. Und auf jede erdenkliche Weise.«

»Mit allem, was ich habe«, stimmte sie ihm zu. »Mit jedem Teil meines Körpers und jeder Kunst meiner Hände und Lippen. Trinkt, Feldherr. Nehmt einen Schluck von Eurem Wein. Und dann erobert mich.«

Er ergriff den Kelch und leerte ihn, als würde das Teilen des Weines seinen Anspruch besiegeln. Sein Wein. Sein Wille.

Er zog sie zu sich.

Taryah lächelte.